Buch

Elise Radbornes Vater ist verschwunden, und auch die verzweifelte Suche seiner einzigen Tochter in den finsteren Winkeln Londons bleibt erfolglos. Intrige? Rache? Zauberei? Im düsteren England des 16. Jahrhunderts scheint alles möglich.

Aus Angst vor der Gier der eigenen Verwandten flüchtet Elise zu ihrem Onkel Edward – und wird auf der Hochzeit ihrer Cousine Arabella das Opfer einer Entführung. Doch der Anschlag galt nicht ihr. Maxim Seymour, Marquis von Bradbury, wollte nur Arabella, die Braut, deren Vater ihn um Ehre und Besitz gebracht hat. Voll Haß und Verachtung setzt sich Elise gegen den Fremden, der sie gefangenhält, zur Wehr. Während draußen der eisige Winter tobt, bekämpfen sich Elise und Maxim auf einer verlassenen Burg wie zwei gefangene Raubkatzen. Doch über verletzten Stolz und Wut siegen schließlich Leidenschaft – und Liebe.

Autorin

Kathleen E. Woodiwiss wurde in Alexandria im amerikanischen Bundesstaat Louisiana geboren und lebt mit ihrem Mann und ihren drei Söhnen in Minnesota. 1971 schrieb sie ihren ersten Roman. Sie gehört heute zu den erfolgreichsten Autorinnen historischer Romane.

Bereits als Goldmann-Taschenbuch erschienen:

Der Wolf und die Taube. Roman (6404)
Geliebter Fremder. Roman (9087)
Shanna. Roman (41090)
Wie Staub im Wind. Roman (6503)
Wie eine Rose im Winter. Roman (41432)
Wohin der Sturm uns trägt. Roman (41091)

KATHLEEN E. WOODIWISS
Tränen aus Gold

ROMAN

Aus dem Amerikanischen
von Dr. Ingrid Rothmann

GOLDMANN VERLAG

Neuausgabe

Die Originalausgabe erschien unter dem Titel
»So worthy my love« bei Avon Books, New York

Für Alexa,
meine vierjährige Enkelin,
der ich die visuelle Inspiration
für Elise verdanke

Umwelthinweis:
Alle bedruckten Materialien dieses Taschenbuches
sind chlorfrei und umweltschonend.
Das Papier enthält Recycling-Anteile.

Der Goldmann Verlag
ist ein Unternehmen der Verlagsgruppe Bertelsmann

Genehmigte Taschenbuchausgabe
Copyright © 1989 by Kathleen E. Woodiwiss
Published by arrangement with Avon Books, New York.
Copyright © der deutschsprachigen Ausgabe 1990 by
Blanvalet Verlag, München
Umschlaggestaltung: Design Team München
Umschlagillustration: Schlück/Duillo, Garbsen
Druck: Elsnerdruck, Berlin
Verlagsnummer: 42695
AK · Herstellung: Heidrun Nawrot
Made in Germany
ISBN 3-442-42695-2

1 3 5 7 9 10 8 6 4 2

PROLOG

Der Mann war noch jung, Mitte Dreißig etwa, doch die tiefen Furchen, die Erschöpfung und Entbehrungen in seine Züge gegraben hatten, wurden von den Bartstoppeln auf Wangen und Kinn noch betont und ließen sein hübsches Gesicht alt erscheinen. Er saß auf einem großen, behauenen Steinblock, der aus dem Ruinengemäuer hinter ihm gebrochen war. Auf einer Decke zu seinen Füßen zupfte ein zweijähriges Mädchen teilnahmslos am wolligen Haar einer Puppe. Erwartungsvoll blickte es in die Ferne.

Der Mann legte den Kopf in den Nacken, um sich die warme Mittagssonne ins Gesicht scheinen zu lassen, und atmete tief die kühle, frische Brise ein, die den herben Heidegeruch vom Moor her mit sich führte. Sein Kopf dröhnte – Folge seiner Maßlosigkeit nach einer langen, schlaflosen Nacht. Matt lagen seine Hände auf den Knien, seine Brust schmerzte unter der Last seines Kummers.

Nach einiger Zeit ließ der Druck im Hinterkopf nach, und er atmete auf. Er war hierher gekommen, um irgend etwas zu finden, das ihn an hellere, frohere Tage erinnerte, als sie noch zu dritt waren und glücklich auf diesen sanften Hängen herumgetollt hatten. Die kleine Elise war noch nicht alt genug, um zu erfassen, daß ihr Verlust von Dauer war. Sie kannte dies hier nur als einen Ort, an dem ein warmherziges und sanftes Wesen mit ihr gespielt hatte und unbeschwert lachend mit ihr über das würzig duftende Gras gekollert war. Hoffnungsvoll erwartete sie nun die Wiederkehr jener liebenden und geliebten Person, doch die Zeit verging, ohne daß sie kam.

Wolken ballten sich zu ihren Häupten zusammen und schoben sich vor die Sonne. Plötzlich kam der Wind von Norden und brachte Kälte mit sich. Wieder seufzte der Mann und öffnete seine rotgeränderten Augen, als eine leichte Berührung seinen Handrücken liebkoste. Sein Töchterchen hatte sich an ihn geschmiegt und blickte fragend zu ihm auf. In ihrem Blick lag Kummer, als begriffe sie nach Kinderart, daß die Erinnerung das wirkliche Leben nicht zurückbringt und es sinnlos sei, noch länger hier zu verweilen.

Der Mann sah in den tiefblauen Augen, im brünetten Haar, im feingeformten Kinn und den weichen ausdrucksvollen Lippen die Ähnlichkeit mit der Frau, die er so hingebungsvoll geliebt hatte. Er drückte das Kind in einer heftigen Umarmung an sich, bemüht, das Schluchzen zu unterdrücken, das ihn zu überwältigen drohte. Dennoch gelang es ihm nicht, die Tränen zurückzuhalten, die ihm über die Wangen liefen und auf die seidigen Löckchen fielen.

Der Mann räusperte sich und musterte das Mädchen. Wieder begegneten sich ihre Blicke, und in diesem Moment wurde zwischen ihnen ein Band geknüpft, das nichts in der Welt zu trennen vermochte. Dieses Band würde stets die Entfernung zwischen ihnen überbrücken, während beide die Erinnerung an jene, die sie so geliebt hatten, im Herzen bewahrten.

I

London war zu einem höchst unsicheren Aufenthalt geworden, und Geschichten von Verrat und gedungener Rache machten immer häufiger die Runde. In das Leben der Stadt mischten sich Alarmrufe, wenn die Häscher der Königin Jagd auf Verschwörer machten. Wilde Rufe und das Geräusch sich eilig entfernender Schritte durchbrachen tief in der Nacht die Stille der Straßen, gefolgt vom beharrlichen Hämmern schwerer Fäuste gegen eine fest verriegelte Tür. Es folgten bei Fackelschein durchgeführte Verhöre, die viele an den Galgen brachten oder mit einer Zurschaustellung aufgespießter Köpfe an der London Bridge endeten. Den Anschlägen auf das Leben der Königin wurde damit kein Ende bereitet, im Gegenteil, es sah so aus, als entsprängen sie unmittelbar dem Reich des Bösen. Mary Stuart war Gefangene Englands; ihren Thron hatte Elizabeth Tudor inne. Das Leben beider war in großer Gefahr.

*7. November 1585
Unweit des Dorfes Burford
Oxfordshire, England*

Das muntere Flackern unzähliger dicker Kerzen schien im Einklang mit der Stimmung der Hochzeitsgäste, die sich im schnellen Rhythmus der Courante bewegten. Die festlichen Klänge der Spielleute füllten die große Halle von Bradbury Hall und verschmolzen mit dem übermütigen Gelächter der Lords und ihrer Ladies. Es gab wahrhaftig Grund zum Feiern, denn die häufigen Verlobungen und ebenso häufig abgesagten Hochzeiten der holden Arabella Stamford hatten endlich doch zu einer erfolgreichen

Verbindung geführt. Nicht weniger erstaunlich war die Tatsache, daß der kühne Freier, der in den vergangenen Monaten so hingebungsvoll um ihre Hand angehalten hatte, bislang von größerem Unglück verschont geblieben war. Von dem halben Dutzend, das bislang die Ehre gehabt hatte, sich Verlobter dieser Dame nennen zu dürfen, war keiner mehr am Leben, auch nicht der Marquis von Bradbury, auf dessen Landsitz die Gäste jetzt feierten. Reland Huxford, der Earl von Chadwick, der die Möglichkeit von sich wies, daß auf einem so lieblichen Geschöpf ein Fluch liegen könnte, hatte sich in seinem Werben nicht beirren lassen und des traurigen Geschicks jener nicht geachtet, die ihm vorangegangen waren. Triumphierend und durch eine grüne Girlande mit seiner Angetrauten verbunden, stand er da, während ledergefaßte Humpen und Silberpokale zu Ehren des jungen Paares erhoben wurden. Starkes Bier und zu Kopf steigender Wein taten das Ihre, um die Stimmung anzuheizen. Die Dienerschaft war emsig am Werk, zapfte frische Fässer des dunklen Bieres an und schenkte Wein, weißen und roten, nach, damit die Hochstimmung nicht nachließe.

Edward Stamford war vor Freude schier außer sich, weil er endlich einen Schwiegersohn hatte, der über Reichtum und Rang verfügte, doch er hatte ihm die Hand seiner Tochter nicht gegeben, ohne ein gewisses Ausmaß an Ungemach hinnehmen zu müssen. Nur widerstrebend hatte er zugestimmt, daß die Hochzeitstafel mehr als das Alltägliche an Speisen bot. Nun mußte der alte Geizkragen bekümmert mit ansehen, wie riesige Tabletts mit Spanferkeln, gefüllten Zicklein und kunstvoll garnierten Wildvögeln den heißhungrigen Gästen vorgesetzt wurden, wie saftiges Fleisch, würzige Puddings und köstliche Süßspeisen in gleichmütiger Völlerei von all denen verschlungen wurden, die gekommen waren, um sich an seiner so seltenen Großzügigkeit gütlich zu tun. Falls jemandem die Appetitlosigkeit des Gastgebers auffiel, behielt er seine Beobachtung für sich.

Es war in der Tat ein ungewöhnlicher Tag, an dem Edward Stamford sich gegen jedermann so freundlich zeigte. Er galt als ein Opportunist, der seinen Reichtum dem Unglück oder der Torheit anderer verdankte. Zwar hätte niemand den Beweis zu erbringen vermocht, daß seine unerwarteten Gewinne raffinierten Machenschaften zuzuschreiben waren, jedoch wußte Edward stets die Früchte anderer zu ernten. Sein bekanntester, wenn auch inzwischen für immer verstummter Wohltäter war der verblichene Herr von Bradbury Hall, Maxim Seymour, Marquis von Bradbury.

Kein Mensch ahnte, was es Edward gekostet hatte, um jeden Verdacht zu zerstreuen, er habe bei der Ermordung des Spitzels der Königin selbst die Hand im Spiel gehabt. Indem er die Schuld auf Seymour abwälzte, hatte er jeglicher Ehre und jeglichem Vorteil entsagt, die er sich einst von der Verbindung mit seiner Tochter mit diesem Mann erhoffte. Andernfalls wäre nicht nur eine Vergeltungsaktion von seiten Ihrer Majestät zu befürchten gewesen, nein, Edward wußte auch, daß der Marquis einst als einer der kühnsten Haudegen der Königin gegolten hatte und für sein Geschick in der Handhabung des Schwertes bekannt war. In seinen Alpträumen sah sich Edward von der langen, schimmernden Doppelklinge des Edelmannes an eine Wand gespießt.

Zwar schenkte Elizabeth seinen Beschuldigungen ihr Ohr, doch hatte er ihre Sympathie für Seymour weit unterschätzt. Die Königin zeigte sich zunächst sehr verstimmt, daß einer ihrer in großer Gunst stehenden Edelleute von einem weniger Geschätzten des Mordes und Verrats bezichtigt wurde. Erst als Zeugen bestätigten, daß man die Handschuhe des Marquis neben dem getöteten Spitzel gefunden habe, hatte Edward die Sache für sich entscheiden können. Die Königin hatte ihm schließlich Glauben geschenkt und Seymours sofortige Hinrichtung befohlen. Zusätzlich wurden ihm in einem Schnellverfahren, wie bei Hochverrat üblich, Titel und Besitz aberkannt; letzterer wurde dem Mann überantwortet, der ihn angeklagt hatte. Edwards anfängliches Frohlocken war beklemmender Angst gewichen, als Seymour in seiner Kerkerzelle im Lambeth Palace all jenen Rache schwor, die seinen Sturz und den Entzug königlicher Gunst bewirkt hatten. Obgleich das Todesurteil an dem Edelmann in knappen vierzehn Tagen vollzogen werden sollte, hatte der arg mitgenommene Edward kaum gewagt, die Augen zu schließen, aus Furcht, er würde sie nie wieder öffnen. Er fürchtete vor allem den Verstand des Marquis – zu Recht, wie sich zeigte, denn der Marquis hatte einen Plan ausgeheckt, wie er seinen Bewachern beim Überqueren der Brücke auf dem Weg in den Tower entkommen könnte. Das Schicksal jedoch wollte es anders. Seymour wurde auf der Flucht von einem seiner Bewacher erschossen. Mit großer Erleichterung hatte Edward diese Nachricht vernommen und sich endlich so sicher gefühlt, daß er daran denken konnte, mit seinem gesamten Hausstand aus dem eigenen sehr kargen Haus auf die reichen Besitzungen des Marquis überzusiedeln.

Die rasche Ausschaltung des Marquis gehörte zu Edwards bemerkenswertesten Schachzügen, doch wenn er jetzt Mitleid zeigte oder sein Haus oder seine Börse öffnete, um jemandem zu helfen, glaubte mancher, er wolle sich damit noch größere Reichtümer sichern. Genau dies schien der Fall zu sein, als er Elise Radborne, die Tochter einer vor fünfzehn Jahren verstorbenen Pflegeschwester, gastfreundlich bei sich aufnahm. Das Verschwinden von Elises Vater war unter Umständen erfolgt, die ihre Flucht aus London und aus dem Elternhaus erzwungen hatten. Edward, dem Gerüchte einen verborgenen Schatz der Familie betreffend zu Ohren gekommen waren, hatte ihr zuvorkommend den Osttrakt von Bradbury Hall zur Verfügung gestellt. Übertriebene Großzügigkeit war jedoch seiner Natur zutiefst zuwider. Da er der einzige Angehörige war, an den das Mädchen sich wenden konnte, hatte er ihre Bedrängnis ausgenutzt, eine hohe Miete gefordert und sie praktisch in den Dienst als Haushälterin seines neuen Landsitzes gezwungen. Entschuldigt hatte er dieses Vorgehen damit, daß seine eigene Tochter nicht mit üblichen Haushaltspflichten belastet werden sollte, während sie mit den Vorbereitungen für ihre Hochzeit mit dem Earl von Chadwick vollauf beschäftigt war. Vor dem Hochzeitsfest hatte Edward seine Nichte angewiesen, sich abends von den Tafelfreuden fernzuhalten und das Gesinde bei seiner Arbeit im Festsaal zu überwachen. Streng hatte er sie ermahnt, daß kein Tropfen oder Krümel verschwendet werden dürfe, vor allem aber dürfe sich die Dienerschaft nicht an den Leckerbissen gütlich tun.

Ungeachtet ihrer siebzehn Jahre war Elise Radborne schon eine umsichtige junge Dame und nicht ohne Erfahrung in der Führung eines großen Hauses, da sie ihrem Vater schon einige Jahre den Haushalt geführt hatte; doch jetzt befand sie sich unter Fremden und hatte Gesinde zu beaufsichtigen, das noch immer Maxim Seymour, dem einstigen Herrn von Bradbury Hall, verbunden war. So ergeben sie Seymour waren, so kritisch und ablehnend standen sie dem neuen Grundherrn gegenüber, denn es wurde unter ihnen gemunkelt, daß Edward Stamford sich Bradbury mittels Lug und Trug angeeignet habe.

Elise konnte nicht beurteilen, was von den Gerüchten stimmte und was nicht. Sie war erst Monate nach dem bei seinem kühnen Fluchtversuch ums Leben gekommenen Tod des Marquis nach Bradbury Hall gekommen und hatte ihn nie gesehen. Ihr einziger Kontakt zu Seymour bestand darin, daß sie im Osttrakt, den sie nun bewohnte, auf sein Porträt gestoßen war. Vor ihrer Ankunft waren die Räume verschlossen gewesen, doch in der winzigen Kammer, in der sie das Bild entdeckte, hatten Fingerabdrücke im Staub und eine frische Hülle angezeigt, daß es in jüngster Zeit dorthin gekommen war. Neugierig geworden, aus welchem Grund man ein so großartiges Gemälde versteckt hielt, hatte sie sich diskret umgehört und erfahren, der neue Herr habe kurz nach seinem Eintreffen befohlen, das Bild zu vernichten, worauf die Dienerschaft, die an diesem Befehl Anstoß nahmen, es im Osttrakt versteckte.

Elise konnte dem Gesinde seine Treue nicht verdenken, wenngleich sie angesichts der Verbrechen des Marquis überzeugt war, daß er soviel Anhänglichkeit nicht verdiente. Schließlich war er der Teilnahme an einer gegen das Leben der Königin gerichteten Verschwörung zugunsten fremder Mächte und des Mordes an einem königlichen Spitzel für schuldig befunden worden. Angesichts der Tatsache aber, daß viele Dienstboten schon seit langem auf Bradbury waren, einige sogar schon seit der Zeit vor Lord Seymours Geburt vor fünfunddreißig Jahren, war es nur zu verständlich, daß sie an die Beweise seiner Schuld nicht glaubten und sein Andenken ehrten. Elise war aber entschlossen, den Motiven ihres

Onkels, der jede Erinnerung an den Marquis aus dem Haus verbannt wissen wollte, ebenso Gerechtigkeit widerfahren zu lassen. Stellte das Porträt den Mann wirklich so dar, wie er gewesen war, dann war anzunehmen, daß Seymour auf Arabella starken Eindruck gemacht hatte. Der Verlust eines so stattlichen Kavaliers hätte jedes Mädchen gegen seinen Vater aufgebracht, der bei dem gewaltsamen Tod des Freiers die Hände im Spiel hatte. Doch sein Bestreben, den Familienfrieden zu bewahren, rechtfertigte Edwards Vorgehen hinlänglich.

Seit ihrer Ankunft bestand Elises Aufgabe nun darin, einer Dienerschaft vorzustehen, die dem Hausherrn mit Ablehnung begegnete. Waren die Leute fleißig und erledigten sie die ihnen aufgetragenen Arbeiten gewissenhaft, so geschah es nur aus Hochachtung vor dem einstigen Besitzer. Zu einer Auseinandersetzung kam es immer erst dann, wenn schon eine Zeitlang über Edwards Vorgehen heimlich gemurrt worden war. Elise gab allen darauf stets unmißverständlich zu verstehen, daß sie kein Recht hatten, die Anordnungen ihres Herrn in Frage zu stellen, mochten diese ihnen auch noch so sinnlos erscheinen.

Dieser Abend stellte keine Ausnahme von der Regel dar. Sie hatte bereits einige Bedienstete wegen ihrer wenig schmeichelhaften Vergleiche des gegenwärtigen Herrn mit dem vorangegangenen gescholten, als sie einen vor einem angezapften Faß herumtrödeln sah. Er trug einen Überwurf, dessen Kapuze seinen Kopf völlig bedeckte und keinen Blick auf sein Gesicht zuließ. Zudem stand er in gebückter Haltung da, so daß seine breiten Schultern Elise die Sicht nahmen und in ihr den Argwohn weckten, daß er sich das Getränk zu Gemüte führte – in den Augen ihres Onkels eine unverzeihliche Sünde.

Auf einen neuerlichen Wortwechsel gefaßt, straffte Elise die Schultern und strich das schwarze Samtgewand über dem Reifrock glatt, bemüht, eine der Herrin eines großen Hauses gemäße Haltung anzunehmen. Trotz ihrer Jugend wirkte sie sehr überzeugend, nicht zuletzt, weil ihr schlichtes, aber kostbares Gewand ihr Noblesse und Eleganz verlieh. Eine weiße spitzenbesetzte Krause, im Vergleich zu den üppigen Hofgewändern dezent und schmal, umrahmte den Halsausschnitt und betonte, im Nacken hochgestellt, ihr harmonisches ovales Gesicht. Ein rosiger Hauch lag auf dem sanften Rand der Backenknochen und verstärkte den Glanz der saphirblauen, andeutungsweise schräggestellten, von dichten dunklen Wimpern umrahmten Augen. Ihre Brauen, die sich als rotbraune Schwingen auf einer makellosen Haut abzeichneten, waren nicht abrasiert, wie es die Gewohnheit vieler Damen war. Das in der Mitte gescheitelte, dichte brünette Haar bedeckte ein schwarzes Samthäubchen, das sich in zwei Bögen über ihrer Stirn wölbte. Zwei lange Perlenschnüre zierten den Hals unter der steifen Krause und hingen tief herab. Eine rubingefaßte kleine Emailleminiatur diente als Schließe der Kette. Das Bild zeigte das Profil einer Frau, die, wie ihr Vater meinte, ihrer Mutter ähnelte.

Elise hoffte inständig, einen ebenso imponierenden Eindruck zu machen wie die Frau auf dem winzigen Bildchen, damit der Diener ihr mit dem nötigen Respekt begegnete, anders als jene, die sie in ihrer armseligen Verkleidung als zerlumpten Hansejungen gesehen hatten. Knapp hinter dem Mann innehaltend, fragte sie in fast freundlichem Ton: »Nun, kommt der Wein deinem Geschmack entgegen?«

Langsam wandte sich ihr der kapuzenbedeckte Kopf zu, bis sie die schmale Gesichtsöffnung über einer breiten Schulter vor sich sah. Die Kapuze war so dicht um das Gesicht gezogen, daß sie es wie eine Maske halb verdeckte. Nur die dunkel schimmernden Augen, in denen sich der Kerzenschein spiegelte, waren im Schatten der Kapuze sichtbar. Ein voller Blick auf seine Züge blieb ihr verwehrt. Der Mann war größer und wirkte irgendwie anders als die anderen Dienstboten, ein Umstand, der in Elise den Eindruck erweckte, er sei aus einem anderen Teil der Besitzungen geholt worden.

»Verzeiht, Mistreß, der alte Kellermeister wollte, daß ich das Zeug probiere, damit der Gaumen der feinen Herrschaften nicht minderen Wein kosten muß.« Seine Sprechweise war die des einfachen Mannes, seine Stimme aber war wohltönend, angenehm und warm. Prüfend hob er den Krug, neigte ihn ein wenig und begutachtete den Inhalt eingehend; dann tippte er mit dem Zeigefinger auf die Gefäßwölbung. »Denkt an meine Worte, Mistreß, dieser Wein hier, der ist noch alter Bestand. Schmeckt mild und würzig, ganz anders als das Gesöff, das der alte Stamford seinen Gästen vorsetzt.«

Fassungslos starrte Elise den Mann an, dessen Frechheit ihr glatt die Sprache verschlug und ihr Gefühl für Anstand verletzte. »Ich bezweifle, ob Squire Stamford Wert auf dein Urteil und deine Meinung legt. Undankbarer Kerl! Wer bist du, daß du die gute Absicht des Mannes in Zweifel ziehst, der deinen Lohn zahlt? Schande über dich!« stieß sie aufgebracht und nicht ohne einen Anflug von Sarkasmus hervor.

Der Bedienstete stieß einen matten Seufzer aus.

»Wirklich eine Schande, eine richtige Schande.«

Da stemmte Elise die Hände in die schlanke Taille und holte mit blitzenden Augen zu einer Gardinenpredigt aus. »Ach so, das also ist es! Du willst dich beklagen? Wahrhaftig! Der Herr läßt eher die Klagen der Straßenbettler über sich ergehen als das Gejammer seines Küchengesindes. Sag mir, hat meine Gegenwart dich etwa am Trinken gehindert?«

Der Mann fuhr sich mit einer mit Stofflappen umwickelten Hand über den Mund. »Der Herr täte gut daran, selbst von seinen Vorräten zu kosten. Ein wahrer Jammer, daß er an seine Gäste dieses saure Zeug ausschenken läßt.«

»Bist du als Schankmeister so unfehlbar, oder ist dir eine gehörige Portion Hochmut in die Wiege gelegt worden?« fragte Elise von oben herab.

»Hochmut?« Er lachte verächtlich. »Nun, man könnte sagen, die gehörige Portion habe ich von den feinen Herrschaften abgeschaut.«

Elise hielt empört die Luft an. »Laß dir gesagt sein, daß du dir mehr als genug abgeschaut hast!«

Von ihrer Kritik ungerührt, reagierte der Mann mit einem gleichmütigen Achselzucken. »Hochmut ist's nicht, doch vermag ich Gut von Schlecht zu unterscheiden. Recht von Unrecht... und manchmal bedarf es eines Funken Verstandes, um den Unterschied zu erkennen.« Er trat näher an das Faß heran und machte sich daran, einen zweiten Krug zu füllen. »Wenn jetzt Seine Lordschaft hier wäre...«

»Was denn? Schon wieder eine Klage über den Verlust des Marquis? Was für ein aufsässiges Gesinde...!« klagte Elise, der nicht entging, daß laufend volle Tabletts hereingebracht wurden. Mit einer ungeduldigen Geste wies sie die Speisenträger an, die Gäste an einem etwas entfernteren Schragentisch zu bedienen, während sie diesen flegelhaften Knecht gründlich in die Schranken wies. »Sag mir, hat dir noch niemand Anstand beigebracht?«

»Doch, schon.« Die Kapuze dämpfte die tiefe Stimme, als er mit dem Ärmel des Überwurfs verschüttete Tropfen abwischte. »Seine Lordschaft, der Marquis... ich folge seinem Beispiel.«

»Nun, dann hast du einen schlechten Lehrer gehabt«, unterbrach Elise ihn brüsk. »Alle Welt weiß, daß Lord Seymour ein Mörder war und die Königin verraten hat.«

»Diese Geschichten habe ich auch gehört«, gab der Mann zurück und lachte kurz auf, »aber geglaubt habe ich sie nicht.«

»Das sind nicht nur Geschichten«, warf Elise ein. »Zumindest war die Königin dieser Meinung. Sie beschlagnahmte seine Besitzungen und übergab sie meinem Onkel, da sie in ihm offensichtlich den Würdigeren erkannte.«

Da setzte der Mann den Krug mit einem Ruck ab und beugte sich vor, als wollte er ihr heftig widersprechen. Daß die Kapuze verrutschte und den Blick auf die untere Gesichtshälfte freigab, schien ihn nicht zu kümmern. Ein struppiger hellbrauner Bart bedeckte das Kinn. Unter einem Schnauzbart, der ihm über die Oberlippe hing, verzog er verächtlich den Mund.

»Mädchen, wie könnt Ihr so urteilen? Ihr habt Lord Seymour nie gesehen, und Ihr kennt den Squire nicht, wenn Ihr sagt, er sei der Würdigere.«

Elise hielt dem Blick der Augen stand, die ihr aus dem Dunkel der Kapuze nun sonderbar stechend entgegensahen. Für einen Augenblick ließ die aufflackernde Wut sie erstarren, dann aber reckte sie stolz ihr Kinn und ging zum Gegenangriff über: »Bist du denn ein Hellseher, weil du zu wissen glaubst, ob ich ihn kenne oder nicht?«

Sich zu voller Größe aufrichtend, wich der Mann ein Stück zurück und verschränkte die Arme vor der Brust, den Blick voller Spottlust auf Elise gerichtet, die ihm knapp bis ans Kinn reichte. Hätte sie nicht den Kopf in den Nacken gelegt, um ihn anzusehen, sie hätte vor sich nur das rauhe Sackleinen gesehen, das seine Brust bedeckte.

»Verzeiht mir, Mistreß.« Die Hand auf der Brust, vollführte er eine Verbeugung. »Hab' Euch nie hier gesehen, als Lord Seymour noch unser Herr war, und da dacht' ich mir, Ihr seid ihm nie begegnet.«

»Das stimmt«, gestand Elise, von seiner herausfordernden Art irritiert. Der Mann verdiente gar keine Erklärung, und sie schalt sich insgeheim, daß sie ihm trotzdem eine gab. Ohne sein spöttisches Lächeln zu beachten, sagte sie mit Nachdruck: »Aber ich hätte ihn trotzdem erkannt.«

»Wahrhaftig?« Aus den Tiefen der Kapuze traf sie ein neugieriger Blick. »Und Ihr hättet sagen können, das ist er, obgleich er Euch nie vor Augen kam?«

Die Dreistigkeit des Mannes entfachte Elises Zorn von neuem, und es war klar, daß er an ihren Worten zweifelte. Vermutlich hielt ihn allein sein gesunder Menschenverstand ab, sie eine Lügnerin zu nennen. Dennoch drängten sich ihr Erinnerungen aus jüngster Zeit auf, die sie nicht vergessen konnte, so sehr sie sich auch bemühte… die Erinnerung an das Porträt des Marquis. Zunächst hatte sie ihre Bewunderung der Art der Darstellung zugeschrieben. Das grüne Jagdkostüm des Marquis betonte seine stattliche Erscheinung, während die zwei Wolfshunde an seiner Seite den Eindruck von Abenteuerlust vermittelten; in Wahrheit aber waren es seine wohlgebildeten, aristokratischen Züge, die dunklen Wimpern und grünen Augen und das andeutungsweise spöttische Lächeln, das sie so anziehend gefunden hatte; sie hatten bewirkt, daß sie immer wieder einen Blick auf das Bild geworfen hatte.

Elise sah, daß der ungehobelte Knecht nachsichtig grinste, als wäre ihr Schweigen Beweis, daß sie nur geprahlt hatte. Das steigerte ihre Gereiztheit und verschärfte ihren Ton, als sie sagte: »Offenbar grinst du, weil du weißt, daß ich meine Behauptung nicht beweisen kann. Der Marquis wurde bei einem Fluchtversuch getötet.«

»Ja, das hab' ich selbst auch gehört«, stimmte ihr Gegenspieler zu. »Es war unterwegs zum Tower, als er sich von den Bütteln losriß und totgeschossen wurde.« Wieder beugte der Mann sich vor und raunte so verstohlen, als gälte es, ein Geheimnis zu wahren: »Aber wer weiß schon, was dem Marquis zustieß, als er von der Brücke stürzte? Keine Menschenseele hat ihn je wiedergesehen, und gefunden hat man auch nichts.« Er stieß einen bekümmerten Seufzer aus. »Ach ja, für die Fische war es wohl ein Freudenschmaus in jener Nacht.«

Das heraufbeschworene grausige Bild ließ Elise schaudern. Mit Aufbietung großer Willenskraft verdrängte sie, was ein beabsichtigter Versuch schien, sie aus der Fassung zu bringen, und wandte gezielt ihre Aufmerksamkeit den unmittelbaren Dingen zu. »Der gegenwärtige Schmaus hat uns mehr zu kümmern…« Sie hielt plötzlich inne, weil sie nicht wußte, wie sie den Mann ansprechen sollte. »Gewiß hat deine Mutter dir einen Namen gegeben.«

»Sehr wohl, Mistreß, das hat sie. Taylor heiß' ich. Einfach Taylor.«

Elise deutete auf die am Schragentisch Tafelnden und erinnerte ihn an seine Pflichten. »Also dann, Taylor, kümmere dich um die Gäste des Squire und um ihre Becher, ehe er uns beide wegen Saumseligkeit zur Rechenschaft zieht.«

Überschwenglich verbeugte er sich: »Zu Diensten, Mistreß.«

Verblüfft ob seines Benehmens, konnte sie sich die Bemerkung nicht versagen: »Taylor, du ahmst die Manieren deines Herrn gut nach.«

Der Mann, der sich die Kapuze enger ums Gesicht zog, lachte verhalten. »Seine Lordschaft hatte in der Jugend so viele Lehrer, wie eine Kröte Warzen hat. Ich machte mir einen Spaß daraus, dem Unterricht zu folgen.«

Neugierig zog sie ihre Brauen hoch. »Und wieso hältst du dein Haupt bedeckt und verbirgst dein Gesicht? Ist es etwa zu kalt im Saal?«

Seine Antwort kam ganz rasch. »Nein, Mistreß. Kälte ist es

nicht, sondern ein Geburtsfehler, müßt Ihr wissen. Ein einziger Blick in mein elendes Gesicht genügt, und die Menschen fallen in Ohnmacht. Den feinen Herrschaften könnte bei meinem Anblick der Bissen im Hals steckenbleiben.«

Elise enthielt sich weiterer Fragen, um nicht die Mißbildungen des Mannes zu Gesicht zu bekommen. Sie entließ ihn schroff und behielt ihn im Auge, bis sie sicher sein konnte, daß er seinen Aufgaben angemessen nachkam. Er umrundete die Tische, füllte hier einen Pokal nach und sorgte dort für einen frischen Humpen, indem er abwechselnd aus den beiden Krügen nachschenkte, den Damen und den Alten aus dem einen, den kräftigen Männern aus dem anderen. Insgeheim pflichtete Elise ihm bei und konnte nicht umhin, seine Umsicht zu bewundern, weil er den weniger Trinkfesten leichteren Wein nachschenkte.

Elise, die die Halle nach weiteren säumigen Dienstboten absuchte, entspannte sich merklich, nachdem sie festgestellt hatte, daß alle eifrig ihren Pflichten nachkamen. Da sie den Blick von einem Tisch zum anderen wandern ließ und genau registrierte, wo Speisen nachgereicht werden mußten, entging ihr, daß sich ihr einer der Gäste näherte, bis er dicht hinter ihr stand. Zudringlich legte er den Arm um ihre schmale Taille, und ehe sie sich zur Wehr setzen konnte, hatte er ihr einen leichten Kuß hinters Ohr, genau oberhalb der Halskrause, gedrückt.

»Elise... duftende Blume der Nacht...«, hörte sie eine tiefe Stimme schmachten. »Meine Seele sehnt sich nach Eurer Gunst, süße Maid. Seid einem Darbenden gefällig, und laßt mich von Euren Lippen den Nektar kosten.«

Da riß Elise der Geduldsfaden. Sie war nicht der Mensch, der sich Aufmerksamkeiten dieser Art gefallen ließ, und sie gedachte, diesen Kerl gehörig in die Schranken zu weisen. Mit erhobener Hand fuhr sie herum, bereit, diesem Tölpel, der sie so töricht umwarb, eine Ohrfeige zu geben. Sie hatte Devlin Huxford, Relands eingebildeten Vetter, hinter sich vermutet, der sie schon den ganzen Abend beäugte. Doch als sie den Mann dann ansah, blickte sie in ein gebräuntes Gesicht und tiefbraune Augen, in denen Lachpünktchen tanzten.

»Quentin!« stieß sie erleichtert hervor. »Was treibst du denn hier?«

Lächelnd führte er ihre schlanken Finger an seine Lippen. »Bezaubernd siehst du heute aus, Kusine. Daß du vor den Nachstellungen der Radbornes fliehen mußtest, hat dir nicht geschadet.« Um seine Mundwinkel spielte ein amüsiertes Lächeln. »Meine Mutter wird es meinen Brüdern nie verzeihen, daß sie dich entwischen ließen.«

»Wie kannst du über dein eigen Fleisch und Blut in diesem Ton sprechen?« fragte Elise erstaunt. »Obwohl es stimmt – man wollte mir übel mitspielen. Es grenzt an ein Wunder, daß ich entkommen konnte.«

»Der arme Forsworth leidet noch an dem Hieb, den er von dir über den Kopf bekam. Er schwor, du hättest ihn mit einer Keule geschlagen. Natürlich hat Mutter ihn tüchtig gescholten, weil er dir den Rücken zukehrte.« Quentin seufzte theatralisch und schüttelte den Kopf. »Der arme Junge wird nie wieder der alte sein. Du hast seinen Verstand verwirrt.«

»Lord Forsworth, wie er sich selbst nennt, war schon wirr im Kopf, ehe ich auf ihn einschlug«, höhnte Elise. »Ehrlich gesagt kann ich mich nur wundern, daß du derselben Familie entstammst. Es ist nicht zu übersehen, daß du, was Verstand und Wissen betrifft, deinen Brüdern weit voraus bist, ganz zu schweigen von den guten Manieren.«

Die Hand auf das feine Tuch seines Wamses gepreßt, nahm Quentin ihr Kompliment mit einer leichten Verbeugung zur Kenntnis. »Meinen ergebenen Dank, holde Dame. Wenn man der Älteste ist, bringt das gewisse Vorteile mit sich. Wie du weißt, hinterließ mir mein Vater den Landsitz der Familie und sein Vermögen, das von dem meiner Mutter getrennt war. Tröstungen dieser Art erlauben mir, mich den Rivalitäten und Intrigen meiner Familie zu entziehen.«

Elise hob ihr Näschen, nicht gewillt, Entschuldigungen für die Vergehen seiner Familie zu suchen. Die Witwe und die jüngeren Söhne Bardolf Radbornes bildeten eine überhebliche Clique von Edelleuten, die von ihrer Macht so kühn Gebrauch machten wie von einem Schwert, mit dem sie jeden, der sich ihnen in den Weg stellte, für immer unschädlich machten. »Onkel Bardolf zeigte sich Cassandra gegenüber ebenso großzügig. Ihr Vermögen hätte für sie und deine Brüder geraume Zeit ausgereicht. Wenn ihre Reserven jetzt dahinschmelzen, dann ist es die Folge ihrer eigenen Torheit. Sie will nun das an sich reißen, was mein Vater mir zudachte, und behauptet, es gehöre ihren Söhnen als Bestandteil des Radborne-Erbes. Die Räude komme über sie und deine drei Brüder! Du weißt, daß mein Vater sich als zweiter Sohn sein Vermögen selbst erwerben mußte, daher gehört nichts davon deiner Familie. Wäre da nicht die Tatsache, daß sie mich gefangennahmen und mich zwingen wollten, das Versteck des Geldes zu verraten, so wäre ich fast geneigt anzunehmen, daß *sie* bei der Entführung meines Vaters ihre Hand im Spiel hatten!«

Quentin runzelte nachdenklich die Stirn, während er die Hände im Rücken verschränkte. »Du hast recht. Es ist unwahrscheinlich, daß man dir das Geheimnis mit Gewalt entreißen wollte, wenn man Onkel Ramsey in der Gewalt gehabt hätte.« Er seufzte tief. »Mich bekümmern die Spiele, die meine Mutter und Brüder ersinnen, um Reichtümer zu ergattern.«

»Es sind nicht nur Spiele«, berichtigte Elise ihn in eisigem Ton. »Cassandra und ihre hohlköpfigen Söhne hatten Schlimmes mit mir vor.« Sie hielt inne, da sie ihn nicht wieder verletzen wollte. »Quentin, verzeih mir. Ich habe dich ungewollt gekränkt. Du unterscheidest dich so stark von deiner Familie, daß ich zuweilen vergesse, meine Zunge im Zaum zu halten. Ich begreife gar nicht, warum du den Zorn deiner Mutter riskiert hast, indem du mich mitnahmst.«

Er lachte auf. »Ich fürchte, meine edle Tat war ziemlich kurzsichtig. Ich hätte mein Haus gegen ihr Eindringen sichern sollen. Dann hättest du nicht ein zweites Mal fliehen müssen.«

»Deine Brüder kamen, als du fort warst, und schlichen sich in dein Haus wie Diebe in der Nacht, um mich zurück nach London zu bringen. Es war nicht deine Schuld, Quentin.«

Seine dunklen Augen sahen sie prüfend an. »Ich habe mich schon gefragt…«, sprach er zögernd, »…ob ich will oder nicht,

Elise, ich muß es fragen. Was hat meine Familie dir angetan?«

Elise zog die schmalen Schultern unmerklich hoch, nicht gewillt, sich an die Grausamkeiten von Tante und Vettern zu erinnern. Die Mißhandlungen waren über verbale Beleidigungen weit hinausgegangen. Man war handgreiflich geworden, und als sich dies als nutzlos erwies, hatte man ihr Nahrung und primitivsten Komfort verweigert, so daß ihr Schlafzimmer zu einer wahren Folterkammer wurde. Auch jetzt, wieder in Freiheit, spürte sie, daß sie um ihres inneren Friedens und ihres Wohlbefindens willen die Erinnerung an jene schrecklichen Wochen verdrängen mußte. »Alles in allem haben sie mir keinen bleibenden Schaden zugefügt.«

Trotz dieser gemäßigten Worte ließ der Alptraum ihrer Gefangenschaft Elise noch immer erbeben. Mit gezwungenem Lächeln sah sie zu ihrem Vetter auf. »Du hast mir noch nicht gesagt, warum du da bist. Ich dachte, du könntest Onkel Edward nicht ausstehen.«

»Das kann ich nicht leugnen«, lachte er leise, »doch würde ich auch das Nest des Raubvogels angreifen, um einen Blick auf das schönste Juwel zu tun.«

»Da bist du zu spät gekommen, Quentin«, meinte Elise nun in unbeschwertem Ton. »Die Ehegelübde wurden gesprochen, Arabella ist nun mit diesem Earl vermählt.«

»Liebe Elise, ich kam nicht Arabellas wegen«, erklärte er mit Nachdruck. »Du bist es, die ich sehen wollte.«

»Und du, lieber Vetter, beliebst zu scherzen«, entgegnete sie ungläubig. »Wenn du gesagt hättest, du wolltest Onkel Edward besuchen, dann würde ich dir eher glauben. Arabella ist unbestreitbar eine Schönheit. Sicher kam heute manch abgewiesener Freier, um ihr zärtlich Lebewohl zu sagen.«

Quentin beugte sich zu ihr und raunte leidenschaftlich: »Süße Elise, hat je ein galanter Troubadour deine Schönheit gepriesen? Oder hat deine Vollkommenheit ihn verstummen lassen?« Elises zweifelnder Blick veranlaßte ihn zu einem übertriebenen Seufzer. »Holde Maid, es ist die Wahrheit! Eure Augen sind wie Edelsteine, wie die kostbarsten Saphire funkeln sie aus ihrer dunklen

Umrahmung. Deine Brauen sind gleich Vogelschwingen, dein Haar ist wie die warme Farbe des Kirschholzes und duftet schwindelerregend. Deine Haut schimmert sanft wie Perlmutt... und verspricht köstlichen Geschmack.«

Ungerührt von seinen glühenden Beteuerungen, hielt Elise den Blick amüsiert und ungläubig auf ihn gerichtet. »Wenn du der Meinung bist, ich würde diesen Unsinn glauben, dann hat der Wein deinen Verstand getrübt.«

»Ich habe keinen Tropfen getrunken!« widersprach er leidenschaftlich.

Ohne seinen Einwand zu beachten, fuhr sie fort: »Quentin, man hört von dir so manches, und ich wage zu behaupten, dein Mundwerk leidet unter Abnutzung. Wie viele weibliche Wesen haben sich diese Lobpreisungen schon angehört?«

»Wo denkt Ihr hin, schönes Kind!« Quentin legte pathetisch die Hand auf die Brust. »Ihr tut mir sehr unrecht.«

»Und Ihr, Sir, könnt Euch diese Geste sparen. Wir beide wissen, daß ich recht habe«, forderte sie ihn spöttisch heraus. »Ihr seid ein Frauenheld von Rang. Vor zwei Wochen erst hörte ich Euch ähnlich poetische Worte an Arabella richten...«

»Wie, du bist eifersüchtig, schöne Elise?« fragte Quentin frohlockend.

Ungerührt fuhr sie fort: »Sicher hatte Arabella als Relands Braut soviel Verstand, dich abzuweisen. Als deine Kusine werde ich dich nicht verraten.«

»Ach, meine Holde«, klagte er dramatisch. »Du führst die Zunge mit dem Geschick und Eifer einer bissigen Xanthippe. Dies erstickt jegliche Glut in mir.«

»Das bezweifle ich sehr.« Elise unterdrückte ein Lachen. Ihr weiblicher Insinkt sagte ihr, daß Quentin Radborne dank seines guten Aussehens und seines Charmes die Herzen vieler Damen gewonnen hatte, doch ebenso wußte sie, daß seine scherzenden Worte und glühenden Beteuerungen mancher Schönen zum Verhängnis geworden waren. Sosehr sie seine Gesellschaft genoß, war sie doch zu vernünftig, um zuzulassen, daß ihr Name in ungebührlichem Zusammenhang mit dem seinen genannt wurde.

Elise hielt inne, als sie hörte, daß vom anderen Ende des Saales her ihr Name gerufen wurde. Sie wandte sich um und gewahrte, daß ihr Onkel ihr ungeduldig zuwinkte. Edwards Stirnrunzeln verriet seinen Unwillen, und sie konnte sich denken, warum er ihr grollte. Er war Quentin alles andere als gewogen. In scharfem Ton befahl er ihr nun: »Komm her, Mädchen! Und zwar schnell!«

»Wie schade, dein Kerkermeister ruft«, bemerkte Quentin verächtlich.

Erstaunt zog Elise die Augenbrauen hoch. »Mein Kerkermeister?«

Quentin lächelte. »Wenn Edward könnte, wie er wollte, dann würde er dich in einen Turm sperren und den Schlüssel fortwerfen, nur damit ich nicht in deine Nähe gelange. Er fürchtet, du würdest entweder den Schatz verlieren, auf den er ein Auge geworfen hat, oder aber deine Keuschheit.«

»Dann sind seine Befürchtungen unbegründet.« Lächelnd fuhr Elise mit der Hand über Quentins Wams. »Nicht, daß du nicht versuchen würdest, das eine wie das andere zu erringen. Aber ich bin weder gewillt, mein Vermögen zu verlieren, noch möchte ich die Liste deiner Eroberungen verlängern.«

Quentin legte den Kopf in den Nacken und lachte lauthals, voller Bewunderung für die Offenheit dieser begehrenswerten Frau. Elise stellte für jeden Mann eine Herausforderung dar; es lohnte sich, um sie zu werben.

Elise zuckte innerlich zusammen, da sie wußte, daß sein Gelächter den Zorn ihres Onkels erregen würde. Zwar fürchtete sie Edward nicht, da es ihr freistand, sein Haus zu verlassen, sollte er zu hart mit ihr umspringen. Dennoch ergaben sich immer wieder Situationen, in denen sie Zwistigkeiten lieber auswich, und da heute Arabellas Hochzeitstag war, erforderte der Anlaß besondere Rücksichtnahme.

In einen tiefen Knicks versinkend, entschuldigte sie sich bei Quentin: »Leider muß ich auf deine so angenehme Gesellschaft nun verzichten, lieber Vetter, aber wie du schon sagtest, ruft mein Kerkermeister nach mir.«

Quentin grinste breit. »Diesmal seid Ihr dem bösen Wolf entkommen, holde Maid, aber seid versichert, daß er bald wiederkommt.«

Elise bahnte sich nun den Weg durch das Gedränge zu ihrem Onkel, der voller Verachtung dem jungen Mann nachsah. Dann musterte Edward Elise streng.

»Habe ich dir nicht aufgetragen, dich an deine Pflichten zu halten?« schalt er sie halblaut, aber nichtsdestoweniger sehr ungehalten. »Habe ich dir etwa erlaubt, mit diesem Kerl zu poussieren? Fehlt dir denn jegliches Gefühl für Anstand?«

»Warum sollte ich mich schämen?« erwiderte Elise in gedämpftem Ton und forderte den Unwillen ihres Onkels noch mehr heraus, als sie ganz ernst fortfuhr: »Ich habe in Anwesenheit aller deiner Gäste ein paar Worte mit meinem Vetter gewechselt. Darin kann ich nichts Schlimmes sehen.«

Edwards runder Schädel schien zwischen den fleischigen Schultern förmlich zu schrumpfen. »Ach was, ich sah euch beide lachen und tuscheln. Gewiß ging es um eine zweideutige Geschichte.«

Elises feine Brauen wölbten sich erstaunt, als sie merkte, wie hemmungslos ihr Onkel seine Verachtung zeigte. Seine Art, wie er die Lippen höhnisch verzog, erregte ihren Widerwillen. Immer häufiger gab es Anlässe, diesen Mann gründlich zu verabscheuen, so daß sie inzwischen Erleichterung darüber empfand, daß ihre Mutter keine leibliche Verwandte Edwards war, sondern als kleines Kind in der Kapelle auf dem kleinen Anwesen von Edwards Eltern aufgefunden worden war. Diese Tatsache allein genügte, um sie jeglicher Treuepflicht zu entbinden, die im Falle von Blutsverwandtschaft angebracht gewesen wäre. Widerstreitende Gefühle dieser Art machten es ihr nicht leichter, andere wegen ihres Mangels an Respekt zu schelten.

»Du solltest dich der Art und Weise schämen, wie du mit diesem Taugenichts umgehst«, schimpfte Edward.

Mit ausgestrecktem Arm wies er auf Quentin, bereit, seine Nichte vollends zu verdammen, als er bemerkte, daß der hübsche junge Kavalier nun neben seiner eigenen Tochter stand. Allem Anschein nach hatte Quentin eben eine amüsante Bemerkung gemacht, da beide schallend lachten.

Da plusterte Edward sich auf wie ein Kampfhahn und stieß zornbebend hervor: »Sieh ihn dir an! Man möchte meinen, die einzige Sorge dieses Burschen ist es, bei den Damen die Runde zu machen.«

»Hat denn die Königin Staatstrauer angeordnet, so daß wir Frohsinn und Humor zügeln müssen?« heuchelte Elise besorgt.

Verdutzt starrte Edward sie an, bis ihm dämmerte, daß seine Nichte sich über seine Worte lustig machte. Ruckartig zog er die buschigen Brauen zusammen. »Du dummes Ding, ich wäre dir dankbar, wenn du deine Zunge im Zaum halten könntest und keine Torheiten mehr von dir gibst. Du tätest überdies gut daran, dich mehr deinen Pflichten zu widmen, damit ich dir nicht ins Gedächtnis rufen muß, worin sie bestehen.«

Seine Überheblichkeit stachelte Elises Stolz an, so daß sie, obschon um ein gutes Benehmen bemüht, ihm ihrerseits in Erinnerung rief: »Onkel, ich bezahle für den Osttrakt Miete, und zwar mehr als ausreichend. Darüber hinaus gehe ich dir an die Hand, wo immer ich kann. Sosehr es mich freut, daß ich dir eine Hilfe sein kann, möchte ich dich doch daran erinnern, daß ich es nicht nötig habe zu arbeiten, da mein Vater mir genügend Geld hinterlassen hat. Ob ich bleibe, hängt allein von mir ab. Falls dir die gegenwärtige Regelung nicht paßt, dann gehe ich und suche mir anderswo eine Bleibe.«

Edward hatte sofort eine hitzige Antwort parat, war aber klug genug, sich zu zügeln und seine Wut nicht an dem Mädchen auszulassen. Es stand nämlich mehr auf dem Spiel als ihre Miete, wenngleich diese so hoch war, daß sie von ihm auch anständiges Verhalten verlangte. Doch hatte er wenig Geduld mit Menschen, die sich seinem Willen widersetzten, zumal wenn es sich um ein Mitglied seines Hausstandes oder um eine Vertreterin des schönen Geschlechts handelte. Seine Frau, die sich während ihrer gesamten Ehe geduldig fügte, pflegte, wenn er tobte, in ihr Schlafgemach zu flüchten, um dort ihre verletzten Gefühle mit Portwein zu lindern, eine Gewohnheit, die sie bis zu ihrem Tod beibehielt. Auch Arabella hatte nie Widerspruch gewagt und sich seiner Autorität stets unterworfen, als hätte sie keine eigenen Wünsche. Elise aber hatte von Anfang an bewiesen, daß sie aus ganz anderem Holz geschnitzt war.

Seit ihrer Ankunft auf Bradbury Hall hatte Edward sich damit abfinden müssen, daß sie über Verstand und Willenskraft verfügte. Elises fester Entschluß, ihren Vater zu finden, hatte sie in Gefahrensituationen gebracht, denen er sie selbst gern ausgeliefert hätte, wäre da nicht seine Habgier gewesen, mit der er nach ihrem Vermögen gierte. Ihre Entschlossenheit hatte sie bewiesen, als sie sich, als zerlumpter Straßenjunge verkleidet, von einem Karren nach London mitnehmen ließ und in dem Labyrinth hinter der anrüchigen Fleet Street untertauchte, die als Freistatt für Verbrecher galt. Von der Gier nach dem verborgenen Schatz angestachelt, entschloß Edward sich zum Eingreifen und schickte einen seiner Dienstleute aus, der Elise finden und nach Hause bringen sollte. Kurz nach ihrer Rückkehr war es zu weiteren schrecklichen Ereignissen gekommen, unter anderem zu einer höchst unangenehmen Konfrontation mit Reland. Dieses Vorkommnis hatte ihn endgültig davon überzeugt, daß Elise Radborne ein unglaubliches Talent besaß, zum Ärgernis zu werden.

Kaum war wieder Ruhe und Ordnung in seinem Haushalt eingekehrt, als sie abermals davonlief, diesmal in die Stilliards, einen Ort, den ihr Vater aufgesucht hatte, um einen Teil seines Vermögens in Gold umzutauschen. Hatte er schon geglaubt, das Gesindel der Freistätte in der Fleet Street fürchten zu müssen, so versetzten die fremdländischen Hansemitglieder Edward vollends in Angst und Schrecken. Dank ihres Einflusses und Reichtums vermochten sie sich Könige und Fürsten gefügig zu machen. Obschon Königin Elizabeth längst bewiesen hatte, daß sie willensstark und unbeugsam war, waren doch schon viele ihrer Untertanen der Hanse zum Opfer gefallen. Edward hatte die Hoffnung fast aufgegeben, seine Nichte jemals wiederzusehen, als sie, in Begleitung eines Hansejunkers und selbst wie ein solcher gekleidet, wiederkam. »Ein Mädchen in Hosen!« hatte er bei ihrem Anblick entsetzt ausgerufen. »Das spricht allem Anstand Hohn!«

Hätte er geahnt, wieviel Unruhe seine Nichte in sein Leben bringen würde – Edward hätte mit Sicherheit um eine höhere

Miete gefeilscht. Aber so wie die Dinge nun lagen, war Elise bei dem Handel im Vorteil. Für jede Münze, die er von ihr bekam, mußte er doppelt soviel Unbill erleiden.

Dennoch war er nun bemüht, sie zu beruhigen, und entschuldigte sich mit gekränkter Miene: »Ich sorge mich ja nur um deinen guten Ruf. Quentin ist keiner, der dir zur Ehre gereicht. Ich kann dir nur raten, ihm nur ja keine Zugeständnisse zu machen.«

»Keine Angst, Onkel«, beruhigte Elise ihn. »Ich habe nicht die Absicht, mich von einem Mann auf Abwege führen zu lassen.« Diese gezielte, spitze Bemerkung machte sie im Hinblick darauf, was der Alte wirklich wollte und was er an Quentin zu verlieren befürchtete. Seine Habgier verstand er längst nicht so geschickt zu tarnen, wie er glaubte.

Edward entging die Pointe ihrer ironischen Bemerkung völlig, da er sich nicht enthalten konnte, sie weiterhin zu schelten. Schließlich hatte sie in Todesangst unter seinem Dach Zuflucht gesucht. »Alle Welt weiß, daß dein Vater alles verkauft und das Gold für dich versteckt hat, damit Cassandra und die Ihren es nicht in ihre gierigen Fänge bekommen, wenn er nicht mehr sein sollte. Und ich sag' dir eines, Mädchen, solange der Schatz verborgen bleibt, mußt du eine große Bürde tragen, denn jeder Wüstling und Schürzenjäger wird sich an dich heranmachen. Darf ich dich daran erinnern, daß du zu mir kamst, damit ich dir vor der Familie deines Vaters Schutz biete? Und dort steht einer dieser Radborne-Teufel und kann es kaum erwarten, dein Eigentum zu ergattern.«

»Quentin hat selbst Vermögen«, erinnerte sie ihren Onkel. »Er braucht mein Geld nicht.«

»Ach was, zeig mir den, der nicht noch mehr Gold in seinen Truhen verträgt. Ich sage dir eines, Quentin würde dich zu der Seinen machen und dir gleichzeitig die Börse abknöpfen. Denk an meine Worte. Halte dich fern von Taugenichtsen wie Quentin, dann wirst du vielleicht eines schönen Tages einen Mann wie Reland oder seinen Vetter Devlin bekommen.«

Der Himmel erbarme sich meiner! dachte Elise angewidert, während sie laut und mit viel Sinn für Humor zurückgab: »Ach, soll Zügellosigkeit auch noch belohnt werden?«

»Was sagst du da?« wetterte Edward erneut, von ihrer schlagfertigen Antwort getroffen. Mit geballten Fäusten versuchte er sich zu beherrschen. »Du hast den Verstand verloren, wenn du glaubst, dein Vetter sei besser als Reland!«

»Ja, mag sein«, gab Elise mit gleichmütigem Achselzucken zurück und entfernte sich, ohne ihm zu versichern, daß seine Verurteilung Quentins ihrem eigenen Entschluß, jeder ernsteren Beziehung zu ihrem Vetter auszuweichen, entsprach. Ihre Sorge um den Vater nahm sie zu sehr in Anspruch, als daß sie an der Werbung eines Mannes, am allerwenigsten eines Mannes aus der Huxford-Sippe, Gefallen gefunden hätte.

2

Habgier erweist sich für viele als wahrer Fluch, da sie den Genuß der meisten Freuden vergällt. Auch nicht die kleinste Münze wird ausgegeben ohne Bedauern über ihren Verlust und ohne zaghafte Hoffnung, ihr Entschwinden würde sich doppelt lohnen. So war es auch im Fall von Edward Stamford, dessen Befriedigung über die Vermählung seiner Tochter geschmälert wurde, da er mit ansehen mußte, wie hemmungslos die Festgäste von seiner Großzügigkeit Gebrauch machten. Seine nur widerwillig gewährte Gastfreundschaft hatte die Gäste, die gekommen waren, um ihrer Gefräßigkeit zu frönen, aller Hemmungen beraubt. Auch die festlichen Klänge der Musik vermochten seine sinkende Stimmung nicht zu heben. Die lachenden und scherzenden Gäste verstärkten sein Bedauern noch, so daß auch diejenigen, die in ihrer Sattheit eingenickt waren, kein Trost für ihn waren.

»Sieh an!« machte er leise seinem Mißmut Luft. »Sie sind so voll mit Speis und Trank, daß sie vor ihren Schüsseln dösen. Hätte ich das geahnt, hätte ich mir manches Goldstück sparen können.«

Edwards finsterer Blick wanderte durch den Saal und blieb an Taylor, dem Diener, hängen, als dieser an einem der nahen Tische innehielt. »Du da drüben! Hör auf, den Krug vor den anderen zu schwenken, und gieß lieber mir nach!«

Der Kerl machte verwundert eine halbe Drehung und fuhr sich mit dem Handrücken über den Mund, doch als Edward ihn zu sich winkte, wich er zurück und murmelte: »Herr, ich laufe lieber und hole Euch frisches Bier.«

»Nichts da! Laß das Bier!« Wütend über die Weigerung, winkte ihn Edward heran. »Ich nehme, was du hast.«

»Herr, das wäre nicht richtig.« Taylors Stimme drang gedämpft aus seiner Kapuze, die er sich enger ums Gesicht zog. »Im Krug ist nur noch ein abgestandener Rest. Ich hole Euch gutes, frisches Bier, Herr«, erbot er sich und war schon unterwegs. »Gleich bin ich wieder da.« Ehe Edward protestieren konnte, war er zwischen betrunkenen Lords hindurchgeschlüpft und entschwunden.

Zähneknirschend stieß Edward ein paar Flüche hervor und knallte den in Leder gefaßten Humpen auf den Tisch. Er griff nach seiner federgeschmückten Toque, drückte diese auf sein graumeliertes Haar und stand auf, um dem aufsässigen Kerl nachzulaufen. Im nächsten Moment spürte er plötzlich einen starken Druck in seinem Schädel, der ihn fast in die Knie zwang. Regungslos verharrte er, bis die Schmerzattacke abzuebben begann. Er vermied jegliche heftige Bewegung, während er die Halle nach dem unverschämten Bedienten absuchte, um ihm eine gehörige Strafpredigt zu verpassen. »Ich werde dafür sorgen, daß die Krähen an seinen Knochen picken«, stieß Edward haßerfüllt hervor.

Anstatt des Dieners erfaßte sein suchender Blick jedoch Elise, und wieder durchfuhr ihn ein jäher Zorn, da es aussah, als würde sie ihm abermals Verdruß bereiten: Der junge Tölpel Devlin Huxford hatte im Verlauf des Festes reges Interesse an ihr gezeigt und versuchte nun beharrlich, Elise zum Tanzen zu bewegen. Als naher Anverwandter Relands würde Devlin eine Kränkung nicht hinnehmen, im Gegenteil, in diesem Fall stand ein Racheakt der Huxfords zu befürchten. Und doch schien das Mädchen es darauf anzulegen. Der entschlossene Zug um den Mund ließ eine beleidigende Äußerung erwarten. Der junge Mann konnte von Glück reden, wenn es ohne hitzigen Disput abging.

Die Falte zwischen Edwards Brauen vertiefte sich, das Dröhnen in seinem Kopf war vergessen, als er sich unter Einsatz seiner Ellbogen durch die Gästeschar drängte. Er mußte Elise erreichen, ehe sie Unheil stiften konnte, ein Talent, über das sie, wie schmerzliche Erfahrungen gezeigt hatten, im Übermaß verfügte.

»Sir, habt Ihr nicht verstanden? Ich kenne die Schritte nicht«, hörte er seine Nichte sagen. Diese kurze und schroffe Bemerkung befreite sie jedoch nicht vom Zugriff des zielstrebigen Devlin. Mit einer flinken Drehung riß Elise ihre Hand los und strafte ihren hartnäckigen Bewunderer mit einem hochmütigen Blick, während sie ihre weißen Manschetten glattstrich. »Und gegenwärtig verspüre ich auch nicht den Wunsch, sie zu lernen.«

Scheinheilig legte Edward den Arm um die Schultern seiner Nichte und meinte scherzend: »Mädchen, zier dich nicht so. Soll dieser brave Bursche denken, du bist eine steife alte Jungfer ohne Manieren? Das ist der junge Devlin Huxford.« Er ließ den Arm sinken und fuhr dann bedeutungsvoll fort: »Der Vetter Relands.«

Elises besänftigendes Lächeln wirkte wie eine Entschuldigung, und Devlin strahlte schon vor Vorfreude. Kühn tat er es ihrem Onkel gleich und legte ihr vertraulich den Arm um die Mitte.

»Verzeih mir, Onkel«, erwiderte sie, taktvoll bemüht, sich der bedrängenden Nähe Devlins zu entziehen. »Auch wenn er der Sohn der Königin wäre, würde ich ihm raten, sich woanders umzusehen.« Die letzten Worte stieß sie verbissen hervor, während sie ihm die Ellbogen in die Rippen stieß. »Ich habe es satt, von ihm betatscht zu werden.«

Edward verlor beinahe die Fassung, als ihm die Bedeutung ihrer Worte aufging. Zorn loderte aus seinem Blick, dann verdunkelte er sich zu stählerner Härte. Er sah kurz den errötenden Devlin an, der vorsichtig einen Schritt zurückgewichen war. Der junge Mann erwartete Edwards Machtwort, das die Jungfer zum Nachgeben zwingen würde, doch Edward wußte um die Torheit solchen Vorgehens. Elise würde sich keinem Druck beugen, und für ihn würde sich jede Hoffnung auf den Schatz in Nichts auflösen.

Edward, der nur mit Mühe an sich halten konnte, trat ganz nahe an Elise heran, so daß sein biergeschwängerter Atem ihr entgegenschlug. »Willst du uns die Huxfords auf den Hals hetzen, du dummes Ding?« zischte er ihr ins Ohr. »Reland zürnt dir noch wegen der letzten Begegnung, und jetzt hast du einen zweiten Huxford gegen dich. Ich kann dir versichern, daß es dir schlecht bekommen wird, wenn Reland im Westtrakt einzieht.«

Elise erinnerte ihren Onkel an seine Anordnung von vorhin. »Hast du mich nicht angewiesen, den Dienern Beine zu machen?« bohrte sie mit sicherem Gespür für seine verwundbarste Seite. »Wenn ich nicht ein Auge auf sie habe, werden deine Tagelöhner die Keller leersaufen und deine Speisekammer plündern. Wenn du ihrer Gefräßigkeit freien Lauf lassen willst, dann laß mich am Tanz teilnehmen.«

Peinlich berührt wollte Edward aufbrausen, überlegte es sich aber anders und faßte unvermittelt nach dem Arm Devlins, um diesen mit sich zu ziehen. »Komm, Devlin«, schmeichelte er, »dort drüben sehe ich eine Dame, deren Reize sich mit deinen messen können.«

Mit demütig verschränkten Händen sah Elise, wie der junge Huxford sich zurückzog. Devlin hatte alles getan, um ihre Ansicht zu bestätigen, daß er ein ungehobelter, hitzköpfiger Tölpel war, ein Prahlhans, der sich gern seiner Männlichkeit rühmte, mit einem Wort: ein würdiger Vetter Reland Huxfords.

Edward verlor keine Zeit und stellte Devlin einer jungen und ansehnlichen Witwe vor, ehe er sich zu seiner Nichte zurückbegab. Es erschien ihm das klügste, ihr Pflichten außerhalb des Saals aufzubürden, ehe ihre Anwesenheit ihn teuer zu stehen kam. »Du mußt Arabella jetzt in ihre Gemächer begleiten. Hilf ihr, sich für Reland zurechtzumachen, und wenn sie bereit ist, kommst du herunter und meldest es mir. Ich werde dafür sorgen, daß Reland hinauf ins Brautgemach geschafft wird, gleich, in welcher Verfassung er ist. Dieses Gelage muß ein Ende finden, ehe man mir das letzte Hemd vom Leibe zieht.«

Er nahm einem vorübereilenden Diener einen Bierhumpen ab und setzte zu einem tiefen Zug an. Das hatte er dringend nötig, um den Aufruhr in seinem Innern zu besänftigen.

Seine neue Anweisung brachte Elise in einige Verlegenheit. Zwar wußte sie, wie eine Braut ihren Angetrauten zu empfangen hatte, doch war sie der Meinung, Arabella hätte des Rates einer älteren und verheirateten Frau bedurft. Was konnte sie schon als junges Mädchen einer Braut sagen?

Elise ließ ihren Blick durch den Saal schweifen, bis er am jungvermählten Paar hängenblieb. Arabella war von blumenhaft zarter Anmut, hoch gewachsen und schlank; sie hatte seidiges braunes Haar und hellgraue, melancholische Augen. Ihre unstete Wesensart ließ sie stets schwanken; zuweilen machte sie den Eindruck, als hätte sie nicht genügend Rückgrat, um sich gegen den Willen anderer aufzulehnen. Reland, ein dunkler Hüne mit breiter Brust und schmalen Hüften, war das genaue Gegenteil. Gutaussehend und gebildet, neigte er dennoch zu Jähzorn und Starrsinn. In flegelhafter Überheblichkeit genoß er es, alle, die seinen Weg kreuzten, auf die Probe zu stellen, um sie einzuschüchtern. Daran fand er ein teuflisches Vergnügen; kurzum: Er trat überheblich auf, bis er die Oberhand gewonnen hatte – dann ließ er von seinen Drohgebärden ab und benahm sich wieder wie ein Gentleman.

Elise ließ ihre Gedanken zu der ersten Begegnung mit dem Earl zurückwandern. Schon vor ihrer Ankunft hatte sie von seiner großspurigen Art und seiner Prahlerei erfahren, dies alles aber als böse Nachrede abgetan. Das erste Mal zu Gesicht bekommen hatte sie ihn, als er auf dem friesischen Rappen des verblichenen Marquis auf den Innenhof geritten kam. Das Tier war als Edwards Hochzeitsgeschenk in Relands Besitz gelangt. Vom ersten Augenblick an hatte Elise eine heftige Abneigung gegen die großspurige Art des Reiters gespürt. Sie hatte gespürt, wie er es genoß, daß er auf dem Roß Angst und Schrecken hervorrief. Seinem Ruf als roher Flegel war er schließlich gerecht geworden, als er über die Diener, die ihm ängstlich auswichen, lauthals lachte.

Elise hatte neben der Hoftreppe innegehalten, um das prachtvolle, stolze Tier zu bewundern. Nie wäre sie auf den Gedanken gekommen, daß sie für den Earl eine Herausforderung darstellte, da sie nicht wie die anderen entsetzt die Flucht ergriffen hatte, sondern ruhig stehenblieb und das Kätzchen in ihren Armen streichelte. Ihre gelassene Haltung hatte das Gelächter des Earls verstummen lassen und ihm die Laune gründlich verdorben. Nicht damit zufrieden, Knechte und Mägde zu erschrecken, hatte der

Earl dem Hengst die Sporen gegeben und war auf sie zugesprengt. Elise wußte noch, wie erschrocken sie war, als sie das Pferd auf sich zukommen sah, doch voller Eigensinn hatte sie sich nicht von der Stelle gerührt, um diesem Menschen nicht noch einen weiteren Anlaß zur Befriedigung zu geben. Als der gemeine Kerl sein Pferd schließlich knapp vor ihr zügelte, schleuderte sie dem Pferd die fauchende und um sich schlagende Katze entgegen. Beim Aufprall grub die Katze ihre Krallen tief in die Pferdenase, der Hengst wieherte und bäumte sich auf, um seinen Reiter abzuwerfen. Der überraschte Reland ruderte hilflos mit den Armen, segelte durch die Luft und landete auf dem Rücken am Boden. Einen qualvollen Augenblick lang blieb ihm die Luft weg, dann sprang er fluchend und zornbebend auf.

Angesichts dieser neuen Bedrohung wollte sich Elise ins Haus zurückziehen. Außer sich vor Empörung, daß ein Mädchen ihn vom Pferd hatte stürzen lassen, hatte Reland sie zurückgerufen. Als Elise seine schweren Schritte hinter sich vernahm, war sie rechtzeitig zur Seite gesprungen und seinem ausgestreckten Arm geschickt ausgewichen. Reland stöhnte auf und taumelte an ihr vorbei.

Noch ehe Elise sich umgedreht hatte, verriet ihr ein platschendes Geräusch, was passiert war. Reland war kopfüber in einem Teich gelandet. Spuckend und prustend richtete er sich langsam auf und bot der Dienerschaft einen so lächerlichen Anblick, daß die Leute kaum an sich halten konnten vor unterdrücktem Gekicher. Der nasse Federschmuck seiner Kopfbedeckung hing ihm über die Hakennase, aus seinen Reithandschuhen lief Wasser, von seinem pelzbesetzten Umhang flossen Rinnsale, und in den weichen Reitstiefeln, seinem ganzen Stolz, wirkten seine Beine wie aufgequollen, als er aus dem Teich stapfte.

Relands Wutausbruch hatte bewirkt, daß der Hengst schnaubend Reißaus genommen hatte und jetzt, nervös den Kopf schüttelnd, abseits stand. Sein Blick fiel auf die Katze, die sich in einiger Entfernung auf einer Steinmauer in Sicherheit gebracht hatte. Als Siegerin der Auseinandersetzung saß sie entspannt da, leckte eine Pfote und glättete ihr Fell.

Relands finsterer Blick ließ das Gekicher der Dienerschaft verstummen; dann wandte er sich dem frechen kleinen Ding zu, das so kühn seiner Autorität getrotzt hatte. Elise hielt seinem Blick ruhig stand, lächelnd, sanft und rätselhaft, wohl wissend, daß er sie jetzt mit Absicht in eine Hofecke drängte. Elise wich zurück, bis sie die Steinmauer im Rücken spürte. Sie war bereit, es mit ihm aufzunehmen. Unter Verwünschungen packte Reland sie am Kragen, hob sie hoch und schüttelte sie heftig. Doch Elise reagierte blitzschnell: Kratzend, beißend, stoßend, ihm die Finger in die Augen treibend, setzte sie sich zur Wehr, bis der unedle Earl unter Schmerzen aufstöhnte.

»Du kleines Biest!« brüllte Reland und holte zu einem Schlag aus.

»Der Himmel steh uns bei!« rief Edward von der Galerie her, die sich an der Wand entlangzog. »Was geht da vor?« Entsetzt über den Anblick, der sich ihm bot, kam er die Stufen heruntergelaufen und trennte mit Hilfe einiger Bediensteter die beiden Kontrahenten. Seine Nichte schaffte es eben noch, Relands Schienbein einen jähen Tritt zu versetzen.

»Du ekelhafte Ausgeburt eines Spitzbuben!« schleuderte sie Reland mit undamenhafter Heftigkeit nach. »Aus welchem Loch bist du gekrochen?«

»Elise! Beruhige dich!« Edward hörte fassungslos die Beleidigungen, mit denen seine Nichte den Earl überhäufte. In einem Versuch, die Situation zu retten, rief er: »Das ist Arabellas Verlobter...«

»Arme Arabella!« stieß Elise verächtlich hervor. »Einem tölpelhaften Schwachkopf wie dem da ausgeliefert sein...«

»Pst, Mädchen!« Edward rang verzweifelt die Hände und bemühte sich, seinen künftigen Schwiegersohn zu besänftigen. Noch nie hatte er sich in einer Situation befunden, die so viel Beherrschung von ihm verlangte. Gegen seine Nichte konnte er nichts unternehmen, weil ihm sonst ihr Vermögen zu entgehen drohte. Aber auch den Earl durfte er nicht gegen sich aufbringen. »Reland, Ihr müßt es dem Mädchen nachsehen. Sie ist außer sich. Sie ist eine Verwandte, vor kurzem erst hier eingetroffen. Ihr seht, daß sie noch viel lernen muß. Ich bitte Euch, zügelt Euren Zorn, damit wir die Sache mit Anstand regeln können.«

»Sie hat mein Pferd verletzt!« Reland deutete mit triefendem Handschuh auf das Tier, das durch diese Geste erneut aufschreckte und den Kopf zurückwarf. Eine Blutspur lief ihm über die Nase, auf dem kunstvollen Zaumzeug schimmerten Blutstropfen wie winzige Rubine auf einer Kette. »Bis an sein Lebensende wird es die Folgen tragen!« Da fiel ihm noch etwas ein, er faßte nach seinem schmerzenden Kopf und stöhnte: »Und ich wäre mit dem Kopf fast auf den Steinen aufgeschlagen... alles durch ihre Schuld!«

»Keine Angst, Mylord«, gab Elise schnippisch zurück. »Ein leerer Kopf kann keinen Schaden nehmen!«

Relands Zorn flammte von neuem auf. Drohend schüttelte er die Faust gegen sie. »Du dumme Gans, du! Eddy hätte dich töten können! Nächstes Mal soll er dich in den Dreck stoßen und zertrampeln!«

Ihre Antwort war spottgeladen. »Mylord, da ich nun Eure Bekanntschaft gemacht habe, werde ich nächstes Mal auf der Hut sein, wenn Ihr Euer Roß auf mich zutreibt.«

»Reland, vergebt dem Mädchen«, beeilte Edward sich in flehendem Ton einzuwerfen. »Sie weiß ja nicht...«

»Merk dir die Namen, Mädchen«, gab der Earl grollend von sich, ohne auf das Bitten Edwards zu achten. »Bring dich in Sicherheit, wenn du hörst, daß Reland Huxford, Earl von Chadwick, auf seinem großen Eddy kommt. Das soll dir eine Warnung sein!«

»Ein prächtiges Pferd habt Ihr da bekommen«, spottete Elise. »Für Euch offensichtlich viel zu edel. Ich werde mir Mühe geben, es im Gedächtnis zu behalten.«

Reland lief unter ihrem frechen Blick, mit dem sie ihn zu einem neuen Ausbruch reizte, fleckig rot an. In dem verzweifelten Bemühen, den nächsten Wutanfall zu verhindern, faßte Edward besänftigend nach Relands Arm. »Komm, mein Sohn«, sagte er mit einem gezwungenen Lachen. »Wir wollen uns vor dem Kamin einen Becher Bitterbier zu Gemüte führen.«

Edward winkte hastig einen Bediensteten herbei, der sich des triefenden Earls annehmen sollte, und als sich Reland endlich zum Gehen bequemte, wandte der Squire sich erbost an Elise. Sein Blick verhieß weitere Schelte. Sie kam auch, als Reland außer Hörweite war.

»Hast du denn den Verstand verloren?« wetterte er. »Möchtest du Arabella auch diese Partie verderben?« Edward warf in stummer Verzweiflung die Hände in die Höhe. »Willst du mir Verdruß bereiten, indem du den guten Reland in meinem Haus beleidigst?«

»Seine Possenreißerei hat den Wirbel verursacht!« verteidigte Elise sich wütend. »Mit seinem Riesenroß hat er mich fast umgerannt!« Sie deutete flüchtig auf den Rappen, der von einem Stallknecht weggeführt wurde. Liebevoll tätschelte der Junge den Hals des Tieres, als wäre es ein alter Freund, und der Hengst rieb die Nüstern an ihm und wirkte nun gar nicht mehr bedrohlich. »Kümmert es dich denn ganz und gar nicht, daß dieser Reland nur ein aufgeblasener Tölpel ist?«

»Pst!« zischte Edward mit einem ängstlichen Blick über die Schulter. »Ist dir nicht klar, daß er vielleicht Arabellas letzte Hoffnung ist?« flüsterte er ihr ins Ohr, nachdem er sie am Ellbogen gefaßt und sich ihr zugeneigt hatte.

Elise riß sich los und antwortete mit kaum verhüllter Wut: »Besser eine alte Jungfer als mit einem wie diesem zusammen!«

Damit drehte sie sich um, raffte ihre Röcke hoch und lief die Treppe hinauf, ehe ihr Onkel seine Sprache wiedergefunden hatte. Sie rannte die Galerie entlang, riß die Tür zur Halle auf und ließ sie hinter sich so heftig zufallen, daß in der Nähe die Fensterscheiben klirrten.

An den folgenden Tagen hatte ihr Onkel wiederholt von ihr verlangt, sie solle sich beim Earl entschuldigen; Elise aber hatte geschworen, daß sie eher unter Dornen schlafen würde, als diesem Verlangen nachzukommen. Da Elise zu allem fähig schien und er nicht wußte, was ihr als nächstes einfallen würde, hatte Edward schließlich nachgegeben und sie nicht weiter bedrängt.

Und da stand sie nun in der Halle, voller Abneigung gegen Reland. Die ihr von Edward übertragene Aufgabe glich der rituellen

Opferung einer Jungfrau, die einem Ungeheuer ausgeliefert wird. Sie verabscheute diesen aufgeblasenen Dummkopf und empfand tiefes Mitleid mit Arabella.

Als die Braut sich umdrehte, nahm sich Elise zusammen, um nichts von ihrem Widerwillen zu verraten. Arabella ließ nun den Blick auf der Suche nach ihrer jüngeren Kusine durch den Raum wandern, als gehorchte sie einer inneren Stimme. Elise begegnete ihrem Blick und nickte zögernd, als sie in den hellen grauen Augen eine Frage las. Über das glatte Antlitz der Braut huschte ein Schatten, ehe sie sich seitwärts wandte und ein paar Worte mit ihrem jungen Ehemann wechselte. Als Arabella sich entfernte, sah Reland ihr mit unverhüllter Lüsternheit nach, um sich gleich wieder selbstgefällig seinen Kumpanen zuzuwenden. In Elise wurde dabei die Erinnerung an jene erste Begegnung wach, bei der er sich ähnlich selbstgefällig gegeben hatte. Fast schien es, als wäre Arabella ein Stück Besitz, das er als Drohmittel gegen andere einsetzen wollte. Seine zügellosen Freunde riefen wüst durcheinander und machten derbe Witze, die von brüllenden Lachsalven begleitet wurden. Arabella zeigte nur die matte Andeutung eines Lächelns, als sie stolz und ungerührt durch das Gedränge zotenreißender, angeheiterter Gäste zur Tür schritt. Sie schwieg, bis sie mit Elise die zum Westtrakt führende Treppe erreichte.

»Ich bin ein Opfer meiner Torheit«, sagte sie bekümmert.

Elise starrte ihre Kusine an, verwundert, was sie zu diesem Eingeständnis bewegen mochte. Arabella hatte in Konfliktsituationen stets Zurückhaltung gewahrt, auch wenn ihr Vater seine Ausbrüche hatte; sie hatte sogar eine gewisse Neigung erkennen lassen, dem Earl ihre Hand zum Ehebund zu reichen. Soweit Elise bekannt war, hatte sie sich noch nie über Reland beklagt, wenngleich sie zuweilen nicht verhehlen konnte, daß die hinter ihr liegenden Tragödien ihr zusetzten. Gegen ihren Hang zu Melancholie und Niedergeschlagenheit hatte auch Edward nichts vermocht. Um Arabella aus ihrem Trübsinn zu reißen, unter dem sie ja nicht grundlos litt, wurde sie von ihrer Umgebung sehr verwöhnt.

»Arabella, was bekümmert dich? Warum sagst du solche Dinge?« fragte Elise besorgt.

»Ach, Elise, versuch mich zu verstehen. Reland ist ein guter und edler Mann... ja, sogar ein stattlicher Mann...« Daß Reland seine junge Braut verunsicherte, verstand Elise nur zu gut. Wären die Rollen vertauscht gewesen und hätte sie den Earl geehelicht, sie hätte gegen tausend Ängste ankämpfen müssen.

»Auf mir lastet ein grausamer Fluch«, fuhr Arabella in gedämpftem Ton fort und blieb auf einer Stufe stehen. Sie lehnte den Kopf gegen die Steinmauer, ohne darauf zu achten, daß das juwelenbesetzte Häubchen, das ihr kunstvoll gekämmtes Haar bedeckte, zerdrückt wurde. »Bislang wurde jeder Mann, der um meine Hand warb, durch eine schreckliche Tragödie von meiner Seite gerissen. Wo sind sie geblieben, die sich einst mit mir verlobten? Alle sind einem traurigen Schicksal zum Opfer gefallen. Als die ersten zwei einer unbekannten Krankheit erlagen, hielt ich es noch für Zufall, dann aber kam der dritte durch einen Raubüberfall ums Leben. An Ostern vor drei Jahren, da bebte die Erde, und von der Kirche fielen Steine und töteten meinen William, meinen vierten Verlobten; kaum eine Woche verlobt, und schon wurde er mir genommen. Der fünfte Freier wurde entführt, und eines Tages wird man sicher seine Gebeine finden. Und dann der sechste...« Arabella stieß einen tiefen Seufzer aus und zog die Stirn in Falten.

»War das nicht der Marquis von Bradbury?« warf Elise leise ein.

Arabella nickte. »Ja... Maxim... er war der sechste...«

Elise legte ihre schlanke Hand auf Arabellas Arm. »Du wirst doch einen Mörder und Verräter nicht beweinen.«

Ohne zu antworten, ging Arabella weiter, die Treppe hinauf, den Gang entlang und betrat ihre Gemächer. Sie durchquerte den Vorraum und blieb erst vor dem Kamin im großen Schlafraum stehen, wo sie das mit einem Schleier versehene Häubchen abnahm und achtlos beiseite warf. »Ja, es ist wahr. Die Vergehen des Marquis waren am schlimmsten. Des Mordes und der Verschwörung zugunsten Mary Stuarts angeklagt, verdiente er nur noch den Tod. Ich hasse ihn.«

Elise, die nicht wußte, was sie darauf sagen sollte, sah sich in dem geräumigen und reich ausgestatteten Schlafgemach um und fragte sich, was den Mann, der einst diese Räume bewohnt hatte, dazu bewogen haben mochte, ein so unheilvolles Bündnis einzugehen. Was hatte ihn gegen die Königin eingenommen... dieselbe Königin, die ihn wohlwollend mit jenem anderen Seymour verglichen hatte, den sie einst in ihrer Jugend schätzte? Thomas Seymour hatte ihre Zuneigung besessen, aber hatte Maxim Seymour ihren Haß verdient?

»Gewiß irrst du dich, wenn du glaubst, auf dir liege ein Fluch«, tröstete Elise die junge Braut. »Mir scheint eher, du hattest das Glück, den Verbindungen mit unwürdigen Freiern zu entgehen.«

»Ach, wie kann ich es dir begreiflich machen? Du bist so jung, und ich bin so müde und... so alt...«

»Alt?« erwiderte Elise erstaunt. »Mit fünfundzwanzig? Nein, du bist noch jung, Arabella, das ganze Leben liegt noch vor dir. Heute ist deine Hochzeitsnacht... und du mußt dich auf deinen Mann vorbereiten...«

Elise sah Tränen in den silbergrauen Augen. In Arabellas Lächeln lag ein stiller Schmerz, für den es keinen Trost gab.

»Ich muß eine Weile allein sein«, flüsterte Arabella in einem plötzlichen Anflug von Verzweiflung. »Halte die Hochzeitsgesellschaft auf, bis ich einen Diener schicke.«

»Dein Vater hat angeordnet, daß ich dir helfen soll«, sagte Elise leise. »Was soll ich ihm sagen?«

Arabella bemerkte Elises Besorgnis und versuchte sie zu beruhigen. »Sag ihm, ich möchte einen Augenblick allein sein, um mich auf Reland vorzubereiten. Nur ganz kurz... bis ich mich ein wenig gefaßt habe. Dann kannst du wiederkommen und mir an die Hand gehen.«

»Reland ist ein sehr stattlicher Mann«, sagte Elise nun, um die Stimmung ihrer Kusine zu heben. »Gewiß beneidet dich manches Mädchen.«

Nachdenklich antwortete Arabella: »Nicht so stattlich wie jemand, den ich kannte.«

Ein Schatten huschte über Elises Gesicht. »Sehnst du dich nach einem Toten, Arabella?«

Die grauen Augen starrten sie erstaunt an. »Nach einem Toten? Wen meinst du, Elise?«

»Natürlich den Marquis von Bradbury. Will er dir nicht aus dem Sinn?«

Arabella seufzte. »Wahrhaftig, das war ein Mann, der weibliche Herzen zu gewinnen vermochte.« Sie berührte geistesabwesend eine Draperie und strich wie in zärtlicher Erinnerung über den weichen Samt. »Kühn... stattlich, immer ein Gentleman... immer...« Sie riß sich von der Erinnerung los. »Genug davon! Ich muß jetzt allein sein!« Sie legte die Hände auf die Schultern ihrer widerstrebenden Kusine und drehte sie zur Tür um. »Ich brauche ein paar Minuten der Besinnung, ehe mein Mann kommt. Mehr verlange ich nicht.«

»Ich werde es deinem Vater sagen«, sagte Elise und ging. Als sie die Tür leise hinter sich schloß, fragte sie sich, wie sie die Sache Edward am geschicktesten beibringen konnte. Falls sie ungestört mit ihm sprechen konnte, würde er sich vielleicht zugänglicher zeigen als inmitten einer Runde lärmender Witzbolde, vor denen man Haltung bewahren mußte.

Die steinerne Treppe machte auf jedem Absatz eine scharfe Wendung um einen kunstvoll geschnitzten Spindelpfosten. Die Wandleuchten flackerten, und das wirre Spiel von Schatten und Licht machte Elise ganz benommen. Trotz ihrer Eile achtete sie darauf, mit ihren Seidenpantoffeln nicht auszugleiten. Die Klänge der Tamburine, keltischen Harfen und Lauten mischten sich mit dem lauten, gröhlenden Gelächter der Gäste und übertönten die plötzlich von unten kommenden Schritte. Der Entgegenkommende hatte es noch eiliger als sie. Sie stießen so heftig zusammen, daß Elise strauchelte. Als sie schon fürchtete, kopfüber hinunterzustürzen, legte sich ein Arm, fest wie ein Eichenast, um sie und hielt sie fest. Sie schlug die Augen auf, die sie unwillkürlich geschlossen hatte, und sah verblüfft das derbe Gewand des Dieners Taylor vor sich. Seine Kapuze war heruntergeglitten. Was sie nun vor sich sah, war nicht die Fratze, die sie erwartet hatte, kein von Narben entstelltes und angsteinflößendes Ungeheuer, sondern ein bemerkenswert gutaussehender Mann mit hell durchsetztem braunen Haar und aristokratischen Zügen, die von einem dichten Bart halb verborgen wurden.

Er zog die Stirn in Falten: »Seid Ihr wohlauf, Mistreß?«

Elise nickte zögernd, während sie ihrer Verwirrung Herr zu werden versuchte. Nun ließ er sie los und stieg weiter die Treppen hinauf. Schlagartig war ihre Benommenheit verflogen. »Nanu! Was hast du vor? Was hast du dort oben zu suchen?«

Auf einer Stufe hielt er inne und drehte sich betont langsam um, wobei das Flackern der Fackeln auf seine Züge fiel. Seine grünen Augen schienen Elise zu durchbohren, so kühn und eindringlich, daß sie den Atem anhielt, gebannt von diesem stählernen Blick.

»Ihr seid es!« stammelte sie fassungslos, gegen seinen geradezu schmerzhaft magnetischen Blick ankämpfend. Er hatte sie mit seiner Verkleidung hinters Licht geführt: Das bärtige Antlitz war ihr unauslöschlich im Gedächtnis geblieben und rief die Erinnerung an das Gemälde im Osttrakt wach. Jetzt erkannte sie, daß der Maler ein Meister seines Faches sein mußte, da er der Persönlichkeit Maxim Seymours, des Marquis von Bradbury, mehr als nur gerecht geworden war und seine Ausstrahlung wirklichkeitsnah festgehalten hatte.

»Ihr... seid am Leben!«

Ein Schatten huschte über Seymours Gesicht; dann nahm er seine ganze Kraft zusammen. Makellos weiße Zähne blitzten in seinem Lächeln auf, und als er sprach, da war von der kehligen Mundart nichts mehr zu hören. Er redete jetzt ganz wie ein kultivierter Gentleman.

»Schönes Kind, Ihr zwingt mich, rascher als geplant zu handeln. Ehe Ihr Alarm schlagt, muß mein Werk getan sein.«

Der Marquis warf einen bedauernden Blick zum oberen Ende der Treppe hin und seufzte. Mit einer raschen Wendung kam er auf sie zu, faßte im Vorüberlaufen ihren Arm und zog sie mit sich, so schnell, daß sie außer Atem geriet.

»Verzeiht, aber ich kann Euch nicht frei herumlaufen lassen, ehe nicht alles vorbei ist«, entschuldigte er sich. »Sobald die Neuigkeit bekannt ist, könnt Ihr Eurer Wege gehen... und das war ja wohl treppab...?«

»Bleibt stehen! Bitte!« keuchte Elise, bemüht, nicht auszurutschen. »Ich kann nicht...«

Lord Seymour hielt inne, hob sie hoch, legte einen Arm um ihre Schultern, schob den anderen unter ihre Knie und trug sie so hurtig die Treppe hinunter, als wäre sie nur ein Seiden- und Spitzenbündel. So betrat er die überfüllte Halle, in der jetzt alles in Lethargie zu versinken schien. Das Gesinde hatte sich in die Küche zurückgezogen und wartete auf den Aufbruch der Hochzeitsgesellschaft in die Brautkammer, während die Gäste in der Halle ermattet und reglos verharrten. Einige nahmen die Vorgänge um sich nur undeutlich wahr, während andere sich vom Einfall dieses derb gekleideten Mannes höchst belustigt zeigten.

Maxim schritt auf den nächsten Tisch zu und setzte Elise ohne weitere Umstände auf einem großen, hochlehnigen Stuhl ab. Er beugte sich zu ihr hinunter und sah sie fest an. »Ich beschwöre Euch, Gnädigste, rührt Euch nicht vom Fleck. Ihr werdet staunen, was sich jetzt tun wird.«

Damit fuhr er herum, packte den Zipfel eines langen Tischtuches, das die blanken Bretter des Schragentisches bedeckte, und zog so heftig daran, daß alles, was draufstand, klirrend auf dem Boden landete.

»He, verehrte Gäste auf Bradbury Hall!« rief er. »Nun, da ihr fürstlich getafelt und noch fürstlicher gebechert habt, soll für Eure Unterhaltung gesorgt werden!«

Die Gäste wandten sich ihm verdutzt und träge zu und starrten ihn verständnislos an. In den Blicken glomm auch nicht der Funke eines Erkennens auf, wer der ärmlich gekleidete Fremde war. Stille senkte sich über die Anwesenden, während die Ereignisse eine plötzliche Wendung nahmen. In ihrer Benommenheit erfaßten sie gar nicht richtig, was da vor sich ging, und daß es kein Trugbild war.

»Er ist es!« hörte man jemanden, der endlich seine Sprache wiedergefunden hatte, aufgeregt rufen. »Er ist's! Er ist aus der Hölle zurück!«

Die Verwirrung steigerte, Fragen überstürzten sich. »Was sagte er? Wen meinst du?«

Derjenige, der als erster gesprochen hatte, warf fassungslos die Arme hoch und schalt die Gäste. »Wer, fragt ihr? Heilige Mutter

Gottes, kennt ihr diesen Lumpenkerl nicht? Der Marquis von Bradbury ist es und kein anderer!«

»Lor' Se'mour?« lallte einer mit schwerer Zunge und verzog den Mund zu einem breiten Grinsen, ehe er vornübersackte und mit dem Gesicht in einer vollen Schüssel landete. Einige wandten nun dem Marquis ihre volle Aufmerksamkeit zu und stießen Schreckensschreie aus. Er aber ließ unbeirrt lächelnd den Blick über die Anwesenden wandern, auf der Suche nach dem Gesicht seines Hauptanklägers.

»Niemals! Es kann nicht sein!« wandte eine benommen klingende Stimme ein. »Der Marquis ist tot! Er wurde getötet!«

Seymour lachte verhalten auf – es jagte Elise einen Schauer über den Rücken und ließ einen glauben, Maxim Seymour wären auch noch Hörner zur Vervollständigung seiner satanischen Erscheinung gewachsen.

»Soso? Ihr hieltet mich für tot?« Maxim riß ein Schwert aus der Wandhalterung und sprang auf den Tisch. »Holde Damen, edle Herren, wenn ihr glaubt, ich sei tot, dann streckt getrost eure Brust meinem Schwert entgegen, denn ein Gespenst kann euch keinen Schaden zufügen. Kommt und fühlt die Spitze«, forderte er sie auf und lachte spöttisch, als keiner seiner Aufforderung nachkam. Sein kühner, herausfordernder Blick umfaßte sie alle und ließ sie erbeben. »Ich habe euch nicht verlassen, wie sich mancher gewünscht hatte... zumindest nicht auf die ersehnte Art und Weise. Es stimmt allerdings, daß ich manchem aus dem Gedächtnis entschwunden bin.« Gleichmütig hob er die breiten Schultern und schritt die Länge des Tisches ab. »Und es stimmt, daß ich von jenen Tölpeln auf der Brücke, die meine Flucht zu verhindern suchten, schwer verwundet wurde, doch ich fiel in den Fluß, und das Schicksal wollte nicht, daß ich unterging... wie von Engeln getragen, fand ich Zuflucht bei Freunden. Nun seht und hört mich, edle Gäste! Und verbreitet die Kunde, daß Maxim Taylor Seymour gekommen ist, um Rache zu üben an dem Dieb, der seine Besitzungen mit Lug und Trug an sich brachte und seine Verlobte einem anderen gab. Ich bin da, um zu fordern, was mein ist, und um Gerechtigkeit zu üben! Hörst du mich, Edward Stamford?«

Maxim sprang hinüber auf einen anderen Tisch und schritt ihn entlang, wobei er Schüsseln und Trinkgefäße mit einem Tritt zu Boden schleuderte. Die entsetzten Gäste wichen zurück, einige stolperten und stürzten in ihrer Panik. Andere starrten wie betäubt um sich, unfähig, den Alptraum abzuschütteln, der sie erfaßt hatte. Zu matt und verwirrt, um zu fliehen, ließen sie sich langsam auf ihre Sitze gleiten.

»Faßt ihn! Laßt ihn nicht entkommen!« rief Edward vom Eingang her. Er war kurz zuvor hinausgegangen, um seine Notdurft zu verrichten, und hatte beim Wiederbetreten der Halle seine Gäste wie betäubt vorgefunden – zurückweichend vor einem Mann, dessen er sich für immer entledigt zu haben glaubte. In seiner Verzweiflung hetzte er die anderen auf: »Stecht ihn nieder! Auf ihn mit euren Degen! Er ist ein Mörder und Hochverräter! Die Königin wird euch seinen Tod lohnen!« Mit einer Handbewegung wies der Squire auf die auf dem Boden Liegenden, und seine nächsten Worte lösten allgemeine Panik aus: »Ist dies das Werk eines niederträchtigen Bösewichts? Hat er uns alle vergiftet?«

Entsetzte Ausrufe und lautes Schluchzen schienen die Anschuldigungen Edwards zu bestätigen. Elise versuchte sich zu entsinnen, was der Marquis am Weinfaß getrieben hatte, ehe sie ihn störte. Als sie an die zwei Krüge dachte, aus denen er Wein eingeschenkt hatte, wuchs in ihr die Befürchtung, ihr Onkel könnte recht haben.

Etliche Männer traten nun schwankend vor, um sich für die erlittene Schmach zu rächen, aber Maxim Seymour ließ sie, die Hände ruhig am Schwertgriff, lächelnd auf sich zukommen. Er wirkte selbstsicher und unerschütterlich, als er sich umdrehte und warnte: »Edle Herren, denkt gründlich nach. Es stimmt, daß ihr von dem Gebräu benommen seid, daß ich in eure Becher tat, doch ist es kein Schierling, den ihr gekostet habt, so daß ihr nicht Sokrates' Los erleiden werdet. Schlimmstenfalls wird es ein tiefer und langer Schlummer sein. Doch wenn ihr euch jetzt im Kampf mit mir messen wollt, dann wird es euch schlecht bekommen. Ich frage euch, wollt ihr euer Leben auf Geheiß dieses Judas aufs Spiel setzen?«

»Faßt ihn!« schrie Edward Stamford, der seiner Angst kaum mehr Herr wurde. »Ihr dürft ihn nicht entkommen lassen!«

Einer der Gäste versuchte eine Attacke, man hörte Klirren, als Maxim den Hieb auffing und parierte. Drei andere sprangen dem ersten bei, um sich mit dem Marquis im Kampf zu messen, Sekunden nur, denn sie mußten sich geschlagen geben. Die Behendigkeit, mit der er die Attacken parierte, hielt viele davon ab, der Aufforderung Edward Stamfords nachzukommen. Schließlich waren sie gekommen, um zu feiern und zu schmausen, und nicht, um sich mit einem geübten Fechter zu messen.

»Habt Ihr nicht schon genug Kümmernis über dieses Haus gebracht?« rief Elise, die aufgesprungen war, empört, daß dieser Mensch die ganze Halle in Schach hielt, nur um seiner Rachsucht zu frönen. »Müßt Ihr Arabellas Hochzeitsnacht mit noch mehr Schmerz und Bitterkeit überschatten?«

Seine grünen Augen blickten sie mit stählerner Härte an.

»Bradbury Hall war mein Zuhause, und heute hätte mein Hochzeitstag sein können, wären da nicht die Lügenmärchen dieses niederträchtigen Lumpen gewesen. Was sollte ich Eurer Meinung nach tun, Jungfer? Soll ich mich Stamford kampflos ergeben?« Er lachte höhnisch auf. »Ihr werdet sehen, daß ich es nicht tun werde!«

In seiner wachsenden Panik schrie Edward verzweifelt: »Hat denn keiner den Mut, es mit ihm aufzunehmen? Er ist ein Verräter! Er hat den Tod verdient!«

Reland, der Bräutigam, hatte dem Wein noch hemmungsloser zugesprochen als die anderen. Jetzt stützte er träge die Hände auf den Tisch und stemmte sich langsam hoch. Blitzartig stoben die Gäste auseinander und machten einen Weg zwischen den beiden Männern frei, denn der Marquis schien einen würdigen Gegner gefunden zu haben.

»Arabella ist mein!« rief Reland dumpf, während er versuchte, den anderen klar ins Auge zu fassen. Dann schüttelte er den Kopf, um seine Benommenheit loszuwerden, und hieb mit der Faust auf den Tisch. »Wer sie mir wegnimmt, wird es mit dem Tod büßen!«

Edward bedeutete einem Gast, ihm Huxfords Schwert zu reichen, das er dann an seinen frischgebackenen Schwiegersohn weitergab. »Du mußt ihn überrumpeln«, riet ihm Edward, »der Marquis ist für seine Finten bekannt.«

Verächtlich musterte der Earl seinen deutlich kleineren Schwiegervater. »Du Wiesel du, soll ich mich an deiner Stelle schlagen?«

Schweißtropfen traten auf Edwards Stirn, und seine Lippen schienen lautlose Worte zu formen, während er nach einer passenden Antwort suchte. »Ich… ich kann meine Tochter nicht verteidigen. Ich kann den Degen nicht so führen, daß ich mich mit Seiner Lordschaft messen könnte.« Er deutete mit einer Kopfbewegung auf den Marquis. »Er ist ein Wolf, und du weißt, Reland, daß ein Wiesel es mit einem Wolf nicht aufnehmen kann. Da bist du ihm schon eher gewachsen. Bär gegen Wolf. So sollte es sein.«

Ein wenig besänftigt, trat Reland schwankend einen Schritt vor und blieb breitbeinig stehen, während er unter geschwollenen Lidern in die Runde blickte. Der Marquis erwartete ihn mit gezückter Waffe. Trotz der geringen Entfernung zwischen ihnen glaubte Reland seinen Gegner durch einen langen, schmalen Korridor anzusehen. Unmerklich versank alles um ihn herum im Dunkel, während nur noch am Ende des Ganges, wo sein Widersacher sich befand, ein schwacher Schimmer blieb. Reland fühlte sich matt und steif. Seine Glieder waren bleischwer, er brauchte einen Augenblick der Ruhe, nur ganz kurz…

Reland Huxford sank auf die Knie und verharrte mit gesenktem Kopf, auf seine Arme gestützt, bis er schließlich wie ein tödlich getroffenes Tier zusammenbrach und alle viere von sich streckte.

Edward geriet darüber schier außer sich. Er lief zu Reland hin, ergriff dessen Schwert und schwang es. »Wer nimmt die Herausforderung an? Welcher der Huxfords ergreift das Schwert des Vetters?«

Niemand rührte sich. Devlin grinste vom Eingang her und spottete: »Squire, Ihr habt die Klinge in der Hand. Stellt Euch der Herausforderung.«

Edward starrte Devlin mit offenem Mund an, als hätte er den Verstand verloren, doch sein gemeines Lächeln ließ Edwards Blick sinken. Entsetzt starrte er auf die Waffe in seiner Hand. Niemand würde zu seiner Verteidigung aufstehen. Widerstrebend und voller Angst sah er zu dem Mann auf, den er Verräter nannte.

Maxims verhaltenes Auflachen traf den Stolz Edwards wie ein Peitschenhieb. »Komm schon, Edward«, hörte er ihn höhnen. »Hat dein Blutdurst nachgelassen? Hier bin ich, bereit, dir zu trotzen.«

Elise, die die beiden beobachtete, spürte, wie sich die Angst ihrer bemächtigte. Sie wußte, wie der Kampf ausgehen würde, falls es dem Marquis gelang, ihren Onkel herauszufordern. Daß Lord Seymour den Tod des Alten wollte, lag auf der Hand.

Innerlich gegen diesen ungleichen Kampf aufbegehrend, wurde ihr plötzlich klar, daß der einzige Mensch, der diesen Zweikampf verhindern konnte, sich nicht in der Halle befand.

Sie drehte sich blitzschnell um und lief, die Röcke bis zu den Knien hochgerafft, aus der Halle und die Treppe hinauf. Die Tür zu Arabellas Gemächern war nur angelehnt. Ohne anzuklopfen, stürmte Elise hinein, den Namen ihrer Kusine auf den Lippen, und blickte suchend um sich. In den Räumen herrschte Totenstille. Arabella war nirgends zu sehen. Die Kerzen waren mit Absicht gelöscht worden. Der Geruch des heißen Wachses hing noch in der Luft.

Von einer sonderbaren Vorahnung erfaßt, lief Elise ins Schlafgemach. Dort flackerte eine einzige Kerze. Im Kamin brannte Feuer, und die Flammen warfen die Schatten der hochlehnigen Stühle an die Wand. Die Samtdraperien des massiven Bettes waren zurückgezogen und gaben den Blick auf eine reichbestickte Überdecke frei, die noch auf den Federbetten lag. Nichts in dem Raum deutete darauf hin, daß hier eine Braut sehnsüchtig ihres Bräutigams harrte.

Elise trat hinaus auf die Loggia und spähte angestrengt hinunter in den Hof, wo sich zahlreiche Tore und Eingänge dunkel vom Mauerwerk abhoben. Jemand pfiff leise eine Melodie, und Elise erkannte Quentin, der gemächlich auf den Halleneingang zuschlenderte. Ihr war entgangen, daß er das Fest verlassen hatte, doch sein Gebaren verriet, daß er von den Vorgängen in der Halle keine Ahnung hatte. Er wäre Edward aber auch nicht beigesprungen, wenn er zugegen gewesen wäre, da er ihm ebensowenig Sympathien entgegenbrachte wie Maxim Seymour. Lautlos schlüpfte Elise zurück ins Schlafgemach. Wenn es ihr nicht gelang, Arabella bald zu finden, würde sich Edward dem Marquis stellen müssen, und dieser würde seine Rache an ihm vollstrecken.

Trotz der Wärme des Feuers, die sie im Rücken spürte, überlief sie plötzlich ein unheimlicher Schauer. Ihr Entsetzen wuchs, als sie an der gegenüberliegenden Wand ihren Schatten sah, auf den sich von beiden Seiten zwei andere Schatten, groß und männlich, lautlos zubewegten.

Die Räume waren doch nicht verlassen!

Elise sprang vor und entzog sich dem Zugriff starker Arme, die sie zu packen versuchten. Sie vernahm ein dumpfes Geräusch, als die zwei Eindringlinge zusammenstießen – die Silhouetten waren also keine bloße Einbildung gewesen. Wo eben noch Elise gestanden hatte, rangen nun zwei massige Gestalten miteinander und stießen halblaute Verwünschungen aus.

»Verdammt, Fitch, meine Nase! Loslassen!«

»Sie entkommt uns! Fang sie ein!«

Der Größere setzte ihr nach, doch Elise sprang leichtfüßig wie ein aufgescheuchtes Reh davon – und prallte im nächsten Augenblick gegen eine birnenförmige Gestalt. Ebenso verdutzt wie sie stand der Mann schwankend da, während er versuchte, seine muskulösen Arme um ihre schlanke Gestalt zu schlingen. Das Häubchen wurde ihr vom Kopf gerissen, und schon spürte Elise die Falten seines groben Übergewandes auf ihrem Gesicht. Der Geruch von feuchter Wolle und gekochtem Fisch stieg ihr in die Nase. Die Arme, die sie umschlangen, nahmen ihr fast die Luft, dennoch gab sie den verzweifelten Kampf nicht auf. Was hatten diese Halunken mit ihr vor? Als sie zu einem Schlag ausholte, verfing sich ihre Hand in der Kette, und die Perlen kollerten zu Boden. Dennoch wehrte sie die schwielige Hand, die ihren Hilferuf zu ersticken drohte, mit einem kräftigen Biß ab, so daß der Mann vor Schmerzen aufstöhnte und seine Hand wegzog. Doch gerade als sie, nach Luft schnappend, losschreien wollte, wurde ihr ein geknotetes Tuch in den Mund geschoben.

Mit aller Kraft rammte sie ihren spitzen Absatz in den Rist des Mannes, der Schuhwerk aus weichem Leder trug. Im nächsten Augenblick stieß sie heftig gegen seinen vorstehenden Bauch. Plötzlich war sie frei, doch bevor sie fliehen konnte, wurde sie von den Stoffmassen eines Vorhanges eingehüllt, den einer der Männer vom Fenster gerissen hatte. Das große Stück wurde so um sie gewickelt, daß sie von Kopf bis Fuß eingehüllt war. Verzweifelt bäumte sie sich auf. Ein Arm legte sich eng um ihren Hals und drückte das Tuch so fest an ihr Gesicht, daß sie fast erstickte. Je mehr sie sich wehrte, desto fester wurde die Umklammerung. Erst als sie sich beruhigte, ließ auch der Druck des Armes nach. Damit stand eines fest: Sie war den Entführern hilflos ausgeliefert.

»Menschenskind, Spence, wo steckst du?« rief der zuvor Fitch Genannte. »Wir müssen uns beeilen.«

Sie hörte hastige Schritte. »Kann den Umhang der Dame nicht finden.«

»Dann muß das reichen, was sie anhat. Wir müssen fort, ehe jemand kommt.«

Die dicke Kordel, die dazu gedient hatte, den Vorhang vor einem Fenster zurückzuraffen, wurde nun benutzt, um Elises Umhüllung festzubinden. Dann wurde sie hochgehoben und über eine breite Schulter gelegt. Geknebelt und gefesselt wie ein hilfloses Opferlamm, konnte Elise nur noch stöhnen und sich winden, als man sie hinaus auf die Loggia und anschließend über die Außentreppe hinunter in den Hof schleppte. Kaum hatten die beiden das Haus hinter sich gelassen, legten sie noch größere Eile an den Tag, was ihr fast den Atem raubte. Sie schlüpften durch die Hecke, die den Hof umgab, und dann wurde sie in weitem Bogen durch die Luft geschleudert und erstickte fast an dem Schrei, der sich ihr entringen wollte. Der Aufprall wurde gottlob durch Stroh gemildert. Es folgte ein Augenblick der Verwirrung, als ein Pferd aufgeschreckt wieherte und nervös zu scharren anfing, Anzeichen, die darauf hindeuteten, daß man sie auf einen Karren geworfen hatte. Die gedämpfte Stimme des Kutschers beruhigte das Tier, während man Strohbündel auf Elise häufte. Der Karren ächzte unter dem Gewicht der zusteigenden Männer. Die beiden machten es sich auf dem Stroh bequem und drückten so schwer auf Elise, daß sie kaum atmen, geschweige denn sich rühren konnte. Das Pferd wurde angetrieben, und der Karren setzte sich in Bewegung. Elises Lebensgeister erreichten den Tiefpunkt, als ihr endgültig klar wurde, daß es für sie keine Fluchtmöglichkeit mehr gab.

Der Kutscher des Gefährtes fuhr in einem großen Bogen vor den Haupteingang des Herrensitzes. Obgleich Elise erst seit kurzem hier lebte, merkte sie es sofort, als die hölzernen Karrenräder über die Zufahrt rollten, da das schreckliche Geholper merklich nachließ. Wie gern hätte sie laut geschrien, um auf ihre Entführung aufmerksam zu machen. Ein vergebliches Verlangen, da die Männer für ihr Stillschweigen gesorgt hatten. Über dem Holpern und Rumpeln des Karrens drang von irgendwoher das Schlagen einer Nachtigall an ihr Ohr. Wie seltsam, dachte sie, an einem so kalten Winterabend diesen Vogel zu hören.

Maxim Seymour hielt inne, als er die leisen Töne vernahm, und nickte kaum merklich. Den Blick auf Edwards glühendes, schweißnasses Gesicht gerichtet, stieß er halblaut hervor: »Wiesel, der Wolf gewährt dir eine Gnadenfrist. Ich habe jetzt, was ich mir holen wollte und wofür du teuer bezahlen wirst.«

Damit sprang Maxim beiseite und warf einen hastigen Blick in die Runde. Kaum zwanzig Männer waren anwesend, die imstande waren, ihn zu verfolgen, doch die meisten von ihnen zögerten. Die Edward ergeben waren, scharten sich um einander, als er ausrief: »Er entkommt! Laßt ihn nicht entwischen! Er ist ein Verräter an der Königin!«

Maxim riß eine Samtdraperie vom Fenster und schleuderte sie seinen Verfolgern entgegen. Während sie sich aus den Stoffmassen zu befreien suchten, stieß er einen der langen Tische inmitten der Gäste um, sprang auf den nächsten und bewarf von oben die Gäste mit Geschirr. Er schien in Hochstimmung, als er zur Tür lief, stehenblieb und grüßend seinen Degen gegen Edward hob.

»Squire, diesmal sage ich Euch Adieu. Gewiß werden die meisten Anwesenden über mein Verschwinden nicht allzu betrübt sein.«

Sein Arm schoß hoch, und der Degen bohrte sich in einen Balken der gewölbten Decke, wo er zitternd steckenblieb. »Lebt wohl, Squire«, empfahl Seymour sich mit schwungvoller Verbeugung. »Ich hinterlasse Euch ein Zeichen, das Euch an meine Rückkehr erinnern soll. Gürtet Euch, auf den Kampf gefaßt, bis zu jenem Tag, oder ergreift die Flucht und betet darum, daß ich Euch nicht finde.«

Edward wandte den Blick nach oben. Das Aufblitzen der bebenden Klinge schien ihn zu hypnotisieren, und als er sich umblickte, war sein Widersacher verschwunden.

»Ihm nach!« rief er aus, finster um sich blickend, als niemand seinen Befehl befolgte. »Soll die Königin uns für Feiglinge halten, weil wir einen Verräter entkommen ließen? Sie wird unsere Köpfe fordern, wenn wir nicht versuchen, ihn zu fassen.«

Mühsam wurde nun der schwere Tisch aus dem Weg geräumt, und die mit verschiedenen Saucen oder Fleischteilen besudelten Männer rappelten sich, aneinander Halt suchend, langsam auf. Angeekelt befreiten sie sich von den klebrigen Speiseresten und stolperten Edward nach, der durch das Portal hinausstürmte.

Kaum waren sie vor das Hausportal getreten, als sie von der Zufahrt her Hufgetrappel hörten. Unter einem Dach kahler Äste, die sich von den Alleebäumen himmelwärts reckten, konnten sie die dunkle Gestalt eines Reiters auf dem friesischen Rappen ausmachen.

Edward stieß einen lauten Fluch aus, als er Seymour davongaloppieren sah. Dann wandte er sich an die Umstehenden und feuerte sie an: »Zu Pferd! Rasch zu Pferd! Wir können ihn nicht entkommen lassen!«

3

Die erstickende Umhüllung und das Gewicht der zwei Männer auf den Strohballen über ihr bereiteten Elise Höllenqualen. Die um den Stoff geschlungene Kordel schnitt ihr in die Arme; ihr Verstand aber arbeitete fieberhaft. Welche Greueltaten standen

ihr bevor? Diese Ungewißheit steigerte ihre Angst, und das gedämpfte Rumpeln der hölzernen Räder auf der holprigen Straße
erschien ihr wie das Echo ihres wild pochenden Herzens. Nach
vielen Versuchen schaffte sie es endlich, eine Hand unter die Hüfte
zu schieben. Dabei entdeckt sie eine Öffnung in den Falten ihrer
Umhüllung. Sie steckte die Hand durch und begann, die Seiden-
schnur nach einem Knoten abzutasten. Da ließ ein dumpfes Geräusch sie innehalten. Pferdegetrappel! Jemand hatte die Verfolgung aufgenommen! Jetzt nahte die Rettung!

Doch plötzlich verließ der Karren den Weg. Holpernd ging es
ein Stück dahin, dann blieb er stehen; die Hufe wurden lauter,
klapperten in unmittelbarer Nähe vorüber und verklangen. Wieder beherrschten die Geräusche der Nacht die Szene. Diese Stille
dauerte jedoch nicht lange, denn alsbald näherte sich von neuem
Hufschlag. Diesmal waren es mehrere Pferde, ein Dutzend oder
mehr. In das Hufgetrappel mischten sich laute Rufe; unter den
Wortfetzen hörte sie das laute, anfeuernde Gebrüll ihres Onkels
heraus.

»Leute, reitet schneller! Wir bringen diesen teuflischen Schurken zur Strecke! Diesmal entwischt er uns nicht!«

Elise versuchte verzweifelt, die Reiter auf sich aufmerksam zu
machen. Ein plötzlicher Tritt von oben gebot ihr Einhalt. Tränen
der Enttäuschung liefen ihr über die Wangen, als der Lärm der
wilden Jagd verklang und wieder tiefe Stille eintrat. In ihrer großen Eile war den Verfolgern entgangen, daß unweit des Weges jemand dringend der Rettung harrte.

Behutsam lenkte der Kutscher das Gefährt wieder auf den Weg
zurück und fuhr weiter, eine Ewigkeit, wie es Elise schien. Ihre
Finger waren auf keinen Knoten gestoßen, der sich lockern ließ,
und das Liegen auf dem holpernden Karren wurde nahezu unerträglich. Mit jeder Meile wuchsen ihre Erschöpfung und Mattig-
keit. Sie versuchte eine vernünftige Begründung für ihre Situation
zu finden. Aus welchem Grund hatten diese beiden Unholde sie
entführt? Was war ihre Absicht? Und wer war der einsame Reiter?
Gewiß war es Maxim Seymour gewesen, der sie auf der Straße
überholt hatte. Und ihr Onkel und eine kleine Gruppe seiner Gä-

ste hatten ihn dann verfolgt. Aber sie konnte sich überhaupt nicht vorstellen, welchen Nutzen Seymour aus ihrer Entführung ziehen sollte. Hätte *er* sie gefangennehmen wollen, so hätte er sie gewiß daran gehindert, die Halle zu verlassen. Statt dessen hatte er sie kaum eines Blickes gewürdigt, als sie hinauslief. Nein, nicht dieser Abtrünnige und Verräter war es, der ihre Entführung befohlen hatte. Es gab *andere*, die viel mehr Grund hatten, sie in ihre Gewalt zu bekommen. Cassandra und ihre Söhne beispielsweise. Oder der edle Earl Reland, der auf Rache sann.

Die Möglichkeit, daß ihre zwei Entführer von Menschen angestiftet worden waren, die denselben Namen trugen wie sie, verbesserte Elises Lage nicht. Geriet sie wieder in die Gewalt ihrer Tante und Vettern, dann würden sie ihre Widerstandskraft brechen.

Schon als Kind hatte Elise viel von den Ränken ihrer Tante Cassandra munkeln gehört, meist von Bediensteten, die dieses rachsüchtige Frauenzimmer verabscheuten. Wollte man diesen Gerüchten Glauben schenken, so war Cassandra schon zu Lebzeiten Bardolfs in seinen Bruder Ramsey verliebt und hatte dessen schöne, junge Gemahlin mit dem kastanienbraunen Haar gehaßt. Für sie war die schöne Deirdre nichts weiter als ein namenloses Findelkind, für das Ramsey nur Mitleid empfinden konnte. Ihre Eifersucht und ihr Haß wurden noch weiter angestachelt, als die junge Frau einer Tochter das Leben schenkte. Cassandra, die sich strikt weigerte, das Mädchen als Familienmitglied anzuerkennen, hatte kühn behauptet, Elise sei keine Radborne, sondern wie ihre Mutter nur Nachkomme eines fahrenden Sängers. Und dann war jener Unglückstag gekommen, an dem Deirdre, kurz vor der Geburt ihres zweiten Kindes, einer unbekannten Krankheit erlag. Ramsey, der den Verlust seiner Frau tief betrauerte, ließ fortan seine Liebe uneingeschränkt der kleinen Elise zuteil werden, wie seine Schwägerin enttäuscht und verbittert feststellen mußte.

Im Laufe der Jahre hatte die immer mißlichere Finanzlage Cassandras Ramsey große Sorgen bereitet, denn er wußte, daß es im Falle seines Todes um die Zukunft seiner Tochter schlecht bestellt war, falls es ihm nicht gelänge, Elises Vermögen dem Zugriff Cassandras zu entziehen. Zu diesem Zweck richtete Ramsey für Elise

Konten bei Bankleuten seines Vertrauens ein. Gerüchten zufolge hatte er in jüngster Zeit viel Besitz veräußert und war häufig in geheimer Mission zu den Stilliards unterwegs gewesen. Diese Gerüchte hatten bei den Radbornes für Unruhe gesorgt. Warum hatte er zu nächtlicher Stunde große Truhen aus seinem Haus geschafft? Dies wußten Cassandra und ihre drei jüngeren Söhne von einem Bediensteten Ramseys; sie hatten ihm das Geständnis unter der Folter abgepreßt und hielten es daher für lautere Wahrheit.

Elise verzog das Gesicht, als der Karren um eine Kurve holperte und ihre Ferse schmerzhaft über ein rohes Brett schürfte. Nun, von ihrer Familie hatte sie keine bessere Behandlung zu erwarten. Im Gegenteil: Die Radbornes scheuten vor nichts zurück, wenn es ihren Zwecken diente. Vor allem Cassandras unstillbare Habgier flößte Elise Angst ein. Nach Ramseys Entführung waren Cassandra und ihre Söhne auf dem Sitz der Radbornes aufgetaucht, nicht etwa, um seine Tochter zu trösten; nein, sie behaupteten, Ramsey sei tot und seine Ländereien und das versteckte Vermögen könnten ohne ausdrückliche Billigung der Königin nicht in weibliche Hände übergehen. Der gesamte Besitz sei vielmehr rechtmäßiges Eigentum der Söhne Bardolf Radbornes, des älteren Bruders Ramseys, der den Titel geerbt hatte. Elise hatte sich geweigert, ihrer Tante irgendwelche Zugeständnisse zu machen, was diese so sehr erboste, daß sie zu harten Maßnahmen griff. Sie wurde noch wütender, als Quentin rettend eingriff, Elise auf seinen Landsitz schaffte und das Mädchen bei ihrem anschließenden Fluchtversuch ihrem Sohn Forsworth einen Schlag auf den Kopf versetzte.

Und jetzt werde ich wieder auf einem Karren an irgendeinen unbekannten Ort geschafft und befinde mich in fremder Gewalt, dachte Elise verbittert. Sie war sicher, daß ihr nichts Gutes bevorstand, und lähmende Furcht befiel sie, als der Karren anhielt und die zwei Männer abstiegen.

Einer der Männer sprach in gedämpftem Ton mit dem Kutscher, während der andere die Strohbündel entfernte und Elise im Licht einer Talgkerze ihre Entführer zum ersten Mal in Augenschein nehmen konnte. In den letzten Monaten hatte sie viele Bösewichte kennengelernt, von der elegant gekleideten, scheinbar ewig jungen Cassandra und ihren Söhnen bis hin zu den elenden und verdorbenen Halsabschneidern des Londoner Freistattbezirkes. Zu ihrer Verwunderung mußte sie feststellen, daß ihre Entführer gar nicht so übel waren. Spence war groß und trotz seines hageren Aussehens kräftig, er hatte hellbraune Haare und gutmütige graue Augen; Fitch dagegen war kleiner, stämmiger und irgendwie birnenförmig. Seine Haare standen wirr ab, und seine blauen Augen zwinkerten fröhlich. Keinem der beiden hätte man die Missetat zugetraut, die sie begangen hatten.

In dem Kutscher erkannte Elise einen Mann, der in den Stallungen von Bradbury beschäftigt war. Sie schwor sich, daß seine Komplizenschaft bei der Entführung bekannt würde, sollte sie jemals wieder nach Bradbury zurückkehren. Enttäuscht mußte sie jetzt zusehen, wie er zungenschnalzend den Wagen wendete und den Weg zurückfuhr, den sie gekommen waren.

Elise bemerkte nun, daß man sie an ein Flußufer gebracht hatte. Nirgends waren ein Boot, ein Fahrzeug oder Reittiere zu entdecken. Was wollten sie hier? Wollten die Männer sie ermorden? Oder sich an ihr vergehen? In ihrer lebhaften Phantasie verwandelten sich die Männer zu Ungeheuern. Als sie einen abgebrochenen Ast in der Gabelung eines nahen Baumes entdeckte, wich sie vorsichtig und unauffällig so weit zurück, daß sie das eine Ende fassen konnte. Kaum kam Fitch in ihre Nähe, holte sie mit aller Kraft aus und versetzte ihm einen schmerzhaften Hieb auf seinen Kopf. Mit einem lauten Aufschrei taumelte der Mann gegen seinen erschrockenen Gefährten. Diesen Moment der Verwirrung nutzte Elise und rannte mit hochgerafften Röcken verzweifelt auf den nahen Wald zu. Die beiden Entführer faßten sich und nahmen schreiend die Verfolgung auf. Spence hielt eine Laterne vor sich, denn es war stockfinster, und Elise hatte durch ihr schwarzes Kleid einen zusätzlichen Vorteil. Doch das Dunkel des Dickichts, in dem Elise sich bewegte, blieb von dem schwachen Lichtkreis unberührt. Sie war den beiden, die kopflos hinter ihr hertrampelten, ein ganzes Stück voraus, da sie mit ihren leichten Schuhen rasch vorankam. Wie eine kleine, flüchtige Elfe flog sie zwischen den Bäumen dahin. Hin und wieder warf sie einen Blick über die

Schulter zurück. Ihr Herz pochte vor freudiger Erregung, als sie sah, wie die beiden Männer immer weiter zurückblieben – die Freiheit lag zum Greifen nahe.

Doch nachdem Elise eine Lichtung überquert hatte, sah sie plötzlich ihren Weg von einem Dickicht versperrt. Hastig suchte sie nach einer Möglichkeit, ins Unterholz einzudringen – ohne Erfolg. Nur nicht aufgeben! Vorsichtig trat sie den Rückzug an und überquerte die Lichtung in entgegengesetzter Richtung, um wieder zwischen den Bäumen zu verschwinden. Als der Laternenschein der Verfolger sich näherte, wich sie noch tiefer in den Wald zurück und verschmolz mit dem Dunkel der Nacht. Reglos, mit angehaltenem Atem verharrte sie, voller Angst, ihr aufgeregt pochendes Herz könnte sie verraten.

Die Männer, die nicht ahnten, wie nahe sie ihnen war, stürmten weiter, bis auch sie sich vor dem undurchdringlichen Dickicht geschlagen geben mußten. Sie trennten sich und liefen in entgegengesetzter Richtung weiter, um das Gehölz zu umgehen. Elise wagte sich vorsichtig aus dem Zuflucht bietenden Dunkel, raffte ihre Röcke und lief zu jener Stelle zurück, wo sie zu Beginn ihrer Flucht in den Wald eingedrungen war. Ihre Füße flogen geradezu über den laubbedeckten Boden, und wieder glaubte sie ihre Freiheit vor sich. Da verfing sich ihre Schuhspitze in einer Ranke. Im Fall stieß sie einen Schrei aus, und ehe sie sich wieder gefaßt hatte, kamen Fitch und Spence mit Riesenschritten auf sie zugelaufen.

»Hände weg!« fuhr Elise die beiden an, als sie ihr auf die Beine helfen wollten. Sie staunte nicht schlecht, als sie gehorsam zurücktraten. Im Licht der Laterne zupfte sie nun trockene Blätter und Zweige aus dem Haar und schüttelte den Rock ihres Samtgewandes aus. Als sie ihre äußere Erscheinung wieder einigermaßen in Ordnung gebracht hatte, streckte sie Spence die Hand entgegen.

»Vorsicht, ich bin verletzt«, warnte sie ihn. Als er in seinem Eifer gegen ihren Knöchel stieß, schrie sie vor Schmerzen auf: »O mein Gott, mein Knöchel!«

»Mistreß, es tut mir wirklich leid«, entschuldigte sich Spence. Wieder bückte er sich, um sie hochzuheben, diesmal mit mehr Vorsicht.

Seine offensichtliche Besorgnis verwirrte Elise. »Ich möchte endlich wissen, was ihr vorhabt«, forderte sie mit Nachdruck. »Warum werde ich entführt? Haben euch die Radbornes gedungen? Haben sie euch Geld versprochen, wenn ihr mich ihnen ausliefert?«

Spence schüttelte verständnislos den Kopf.

»Nein, Mistreß. Wir kennen keine Radbornes.«

Seine Versicherung überzeugte Elise nicht. Für ihre Tante und deren Söhne war es ein leichtes, sich beim Anheuern von Helfershelfern falscher Namen zu bedienen. In jüngster Zeit hatte Elise es sich zur Gewohnheit gemacht, unter ihrem Reifrock ständig eine gefüllte Börse bei sich zu tragen, um für alle Umstände gerüstet zu sein. Ihre augenblickliche mißliche Lage forderte den Einsatz dieses Geldes geradezu heraus, doch sollten die beiden nicht wissen, daß sie eine größere Summe bei sich hatte. Viel vorteilhafter war es, wenn sie die Entführer im Glauben ließ, die Belohnung erwarte sie im Haus ihres Onkels. »Wenn ihr mich zurück nach Bradbury Hall bringt, verspreche ich euch eine angemessene Summe für eure Mühe. Ich schwöre euch, sie wird höher sein als jene, die ihr von euren Auftraggebern zu erwarten habt. Bitte... ihr müßt mich zurückbringen... ich werde es euch reichlich lohnen.«

»Seine Lordschaft trug uns auf, Euch nach London zu schaffen, und das werden wir tun.«

»War es etwa Lord Forsworth?« lachte Elise verächtlich auf. »Ach, falls der euch angeheuert hat, dann laßt euch gesagt sein, daß er kein Lord ist und zudem arm wie eine Kirchenmaus.«

»Mistreß, sein Geld soll Euch nicht bekümmern. Das braucht Seine Lordschaft bei uns nicht. Wir hängen ihm so treu an wie Fische dem Wasser.« Spences treuherzige Antwort ließ erkennen, daß er sich von seiner Absicht nicht abbringen lassen würde. Fitch leuchtete mit der Laterne, während sein Gefährte Elise ans Ufer trug. Dann stellte Fitch die Laterne hin und faßte ins Schilfdikkicht nach einem Tau, an dem er kräftig zog, bis ein Boot zum Vorschein kam. Sodann machte er sich eilig daran, im Heckteil ein weiches Lager zu bereiten und einige Felle auszubreiten. Darauf bettete Spence seine Gefangene.

Fitch ließ sich in der Mitte des Bootes nieder, stellte die Laterne neben sich und ergriff die Ruder. Mit kraftvollen Schlägen ruderte er aus dem Uferbereich in die Flußmitte, wo er ein Kielschwert ausbrachte und einen kleinen Mastbaum aufrichtete. Dann setzten die beiden Männer ein kleines dreieckiges Segel, und das Boot glitt flußabwärts dahin.

Die Laterne wurde gelöscht, und sie waren von Nacht umgeben. Elises Augen gewöhnten sich rasch an die Dunkelheit. Zu beiden Seiten konnte sie die dunkle Masse des Ufers erkennen. Die hohen Schatten des Segels und der Männer hoben sich vom quecksilbern schimmernden Fluß ab, während sich hinter ihnen das hellere Kielwasser in der Finsternis verlor. Elise zog die Felle enger um die Schultern und schlief ein; sie konnte einigermaßen sicher sein, daß die zwei Entführer einen bestimmten Auftrag auszuführen hatten und weder Vergewaltigung noch Mord im Sinn hatten.

Ihr schien, als wären erst ein paar Augenblicke vergangen, als ein dumpfer Aufprall sie weckte. Sie sah nach oben, wo das Geäst eines großen Baumes ein luftiges Dach über ihrer kleinen schwimmenden Lagerstätte formte. Über den ausladenden Ästen jagten tiefhängende graue Wolken über den trüben Himmel, und heftige Windstöße zerrten an der Baumkrone. Die Windstöße nahmen an Heftigkeit zu, tobten durch die Wälder, fegten über den Fluß und wühlten seine Oberfläche auf. Von einer langen Seilschlinge gesichert, trieb das Boot übers Wasser, prallte gegen einen umgestürzten Baumstamm und schaukelte wieder zurück zum Uferschilfgürtel.

Die mißtönenden Schnarchlaute ihrer Entführer durchschnitten die morgendliche Stille und riefen Elise ihre Situation in Erinnerung. Vorsichtig versuchte sie sich zu strecken, bis sich ihre schmerzenden Muskeln lockerten und sie sich aufrichten konnte. Ihr Blick fiel zunächst auf Fitch, der am Ufer unter einem Baum schlief. Gegen die feuchte Kälte seines Laubbettes schützte er sich mit einer Decke, während er seinen Wams als Kissen unter den Kopf gelegt hatte.

Ihr Blick fiel auf das Tau, das mit dem einen Ende am Bug des Bootes befestigt war. Das andere Ende war an einem überhängenden Ast festgebunden. In der Astgabel erspähte sie Spence. Auf ihn war offenbar die letzte Wache gefallen, und er hatte den Baum erklettert, damit er seine Gefangene von oben besser im Auge behalten konnte. Das lose Ende des Seiles hatte er einige Male um seinen Knöchel gewunden, um das Boot zusätzlich zu sichern, falls er einschlafen sollte. Sein Schnarchen stand dem seines am Boden liegenden Gefährten nicht nach.

Während Elise noch ihre Fluchtmöglichkeiten abwog, löste das Schicksal eine Kette von Ereignissen aus. Der Wind blies noch heftiger, und die Strömung trieb das Boot so weit hinaus auf den Fluß, daß der Ast unter der ungeheuren Spannung des Seils brach. Er fiel ins Wasser und gab die Schlinge frei. Sofort schoß das Boot hinaus zur Flußmitte, wo es von stärkerer Strömung erfaßt wurde. Da Elise das Boot nur vorne belastete, drehte es sich wie ein Kreisel um die eigene Achse, so daß das Seil sich um die Ruderpinne verhedderte, sich straffte und Spence von seinem luftigen Sitz gerissen wurde. Alle viere von sich gestreckt, landete er im Wasser und tauchte unter. Das seichte Wasser reichte ihm bis zur Mitte, und sein Fuß fand augenblicklich, wenn auch nur kurz, Halt auf dem Grund. Die Zugkraft des Bootes war so stark, daß es ihn gleich wieder wegriß. Panisch schrie er auf.

Der Lärm riß Fitch aus dem Schlaf. Die Panik in Spences Stimme war nicht überhörbar. Erschrocken sprang Fitch auf. Barfuß in ausgebeulten Beinlingen und lose flatterndem Hemd, war sein Anblick schon sonderbar genug, wurde aber noch von dem seines Gefährten übertroffen, der über eine flache Sandbank gezerrt wurde, während das Boot buglastig stromab trieb. Der Gedanke an Seine Lordschaft, der die beiden streng ermahnt hatte, ihre Gefangene auf keinen Fall entwischen zu lassen, machte ihm Beine. Mit Riesenschritten und rudernden Armbewegungen rannte er das Ufer entlang einer Stelle zu, von der aus er die Fahrt des flüchtigen Bootes aufzuhalten hoffte. Elise warf einen Blick zurück zu dem im Wasser treibenden Spence. Irgendwie hatte er es geschafft, das Tau zu fassen. Laut prustend und schnaubend hantelte er sich nun immer näher an das Boot heran. Elise kroch nach hinten zur Ruderpinne, doch das Seil hatte sich fest darum gewickelt und ließ sich nicht lösen. Sie packte eines der Ruder, schob das lange, unhandliche Ding über das Heck hinaus und versuchte, ihren halbertrunkenen Entführer am Näherkommen zu hindern, so daß Spence wüste Drohungen gegen sie ausstieß.

Der Kiel schürfte über den Grund, und als Elise sich umsah, bemerkte sie, daß Fitch sich triumphierend von einer flachen Klippe dem Boot direkt in den Weg warf. Wasserspeiend und nach Atem ringend, kam er an die Oberfläche und schwamm dem Boot entgegen.

Ein Ruck am Boot ließ Elise herumfahren. Spences große Hände faßten nach der Bordwand. Sie versuchte wieder, mit dem Ruder auszuholen, doch es war zu unhandlich und zu schwer, um als wirksame Waffe zu dienen. Das hintere Ende des Ruders prallte gegen den Mastbaum, so heftig, daß sie fast über Bord gefallen wäre. Fitch hatte das Boot erreicht und stemmte sich triefend hinauf. Schreiend ging Elise auf ihn los und wollte ihn mit dem Ruder zurückstoßen. Sie verlor ihr Gleichgewicht, als auch Spence sich über die Bordwand schwang und dabei unabsichtlich gegen die Ruderpinne stieß. Diese schnellte herum, und das Boot begann gleich einem liebestollen Walroß wie trunken zu schlingern. Elise stürzte ins eisige Wasser. Kaum hatte sie sich vom Schock erholt, tauchte sie auf und schnappte gierig nach Luft. Zähneknirschend mußte Elise sehen, wie die zwei Männer das Boot in ihre Gewalt gebracht hatten.

Diese starrten sie entsetzt an und verrieten ihr, welchen Anblick sie bieten mußte: Schilf auf dem Kopf, nasse Haarsträhnen im Gesicht, die gestärkte Krause wie die schlaffe Zierde einer unglückseligen Wassernixe um den Hals.

Obwohl das Wasser nicht sehr tief war, schaffte es Elise wegen ihrer nassen Röcke nicht, auf die Beine zu kommen. Verzweifelt suchte sie mit den Füßen Halt, stemmte sich hoch und spürte, daß ihre einst so eleganten Schuhe im Schlick versanken. Trotz Aufbietung aller Kraft gelang es ihr nur, sich zur Kauerstellung aufzurichten.

Fitch hatte inzwischen das Ruder zu fassen bekommen und versuchte damit, das Boot wieder flottzubekommen. Er stützte sich mit dem Ruder ab und brachte das Boot in ihre Nähe. Als er ihr die Hand reichte, tat er es mit ausdrucksloser Miene.

Hocherhobenen Hauptes kehrte sie ihm den Rücken zu und stapfte mit ihren triefenden Röcken durch den Schlamm ans Ufer. Kaum hatte sie festen Boden unter den Füßen, mußte sie sich zusammennehmen, um nicht vor Kälte mit den Zähnen zu klappern, während die zwei Männer das Boot an Land zogen. Elises verächtlichem Blick ausweichend, machten sie sich daran, ein Feuer zu entfachen. Die als Hülle überflüssig gewordene Draperie hängten sie über ein Seil zwischen zwei Bäumen, damit Elise sich dahinter zurückziehen konnte.

Hinter diesem provisorischen Paravent entledigte Elise sich ihrer Kleidung und versteckte ihre Börse fürs erste in einem hohlen Baumstamm. Die Männer breiteten die nassen Sachen am Feuer aus, während Elise sich notdürftig in die Felle hüllte. Spence war es gelungen, einen Hasen zu fangen, der nun, sorgfältig abgezogen, bald an einem Stecken über den Flammen brutzelte. Brot, Käse und Wein ergänzten das Mahl. Zwar schmeckte der Hase zäh, doch das Essen genügte, um Elises Hunger zu stillen. Kühl bedankte sich Elise bei den Männern für ihre Portion.

»Ihr solltet Euch jetzt ausruhen«, riet Spence ihr. »Sobald es dunkel, geht es weiter.«

Ihr Samtgewand würde bis dahin kaum trocknen. »Was soll ich anziehen?« fragte sie. »Mein Gewand ist ruiniert, im Wasser habe ich einen Schuh verloren. Alles ist noch ganz naß!«

Spence entfernte sich kurz und kehrte dann mit einem Paar Lederschuhen, einem ausgefransten Wollkleid und einem Mantel aus festem Gewebe zurück. »Da wäre etwas, falls Ihr es zu tragen geruht«, bot er ihr die Kleidungsstücke an. »Einfaches Zeug, das seinen Zweck erfüllt, damit wir ohne Aufsehen an unser Ziel gelangen.«

Elise blickte finster drein. Sie hatte keine Ahnung, welches Ziel diese armselige Kleidung erforderlich machte. Daß sie nicht in luxuriöser Umgebung landen würde, war anzunehmen. Sie nahm die Sachen, da es töricht war, ein nasses Kleid zu tragen, und die Felldecken nicht ausreichten. Sie trocknete ihr Haar am Feuer, kämmte es mit den Fingern und ließ es lose auf die Schultern fallen. Als ihre Wäsche einigermaßen trocken war, zog sie sich hinter die Abschirmung zurück, nahm ihren Reifrock und machte daraus einen schmalen, gepolsterten Reifen, in den sie ihre Börse stopfte. Sie zog ihre Unterröcke an, schloß das Mieder des Wollkleides, zog die Schnüre um die Taille ganz eng und steckte die Füße in die Lederschuhe. Der graue Wollumhang, dessen Kapuze sie tief ins Gesicht zog, sorgte für Wärme, wie sie dankbar feststellte.

Die Nacht war fast hereingebrochen, als Elise sanft wachgerüttelt wurde. Nur widerstrebend lieferte sie den Männern die Felldecken aus, die im Boot für sie wieder als Unterlage dienen sollten.

»Ich werde mir noch den Tod holen«, klagte sie, »aber was kümmert das euch? Pah, ihr seid zwei herzlose Halunken. Noch aus dem Grab werde ich Rache fordern, das schwöre ich.«

»Nein, Mistreß, das stimmt nicht. Uns liegt Eure Sicherheit am Herzen, mehr als die eigene«, erklärte Spence.

Elise sah ihn zweifelnd an. »Nun, Spence, ich kann jedenfalls bezeugen, daß du deinen Pflichten nicht nachkamst. Eher möchte ich die Klageschreie der Geister aus dem Totenreich hören als weiterhin deiner Fürsorge ausgeliefert sein. Mein schwacher Körper ist alldem nicht gewachsen.«

Spence fehlten die Worte, um den Zorn des Mädchens zu besänftigen, das sich aus gutem Grund so aufregte. Er konnte ihr auch nicht verübeln, daß sie alle Schuld ihm und Fitch zuschob. Seine Lordschaft hatte sie beide zur Verschwiegenheit verpflichtet, und seinen Schwur wollte er halten, auch wenn er sich allmählich vorkam wie ein Unhold.

Am besten, er machte dem Mädchen ein warmes Plätzchen im Boot zurecht. Und das tat er denn auch und polsterte es mit Fellen aus. Die schönste Felldecke aber ließ er ihr als Zudecke gegen die kalte Nachtluft. Ihre nassen Sachen wurden ebenfalls in ein Fell gewickelt und im Boot verstaut, wenngleich es zweifelhaft war, ob sie je wieder Verwendung finden würden. Er half seiner Gefangenen ins Boot und deckte sie sorgfältig zu, denn es war eine kostbare Fracht, die man ihrer Obhut anvertraut hatte.

4

Über dem Fluß lag noch nächtliches Dunkel, als das Boot London erreichte. Aus einem unruhigen Schlaf hochgeschreckt, sah Elise auf beiden Ufern dunkle Türme und Bauwerke vorübergleiten. Das kleine Boot geriet ins Schwanken, als Fitch sich gegen das Steuerruder lehnte. Spence reffte das Segel und warf einen Blick zu seiner Gefangenen hin, die warm und behaglich auf ihrem Lager aus Fell ruhte. Er bemerkte das Aufleuchten in den Augen des Mädchens, als ihr Blick über das Ufer strich.

»Bleibt, wo Ihr seid, Mistreß. Seid still wie ein Mäuschen. Diese Stange« – er schlug auf den kurzen Mastbaum – »wird jetzt ein wenig gesenkt, also achtet auf Euren Kopf.«

Elise, die noch ganz verschlafen nickte, wich dem Mastbaum aus und sah zu, wie die zwei Männer ihre Rücken krümmten und sich in die Riemen legten, um, selbst nur schattenhaft sichtbar, von einem dunklen Schatten zum anderen zu rudern. Feine Dunstschleier wehten von den Nebenarmen und Haffwassern des Flusses her und hüllten das Boot ein, als sie sich in Ufernähe weiterbewegten. Man hörte nur das rhythmische Ächzen der Ruder in der geisterhaften Stille, während sie an Palästen, prunkvollen wie auch verfallenden, vorüberglitten. Die mit den Jahren verblichene Pracht des Savoy wurde von der Dunkelheit gnädig verhüllt, während Schönheit und Größe der Häuser Arundel und Leicester nicht zu übersehen waren. Jenseits des Middle und Inner Temple sanken die Uferbauten zu primitiven Holzhütten und schäbigen Lagerschuppen herab. Hier tauchten die Männer ihre Ruder ganz tief ein und verlangsamten die Fahrt, bis das Boot dumpf gegen einen Landungssteg stieß, von dem aus dürftige Holzstufen zum Wasser führten. Elise, deren Neugierde erwachte, richtete sich auf und wurde gleich von einer bösen Vorahnung erfaßt, als sie sah, wo sie gelandet waren. Hinter dem Lagerhaus begann der Stadtteil, den sie auf der Suche nach ihrem Vater in der Verkleidung eines herumstreunenden Straßenjungen durchwandert hatte. Eigentlich verständlich, daß man sie hierherbrachte, denn diese Gegend war als Schlupfwinkel für Diebe, Mörder, Vagabunden und Dirnen bekannt. Ein königlicher Erlaß hatte dafür gesorgt, daß dieser Bezirk der Zuständigkeit der Gesetze und ihrer Hüter entzogen war. Folglich bot er ihren Entführern eine sichere Zuflucht. Hier befanden sie sich unter ihresgleichen.

Spence sprang hinaus auf den Steg und wickelte das Haltetau um einen hohen Pfahl. Fitch folgte ihm, drehte sich um und wollte Elise aus dem Boot heben, was diese ihm jedoch entschieden verwehrte. Im Moment blieb ihr zwar nichts übrig, als sich in ihr Los als Gefangene zu fügen, doch war sie entschlossen, es ihren Entführern nicht leichtzumachen.

»Ich schaffe es allein«, raunte sie, da ihr dieser Ort unheimlich war und sie vermeiden wollte, die Aufmerksamkeit noch üblerer Gesellen auf sich zu lenken, als es ihre Bewacher schon waren. Als Fitch auf seinem Ansinnen beharrte, zischte sie ihm wütend zu: »Ich lasse mich nicht rüde anfassen und an einen Ort schaffen, an dem ich nicht sein möchte. Im Moment bin ich in eurer Gewalt, so daß mir nichts übrigbleibt, als euch zu folgen!«

Fitch mußte sich geschlagen geben und damit begnügen, ihr die einzige Hilfe angedeihen zu lassen, die sie zuließ. Nach seiner sehnigen Hand fassend, raffte Elise ihre Röcke hoch und sprang auf den Steg, wobei sie ihren schmerzenden Knöchel möglichst zu schonen suchte. Spence behielt sie wachsam im Auge, während Fitch half, die Sachen aus dem Boot zu holen, doch seine Besorgnis war unbegründet. Elise hatte nicht die Absicht, sich ihrer Obhut zu entziehen, solange sie sich in dieser verrufenen Gegend aufhielten. Sie wäre nur vom Regen in die Traufe gekommen. In den dunklen Löchern dieses berüchtigten Viertels tummelten sich viel ärgere Spitzbuben als Spence und Fitch.

Eine von ätzenden Gerüchen durchtränkte Feuchtigkeit drang ihr in die Nase. Elise, die sich durch diesen beklemmenden Dunst wie von der Wirklichkeit abgeschnitten fühlte, schauderte. Sie hatte eine dumpfe Ahnung, wo sie sich befanden. Die Gewißheit, daß in nicht allzu großer Entfernung, in dem alten Kloster von Whitefriar's, die Vagantenschar der Bettelbruderschaft hauste, war nicht dazu angetan, sie in Sicherheit zu wiegen. Als Junge verkleidet, hatte sie sich dort hineingewagt, um Erkundigungen über ihren Vater einzuholen, und hatte dort eine Clique verschiedenster, geradezu kunstfertiger Betrüger angetroffen, die nicht davor zurückschreckten, die Gräber oder die Galgen in Tyburn zu plündern. Unter ihnen befanden sich gewalttätige Kriegsveteranen, Pferdediebe, Langfinger aller Art, auch solche, die als Stumme und Lahme auftraten, um sodann im Schutz von Whitefriar's wilde Geschichten zum besten zu geben und sich gröhlend auf die strammen Schenkel zu klatschen. Am einfallsreichsten aber waren die für ihre abwegigen Methoden bekannten Trickbetrüger. Zu Elises schaurigsten Erinnerungen gehörte jener Kerl, der das abgehackte und vertrocknete Glied eines Toten an sich befestigt hatte, um als Krüppel auftreten zu können. Damals hatte sie Reißaus genommen, weil sie es vor Ekel nicht mehr aushielt. Außerhalb der Stadt, wo die Bettler in Gruppen zu Hunderten oder mehr unterwegs waren, eilte ihnen meist der Ruf: »Die Bettler kommen!« voraus. Innerhalb ihres Asylbereiches war dieser Ruf nie zu hören, so daß man nie wußte, ob man sich sicher fühlen konnte oder heimlich belauert wurde.

Elises Begleiter, die ebenso nervös waren wie sie, warfen verstohlen Blicke um sich, ehe sie ihr die Treppe hinaufhalfen. An Flucht war nicht zu denken, und Elise fühlte sich vollkommen hilflos, als sie durch ein Gewirr enger Gassen geführt wurde, deren fauliger Gestank ihr würgenden Brechreiz bereitete. Dann folgte ein Labyrinth heruntergekommener Behausungen, bis sie zu einem schmalbrüstigen hohen Haus mit Spitzgiebel kamen. Das verwitterte Schild über der Tür zeigte an, daß sie vor der »Red Friar's Schenke« standen.

Tief in den Schatten des Eingangs gedrückt, spähte Fitch angestrengt nach beiden Seiten, ehe er an die Eichentür klopfte. Da sich nichts rührte, versuchte er es noch einmal. Schließlich hörte man von drinnen eine Stimme, gefolgt von Schritten. Ketten rasselten, ein Riegel wurde zurückgeschoben, rostige Angeln quietschten, die Tür öffnete sich einen Spaltbreit, und ein schmaler Lichtstreifen fiel heraus. Das Gesicht einer Frau wurde in dem Türspalt über einer Kerze sichtbar. Mit glanzlosem und schlaftrunkenem Blick sah sie die späten Gäste an.

»Ramonda, bist du's?« fragte Fitch mißtrauisch.

Der Blick der Frau wanderte langsam zu Elise und musterte sie aufmerksam. Ihr schiefes, spöttisches Lächeln enthüllte lückenhafte Zähne, dann wandte sie sich wieder Fitch zu. »Ja, ich kann mich an dich erinnern. Ihr habt mir den Lord gebracht.«

»Das haben wir.« Nach einem mißtrauischen Blick über die Schulter rückte Fitch näher heran. »Der Herr sagte, du würdest uns Unterkunft geben.«

Die Tür ging mit lautem Quietschen weiter auf, und Ramonda bedeutete ihnen einzutreten. »Kommt rein, ehe jemand euch sieht.«

Fitch faßte Elise am Mantel und zerrte sie mit sich. Seine Ungeduld trug ihm einen wütenden Blick seiner Gefangenen ein. »Kommt, Mistreß«, bat er sie, entschlossen, sie ohne Auseinandersetzung ins Haus zu schaffen, denn er war hier ebenso fremd wie sie. »Hier drinnen gibt es was zum Essen und ein Plätzchen zum Ausruhen.«

Von den zwei kräftigen Männern flankiert, blieb Elise keine andere Wahl. Den Mantel eng um sich raffend, trat sie durch die schmale Tür ein, dichtauf gefolgt von ihren zwei Begleitern, die ihr vor lauter Hast fast auf die Fersen traten. Kaum waren sie im Hausinneren, wurde die Tür zugeschlagen und verriegelt. Fitch und Spence atmeten erleichtert auf.

»Nur keine Bange.« Ramonda verzog den Mund zu einem Lächeln, als sie Spence eine Kerze reichte. »Hier seid ihr in Sicherheit.«

Die beiden schienen davon nicht so überzeugt. Man konnte nicht wissen, was in den finsteren Winkeln lauerte. Im Herd knisterte noch Glut. Abgestandener Bierdunst, Qualm und Schweißgeruch hingen in der Luft der niedrigen Gaststube.

Elise spürte Ramondas prüfenden Blick auf sich und erwiderte ihn kühl und argwöhnisch. Dies war das dritte Gesicht, das sie sich für den Tag der Abrechnung merken mußte. Die Frau war Anfang Dreißig und noch immer recht ansehnlich trotz der Spuren eines harten Lebens, die sich in ihren Zügen abzeichneten. Ihr großes Umschlagtuch, das sie über ihr Nachthemd geworfen hatte, wurde von der dichten roten Haarflut fast verdeckt.

»Du bist aber noch sehr jung.« Ramondas Ton ließ erkennen, daß sie irgendwie beunruhigt war.

Elise bemerkte dies und antwortete rasch, um Ramonda über ihre eigene Rolle bei diesem Komplott aufzuklären.

»Das mag sein, Madame«, gab sie zurück, »doch bin ich alt genug, um zu wissen, daß Ihr in Tyburn zusammen mit diesen zwei Halunken hängen werdet, wenn mir hier etwas zustößt.«

Ramonda warf das lange, wirre Haar lässig über die Schulter zurück und antwortete mit kehliger Stimme: »Kindchen, keine Bange. Es wird dir hier an nichts fehlen, obwohl es mir ein Rätsel ist, warum du überhaupt hier bist. Na ja, soviel ich weiß, möchte Seine Lordschaft eine Rechnung begleichen.«

»Und wer ist dieser geheimnisvolle Lord?« fragte Elise. Sie wußte, daß sowohl Reland Huxford als auch Forsworth Radborne sich an ihr rächen wollten. Den Titel »Lord« durfte der eingebildete Forsworth zwar nicht führen, aber mit seinem großspurigen Auftreten erweckte er den Anschein, einer zu sein.

»Das wirst du gewiß bald erfahren«, erwiderte Ramonda zuversichtlich. Sie tat die ganze Sache mit einem lässigen Achselzucken ab und bedeutete ihr zu folgen. Von einem Gang aus stiegen sie eine schmale, wackelige Treppe nach oben auf eine Etage weit über den Untergeschossen, während ihre Führerin sie zum Schweigen ermahnte. Elise hütete sich, ein Geräusch zu verursachen, als sie einen langen Korridor mit vielen Türen entlanggingen, hinter denen Spitzbuben verschiedenster Sorte schlafen mochten. Am Ende des Ganges führte eine Tür zu einer weiteren steilen Treppe. Elises Knöchel und ihre Beine schmerzten, als sie endlich oben anlangten.

Ramonda betrat ein Kämmerchen unter dem Spitzgiebel des Hauses und stellte eine Kerze auf den Tisch. Elise und die Männer folgten ihr. Die Frau deutete auf das vergitterte Fenster. »Die Dame ist hier sicher, während ihr beide eure Geschäfte in den Stilliards erledigt.«

Elise hatte sofort bemerkt, daß das Fensterchen mit kleinen Bolzen gesichert war, so daß es von innen nicht geöffnet werden konnte. Nicht nur ein Entkommen war ausgeschlossen, man konnte auch mit den Leuten auf der Straße kein Wort wechseln. Die Kammer sollte offensichtlich als ihr Kerker dienen, jedoch als einer, der verhältnismäßig angenehm ausgestattet war, mit einem schmalen Bett, einem Stuhl und einem kleinen Tisch. Auf einem Waschtisch stand das Allernötigste für die Toilette: ein Waschbecken mit Krug, Handtuch und Seife.

»Wie ihr seht, kommt sie hier nicht raus«, prahlte Ramonda.

»Trotzdem tust du gut daran, sie im Auge zu behalten«, warnte Fitch die Wirtin. »Einem gerissenen Frauenzimmer wie ihr kann man nicht trauen.«

Ramonda zog erstaunt eine Augenbraue hoch und ließ den Blick zwischen dem zierlichen Mädchen und dem stämmigen Kerl hin und her wandern. Erst bei genauerem Hinsehen fiel ihr die Schramme auf seiner Wange auf. »Hat dich die Kleine gekratzt?« fragte sie verwundert.

»Eine Wildkatze ist gar nichts gegen die«, beklagte Fitch sich ungeniert. »Seine Lordschaft kann einem leid tun, wenn es ihm nicht gelingt, ihr diesen Unfug auszutreiben.«

»Hm, vielleicht wird der Lord noch den Tag verwünschen, an dem er euch beauftragte, sie zu holen«, meinte Ramonda und hoffte im stillen, daß die Sache für sie möglichst bald ausgestanden wäre.

»Hört zu«, versuchte Elise einzulenken. »Wenn ihr schon glaubt, ich würde dem armen Lord, wer immer das sein mag, Unglück bringen, warum tut ihr ihm dann nicht den Gefallen und laßt mich frei? Ich will auch großzügig sein und vergessen, daß ich euch drei je gesehen habe.«

»Das gäbe böses Blut mit Seiner Lordschaft«, erklärte Fitch.

Ramonda hielt den Blick gesenkt, damit man ihre innersten Gedanken nicht erraten konnte. Nur mit Mühe konnte sie Eifersucht und Haß verbergen.

Spence, der bisher geschwiegen hatte, unterbrach die Debatte brüsk und sagte zu Ramonda: »Das Mädchen braucht Ruhe und was zu essen. Kümmere dich um sie, während wir fort sind, und wenn das erledigt ist, kriegst du das versprochene Geld... falls du deine Sache gut machst.«

Spence versetzte Fitch einen Rippenstoß, worauf die beiden gingen und die Tür hinter sich schlossen. Als Ramonda sich jetzt Elise zuwandte, waren ihr Mißgunst und Neid anzusehen. Seiner Lordschaft hätte auch sie kniend gedient, nachdem sie aber gesehen hatte, welch eine Schönheit ihn erwartete, wußte sie, daß er zuviel von ihr verlangt hatte. Wenn sie mithalf, dieses Mädchen außer Landes zu schaffen, würde sie ihm wieder eine Frau in die Arme treiben, in denen sie sich selbst sehnlichst geborgen wünschte. Ihre Gefühle waren einfach zu stark, wenn sie das naive junge Ding, als das ihr Elise erschien, nur ansah. Haß. Eifersucht. Neid.

Oh, sie wußte nur zu gut, wie illusorisch ihre Sehnsüchte waren. Die Wahrscheinlichkeit, daß aus ihrer Neigung zu Maxim Seymour eine Beziehung wurde, war äußerst gering. Er hatte eine viel zu kurze Zeit unter ihrem Dach verbracht, um ihre Gefühle überhaupt wahrzunehmen. Ramondas Blick glitt verächtlich über das grobe Gewand des Mädchens. Dieser ärmliche Kittel war nicht das, was eine Lady zu tragen gewohnt war, doch die helle Haut, die königliche Haltung und die sorgsam gepflegten Hände legten um so deutlicher Zeugnis von der Herkunft dieses schönen jungen Mädchens ab. Ramonda empfand es als besonders demütigend, daß sie diesen Vorzügen nichts entgegensetzen konnte. »Ihr mögt ja hochwohlgeboren sein, Kindchen«, höhnte sie, »aber dorthin, wohin Ihr jetzt geht, wird das Leben weniger fein sein.«

»Wohin gehe ich denn?« Elise zog eine feingewölbte Braue neugierig hoch, in der Hoffnung, endlich eine Antwort zu bekommen.

Ramonda, die ihre kleine Rache auskostete, sagte: »Zur Hölle vielleicht.«

Elise reagierte mit einem gleichmütigem Achselzucken. »Dort kann es auch nicht ärger sein als hier.«

Ramonda kniff wütend die Augen zusammen. Rache war nicht halb so süß, wenn sie mit einem bloßen Achselzucken abgetan wurde. Der Neid bohrte in ihr, und sie wollte das Mädchen spüren lassen, wie sie litt, doch sie wollte den Zorn des Lords nicht riskieren, wenn er von ihrem Tun erführe. Sie wäre sogar bereit gewesen, dem Mädchen eine Möglichkeit zur Flucht zu bieten, falls sie die Schuld jemand anderem in die Schuhe schieben könnte.

»Ich soll Euch was Eßbares bringen«, erklärte sie nun mit schneidender Stimme. »Wollt Ihr etwas Haferbrei... jetzt oder später?«

Elise lehnte das wenig verlockende Angebot ab. »Ich glaube, ich warte noch.«

»Wie Ihr wollt«, gab die Frau schnippisch von sich. »Ich werde doch einer feinen Dame nicht meinen Haferbrei aufzwingen. Das könnte ihr den Appetit auf die gewohnten Leckerbissen verderben.«

Zu erschöpft, um noch weiter zu streiten, blieb Elise unter dem verächtlichen Blick Ramondas stumm. Schließlich griff diese nach einer Kerze, ging hinaus und verschloß die Tür. Erleichtert ließ Elise sich auf die Bettstatt sinken, heilfroh, daß sie sich wenigstens nicht gegen körperliche Mißhandlungen zur Wehr setzen mußte. Nicht, daß sie Ramonda gefürchtet hätte, obschon diese mindestens einen halben Kopf größer und dreißig Pfund schwerer war. Doch ihr war der Rat des Sohnes der Küchenmagd gut in Erinnerung geblieben, der gesagt hatte, wenn man einem Kampf schon nicht ausweichen konnte, dann sollte man wenigstens Zeitpunkt und Ort selbst bestimmen.

Elise schlüpfte aus ihren Sachen und kuschelte sich unter die Decke. Wie müde sie war, kam ihr erst jetzt zu Bewußtsein. Sie fühlte sich völlig ausgelaugt. Die Augen fielen ihr zu, ihre Gedanken irrten ziellos umher, bis schließlich Schlaf sie übermannte und in ein traumloses Nichts trieb.

Plötzlich ertappte Elise sich dabei, wie sie die niedrige Decke anstarrte und auf ein Knarren im Haus lauschte. Das Kerzenflämmchen brannte ruhig, dann fing es zu flackern an, wie bei Zugluft. Elises Blick wanderte zur Tür, der einzigen Stelle, wo Luft eindringen konnte, und sie sah, daß sie geöffnet wurde. Ihr Herzschlag beschleunigte sich, denn sie dachte an die zahllosen

Türen, an denen sie vorübergegangen war und hinter denen das Unbekannte lauerte.

Fast hätte sie erleichtert aufgeatmet, als Ramonda eintrat. Sie versuchte Ruhe zu bewahren, lag reglos da und sah unter gesenkten Lidern hervor. Die Frau trug ein Tablett mit Fleisch und Brot und einem Krug zum Tisch. Gebannt sah Elise zur offenen Tür hin, und wieder beschleunigte sich ihr Herzschlag. Hier bot sich eine Fluchtchance, die es ohne Verzug zu nutzen galt!

Elise zögerte keine Sekunde. Mit einem Satz war sie auf den Beinen, stürzte in Richtung Tür und versetzte Ramonda im Vorüberlaufen einen Stoß, so daß diese mit dem vollen Tablett gegen die Wand taumelte. Schon war Elise durch die Tür, schlug sie hinter sich zu und schloß sie geistesgegenwärtig ab. Tief holte sie Luft und versuchte, der Furcht Herr zu werden, die sie unversehens erfaßt hatte.

Sie lief die Stufen hinunter, voller Angst und Ungewißheit, wem sie in den unteren Stockwerken begegnen mochte. Ramondas Mahnung, im zweiten Stock still zu sein, klang ihr noch in den Ohren. Sie betete innerlich darum, daß sie unentdeckt durch den Korridor gelangte.

Am Fuße der Treppe näherte sie sich vorsichtig einer Tür und drückte ihr Ohr an das Holz. Da vernahm sie schlurfende Schritte und gedämpfte Männerstimmen vom Gang her. Sie wartete, in der Hoffnung, die Männer würden in einer der Kammern verschwinden. Doch die Schritte kamen unaufhaltsam näher. Bange Fragen stürmten auf Elise ein. Was sollte sie tun? Wo sollte sie sich verstecken? Wohin sollte sie sich wenden, ehe die Männer den Gang betraten? Ihr Blick flog nach oben und schätzte die Entfernung zum oberen Treppenabsatz ab. Unmöglich oder nicht, es war der einzige Ausweg.

Ihre schmalen Füße flogen im Rhythmus ihres schnell schlagenden Herzens über die Stufen, aber sie hatte noch nicht einmal die halbe Treppe hinter sich gebracht, als Fitch durch die untere Tür trat. Sofort erfaßte er die Situation.

»He, das ist sie! Sie entwischt!« schrie er.

Polternde Schritte erschütterten die altersschwache Treppe. Ein großer, blonder Unbekannter kam als erster, ihm auf den Fersen Spence. Hinter den beiden mühte Fitch sich mit einer großen Kiste ab, die er auf dem Rücken schleppte.

Elise rannte verzweifelt weiter, doch der langbeinige Fremde, der drei Stufen auf einmal nahm, holte sie mit Leichtigkeit ein. Ein langer Arm legte sich um ihre Taille, raubte ihr das Gleichgewicht und drückte sie an eine breite Brust. Mit einem Wutschrei rammte sie dem Mann ihre nackten Fersen gegen die Schienbeine – vergebens. Eine große Hand legte sich auf Elises Mund und erstickte weitere Schreie; dann wurde sie von einem kräftigen Arm hochgehoben und die wenigen Stufen nach oben getragen. Vor der Kammertür trat der Unbekannte beiseite, um die Tür von Spence aufsperren und öffnen zu lassen. Ramonda drehte sich am Fenster um, aus dem sie, insgeheim auf Elises erfolgreiche Flucht hoffend, gespäht hatte. Um so enttäuschter war sie, als jetzt das Mädchen zurückgebracht wurde.

Plötzlich fluchte der Unbekannte laut auf und entriß seine Hände ihren scharfen Zähnen. Doch gleich hatte er sich wieder gefangen. Er umklammerte ihre feinknochigen Handgelenke und vereitelte alle weiteren Versuche, sich loszureißen. Elise schleuderte ihr langes Haar aus dem Gesicht. Jetzt erst bemerkte sie die eisblauen Augen des Mannes, in denen so etwas wie Belustigung aufblitzte, als er sie unter hellen Wimpern hervor ansah. Seine Kleidung war die eines Edelmannes. Er trug ein Samtwams, die gebauschten dunkelblauen Beinkleider waren mit Goldfäden durchwirkt. Langsam ließ er den Blick an ihrer Gestalt entlanggleiten, und Elise errötete, als er ihre Brüste anstarrte. Dann lächelte er anerkennend. »Jetzt ist mir alles klar«, murmelte er wie im Selbstgespräch, ehe er sich mit lauter Stimme vorstellte: »Kapitän von Reijn vom Hansebund, zu Euren Diensten, mein Fräulein.« Sein deutscher Akzent war unüberhörbar. »Für meine Freunde Nikolaus und für Euch ebenso, wenn Ihr wollt.«

»Ihr... Ihr Schuft!« stieß sie empört hervor. »Laßt mich los!«

»Nein, kommt nicht in Frage.« Kapitän von Reijn drohte ihr mit dem Finger. »Erst wenn Ihr hinter einer versperrten Tür in Gewahrsam seid.«

Mit einer knappen Kopfbewegung wies er Spence an, Fitch zu helfen, den man die Treppe heraufpoltern hörte. Gleich darauf trat der erschöpfte Fitch ein, die Kiste hinter sich herziehend.

»Mach Platz«, ordnete Spence vom anderen Ende her an. Als sein Gefährte beiseite humpelte, beförderte Spence die Kiste mit einem kräftigen Schubs in die Kammer und schlug die Tür zu.

»Es war mir ein Vergnügen, mein Fräulein«, sagte von Reijn lächelnd und ließ seine Gefangene los.

»Fluch über euch alle!« stieß Elise hervor, wich zurück und massierte ihre Handgelenke. »Besonders über Euch!« schleuderte sie dem Kapitän entgegen. »Ihr seid nicht besser als diese gedungenen Galgenvögel – trotz Eurer feinen Kleidung und Eurer geschraubten Sprache.«

»Natürlich«, gab Nikolaus ihr recht. Als er sah, wie sich ihr Blick verfinsterte, lachte er auf. »Wir sind schon eine exquisite Truppe, nicht wahr?«

»Das kann man wohl sagen.« Elises Ton hätte nicht sarkastischer sein können. »Überaus exquisit... wenn man die Umgebung in Betracht zieht.«

»Eure Liebenswürdigkeit überwältigt mich, mein Fräulein.« Nikolaus machte eine schwungvolle Verbeugung.

Ramonda schob sich immer näher zur Tür, in der Hoffnung, unauffällig verschwinden zu können – vergebens, wie sich zeigte, denn der Hansekapitän wandte plötzlich seine ganze Aufmerksamkeit ihr zu. »Hat man dir nicht Geld versprochen, wenn du dieses Mädchen sicher verwahrst?«

»Das kleine Biest hat mich umgerannt«, klagte Ramonda und rieb sich eine Stelle am Kopf. »Ihr seht ja selbst, daß sie eine richtige kleine Hexe ist. Kaum kehrte ich ihr den Rücken zu, gab sie mir schon eins über den Schädel.«

Elise warf verächtlich den Kopf in den Nacken, als sie Ramondas Entschuldigung hörte. »Aber, aber, meine Liebe«, spottete sie. »So wie du die Tür offengelassen hast, mußte ich annehmen, es sei eine Aufforderung zum Türmen.«

»Das ist eine Lüge!« kreischte Ramonda und wollte schon gegen das Mädchen ausholen. Der kalte, todesverachtende Mut in den blauen Augen ließ sie innehalten. Die Kleine wirkte zwar nicht sehr kräftig, in ihren Augen aber lag etwas, das grausame Vergeltung versprach. Fitch hatte sie nicht zu Unrecht vor der Kleinen gewarnt, so daß Ramonda es für unklug hielt, es jetzt darauf ankommen zu lassen. Viel vernünftiger war es, die Sache auf sich beruhen zu lassen. Sie hoffte inständig, der Lord würde von dem Vorfall nichts erfahren.

Kapitän von Reijn hatte keinen Finger gerührt, um den drohenden Schlag zu verhindern, er hatte die zwei Frauen vielmehr mit amüsiertem Interesse beobachtet. Verhalten lachte er auf, als Ramonda dem Mädchen den Rücken kehrte und sich daranmachte, das Essen vom Boden aufzulesen.

Nikolaus beugte sich über die Kiste und hob den gewölbten Deckel. Als er die Hand über das Innere gleiten ließ, runzelte er besorgt die Stirn. »Auch wenn sie nicht passen sollte, muß sie genügen.«

Neugierig warf Elise einen Blick hinein und fragte herablassend: »Für Euren Goldschatz, Kapitän?«

Ihre spitze Bemerkung brachte ihn wieder zum Lachen. »Na, was glaubt Ihr, mein Fräulein?«

An ihrem Gewand zupfend, bemerkte Elise mit schneidender Ironie: »Ich kann kaum glauben, daß Ihr die Kiste für meine umfangreiche Garderobe bringen ließet.«

»Sie ist weder für meine Schätze noch für Eure Sachen gedacht«, gab er zurück, »sondern um Euch darin zu meinem Schiff zu bringen.«

Elise lachte spöttisch, bis ihr dämmerte, daß es kein Scherz war. Mit offenem Mund starrte sie ihn an. »Sir, Ihr müßt entweder verrückt oder angeheitert sein. Kommt, laßt mich Euren Atem prüfen, damit ich weiß, was es ist.«

»Ich bin ganz bei Trost, seid versichert«, stellte er fest. Vielsagend strich er über die Spitze eines Nagels, der in seinem Gurt steckte. »Mir widerstrebt es, eine Dame zu mißhandeln, aber Ihr werdet mitkommen, wach oder besinnungslos. Die Entscheidung bleibt Euch überlassen.«

Elise zog eine Braue hoch und fixierte ihn scharf, um ihn wie

Ramonda zu bezwingen. Die Miene des Kapitäns blieb ernst, obwohl seine Mundwinkel sich leicht verzogen. Sein Interesse für dieses reizvolle, wenn auch anstrengende Geschöpf wuchs in demselben Maß wie seine Bewunderung für ihre Beherztheit.

Je länger Elise ihn anstarrte, desto breiter wurde sein Grinsen, bis sie schließlich verwirrt und befangen den Blick abwandte. Ramonda, die immer noch die Speisen vom Boden auflas, bot Elise einen Vorwand für eine Verzögerung. »Ich habe lange nichts mehr gegessen«, wandte sie ein. »So lange nicht mehr, daß ich mich an das letzte Mal nicht mehr erinnern kann.«

Da hob Spence einen Finger und warf ein: »Gestern war's, abends am Fluß ...« Gleichzeitig fiel ihm ein, wie er im Schlepptau hinter dem Boot durchs Wasser gezogen worden war, und die Erinnerung trieb ihm die Schamröte ins Gesicht. Um seine Verlegenheit zu verbergen, schickte er sich an, Ramonda zu helfen. Er hob das Brot auf, rieb es an seiner fleckigen Jacke sauber und legte es auf die verdrückte Serviette. Dann wischte er mit dem Ärmel den Staub von dem Käsestück und tat es neben das Brot. Mit einem unbeholfenen Lächeln bot er sie Elise an, als wären es Köstlichkeiten.

Angewidert starrte Elise die Speisen an, bis der Kapitän danach griff, die vier Serviettenenden zusammenfaltete und ihr die Verpflegung reichte.

»Entschuldigt, mein Fräulein. Es ist schon spät, und ich muß vor Einbruch der Dunkelheit zurück auf mein Schiff. Wenn Ihr vernünftig seid, könntet Ihr in Eurer Sänfte speisen.«

»Darf ich erfahren, wohin ich geschafft werden soll?« fragte sie eisig. »Und warum ich mich in diesem Ding herumschleppen lassen muß?«

»Eine Vorsichtsmaßnahme. Niemandem wird es auffallen, wenn wir eine Kiste an Bord schaffen, doch wenn wir eine sich zur Wehr setzende junge Dame anschleppen, könnte es unerwünschtes Interesse erregen.«

»Und danach?« fragte sie, von einer Vorahnung drohenden Unheils erfaßt. Schiffe waren zum Segeln da. Ihr Ziel waren fremde Länder und Städte. Die Frage brannte ihr auf den Lippen. »Wohin bringt Ihr mich, wenn Ihr mich auf Euer Schiff geschafft habt?«

75

»Wenn die Segel gesetzt sind, will ich Eure Frage beantworten.«

»Ich soll also aus England fortgeschafft werden?« bohrte sie weiter.

»Das ist richtig.«

»Ich will nicht fort!« rief sie von Panik überwältigt.

»Es wird Euch nichts anderes übrigbleiben, mein Fräulein.«

Elise sah ihn finster an; Zorn flammte in ihren Augen auf, als ob sie den Hansekapitän verbrennen wollte, doch Nikolaus deutete mit dem Kopf auf die Kiste, ihr Einverständnis mit festem, befehlsgewohntem Blick erzwingend. Unter Drohungen und Verwünschungen schlug Elise ihm die Verpflegung aus der Hand und kletterte in die Kiste. Mit den Fingerknöcheln klopfte sie an die harten hölzernen Seitenteile und stieß sarkastisch hervor: »Meiner Treu, bei dem Komfort, den Ihr mir bietet, werde ich die Fahrt vielleicht gar nicht überleben.«

»Entschuldigt«, gab Nikolaus zurück, nahm eine Decke vom Bett, faltete sie zusammen und legte sie auf den Kistenboden, um sodann das Kissen darauf zu plazieren. Mit hochgezogenen Brauen, die Arme vor der Brust verschränkt, sah er sie erwartungsvoll an. »Noch etwas, kleine Engländerin?«

Den Blick abgewandt, ließ Elise sich widerstrebend in der Kiste nieder. Man reichte ihr die Schuhe nach, und der Kapitän beugte sich zu ihr herunter.

»Und jetzt, mein Fräulein, versprecht mir feierlich…«

»Ihr seid von Sinnen!«

Nikolaus überging ihren Einwurf. »Versprecht mir, daß Ihr nicht versuchen werdet, die Aufmerksamkeit auf diese Kiste zu lenken, damit ich davon absehen kann, Euch zu knebeln und zu fesseln. Schreien würde zwar nicht viel nützen, aber sollte doch ein heikler Augenblick kommen, möchte ich Euer Versprechen, daß Ihr Euch ruhig verhaltet, bis wir sicher an Bord angelangt sind. Für Euch wird die Sache viel erträglicher, wenn Ihr in Eurer Freiheit weniger eingeschränkt seid.«

»Was bleibt mir denn anderes übrig?« fragte sie verbittert. »Wenn Ihr wollt, kann dieses Ding zu meinem Sarg werden, und was könnte ich schon dagegen tun?«

»Nichts. Aber ich gebe Euch meinerseits mein Wort, daß ich Euch unversehrt an Bord schaffe, wenn Ihr Euer Wort haltet.«

Ihr Blick war stählern, als sie in seine hellblauen Augen sah. »Ich hänge am Leben, Sir, und es sieht aus, als müßte ich Euch mein Wort geben, damit ich es mir erhalte.« Sie senkte den Kopf. »Also dann … Ihr habt mein Wort.«

Vorsichtig drückte Nikolaus ihren Kopf hinunter und schloß den Deckel. Erst als es in ihrem engen Kerker dunkel wurde, bemerkte Elise ein paar helle Punkte, Löcher, durch die Licht hereindrang. Man hatte also wenigstens für Luftzufuhr gesorgt. So blieb ihr der Trost, daß diese Halunken sie nicht ersticken wollten.

Der Deckel wurde mit einem Schloß gesichert, und Fitch und Spence schlangen Seile um die Kiste, um die sperrige Last leichter über die Treppe hinunterschaffen zu können. Nikolaus öffnete die Tür und vergewisserte sich, daß die Luft rein war. Spence trug den schwereren vorderen Teil, während Fitch von hinten den Abstieg steuerte. Erschrocken hielt er inne, als er plötzlich einen dumpfen Aufprall und einen gedämpften Schmerzensschrei, dem eine Reihe unverständlicher Wörter folgte, vernahm. Mit allergrößter Vorsicht schafften sie die beiden nun die Treppe hinunter. Unten angelangt, schulterten Fitch und Spence die Seilschlingen, hoben die Kiste hoch und hielten sie mit den Händen im Gleichgewicht.

Elise spürte ihre kurzen, hüpfenden Schritte, als die Männer schließlich das Haus verließen. Auf der kopfsteingepflasterten Straße hielten sie kurz inne; dann wurde die Kiste hochgeschwungen, und Elise spürte einen schweren Schlag, als die Kiste auf einer höheren Unterlage landete. Die Männer hatten die Seile fallen lassen. Das Rattern, Holpern und Schwanken verrieten ihr, daß die Kiste auf einem kleinen Handkarren weiterbefördert wurde. Ihr Argwohn wuchs, als sie merkte, welch verschlungene Pfade man wählte und wieviel garstige Flüche und gedämpfte Anweisungen nötig waren. Diesen Männern auf Gedeih und Verderb ausgeliefert, zuckte sie bei jedem Stoß zusammen und stützte sich seitlich ab, um Schlimmeres zu verhindern.

Plötzlich mußte der Karren mit einem Rad in eine Spur geraten sein und blieb stecken. Die Kiste aber rutschte weiter, so daß Elise einige atemlose Sekunden lang fürchtete, ihre beengte Welt schwanke am Rande eines unbekannten Abgrunds, bis die Kiste wieder sicher auf dem Karren auflag. Sie hörte, wie die Männer aufatmeten, und ein Geräusch von aufspritzendem Wasser verriet ihr, daß es für sie günstiger sein mochte, nicht zu wissen, was passiert war. Wenn sie daran dachte, daß die Kiste in den dunklen Fluten der Themse hätte versinken können...

Noch einmal wurde die Kiste gehoben und unter Ächzen über etwas getragen, das sich hohl anhörte. Schließlich wurde die Kiste an Bord eines, wie Elise vermutete, kleinen Schiffes abgestellt, möglicherweise desselben Bootes, mit dem sie nach London gekommen waren. Sie vernahm das leise Schwappen des Wassers an den Seiten und gleich darauf das Knirschen der Ruder, als sie abstießen. Stunden schienen zu vergehen, ehe wieder gedämpftes Stimmengewirr die Stille durchbrach. Die Kiste wurde gekippt, erst auf die eine, dann auf die andere Seite, es folgte ein Kreischen, als sie nach oben gehievt wurde, himmelhoch, wie ihr vorkam. Als man sie wieder herunterließ, wurde sie von mehreren Drehungen durchgeschüttelt. Zu guter Letzt stand sie wieder auf festem Boden; nochmals wurde die Kiste ein Stück gehoben, Griffe tasteten an der Außenfläche, Finger schoben sich unter den Deckel und hoben ihn an.

Elise schirmte die Augen gegen den blendenden Schein einer Lampe ab, die über sie gehalten wurde. Außerhalb des Lichtkreises konnte sie die dunklen Umrisse der drei Männer ausmachen, die sich über sie beugten, und hinter ihnen die niedrigen Balken einer Schiffskabine. Die Männer schienen starr vor Furcht, doch Elises eigene Ängste waren noch viel größer. Mühsam schaffte sie es, die Schultern hochzustemmen und einen Arm hervorzuziehen. Ihre Beine versagten ihr den Dienst, als sie sich aus der Enge der Kiste zu befreien versuchte. Anklagend hob sie den Blick zu den drei Männern und strich sich ein paar wirre Strähnen aus der Stirn. »Sollte es je dazu kommen, daß einer oder alle von euch bis aufs Blut ausgepeitscht werden, dann würde ich mein teuerstes Gut verpfänden, nur um dem Folterknecht zur Labung und Stärkung Tee und Backwerk servieren zu können.«

Als sie sich zu sitzender Stellung aufrichten wollte, versagten ihre Beine wieder den Dienst. Der Kapitän erfaßte die Situation, trat vor und half ihr. Spence und Fitch drängten sich ebenfalls vor, um ihr an die Hand gehen zu können. Noch ehe Elise seine Hilfe annehmen oder abwehren konnte, griff der Kapitän zu, indem er einen Arm unter ihren Rücken legte und den anderen unter die Kniekehlen schob. So hob er sie aus der Kiste und stellte sie auf die Beine.

Die wiedereinsetzende Zirkulation in den Beinen spürte Elise wie tausend Nadelstiche, so daß sie unsicher schwankte. Sofort umfaßte der Kapitän ihre Schultern und stützte sie mit seiner breiten Brust.

»Verzeiht, mein Fräulein.« Sein warmer Atem strich über ihre Wange. »Hier, laßt Euch helfen.«

Plötzlich wurde Elise sich seiner übereifrigen Hilfestellung bewußt, und als ob sie auf einmal den Grund für ihre Entführung ahnte, wurde sie von Panik ergriffen. Mit einem schrillen Aufschrei stieß sie sich vom Kapitän ab, taumelte vorwärts und erreichte einen Schrank, an dem ein Eichenstock lehnte. Halt suchend glitt ihre Hand über den glatten Griff der Waffe. Zumindest war es für Elise eine Waffe. Entschlossen faßte sie nach dem Stock und holte weit aus, so daß alle zurückwichen. Zerlumpt, schmutzig und völlig aus der Fassung geraten, lehnte Elise am Schrank. Mit ihrem rotbraunen Haar, das ihr strähnig ins Gesicht fiel, und einem Schmutzstreifen auf der Nase sah sie aus wie eine Wilde. Ihre Augen sprühten vor Zorn. »Sirs... oder Gentlemen... oder elender Abschaum der Gosse, der ihr entsprungen seid, hört gut zu. In den letzten Stunden wurde ich auf schlimmste Weise mißhandelt. Ich wurde herumgestoßen und betatscht! Wie ein Stück Vieh wurde ich gebunden!« Ihre Wut steigerte sich mit der Aufzählung der Missetaten immer mehr. »Wie ein Sack wurde ich fortgeschleppt, gegen meinen Willen. Dann brachte man mich hierher... auf... dieses...« Ihre Augen überflogen die Kabine auf der Suche nach einem passenden Namen. Wieder loderte es in ihren Augen auf. »Für diese Untat mag euch Lohn winken, aber ich warne euch...«, sie schwenkte drohend den Stock, »wenn man mich wieder so rüde anfaßt...«, ihr Blick durchbohrte den Kapitän, »oder wenn man auch nur den Versuch unternimmt, mich zu mißhandeln, dann schwöre ich euch, daß ihr euren Lohn auf der Stelle bekommen sollt, ob Herzog oder Knecht! Selbst wenn es mich das Leben kostet, wird jeder, der Hand an mich legt, dafür bezahlen.«

Merkwürdigerweise zweifelte keiner der Männer an ihrer Fähigkeit, den Worten Taten folgen zu lassen. Sie hatten auch allen Grund, ihr Glauben zu schenken, denn das Mädchen hatte bereits mehrfach unter Beweis gestellt, daß sie ungewöhnlich halsstarrig war.

Kapitän von Reijn schlug die Hacken zusammen und verbeugte sich knapp, wobei ihm ein verhaltenes Lachen herausrutschte. »Ich möchte mich noch einmal entschuldigen, mein Fräulein. Ich wußte nicht, daß Ihr so zerbrechlich seid, und wollte Euch nur behilflich sein.«

»Zerbrechlich, wahrhaftig!« Elise richtete den erhobenen Stock auf ihn. »Ich werde Euch meine Zerbrechlichkeit beweisen, daß Euch Hören und Sehen vergeht, mögt Ihr mich auch hier und jetzt töten, mit der Klinge oder Hellebarde.« Ihr Blick war auf die beiden an der Wand hängenden Waffen gefallen. In den blauen Tiefen ihrer Augen glomm es wild auf, als sie sich die drei wieder ansah. »Ich weiß nur, daß ich die Mißhandlungen leid bin. Ich lasse mir nichts mehr gefallen! Also los, vollbringt eure Missetat, damit alles ein Ende hat!«

Mit trotzig vorgeschobenem Kinn und zusammengebissenen Zähnen unterdrückte sie ein Schaudern. Falls diese Männer tatsächlich Schurken waren, dann war ihr Schicksal besiegelt.

»Seid unbesorgt, mein Fräulein«, versuchte der Hansekapitän sie zu beschwichtigen. »Ich schwöre Euch, daß uns allen Euer Wohlergehen ans Herz gelegt wurde und daß wir Euch auf einer Reise begleiten sollen, die Ihr zu gegebener Zeit als Glücksfall ansehen werdet. Wir bieten Euch unsere Dienste und unseren Schutz, bis wir Euch den Händen desjenigen übergeben, der Eure Entführung befahl.«

»Schutz!« Mit verächtlichem Auflachen stieß Elise mit dem

Ende des Stabes auf den Boden. »Der Himmel und seine Heiligen mögen mir beistehen! Sollte ich diesen Schutz noch länger genießen, dann wehe mir! Wahrhaftig, lieber ein Wolfsrudel auf den Fersen als euch zu Beschützern haben! Schutz! Dienst! Daß ich nicht lache!«

Ihre Empörung stellte wahrlich keine Aufforderung dar, das Versprechen zu wiederholen, doch der Kapitän versuchte es hartnäckig noch einmal. »Fräulein, das alles geschah nicht mit böser Absicht. Ich wiederhole, daß wir Euch zu Diensten stehen. Könnten wir Euch einen Wunsch erfüllen?«

»Und ob, Kapitän! Mein dringlichster Wunsch ist es, von hier wegzukommen und mich so schnell wie möglich auf den Weg nach Hause zu machen.«

»Es tut mir leid, mein Fräulein« – die tiefe Stimme des Kapitäns verriet wieder einen Anflug von Humor – »das ist ein Dienst, den wir Euch verweigern müssen, wenigstens im Moment.«

»Mein zweiter Wunsch wäre es dann, daß ich euch drei nicht mehr zu Gesicht bekomme.«

Mit einem Nicken gab der Kapitän den anderen ein Zeichen, sich zu entfernen, eine Aufforderung, der sie gern nachkamen. Er wollte ihnen gerade folgen, da hielt er an der Tür inne und zog einen großen Messingschlüssel aus der Tasche.

»In Sichtweite der Küste müßt Ihr hier unten bleiben.« Er schwenkte den Schlüssel vor ihren Augen. »Natürlich bleibt die Tür so lange verschlossen. Und falls Ihr nicht mit mir und meiner Besatzung in der Nordsee Schiffbruch erleiden wollt, bitte ich Euch, hier nichts durcheinanderzubringen. Da meine Kabine die einzige an Bord ist, die für eine Dame geeignet ist, werde ich gelegentlich um Eure Erlaubnis bitten müssen, meine Karten und Instrumente holen zu dürfen. Seid versichert, daß ich Euch möglichst wenig stören werde.«

»Das glaube ich erst, wenn man mir einen Riegel gibt, mit dem ich die Tür gegen unwillkommenes Eindringen sichern kann«, gab Elise argwöhnisch zurück.

»Ich werde vor dem Eintreten laut pochen«, sagte er darauf. »Mehr kann ich Euch nicht zugestehen.«

81

»Wie zuvorkommend, Kapitän.« Ihre übertrieben freundliche Art strafte das Kompliment Lügen.

Nikolaus beachtete ihren Sarkasmus nicht weiter und tippte in einer Abschiedsgeste an den Hut. »Ich muß Euch jetzt Adieu sagen und meinen Pflichten nachgehen. Sobald England außer Sichtweite ist, dürft Ihr an Deck. Guten Abend, mein Fräulein.«

5

Das Schiff stieß in ein tiefes Wellental hinab und ließ beidseits seines breiten Bugs hoch die Gischt aufspritzen, die von dem Nordwestwind, der fast Sturmstärke erreicht hatte, mit gewaltiger Kraft übers Deck gefegt wurde. Elise raubten die heftigen Windstöße den Atem und gingen ihr durch Mark und Bein. Vorsichtig tastete sie sich an der Reling weiter und kämpfte sich allmählich zum Achterdeck durch, wo Nikolaus von Reijn stand, die Hände im Rücken verschränkt, breitbeinig, um das Schlingern des Schiffes auszugleichen. Er warf ihr nur einen flüchtigen Blick zu, ehe er wieder über die Schulter des Rudergängers hinweg zum Kompaßhaus hinsah. Elise zog den groben Wollmantel enger um sich und suchte sich ein Plätzchen am Heck, wo sie nicht im Weg stand und sich, wie sie hoffte, außer Sicht- und Hörweite des Kapitäns befand. Sie hatte das Eingesperrtsein in der Kabine des Kapitäns satt und fand wenigstens an Deck ein Gefühl der Freiheit, obwohl sie bald merkte, daß sie dafür einige Annehmlichkeiten opferte. Im Moment aber kniff sie die Augen gegen die salzigen Spritzer zusammen und wandte ihr Gesicht vom Wind ab.

Der Kapitän sah prüfend zur ächzenden Takelung hoch, ehe er den Steuermann allein ließ. Seinem geübten Auge entging auch nicht die kleinste Einzelheit, als er über das schwankende Deck schritt, als wäre er auf hoher See zu Hause. Elise hörte seine schweren Schritte näher kommen, bis er in einiger Entfernung an der Reling stehenblieb.

Tief in ihren Mantel gehüllt und seine Gegenwart ignorierend, spürte Elise dennoch seinen Blick auf sich. Tatsächlich kam sie sich vor, als wäre sie ihres schlichten Umhanges und aller Kleidungsstücke darunter beraubt, ein Gefühl, das ihren Jähzorn entfachte. Sie drehte sich um und stellte überrascht fest, daß von Reijn mit zusammengekniffenen Augen hinauf zur Takelung spähte. Verwirrt wandte sie den Blick ab. Hatte sie sich seinen Falkenblick nur eingebildet, oder verstand er es sehr geschickt, seine Blickrichtung zu wechseln?

Seine näher kommenden Schritte ließen Elise erstarren, und als er schließlich neben ihr stand, sah sie sich pikiert um. Der Kapitän musterte sie gleichmütig.

»Geht es Euch gut, mein Fräulein?« fragte er. Seine Stimme, die vom Sturm fast verschluckt wurde, war dennoch tief und voll.

Elise begegnete seinem fragenden Blick mit Augen, deren stählernes Grau dem kalten und stürmischen Himmel glich. »Kapitän!« Sie hob ihre Nase nur eine Spur, wie um ihn ihre Mißbilligung spüren zu lassen, ehe sie fortfuhr: »Hättet Ihr nur einen Funken Ehre und Anstand in Euch, Ihr würdet auf Gegenkurs gehen und mich nach England zurückbringen.« Ihr Lächeln war gezwungen und ohne Wärme. »Egal, wohin. Ich finde schon nach Hause.«

»Ich muß mich entschuldigen, aber das kann ich nicht.«

»Natürlich nicht«, höhnte sie. »Ihr würdet Eurer Belohnung verlustig gehen.« Sie warf einen Blick hinaus aufs Wasser, ungeachtet der eisigen Gischt, die ihr ins Gesicht sprühte, wandte sich aber dann sogleich wieder um. »Ihr habt mich noch nicht ins Vertrauen gezogen und mir unser Ziel noch nicht verraten. Ist es ein dunkles Geheimnis, das mir vorenthalten werden soll, oder darf ich den Zielhafen erfahren? Meiner Einschätzung nach müßte es sich um einen Hansehafen handeln, da Ihr ein Mitglied dieses Bundes seid.«

Nikolaus bestätigte ihre Vermutung mit einem Nicken. »Richtig geraten, Engländerin. Sobald wir die Nordsee überquert haben, fahren wir in die Elbmündung ein und steuern Hamburg an, wo Ihr Euren Gönner treffen sollt.«

Der eisige Wind zerrte unbarmherzig an ihrem Mantel. Elise unterdrückte ihr Frösteln, als sie spöttisch fragte: »Ist er am Ende ein Landsmann von Euch, Kapitän?«

»Vielleicht… vielleicht auch nicht…« Nikolaus zog ungerührt die Schultern hoch. »Die Zeit wird es an den Tag bringen.«

»Ja, und die Zeit wird auch dafür sorgen, daß ihr alle für eure Missetaten gehängt werdet«, gab sie zurück.

»Auch das wird man sehen«, sagte er lächelnd. Mit einer kleinen Verbeugung empfahl er sich, um wieder seinen Platz neben dem Steuermann einzunehmen. Elise wollte ihm nachblicken, doch ein Windstoß ließ sie erbeben, so daß sie sich noch enger in ihren Mantel hüllte.

Das Schiff kämpfte sich mühsam durch die rauhe See und erreichte schließlich den nördlichen Teil des Ärmelkanals, wo der Wind noch mehr auffrischte und nahezu unerträglich wurde. Elise blieb an Deck, obwohl jeder eisige Gischtschwall ihr den Atem raubte und sie vor Kälte bibberte. Zuweilen von unbeugsamer Halsstarrigkeit, vermochte sie dennoch zu erkennen, wann es galt, sich Klugheit und gesundem Menschenverstand zu beugen. Ängstlich bemüht, sich ihre Hast nicht anmerken zu lassen, ging sie unter Deck und erreichte erleichtert ihre Kabine. Als sie langsam den durchnäßten Mantel auszog, empfand sie die Wärme hier wie eine Erlösung. Noch nie im Leben hatte sie so gefroren, und diesen Umstand lastete sie ihren Entführern zusätzlich an.

Während ihrer Abwesenheit hatte man eine große lederbezogene Seemannskiste hereingetragen, die nun neben der schmalen Koje stand. Ihr Argwohn regte sich sofort, da sie an die Kiste erinnert wurde, in der man sie aufs Schiff gebracht hatte. Die Seemannskiste war verschlossen. Elise kuschelte sich unter das Federbett in der Koje und beschloß abzuwarten.

Es wurde Mittag, bis es an der Tür klopfte. Noch ehe sie antworten konnte, sackte das Schiff in ein Wellental, und die Tür sprang auf; der Kabinenboy taumelte herein, krampfhaft bemüht, das Tablett, das er trug, nicht fallen zu lassen. Nach einer knappen Entschuldigung murmelte er etwas in einer fremden Sprache vor sich hin und stellte das Tablett auf dem Tisch ab.

Elise deutete auf die Kiste, weil sie überzeugt war, daß er sie hereingeschafft hatte. »Was ist das, und warum steht das hier drinnen?«

Der Junge verstand nicht, zog die Schultern hoch und brachte nur »Kapitän von Reijn« heraus. Er warf ihr einen fragenden Blick zu, sie nickte verstehend und bedeutete ihm, er könne gehen, worauf er sich hastig zurückzog.

Ein köstlicher Duft vom Tisch her zog sie zum Tablett hin; zwei irdene Schüsseln und Besteck dazu ließen darauf schließen, daß sie nicht allein speisen würde. Elise konnte sich nur einen denken, der die Frechheit besaß, sich selbst einzuladen, und das war natürlich der Kapitän selbst.

Wieder wallte blinder Zorn in ihr auf. »Mir scheint, dieser eitle Geck hat den letzten Funken Verstand verloren, wenn er meint, daß ich ihm willig Gesellschaft leiste«, machte sie ihrem Ärger Luft. Ein kurzes Pochen ließ sie auffahren. Widerstrebend gab sie Antwort und wandte sich betont langsam um, da sie wußte, wer da kommen würde. Nikolaus trat ein und nahm die Pelzmütze ab.

»Dieser Wind auf der Nordsee wird uns bis zum Morgen zu schaffen machen«, brummte er und warf den pelzgefütterten, mit Salz und Gischt besprühten Mantel, den er auf Deck getragen hatte, ab. Ehe er ihn an einen Haken neben ihren Mantel hängte, schüttelte er ihn aus. Dann rieb er sich die Hände, um seine eisigen Finger zu beleben. Elises Blick war so frostig wie die Nordsee, die sie durchpflügten, aber er sah sie mit vergnügt zwinkernden Augen an, als sie ihm mit verschränkten Armen und in trotziger Haltung gegenübertrat.

»Habt Ihr in meiner Kabine etwas zu suchen?« fragte Elise rundheraus.

»Ach, mir kam da eine Idee in den Kopf«, gab Nikolaus leutselig zurück, »daß wir die von meinem Koch zubereiteten Köstlichkeiten gemeinsam verzehren könnten... mein Koch ist Liebhaber der feinen Küche wie ich. Ich glaube, Dietrich hat für Euch etwas ganz Besonderes zubereitet. Ein Gericht mit Austern aus der Themse. Ich würde gern mithalten... Ihr Einverständnis vorausgesetzt, mein Fräulein.«

»Ich kann wohl kaum darauf bestehen, daß Ihr geht«, erwiderte sie. »Ich kann es nur hoffen.«

»Nach dem Essen, ja«, sagte Nikolaus lachend, ohne ihre Gereiztheit weiter zu beachten. Er trat an den Tisch und begann das Austerngericht in zwei Schüsseln zu schöpfen, die er an entgegengesetzte Enden des Tisches stellte. Dann schnitt er Scheiben von einem kleinen Laib Brot ab. Lässig deutete er auf den Platz gegenüber. »Wenn es Euch beliebt, Engländerin. Ich verspreche Euch, daß ich nicht beiße.«

Elises Widerspruchsgeist erwachte von neuem. Der Kapitän hielt ihrem herausfordernden Blick stand. »Kapitän, falls dies eine Andeutung sein soll, daß ich mich vor Euch ängstige« – sie rang sich ein kurzes, verkniffenes Lächeln ab –, »dann seid versichert, daß ich in Euch bestenfalls einen aufgeblasenen Prahlhans sehe, den man am besten ignorieren sollte. Wie Ihr Euch aber denken könnt, verspüre ich kein Verlangen, mit meinen Entführern an einem Tisch zu sitzen.«

»Wenn Ihr lieber verhungert, bitte sehr.« Er rollte den oberen Rand seiner schenkelhohen Stiefel zurück und ließ sich auf einem Stuhl nieder. Als er sah, daß sie sich nicht umstimmen ließ, stützte er einen Ellbogen auf und fuhr sich nachdenklich mit einem Finger über die Lippen. »Mein Fräulein, falls Ihr es Euch anders überlegt, wüßte ich Eure Gesellschaft sehr zu schätzen ... aber nur, wenn es Eure Zeit erlaubt.«

Das herrliche Aroma, das vom Tisch her zu ihr drang, war sehr verlockend, doch eisern blieb Elise bei ihrer Weigerung, während der Kapitän seinen Hunger stillte. Kurz darauf sah sie mit Bedauern, wie der Kabinenboy abservierte und ihr keinen Bissen daließ.

»Nach der Abendwache werden wir für die Nacht die Segel reffen, um dem Wind weniger Angriffsfläche zu bieten«, teilte er ihr mit und richtete den Blick wieder voll auf sie. »Dietrich bereitet für den Abend stets ein kleines Festmahl vor. Ich erwarte, daß Ihr mir dann Gesellschaft leistet.«

Elise schob trotzig das Kinn vor. Falls er glaubte, sie würde sich seinen Wünschen fügen, irrte er sich. »Ich bitte Euch, meinetwegen keine Umstände zu machen. Ich kann allerhand aushalten und habe inzwischen begriffen, daß ich als Gefangene hier bin.«

»Hört zu, mein Fräulein.« Nikolaus gebot ihr mit einer Handbewegung Einhalt. »Mir geht es um das eigene Wohlbefinden. Gutes Essen ist meine zweite Leidenschaft, und ich bitte Euch ja nur, es mit mir zu teilen, solange wir … ach, wie sagt Ihr Engländer doch … solange wir gemeinsam Ungemach tragen müssen. Diese Seefahrt verpflichtet mich jedoch nicht zur Unbequemlichkeit, und am Ende« – er stand auf und drohte ihr scherzhaft mit dem Finger – »werdet auch Ihr das verstehen.«

»Allein meine Anwesenheit auf diesem Schiff erfüllt mich mit Empörung«, gab sie zurück. »Ich weiß nicht, was mich erwartet, und Euer Geschwätz ist nicht eben ermutigend. Man hat mich von zu Hause entführt und auf dieses Schiff geschleppt, und ich bin nicht sicher, ob ich das Ende dieser Seereise erleben werde. Ein gemeinsames Ungemach, sagt Ihr? Sagt mir, Sir, falls ich mit Blindheit geschlagen sein sollte, worin besteht denn Euer Ungemach? Mir scheint, ich bin die einzige, die es erdulden muß.«

Sie stand vor ihm, die Arme in die Hüften gestützt, ein Urbild von Leidenschaft und Schönheit. Trotz ihrer ärmlichen Kleidung bot sie einen atemberaubenden Anblick. Er nahm sie genau in Augenschein, jede Einzelheit, die ihr wollenes Gewand verhüllte, das sich an die Rundungen ihrer weiblichen Kurven schmiegte. Es war ein Gemustertwerden, das Elise von jedem Mann zu gewärtigen hatte, doch in diesem Moment mußte sie darüber hinwegsehen, da sie seine Gefangene war und sich vor ihm nicht schützen konnte, falls er auf einer gründlicheren Inaugenscheinnahme bestünde. In seine Stirn gruben sich tiefe Falten, als er überraschend seine Aufmerksamkeit dem grauen Dunst aus Wasser und Wolken vor dem Fenster widmete, als hätte er gegen einen inneren Aufruhr anzukämpfen. Abrupt trat er an die Kiste, holte aus der Tasche seines Lederkollers einen großen Schlüssel und öffnete das Schloß. Nachdem er den Deckel angehoben hatte, kniete er vor der Kiste nieder, hielt inne und sah dann Elise prüfend an, wobei er seinen Blick erneut von Kopf bis Fuß wandern ließ.

»Ja, die Größe paßt. Wir haben gut gewählt.«

Elise unterdrückte ihre Neugierde und sah zu, wie er zwei große in eine Stoffhülle gewickelte Bündel heraushob. Er legte die Bündel auf den Boden neben sich, holte noch eines, von etwas kleinerem Format, heraus, sodann ein viertes, das noch kleiner war. Dann ließ er den Deckel zufallen, stand auf und trat an das Kojenbett, auf dem er die Bündel ausbreitete.

»Zweifellos würdet Ihr Euch abends in diesen Sachen viel wohler fühlen. Es ist mein Wunsch, daß Ihr sie anzieht.« Unvermittelt trat er zurück. »Leider kann ich nicht länger bleiben, da mich die Pflicht ruft. Wenn es dunkelt, komme ich wieder.«

Er tippte an seinen Hut, schlüpfte für eine weitere Runde an Deck in seinen Mantel und stapfte hinaus. Nun konnte Elise ihre Neugierde nicht mehr zügeln. Einen Augenblick noch hielt sie sich zurück, dann öffnete sie die zwei größeren Bündel. In beiden entdeckte sie einen wahren Schatz: sorgsam zusammengelegte, königsblaue Samtgewänder, im ersten auch einen mit Silberfuchs gefütterten Mantel und im zweiten ein Gewand mit einer weißen, silbergesäumten Halskrause und langen, an den Schultern gebauschten Ärmeln in feiner Silberstickerei. Ein weiteres Bündel enthielt Unterwäsche, einen Reifrock, Hemden und wunderschön gearbeitete Unterröcke. Das vierte Bündel enthielt ein Paar Seidenschuhe, die farblich den Kleidern entsprachen. Die Kleidungsstücke waren für eine Gefangene wie sie viel zu kostbar.

Elise glättete das weiche Fell und strich über den blauen Samt, fast als würde sie die Dinge liebkosen, als ein plötzliches Verlangen sie überkam. Lag ihr vorheriges Leben auch nur wenige Tage zurück, so kam es ihr vor, als hätte sie seit Ewigkeiten nicht mehr in einem parfümierten Bad gelegen und den Luxus erlesener Kleidung genossen.

Da fielen ihr die Blicke des Kapitäns ein, und schlagartig verfinsterte sich ihre Miene wieder. Sofort machte sie sich daran, die Sachen zusammenzulegen und einzupacken. Was seine Absicht war, wußte sie nicht, doch diese Geschenke wurden ihr sicher nicht grundlos gemacht. Natürlich war es für ihn ein leichtes, sie mit Gewalt zu nehmen, denn er war der Stärkere. Falls er jedoch hoffte, sie zu einer gefügigen Komplizin seiner Leidenschaft zu machen, indem er sie mit köstlichen Speisen und kostbaren Kleidern verwöhnte, dann hatte er sich gründlich geirrt. Ihre Gunst war durch nichts zu erkaufen.

Es dunkelte allmählich, und die Segel oberhalb der Kabine knatterten unter dem nachlassenden Druck nicht mehr so laut. Auch das Schiff schwankte nicht mehr so heftig. Elise wußte, daß der Kapitän wie versprochen den Kurs geändert hatte und vor dem Wind segelte. Jetzt würde es nicht mehr lange dauern, und er würde wieder zu ihr kommen.

Zunächst aber kam der Kabinenboy, um den Tisch für das Abendessen zu decken: feines weißes Leinen, Besteck mit emaillierten Griffen, Silberteller und Weinkelche mit versilberten Stielen – es fehlte an nichts. Anschließend trug er ein wahres Festmahl auf: gefüllte Tauben mit Preiselbeeren, marinierten Lachs und Beilagen. Als der Junge wieder gegangen war und sie das Kommen des Kapitäns erwartete, ließ die Aussicht auf den bevorstehenden Abend Elises nervöse Anspannung wachsen. Bei seiner Vorliebe für gutes Essen würde der Kapitän beherzt zugreifen. Verweigerte sie sich ihm dann, konnte er gewalttätig werden, und kein Mann an Bord würde sie vor ihm schützen. Auch wenn Fitch und Spence sich hin und wieder blicken ließen, so war ihnen anzusehen, wie schwer ihnen die Seefahrt zu schaffen machte. Aber auch bei besserer gesundheitlicher Verfassung wäre von ihnen keine Hilfe zu erwarten gewesen. Soweit Elise es beurteilen konnte, befolgten sie von Reijns Anordnungen peinlich genau und würden sich auch nicht widersetzen, wenn er ihnen befahl, ihm nicht mehr unter die Augen zu kommen. Ihre angeborene Entschlossenheit ließ Elise diesmal im Stich, und sie empfand Angst. Sie konnte sich auf ihre Klugheit verlassen.

Als es an der Tür energisch klopfte, ließ Elise sich einen Moment Zeit, um sich zu fassen. Ihr Kleid glattstreichend, postierte sie sich neben dem Schrank, den Stock bei der Hand. Wie ein heroischer Kämpfer stand sie da in Erwartung des feindlichen Angriffs. Auf ihre Aufforderung hin öffnete Nikolaus die Tür, blieb aber sofort verärgert stehen. Betont langsam musterte er sie von Kopf bis Fuß. Kein Zweifel, er mißbilligte ihre Weigerung, die geschenkten Kleider zu tragen. »Ach, Ihr seid also entschlossen, weiterhin die arme, bedrängte Gefangene zu spielen, Engländerin?«

»In der Tat, Kapitän, denn genau das bin ich!« beharrte Elise.

Nikolaus trat näher, kostbar und elegant gekleidet. Über einem dunkelbraunen, mit Goldfäden durchwirkten Wams trug er einen weit ausschwingenden, mit Pelz gefütterten Umhang. Die Schlitze seiner Pluderhosen waren mit Gold- und Silberstoff unterlegt. Dazu trug er knappsitzende Beinlinge und Stiefel mit niedrigem Schaft. Der Gegensatz zu Elises ärmlicher Aufmachung hätte nicht krasser sein können. Fast kam sie sich vor wie eine Gänsemagd vor einem Prinzen.

»Wollt Ihr mich noch immer allein bei Tisch sitzen lassen?« fragte er enttäuscht.

»Ich freue mich, Euch Gesellschaft leisten zu dürfen, Kapitän«, erwiderte Elise.

»Wunderbar!« Nikolaus vollführte eine knappe Verbeugung, ehe er ihr den Arm bot und sie zu Tisch führte. Sie gestattete auch, daß er ihr den Stuhl zurechtrückte. Dann aber galt seine Aufmerksamkeit voll und ganz den Tafelfreuden, während Elise in den Köstlichkeiten auf ihrem Teller herumstocherte und sich fragte, wann die hitzige Auseinandersetzung endlich beginnen würde. Sie hatte erlebt, wie der Kapitän einen Schiffsjungen scharf zurechtgewiesen hatte und dieser dann zerknirscht davongeschlichen war, obwohl sie kein Wort seiner Strafpredigt verstanden hatte.

Sie war also auf das Schlimmste gefaßt, als Nikolaus seinen Stuhl zurückschob und den Blick auf sie richtete. »Ihr seid hier keine Gefangene«, setzte er in fast belehrendem Ton an, und Elise hob die Nase ein Stück höher, um wortlos ihre gegenteilige Meinung kundzutun. »Ich überlasse Euch den Komfort meiner Kajüte und in vernünftigem Maß Freizügigkeit auf meinem Schiff.« Er kam näher und faßte nach dem Ärmel ihres Kleides. »Und Ihr beharrt darauf, Euch als die Entführte hinzustellen, die ärmlich gekleidet und voller Angst meiner Absichten harrt.«

Elises saphirblaue Augen hielten ihm unbeirrt stand.

Leise fragte er: »Könnte es sein, daß Euch die Sachen nicht gefallen?«

»Im Gegenteil, Kapitän«, erwiderte sie beherrscht. »Die Kleider sind wunderschön, aber bislang habt Ihr Euch über die Kosten ausgeschwiegen.« Sie ließ eine bedeutungsvolle Pause eintreten. »Zweifellos haben so prächtige Gewänder einen Preis, den ich mir unter den gegenwärtigen Umständen nicht leisten kann – oder aber einen, den ich zu zahlen nicht bereit bin.«

Nikolaus starrte sie finster an, ehe er die Finger in eine Schüssel mit Rosenwasser tauchte, um sie zu reinigen. »Ich bin Kapitän der Hanse und muß als solcher ein Zölibatsgelübde ablegen, bis ich es zu einigem Vermögen gebracht habe.«

»Gelübde bedeuten mir wenig«, antwortete Elise. »Auch wenn Ihr behauptet, ein anständiger Mensch zu sein, habe ich dafür kaum Beweise gesehen. Ich kenne Euch nicht, weiß aber, was Ihr getan habt.«

Er kniff die Lippen zusammen und suchte nach einer Antwort; dann antwortete er völlig überraschend: »Mein Fräulein, Ihr habt meine Absichten mißverstanden. Die Geschenke stammen nicht von mir, sondern von Eurem Gönner. Er trägt die Kosten für die Kleider. Ist es nicht mehr als gerechtfertigt, daß Euch das Kleid ersetzt wird, das Euch im Laufe der Entführung abhanden kam?«

Nachdenklich ließ Elise ihre Fingerspitze den Rand ihres Weinglases entlanggleiten und sagte: »Die Gründe für meine Entführung lassen mir keine Ruhe, und ich frage mich, ob sie irgendwie mit dem Schicksal meines Vaters in Zusammenhang stehen. Wäre das möglich?«

Nikolaus hob bedauernd seine breiten Schultern. »Wenn ich raten sollte, dann würde ich Ihnen zustimmen, aber wer weiß, was im Herzen eines Menschen vorgeht? Ihr seid es schon an sich wert, geraubt zu werden. Wen wundert's, wenn ein Mann von Euch so hingerissen ist.«

»Hingerissen?« Elise war verwirrt. »Wovon sprecht Ihr, Kapitän?«

»Findet Ihr es erstaunlich, wenn ein Mann sich in Euch verliebt?«

»Ja«, erwiderte sie schnippisch. Keiner der Anbeter, der um ihre Gunst warb, hatte je versucht, sie auf solche Weise zu betören.

»Glaubt mir, Engländerin, das ist das Einfachste auf der Welt.«

Elise begegnete seinem Blick und staunte über den ungewohn-

91

ten, fast sehnsüchtigen Ausdruck, der in seinen Augen lag. Wenn es Leidenschaft war, dann schwang viel Sanftheit darin mit. Sonderbar berührt wandte sie sich um und antwortete steif: »Nach allem, was ich durchmachen mußte, neige ich eher zu der Meinung, daß der Mann, der meine Entführung befahl, tiefen Groll gegen mich hegt.«

Nikolaus lachte leise. »Nein, so ist es nicht. Ich würde Euch nicht zu ihm bringen, wenn ich befürchten müßte, daß er böse Absichten hegt.«

»Warum zögert Ihr, seinen Namen zu nennen?«

»Seine Lordschaft wünschte, daß sein Name unerwähnt bleibt, bis er sich Euch selbst präsentiert. Er will Euch selbst seine Gründe erklären, damit Ihr ihm nicht mit Haß begegnet.«

»Seid versichert«, erklärte Elise unverblümt, »wie immer der Mann heißen mag, ich hasse ihn jetzt schon.«

Am Morgen hatte der Sturm nachgelassen, dafür war es bitterkalt geworden. Um nicht den Eindruck von Schwäche zu erwekken, ließ Elise sich auf dem Achterdeck sehen. Bald waren Nase und Wangen rot und ihre Finger gefühllos vor Kälte, obwohl sie die Hände unter ihren Mantel steckte. Wie am Tag zuvor suchte Nikolaus ihre Nähe, und als er auf sie niederblickte, verzog er den Mund zu einem Lächeln. »Ich bescheinige Euch Standhaftigkeit, Engländerin. Nach dem Martinstag die Nordsee befahren heißt Gott versuchen. Eine Dame, die sich bei diesem Wetter auf Deck wagt, ist eines Seekapitäns würdig.«

Elise bedachte ihn mit einem kühlen Blick. »Soll das ein Antrag sein?«

Auflachend schüttelte er den Kopf. »Nein, nein. Ihr stellt zwar eine große Verlockung dar, doch bindet mich die Ehre.«

»Um so besser. Damit erspare ich Euch meine Abfuhr«, gab sie schneidend zurück. Ohne ein weiteres Wort entfernte sie sich, während er ihr belustigt nachsah. Trotz ihrer ärmlichen Kleidung wirkte sie wie eine große Dame und ließ sich ihr Unbehagen, das sehr groß sein mußte, wie er wußte, nicht anmerken.

»Engländerin, Ihr habt Mumm in den Knochen«, murmelte er vor sich hin.

Als Elise sich an jenem Abend zum Essen zurechtmachte, griff sie zu dem blauen Samtkleid aus der Seemannskiste. Es erschien ihr nur recht und billig, daß der Mann, der am Verlust ihres Kleides schuld war, dieses ersetzte. Sie hatte seinetwegen schon genug Unbill ertragen müssen und konnte sich ein wenig von dem Luxus gönnen, den er bot.

Deshalb machte sie sich mit besonderer Sorgfalt zurecht und kämmte unter Zuhilfenahme eines versilberten Tabletts, das sie als Spiegel verwendete, ihr Haar zu einer Hochfrisur. Hätte sie noch Zweifel an ihrem Aussehen gehabt, sie wären beim Eintreten des Kapitäns rasch zerstreut worden. Sein Lächeln wurde breiter, seine Augen leuchteten auf. Ohne den Blick von ihr zu wenden, nickte er beifällig.

»Das Kleid steht Euch, mein Fräulein.«

»Ein kostbares Stück«, bemerkte Elise, weil ihr nichts anderes einfiel. Sie wußte auch nicht, wie sie auf seine feurigen Blicke reagieren sollte. »Mein Gönner, wie Ihr ihn nennt, muß sehr wohlhabend sein, wenn er sich solche Kostbarkeiten leisten kann.«

Nikolaus lachte verhalten. »Die Rechnung hat er noch nicht bekommen.«

Elise zog eine Braue hoch. »Waren die Kleider nicht seine Idee?«

»Das schon, doch die Einzelheiten überließ er aus Zeitmangel mir.« Der Kapitän zuckte mit den Achseln. »Ich bat eine Näherin, etwas Warmes und Schönes für eine Dame zu machen, und gab ihr die Felle, die ich in Nowgorod erwerben konnte. Die Ostleute haben ihre Häfen der Hanse verschlossen, aber hin und wieder komme ich mit einem ihrer Schiffskapitäne ins Geschäft. Die Kleider wurden von der Schneiderin entworfen. Ich habe bei den Kosten keine Grenze festgesetzt.«

»Nun, vielleicht wird mein Gönner Eure Großzügigkeit tadeln.«

»Ein Blick auf Euch, mein Fräulein, und jeder Ärger verfliegt.«

Elise ließ nun einen Moment wortlos verstreichen und studierte den Hansekapitän eingehend. Er war ein Mann, der über einige Bildung und Kultur verfügte, und keiner von denen, die sich leichtfertig Freibeutern anschließen, schon gar nicht, um hilflose weibliche Wesen zu entführen. Zu gern hätte sie gewußt, was ihn zu der Tat veranlaßt hatte. »Als Schiffsherr und Kaufmann müßt Ihr auf Euren Fahrten viel Gewinn machen.«

»Nun ja, hier und dort springt eine Münze für mich heraus«, meinte Nikolaus wegwerfend.

Elise lachte ungläubig auf. »Ihr solltet eher sagen, ein kleines Vermögen da und dort.«

»Die Hanseleute sind Kaufleute mit Leib und Seele«, sagte Nikolaus. Er wußte nicht, worauf sie hinauswollte.

»Ja, das hörte ich... und wir Ihr sagtet, sind sie zu einem ehelosen Leben verpflichtet, bis sie es zu Vermögen gebracht haben.« Elise zog bedächtig eine Braue hoch. »Habt Ihr eine Frau?«

Nikolaus schüttelte den Kopf, während gleichzeitig ein Lächeln seine Lippen umspielte. »Diese Stellung im Leben muß ich mir erst erringen.«

»Dennoch... ich weiß, daß Ihr über größere Mittel verfügt, als Ihr zugeben wollt, was darauf hinweist, daß Ihr Euch nicht mit gemeinem Diebstahl oder mit Entführungen abgeben müßtet.«

Nikolaus tat die Bemerkung mit einer achtlosen Handbewegung ab. »Es war eine Gefälligkeit für einen alten Freund, mehr nicht.«

»Da man Euch kaufen kann«, bohrte sie weiter, ohne auf seine Erwiderung zu achten, »frage ich mich, wieviel es kostet, daß Ihr Eure Meinung ändert und mich nach England zurückbringt.«

Da lachte der Hansekapitän schallend, und er lachte trotz Elises kalter und abweisender Miene, bis er nicht mehr konnte. Mit einer entschuldigenden Geste sagte er dann: »Ich habe einem Freund mein Wort gegeben. Es bleibt mir nichts übrig, als es zu halten.«

»Was bedeutet einem Halunken schon ein gegebenes Wort?« fragte sie wütend. Sie rückte von ihm ab. »Ihr sprecht ehrenhaft von Eurem Versprechen, aber ist Euer Versprechen ehrenhaft? Gehört es zur Verbrecherehre, sich seiner eigenen Reputation zu rühmen, während man den Beutel des Opfers aufschlitzt oder eine Gefangene in ein fremdes Land schafft?«

Nikolaus wollte dazu etwas sagen, doch Elise drehte sich auf dem Absatz um und gebot ihm mit einer Handbewegung Schweigen. »Kapitän, laßt mich aussprechen. Da Ihr offensichtlich schon abgestumpft seid, was Eure Taten betrifft, so sind meine Versuche, Euch ins Gewissen zu reden, gewiß fruchtlos. Dennoch bitte ich Euch, mich anzuhören. Ihr habt einen Pakt mit dem Teufel geschlossen, und ich sitze in der Falle mit Euch als Kerkermeister. Mag ich auch noch so unschuldig sein, ich werde in die dunklen Machenschaften dieses namenlosen Schurken hineingezogen, während Ihr von Ehre redet. Sir, Eure Anständigkeit hat den üblen Geruch der Barbarei an sich. Ihr und Euer niederträchtiger Freund scheut auch vor übelsten Missetaten nicht zurück. Auch wenn Ihr nur auf sein Geheiß handelt, macht Ihr Euch ebenso schuldig wie er.«

»Ich kann leider zu meinen Gunsten nichts vorbringen«, gestand Nikolaus. Ihm gefiel, wie Elises Augen blitzten, wenn sie sich aufregte. »Ich bin im Sinne der Anklage schuldig.«

Elise sah ein, daß ihre Argumente nichts fruchteten. Nikolaus von Reijn war ein Mensch, der an einem Vorhaben festhielt, auch wenn er wußte, daß es falsch war. Gewissensbisse schienen ihm fremd zu sein.

Nikolaus dachte über ihre Einwände nach und fragte sich, ob sie sein Vorgehen in Zukunft ebenso heftig verurteilen würde oder ob er ihr mit der Zeit in einem günstigerem Licht erscheinen würde. Der Umstand, daß sie ihm für die Dauer der Überfahrt auf Gedeih und Verderb ausgeliefert war, schien ihre mutige Haltung nicht zu beeinträchtigen. Ihr Benehmen war voller Anmut und verriet angeborene Würde, zu der sich Unbeugsamkeit und Widerstandskraft gesellten, und dies in einem Ausmaß, wie man es nur selten antraf.

Wie ein kleines, verschüchtertes Kind, das etwas vorzubringen hat, zupfte er sacht an ihrem Ärmel. »Wenn Ihr in einem Jahr diese Fahrt noch bereuen solltet, dann könnt Ihr mich strafen«, murmelte er. »Ich baue darauf, daß die Fahrt Euch und meinem Freund zum Wohl gereicht.«

Nach einem Blick in seine warmen, strahlenden Augen entfernte Elise sich ein paar Schritte. Nikolaus atmete auf. Er mußte gegen sein wachsendes Verlangen ankämpfen, sie zu trösten und als ihr Beschützer und Anbeter aufzutreten. Langsam wurde ihm klar, wie ein Mann einer Frau so verfallen konnte, daß er seine Ehre und sein Treuegelöbnis vergessen konnte.

6

Das Schiff lief in die Elbmündung ein, und während man nach Sandbänken und großen Eisschollen Ausschau hielt, stand Elise an Deck, um soviel wie möglich von dem Land zu sehen, in dem sie gefangengehalten werden sollte. Man sah größtenteils Marschland und Ebene, bis die Uferböschung nach Norden hin höher wurde. Die Bäume glänzten, da der dichte Nebel des Vorabends zu Eiskristallen erstarrt war. Entlang der Küste türmten sich gewaltige Eisplatten auf. Hin und wieder erhob sich ein Windstoß in der Stille des ruhigen Tages, nur eine Vorwarnung des Winters und kein echter Vorbote eines Sturmes.

Schließlich näherte sich das Schiff dem Kai im Hafen von Hamburg, und die Mannschaft kletterte eilig in die Takelung, um die Segel zu reffen und festzumachen. Kälte durchdrang Elises abgetragene Kleider, während sie mit Fitch und Spence darauf wartete, daß das Schiff anlegte und sie an Land gehen konnten. Sie betrat als erste den Laufsteg, gefolgt von den beiden, die gemeinsam die Kiste mit ihren neuen Kleidern schleppten. Kaum hatte sie den Fuß an Land gesetzt, spürte Elise den Blick des Kapitäns im Rücken und wandte sich um. Von Reijn stand an der Reling und neigte leicht den Kopf zum Abschied. Elise erwiderte seinen Gruß ebenso, von seiner stoischen Gelassenheit verwirrt. Seit dem Abend, als sie ihn flehentlich gebeten hatte, sie zurück nach England zu bringen, hatte er sich ihr gegenüber sehr distanziert verhalten. Er hatte ihre Kabine nur noch betreten, wenn er eine Karte brauchte. Nicht, daß sie seine Zurückhaltung und seinen Gleichmut bedauert hätte, da sie ja ohnehin keine Möglichkeit hatte, seine Gesellschaft zu akzeptieren oder abzulehnen. Da sie aber überzeugt war, daß er ihre Wortgefechte, die jenem Abend vorausgegangen waren, sehr genoß, hätte sie zu gern gewußt, was seinen Sinneswandel bewirkt hatte.

Elise und ihre zwei Begleiter tauchten sofort im geschäftigen Treiben des Hafens unter. Um sie herum boten Händler Waren in einer für sie unverständlichen Sprache feil, während Kaufleute um die Fracht feilschten, die eingelaufen war. Das leichte Schneetreiben dämpfte die Vielzahl von Geräuschen.

Fitch bahnte sich entschlossen den Weg durch die dichte Menge. »Ich muß den Schlüssel für das Haus holen, das Seine Lordschaft für Euch gemietet hat«, erklärte er seine Eile. »Und jetzt gebt mir schön brav Euer Wort, daß Ihr hier mit Spence warten werdet.«

Elise tat überrascht. »Wenn Spence ohnehin hierbleibt, wird er doch sicher eine eventuelle Flucht verhindern, oder? Wo sollte ich auch in diesem fremden Land Zuflucht finden? Ich kenne die Sprache gar nicht.«

Fitch ging nicht weiter darauf ein, überließ sie der Obhut des anderen und lief eilig davon.

Eine Wurstverkäuferin hatte neben ihrem Karren ein kleines Feuer entfacht. Von der Wärme angezogen, hielt Elise ihre erfrorenen Finger über die Flammen. Sogleich war die flinke, rotgesichtige Frau zur Stelle. In fremder Sprache redete sie auf Elise ein und drängte sie, ein an einem Stock steckendes Würstchen zu nehmen. Spence gab der Händlerin eine Münze, die Frau nahm sie mit einem munteren »Danke, danke« entgegen und überließ nun Elise den saftigen Leckerbissen. Auch Spence nahm ein Würstchen und hatte es im Nu vertilgt.

Während sie auf Fitch warteten, hatten sie genug Zeit, noch mehr Würstchen zu essen, ja, Elise befürchtete schon, Fitch hätte sich verlaufen. Schließlich sah sie, wie er niedergeschlagen und zögernd zurückkam.

»Unsere Pläne haben sich geändert«, kündigte er finster an, als er vor ihnen stand. »Wir werden ein anderes Haus beziehen, weiter nördlich von hier. Dazu brauchen wir Pferde und auch Vorräte für die Zeit, bis Seine Lordschaft kommt.«

Spence runzelte nachdenklich die Stirn. »Aber Seine Lordschaft sagte, er habe direkt hier in Hamburg ein Haus gemietet und dafür bezahlt.«

Ein langgezogener Seufzer entrang sich Fitch und ließ seine Laune noch tiefer sinken. »Hans Rubert, der Vermittler, sagte, das Haus ist schon vermietet und bezogen.«

Spence sah seinen Gefährten durchdringend an. Er schnaubte ärgerlich und streckte die Hand nach der Börse aus. »Ich gehe jetzt und besorge Pferde und Vorräte, während du hier mit dem Mädchen wartest.«

Fitch nickte stumm und ließ sich ergeben auf einem Stapel Brennholz nieder. Es dauerte eine Weile, bis Spence wiederkam. Was er in einer der Stallungen auf dem Hafengelände erstanden hatte, ließ Elise an seinem Pferdeverstand zweifeln. Sattel und Zaumzeug waren Relikte aus längst vergangenen Zeiten, die kurzbeinigen, in ihrem Winterfell sehr zottig wirkenden Tiere bewegten sich nur langsam und schienen unter der Last der in Bündeln verpackten Vorräte fast zusammenzubrechen.

Vorsichtig stieg Elise auf und spornte ihr Pferd mit der Ferse an, bis es sich zögernd in Bewegung setzte, hinter Spence her, der den Zug auf seinem Pferd anführte. Fitch, als Schlußlicht, hielt das Leitseil der Packpferde, während er auf seine Gefangene ein wachsames Auge hatte.

Die kleine Karawane brachte die engen, gewundenen Straßen Hamburgs hinter sich und überquerte mehrere Steinbrücken, die Kanäle und schmale Wasserstraßen überspannten, bis sie den Stadtrand erreichten. Nun ging es weiter in nördlicher Richtung, auf einer breiten, durch einen dichten Wald führenden Straße. Tiefhängende, bleierne Wolken verdunkelten den Himmel. Schneeflocken trieben ihnen ins Gesicht. Allmählich gewannen sie an Höhe, ließen das Tiefland hinter sich und durchritten den lichter werdenden Wald, wobei sie immer wieder großen Felsblöcken ausweichen mußten.

Sie erreichten den Rücken der Anhöhe, und Elise sah mit Verwunderung, daß der Pfad, auf den sie abgebogen waren, direkt auf eine alte Burg zuführte, die nicht weit vor ihnen auf einem aufragenden Fels kauerte. Grau und trübe wie der Winterhimmel wuchsen die Wehrmauern aus einem Sockel schroffer Klippen an der Biegung eines vereisten Flußlaufes. Trockene Grasbüschel durchstießen da und dort den Schnee. Eine niedrige Bohlenbrücke führte über den Graben zum Burgtor, dessen rostiges Fallgitter, nur von einer Kette gehalten, schief über dem oberen Teil des Eingangs hing. Ein Flügel eines Tores lag zerbrochen auf dem Weg im Schnee.

Sie durchritten das Burgtor und erreichten den Hof. Wie Elise vermutet hatte, bot sich ihnen ein trostloses Bild. Vorratshaus und Gesindekammer an der Westmauer waren in sich zusammengefallen. An die Ostmauer lehnten sich die baufälligen Stallungen, in denen nun Spence die Packpferde unterbrachte. Der an der Verbindung von Ost- und Nordmauer stehende Haupttrakt schien bewohnbar, wenn auch die meisten Fensterläden und einige der Fenster des ersten und zweiten Stockwerkes sowie das steile Schindeldach reparaturbedürftig waren. Einige Fenster standen offen, wie um die Vögel willkommen zu heißen, die davor herumflatterten.

Fitch ließ fassungslos den Blick über die schneebedeckte Ödnis wandern. Schließlich saß er ab und näherte sich Elise, wobei er ihrem Blick auswich. Ohne ein Wort der Erklärung half er ihr aus dem Sattel und folgte ihr in einigem Abstand, als sie die Eingangsstufen zum gewölbten Portal des Wohnturmes emporstieg. Das große, schwere Portal stand offen und bot wenig Schutz vor den böigen Winden. Vorsichtig in das Innere spähend, trat Elise ein. Man konnte nicht wissen, was in den Schatten des großen Raumes lauern mochte.

Riesige graue Spinnweben hingen von den dunklen, rohbehauenen Deckenbalken. Sie spannten sich über Türen, Ecken, Nischen und Vorsprünge. Mit jedem Schritt wirbelten Elises Röcke Staub auf.

Vor dem gewaltigen Kamin lag ein umgestürzter Tisch, daneben türmten sich Bänke übereinander, von denen einige zertrümmert waren, als hätte man sie in jüngerer Zeit als Feuerholz verwendet. Die Rußschicht im Kamininneren zeigte an, daß hier einmal kräftig geheizt worden war. Ein aus Ziegeln gemauerter Herd an der Innenwand ließ diesen Bereich als Küche erkennen. Ein großer Eisenkessel baumelte noch an einer Stange über der Asche, und an einem Balken hingen Töpfe und Küchengeräte, alles von einer dicken Staubschicht überzogen.

Eine Steintreppe, flankiert von einem massiven Holzgeländer, führte in den ersten Stock. Vom oberen Treppenabsatz ging es ins nächsthöhere Stockwerk.

»Eine armselige Bleibe«, seufzte Elise. »Wenigstens sind wir hier drinnen vor dem Wind geschützt.« Sie drehte sich zu Fitch um, der hinter ihr stehengeblieben war. »Wie weit ist es noch zum Haus deines Herrn?«

»Verzeiht, Mistreß«, murmelte Fitch beschämt. »*Das hier* ist sein Haus.«

»Hier?« Sie runzelte die Stirn. »Was soll das heißen?«

Fitch blickte grimmig umher. Nicht einmal für eine Nacht war diese Unterkunft ausreichend, geschweige denn für den ständigen Aufenthalt einer feinen Dame. »Das ist Burg Hohenstein. Der Vermittler hat mir die Lage genau beschrieben.«

Elises Verwirrung stieg. Sie begriff überhaupt nichts mehr. Diese baufällige Ruine konnte unmöglich als ständige Behausung gedacht sein. »Willst du damit sagen«, fragte sie kühl, »daß wir hier bleiben müssen, in diesem... Saustall?«

Fitch ließ den Kopf hängen und fuhr verlegen mit der Zehenspitze durch den Staub. »Ja, Mistreß. Zumindest bis Seine Lordschaft eintrifft.«

»Du erlaubst dir mit mir einen Scherz!«

»Verzeiht, Mistreß.« Fitch nahm den Hut ab und zerknüllte ihn zwischen den Händen. Sein Räuspern hörte sich an, als wollten ihm die Worte in der Kehle steckenbleiben. »Es ist kein Scherz, leider. Das ist ganz sicher Burg Hohenstein.«

»Du kannst nicht erwarten, daß ich hier bleibe!« begehrte Elise auf. Sie war todmüde, erschöpft und verzweifelt. »Hier könnten nicht einmal Schweine hausen! Euer Herr ist so mächtig und wohlhabend, daß er sich der Treue zweier Spitzbuben, wie ihr es seid, versichern kann... ja, sogar der Mithilfe eines Hansekapitäns... und du willst jetzt behaupten, daß er uns nichts Besseres zu bieten hat? Müssen wir zwischen Ungeziefer hausen?« Sie deutete auf die winzigen Spuren im Staub und wandte sich angeekelt ab. »Er muß über einen merkwürdigen Humor verfügen, wenn er uns diese Ruine zumutet. Ich schätze, hier muß schon Karl der Große gehaust haben.«

Fitch knautschte verlegen seinen Hut, verzweifelt bemüht, seinen Herrn zu entschuldigen. »Es ist nicht die Schuld Seiner Lordschaft. Er hat die Miete für ein Haus in Hamburg bezahlt. Der Vermittler, dieser Hans Rubert, ist schuld. Man sagte ihm, unser Schiff sei untergegangen, und da überließ er das Haus, für das Seine Lordschaft bezahlte, seiner verwitweten Schwester.«

Elise hörte es zähneknirschend. »Vermutlich hat dir dieser Rubert diese Ruine für einen Bettel überlassen.«

Fitch ließ den Kopf hängen und nickte zustimmend.

Elise stützte die Hände in die Hüften und herrschte ihn an. »Und wenn es auch nur ein Bettel war, dann war es zuviel.« Mit einer weit ausholenden Geste umfaßte sie das desolate Burginnere. »Blick um dich, und sage mir, wie jemand in diesem Dreck leben kann.«

»Vielleicht wenn gründlich saubergemacht wird«, meinte Fitch kleinlaut.

Fassungslos starrte Elise ihn an. »Was sagst du da? Bietest du womöglich deine Dienste an? Wirst du kniend den Boden schrubben, bis er glänzt? Wirst du die Tür in Ordnung bringen? Den Kamin fegen?« Fitch wich unbehaglich unter ihren niederprasselnden Fragen zurück, aber Elise ließ nicht locker: »Wirst du die Fenster in Ordnung bringen, die Läden, den Herd, das Gebälk, und wirst du Schilfmatten für den Steinboden flechten?«

Mit dem Rücken gegen die Wand blieb er stehen und fuchtelte aufgeregt mit den Armen, als sie immer näher kam. »Mistreß, es wird uns nichts anderes übrigbleiben. Bis Seine Lordschaft kommt, haben wir kein Geld für etwas Besseres.«

»Hast du nicht die Differenz der Miete von Rubert bekommen?« fragte sie, obwohl sie sich die Antwort denken konnte.

Beschämt schüttelte er den Kopf. »Nein. Hans Rubert sagte,

Seine Lordschaft schulde ihm Geld, und außerdem wollte er die Sache nicht mit einem Diener besprechen. Ich mußte sogar noch etwas zuschießen. Mehr konnte ich mir nicht leisten, weil ich ja auch noch Proviant besorgen mußte.«

Mit wachsender Verzweiflung blickte Elise um sich. Aus irgendeinem Grund hatte sie wohlausgestattete Räumlichkeiten erwartet, ein Bad, ein warmes Schlafzimmer mit Daunendecken und natürlich ein köstliches Abendessen. Sie hatte schon die Nacht zuvor nicht schlafen können, dann das lange Warten, nachdem sie an Land gegangen waren, und schließlich der ermüdende Ritt – all das hatte sie viel Kraft gekostet. »Uns bleibt tatsächlich keine andere Wahl«, gab sie entmutigt nach. »Morgen müssen wir nachzählen, wieviel Geld dir geblieben ist, und entscheiden, was als erstes getan werden muß. Im Augenblick müssen wir uns mit den unbequemen Gegebenheiten abfinden.«

»Das wird nicht einfach sein«, bemerkte Fitch niedergeschlagen. Ein eisiger Windstoß, der durch die Halle fegte, ließ Elise frösteln. »Ein Feuer wäre wunderbar, und vielleicht findet sich etwas, um die Fenster abzudichten... Spence wird die Pferde versorgen. Ich hole Brennholz und schaffe die Vorräte herein. Dann will ich mal sehen, was sich an Fenstern und Läden machen läßt.«

Er lief hinaus, und Elise sah zum oberen Stockwerk hinauf. Sie mußte unbedingt feststellen, ob die Räumlichkeiten oben in ebenso erbärmlichem Zustand waren. Sie raffte ihre Röcke hoch und lief die Treppe hinauf. Vom oberen Treppenabsatz zweigte ein kurzer Gang ab, der zu mehreren Räumen führte. Die Tür eines geräumigeren Gemachs stand einen Spaltbreit offen, so daß Licht auf den Gang fiel. Die rostigen Türangeln kreischten, als Elise die Tür weiter aufschob. Angeekelt streifte sie die Spinnweben beiseite und betrat den Raum, dessen ganzer Boden mit einer dicken Staubschicht bedeckt war. Spinnweben verunzierten auch den Himmel eines an der Wand stehenden Bettes, das auf drei Seiten von kunstvoll geschnitzten Holzpaneelen umgeben war. Auf den rohen Planken des Betteinsatzes lagen die zerfledderten Überreste einer Matratze. Ein anderer Himmel schirmte eine große kreisrunde Kupferwanne ab, die in der Ecke zwischen Kamin und der Fensterwand stand. Der einstmals kostbare Vorhang bestand nur mehr aus langen vermoderten Fetzen. Reichgeschnitzte Schemel, Schränke, Armsessel und Truhen vervollständigten die Einrichtung, die, wenn auch total verstaubt und modrig, intakt war.

Elise vermutete, daß ihre schwer zugängliche Lage die Burg davor bewahrt hatte, ausgeplündert zu werden. Der Grund für ihren desolaten Zustand war jahrelange Vernachlässigung.

Zwei niedrige Stühle standen vor einem großen Kamin. An derselben Wand, gleich neben der Tür, bedeckte eine riesige Tapisserie die getäfelte Wand von der Decke bis zum Boden. Die Stickerei war von einer grauen Schicht überzogen. Daneben entdeckte Elise eine quastenbesetzte Kordel. Neugierig zog Elise daran, doch im nächsten Moment stürzten die Tapisserie, die Stange, an der sie hing, und die geschnitzte Zierleiste unter lautem Getöse herunter und schlugen in einem grauen Staubwirbel auf dem Boden auf.

Elise wich erschrocken zurück. Sofort schwirrte im Raum eine Unzahl kleiner, zirpender schwarzer Geschöpfe. Entsetzt stieß Elise einen Schrei aus, als sie von allen Richtungen umflattert wurde.

Polternde Schritte näherten sich eilig. Fitch stürzte, eine schwere Axt schwingend, herein, wild entschlossen, sich jedem Ungeheuer zu stellen, das seine Schutzbefohlene bedrängte.

»Fledermäuse!« brüllte er, als er mitten im Raum in einen Schwarm geriet. Von hundert Schauermärchen über diese Biester verunsichert, schwang er die Axt in hohem Bogen, und rief gellend: »Flieht, Mistreß! Bringt Euch in Sicherheit! Ich halte sie auf!«

Die breite Schneide der Axt durchschnitt pfeifend die Luft, ohne eines der Tiere zu treffen. Zum Glück war Elise gestürzt und lag auf dem Boden. Von dort aus sah sie, daß ihr Verteidiger in dem Bemühen, die Tiere von seinen Augen fernzuhalten, diese fest geschlossen hielt – mit erstaunlichem Erfolg, denn binnen kurzem war von den Fledermäusen keine Spur mehr zu sehen, nicht einmal ein abgeschlagener Flügel lag auf dem Boden. Da rief Elise dem immer noch wild um sich Schlagenden zu: »Fitch, hör auf! Du bist der Held des Tages!«

Breitbeinig, die Axt in der Hand, hielt er inne. Elise erhob sich und schüttelte den Staub aus ihren Röcken.

»Fitch, sie sind vor dir geflohen wie Dämonen vor einem Racheengel.«

»Sehr wohl, Mistreß«, stieß er keuchend hervor. »Kein Wunder, ich muß mindestens hundert erschlagen haben.« Er blickte sich suchend im Raum um, verdutzt, weil keine Beweise seiner Schlagkraft zu sehen waren.

»Richtig, Fitch.« Elise sagte es lachend, während er sich den Schweiß von der Stirn wischte. »Aber ich fürchte, daß deine wilden Hiebe sie alle aus den Fenstern getrieben haben. Zur Sicherheit solltest du die Fenster verriegeln.«

»Wird gemacht!« erwiderte Fitch beflissen und schloß eilig alle Fenster.

»Diese Ecke muß besonders gründlich gesäubert werden«, bemerkte sie mit einem Blick auf den Unrat, den die Tiere hinterlassen hatten. Eine langwierige Aufgabe, wie sich noch zeigen sollte. Der Dung mußte von Wänden und Boden gekratzt werden, ehe man sich mit scharfen Bürsten und Seifenlauge über die Ecke hermachen und den ganzen Raum bewohnbar machen konnte. Auch die Tapisserie bedurfte einer sorgfältigen Säuberung.

Nachdenklich betrachtete Elise in der getäfelten Wand eine Tür, die hinter dem Wandbehang verborgen war. Auch Fitch war die Tür nicht entgangen, und er nahm sich vor, der Sache beizeiten auf den Grund zu gehen.

Elise trat hinaus auf den Gang und warf einen Blick nach oben. Sie mußte herausbekommen, wie es um die Räume im Dachgeschoß bestellt war. Um nicht wieder einem Abenteuer wie dem eben überstandenen ausgesetzt zu sein, wollte sie nicht ohne Begleiter hinaufgehen. »Komm«, forderte sie Fitch auf. »Du sollst mich bei der weiteren Erkundung dieses Traktes beschützen. Sollten wir wieder auf diese Tierchen stoßen, dann hätte ich dich gern in der Nähe.«

Fitch rückte seinen Wams zurecht, geschmeichelt von ihrem Vertrauen. »Sehr wohl, Mistreß«, stimmte er freudig zu. »Am besten bleiben wir zusammen.«

Elise folgte dem Mann über die hölzerne Treppe hinauf, die in einen Gang mündete. Die linke Seite des Korridors war gleichzeitig die Außenmauer, in der in gewissen Abständen schmale Öffnungen für die Bogenschützen eingelassen waren. Auf der rechten Seite gab es wie unten zwei Türen, von denen die größere schief in den Angeln hing. Vorsichtig spähte Fitch hinein, ehe er die Tür mit der Schulter weiter aufschob und Elise eintreten ließ, als er sah, daß keine unmittelbare Gefahr drohte. Es mußte sich um die Gemächer des Burgherrn handeln, denn die Zimmerflucht bestand aus einer großen Schlafkammer, einem Ankleideraum und einem Toilettenraum. Die einstmals gewiß sehr behagliche Schlafkammer hatte ein Loch im Dach, durch das der Himmel zu sehen war. Unterhalb der Öffnung hatte sich auf dem Boden ein kleiner Schneehaufen angesammelt – mit ein Grund für die Kälte, die in dem Raum herrschte.

Nachdem sie mit einem Blick den Raum erfaßt hatte, meinte Elise trocken: »Wenn ich die Wahl habe, nehme ich die Kammer darunter. Vielleicht hat dein Herr eine Vorliebe für die frische Luft in diesen Breitengraden, ich nicht.«

Fitch war sprachlos, als ihm plötzlich klar wurde, daß es keine anderen Möglichkeiten gab und daß Seine Lordschaft mit dieser Unterkunft höchst unzufrieden sein würde. Während Elise sich zum Gehen wandte, blieb er nachdenklich stehen und murmelte vor sich hin: »Ich und Spence, wir werden ganz schnell das Dach reparieren müssen.«

Elises kühles Lächeln verriet weniger Besorgnis um das Wohl seines Herrn. »Andere Reparaturen sind viel dringender«, hielt sie ihm vor. »Da dein Herr nicht so bald zu erwarten ist, kann auch das Dach warten. Zuerst müssen wir an uns denken.«

Widerstrebend folgte er ihr mißmutig hinunter, weil dieses zierliche Mädchen unmerklich die Führung des Hauses an sich gerissen hatte.

»Wir beginnen mit Fegen und Schrubben. Hoffentlich schaffen wir einiges, ehe es finster wird.«

Elises Mantel wirbelte Staub auf, als sie die Treppe hinunterlief, so schnell, daß Fitch mit ihr nur mühsam Schritt halten konnte.

Als sie unvermittelt stehenblieb, rannte er sie fast über den Haufen.

»Gibt es hier einen Brunnen?« fragte sie.

»Ja, draußen im Hof. Und einen im Stall.«

»Sehr gut. Um hier alles zu säubern, werden wir viel Wasser brauchen. Und noch eine Menge anderer Dinge, die du auftreiben mußt! Besen, Eimer, Seife, Lappen! Und fleißige Hände!« Elise lief an der Kammer vorüber, die sie sich selbst zugedacht hatte, und weiter die Treppe hinunter. »Unten habe ich einen Kessel gesehen...«

Was Fitch und Spence vom Rest des Tages in Erinnerung blieb, war Arbeit, Arbeit und noch mal Arbeit!

7

Als sie sich am Abend zurückzog, stand Elise am Rande der Erschöpfung und schaffte es kaum noch, sich zu ihrer Schlafkammer hinaufzuschleppen. In ihrem Bestreben, vor Einbruch der Dunkelheit möglichst viel zu bewältigen, war sie in fieberhafte Tätigkeit verfallen. Wenn sie aber an die gewaltige vor ihr liegende Aufgabe dachte, erschien ihr die an diesem Tag geleistete Arbeit nicht viel mehr als ein Kratzer auf einer Steinplatte. Im Moment war sie völlig erledigt, und als sie die Tür ihres Schlafgemachs hinter sich geschlossen hatte, fiel sie matt vor dem Kamin in die Knie und starrte wie betäubt in die Flammen. Tränen glänzten unter ihren dichten Wimpern, als sie nach langer Zeit wieder an ihren Vater dachte. Lag er im Kerker? Wurde er gefoltert? War er überhaupt noch am Leben?

Sie schloß die Augen und ließ die Tränen ungehindert fließen. Aus den dunklen Tiefen ihrer Gedanken nahm das Bild ihres Vaters Gestalt an, wie er in einer dunklen Zelle auf und ab lief. Um Knöchel und Handgelenke trug er schwere Eisen, sein Gesicht war hager und abgezehrt, seine Kleidung zerlumpt und schmutzig. Seinen einst prächtigen Mantel hatte er als einzigen Schutz gegen die Kälte eng um die Schultern gezogen. Mit leeren Blicken starrte er die gegenüberliegende Wand an, während seine Lippen lautlos unverständliche Worte formten.

Elise schlug die Hände vors Gesicht und schluchzte herzzerreißend. Sie wünschte sich nichts sehnlicher, als ihren Vater befreit zu sehen und sich in der Geborgenheit seiner Arme sicher zu fühlen. Sie hatte es satt, herumgestoßen und erniedrigt zu werden. Sie sehnte sich nach einem leichteren Leben, erfüllt von Frohsinn, Tändelei und Tanz. Einmal im Leben wollte sie so tun, als wäre das Leben für sie geschaffen und die Welt läge ihr zu Füßen. Leider war alles ganz anders und würde auch niemals so sein, wie sie es sich erträumte!

Langsam verebbte ihr Schluchzen; Elise nahm die Hände vom Gesicht, hob den Kopf und sah sich in dem ungewöhnlichen Raum um. Sie hatten den Boden geschrubbt, die Wände gesäubert und eine Stelle vor dem Kamin so zurechtgemacht, daß sie auf ein paar Fellen schlafen konnte. Dies hier war die Wirklichkeit, dieser kalte, schmutzige, kahle Ort voller dumpfer Gerüche, dazu die ständige Zugluft, die durch unzählige Spalten und Risse eindringen konnte. Wenn sie sich aber nur den Träumen von einer anderen Welt hingab, ohne ihr Los in dieser Welt zu bessern, würde sie auf ewig eine Gefangene bleiben. Wollte sie ein leichteres Leben, eines, das üppiger und sorgloser war, dann mußte sie hart dafür arbeiten.

Am nächsten Morgen jedoch war es beim Anblick des unappetitlichen Frühstücks, bestehend aus hartem Brot, Pökelfleisch und zähem Haferbrei, um Elises gute Vorsätze fast schon wieder geschehen. Als sie davon sprach, in Hamburg einen Koch anzuwerben, zog Fitch lahm die Schultern hoch und öffnete den Mund, doch Elise, die ahnte, was er sagen würde, ließ ihn nicht zu Wort kommen.

»Schon gut«, seufzte sie verdrossen. »Du brauchst es mir nicht erst zu sagen. Du hast sicher zu wenig Geld.«

»Was mir sehr leid tut, Mistreß«, beeilte sich Fitch hinzuzufügen.

»Uns allen wird es noch leid tun, wenn sich keiner von uns bequemt, in allernächster Zukunft kochen zu lernen. Ich habe seit einigen Jahren Erfahrung in der Führung eines Haushalts, aber gekocht habe ich nie.«

Fitch und Spence blickten sich fragend an, schüttelten verneinend die Köpfe und machten damit jede Hoffnung auf eine genießbare Mahlzeit in nächster Zeit zunichte. Seufzend kaute Elise an einer Brotrinde. Langsam begann sie zu hoffen, Seine Lordschaft würde sich beeilen und kommen, ehe sie verhungerten.

»Und wann soll dieser Lord, Earl oder Herzog kommen?« fragte sie. »Wo befindet er sich jetzt, und warum war er nicht zur Stelle, um sich um die finanziellen Angelegenheiten zu kümmern?«

»Er mußte sich um eine andere wichtige Sache kümmern. In wenigen Tagen wird er da sein.«

»Zweifellos handelt es sich um ein wichtige Schurkerei«, murmelte Elise. Angewidert rümpfte sie die Nase, als sie einen Schmutzfleck aus ihrem wollenen Gewand zu reiben versuchte. Vielleicht wäre es um ihre Stimmung besser bestellt gewesen, wenn sie beim Hausputz etwas anderes hätte anziehen können. Ihre Auswahl beschränkte sich jedoch auf das Kleid, das sie anhatte, und auf das schöne blaue Gewand, das sie zu solchen Schmuddelarbeiten nicht tragen wollte.

»Sicher ist, daß wir dringend nach Hamburg müssen«, erklärte Spence. »Unsere Vorräte reichen nicht bis morgen.«

»Sicher ist auch, daß wir kein Geld mehr haben«, rief ihm Fitch nachdrücklich in Erinnerung.

»Wir müssen einen Kaufmann finden, der uns glaubt, daß Seine Lordschaft alles bezahlt, wenn er kommt.«

»Und was ist, wenn Hans Rubert herumerzählt, unser Herr sei auf See umgekommen? Mal ehrlich, Spence, was glaubst du, was wir beide wert sind?«

»Probieren müssen wir es!« wandte Spence ein und schlug mit der Faust auf den Tisch. »Wenn wir nicht anfragen, werden wir nie wissen, ob wir Kredit bekommen.«

Nachdem nun klargestellt war, daß sich ein Ausflug nach Hamburg nicht umgehen ließ, tauchten neue Fragen auf. Spence traute Fitch nicht zu, einen Kaufmann mit geneigtem Ohr zu finden, der ihnen Kredit gewährte, ebensowenig hielt er ihn für fähig, Elise zu bewachen. Er brauchte jemanden, der besser zu feilschen verstand, und was Fitchs Talent als Aufpasser betraf, so hatte sich die Schutzbefohlene bereits als wesentlich fintenreicher erwiesen.

Fitch hegte seinerseits Zweifel an der Urteilskraft seines Gefährten, wenn er an die knochigen Gäule dachte, die dieser erworben hatte. »Für Pferde hast du keinen Blick.«

»So wenig Geld, wie ich hatte«, fuhr Spence ihn an. »Was konnte man denn erwarten, nachdem du das Geld Seiner Lordschaft für diese Ruine verschleudert hast? Diese Pferde waren die besten, die wir uns leisten konnten.«

»Darf ich einen Vorschlag machen?« fragte Elise maliziös, nachdem sie eine Weile ihre hitzige Debatte mit angehört hatte. Neugierig wandten sich die beiden ihr zu. »Wenn ich mitkommen dürfte, dann könnte ich vielleicht eine Hilfe sein. Die deutsche Sprache beherrsche ich zwar nicht, aber dafür sind mir Auftreten und Benehmen der vornehmen Herrschaften vertraut. Daß man als Bettler nicht Kredit fordern kann, liegt auf der Hand.«

Fitch, der sofort dagegen war, schüttelte den Kopf. »Wenn sie uns entwischt… was wird Seine Lordschaft dann mit uns machen?«

»Und was wird er mit uns machen, wenn das Dach nicht geflickt ist?« jammerte Spence. »Ich sage, sie hat recht. Wir sind nicht die richtigen, um einen Kredit herauszuschlagen.«

»Du weißt, wie raffiniert sie ist. Und was machen wir, wenn sie den Leuten in der Stadt sagt, sie sei entführt worden? Sie kann uns ganz Hamburg auf den Hals hetzen.«

»Was sollte ihr Schicksal die Hamburger kümmern? Sie ist Engländerin.«

»Und hübsch, wie ein Mädchen nur sein kann!« hielt Fitch unbeirrt dagegen. »Jemand könnte Gefallen an ihr finden und sie uns stehlen.«

»Und ich sage, sie geht mit«, beharrte Spence. »Wir müssen halt ständig ein Auge auf sie haben… und noch eines auf die Männer.«

Fitch gab sich geschlagen. »Sie ist unser Ruin! Wenn uns die Kaufleute nicht hängen, dann wird es Seine Lordschaft tun.«

Fitchs Zweifel erhielten neuen Auftrieb, als ihre Schutzbefohlene elegant gekleidet in ihrem blauen Gewand die Treppe herunterkam. Dazu trug sie einen passenden Mantel. Ihr brünettes Haar war in der Mitte gescheitelt und streng zu einem Nackenknoten zurückgekämmt, aus dem sich nur ein paar leicht gelockte Strähnen gelöst hatten. Sie sah aus wie die junge Herrin eines großen Hauses. Nichts erinnerte mehr an die schmutzige, schwer arbeitende Magd, die seit ihrer Ankunft mit ihnen gemeinsam geschleppt, geputzt, geschrubbt und geflickt hatte.

Der Ritt nach Hamburg erschien Elise diesmal nicht so beschwerlich wie beim erstenmal. Vielleicht wurde ihre Stimmung auch durch die Aussicht gehoben, wieder in eine zivilisierte Umgebung und unter Menschen zu kommen. Zwar standen ihr gewaltige Verständigungsprobleme bevor, doch war sie ihrem Dasein als Gefangene vorübergehend entkommen, und wer konnte wissen, welche Fluchtmöglichkeiten sich in einer Hafenstadt anboten?

Noch ehe sie den Marktplatz erreichten, stieg Elise ein köstlicher Duft in die Nase, der aus einem nahen Gasthaus kam. Das Frühstück hatte ihrem Magen nicht gutgetan, und er rumorte jetzt. Auch Fitch hob seine Nase und schnüffelte wie ein hungriger Jagdhund. Es bedurfte keiner Worte, das Trio lenkte die Pferde einmütig auf das Gasthaus zu. Nachdem sie abgesessen waren, steckten die zwei Männer die Köpfe zusammen und zählten ihre Münzen.

»Leider ist es wahr! Wir haben kaum genug, um bis zur Ankunft Seiner Lordschaft durchzukommen«, stellte Spence verärgert fest, nachdem er das Geld gezählt hatte. »Was mußtest du auch soviel für diese Ruine verschleudern!«

Zornrot warf Fitch die Arme hoch. »Und wieviel hast du für diese lahmen Klepper ausgegeben? Du hast dich für dumm verkaufen lassen!«

Spence war schwer beleidigt. »Du hast es nötig! Hättest du darauf bestanden, daß Rubert uns das Haus gibt, das der Lord gemietet hat, dann hätten wir keine Pferde gebraucht. Einen Großteil des Geldes mußten wir für Vorräte ausgeben.«

»Das lasse ich mir nicht bieten!« Fitch deutete auf das Gasthaus. »Du führst die Lady hinein, und ich bleibe hier in der Kälte und kümmere mich um diese untauglichen Klepper!«

»Kommt nicht in Frage! Ich habe keine Lust, mir dann dein Jammern und Wehklagen anzuhören, daß ich mir den Wanst vollgeschlagen habe, während du in der Kälte hungern mußtest.«

Die Männer waren so in ihren Streit vertieft, daß sie nicht bemerkten, wie Elise verschwand. Sie hatte die Masten von Segelschiffen am Ende der Straße erspäht und witterte eine Chance.

Ihre Hoffnung stieg, je mehr sie sich dem Kai näherte. Vorsichtshalber aber verlangsamte sie ihre Schritte und sah sich besorgt um, um nicht Kapitän von Reijn in die Arme zu laufen. Sie zog die Kapuze über, ohne das Interesse zu bemerken, daß sie unter Seeleuten und Händlern erregt hatte. Im Hafen ließen sich Frauen nur selten blicken, und wenn, dann nur, wenn sie zu Geld kommen wollten. Dieses Mädchen sah besonders verlockend aus: Sie war jung, schön und kostbar gekleidet. Diese da war nichts für gewöhnliche Seeleute, sondern nur etwas für Männer, die über entsprechende finanzielle Mittel verfügten.

Ein bejahrter, weißhaariger Kapitän, der in der Nähe stand, stieß einen Jüngeren an, um ihn auf das Mädchen aufmerksam zu machen. Seine eisblauen Augen wurden groß vor Staunen, dann aber blitzte es lustig in ihnen auf. Mit einer gemurmelten Entschuldigung ließ Nikolaus den Älteren stehen und drängte sich durch die Menge. Er hatte gehofft, die Erinnerung an ihre Schönheit verdrängen zu können, doch als er hinter ihr stehenblieb, stellte er verwundert fest, wie ihre Nähe seinen Puls beschleunigte. Er war ein Mann von vierunddreißig, doch nun fühlte er sich wie im Frühling einer Liebe.

Nikolaus zog den Hut, und sein heller Haarschopf kam zum Vorschein. »Nun, mein Fräulein«, sagte er ganz leise.

Elise fuhr herum und starrte ihn erschrocken an, fassungslos, daß ihr Glück sie so im Stich gelassen hatte. Ausgerechnet Kapitän von Reijn!

Mit schräggelegtem Kopf sah Nikolaus auf sie nieder, wobei ein Lächeln unmerklich um seine Lippen spielte. »Könnte es sein, daß

Ihr Euren Bewachern entwischt seid und Euch nun nach einem möglichen Fluchtschiff umseht?«

»Ihr würdet mir ja doch nicht glauben, wenn ich nein sage, warum also sollte ich überhaupt antworten?« schleuderte ihm Elise wutentbrannt entgegen.

»Da der Winter bevorsteht, werden nur noch ganz wenige Schiffe auslaufen.«

Seine unwillkommene Mitteilung ließ sie finster dreinblicken; dann wandte sie sich ab und starrte ausdruckslos in die Ferne.

Ihr Schweigen ignorierend, fragte der Kapitän: »Wo habt Ihr Fitch und Spence gelassen?«

Mit dem Kinn wies sie ihm die Richtung. »Dort drüben... sie streiten sich, wer von uns zum Essen einkehren darf.«

Nikolaus war erstaunt. »Gibt es Probleme?«

»Keine, die eine dickere Börse und ein besserer Koch nicht zu lösen verstünden«, gab sie zurück. »Seine Lordschaft, Gott segne ihn, hat die Verwaltung des Geldes zwei Schwachköpfen überlassen. Es ist nahezu aufgebraucht, und kochen kann keiner der beiden.«

»Seine Lordschaft hat bei mir Kredit«, bot Nikolaus an. »Wieviel?«

»Alles!« antwortete Elise. »Angefangen mit einem Dach über dem Kopf.«

Ein leises Lachen ließ seine breiten Schultern erzittern. »So schlimm kann es doch gar nicht sein. Ich kenne das stattliche Haus sehr gut, das der Lord mietete. Ein sehr schönes Haus.«

»Ha! Wir wohnen auf Burg Hohenstein, die weit abgelegen und halb verfallen ist.«

»Hohenstein?« Das mußte der Kapitän erst verarbeiten. Dann lachte er schallend los. »Also hat Hans Rubert es geschafft! Er hat den Lord übers Ohr gehauen! Nun, er wird die Folgen seiner Habgier bald zu spüren bekommen. Seine Lordschaft wird nicht davon begeistert sein.«

»Falls er je kommt«, höhnte Elise.

»Es tut gut, Euch wiederzusehen, kleine Engländerin«, freute sich Nikolaus und weidete sich an ihrer Schönheit. »Und ich schließe mit Euch einen Handel ab, ja?« Leise fuhr er fort: »Falls Ihr im Frühling noch immer auf einer Rückkehr nach England besteht, dann werde ich Euch auf meinem Schiff nach Hause bringen.«

Elise war fassungslos vor Staunen. »Versprecht Ihr mir dies ehrenwörtlich?«

Nikolaus lächelte. »Ja, ich verspreche es.«

»Und was werdet Ihr für die Überfahrt verlangen?« fragte sie vorsichtig.

»Mein Fräulein, Euer Geld brauche ich nicht. Eure Gesellschaft ist mir Entgeld genug.«

»Ich kann bezahlen«, erwiderte sie steif. »Auf Eure Barmherzigkeit kann ich getrost verzichten.«

»Behaltet Euer Geld, mein Fräulein, oder besser gesagt, verwendet es so, daß es Euch hier Zinsen bringt.«

»Und wer sollte mir dabei behilflich sein?« gab sie verächtlich zurück. »Hans Rubert etwa?«

»Ich werde das Gefühl nicht los, daß Rubert demnächst in Schwierigkeiten geraten wird. Nein, mein Fräulein, diesen Dienst will *ich* Euch erweisen, und als Beweis, daß Ihr mir trauen könnt, will ich sogar den Inhalt meiner Börse dazugeben, bis Ihr Profit gemacht habt. Sagt mir nur, wieviel Ihr anlegen möchtet.«

Elise musterte ihn eingehend und befand dann, daß man sich auf seine Ehrlichkeit verlassen konnte, zumindest in Geldangelegenheiten. Aus ihrem Umhang holte sie eine Lederbörse, in der sie ein Drittel ihres Vermögens aufbewahrte. Alles übrige verwahrte sie sicher unter ihrem Reifrock. »Hier sind fünfzig Goldsovereigns, mit denen Ihr nach Belieben verfahren könnt. In einem Monat erwarte ich das Geld zurück und dazu einen stattlichen Gewinn. Ist die Zeit zu kurz?«

Nikolaus wog den Beutel prüfend in seiner Hand. Dann lächelte er ihr zu. »Die Zeit reicht, und ich weiß bereits, wer das Geld brauchen kann.«

»Kapitän von Reijn!« Der laute Ruf lenkte ihre Aufmerksamkeit auf Spence, der mit schwenkenden Armen auf sie zugelaufen kam. Ihm folgte ein atemloser und erleichterter Fitch.

»Ihr habt sie gefunden!« keuchte Fitch und schnappte nach Luft. »Heilige Mutter Gottes! Fast hätte ich den Verstand verloren, als ich sah, daß sie auf und davon war.« Er faßte nach ihrem Mantel. »Die entwischt uns nicht mehr. Dafür werde ich sorgen. Wir sperren sie ein, bis der Lord kommt. Ja, das werden wir.«

Elise warf Fitch einen geringschätzigen Blick zu. Doch er bemerkte ihn gar nicht, da er eine schwere Börse vom Kapitän in Empfang nahm.

»Das dürfte für eure Bedürfnisse reichen, bis der Lord kommt«, meinte Nikolaus grinsend. »Ich bin sicher, daß die Sache mit Burg Hohenstein und Hans Rubert sehr bald in Ordnung kommt.« Er verbeugte sich vor Elise. »Guten Tag, kleine Engländerin. In einem Monat hört Ihr von mir wieder.«

Mit einem feinen Lächeln und einem Nicken nahm sie seine Worte zur Kenntnis. »Also, in einem Monat.«

8

Das Frontportal schwang unter einem mächtigen Windstoß auf, und inmitten tanzender Schneeflocken stürmte eine hochgewachsene Gestalt, in einen Mantel gehüllt, wie vom Wind getragen herein. Weiße Flocken umwirbelten sie und wurden in die Halle geweht, ehe man die Tür gegen die Kälte der Winternacht wieder schließen konnte. Der Mann streifte die Kapuze vom Kopf und wandte sich dem Kamin zu, von wo ihm Spence und Fitch verblüfft entgegenstarrten. Sein dichtes helles Haar war kurz geschnitten, der Bart, der einst sein markantes Kinn zierte, war verschwunden. Für Augenblicke erschienen die beiden am Kamin wie erstarrt. Als sie ihn schließlich erkannten, sprangen sie auf und warfen fast den Schragentisch um, an dem sie gesessen hatten, so eilig hatten sie es, den Mann willkommen zu heißen.

»Lord Seymour! Ohne Bart hätten wir Euch kaum erkannt!« würgte Fitch, der gerade an einem Stück verbrannten Hasenbratens kaute, hervor. Mit einer Grimasse schluckte er das Stück herunter und fuhr nun verständlicher fort: »Mylord, seid versichert, daß wir sehr erleichtert sind über Euer Kommen! Gerüchte wollten wissen, daß Ihr ein Opfer der See geworden seid.« Fitch, der den eindringlichen Blick seines Herrn auf sich spürte, wandte verlegen sein Gesicht ab, um die rote Schramme auf seiner Wange zu verbergen. »Zumindest hat man uns das gesagt.«

Maxim runzelte die Stirn, als Spence, der eine große Beule auf der Stirn und dazu ein dunkel umrandetes Auge hatte, näher trat, um den vor Schnee starrenden Umhang des Lords in Empfang zu nehmen.

»Was ist denn das?« fragte Maxim, als er den Umhang von den Schultern gleiten ließ. »Ihr beide seht aus, als wärt ihr Weglagerern in die Hände gefallen. Seid ihr wieder aneinander geraten? Oder könnte es sein, daß ihr dummerweise diese Burg bis zu meiner Ankunft verteidigt habt? Gott weiß, daß ihr besser daran getan hättet, sie in fremde Hände fallen zu lassen. Ein schrecklicher Ort, eine erbärmliche Unterkunft. Warum seid ihr hier und nicht in dem Herrenhaus, das ich gemietet habe?«

Fitch setzte händeringend zu einer Erklärung an. »Wir wollten wie befohlen von Hans Rubert die Schlüssel holen, doch er sagte, Ihr seid draußen auf See verschollen. Das Haus habe er seiner jüngst verwitweten Schwester gegeben.«

»Und das Geld, das ich ihm gab, damit er das Haus für mich reserviert?« Maxim war verärgert. »Wo ist das Geld?«

Fitch vermochte dem Blick der durchdringenden grünen Augen nicht standzuhalten und wich hastig ein paar Schritte zurück. »Er gab mir kein Geld zurück, sagte aber, diese Burg solle uns offenstehen, solange wir bleiben.«

»Was, zum Teufel, sagst du da?« donnerte Maxim ihnen entgegen und ging auf die beiden zu, die ängstlich rückwärts stolperten.

»Wir waren ratlos, Mylord!« beeilte Spence sich den Lord zu besänftigen. »Für eine Lady nicht der richtige Ort, aber erst als Kapitän von Reijn uns Geld gab, hätten wir etwas Besseres mieten können.«

»Um Rubert werde ich mich selbst kümmern«, versprach Maxim. »Es war gut, daß von Reijn mich im Hafen abholte und mir sagte, wo ihr seid. Andernfalls hätte ich euch nie gefunden. Erklärungen gab er mir nicht. Er sagte nur, daß es ein Problem gebe. Ist das alles?« Besorgnis verdunkelte seine Miene. »Und was ist mit der Lady? Geht es ihr gut? Ist sie wohlauf?«

»Jawohl, Mylord.« Fitch warf seinem Gefährten einen vielsagenden Blick zu, als wäre es ihm unangenehm, über ihre Schutzbefohlene zu sprechen. »Wir können Euch versichern, daß sie putzmunter ist.«

»Ja«, pflichtete Spence eifrig bei, »frisch wie der junge Frühling.«

»Welchem Umstand verdankt ihr dann eure Schrammen und Kratzer?«

Ganz plötzlich galt die Aufmerksamkeit der beiden anderen Dingen. Der eine klopfte den Schnee vom Mantel, der andere wies einladend auf den Kamin.

»Kommt, und wärmt Euch am Feuer auf, Mylord«, sagte Fitch beflissen. »Wir hätten auch etwas Eßbares für Euch, wenn auch gewiß nicht nach Eurem Geschmack.« Er lief durch den Raum und schob einen großen, hochlehnigen Stuhl an das Ende des Tisches, wo der Marquis noch die Wärme des Feuers spüren konnte.

Mißtrauisch geworden ließ Maxim die zwei nicht aus den Augen, überzeugt, daß sie vor ihm etwas zu verbergen hatten, da sie sich wie bei einer Missetat ertappte Kinder benahmen.

»Hat es euch die Rede verschlagen? Ich möchte wissen, was sich hier zugetragen hat.«

Die zwei zuckten zusammen. Der verängstigte Fitch gab sich als erster geschlagen. »Es war die junge Herrin, Mylord. Sie ging auf uns los, weil wir sie in ihren Gemächern einsperrten und sie nicht rausließen.«

Maxim lachte auf. »Ach, Unsinn, da müßt ihr euch etwas Besseres einfallen lassen.« Daß die sanfte und stille Schönheit, die er kannte, soviel Temperament an den Tag gelegt hatte, erschien ihm unwahrscheinlich.

»Wirklich, Mylord, nachdem sie uns in Hamburg fast entwischt wäre, haben wir sie hierher zurückgebracht und ihre Tür abgeschlossen, damit sie nicht wieder davonläuft. »So, wie sie sich gebärdet hat, glaubten wir schon, der Teufel ist in sie gefahren.«

»Sie hatte einen Wutanfall«, mischte sich nun Spence ein. »Sie beschimpfte uns und warf uns alles an den Kopf, was sie in die Hände bekam. Als Fitch ihr was zum Essen brachte, schlug sie ihm einen Scheit über die Rübe und versuchte wieder zu entwischen. Und dann ich, Sir... mir stieß sie die Finger in die Augen und knallte mir die Tür gegen den Kopf, als ich sie zurück in ihr Gemach schaffte. Sie wollte sich nicht wieder einschließen lassen.«

»Und die Lady? Wurde sie etwa dabei verletzt?« fragte Maxim besorgt.

»Nein, sie ist nur wütend«, versicherte Spence hastig.

Maxim war versucht, die Geschichte als wilde Übertreibung abzutun, wollte sich aber doch Gewißheit verschaffen. Diese Gewalttätigkeit paßte nicht zu der zarten Schönheit. »Ich will der Dame einen Besuch abstatten.« Damit durchquerte er die Halle und sprang die Stufen hinauf, zwei auf einmal nehmend, weil er es vor Neugierde kaum erwarten konnte. Im Oberstock lief er den Gang entlang und hielt vor der schweren Eichentür inne. Unmut stieg in ihm auf, als er den schweren Riegel sah, den man von außen angebracht hatte, so daß die Tür von innen nicht geöffnet werden konnte. Er klopfte leise an. »Mylady, seid Ihr angekleidet? Ich möchte mit Euch reden.«

Schweigen. Kein Ton. Als Maxim trotz wiederholter Fragen immer noch keine Antwort erhielt, hob er den Riegel und schob die Tür auf. Der Raum schien leer. Er trat ein und sah sich um.

»Arabella? Wo seid Ihr?«

Elise, die sich an die Wand hinter der Tür gedrückt hatte, um auf diesen Tölpel, der es wagte, ihr Gemach zu betreten, loszugehen, erstarrte, als die warme, erregende Stimme Erinnerungen an die Begegnung auf der dunklen Treppe von Bradbury Hall weckte. Jetzt trat sie aus ihrem Versteck und senkte den kleinen Kaminschemel, mit dem sie dem Eindringling über den Kopf hatte schlagen wollen. Auch wenn er jetzt gekleidet war wie ein Edelmann und keinen Bart mehr trug, so war nicht zu verkennen, daß er es war.

»Was zum Teufel...?« Eine tiefe Furche grub sich in seine Stirn, als er ihrer ansichtig wurde. »Was macht Ihr denn hier?«

»Ihr wart das also!« In den saphirblauen Augen blitzte es empört auf. »Ihr habt die beiden gedungen, damit sie mich entführen! Und die ganze Zeit dachte ich... aaach!«

Im nächsten Moment holte sie mit dem Schemel aus und schwang ihn mit der ganzen Kraft ihrer entfesselten Wut. Maxim wich geschickt aus und entriß ihr den Hocker.

»Wo ist Arabella?« fragte er barsch und sah sich um.

»Ach, Arabella also?« fragte Elise mit schneidender Stimme. Soso! Er hatte seine Leute losgeschickt, damit sie Arabella entführten, und die beiden hatten irrtümlich sie erwischt. Verächtlich verzog sie die Lippen, als sie fortfuhr: »Zweifellos befindet sich Arabella dort, wo es sich für ein gutes Weib geziemt... an der Seite ihres Gemahls... in England.«

»In England?« Maxim begriff schlagartig, was passiert war, und Wut stieg in ihm auf. »Wieso seid Ihr hier?«

Mit einer wegwerfenden Geste wies Elise auf die Tür. »Fragt doch Eure Männer. Die haben mich entführt.«

»Sie hätten Arabella herschaffen sollen«, stieß er schroff hervor. »Was treibt Ihr hier?«

»Ihr seid wohl schwer von Begriff!« schrie sie ihn an. »Versteht Ihr denn nicht? Wenn Ihr eine Antwort wollt, dann wendet Euch an Eure Helfershelfer. Diese Einfaltspinsel haben mich in Arabellas Schlafgemach überfallen und entführt.«

»Ich werde sie mit eigenen Händen erwürgen!« sagte Maxim zähneknirschend.

Damit machte er kehrt und stürmte hinaus. Seine Stimme donnerte durch den Gang, als er die Treppe hinunterlief. »Fitch, Spence! Verdammt, wo steckt ihr?«

Die beiden waren hinausgegangen und befanden sich gerade vor dem Eingangsportal, als sie seinen Ruf vernahmen. Hastig kamen sie zurück, um dem Marquis Rede und Antwort zu stehen, der ihnen, die Arme in die Hüften gestützt, mit unheilverkündender Miene entgegensah. Ihre kläglichen Versuche, sich ein Lächeln abzuringen, erstarben, als er zum Sprechen ansetzte. »Wißt ihr, was ihr angestellt habt?« brüllte er sie an.

Die beiden wichen ängstlich zurück. Elise kam nun die Treppe herunter, und ihr Lächeln kündete von höchster Befriedigung und boshafter Vorfreude. Das war nicht das Lächeln einer Liebenden, die sich endlich mit ihrem Geliebten vereint weiß! Was war nur geschehen? Der Marquis tobte vor Wut. In seinen grünen Augen blitzte es, seine Kinnmuskeln zuckten und ließen Böses ahnen.

Mit einem Blick über die Schulter fragte Maxim in beherrschtem Ton: »Würdet Ihr die Güte haben, Madame, uns zu sagen, wer Ihr seid?«

Mit der Überlegenheit einer Königin sagte Elise: »Ich bin Elise Madselin Radborne.« Der große Raum ließ ihre Stimme widerhallen. »Einziges Kind Sir Ramsey Radbornes, Nichte Edward Stamfords und Kusine seiner Tochter Arabella.«

Fitch und Spence blieb der Mund vor Staunen offen stehen. Kläglich wandten sie sich dem Marquis zu. Jetzt kannten sie den Grund für seinen Zorn. Er starrte das Mädchen an, als hätte diese Eröffnung auch ihn überrascht, doch sein Zorn war keineswegs verraucht, als er sich wieder an seine Helfershelfer wandte. »Begreift ihr jetzt, was ihr angestellt habt?« flüsterte er drohend.

»Das wußten wir nicht, Mylord!« flehte Fitch.

»Ihr hättet euch vergewissern sollen!« herrschte Maxim sie an. »Habe ich euch nicht eine Beschreibung gegeben?«

»Ja, und wir dachten, sie wäre es.«

»Hellbraunes Haar, sagte ich.«

Fitch hob die Hand, als wollte er Seiner Lordschaft die langen Strähnen zeigen, die dem Mädchen über die Schultern fielen. »Ist es nicht hellbraun?«

»Bist du mit Blindheit geschlagen?« brauste Maxim auf. »Siehst du denn nicht, daß es rotbraun ist? Und sie sollte graue Augen haben und nicht blaue!«

Fitch, der jeden weiteren Versuch aufgab, den Tobenden zu besänftigen, suchte hinter seinem Leidensgenossen Deckung und überließ die weiteren Erklärungen Spence.

»Mylord, kein Wunder, daß wir uns irrten«, setzte er erklärend an, »die Gemächer waren dunkel, und das war die einzige Dame, die hereinkam, obwohl wir lange warteten. Eine andere zeigte sich nicht.«

»Ihr hättet Arabella mitnehmen sollen«, brüllte Maxim. »Statt dessen habt ihr mir diese halbverrückte Kratzbürste gebracht! Edward Stamford hängt an seinem Besitz so sehr, daß er sich kaum Sorgen machen wird, nur weil sie verschw…«

Elise unterbrach seinen Tobsuchtsanfall.

»Ihr könnt mich ja zurückschicken.«

Maxim starrte sie verblüfft an, dann verfinsterte sich seine Miene. »Glaubt mir, wenn es möglich wäre, täte ich es, doch fürchte ich, daß im Moment an Rückkehr nicht zu denken ist.«

»Falls Ihr befürchtet, ich würde verraten, daß Ihr mich habt entführen lassen, verspreche ich, Stillschweigen zu bewahren. Auf mein Wort ist Verlaß.«

»Mistreß Radborne, ich bin des Mordes und des Verrats an der Krone angeklagt.« Sarkastisch fügte er hinzu: »Ich bezweifle sehr, daß Ihr meinen Ruf und mein Ansehen noch weiter beeinträchtigen könnt. Und denkt daran, daß Elizabeths Macht nicht bis hierher reicht und ich hier vor dem Henker sicher bin.«

»Aber Ihr könnt mich hier nicht brauchen«, schmeichelte sie. »Bitte, laßt mich gehen.«

»Und trotzdem werdet Ihr bleiben, Madame.«

Wütend stampfte Elise mit dem Fuß auf. »Ihr müßt mich freilassen! Ich muß zurück und meinen Vater suchen! Vielleicht liegt er irgendwo verletzt… oder es ist noch schlimmer. Und ich bin die einzige, die ihn überhaupt finden *will*. Er ist auf mich angewiesen… Begreift Ihr das nicht?«

»Ich weiß sehr wohl, daß man Sir Ramsey Radborne gefaßt hat«, bemerkte Maxim. »Wenn Ihr wirklich seine Tochter seid, dann muß ich Euch leider sagen, daß man sich erzählt, er sei auf einem Schiff von England fortgebracht worden. Falls dies stimmt, dann ist Eure Rückkehr nach England völlig sinnlos.«

Elise starrte ihn entgeistert an. »Wohin soll man ihn geschafft haben? Und warum?«

»Irgendwohin. Die ganze Welt käme in Frage«, entgegnete Maxim.

»Ich bleibe nicht!« platzte Elise, den Tränen nahe, heraus. Wie konnte sie hoffen, jemals ihren Vater zu finden, wenn sie nun auf der ganzen Welt nach ihm suchen mußte?

»Im Moment bleibt Euch wohl nichts anderes übrig, als meine Gastfreundschaft in Anspruch zu nehmen«, sagte Maxim und verbeugte sich knapp. »Verzeiht mir.«

»Ich werde aber keine Ruhe haben, solange mein Vater nicht gefunden wird«, jammerte Elise. »Begreift Ihr das nicht? In England hätte ich zumindest die Möglichkeit, jemanden ausfindig zu machen, der weiß, wohin man ihn gebracht hat. Ihr müßt mich schleunigst zurückschaffen.«

»Unmöglich.«

Seine unverblümte Antwort weckte erneut Elises Widerspruchsgeist. »Sir, ich sage Euch, seid auf der Hut! Solange ich da bin, werdet Ihr in diesem Trümmerhaufen keine Ruhe finden. Ich werde Euch das Leben so schwer machen, daß Ihr den Tag verwünschen werdet, an dem Ihr Befehl gabt, Arabella zu entführen. Mag meine Kusine Euch Liebe und Treue versprochen haben, von mir habt Ihr nur Haß und Verachtung zu erwarten.«

»Nehmt Vernunft an«, erwiderte Maxim, über ihre Heftigkeit belustigt. »Wenn Ihr mich zu sehr plagt, werde ich Euch wieder einsperren lassen, und keiner von uns...«

»Nur über meine Leiche!« Elise holte aus und wollte ihm ins Gesicht schlagen, doch er bekam ihren Arm zu fassen und hielt ihn fest.

»Jetzt seht Ihr, wie töricht Eure Drohungen sind«, ermahnte er sie, und seine Stimme klang beinahe sanft.

Als Elise erneut zuschlagen wollte, duckte er sich, schlang gleichzeitig einen Arm um ihre Hüfte und hob sie hoch. Sie spürte seine Wärme durch den dünnen Stoff und wurde schamrot.

»Was sagst du nun, Mädchen?« Maxim legte den Kopf zurück, wobei sein Blick flüchtig ihre heftig bebenden Brüste streifte, ehe er ihr lächelnd in die blauen Augen sah. »Wer soll Fuchs und wer Hase sein? Du würdest für mich einen Happen abgeben, einen leckeren überdies.«

Plötzlich spürte Maxim, wie ihre Weiblichkeit seine ausgehungerten Sinne weckte, und diesen Augenblick der Schwäche nutzte Elise, schnappte nach seinem Ohrläppchen und biß zu.

Maxim schrie auf, ließ sie los, und Elise sprang wie ein aufgeschreckter Hase davon, um hinter dem Tisch Schutz zu suchen, während sich der Marquis sein blutendes Ohr hielt.

»Fang mich, Fuchs«, spottete sie und setzte mit gespieltem Mitleid hinzu: »Armer Fuchs, habe ich dir weh getan?«

»Schluß jetzt, du Biest!« Sein Groll machte ihr Beine, und sie lief zur Treppe, weil sie merkte, daß mit ihm nicht mehr zu spaßen war.

»Mylord, schont das Mädchen!« rief Spence händeringend.

Maxim wollte ihr nachsetzen, aber Elise war schon in ihrem Zimmer verschwunden und hatte von innen verriegelt.

»Verschwinde!« fuhr Maxim ihn an und stieß seine Hand weg. Finster blickte er zum Oberstock hinauf. So hilflos, wie er zunächst geglaubt hatte, war sie nicht. Kein Hase, sondern Füchsin durch und durch.

An seinem verletzten Ohr zupfend, richtete er nun seinen Gewitterblick auf die zwei Bediensteten. »Nun, was habt ihr zu eurer Rechtfertigung vorzubringen?«

»Was können wir schon sagen, Mylord?« erwiderte Fitch kleinlaut. »Wir haben einen schrecklichen Fehler gemacht, und wenn Ihr uns die Hände abhacken wollt, haben wir es verdient.«

»Spence?« Der Marquis gab sich noch nicht zufrieden.

Spence fuhr mit der großen Zehe über den Steinboden, auf dem noch vor einer Woche eine dicke Staubschicht gelegen hatte. Wäre nicht das Mädchen gewesen, so hätte sich daran nichts geändert. »Das junge Ding tut mir schrecklich leid, besonders, weil wir an allem schuld sind. Wenn Ihr mir Urlaub gebt, dann möchte ich sie ihrem Onkel wieder zurückbringen.«

Maxim dachte nach. Er merkte, daß es Spence ernst war, seinen Fehler wiedergutzumachen. »Es gibt da noch ein Problem.«

»Und das wäre, Mylord?«

»Ihr Vater wurde entführt, und ich bin der Meinung, daß sie in große Gefahr gerät, wenn wir sie nach England bringen, ehe er wieder auf freiem Fuß ist. Sie hat dort außer Edward keinen Beschützer, und seinen Charakter kenne ich.«

»Ja, dann müssen wir sie sicherheitshalber hierbehalten.«

»Genau.«

»Werdet Ihr dem Mädchen diese Gefahr erklären?«

»Würde sie mir denn Glauben schenken?«

»Nein, Mylord, sie würde Euch hassen, weil Ihr sie nicht gehen laßt.«

Maxim rieb sich sein schmerzendes Ohrläppchen.

»Aber was wird aus Eurer Braut, Mylord?« wollte Spence wissen.

Maxim dachte lange nach, dann seufzte er resigniert. »Hm, sieht aus, als wäre sie für mich verloren. Ich kann nicht zurück nach England, um sie zu holen. Edward hat gewonnen. Er hat jetzt seine Tochter, meinen Besitz und dazu Relands Vermögen. Es werden viele Monate vergehen, ehe ich zurückkehren und den Kampf wiederaufnehmen kann.«

»Ja, Mylord, zuweilen können Pläne schiefgehen«, pflichtete Spence ihm mitfühlend bei. »Aber vielleicht war eine höhere Macht im Spiel. Wenn Fitch und ich durch unseren Irrtum mitgeholfen haben, das Mädchen aus großer Gefahr zu retten, dann bin ich stolz des Mädchens wegen, aber traurig Euretwegen.«

Maxim schwieg dazu. Gegen diese Worte konnte er nichts einwenden, doch der Schmerz wühlte in seinem Herzen. Langsam stieg er die Treppe hinauf. »Bringt mir etwas Eßbares, dazu Bier und heißes Wasser auf meine Kammer, und dann laßt mich bis morgen ruhen. Ich brauche dringend Schlaf auf einem frischen Strohsack…«

»Ja… verzeiht, Euer Lordschaft…«, rief Fitch ihm beklommen nach.

Maxim hielt inne und drehte sich halb um. Er spürte, daß weitere Erklärungen bevorstanden.

»Nun ja, wir haben mit dem Saubermachen sofort angefangen. Wir haben die Böden geschrubbt, und dann dauerte es eine Weile, bis wir die Räume für die Mistreß… nun ja, wir waren so beschäftigt, daß wir Eure Kammer nicht fertigmachen konnten.«

»Nun gut, das hat Zeit bis morgen. Ich möchte nur ausschlafen.«

»Aber…«, setzte Fitch kläglich an.

Maxim wurde ungeduldig. »Was ist, Fitch?«

»Das Dach!« platzte Fitch heraus. »Wir haben es noch nicht repariert.«

»Was ist mit dem Dach?«

»Es hat ein großes Loch. Möchtet Ihr nicht lieber hier beim Feuer die Nacht verbringen?«

Maxim bedachte den Mann mit einem kühlen Blick. »Wie lange wird es dauern, bis ihr das Dach repariert und meine Räume bewohnbar gemacht habt?«

»Ach, einen Tag etwa. Wir müssen die Fensterbalken und die Tür in Ordnung bringen. Dann noch ein, zwei Tage, vielleicht drei, bis wir das Dach fertig haben. Dann müssen wir noch saubermachen.«

Maxim drehte sich um und ging langsam wieder hinunter. »Essen werde ich hier unten am Feuer, aber ehe ich mich zurückziehe, erwarte ich, daß meine Räumlichkeiten für eine Nacht notdürftig hergerichtet werden, und wenn ihr das Loch mit Decken verhängen müßt. Wenn ihr das nicht schafft, werdet ihr den Winter im Stall bei Eddy verbringen. Ist das klar?«

»Und wie, Mylord«, versicherte Fitch. Im Geiste war er bereits an der Arbeit. Es war keine Sekunde zu verlieren. »Ich stelle Euch rasch etwas Eßbares hin.«

»Ich bediene mich selbst. Ihr beide habt nur wenig Zeit.«

»Wie wahr, Mylord«, stimmte Fitch zu.

Spence holte bereits Besen und Eimer, denn er hatte keine Lust, den Winter über Eddy im Stall Gesellschaft zu leisten. Da man nicht wußte, wie die kalte Jahreszeit sich hier in diesem Land ausnahm, waren auf jeden Fall die Wärme eines Kaminfeuers und ein weicher Strohsack vorzuziehen.

9

Elise schob die Decken beiseite. Die Morgenkühle im Zimmer vertrieb den letzten Rest von Schlaftrunkenheit. Es war so kalt, daß ihr der Atem vor dem Mund stand. Der Schneeregen der vergangenen Nacht war auf den Fensterscheiben gefroren, die nun im

Licht der aufgehenden Sonne glitzerten. Aber die Sonne vermochte kaum den Raum zu erwärmen. Elise überlegte, ob sie blitzschnell zum Kamin laufen sollte, um frische Scheite auf die Glutstücke zu legen, aber die Kälte schreckte sie ab, und sie wünschte sich sehnlichst Bedienstete herbei, die kommen und Feuer machen würden.

»Und alles nur, weil dieser schwachköpfige, liebestolle Tölpel es sich in den Kopf gesetzt hat, seine Angebetete zu entführen! Er wird dafür bezahlen, und zwar teuer. Und was die Mißhandlungen betrifft«, klagte sie ihr Leid den Wänden, »so hätten die Radbornes von diesem Kerl noch lernen können.«

Prüfend streckte sie einen Fuß aus dem Bett, zog ihn aber gleich wieder zurück, als sie den kalten Steinboden berührte. Wieder faßte sie sich ein Herz. Sie ließ die Felldecke fallen, sprang heraus, schnappte sich im Laufen ihre Sachen, die auf einem Hocker neben dem Kamin lagen, und stürzte zurück ins Bett. Die Kleider fühlten sich auf ihrer nackten Haut kalt an, als sie sich unter der Decke anzog. Schließlich stand sie auf. Sie hob ihr Gesicht der Sonne entgegen, um einen wärmenden Sonnenstrahl zu erhaschen, während sie sich mit den Fingern durchs Haar fuhr, um es einigermaßen in Ordnung zu bringen. Eine sorgfältigere Toilette war erst möglich, wenn sie Wasser für ein Bad erwärmen konnte. Ein verschmitztes Lächeln huschte über ihr Gesicht.

In ihren weichen Lederschuhen eilte Elise an den Kamin und prüfte die Temperatur des Wassers im Eimer, den ihr Fitch am Vorabend gebracht hatte. Es war so kalt, daß es auch den tiefsten Schläfer aus dem Schlaf gerissen hätte.

Mit dem Eimer in der Hand ging sie an die Tür und lauschte. Da sie nichts Ungewöhnliches hören konnte, schob sie vorsichtig den inneren Riegel zurück und trat hinaus. Von unten drang das laute Schnarchen von Fitch und Spence herauf. Von oben kam kein Laut. Leise begann sie, die Treppe hochzusteigen, und schlich auf Zehenspitzen zum Schlafgemach des Lords. Mit angehaltenem Atem spähte sie an den zersplitterten Brettern vorbei in den Raum, in den die blasse Wintersonne durch die Fenster und durch die Öffnung im Dach eindrang. Über den hölzernen Betthimmel hatte man als Schutz gegen die Zugluft eine Art Zelt drapiert. In dem riesigen, mit reichem Schnitzwerk verzierten Bett lag ihr Widersacher in tiefem Schlaf. Das hübsche Gesicht mit den dunklen Wimpern war ihr zugekehrt. Eine Felldecke bedeckte ihn bis zur Mitte und ließ den Oberkörper frei. Etliche alte Narben an Brust und Schultern waren augenscheinlicher Beweis, daß er seinen Gegnern oft getrotzt hatte.

Elise ließ alle Skrupel fallen. Der Kerl verdiente nichts anderes... Sie hob den Eimer und schüttete den ganzen Inhalt über Maxim Seymour aus.

Brutal wurde der Ahnungslose aus dem Schlaf gerissen. Erschrocken fuhr er hoch und starrte sie wütend an. Als er seine Decke beiseite schleuderte, um auf sie loszugehen, war sie beim Anblick der völlig nackten männlichen Gestalt wie gelähmt. Dieser Anblick – das Bild eines goldenen Apolls – sollte sich auf ewig in ihr Gedächtnis graben! Dennoch – dies war kein marmorner Gott, sondern ein Mann aus Fleisch und Blut, lebendig und wirklich, kühn und männlich, und es war ein erzürnter Mann.

Elise drehte sich um und rannte los. Ihre Füße flogen förmlich dahin, als sie hinaus auf den Gang lief und die Treppe halb taumelnd, halb gleitend hinuntergelangte. Die Schritte ihres Verfolgers kamen immer näher. Mit letzter Kraft erreichte sie die Tür ihres Schlafgemachs und schob den Riegel vor. Bebend und nach Luft schnappend, lehnte sie sich an die Tür. Sie war in Sicherheit! Doch gleich fuhr sie wieder zusammen, als er mit der flachen Hand heftig gegen die Tür schlug.

»Ich reiße diese Tür aus den Angeln, wenn du das jemals wieder machst, du Weibsstück!« schrie er wutschnaubend.

Erst nach der Mittagsstunde fand Elise den Mut, sich hinauszuwagen, in der Hoffnung, der Marquis habe die Burg verlassen. Sie stand noch mitten auf der Treppe, als sie ihn in der Halle am großen Tisch sitzen sah. Ein halbvolles Tablett stand vor ihm, er hatte sein Mittagsmahl am wärmenden Kamin eingenommen. Sie wollte sich diskret zurückziehen, da durchschnitt seine Stimme die Stille der Halle.

»Kommt und leistet mir Gesellschaft, Mistreß Radborne«, rief er kühl, auf den Platz am anderen Ende der Tafel weisend. »Ich möchte Euch lieber vor mir sehen als im Rücken fühlen.«

Widerstrebend schritt sie die restlichen Stufen herab, von der Ahnung drohenden Unheils erfüllt. Sein Blick ließ sie nicht los, als sie sich steif im Armsessel am anderen Ende des Tisches niederließ. Maxims Mißvergnügen war offensichtlich. Er schwieg, und die Stille wurde immer beklemmender.

»Wie ich sehe, Mistreß Radborne, seid Ihr ein wenig verärgert über mich…«, begann er schließlich.

»Ein wenig? Wie soll ich das verstehen?«

»Nun, dann muß ich mich korrigieren. Ihr seid also sehr verärgert über mich.«

»Auch das wäre noch eine Untertreibung«, gab Elise zurück.

Maxim nahm ihre Erwiderung gelassen zur Kenntnis. »Ich glaube, ich darf annehmen, daß Ihr mich für ein abscheuliches, widerwärtiges Ungeheuer haltet, weil ich Euch in diese unangenehme Lage gebracht habe.«

»Bis ich eine passendere Bezeichnung für Euch finde, wird diese ausreichen«, bemerkte Elise trocken.

Wieder nickte Maxim zustimmend. »Unbestritten hegt keiner von uns viel Sympathie für den anderen, doch ich fürchte, daß wir beide in der Falle sitzen. Ich kann Euch aus einleuchtenden Gründen nicht zurückschicken, und Ihr wollt nicht bleiben. Daher schlage ich vor, daß wir ein Abkommen treffen.«

»Meine einzige Bedingung ist, daß Ihr mich mit dem nächsten Schiff zurückschickt. Andernfalls gehe ich keine Verpflichtung ein.«

Maxim sah sie offen an. »Dennoch möchte ich in Frieden in meinem eigenen Haus leben…«

»Dann laßt mich gehen.«

»Die Vorstellung eines ständigen Kampfes zwischen uns…«

»Ihr müßt mich nicht festhalten.«

»Ich halte mich für einen Gentleman…«

»Diese Meinung kann ich nicht teilen.«

»…für einen Gentleman, dem das Wohlergehen edler Damen am Herzen liegt.«

»Wie Ihr bewiesen habt, indem Ihr mich entführen ließet?«

»Ein fehlgeschlagener Versuch, um die Heirat eines Edelfräuleins mit einem adeligen Schurken zu verhindern.«

»Ihr könnt mich jederzeit gehen lassen«, beharrte Elise.

»Kann ich eben nicht!« Er schlug mit der flachen Hand auf den Tisch. »Wieso seid Ihr so halsstarrig?«

»Dann befinden wir uns im Kriegszustand«, erwiderte sie eisig.

»Elise…«, versuchte es Maxim nun in sanftem Ton, »die Elbe wird bald ganz zufrieren, und die Nordsee ist im Winter besonders tückisch. Denkt an Eure Sicherheit. Auch die erfahrensten Seeleute warten günstigere Witterungsbedingungen ab.«

»Könnte man nicht über Land bis Calais fahren? Von dort finde ich vielleicht eine Gelegenheit, nach England zu kommen.«

»Das wäre eine lange und gefährliche Reise über Land. Ich kann Euch nicht begleiten und erlaube auch nicht, daß ein anderer es tut.«

»Wie freundlich von Euch, Taylor.« Süffisant legte sie besonderen Nachdruck auf seinen Vornamen.

Ein heruntergefallener Scheit ließ einen Funkenregen aufsprühen, und Maxim stand auf, um nachzulegen. Prüfend sah Elise ihm nach. Obschon dezent gekleidet, wirkte er ausgesprochen männlich. Die Ärmel seines dunkelgrünen Samtwamses und die gebauschte Hose wiesen Schlitze auf, deren Kanten mit Seide eingefaßt waren. Die steife weiße Hemdkrause ragte hoch über dem Hals auf. Ähnliche weiße Krausen waren an den Manschetten des Wamses, das seine breiten Schultern hervorhob und sich eng um die schmale Taille schmiegte. Die hohen Stiefel, die er über dunklen Strümpfen trug, ließen die Muskeln seiner Beine ahnen.

Elise kam sich plötzlich ganz klein und schwächlich neben ihm vor. Ihr ausgefranster Kittel ließ sie unvorteilhaft aussehen, und dieses Unbehagen verletzte ihren Stolz, als er sie musterte. Sie konnte sich gut vorstellen, welchen Anblick sie in dieser Aufmachung abgab. Wütend schnellte sie von ihrem Sitz hoch.

»Ihr steht hier wie der große Herr dieser Ruine, während ich diesen jämmerlichen Fetzen tragen muß, und behauptet, daß Ihr mich nicht nach Hause schicken könnt. Euch bedeuten die Gefühle einer Lady soviel wie das Stück Holz, das Ihr eben ins Feuer geworfen habt.«

»Sicher wißt Ihr, daß man mich in England steckbrieflich sucht«, erwiderte Maxim, »sollte ich jetzt zurückkehren, dann lande ich unverzüglich auf dem Schafott.«

»So, wie Ihr es verdient«, bestätigte Elise.

Maxim erhob sich von seinem Sitz und durchschritt die Halle wie ein böser Riese aus einer alten Sage. Fitch und Spence hatten sich den denkbar ungünstigsten Augenblick für ihr Erscheinen ausgesucht, doch als sie Seiner Lordschaft gegenüberstanden, erschraken sie sichtlich beim Anblick seiner Übellaunigkeit.

»Ich muß nach Hamburg«, eröffnete er ihnen. »Aber wenn ihr beide während meiner Abwesenheit schon sonst nichts Nützliches tut, dann kümmert euch um das Mädchen, und bringt die Tür zu meiner Kammer in Ordnung, wenn euch euer Leben lieb ist«, murrte er, »damit ich meine Ruhe vor den Anfällen dieser Wahnsinnigen habe!« Dabei deutete er mit dem Daumen über die Schulter.

»Und jetzt zu Euch!« Er drehte sich abrupt zu Elise um. »Es wäre angebracht, wenn Ihr diesen Taugenichtsen an die Hand geht und Euch ebenfalls nützlich macht. Wir alle haben etwas davon, wenn hier etwas getan wird.«

Er wandte sich zum Gehen. Elise aber hielt ihn mit anmutig erhobener Hand auf. »Mylord, das geht nicht, denn ich bin eine Gefangene, die sich auf ihr Gemach beschränken und nicht hinauswagen soll, damit meinen Bewachern peinliche Situationen erspart werden. Aber es wäre ratsam, wenn Ihr aus der Stadt wenigstens einen Koch mitbringen würdet und ein oder zwei Mädchen zum Putzen und Fegen. Ich fürchte, Eure zwei Gefolgsleute sind nicht fähig, ihren Haushaltspflichten auch nur annähernd nachzukommen.«

Wortlos drehte sich Maxim um, nahm seinen Umhang und schlug wütend das Portal hinter sich zu. Die Tür brach aus den Angeln und ließ eine dichte Staubwolke aufwirbeln, als sie krachend zu Boden fiel. Maxim fluchte vor sich hin und lief weiter zum Stall; wenig später, als er im Sattel seines schwarzen Hengstes über den Hof sprengte, kämpften seine zwei Getreuen noch immer mit der Tür, die es wieder einzuhängen galt.

Hans Rubert blieb in seinem direkt am Kai gelegenen Laden an jenem Samstag länger als bis Mittag, um ein paar Eintragungen in den Geschäftsbüchern nachzuholen. Auf einem hohen Hocker vor dem Schreibtisch sitzend, ließ er den Federkiel bedächtig über das Pergament gleiten, als er von hinten einen Luftzug spürte und das Schlagen der Ladentür einen Kunden ankündigte. Da man in dieser Gegend nicht genug vorsichtig sein konnte, faßte er nach einem dicken Eichenknüppel, ehe er sich umdrehte.

Sein Kunde war ein hochgewachsener Mann, der ihm irgendwie bekannt vorkam, wenngleich das Gesicht von der tiefgezogenen Kapuze halb verhüllt wurde. Der Mann trat Schnee und Matsch von den Sohlen seiner feinen Lederstiefel, und Rubert ließ sich, getäuscht von der vornehmen Kleidung des Mannes, beruhigt vom Hocker gleiten.

»Verzeihung, mein Herr«, setzte er an. »Kann ich Euch...« Die Frage blieb unvollendet, als der Mann den Kopf hob und er ihn erkannte.

»Herr Seymour!« stieß er hervor. Die durchdringenden grünen Augen des Besuchers jagten ihm einen Schauer über den Rücken.

»Meister Rubert!« Die Stimme war leise und tonlos und hätte Rubert warnen müssen, wäre er nicht bereits zu Tode erschrocken gewesen.

»Ich... hm...« In Ruberts Kopf überstürzten sich die Gedanken. »Mein Herr, ich wußte nicht, daß Ihr in Hamburg seid!«

Ohne Rubert zu beachten, streifte der Marquis seine Lederhandschuhe ab und entledigte sich seines Umhangs, den er über einen Stuhlrücken legte. Als Maxim sich herabließ, Rubert anzusehen, glänzten winzige Schweißtropfen auf dessen Oberlippe.

»Ich bezahlte Euch eine stattliche Halbjahresmiete für ein Stadthaus, das diesen Namen verdient. Tausend Dukaten, glaube ich.« In den Worten bebte verhaltener Zorn. »Zu meiner Verwunderung aber traf ich meine Leute in einem zugigen, von Ungeziefer verseuchten Trümmerhaufen an.«

»Burg Hohenstein?« tat Rubert verwundert. Dazu runzelte er die Stirn, als bezweifelte er die Behauptung des Engländers. »Nun, als ich letztes Mal dort war...«

Maxims brüske Antwort erstickte jeden Rechtfertigungsversuch des Mannes im Keim. »Ich wette, die letzten Bewohner ließen auf den Kreuzzügen ihr Leben.«

Damit war Ruberts Ausrede zunichte – und natürlich auch der Profit. Flink begann er im Kopf Zahlen neu zu ordnen, während er nach einer anderen Ausrede suchte. »Sicher wißt Ihr noch, daß vereinbart war, Ihr würdet das Haus vor Jahresende beziehen. Sollte Euch das nicht möglich sein, dann würde dieser Umstand nicht mir angelastet werden. Nun hörte ich Gerüchte, daß Ihr einem Unglück zum Opfer gefallen seid.«

Als Maxim einen Schritt auf Rubert zuging, brachte dieser sich hurtig hinter einem langen Tisch in Sicherheit. Der Marquis stützte sich auf die Platte, den Blick so eindringlich auf den anderen gerichtet, als wollte er ihn durchbohren. »Ich muß zugeben, daß Euer Name keine Empfehlung war.« Er ließ eine vielsagende Pause eintreten, und Hans Rubert versuchte den Kloß in seiner Kehle hinunterzuschlucken. »Wie auch immer!« setzte der Marquis wieder an. »Ich weiß, daß vor etwa einem Jahr gewisse Hansemitglieder Besitz in einer anderen Stadt erwerben wollten und einem Makler eine stattliche Summe dafür zahlten. Als sie ihren Besitz beanspruchten, mußten sie feststellen, daß die Zahlungen nicht geleistet worden waren und daß der Makler nirgends aufzutreiben war. Nun gilt die Hanse insgesamt als rachsüchtig, wobei sie sich nicht immer an das Gesetz hält. Wüßten die Betrogenen, wo der Mann zu finden ist, steht zu befürchten, daß sie selbst Hand anlegen würden.«

Trotz der Kälte zog Rubert ein Sacktuch heraus und wischte sich mit zitternder Hand die schweißglänzende Stirn.

»Die Hanse kümmert mich keinen Pfifferling«, fuhr der Marquis vertraulicher fort, »für mich ist sie ein Haufen grausamer und herzloser Geldraffer. Ist der Mann, der sich eine Handvoll ihres Geldes aneignen konnte, ein ehrlicher Mensch, dann würde ich ihn nicht verraten.«

»Ich…ich…ich…natürlich, Herr Seymour«, stammelte Hans Rubert. »Wie Ihr sagt, bin ich ein ehrlicher Mensch.«

»Meine Leute haben genug Miete gezahlt, um damit Hohenstein und das umliegende Land *kaufen* zu können.«

»So sei es!« beeilte Rubert sich zu versichern und kramte eifrig in einer Lade nach dem Vertrag, den er mit Unterschrift und Siegel versah und mit Sand bestreute, um die Tinte zu trocknen, ehe er ihn seinem Besucher reichte. »Hier!« sagte er, und sein Lachen klang gehetzt, »der Besitz war eine Last, seitdem ich ihn habe. Ich bin froh, ihn loszuwerden. Jetzt gehört alles Euch.«

Maxim griff nach dem Vertrag und überflog ihn; dann pustete er sanft den Sand vom Pergament, faltete es und steckte es in sein Wams. »Und was die Anzahlung auf das Stadthaus betrifft…«

»Die wird refundiert!« unterbrach ihn Hans Rubert hastig und schluckte schwer. »Ich habe das Haus meiner verwitweten und kränkelnden Schwester vermietet… natürlich erst, nachdem ich von Eurem Unglück hörte. Als ehrlicher Mensch könnte ich doch eine doppelte Miete nicht so einfach einstreichen.«

Maxim nickte beifällig, und Rubert holte hinter dem Pult einen eisenbeschlagenen Holzkasten hervor, entnahm Münzen und zählte sie in ein Säckchen ab. Nachdem Maxim eine Quittung unterschrieben hatte, schob ihm Rubert das Säckchen über den Tisch zu. »Herr Seymour, wie versprochen, volle Rückerstattung.« Er lächelte breit. »Sonst noch etwas?«

Maxim wog das Säckchen in der Hand und steckte es ein. Er legte seinen Umhang um die Schultern und zog die Handschuhe an. »Es ist ein reines Vergnügen, mit einem Mann ins Geschäft zu kommen, der um den Wert eines ehrlichen Handels weiß.«

Hans Rubert entschlüpfte ein langer Seufzer. Schließlich faßte er sich ein Herz und fragte: »Dann wird die Hanse nie…« Er schluckte schwer.

Maxim nickte ihm zu. »Nicht aus meinem Mund«, versprach er, war draußen wie der Wind und schloß hinter sich die Tür.

Rubert stieg wieder auf seinen Hocker und blätterte bekümmert ein paar Seiten in seinem Hauptbuch zurück, um einige Korrekturen anzubringen. Mit einem tiefen Seufzer klappte er das Buch zu. Heute war er nur um Haaresbreite davongekommen. Sein Verstand und seine Ehrlichkeit hatten ihn gerettet, wenn auch ärmer gemacht.

Maxim überquerte eine mit Schneematsch bedeckte Straße und kehrte in ein Wirtshaus ein. Er hatte kaum den nassen Schnee von seinem Umhang abgeschüttelt, als aus einer Ecke der verräucherten Gaststube eine Stimme rief: »He, Maxim!«

Seymour fuhr sich mit dem Handrücken über die brennenden Augen und spähte durch den Rauch. Nikolaus von Reijn saß vor einem reichlich gedeckten Tisch und huldigte seiner zweiten großen Leidenschaft. Maxim winkte ihm zu, ehe er seinen Umhang über zwei Wandhaken zum Trocknen breitete. Dann streifte er die Handschuhe ab, ging an den Tisch von Reijns und ließ sich auf einem Stuhl dem Kapitän gegenüber nieder.

»Glühwein, mein Fräulein«, bestellte er, als ein schwitzendes junges Mädchen mit tief ausgeschnittener Bluse an den Tisch trat. Auf den Hinterbeinen des Stuhles balancierend, setzte er hinzu: »Einen ganzen Krug, sehr heiß, wenn ich bitten darf.«

»Sehr wohl, mein Herr.« Das Mädchen knickste andeutungsweise und verschwand.

Nikolaus von Reijn, der sich eben an einer gutgewürzten Hammelkeule ergötzte, beobachtete sein Gegenüber, ohne im Kauen innezuhalten. Allem Augenschein nach hatte sein Freund Sorgen, da er in Gedanken versunken dasaß und wie abwesend seinen Blick durch die Stube wandern ließ.

Der Kapitän spürte sofort, daß sein Freund sich aussprechen mußte. Zudem war seine Neugierde geweckt. Er legte den abgenagten Knochen beiseite, schob den Teller von sich und wischte sich den Mund mit einer großen Leinenserviette ab.

In diesem Moment stellte die Kellnerin dem Marquis einen dampfenden Humpen Glühwein hin. Der Duft von Honig und Gewürzen stieg ihm angenehm in die Nase, und schon der erste Schluck erfüllte ihn mit angenehmer Wärme.

»Draußen ist es scheußlich, nicht?« setzte von Reijn an. »Ein denkbar ungeeigneter Tag für einen langen Ritt.«

Ein nichtssagendes Brummen kam über Maxims Lippen. Er wärmte die Hände an dem Krug und ließ den Blick von neuem durch die Wirtsstube wandern.

»Die alte Burg muß bei diesem Wetter kalt und unwirtlich sein«, bohrte Nikolaus weiter, »vielleicht sind die beheizten Räume einigermaßen...« Er ließ das letzte Wort in der Luft hängen, aber Maxim reagierte nicht und beschränkte sich auf ein Nikken, während er wieder einen Schluck trank.

Nikolaus von Reijn, Seefahrer und Kaufmann, sieben Sprachen und aller Sitten und Gebräuche kundig, die zur erfolgreichen Abwicklung von Geschäften vonnöten waren, mußte seine ganze Geschicklichkeit aufbieten, um seinen geistesabwesenden Freund aus der Reserve zu locken. »Das Mädchen ist doch sicher sehr anmutig, ja?«

Maxim zuckte zusammen. Finster zog er die Brauen zusammen, in seinen grünen Augen flammte es auf. Von Reijn wollte verdutzt weiterfragen, als sich plötzlich ein wahrer Sturzbach von Worten aus Maxims Mund ergoß.

»Weiber, pah! Ich schwöre dir, lieber Freund, das weibliche Geschlecht ist eine Plage für die Menschheit! Alle, eine wie die andere, haben es sich in den Kopf gesetzt, uns in die Knie zu zwingen. Sie können nicht logisch und vernünftig denken! Sie kennen weder Fairneß noch Gerechtigkeitssinn!«

Maxims Worte verwirrten den Kapitän. »Aber deine Liebste... ich wollte sagen, deine Braut...«

Maxims Faust sauste auf die Tischplatte nieder. »Verdammt, ich, ein Mann mit Verantwortungsgefühl, muß erleben, daß meine Leute die Falsche erwischt haben, daß Arabella bei ihrem Angetrauten geblieben und an ihrer Stelle ihre Kusine entführt worden ist.«

»Die Falsche?« Die Augen des Kapitäns weiteten sich überrascht. Er ließ sich in seinem Stuhl zurücksinken und starrte seinen Freund mit offenem Mund an.

»Ja, die arme Arabella, die zarte und sanfte, blieb zurück in den Händen ihres habgierigen Vaters. Gegen ihren Willen ist sie nun vermählt worden und muß sich diesem... diesem Hengst hingeben... und ich, der ich von dem Irrtum nichts ahnte, stürme nach meiner Ankunft die Treppe hinauf, um meine Braut zu umarmen, und werde von einer Furie empfangen.«

Maxim entging, daß von Reijn hochrot gegen einen Lachkrampf ankämpfte, bis er den Kopf beugte und nicht mehr an sich halten konnte.

»Ich habe diesem Biest geschworen, daß ich sie ihrer eigenen Sicherheit zuliebe nicht über die sturmgepeitschte See zurückschicken kann, sie aber will unbedingt ihren Willen durchsetzen und nicht begreifen, daß ich Kopf und Kragen riskiere, wenn ich mich nach England wage.«

Von Reijn nahm einen tiefen Zug aus seinem Glas und schaffte es, seiner unterdrückten Lachkrämpfe Herr zu werden, während Maxim sich nur langsam beruhigte.

»So also ist das!« Mühsam bezwang sich Nikolaus und setzte sein Glas ab. »Jetzt ist mir alles klar, Maxim. Aber sag mir, wer ist die junge Dame? Sicher ist eine so hübsche und reizende...«

»Hübsch?« unterbrach ihn Maxim. »Reizend? Wahrhaftig, wenn einem seine Haut lieb ist, darf man sich ihr nur mit blanker Klinge und Schild nähern.« Wieder nahm er einen Schluck. In dem Maße, wie seine Stimmung sich besserte, meldete sich auch sein Hunger. Er griff nach einem Fleischhappen. »Sie heißt Elise Radborne. Eine Kusine der Stamfords. Arabella muß kurz ihre Gemächer verlassen haben, und dummerweise war gerade dieses Weibsstück dort, als meine Männer, die die eine nicht von der anderen unterscheiden konnten, sie entführten und hierher schafften.« Seine Stirnfurchen wurden tiefer. »Nikolaus, was soll ich nur mit dem Mädchen anfangen? Sie bringt mich schier zur Verzweiflung. Aber ich kann sie nicht nach England zurückbringen.«

Nikolaus zog die Schultern hoch. »Wenn dir dein Kopf lieb ist, mein Freund, dann ist die Antwort ganz einfach. Du mußt dich mit ihrer Gesellschaft zumindest vorübergehend abfinden. Aber sag mir noch eines, Maxim« – er konnte seine Ungeduld nur mühsam zügeln –, »da du für diese... Person nichts übrig hast, dann hast du vielleicht nichts dagegen, daß die Dame einen... wie sagt ihr Engländer doch gleich?... einen Anbeter hat?«

»Was sagst du da?« Wie vom Donner gerührt starrte Maxim seinen Freund an. »Du würdest einem Mädchen wie diesem den Hof machen?«

Nikolaus tat den Spott des anderen achselzuckend ab und neigte mit einem kaum merklichen Lächeln den Kopf zur Seite. »Ich finde die Dame köst... hm, ich meine sehr hübsch. Gewiß, sie hat einen ausgeprägten Willen, daneben aber auch viel Anmut. Eine Herausforderung für einen Mann mit Erfahrung und Geduld.«

Maxim schnaubte. »Dazu habe ich nichts zu sagen, da ich über sie nicht zu bestimmen habe. Wenn sie dich will, dann bin ich sie wenigstens los. Aber ich warne dich, wenn der Teufel in sie fährt...«

»So weit, so gut.« Von Reijn lachte. »Reitest du heute noch zurück?«

Maxim warf einen Blick zur Tür hin. Draußen heulte der Wind, und das dichte Schneetreiben dämpfte sein Verlangen zurückzukehren, doch es war unvermeidlich. »Ich muß wohl«, seufzte er, »ehe sie meinen zwei hohlköpfigen Dienern weitere Unannehmlichkeiten bereitet.«

Von Reijn griff zu einem Bratapfel, schälte ihn und verspeiste ihn genüßlich. »Mein Freund, wie du siehst, ist der Tisch reich gedeckt, und du mußt dich für den Ritt rüsten. Du bist mein Gast.« Damit stellte er eine Platte mit Bratente vor ihn hin und rieb sich die Hände. »Deine Geschichte hat meinen Appetit wiedergeweckt.«

Die zwei taten sich wortlos an den Speisen gütlich, und als Maxim nicht mehr konnte, spülte er den letzten Bissen mit dem Rest seines Glühweins hinunter.

Der Kapitän hob die Hand. »Um einen Gefallen bitte ich dich. Wenn du Elise siehst, dann sage ihr, daß ich sie am kommenden Freitag besuchen möchte. Um die Mittagszeit, denke ich. Natürlich bringe ich einen kleinen Imbiß mit. Wie ich gehört habe, steht es dort mit der Verpflegung nicht zum besten.«

Maxim lachte auf und klopfte von Reijn im Aufstehen auf die Schulter. »Du wirst mit zerschlagenen Hoffnungen wieder abziehen, fürchte ich, aber ich riskiere es und werde dem Mädchen deinen Besuch ankündigen.« Er holte den Lederbeutel hervor. »Ich möchte meine Schuld vorher begleichen, denn du wirst den Schrecken vermutlich nicht überleben.«

Nikolaus seufzte. »Viel Zinsen haben mir deine Schulden nicht eingebracht. Jetzt muß ich das Geld anderweitig anlegen, um einen entsprechenden Gewinn zu machen.«

»Da sehe ich keine Schwierigkeit«, erwiderte Maxim, der ihm die Münzen vorzählte. »Jetzt steht dir mehr Geld für andere Investitionen zur Verfügung.«

Der Hansekapitän seufzte. »Nein, Schwierigkeiten sehe ich auch nicht. Ich könnte mich an der Kauffahrt eines anderen beteiligen. Der Profit wäre höher, aber das Vergnügen viel geringer.«

»Vergnügen?« Maxim bedachte seinen Freund mit einem neugierigen Blick. »Wer würde schon in mein Vorhaben investieren?«

»Hör nicht auf meine Worte, lieber Freund«, winkte Nikolaus ab. »Richte nur dem Mädchen Grüße von mir aus.«

Als Maxim kurz vor Mitternacht Burg Hohenstein erreichte, lag alles in tiefer Stille. Seine Diener lagen schnarchend auf Strohsäcken in der Nähe des Kamins. Leise verriegelte er die wieder instand gesetzte Eingangstür und stahl sich die Treppe hinauf. Ehe er ins oberste Geschoß hinaufstieg, lauschte er angestrengt an Elises Tür. Nichts war zu hören. Neugierig drückte er die Klinke nieder. Die Tür war von innen verriegelt. Er nickte bedächtig. Genau dies hatte er erwartet.

In seinen Räumlichkeiten brannte noch das Feuer. Neben dem Kamin war vorsorglich Holz zum Nachlegen gestapelt, daneben stand ein Kessel, in dem das Wasser erwärmt werden konnte. Ein Blick nach oben zeigte ihm, daß seine Leute das Loch mit einer Stalltür abgedichtet hatten. Neben dem Kamin hingen nasse Decken zum Trocknen, auf dem Bett lag ein frischer Strohsack. Innen am Türrahmen waren Stützpfeiler angebracht worden, ein zurechtgehauener Bolzen lehnte daneben. Maxim ließ den Bolzen einrasten und steckte zusätzlich Keile dahinter, um vor den Streichen des jungen Mädchens sicher zu sein.

Dann breitete Maxim seinen Umhang und Wams vor dem Feuer aus, zog eine Bank heran und streifte die durchweichten Stiefel von den Füßen. Unruhig stand er wieder auf und lief im Raum auf und ab. Nachdenklich blieb er am Kamin stehen, lehnte sich an eine Wand und starrte in die Glut. Wie groß war seine Verwunderung, als plötzlich ein Teil der Holztäfelung unter seinem Gewicht nachgab. Mit den Fingern abwärts tastend, entdeckte er ein Scharnier und einen kleinen, geschickt hinter einem gewölbten Holzteil versteckten Eisenriegel. Er schob ihn hoch und drückte, bis der gesamte Paneelteil sich nach innen auf einen engen, finsteren Raum öffnete. Er entzündete eine Kerze am Kaminfeuer, drückte die Tür in der Täfelung noch weiter auf und trat hinein.

Er befand sich in einem kleinen, niedrigen Raum. Etwas weiter konnte er eine steile, schmale Wendeltreppe ausmachen. Von unbezähmbarer Neugierde erfaßt, begann er die Stufen hinabzusteigen, bis die Treppe vor einem kurzen Gang endete. Maxim entdeckte einen kleinen Riegel, ähnlich dem in seinem Raum. Er zog daran, und die Tür gab unter der leichten Berührung nach. Er staunte nicht schlecht, als er an der Schwelle des Raumes stand, den Elise Radborne bewohnte!

Das Feuer im Kamin war heruntergebrannt, und Elise schien fest zu schlafen. Geräuschlos näherte er sich ihrem Bett. Ihre langen Wimpern lagen wie Schatten auf den dunklen Wangen, die weichen Lippen waren leicht geöffnet, ein Arm umgab als makelloser, elfenbeinerner Bogen den Kopf und enthüllte die Schulter und die obere Rundung ihrer Brüste. Maxim ließ den Blick auf ihrem Gesicht und auf der lockenden Fülle ihrer Brust ruhen. Im Schlaf wirkte die Kleine völlig harmlos und unschuldig.

»Hm, vielleicht hat Nikolaus mehr gesehen als ich«, sann er vor sich hin. Elise war von ungewöhnlicher Schönheit, die viel lebendiger wirkte als die der blassen Arabella. Maxim trat an den Kamin und legte Holz auf die glühenden Kohlen; dann entfernte er sich lautlos.

Zurück in seinem Zimmer, schürte er das Feuer in seinem Kamin, legte die Decken auf seinem Bett zurecht und zog sich aus. Ein Lächeln umspielte seine Lippen, als seine Gedanken zu dem Anblick von vorhin zurückschweiften, bevor er in tiefen Schlaf sank, ohne wieder von Arabella zu träumen.

Die aufgehende Sonne überflutete das Land. Maxim öffnete einen kleinen, aus achteckigen bleigefaßten Scheiben bestehenden Fensterteil, um das prachtvolle Panorama zu genießen, das sich ihm bot. Er genoß das Prickeln der frischen Morgenluft auf seiner Haut, das die letzte Schlaftrunkenheit vertrieb. Er beugte sich hinaus und ließ den Blick über seine jüngsterworbene Domäne schweifen. Seit seiner Auseinandersetzung mit Hans Rubert war eine Woche vergangen, aber der Kauf hatte keineswegs sein Vermögen gemehrt, ganz im Gegenteil, um seine Vermögensverhältnisse war es, gelinde gesagt, schlecht bestellt. Aufgrund des königlichen Erlasses konnte er nun weder auf Besitz noch Titel Anspruch erheben. Sollte man ihm jemals gestatten, als rechtmäßiger Herr seines einstigen Besitzes nach England zurückzukehren, dann mußte er der Königin zuvor überzeugende Beweise seiner Unschuld liefern.

Er schloß das Fenster und hängte den Kessel mit Wasser übers Feuer. Er wusch und rasierte sich und zog sich an – eine Kniehose aus Sämischleder, dunkle Beinlinge und ein Hemd aus feinem weißen Leinen, darüber ein weiches Lederwams. Dann verließ er sein Gemach.

Unten in der Halle traf er Elise bei der Zubereitung des Frühstücks an. Die Distanz der vergangenen Tage bewirkte, daß er jetzt das Gefühl hatte, sie ganz neu und mit klarerem Blick zu sehen.

Elise war zweifellos ein ansehnliches Geschöpf, das auch in ihrem armseligen Kittel Frauen in prächtigerer Kleidung in den Schatten gestellt hätte. Das von einem Band auf dem Hinterkopf zusammengefaßte Haar fiel ihr in voller Länge auf die Schultern. Der Anblick der dichten brünetten Haarflut erinnerte ihn an Botticellis Gemälde »Geburt der Venus«, das er in Florenz gesehen hatte.

»Es freut mich zu sehen, daß Ihr meinem Rat gefolgt seid und

Euch nützlich macht«, stichelte er. »Ich war sicher, daß Ihr es könnt, wenn Ihr nur wollt.«

Elise fuhr herum und sah ihn mit zornfunkelnden Augen an. Sie lechzte danach, ihm zu sagen, wie schwer sie geschuftet hatte, um diese Ruine einigermaßen bewohnbar zu machen. »Würdigt uns der Hausherr heute mit seiner Anwesenheit?« versetzte sie höhnisch. »Habt Ihr verschlafen, Mylord? Ich sah die Sonne schon vor Stunden aufgehen.«

»Vor einer Stunde, wenn schon«, erwiderte Maxim aufgeräumt.

»Meinetwegen. Und hier wartet das Frühstück auf Euren verwöhnten Geschmack.« Sie trat an den Kessel, schöpfte Haferbrei in eine Schüssel und knallte sie ihm hin. »Wohl bekomm's!«

»Ihr seid äußerst liebenswürdig, Jungfer«, entgegnete er mit der Andeutung einer Verbeugung. »Und fürwahr ein schöner Anblick. Mein Wort, würden die Damen bei Hof Eurer Aufmachung ansichtig, sie würden die Schneiderwerkstätten stürmen, so sehr schmeichelt Euer Äußeres dem Auge!«

»Mein Aussehen ist der Beweis für die Großzügigkeit des edlen Herrn«, gab sie bissig zurück.

Maxim ignorierte sie und kostete den Brei, um Elise sogleich mit angewidert verzogenen Lippen zu bescheinigen: »Es mangelt Euch tatsächlich jegliches Talent zum Kochen. Vielleicht macht eine Prise Salz den Fraß genießbarer.«

»Aber gewiß, Mylord.« Elise nahm die Schüssel und ging damit zum Herd, hantierte mit dem Rücken zu ihm, kam zurück und stellte die Schüssel wieder vor ihn hin. »Entspricht dies eher Eurem Geschmack?«

Maxim stieg der verlockende Duft ihrer Weiblichkeit in die Nase, als sie sich vornüber beugte und ihr Kleid ihm eine kurzen, aber verlockenden Einblick gestattete. Er spürte, wie sein Blut in Wallung geriet.

Elise richtete sich auf und bemerkte erstaunt, daß sein Blick ihrer Bewegung folgte, als könnte er sich von ihren Brüsten nicht losmachen. Die Zornröte stieg ihr in die Wangen, und sie fragte in schneidendem Ton: »Sucht Ihr einen Ersatz für Arabella, Mylord?«

»Mädchen, das wäre für Euch ein unerreichbares Ziel«, tat er verächtlich ab, »also strapaziert Eure Eitelkeit nicht zu sehr.« Er führte einen Löffel Haferbrei in den Mund...

»Genügt das Salz?« fragte Elise übertrieben süß.

Den Blick finster auf sie gerichtet, stand Maxim auf, nahm die Schüssel und schüttete den Inhalt ins Feuer, wo er zischend auf einem Scheit landete. Maxim löffelte eine zweite Portion aus dem Kessel, salzte ein wenig nach und ging zu seinem Stuhl.

Elise machte sich nun am Herd zu schaffen und griff zu einem Besen, um den Boden zu fegen, langsam zunächst, dann immer schneller und energischer, so daß Staubwolken hochwirbelten, bis der Marquis husten mußte. Wütend schlug er auf den Tisch.

»Hör auf, du Hexe!«

Elise gehorchte und strafte ihn mit einem Blick kühler Verachtung. »Mylord, die Arbeit stört Euch?« Hustend versuchte Maxim die Staubwolken wegzufächeln. Dann deutete er mit dem Finger auf das entgegengesetzte Ende des Tisches. »Setz dich, Weibsstück.«

»Hexe? Weibsstück? Ihr sprecht mir mir?«

»Mit wem sonst?« Maxim sah sie an und schüttelte den Kopf, als wäre er ernsthaft besorgt. »Ich habe Nikolaus gewarnt, aber er wollte ja nicht hören.«

»Nikolaus?« Elises Neugierde erwachte.

»Ja. Nikolaus. Er fragte mich, ob er Euch den Hof machen dürfe.«

»Ach, wirklich?« Ihr Ton war hörbar schärfer geworden. »Und habt Ihr es ihm erlaubt?«

»Er wird heute gegen Mittag eintreffen.«

Jetzt war es Elise, die aufstand und mit der flachen Hand auf den Tisch schlug. »Wie gütig von Euch, ihm die Erlaubnis zu geben, Lord Seymour!«

»Ich gab ihm nur einen guten Rat. Es steht mir nicht zu, ja oder nein zu sagen. Ich riet ihm, Euch selbst zu fragen. Ehrlich gesagt, warnte ich ihn und gab ihm den Rat, sich Euch in voller Rüstung zu präsentieren, wenn ihm seine heile Haut lieb ist.«

»Ach, Ihr...« In ihren Augen flammte es auf, während sie die

Lippen zusammenpreßte. »Ihr wagt es, mich mit einem Eurer Kumpanen zu verkuppeln? Ooooh!«

Mit geballten Fäusten drehte sie sich um und ging davon, unfähig, sein spöttisches Grinsen länger zu ertragen. Auf dem ersten Absatz innehaltend, rief sie ihm zu: »Könnt Ihr wohl Fitch und Spence mit ein paar Eimern Wasser zu mir schicken? Viel Wasser! Ich möchte die Kupferwanne in meinem Schlafgemach ausprobieren.«

Es war kurz vor Mittag, als Maxim von einem Fenster seiner Räumlichkeiten aus die kleine Gruppe um Nikolaus von Reijn erspähte, die den Pfad zum Schloß entlanggeritten kam. Bei seinem Anblick lachte Maxim schallend auf. Nikolaus hatte seiner Vorliebe für großartiges Auftreten und prächtige Kleidung Genüge getan: Sein Kurzmantel, mit Goldfäden bestickt, funkelte in der Sonne. Das Pelzfutter mußte ihn gut vor der Kälte schützen, denn die Zügel in einer behandschuhten Hand, die andere Hand auf der Hüfte, hatte er den prächtigen Mantel so weit geöffnet, daß er Wams und Pluderhose aus dunkelrotem Samt enthüllte. Eine federgeschmückte Toque saß keck auf seinem Kopf. Maxim konnte sogar eine kostbare, mit Edelsteinen besetzte Goldkette ausmachen, die er um den Hals trug.

Eine aus zwei Männern bestehende Eskorte mit Brustpanzern aus glänzendem Messing ritt vor und hinter dem Kapitän. Ihnen folgte ein behäbiger Diener. Er führte ein mit unzähligen Bündeln, Kisten und Schachteln beladenes Packpferd. Sein eigenes Reittier hatte nicht nur die Last des Reiters zu tragen, sondern zusätzlich etliche Kupfertöpfe und eine Vielzahl von Geräten, deren Geklapper schon von weitem zu hören war.

»Sieh an, der Freier naht«, lachte er amüsiert in sich hinein. Er verließ seine Kammer und lief hinunter, um seine Gäste am Eingang zu erwarten.

Der Hansekapitän, der sich der scheinbar unbewohnten Ruine mit einem Blick voller Abscheu genähert hatte, gab seinem Pferd erleichtert die Sporen, als er seinen Gastgeber erblickte, und ritt seinen Leuten über den Burggraben voran.

»Maxim!« rief von Reijn laut. »Wie geht es dir, mein Freund?«

»Wunderbar! Dieser Morgen gewährte meinem Auge schon manch schönen Anblick.«

»Ja, es war ein herrlicher Sonnenaufgang.« Nikolaus ließ den Blick über die baufälligen Mauern wandern. »Bei diesem Trümmerhaufen kann man sich allerdings schwer vorstellen, daß sich hier schöne Anblicke bieten.«

»Man weiß nie, wo sich ein wundersamer Anblick eröffnet«, bemerkte Maxim zweideutig.

»Hier gewiß nicht!« antwortete Nikolaus im Brustton der Überzeugung.

Lachend lief Maxim ihm über die Stufen entgegen. »Ich sehe, du hast meine Warnungen in den Wind geschlagen und von deinem gefährlichen Vorhaben nicht abgelassen. Sitz ab, und wärme dich am Kamin, solange du noch heil und unversehrt bist.«

Nikolaus glitt aus dem Sattel und warf dem herbeieilenden Spence die Zügel zu. Dann nahm der Kapitän den Burghof, die baufälligen Mauern und eingesunkenen Dächer der Nebengebäude in Augenschein. »Ich hatte gehofft, wenigstens einen Unterstand für die Pferde vorzufinden.«

»Dort drüben.« Maxim deutete zum Stall hin. »Das Gemäuer ist noch in Ordnung und bietet Schutz vor dem Wind. Dahinter ist ein Raum mit Feuerstelle, wo deine Leute sich ausruhen können. Fitch wird ihnen Essen und Bier bringen.«

»Nicht zuviel Bier«, bremste Nikolaus. »Wir müssen heute abend noch zurück.«

Der behäbige Mann aus der Gruppe der Neuankömmlinge nahm einen Arm voll Töpfe und Pfannen und steuerte damit klappernd auf den Eingang zu, gefolgt von Maxims belustigtem Blick.

»Ich habe Dietrich, meinen Koch, mitgebracht, damit ein würdiges Abendessen sichergestellt ist«, erklärte Nikolaus. »Gewiß gibt es hier jemanden, der das zu würdigen weiß.«

»Alles ist besser als versalzener Haferbrei«, bemerkte der Hausherr trocken. »Übrigens, für den einstündigen Ritt von der Stadt her läßt du dich aber gewichtig eskortieren.« Maxim machte eine Kopfbewegung zu den Begleitern hin.

»Man kann gar nicht vorsichtig genug sein«, gestand Nikolaus augenzwinkernd. »Aber ehrlich gesagt, wollte ich die Dame beeindrucken.«

»Und ich habe schon gehofft, du hast dir Schutz gegen die Dame zugelegt«, gab Maxim schlagfertig zurück und lachte auf, als der Kapitän verwirrt dreinblickte.

Maxim klopfte ihm auf die Schulter und geleitete seinen Gast die Eingangsstufen hinauf und in die Halle, die Nikolaus verwundert in Augenschein nahm. »Ja, jetzt kann ich verstehen, warum die Leute aus der Stadt nie heraufkamen. Hier soll es spuken, und so, wie es aussieht…«

»Nun, es wurden immerhin ein paar Verbesserungen vorgenommen«, erwiderte Maxim mit spöttischem Lächeln. »Stell dir vor, wie es hier aussah, als das Mädchen ankam.«

Der Hansekapitän schnaubte verächtlich. »Ärger kann man es sich kaum vorstellen.«

Der Marquis deutete auf ein paar Stühle, die etwas abseits vom Herd standen. »Komm, mein Freund, und ruhe dich aus.«

Nikolaus, der seine Handschuhe abstreifte, ließ seine schwere Gestalt auf einen Sitz fallen und beugte sich vor. Einen Ellbogen auf das linke Knie gestützt, eine Faust auf dem anderen Knie, blickte er seinen Gastgeber eindringlich an. »Nun, was sagst du? Ist das Mädchen mir gewogen?«

Maxim zog nichtssagend die Schultern hoch. »Schwer zu sagen. Sie hat ihren eigenen Kopf und vertraut sich mir nicht an.«

»Aber gesagt hast du es ihr?« drängte der Handelskapitän.

»Ja.«

»Und sie hat dazu nichts zu sagen gewußt?«

»Nichts, was auf ihre Absichten schließen ließe.«

»Ach, diese verdammte Ungewißheit.« Nikolaus schlug sich enttäuscht auf den Schenkel.

Maxim trat an einen Tisch, goß Bier in einen Humpen und reichte ihn Nikolaus. »Hier, das wird dir Mut machen.«

Von Reijn nahm den Humpen und leerte ihn mit einem Zug. Maxim goß ihm nach.

»Ich habe dich noch nie so verzweifelt wegen eines Frauenzimmers gesehen«, bemerkte er und ließ sich in einem Stuhl neben seinem Freund nieder. »Ich weiß noch, wie du auf meinen Besitzungen ständig auf der Jagd nach jungen hübschen Damen warst. Damals hast du deine Aufmerksamkeiten nicht nur auf eine beschränkt…«

»Aber, Maxim, du weißt, daß an mir beinahe ein Heiliger verlorengegangen ist«, scherzte Nikolaus.

»Sieh dich vor«, mahnte Maxim und verzog das Gesicht zu einer Grimasse.

»Was schlägst du vor?« fragte Nikolaus.

Maxim zog skeptisch eine Braue hoch, während ein Lächeln seine Lippen umspielte. »Ich weiß von den Gelübden der Hansemitglieder, doch gibt es viele unter ihnen, die diese Gelübde auf ihre Art auslegen und in Wahrheit nichts anderes als Wüstlinge und Schürzenjäger sind, die hinter jedem hübschen Frauenzimmer her sind.« Er zuckte mit den Schultern. »Es geht mich nichts an, ob du keusch bist oder nicht, aber du warst gewiß von Kindesbeinen an ein Schelm. Ich fühle mich für das Mädchen ein wenig verantwortlich, weil ich es hierherbrachte, und ich weiß, du bist kein Heiliger.«

»Ach? Du aber auch nicht«, rief Nikolaus empört.

Maxim lächelte. »Das habe ich nie behauptet.«

Eine Weile blickten sie sich schweigend an. Nikolaus räusperte sich. »Nun, unter uns gesagt, mein Freund, ich gebe zu, daß ich etwas von einem Schelm an mir habe.«

»Das weiß ich schon seit geraumer Zeit.«

»Aber das Mädchen ist anders als die anderen. Sie hat mein Herz erobert.«

Maxim stieß ein verächtliches Schnauben aus. »Gib gut acht, was du ihr in die Hand gibst. Sie ist ein tückisches und angriffslustiges Weibsbild.«

»Ja, sie ist angriffslustig und beherzt«, gab Nikolaus zu, »aber tückisch? Nein! Sie kämpft nur um ihre Freiheit. Ist es nicht verständlich, daß das Mädchen darauf besteht, nach Hause gebracht zu werden? Ihre Entführung hat sie so verändert!«

»Es war ein Irrtum«, gestand Maxim ein.

»Ja, ein Irrtum, Maxim, aber was ist das für ein Weg? Was hat dich zu dieser Tat veranlaßt? War es Liebe zu Arabella oder das Verlangen, dich an ihrem Vater zu rächen?«

»Ich wollte nur den Vollzug der Hochzeitsnacht verhindern, bis…« Maxim hielt inne, da ihm die bohrenden Fragen des Freundes und die Notwendigkeit, sich zu verteidigen, lästig waren. »Du lieber Gott, Nikolaus, glaubst du, ich hätte Arabella zu meiner Gemahlin erwählt, wenn ich sie nicht über alle anderen Frauen stellte?«

Nikolaus lehnte sich zurück und sah seinen Freund nachdenklich an. »Nach allem, was du von ihr gesagt hast, ist sie schön und von sanfter Wesensart, eine Frau also, deren Wahl verständlich erscheint. Sie ist fügsam und nicht hochfahrend und starrsinnig, auch würde sie nie unvernünftige Forderungen stellen. Du hast oft gesagt, daß du Frau und Familie brauchst, damit dein Name nicht ausstirbt. Nun frage ich mich, ob du Arabella mit dem Kopf oder mit dem Herzen gewählt hast. Und als ihr Vater dich verraten und betrogen hat, hast du ihr da weiter angehangen, weil du ihn haßt, oder warst du wirklich in Leidenschaft für Arabella entbrannt?«

»Gewiß wäre unserer Verbindung ein starker Stamm entsprungen«, stieß Maxim trotzig hervor.

»Man kann es der Dame nicht verübeln, daß sie sich einen anderen gesucht hat. Du warst ja angeblich tot.«

»Edwards Habgier, sich noch ein Vermögen anzueignen, hat sie gezwungen, Reland zu heiraten.«

»Vergiß nicht, du warst so gut wie tot, als meine Leute dich auf mein Schiff gebracht haben. Ramonda ist es zu verdanken, daß du die Fahrt überhaupt antreten konntest. Es hat einen Monat gedauert, bis du wieder auf den Beinen warst. Du solltest dich mal in Arabellas Lage versetzen. Dein Tod hat sie aller Wahrscheinlichkeit nach tief getroffen, aber ihr Verlangen nach einem Eheleben nicht gebrochen. Du solltest nur froh sein, daß du am Leben bist, und dich nach einer anderen umsehen kannst, die dein Bett wärmt.«

»Ich *bin* froh, daß ich lebe!« sagte Maxim. »Ich bin sehr froh, daß Fitch und Spence im entscheidenden Moment zur Stelle waren, als ich von der Brücke stürzte. Sie haben mir ihre Treue bewiesen und gute Dienste geleistet, ja, sie haben mir das Leben gerettet.«

Nikolaus schwieg eine Weile, ehe er halblaut sagte: »Wenn dir dein Leben lieb ist, mein Freund, dann muß ich dich noch in einer anderen Sache warnen.«

Sein Gastgeber blickte überrascht auf.

Der Hansekapitän fuhr fort: »Du bist Karl Hillert, dem Großmeister der Gilde, begegnet?«

Maxim bejahte. »Auf der Rückreise von England machte er sich mit mir bekannt, als ich auf seinem Schiff fuhr.«

»Karl Hillert besitzt viele Hanseschiffe und ist auf Profit bedacht. Bis zur nächsten Ratsversammlung ist er der Handlungsbevollmächtigte der Hanse. Seine Wiederwahl ist so gut wie sicher, denn er ist der reichste und mächtigste Mann der Liga.«

»Er bat mich, ihn zu besuchen, sollte ich nach Lübeck kommen«, sagte Maxim, nestelte an seinem Wams und holte ein Wachssiegel mit einem Zeichen heraus. »Das gab er mir, damit ich Zutritt zu ihm bekomme.«

Nikolaus griff danach und begutachtete es; dann faßte er in sein Hemd und zog eine Goldkette heraus, an der ein Messingstempel hing. Die Fläche des Stempels war kleiner, glich aber dem Siegelzeichen. »Das Siegel der Hanse. Jeder Hansekapitän besitzt es und muß schwören, es immer mit sich zu führen.« Er gab Maxim das Siegel zurück. »Es wird dir viele Türen öffnen. Aber ich muß dich warnen. Karl Hillert ist ein Mensch, vor dem man sich hüten muß. Er ist ein Mensch mit gemeinem Charakter, und es kam mir zu Ohren, daß er von Lübeck aus Erkundigungen über den Grund deines Aufenthalts in Hamburg eingeholt hat.«

»Warum sollte er sich für mich interessieren?« fragte Maxim ungläubig.

»Was mit unseren Häfen und mit unserem Handel geschieht, erfüllt ihn mit Bitterkeit«, erklärte Nikolaus. »Uns wird langsam, aber sicher unsere Existenzgrundlage entzogen. Vor hundert Jahren waren wir die Herren des Handels von der Ostsee bis ins Mittelmeer. Jetzt kämpfen wir ums Überleben. Elizabeth will unsere Kontore in England nicht mehr dulden, und Hillert sieht dies als

Kampfansage. Er hat bereits zwei Schiffe an diesen Freibeuter Drake verloren. Jetzt plant er möglicherweise einen Anschlag auf Elizabeth. Dabei könntest du ihm von Nutzen sein.«

»Weiß Hillert, daß man mir Hochverrat an der Krone vorwirft?«

»Ja, das weiß er, und ich glaube, das ist der Grund seines Interesses an dir. Er wird deine Dienste kaufen wollen.«

»Er braucht nur zu fragen, und ich sage ihm, was er wissen möchte.«

»Maxim, Hillert ist ein sehr vorsichtiger Mann. Er wird dich gründlich ausspähen, ehe er sich mit dir einläßt.«

»Ich bin ein armer Schlucker, mein Vermögen hat man mir geraubt. Was habe ich zu verteidigen?«

»Deinen kostbarsten Besitz. Dein Leben.«

Maxim trank schweigend sein Bier, und eine Weile hingen beide ihren Gedanken nach. Schließlich fragte Nikolaus: »Du sagst, Elise ist in ihren Gemächern? Weiß sie von meiner Ankunft?«

»Ihre Fenster gehen auf den Hof hinaus. Deine Ankunft kann ihr nicht entgangen sein. Sie stellt gewiß deine Geduld auf die Probe.«

Nikolaus sprang auf. »Ich will hinaufgehen und sie holen.«

»Ich rate dir dringend ab, sie zu reizen«, warnte Maxim. Er nahm wieder einen Schluck und blickte überrascht zur Treppe, als er ein leises Geräusch von oben vernahm. »Sieh an, das schöne Kind läßt sich schließlich doch herab, uns mit seiner Anwesenheit zu erfreuen.«

Nikolaus fuhr herum und durchschritt die Halle, um das Mädchen zu empfangen. Maxim beobachtete es unbeteiligt und amüsiert, neugierig, in welcher Aufmachung sich das kleine Biest zur Begrüßung des Gastes präsentieren würde. Obwohl er ihr Geld für den Kauf von Kleidern gegeben hatte, war sie bislang nur in dem verschmutzten wollenen Kleid herumgelaufen. Die zahllosen Eimer Wasser, die von Fitch und Spence nach oben geschafft worden waren, ließen indes erwarten, daß sie wenigstens sauber sein würde. Als Elise mit einem blauen Samtkleid in seinen Gesichtskreis tat, blieb ihm der Mund vor Staunen offen stehen. Er sah die anmutige Begrüßung, die sie Nikolaus zuteil werden ließ: Vor ihm stand plötzlich das begehrenswerte Geschöpf, das Nikolaus in ihr sah.

Elise legte ihre schmale Hand auf den Arm des Kapitäns und ließ sich von ihm durch die Halle geleiten. Höflich stand Maxim auf, sie aber beachtete ihn nicht und bewunderte wortreich die prächtige Kleidung ihres Gastes. »Fürwahr, ich bin überwältigt von Eurer stattlichen Erscheinung, Kapitän...«

»Nikolaus, wenn ich bitten darf«, berichtete er.

»Wie Ihr wollt... Nikolaus«, murmelte sie angenehm berührt und nickte anmutig. »Es ist mir eine Ehre.«

Maxim blickte ergeben zum Himmel. Das gerissene Luder hatte eine geschmeidigere Zunge als die Schlange im Garten Eden.

»Ich bin gekommen, um Euch eine dringende Frage zu stellen«, platzte Nikolaus heraus. »Und ich bitte Euch, sie auf der Stelle zu beantworten.«

Elise sank in züchtigem Schweigen auf einem Stuhl nieder, ganz holde Aufmerksamkeit für seine Worte. Nikolaus konnte vor Aufregung kaum an sich halten, als er seinen Armsessel vorschob, sich vorbeugte und nach ihren Händen faßte. »Teure Elise... nie bin ich einer Frau begegnet, die mein Interesse mehr erregte... und mein Rang innerhalb der Hanse erlaubt mir zu freien, wenn ich will...«

»Aber Nikolaus, ich glaube mich zu erinnern, daß Ihr von der Größe Eures Vermögens nicht sprechen wolltet, als wir an Bord Eures Schiffes waren«, neckte sie ihn. »Was ist denn in Euch gefahren?«

Nikolaus räusperte sich. »Maxim eröffnete mir letzte Woche, daß Ihr nicht seine Anverlobte seid.«

»Nikolaus, hättet Ihr mich das auf der Überfahrt gefragt, ich hätte Euch sagen können, daß ich den Herrn gar nicht kenne«, sagte Elise schnippisch. »Aber Ihr wart ja so darauf bedacht, den Namen meines Entführers geheimzuhalten, daß Ihr an die Möglichkeit einer Verwechslung gar nicht gedacht habt. Hättet Ihr etwas gesagt, diese schreckliche Tragödie wäre nicht so weit gediehen.«

»Ich hatte keinen Grund anzunehmen, daß Fitch und Spence sich geirrt haben könnten«, erklärte der Hansekapitän. »Da ich der Meinung war, Ihr seid die Braut eines anderen, habe ich versucht, so kühl und unpersönlich als möglich zu bleiben.« Er senkte den Blick und strich mit dem Daumen über die weiche Haut ihrer Hand. »Ich habe es nicht geschafft.«

Elise warf Maxim einen erbosten Blick zu, denn er hob hinter Nikolaus' Rücken die Hände und applaudierte. Was hätte sie nicht alles getan, um ihm dieses spöttische Grinsen auszutreiben!

»Nikolaus?« Ihre Stimme war weich und honigsüß, so daß der Kapitän ruckartig aufblickte und ihr tief in die Augen sah. »Lord Seymour sprach zu mir von Eurem Wunsch, und ich bin sehr erfreut, daß ein Gentleman wie Ihr mich aufsucht.«

»Ich habe Euch ein Geschenk mitgebracht«, sagte Nikolaus und lächelte selig. Er sprang auf und lief durch die Halle. Er wickelte eine große in Stoff gehüllte zylindrische Rolle aus und breitete vor Elise einen luxuriösen türkischen Teppich aus. »Für Eure Gemächer, damit Ihr keine kalten Füße bekommt.«

»Oh, Nikolaus, was für ein seltenes und kostbares Stück, das Ihr mir da schenkt.«

»Für eine seltene und schöne Dame«, kam es halblaut über seine Lippen.

»Eure Großzügigkeit überwältigt mich. Leider kann ich mich nicht revanchieren.«

»Eure Gesellschaft ist für mich das schönste Geschenk.«

Maxim erhob sich verärgert. »Jetzt höre ich Euer Süßholzraspeln schon lange genug«, sagte er unwirsch. »Ich reite mit Eddy aus und weiß nicht, wann ich wiederkomme.«

»Laß dir ruhig Zeit«, erwiderte Nikolaus, dem dieser Abgang sehr willkommen war. »In deiner Abwesenheit wird es uns an Gesprächsstoff nicht mangeln.«

»Kann ich mir denken!« gab Maxim mit unüberhörbarem Sarkasmus zurück. Er schritt durch die Halle, stieg die zwei Stufen zur Tür hinauf und ging durch das massive Portal hinaus. Sein überstürzter Abgang entlockte Elise ein Lächeln der Genugtuung.

»Der Ärmste. Er hat noch immer Arabella im Sinn«, seufzte sie.

Dann galt ihre Aufmerksamkeit wieder dem Hansekapitän. »Nun, berichtet mir, Nikolaus, wie es um meine Investition steht.«

Als Maxim spätabends heimkehrte, traf er Fitch und Spence Rükken an Rücken auf einer Bank vor dem Kamin sitzend an. Jeder behielt eine Hälfte der Halle wachsam im Auge, einen Knüppel griffbereit, nur für den Fall, daß sich das Gespenst zeigen sollte, von dem der Kapitän gesprochen hatte; als der Hausherr die Tür aufstieß, sprangen sie erschrocken auf und schrien.

»Aufhören!« brüllte Maxim. »Ihr weckt ja die Toten auf! Hier gibt es keine Gespenster!«

Maxim zog seine Handschuhe aus. »Wenn ihr wollt, könnt ihr in der Kammer hinter dem Stall schlafen, wenn ich da bin. In meiner Abwesenheit müßt ihr in der Halle nächtigen und das Mädchen beschützen.«

»Sehr wohl, Mylord.«

Die Diener rafften Strohsack und Knüppel an sich und rannten über den Hof. Maxim durchquerte die Halle und ging zur Treppe. Nach dem langen Ritt war er durchgefroren bis auf die Knochen und mußte ein Frösteln unterdrücken.

Ein schwankendes Licht im ersten Stock weckte seine Aufmerksamkeit. Elise stand in ihrer Tür und hob sich vor dem Hintergrund des Kaminfeuers wie eine Silhouette in der Tür ab. Eine Decke hatte sie um ihre Schultern gewickelt, unten sah der spitzenbesetzte Saum ihres Unterrockes hervor. Ihre kleinen, schmalen Füße waren nackt und mußten so kalt sein wie der Steinboden, auf dem sie stand.

»Was ist passiert?« fragte er und ging auf sie zu.

»Ich hatte einen Traum«, flüsterte sie ängstlich, wobei sie um sich blickte, als müßte sie versuchen, Wirklichkeit und Traum zu trennen. »Ich träumte, daß mein Vater einen Kamin hinaufgezogen wurde. Der Rauch war so stark, daß er kaum atmen konnte. Man folterte ihn.«

Maxim streckte die Hand aus und strich ihr eine Locke aus der Wange. »Nikolaus hat Euch von den Riten der Hanse erzählt...«

Verwirrt blickte sie zu ihm auf. »Sehen so ihre Riten aus?«

Maxim seufzte. »Ihre Initiationsriten unterliegen der Geheimhaltung, aber Nikolaus fühlt sich daran nicht immer gebunden... aber Ihr friert ja«, sagte er, als sie fröstelte, und stieß die Tür ihres Schlafgemaches auf. Die Flammen im Kamin waren heruntergebrannt. »Wenn Ihr gestattet, Madam, will ich etwas Holz nachlegen.«

»Wir Ihr wollt«, gab sie verhalten zurück und ließ sich auf der Kante eines hochlehnigen Stuhles nieder.

Maxim legte seinen Umhang ab, warf ihn über einen Stuhl und machte sich daran, das Feuer neu zu entfachen. Sich vor dem Kamin auf ein Knie niederlassend, schürte er die Glut und legte Holz nach. »So, das müßte reichen.«

»Lord Seymour...« Ihre Stimme klang dünn und leise durch den kahlen Raum.

»Elise, nicht so förmlich«, bat er sie mit einem Seitenblick. »Ich bin nicht mehr berechtigt, einen Titel zu führen.«

»Eine Situation, die zweifelsfrei mein Onkel herbeigeführt hat.«

»Ihr habt die ganze Geschichte gewiß schon öfter gehört. Ich brauche sie nicht zu wiederholen.«

»Ja, ich habe schon viel über Euch gehört, Mylord, und ich frage mich oft, was Wahrheit ist und was nicht.«

Maxim lachte kurz auf und drehte sich zu ihr um. »Habt Ihr Angst, mit mir allein zu sein, weil ich als Mörder gelte?«

Elise schob ärgerlich ihr Kinn vor. »Ich habe keine Angst vor Euch.«

Langsam nickte er. Sie hatte mehr Mut als alle Frauen, die er bislang gekannt hatte. »Zumindest habt Ihr Euch die Angst nie anmerken lassen.«

»Nun?« drängte sie.

»Meine liebe Elise«, fing er an, als gälte es, ihr eine Lektion zu erteilen. »Es gab immer wieder Gelegenheiten, da mußte ich zu meinem Schwert greifen und einen Menschen töten – in Erfüllung meiner Pflicht, sei es als Verteidiger der Königin oder in irgendeiner finsteren Gasse, wo ich überfallen wurde, aber ich versichere

Euch, daß ich nie jemanden *ermordet* habe, und schon gar nicht in meinem eigenen Haus. An jenem Abend war ich eben zu Hause eingetroffen, um mich für ein Bankett zu Ehren Arabellas umzuziehen. Ein Diener meldete mir, daß ein Spitzel der Königin mich erwarte. Als ich zu dem Mann ging, fand ich ihn neben dem Kamin auf dem Boden liegend. Es sah aus, als wäre er hingefallen und mit dem Kopf aufgeschlagen, denn er hatte eine häßliche Stirnwunde, und an der Kaminverkleidung klebte Blut. Später stellte sich heraus, daß er erstochen worden war. Das hat mich sehr verwirrt, denn als ich mich seiner annahm, sah ich keine Stichwunde. Er war noch am Leben, und ich wollte eben Hilfe holen, als ich von der Loggia her ein Geräusch hörte und hinauslief, um nachzusehen, wer sich da draußen versteckte. Meine Zusammenkunft mit dem Spitzel hatte im geheimen stattfinden sollen, doch Edward berichtete später der Königin, er habe mich mit dem Spitzel gesehen. Er muß derjenige gewesen sein, der sich auf der Loggia verbarg.«

»Wollt Ihr damit andeuten, mein Onkel hat den Mann erstochen, nachdem Ihr hinausgegangen wart? Das kann ich nicht glauben. Er ist ein alter Hasenfuß.«

Maxim lachte auf, weil ihn diese offenherzige Beschreibung amüsierte. »Das dachte ich auch, doch immerhin muß er gesehen haben, wie ich in dem Raum war. Warum sollte er mir den Mord in die Schuhe schieben, wenn er selbst unschuldig ist?«

»Haßt Ihr meinen Onkel, weil Ihr glaubt, er hat Euch beschuldigt, um sein eigenes Verbrechen zu decken? Als ich die Halle verließ, bevor man mich entführte, da sah es ganz so aus, als wäret Ihr darauf aus, ihn zu töten.«

»Es liegt mir nichts daran, Edward tot zu sehen. Zumindest jetzt noch nicht. Ich zöge es vor, er würde die Demütigung erleben, in aller Öffentlichkeit Lügner, Dieb und Feigling genannt zu werden. Ich kann nicht beschwören, daß er den Spitzel ermordet hat, doch wird man zweifellos seinen Anteil an der Tat feststellen müssen.«

»Und das wollt Ihr selbst in die Wege leiten?«

Maxim sah sie spöttisch an. »Vielleicht solltet Ihr Eurem Onkel zuliebe froh sein, daß ich nicht zurück nach England kann.«

»Ich bin mit Edward nicht blutsverwandt«, gestand Elise. »Meine Mutter war ein Findelkind, das auf dem Besitz der Stamfords ausgesetzt wurde.«

»Euer Charakter, teure Elise, erscheint mir dank dieser Eröffnung in einem viel besseren Licht.« Ein Lächeln umspielte seine Lippen. »Ihr seid demnach kein hoffnungsloser Fall.«

»Und was ist mit Arabella?« konterte Elise. »Habt Ihr für sie als Edwards Tochter noch Hoffnung gesehen?«

»Mir war immer unverständlich, wie Edward so ein wundervolles Wesen in die Welt setzen konnte«, räumte er nach kurzem Zögern ein.

Die angenehme Wärme des Feuers traf Elises Wangen, und zum erstenmal an jenem Abend empfand sie die Behaglichkeit und Geborgenheit, die ihr seit Stunden gefehlt hatten.

Verstohlen blickte sie wieder den Mann an, der seine langen, schlanken Finger den Flammen entgegenstreckte, und sie fragte sich flüchtig, ob seine Nähe mit ihrem Wohlgefühl zusammenhing.

»Nikolaus versteht es, schöne Geschenke zu machen«, bemerkte Maxim, auf den Teppich deutend, der auf dem Boden neben ihrem Bett lag, und erhob sich. »Ihm ist nichts zu teuer, um Euch glücklich zu sehen.«

Maxim nahm seinen Umhang und schickte sich an zu gehen. An der Tür hielt er inne und blickte sich zu ihr um. »Euch fehlen aber noch prächtige Kleider und Schuhe. In Hamburg gibt es eine Schneiderin und einen Schuhmacher, die Euch ausstatten werden. Ich werde Euch begleiten.«

Maxim wollte zur Tür hinaus, aber Elise hielt ihn auf.

»Einen Augenblick, Mylord.« Sie verschränkte beklommen ihre schlanken Finger. »Ich muß Euch noch ankündigen, daß ich einen Koch eingestellt habe.«

»Ach? Und wo habt Ihr diesen Koch aufgetrieben?«

»Nikolaus hat mir den seinen überlassen.«

»Zweifellos nach flehentlichen Bitten Eurerseits«, bemerkte Maxim giftig und war selbst erstaunt, daß er sich so leicht aus der Fassung bringen ließ. »Mir hätte Nikolaus seinen Koch nicht ohne

Gegenleistung überlassen. Ihr habt sie ihm offenbar bereitwillig gewährt...«

»Ihr seid ja nur besorgt um das Geld, das es Euch kosten wird«, tat sie sein offensichtliches Mißvergnügen ab. »Ich denke, Nikolaus zeigt sehr viel Taktgefühl, wenn er seinen Koch für Euch arbeiten läßt.«

»Ihr denkt!« brauste Maxim auf. »Merkt Ihr denn nicht, daß Nikolaus Euch zu seiner...«

»...zu seiner Frau machen möchte«, schloß Elise scharf und schnellte von ihrem Sitz hoch.

Mit schwerem Schritt kam Maxim auf sie zu und blieb knapp vor ihr stehen. »Ihr meint wohl eher, zu seiner Geliebten!« würgte er heraus.

Heftig stieß ihn Elise gegen seine Brust, so daß ihre Decke von den Schultern glitt. »Hinaus!« schrie sie. »Seht zu, daß Ihr hinauskommt!«

Maxims Blick glitt abwärts, wo das feine Hemd sich an die vollen Formen ihrer Brüste schmiegte. Die weichen, hellen Wölbungen lockten unter dem hauchfeinen Hemd und ließen ihn ihre Weiblichkeit auf das reizvollste gewahr werden. Daß sie so unbefangen enthüllt vor ihm stand, erregte seinen Zorn. War sie denn ein loses Weibsstück? Unkeusch und wollüstig? Ließ sie es schon vor ihm an Schamhaftigkeit fehlen, welche Reize gab sie dann vor Nikolaus preis?

Doch gleich wieder wurde sein Zorn von aufwallender Leidenschaft überschwemmt. Plötzlich überkam ihn das rasende Verlangen, das Mädchen zu packen und seine ausgehungerten Sinne zu stillen. »Haltet Ihr mich für einen armseligen Eunuchen?« stieß er heiser hervor. »Bedeckt Euch, ehe ich Euch die Unschuld raube!«

Elise stockte vor Entsetzen der Atem, sie wich mit glühenden Wangen zurück und hob ihre Umhüllung auf. Erst jetzt wagte sie den Blick zu erheben, von seiner Zurechtweisung beschämt.

»Ich ging zurück nach England, um eine Braut zu holen«, kam es über seine zusammengepreßten Lippen, »und wäret Ihr nicht gewesen, ich hätte jetzt eine, willig und warm. Jetzt plagen mich männliche Gelüste, und wenn Ihr Euch nicht hütet, Madame, dann werdet Ihr meine Begierde stillen. Ich bin keiner, der eine Dame mißbraucht, aber da jetzt Arabella für mich auf ewig verloren ist, muß ich mich mit einer anderen Frau begnügen. Ihr wißt vielleicht, daß manch späteres Gelöbnis die Vergewaltigung einer zaghaften Jungfer sühnte.«

Damit drehte er sich um, ging hinaus und ließ Elise stehen. Wie konnte er es wagen, ihr mit Vergewaltigung zu drohen! Sie schob den Riegel vor. Hielt er sie für eine willige Schlampe, die sich seinen männlichen Begierden willig unterwarf? Bei Gott, er konnte sich morgen auf etwas gefaßt machen!

11

Maxim saß auf seinem Pferd, die Hand auf dem hohen Sattelknauf. Unterhalb der bewaldeten Anhöhe, auf der er anhielt, schlängelte sich ein Fluß friedlich zwischen vereisten Ufern dahin. Am jenseitigen Ufer schimmerten Schneeflecken zwischen dem Nadelgehölz, da und dort huschte ein kleines Pelztier auf der Suche nach Futter durchs Unterholz.

Maxim hob den Kopf und blickte einem kleinen Vogelschwarm nach, der über das Tal zog. Der Himmel darüber war von azurnem Blau. Ab und zu, wenn der Südwind warm durch die Wipfel strich, warf eine Wolke Schatten auf die schneebedeckten Wiesen und Waldlichtungen. Maxims Blick schweifte in die Weite, doch er nahm nur wenig auf, denn seine Gedanken waren nach innen gerichtet. Er sah blaue Augen, in denen das Feuer brannte, rotbraune Haare, die wellend über spärlich bekleidete Brüste fielen. Das Bild ihrer Schönheit hörte nicht auf, ihn zu verfolgen. Er saß in der Falle. Die lange Enthaltsamkeit hatte ihn an die Grenze seiner Zurückhaltung getrieben, und nur mit äußerster Willensanstrengung hatte er das Verlangen unterdrückt, sie in die Arme zu nehmen und zum Bett zu tragen. Daß er so heftig reagiert und ihr mit Vergewaltigung gedroht hatte, schmerzte ihn jetzt.

Maxim zwang seine abschweifenden Gedanken zu seiner ehemals geliebten Arabella zurück. Niemand konnte abstreiten, daß

Arabella von Natur aus das Idealbild eines Edelfräuleins von nobler Schönheit war. Wie oft hatte er in Erinnerungen an sie geschwelgt! Jetzt aber mußte er entdecken, daß er sich nur mit Mühe ihre Anmut, das Bild ihrer grauen, sanften Augen und ihre hellbraunen Locken ins Gedächtnis zu rufen vermochte. Die Bilder blieben verschwommen und undeutlich und bewegten nichts mehr in seiner Brust. Wie recht hatte Nikolaus doch gehabt, während er selbst überzeugt war, eine rasende Leidenschaft habe sie beide erfaßt! War es in Wahrheit sein Drang nach Vergeltung, der ihn bewogen hatte, Arabella entführen zu lassen?

Wieder überfielen ihn Bilder von Elise... von der zornigen Elise, von der schlafenden Elise, von der Elise, die ihm hitzige Wortgefechte lieferte...

Unwillig mußte er sich eingestehen, daß er sie heftig begehrte, und dennoch kämpfte er dagegen an. Wer war dieses Mädchen, das sich in sein Leben gestohlen hatte, das ihn ständig reizte, das stets seine Geduld auf die Probe stellte, das all seine Pläne durchkreuzte? Er war ein Heimatloser, ein Ausgestoßener, und wenn er wieder den ihm gebührenden Platz einnehmen wollte, mußte er seine Angelegenheiten in Ordnung bringen, und wenn es ihn das Leben kostete. Er hatte keine Zeit, sich mit Sehnsüchten nach einer widerspenstigen und halsstarrigen Frau abzugeben.

Sein schwarzer Hengst, der die Anspannung seines Reiters spürte, fing unruhig zu tänzeln an. Maxim stieß die Fersen in die Flanken des Tiers und sprengte los. Eine Zeitlang folgte er dem ebenen Gelände am oberen Rande eines Felsabsturzes. Dann senkte sich der Rücken allmählich, und Maxim durchritt einen ausgedehnten Nadelwald. Der von den steilen und einengenden Klippen befreite Strom bildete am anderen Ufer einen morastigen Weiher, von eisverkrusteten Sträuchern und Gräsern bestanden, die unter den hellen Sonnenstrahlen funkelten und glitzerten.

Er trieb den Hengst über eine kleine Furt und band ihn, nachdem er am anderen Ufer abgestiegen war, an eine alte Eiche, die ihre kahlen Äste über eine kleine Lichtung breitete. Dann nahm er den Bogen vom Rücken, legte einen stumpfen Pfeil ein und schlich sich mit geübtem, lautlosem Schritt an den Weiher. Im offenen

Gewässer am Rande des Schilfgürtels schnatterten Gänse. Er spannte den Bogen und ließ den Pfeil losschnellen. Ein Gänserich flatterte auf und trieb im nächsten Augenblick auf der von der Brise gekräuselten Wasseroberfläche mit ausgebreiteten Schwingen dahin.

Maxim holte das Tier, band die Beine mit Lederstreifen zusammen und befestigte seine Beute am Sattel. Eine Bewegung zwischen den Bäumen am anderen Ufer fesselte seinen Blick, und als er das niedrige Strauchwerk am Ufer absuchte, trat ein Hirsch heraus, hob prüfend die Nase und senkte das Haupt, um aus dem Fluß zu trinken. Die Strahlen der höhersteigenden Sonne erhellten die Nebel und schienen die Wirkung der Farben zu steigern. Maxim ließ sich auf ein Knie nieder, legte einen scharfen Pfeil ein und zielte unter Eddys Hals hindurch. Der Hirsch tat einen kleinen Sprung und brach, mitten ins Herz getroffen, zusammen.

Nachdenklich betrachtete Maxim sein Beutestück. War er nicht auf der Hut, dann würden auch ihn ihre grausamen Pfeile treffen. Ja, sie würde ihn ebenso an der Nase herumführen wie von Reijn, diesen armen Tölpel.

Elise stand, die Arme in die Hüften gestützt, in der großen Halle und wartete. Sie hatte sich darauf eingestellt, dem Marquis eine Lektion zu erteilen, und mußte nun enttäuscht feststellen, daß er nicht da war.

»Und wohin hat Lord Seymour sich zu so früher Stunde begeben?« wollte sie von Fitch wissen.

»Seine Lordschaft ist auf Jagd. Er will die Speisekammer für den Koch mit frischem Wild füllen«, erwiderte er. Er kannte das Mädchen nun gut genug, um zu spüren, wenn sie verärgert war. Er nahm einen Anlauf, um ihre Stimmung zu heben. »Ihr könnt sicher sein, daß wir nicht Hunger leiden müssen, solange Lord Seymour da ist. Und was Euch betrifft, Mistreß, so bat mich der Herr, Euch auszurichten, er würde Euch nach Hamburg mitnehmen. Ihr sollt um die Mittagszeit bereit sein.«

»Wie Seine Lordschaft befehlen«, gab Elise mit geheuchelter Demut zurück.

Sie hatte jedoch keine Lust, sich zurückzuziehen und herauszuputzen, da es sicher noch eine Weile dauern würde, bis der Marquis zurückkäme. Lieber wollte sie die Zeit für einen Streifzug durch die Umgebung nutzen. Sie legte ihren Mantel um die Schultern, zog die Kapuze über den Kopf und trat vor die Tür. Langsam ging sie die Stufen hinunter, überquerte den Hof und überschritt die Brücke; dann folgte sie einem Pfad, der sich den Burggraben entlangzog.

Auf einem sonnenüberfluteten Hügel hielt sie inne, als sie sah, daß ihr der Weg durch ein von stacheligen Ranken durchsetztes Gestrüpp versperrt war. Schnee drückte das dichte Gras nieder, das unter den Büschen wuchs, ein Pfad war nirgends zu sehen. Schon wollte sie kehrtmachen, als ein scharfes Stechen am Knöchel sie innehalten ließ. Sie hob die Röcke, um die Distel oberhalb ihrer Schuhe aus dem Strumpf zu reißen, und zuckte zusammen, als sie sich in die Finger stach. Während sie die Fingerspitze anstarrte, huschte plötzlich ein boshaftes Lächeln über ihr Gesicht. Sie fragte sich, wie der Burgherr wohl reagieren würde, wenn er stachelige Disteln in seinem Bett vorfände! Der Gedanke war verlockend.

Eilig hob Elise die Röcke, löste ein Taillenband und schlüpfte aus einem ihrer Unterröcke. Am einfachsten war es, ein Stück Stoff über Gras und Buschwerk zu breiten, an dem die Disteln haftenblieben. In kürzester Zeit hatte sie soviel Disteln, wie sie benötigte. Sie rollte den Unterrock zusammen und lief den Pfad zurück. Sie mußte sich beeilen, denn Maxim konnte jeden Augenblick zurückkommen.

Wieder überquerte Elise den Hof und schlich sich unbemerkt an Fitch und Spence vorbei durch die Halle und hinauf in Maxims Räumlichkeiten. Sie deckte sein Bett ab, kämmte die Disteln aus dem Unterrock und verteilte sie auf dem groben Matratzenbezug. Dann breitete sie das Laken darüber und legte die Decken darauf.

Auf Zehenspitzen huschte sie in ihr Zimmer zurück und begann sich für den Ritt nach Hamburg zurechtzumachen. Ihre Stimmung hätte nicht besser sein können, als einige Zeit später Maxim an ihre Tür klopfte.

»Ich komme schon!« rief sie und öffnete, nachdem sie hastig nach ihrem Mantel gegriffen hatte, die Tür.

Maxim wies mit einem knappen Kopfnicken zur Treppe hin. »Gehen wir?« Elise eilte an ihm vorüber und lief die Treppe hinunter. Maxim starrte ihr verblüfft nach und folgte ihr dann rasch.

»Gestattet«, bat Maxim, als er am Eingang ihren Mantel nahm und ihr das pelzgefütterte Kleidungsstück über die Schultern legte, ehe er mit einer knappen, aber höflichen Verbeugung die Tür öffnete.

Elise verwirrte seine Anwandlung von Höflichkeit; die galante Seite seines Wesens erfüllte sie immer wieder mit Unbehagen. War er auch ein Mensch, den zu hassen sie allen Grund hatte, so mußte sie sich doch eingestehen, daß sie noch nie einem so gutaussehenden, stattlichen Mann begegnet war.

Fitch wartete bereits mit Eddy und übergab die Zügel Seiner Lordschaft, ehe er zum Stall lief, um das Pferd der Dame zu holen. Maxim rieb die weichen Nüstern und entdeckte dabei kleine Narben an der Pferdenase, die Kratzspuren ähnelten. »Na, was haben wir denn da?« tätschelte er sein Pferd. »Sieht ja aus, als hättest du dich mit einer Katze angelegt.«

Eddy verdrehte die Augen, und Elise hatte das Gefühl, der Hengst werfe ihr einen anklagenden Blick zu. Da hörte sie auch schon Fitch mit ihrer Stute kommen. Der Anblick, der sich ihr bot, hätte nicht wunderlicher sein können. Die kurzbeinige, zottige Schimmelstute sah nun mit einem Glöckchen und den bunten, in die Mähne geflochtenen Bändern geradezu lächerlich aus.

Maxim brach in schallendes Gelächter aus, faßte sich aber gleich wieder, als ihm klar wurde, daß sein Diener viel Zeit aufgewendet haben mußte, um die Mähre für die Dame hübsch aufzuzäumen.

Elise warf ihm einen erbosten Blick zu, schwang sich in den Sattel ihrer aufgeputzten Stute und richtete Kleid und Mantel zurecht. Dann nahm sie die Gerte und ließ sie schnalzen. Sie brachte das Tier rasch in Schwung und ritt, ohne ihren Begleiter eines Blickes zu würdigen, los. Lachend folgte ihr Maxim. Bald übernahm er die Führung, da die schwerfällige Stute mit dem ungestümen Hengst nicht Schritt halten konnte.

Nachdem sie eine Zeitlang geritten waren, hielt Maxim an und wartete, bis sie ihn eingeholt hatte. »Ist alles in Ordnung, Elise?« fragte er.

Elise nickte.

»Wenn Ihr etwas braucht, dann ruft nur.« Eddy übernahm wieder die Führung. Elise staunte über die Harmonie von Roß und Reiter. Im Gegensatz zu Reland, der ständig von den Sporen Gebrauch machte und die Zügel sehr herrisch führte, bedurfte Maxim dieser Hilfen nicht, und doch schien der Hengst unter ihm zu tanzen.

Sie hob den Blick zu den breiten Schultern des Reiters. Sie malte sich aus, wie sie prächtig gekleidet an seiner Seite Arm in Arm ein höfisches Gemach betrat, und im Geiste hörte sie das Verstummen der Anwesenden, als die Blicke aller sich ihnen zuwandten und die Damen sodann ihren Begleiter mit unverhohlener Bewunderung musterten. Eine Woge der Gefühle brach über sie herein. Wie kommt das? fragte sie sich. Haben sich meine Gefühle für diesen Menschen verändert? Empfinde ich anders für ihn? Verlegen verdrängte Elise diese Phantasien und verfolgte den Flug eines von einem Gebüsch aufflatternden Vogelschwarms. Sie rief sich die Mißhandlungen ins Gedächtnis und schmückte jeden Vorfall hingebungsvoll aus, bis sie wieder die vertraute und willkommene Aufwallung von Zorn und Ablehnung spürte.

Sie erreichten die Stadtgrenze von Hamburg und waren bald darauf von Geschäftigkeit und Stadtleben umgeben. Maxim ritt an ihrer Seite durch die mit Schneematsch bedeckten Straßen, bis sie schließlich vor einer Gruppe kleinerer Läden anhielten. Elise sah dem Absitzen mit Bangen entgegen, da sie fürchtete, Schuhe und Kleidersaum zu beschmutzen, was ihrer Miene einen besorgten Ausdruck verlieh, der Maxim sofort auffiel, als er zu ihr trat und ihr die Zügel abnahm.

»Braucht Ihr Hilfe?« fragte er belustigt.

Gleich nahm sie wieder ihre spöttische Haltung an. »Bietet Ihr mir etwa Hilfe an?«

»Jawohl, das tue ich.«

»Dann nehme ich dankbar an.«

Maxim nahm schwungvoll den Hut ab und machte eine höfische Verbeugung. »Euer Diener, holde Maid.« Einen Arm hinter ihrem Rücken, den anderen unter ihrem Knie, hob er sie aus dem Sattel. Sie an seine Brust drückend, tat er einige unsichere Schritte rücklings durch den schneedurchsetzten Schlamm. Sie hielt den Atem an und schloß die Augen ganz fest, da sie erwartete, jeden Augenblick im Schneematsch zu landen. Als sie sie wieder öffnete, blickte sie in die seinen, die plötzlich ganz nah waren. Da merkte sie, daß sie in ihrer Panik beide Arme um seinen Nacken geschlungen hatte.

Maxim, der ihr Erröten bemerkte, nickte unmerklich und brachte sie noch mehr in Verlegenheit, als er leise sagte: »Es ist mir ein Vergnügen, Madame.«

Elise löste den rechten Arm von seinem Nacken. Sie konnte die Härte seiner Rippen und die Kraft seiner Arme fühlen. Ungebetene Erinnerungen an den vergangenen Morgen drängten sich ihr auf, und sie errötete unter seinem Blick noch heftiger. Vor der Ladentür angekommen, hob Maxim geschickt den Riegel mit einem Finger und stieß die Tür mit der Schulter auf. Drinnen ließ er sie behutsam zu Boden gleiten. Seine Fürsorge machte sie schwindlig und unsicher. Nur langsam gewann sie ihre Fassung wieder.

Maxim drückte ihr eine große Börse in die Hand. »Das müßte reichen, um Euch anständig einzukleiden.«

Verschwunden waren Spott und Hohn, statt dessen ruhte sein Blick warm und fast zärtlich auf ihr, als er ihre Hand mit der Börse darin umfaßte.

»Bis ich mir eine kostspieligere Garderobe für Euch leisten kann, müßt Ihr Euch damit begnügen«, murmelte er.

»Mylord, Ihr braucht Euer Geld nicht für mich zu verschwenden«, erwiderte Elise. »Als Eure Gefangene habe ich kaum Geschenke von Euch zu erwarten.«

Maxim verschränkte die Hände im Rücken und sah sie an. »Falls Ihr keine Vorliebe für modische Extravaganzen habt, sind die neuen Sachen gewiß keine Verschwendung. Auf jeden Fall könnt Ihr nach Gutdünken und auf eigene Verantwortung wählen. Ich möchte Euch besser gekleidet sehen.«

Aus dem hinteren Bereich des Ladens hörte man schwere Schritte, und Maxim wandte sich zu der großen und beleibten Frau um, die ins Blickfeld trat. »Guten Tag, Madame Reinhardt. Mein Name ist Maxim Seymour. Ich bin ein Freund von Kapitän von Reijn.«

»Ach, natürlich!« antwortete die Schneiderin in tadellosem Englisch und lachte munter. »Schön, Euch zu sehen. Kapitän von Reijn kündigte mir Euer Kommen an.«

»Von Reijns Vorausblick ist lobenswert«, erwiderte Maxim höflich. »Er ist ein Mann, der Wert auf Qualität legt, deshalb hat er mir empfohlen, ich solle mich an Euch wenden.«

Das runde Gesicht errötete vor Freude. Madame Reinhardt, eine waschechte Engländerin und seit drei Jahren Witwe, war trotz ihrer vorgerückten Jahre noch nicht zu alt, um gegen den Charme eines redegewandten, englischen Gentleman unempfänglich zu sein. »Ihr könnt es an Liebenswürdigkeit mit dem Kapitän aufnehmen.« Sie deutete mit einer Handbewegung auf Elises Kleid und Umhang. »Ich weiß noch, wie der Kapitän diese Sachen bestellte. Es ist eine Freude zu sehen, wie gut sie sich machen.«

»Madame, diese Beweise Eures Talents veranlaßten uns, zu kommen und uns Eurer Hilfe bei der Beschaffung anderer Kleider zu bedienen. Könnt Ihr Euch um die Bedürfnisse meiner Schutzbefohlenen kümmern?«

»Aber gewiß doch, Sir. Ist sie Eure...«

»Im Augenblick steht sie unter meinem Schutz«, unterbrach Maxim. Er räusperte sich und faßte prüfend nach einem Stoff. »Sie wurde... unvorhergesehen von ihrem Onkel getrennt... ohne Schuld ihrerseits, versteht sich.« Sich umwendend ergriff er die Hand der Witwe und bedachte sie mit einem Lächeln. »Aus Gründen der Sicherheit«, fuhr Maxim fort, »würde ich es begrüßen, wenn die junge Dame bis zu meiner Rückkehr bei Euch bleiben würde.«

»Versteht sich, Mister Seymour. Ohne Begleitung ist eine so reizende junge Dame auf der Straße ständig Gefahren ausgesetzt.«

»Gut, dann möchte ich mich verabschieden.« Ein Blick zu Elise bestätigte ihm, wie sehr sie es mißbilligte, daß er diese Frau zu ihrer Hüterin machte. »Sei ein braves Kind, bis ich wiederkomme«, ermahnte er sie und küßte sie flüchtig auf die Wange. Er spürte ihr Erstarren, als er eine Hand auf ihren Arm legte. »Ich werde mich beeilen.«

»Ach, ich komme ohne Euch recht gut zurecht«, versicherte Elise. »Laßt Euch ruhig Zeit.«

»Ganz recht, Sir«, pflichtete Madame Reinhardt ihr bei.

Elise stopfte Maxims Börse in ihre Tasche, als sich hinter ihm die Tür schloß. Ihr entging nicht, daß er Eddy und ihre Stute mit sich führte und ihr damit nur eine Fluchtmöglichkeit zu Fuß ließ.

Abrupt wandte sie sich Madame Reinhardt zu. »Ich möchte Kapitän von Reijn eine Botschaft schicken. Wißt Ihr jemanden, der sie überbringen könnte?«

Die Witwe verschränkte die Arme. Der bestimmte Ton der jungen Dame verriet, daß Mister Seymour sie ihrer Obhut nicht grundlos anempfohlen hatte. »Ich... ich könnte den Nachbarsjungen schicken...«

»Gut. Ich werde ihn auch dafür entlohnen.« Elise ließ den Umhang von den Schultern gleiten und legte ihn über einen Stuhl. Sie sah den Argwohn in den Augen der Frau und legte ihr begütigend die Hand auf den Arm.

»Madame Reinhardt, es handelt sich um eine ganz einfache Sache. Obgleich Lord Seymour vorübergehend mein... mein Beschützer ist, verwaltet Kapitän von Reijn mein Konto. Wenn ich meine Garderobe bezahlen soll, muß ich Verbindung mit ihm aufnehmen. Bitte schickt den Jungen zu ihm, damit wir uns an die Auswahl der Stoffe machen können.«

Dies überzeugte Madame Reinhardt, und sie lief hinaus, um den Jungen zu suchen und ihn mit der Aussicht auf Botenlohn auf den Weg zu schicken. Bei ihrer Rückkehr war ihre Kundin schon mittendrin in der Auswahl. Es waren Stoffe aus einer Privatkollektion, die sie in einem Wandschrank im hintersten Winkel des Ladens aufbewahrte. Offenbar hatte sie den Schrank unverschlossen gelassen. Sie staunte nicht schlecht, denn was das Mädchen sich da ausgesucht hatte, gehörte zu ihren feinsten und teuersten Stoffen. Da die Frau Zweifel an der Zahlungsfähigkeit des Mädchens hegte, schaffte sie einige Ballen eines preiswerteren Stoffes heran. Höflich begutachtete Elise alles, was Madame Reinhardt ihr vorlegte, doch bei jedem Ballen schüttelte sie entschieden den Kopf. »Diese hier entsprechen mir eher«, sagte sie und deutete auf die feinen Seiden, üppigen Samte und prächtigen Brokate im Wandschrank.

»Nun, meine Liebe, diese Stoffe sind sehr teuer. Seid Ihr sicher, daß Ihr sie bezahlen könnt?«

Elise wandte sich ab und zog eine Börse unter dem Rock hervor, der sie einige Sovereigns entnahm. »Das ist eine Anzahlung für meine Bestellung. Kapitän von Reijn wird bestätigen, daß ich imstande bin, auch den Rest zu begleichen.«

Die Schneiderin wog die schweren Goldmünzen in der Hand. Sie prüfte eine Münze mit den Zähnen und begann dann hastig, die Goldstücke zu zählen. Alle waren neu und glänzend. Erstaunt blickte sie auf. »Eine Anzahlung? Nun, das genügt für zwei Gewänder aus diesen Stoffen.«

»Ich weiß sehr wohl, was man für diesen Betrag bekommt, Madame, doch möchte ich mich viel besser ausstatten. In jüngster Zeit konnte ich leider für meine Garderobe nichts ausgeben, und das will ich schleunigst ändern.« Sie beugte sich vor und raunte der Frau vertraulich zu: »Ihr müßt wissen, daß mich zwei reiche Freier umwerben. Gewiß versteht Ihr, daß ich mich ihnen nicht als arme Kirchenmaus präsentieren kann, da sie ansonsten womöglich an der Lauterkeit meiner Absichten zweifeln.«

Das war nicht ganz gelogen. Nikolaus war tatsächlich wohlhabend und warb um sie. Was sie bislang an Kleidern besessen hatte, war von guter Qualität gewesen, jedoch in Farbe und Schnitt sehr zurückhaltend. Zudem hatte sie sich nur das Allernötigste angeschafft. Jetzt aber mußte sie, sagte sie sich, für sämtliche Gelegenheiten, die sich auf der Suche nach ihrem Vater ergeben mochten, passend gekleidet sein. Wenn Nikolaus sie den einflußreicheren Mitgliedern der Hanse vorstellte, mußten ihre Gewänder dieses Anlasses würdig sein. Daneben hatte sie andere, persönlichere Gründe, ihren Stil zu ändern. Arabella hatte ihrer äußeren Erscheinung immer viel Beachtung geschenkt, was Elise bisher we-

165

nig bekümmert hatte. Doch seit Maxim zu verstehen gegeben hatte, daß er sie zwar zur Erfüllung seiner niederen Begierden zu schätzen wisse, ihr ansonsten aber Stil und Vornehmheit absprach, fühlte sie sich gekränkt und herausgefordert. Jetzt galt es, ihn eines Besseren zu belehren.

Madame Reinhardts Begeisterung hielt mit ihrer Phantasie durchaus mit. Eine so reizvolle Gestalt zog jede Menge feuriger Anbeter an. Es war anzunehmen, daß sie einen reichen Mann zur Ehe gewinnen würde. Daß ein solcher Mann seine junge Frau mit Kleidern überschütten würde, war ebenfalls anzunehmen, und das wiederum kam ihrem Geschäft zugute.

»Seht Ihr Euch dieser Aufgabe gewachsen?« fragte Elise.

Madame Reinhardt richtete sich zu voller Größe auf. »In ganz Hamburg werdet Ihr keine bessere Schneiderin finden.«

Elise strich ihr Kleid glatt. »Daß Ihr geschickt seid, sieht man. Die Frage ist nur, ob Ihr die Sachen noch vor Monatsende fertigstellen könnt. Die Zeit drängt.«

»Ich werde mich sofort daranmachen«, versprach Madame Reinhardt. »Vielleicht werde ich nicht alles gleichzeitig liefern können, doch das hängt vom Umfang Eurer Bestellung ab.«

»Dann, Madame, möchte ich mich Eurer Dienste versichern.«

»Ihr werdet nicht enttäuscht sein.«

»Gut, fangen wir an. Ich muß auch noch andere Einkäufe machen…«

»Aber Mister Seymour sagte, daß Ihr hierbleiben solltet.«

Elise winkte lachend ab. »Wenn Ihr wollt, könnt Ihr mich begleiten, aber ich muß noch Schuhe, Hüte und andere Accessoires kaufen.«

Da Madame Reinhardt deutlich spürte, daß das junge Mädchen sich von ihren Absichten auf keinen Fall abbringen lassen würde, gab sie nach.

Inzwischen hatte Nikolaus von Elises Ankunft erfahren. Nachdem er in mehreren Läden nachgefragt hatte, entdeckte er sie in einem Schuhgeschäft, in dem sie feines Leder für ein Paar Damenstiefel aussuchte. Der Schuhmacher zeigte sich von dieser Bestellung höchst angetan und fand sich bereit, die Stiefel schnellstmöglich anzufertigen und zur Anprobe hinaus nach Burg Hohenstein bringen zu lassen.

»Und ich dachte, in Euch endlich eine Frau gefunden zu haben, die ihr Vermögen zusammenhält und nicht für modischen Firlefanz ausgibt«, lachte Nikolaus beim Verlassen des Ladens.

»Firlefanz? Wie sprecht Ihr, Nikolaus?« protestierte sie. »Bis auf das, was ich am Leibe trage, wurde ich meiner Habe beraubt. Wenn ich jetzt nichts kaufe, habe ich bald gar nichts mehr anzuziehen.«

»Maxim trägt die Verantwortung für Euer Wohlbefinden. Laßt ihn für Eure Bedürfnisse sorgen«, sagte Nikolaus listig.

»Ich kaufe meine Kleider auf eigene Faust. Ach, da fällt mir ein…« Sie griff unter ihren Rock und zog Maxims Börse heraus. »Ich möchte, daß Ihr diesen Betrag kurzfristig anlegt, zu einem hohen Zinssatz. Ist das möglich?«

Nikolaus breitete die Hände aus. »Ich habe Euch verwöhnt, mein Fräulein.«

Mit einem aufreizenden Lächeln legte sie die Hand auf seinen Arm. »Das stimmt. Nie hätte ich soviel zu gewinnen erhofft, wie Ihr für mich erzielt habt. Ich könnte mir denken, daß Ihr viel zu großzügig wart. Wenn Ihr jetzt ablehnt, wäre es nicht unverständlich.«

»Ablehnen?« Er legte seine Hand auf die ihre. »Und wenn Ihr mein Herz verlangt, ich könnte nicht nein sagen. Mit Freuden würde ich es Euch überlassen.«

Elise entzog ihm ihre Hand. Die Bewunderung, die sie in seinen blauen Augen las, bereitete ihr Unbehagen, ohne daß sie den Grund hierfür hätte nennen können. Als Nikolaus sie auf Hohenstein besucht hatte, war sie in guter Stimmung gewesen und hatte ihn ermutigt, gleichzeitig aber war sie auch von dem Verlangen besessen, das spöttische Lächeln von Maxims Lippen zu wischen und ihm zu beweisen, daß ein anderer Mann sie so begehren konnte, wie er selbst Arabella begehrt hatte.

Nikolaus geleitete sie aus dem Laden. »Seine Lordschaft hat mein Pferd mitgenommen«, klagte Elise. »Ich ruiniere meine Schuhe, wenn ich die Straße überquere.«

»Meine Liebe, macht Euch keine Sorgen. Ich hole eine Sänfte, die Euch sicher zum Gasthaus bringen wird«, bot Nikolaus an. »Dort können wir uns bis zu Maxims Rückkehr laben.«

»Nikolaus, Ihr seid ein Prophet«, sagte Elise erleichtert. »Ich sterbe vor Hunger.«

»Was denn, und das mit meinem Koch?« Nikolaus lachte auf. »Nein, nein, mein Fräulein, Ihr werdet bei Dietrich kräftig zunehmen.« Augenzwinkernd versuchte er ihre Figur unter dem Mantel auszumachen. »Vielleicht sollte ich Dietrich zurückbeordern, denn er wird mir den Anblick ruinieren, der mir so lieb geworden ist.«

»Schämt Euch. Ihr sprecht wie ein zügelloser Genießer und nicht wie ein mönchisch enthaltsamer Hansekapitän.«

»Was soll ich dazu sagen? Daß ich gern schöne Mädchen sehe und Ihr die Schönste seid? *Ich* habe Augen im Kopf, nur Maxim ist mit Blindheit geschlagen. Er verzehrt sich nach dem, was er nicht bekommen kann, und übersieht dabei den Schatz in seiner Reichweite. Hätte ich Zeit, dann würde ich ihn über Frauen belehren, aber ich fürchte, meine Belehrungen wären an einen starrsinnigen Kerl wie Maxim vergeudet.«

12

Die Dämmerung des Spätnachmittags vertiefte das Halbdunkel der Gaststube, in der zahlreiche Kerzen brannten. Die Suche nach Elise hatte Maxim durch etliche Läden geführt, in denen sie Sachen gekauft hatte, die das Dreifache dessen kosteten, was ihr zur Verfügung stand. Als er erfahren hatte, daß sie sich in Begleitung eines höchst aufmerksamen Hansekapitäns befand, war sein Mißfallen noch gestiegen. Er hätte ihre Käufe viel gelassener hingenommen, wenn es sich um bloße Verschwendungssucht gehandelt hätte, doch wurde er den Verdacht nicht los, daß sie sich in Wahrheit an ihm rächen wollte. Sie wollte ihn zum Narren stempeln, wollte es so weit treiben, daß man ihm keinen Kredit mehr gewährte und sein Ruf bei den Kaufleuten in der Stadt ruiniert war. Und jetzt genoß sie die Gesellschaft eines Mannes, der ihr liebend gern die Welt zu Füßen gelegt hätte.

Maxims Ärger wuchs noch, als er das Paar am Stammtisch des Kapitäns erspähte. Nikolaus war ganz hingebungsvoller Anbeter, als er sich zu Elises raffiniert frisiertem Köpfchen neigte. Sie trug ihr Haar in der Mitte gescheitelt und zu zwei Zöpfen geflochten, die auf dem Kopf zu einer Krone gelegt waren. Vorwitzige lose Strähnen ringelten sich um Schläfen und Nacken. Das weiche Kerzenlicht ließ sie in sanfter Weiblichkeit erscheinen.

»Guten Abend«, grüßte Maxim schroff und blieb vor dem Tisch stehen.

»Maxim!« rief Nikolaus freudig und sprang auf. »Wir haben uns schon gefragt, wo du stecken könntest.« Mit einer Handbewegung lud er ihn ein: »Komm, setz dich zu uns.«

Maxim ließ die Aufforderung unbeachtet und starrte das Mädchen an, während er die Handschuhe abstreifte. In seinem Blick lag Kälte, und Elise, die seiner Stimmung sofort gewahr wurde, war verwirrt, denn noch nie hatte sie ihn so abweisend erlebt. Er warf die Handschuhe neben sich auf den Tisch, legte den Umhang ab und ließ sich auf einem Stuhl zu ihrer Rechten nieder.

»Madame, Ihr müßt inzwischen fast verhungert sein«, bemerkte er trocken. »Jeder Ladenbesitzer versicherte mir, daß Ihr Schwerarbeit geleistet habt. Und welches Lob man Euch spendet! Eine edle junge Dame mit ausgezeichnetem Geschmack, so hieß es allgemein. Nur vom Feinsten hat sie gewählt... alle guten Stücke hat sie genommen.«

»Mylord, ich ließ einige übrig.« Jetzt war Elise der Grund für sein Mißvergnügen klar. »So anspruchsvoll bin ich nun doch nicht.«

»Das ist Ansichtssache, doch wollen wir das besprechen, wenn wir unter uns sind. Vor Fremden ist das Austragen von Meinungsverschiedenheiten unpassend.«

»Ihr tut so, als wären wir Jahrzehnte verheiratet«, stichelte Elise. »Zudem ist Nikolaus kein Fremder, sondern war Euer Komplize bei der Entführung. Daher wird ihn eine kleine Auseinandersetzung wohl kaum erschüttern.«

»Jetzt ist mir klar, daß ich besser auf der Hut hätte sein sollen. Aber ich habe Euch vertraut...«

»War es nicht recht, daß ich soviel bekomme, wie Ihr Arabella geben wolltet?« erwiderte Elise mit beißendem Spott. »Habe ich nicht ebensoviel... oder gar mehr erlitten?«

»Glaubt Ihr, ich versage Euch jegliche Annehmlichkeit?« fuhr Maxim empört auf. Er mußte sich beherrschen, denn diese kleine Hexe verstand es sehr geschickt, ihn über alle Maßen zu reizen. »Ich gab Euch, was ich mir leisten konnte, und nicht weniger.«

»Maxim, laß das«, schalt Nikolaus ihn. »Das Mädchen hatte recht...« Er verstummte jäh, als ihn ein Damenschuh ins Bein trat. Ein Blick zu Elise ließ es ihm geraten erscheinen, darüber zu schweigen, daß sie eigenes Kapital besaß und alles selbst bezahlen konnte. Deshalb schloß er mit einem verächtlichen Lächeln: »Sicher werden wir uns an allen Euren Einkäufen erfreuen.«

»Du ganz sicher!« stieß Maxim hervor, selbst verwundert über den Groll, den er für einen Mann empfand, der ihm seit Jahren ein guter Freund war. Doch er scheute sich, die schwelende Eifersucht einzugestehen.

In seinen Stuhl zurückgelehnt, nahm Maxim einen Humpen Bier von dem Schankmädchen entgegen. Gleich trank er einen Schluck und wischte sich mit dem Handrücken den Mund ab, den Blick unverwandt auf Elise gerichtet. Von allen Frauen, die ihm bislang begegnet waren, war sie die erste, die es fertigbrachte, seine Gefühle völlig zu verwirren. Einerseits wollte er sich für das revanchieren, was sie ihm heute angetan hatte, andererseits verspürte er in seinem Inneren auch ein heftiges Verlangen, sie näher kennenzulernen.

»Meine Schutzbefohlene hat angedroht, sie wolle sich an jenen rächen, die ihr Übles taten, und ich schwöre, sie hat mich heute gepeinigt.« Ein trauriges Lächeln umspielte seine Lippen, als er sich an seinen Freund wandte: »Gib gut acht, Nikolaus, sie wird uns alle noch an den Galgen bringen.«

»Nur Euch, Mylord«, versicherte Elise ihm freundlich. »Ihr habt für meine Entführung gesorgt. Ihr seid derjenige, der bestraft werden sollte!«

»Soll das heißen, daß Nikolaus' Leben nicht gefährdet ist?« Er hielt inne, als sie langsam nickte, und wagte dann kaum zu fragen: »Wenn mein Leben von Euch abhinge, wäre es verwirkt?«

In beredtem Schweigen wandte Elise sich von ihm ab und überließ ihn seinen Zweifeln.

Nikolaus brach in schallendes Gelächter aus und ließ sich in seinem Stuhl zurückfallen. Er genoß es, wie Elise mit Maxim umsprang. Daß eine junge Dame Seiner Lordschaft mit Entschiedenheit entgegentrat, war selten. Meist warf sich ihm das schönere Geschlecht an den Hals und flehte um seine Gunst. Keine der Frauen hatte das vielschichtige Wesen dieses Mannes erkannt. Maxim war ein Mensch, der die Herausforderung einer anstrengenden Jagd liebte. Siege, die ihm in den Schoß fielen, galten ihm nicht viel. Ja, in der Tat, sann Nikolaus, wäre Maxim nicht Arabella völlig verfallen, dann könnte Elise eine mögliche Jagdbeute abgeben. Vielleicht war es besser, man rief dem Marquis seine verlorene Liebe in Erinnerung, damit er nicht auf naheliegende Gedanken kam...

»Ich hörte, daß Reland und Arabella kurz nach der Hochzeit nach London gingen«, setzte er entschlossen an. »Die neue Garderobe für ihr Erscheinen bei Hof soll ihn ein kleines Vermögen gekostet haben.« Er lächelte vielsagend. »Gewiß wurde ihm dafür reicher Lohn zuteil.«

»Wenigstens weiß Reland, wie man eine Dame behandelt«, bemerkte Elise spöttisch.

»Wenn ich das Gehabe dieses Tölpels nachahmte, brächte Euch das schnell in Rage«, giftete Maxim zurück. »Dieser Kerl wäre doch glatt imstande, ein Mädchen zu verführen und dann ihre Dankbarkeit für seine Aufmerksamkeit einzufordern. Hättet Ihr Relands Prahlerei gehört, teure Elise, dann wüßtet Ihr, daß ihn nichts weniger kümmert als das Vergnügen einer Dame. Ihm liegt einzig am eigenen Genuß. Aber welchem Mann stehen Prahlereien zu, wenn er seine Geliebte unbefriedigt läßt?«

Nikolaus ärgerte sich, als er sah, daß das Mädchen nachdenklich die Stirn runzelte und Maxim dies mit einem Lächeln quittierte. Sie hatte natürlich keine Ahnung, was Maxim meinte, und Nikolaus fürchtete, ihre Unschuld könnte Maxim reizen, ihr Nichtwissen auf die Probe zu stellen.

Für Nikolaus war es daher eine höchst willkommene Ablenkung, als große Platten mit Fleisch und Beilagen auf ihren Tisch gestellt wurden. Maxim schien die Köstlichkeiten, bei deren Anblick Nikolaus das Wasser im Mund zusammenlief, nicht zu beachten, da sein Interesse einzig dem herausfordernden Mädchen galt.

»Komm, Maxim«, drängte Nikolaus. »Greif zu, es ist genug da.«

»Mag sein«, gab Maxim zu, »aber ich würde lieber zu Hause speisen.«

»Zu Hause?« Nikolaus warf ihm einen erstaunten Blick zu. »Das hört sich an, als hättest du eine Vorliebe für Hohenstein entwickelt.«

»Nun, die Burg ist besser als manche Hütte, in der ich gehaust habe. Mir genügen ein Feuer, um mich zu wärmen, ein weiches Bett und ein Dach über dem Kopf.«

Elise wurde plötzlich von einem Hustenkrampf geschüttelt, denn ihr fielen die Disteln in seinem Bett ein. Doch ihr schlechtes Gewissen verflog, als sie sich sagte, daß dies nur ein Bruchteil dessen war, was ihm gebührte. Sie schluckte rasch ein paarmal und aß lächelnd weiter.

Nikolaus legte es nun darauf an, Maxims Aufbruch hinauszuzögern. »Mein Freund, ich wäre tief gekränkt, wenn du meine Gastfreundschaft ausschlagen würdest. Hier« – er reichte Maxim einen Holzteller – »bediene dich.«

Beim Anblick der verlockenden Köstlichkeiten wäre es Maxim hart angekommen, die Einladung auszuschlagen. Er tat eine Scheibe Spanferkel auf seinen Teller und sprach nun seinerseits die Einladung aus, von der er wußte, daß der Kapitän sie erwartete. »Natürlich wirst du uns besuchen, wenn es deine Zeit zuläßt, und das nächste Mal mit uns auf Hohenstein speisen.«

»Natürlich«, nahm Nikolaus gern an und fügte hinzu: »Nächsten Monat besuche ich meine Mutter in Lübeck. Da sie es als unziemlich ansehen würde, wenn Elise und ich allein reisen, wirst du uns hoffentlich begleiten.«

»Nichts lieber als das. Vielleicht ergibt sich die Gelegenheit, Hillert in Lübeck aufzusuchen.«

»Wie viele Leben hast du noch, mein Freund?« fragte Nikolaus kopfschüttelnd. »Du hast das Tal des Todes schon einmal durchquert, und zwar nur ganz knapp, wie ich dir ins Gedächtnis rufen darf. Wie lange willst du den Tod herausfordern, ehe du einsiehst, daß du nur ein Sterblicher bist?«

Elise legte die Gabel hin, da ihr der Appetit vergangen war. Unglaublich, daß er sich Sorgen um einen Menschen machte, der sie gewaltsam entführt hatte, und doch erfüllten sie die warnenden Worte mit Furcht.

Maxim tat die Besorgnis des Freundes mit einer wegwerfenden Handbewegung ab. »Nikolaus, du verdirbst uns den Appetit mit deiner Schwarzseherei. Wir haben so viel, für das wir dankbar sein müssen.«

»Ja, das ist wahr, ich darf mich wirklich glücklich schätzen.« Sein Blick ruhte auf Elise mit soviel Wärme, daß Maxim ihn nicht mißverstehen konnte. Daß der Kapitän immer mehr in den Bann des Mädchens geriet, war nicht zu übersehen. Nikolaus schlug lachend mit der Hand auf den Tisch. »Und du, mein Freund, genießt hier in Hamburg offensichtlich dein neues Leben.«

»...und alles ist gut«, sprach Maxim seinen Gedanken aus, den Blick nachdenklich auf Elise gerichtet. Sie war plötzlich so in sich gekehrt, daß er sich fragte, wohin ihre Gedanken abschweiften. »Was sagt Ihr, Elise? Habt Ihr Grund zur Dankbarkeit?«

Sie sah ihn an, und es vergingen Augenblicke des Schweigens, während sie in seinen Augen nach dem Spott suchte. Statt dessen las sie darin eine aufrichtige Frage. »Ich weiß es zu schätzen, daß ich am Leben bin«, sagte sie leise. »Aber das Leben allein ist nicht Grund genug, Dankbarkeit zu empfinden, denn man kann auch sehr elend leben. Das Herz entscheidet, was es wert ist, daß man atmet und lebt. Das Geheimnis des Lebens hängt weder an Ruhm noch Reichtum, denn ein Armer kann mit seinem kargen Los zufrieden sein, während einem Reichen nur noch der Tod als Ausweg erscheinen mag. Das Geheimnis ist das Geheimnis des Herzens.«

»Wie weise«, sagte Maxim, der nicht genug staunen konnte, daß
ein so junger Mensch über solche Einsichten verfügte. »Und was
brennt in Eurem Herzen, Mädchen? Was wollt Ihr aus Eurem Leben machen? Wonach strebt Ihr?«

»Ich möchte meinen Vater finden und ihn befreien«, erwiderte
sie ernst. »Vorher werde ich nicht zur Ruhe kommen.«

»Von Eurem eigenen Verlangen nach Freiheit sprecht Ihr
nicht?«

Sonderbar, ihre eigene Freiheit war nun nicht mehr ihr drin-
gendstes Bedürfnis. Als einzig erstrebenswertes Ziel stand ihr die
Rettung des Vaters vor Augen. »Ihr kennt meine Gefühle in dieser
Sache«, sagte sie.

Nikolaus gefiel nicht, wie ihn die beiden, wenn auch unbeabsichtigt, vom Gespräch ausschlossen. Fast schien es, als hätten sie
ihn vergessen. Das Mahl wurde schweigend beendet, und als Maxim dann erneut zum Aufbruch drängte, weil es zu gefährlich sei,
noch später zu reiten, wies Nikolaus zwei seiner Leute, die an einem Nebentisch saßen, an, als Eskorte mitzureiten. Widerspruch
von seiten Maxims duldete er nicht. Er ließ ihn auch nicht im
Zweifel darüber, daß seine Sorge in erster Linie Elise galt. Maxim
blieb daher nichts übrig, als sich zu fügen, als Nikolaus die Dame
seines Herzens zur Tür geleitete.

Auf Anweisung des Kapitäns holten seine Männer ihre Pferde
und auch Maxims Hengst, den dieser in einem Mietstall untergebracht hatte. Als der Kapitän und Seine Lordschaft vor das Gasthaus traten, warteten die Männer mit den Pferden bereits. Elise
blieb zunächst in der Tür stehen, ehe sie zaghaft einen Fuß auf den
zu Eis erstarrten Schneematsch setzte.

Da stieß Nikolaus einen leisen, anerkennenden Pfiff aus. »Maxim, was für eine prächtige Stute du dir zugelegt hast! Eine echte
Schönheit, gratuliere!«

Bei Elise regten sich leise Zweifel an Nikolaus' Verstand, da sie
sein Lob auf ihr untersetztes Schimmelchen bezog, mit dem sie
hergeritten war. Erst als sie den Blick hob, sah sie überrascht, daß
die zwei Männer voller Bewunderung vor einer dunklen Fuchs-
stute standen: große, ausdrucksvolle Augen, ein edel geformter

Kopf und unter einer seidigen Mähne ein anmutiger Hals. Es war ein hochbeiniges Tier mit feinen Fesseln und insgesamt harmonischen Proportionen.

Maxim ergriff die Zügel und führte das Pferd zu Elise. »Vielleicht freut es Euch zu hören, daß ich die Schimmelstute verkauft und diese hier erworben habe. Ein elegantes Pferd, meint Ihr nicht auch?«

»Ja, in der Tat, Mylord.« Elise konnte sich nicht genug wundern. Ihr ein so elegantes, edles Tier zu kaufen, das schien nicht zu seiner Art zu passen. Auch Sattel und Zaumzeug waren neu und von feiner Qualität.

Elise hob den Blick, noch immer fassungslos über das Wunder dieses Geschenks, und murmelte mit einem scheuen Lächeln: »Mylord, ich kann es nicht fassen. Dergleichen hätte ich nicht von Euch erwartet. Ich danke Euch.«

Wie gebannt von der Schönheit ihres sanften Lächelns, des ersten, mit dem sie ihn bedachte, konnte Maxim seinen Blick nicht von ihr wenden. Erst als Nikolaus vortrat, um ihr in den Sattel zu helfen, trat er beiseite. Er richtete seinen Sattel und streichelte Eddys Hals, während er das Gemurmel der beiden hinter sich hörte. Er malte sich aus, wie Nikolaus sie zum Abschied küßte und ihr mit derselben Bewunderung wie in der Gaststube in die blauen Augen sah.

Plötzlich erfaßte Maxim das Verlangen, sich ohne Verzug auf den Weg zu machen. Er erfaßte die Zügel, schwang sich aufs Pferd und warf den beiden einen ungeduldigen Blick zu.

Nikolaus bemerkte dies und drückte die schmale Hand Elises in einem stummen Adieu. Fürsorglich steckte er den Umhang über Elises Röcken fest, ehe er zurücktrat. »Sieh dich unterwegs gut vor«, ermahnte er Maxim. »Ich möchte euch beide unversehrt wiedersehen.«

Maxim hob eine Hand zum Abschiedsgruß und gab Eddy die Sporen. Sofort fiel das Pferd in einen langsamen Trott. Auch das Mädchen drehte sich kurz um und winkte der einsamen, auf der Straße stehenden Gestalt zum Abschied zu. Dann setzte sie sich für den langen Ritt nach Hohenstein zurecht.

Die Nacht war ruhig, nicht das leiseste Lüftchen regte sich. Es war, als hielte die ganze Welt den frostigen Atem an. Der über den Hügeln aufgehende Vollmond warf seinen Silberschein über die Erde. Der Schnee knirschte unter den Pferdehufen. Elise raffte den Umhang enger und schmiegte sich tief in seine Wärme. Ihr entging nicht, daß Maxim den Schritt des Hengstes neben ihrem Pferd hemmte. Das muskulöse sehnige Tier neigte dazu, unruhig zu tänzeln und den Schweif aufzustellen. Es bedurfte einer festen und sicheren Hand, um ihn zu zügeln, und doch schaffte es Maxim mit einer Leichtigkeit, die nur die Frucht langer Übung sein konnte.

Auf Burg Hohenstein drückte Fitch seine behäbige Gestalt in eine Nische zwischen Brunnen und Wassertrog, etwa in der Mitte zwischen Haupttor und Eingang zum Burgfried. Die lange Winterdämmerung war tiefer Dunkelheit gewichen, ein orangefarbiger Mond war über den Hügeln hochgestiegen und immer bleicher geworden. Dies war die Zeit, die Fitch am meisten fürchtete, wenn die Gespenster aus ihren Grüften stiegen.

Spence, der glaubte, eventuelle Gespenster würden ihr Unwesen nur im Haupttrakt treiben, schlief im Stallgebäude und schnarchte schon gewaltig. Fitch hingegen, der die Nachtwache übernommen hatte und bedacht war, den Burgfried nicht zu verlassen, nachdem Dietrich sich zurückgezogen hatte, war mit einem dicken Eichenast bewaffnet. Beim Abschreiten des Hofes hatte er keine Gespenster oder unheimliche Schatten ausmachen können, dennoch war ihm unheimlich zumute. Ein gruseliges Frösteln überlief ihn, so daß er sich noch tiefer in seine Felldecke verkroch. Von seinem Plätzchen aus konnte er das Tor gut im Auge behalten, doch mit der Zeit wurden seine Lider schwer.

Beidseits des Tores brannten Fackeln in ihren Halterungen und empfingen die Heimkehrenden. Das Hufgeklapper wurde vom Schnee gedämpft; als sie eine Stelle am Brunnen erreichten, wo das Wasser auf dem Boden eine glatte und tückische Eisfläche bildete, durchbrachen Eddys schwere Hufe das Eis, und ein Geräusch wie das Klappern von Gebeinen klang durch den Hof.

Fitch riß die Augen auf, während er noch von den Resten schlimmer Träume heimgesucht wurde. Vier verhüllte Gestalten auf dunklen Rossen ragten vor ihm auf wie höllische Sendboten. Ihre langen Schatten fielen auf ihn und schwankten unheimlich im Fackelschein. In der Gewißheit, daß nun sein letztes Stündlein geschlagen habe, schnellte er mit einem Schrei des Entsetzens hoch. Der Stock, der ihm beim Einschlafen in den Schoß geglitten war, segelte durch die Luft, während Fitch auf der Eisfläche taumelte und sich nur schlitternd auf den Beinen halten konnte. Der Stock fiel direkt vor Elises scheuender Stute zu Boden. In panischer Angst wich das Tier aus, Elise entglitten die Zügel, so daß sie sich an die Mähne des sich aufbäumenden Pferdes klammern mußte.

Maxim vollführte auf Eddys Hinterhand eine Drehung und drängte ihn zur Stute hin, so daß er Elise umfangen und scheinbar mühelos zu sich in den Sattel ziehen konnte. Die Stute hörte nicht auf, zu bocken und auszuschlagen, bis die zwei anderen die Zügel zu fassen bekamen und sie unter sanftem Zureden zum Stalleingang führten.

Maxim hatte Elise an sich gedrückt und spürte, wie sie zitterte, als sie die Arme um seinen Nacken schlang. Der Duft ihres Haares betörte ihn, so daß er beinahe dem Verlangen nachgegeben hätte, das Gesicht tief in ihr Haar zu drücken, um den Duft noch mehr zu genießen.

»Alles in Ordnung?« flüsterte er, die Lippen nahe an ihrem Ohr.

Elise nickte und hob den Kopf, um ihm in die verschatteten Augen zu sehen. Wortlos lenkte Maxim Eddy näher zur Freitreppe heran. Fitch, der sich schämte und wieder ins rechte Licht setzen wollte, eilte herbei, um Elise beim Absitzen zu helfen, wobei er sich wortreich für sein Ungeschick entschuldigte. Ihr Fuß berührte die Stufe, und Maxim löste den Arm von ihrer Mitte. Im flackernden Lichtkreis der Fackel trafen sich ihre Blicke, und seine Stimme war wie eine Liebkosung, als er sagte: »Heute werdet Ihr meinen Traum verschönern, holdes Mädchen. Seid dessen versichert.«

Um eine Antwort verlegen, suchte Elise Zuflucht in der großen Halle und lief zur Treppe, hinauf in den ersten Stock und in ihre Räume, nur von einem einzigen Gedanken erfüllt. Die Disteln! Wenn sie jemals etwas bereut hatte, dann diesen Streich. Wie konnte sie Maxim jemals wieder ins Gesicht sehen! Wenn er sich ihr gegenüber heute nicht so großzügig gezeigt hätte, wäre ihr Vergeltungsbedürfnis ungebrochen gewesen.

Sorgsam schob Elise den Riegel vor. Nachdem sie ihren Umhang abgelegt hatte, lief sie vor dem Kamin auf und ab. Eine Ewigkeit schien zu vergehen, bis sie seine Schritte auf der Treppe hörte. Jetzt war es nur eine Frage von Minuten, bis sie seinen Aufschrei hören würde. Gleich darauf würde er zu ihr herunterpoltern und an ihre Tür hämmern. Angespannt wartete sie und spitzte beim leisesten Geräusch die Ohren. Ihre Hände waren eiskalt, sie zitterte am ganzen Körper. Auch als sie Brennholz nachgelegt hatte, ließ diese Kälte nicht nach. Die Zeit schleppte sich dahin, und sie fing an, sich auszuziehen. Fröstelnd schlüpfte sie zwischen die Decken und starrte zum Plafond.

Maxim hatte seine Stiefel abgestreift und lief unruhig auf dem Gang vor der Schlafkammer auf und ab. Ständig wurde er von Bildern heimgesucht, die Nikolaus und Elise in trautem Beisammensein zeigten. Vielleicht sollte er einfach ruhigbleiben und von Reijn um Elise werben lassen, sagte er sich. Hatte er nicht selbst behauptet, das Mädchen interessiere ihn nicht? Hatte er damit ihren Anbeter nicht stillschweigend ermuntert? Doch sein Widerwillen wuchs, sie von einem anderen umworben zu sehen. Verwirrt mußte er sich eingestehen, daß es ihn drängte, selbst um sie zu werben.

Immer wieder blieb er stehen und warf einen Blick durch die längliche, schmale Öffnung einer Schießscharte. Der aufkommende Wind trieb Wolken über den Mond, die den Himmel verdunkelten. Seine Gedanken verdüsterten sich. Einerseits war es ihm unerträglich, daß sein bester Freund Elise den Hof machte. Andererseits hätte er aber eine eigene Werbung nicht rechtfertigen können, schließlich war er für Elise der böse Entführer, der große Schurke in ihrem Leben. Er hatte den Plan selbst ausgeklügelt und es Tölpeln überlassen, ihn auszuführen, und jetzt hatten er und Elise das Nachsehen.

Leise begab sich Maxim in sein Schlafgemach, in dem das Feuer fast erloschen war. Er mußte erst die Glut schüren und Holz nachlegen, ehe er begann, sich auszuziehen. Als er den Blick auf die Wand richtete, in der sich die Geheimtür befand, stellte sich unwillkürlich die schlafende Elise vor, das Haar über das Kissen gebreitet, die seidigen Wimpern auf den hellen Wangen, die…

Ahhh! Wie von tausend scharfen Spitzen getroffen, sprang er vom Bett. Verwirrt hob er das Laken und fuhr mit der Hand über die Matratze. Einige Stacheln blieben an seiner Hand hängen. Er hielt sie gegen das Licht.

»Ach! Hat das Biest also noch nicht klein beigegeben«, entfuhr es ihm.

Am liebsten hätte er sie auf der Stelle zur Rede gestellt. Doch er bezwang sich. Ein Lächeln huschte über sein Gesicht, als ihm ein verlockender Gedanke kam. Sorgfältig machte er Laken und Decken so zurecht, daß es aussah, als wäre das Bett unberührt geblieben. Er wickelte sich in einen pelzgefütterten Mantel, ließ sich auf dem großen, hochlehnigen Stuhl am Kamin nieder und hielt die Füße ans Feuer. Verbrachte er die Nacht auf dem Stuhl, so setzte er die kleine Füchsin, die es auf ihn abgesehen hatte, auf eine falsche Spur.

Der Morgen dämmerte herauf, und Elise erwachte in dem Bewußtsein, daß sie irgendwann in der Nacht eingeschlafen war, ständig in Erwartung von Maxims Wutanfall. Er war also nicht heruntergekommen, um an ihre Tür zu trommeln. Wie sollte sie sich jetzt verhalten? Konnte sie überhaupt ihre Räume verlassen?

Eine Decke um sich raffend, lief sie zum Kamin, schürte die Glut und legte Kleinholz nach. Das Feuer flackerte auf und wärmte sie allmählich; langsam schickte sie sich an, ihre Haare zu bürsten, die in losen Locken um ihre Schultern fielen. Im Geiste sah sie kalte, anklagende grüne Augen vor sich. Langsam sanken ihre Hände herab, und sie starrte niedergeschlagen in die Flammen. Wenn Maxim nicht die Stute für sie gekauft hätte… wenn er sie nicht so innig aus dem Sattel gehoben hätte... wenn er nicht so liebevoll mit ihr vor dem Eingang gesprochen hätte...

Seufzend machte sich Elise für den Tag zurecht, zog ihre gewohnte unansehnliche Kleidung an und ging in gedrückter Stimmung hinunter.

Dietrich blickte mit freundlichem Lächeln auf, als sie an den Herd trat. »Guten Morgen, Herrin. Wie geht es Euch?«

»Guten Morgen, Dietrich«, antwortete sie eintönig.

Der Koch machte sich weiter an seinen verschiedenen Töpfen und Kesseln zu schaffen, denen köstliche Gerüche entstiegen. Elise baute darauf, daß Dietrichs Anwesenheit ihr Schutz bot, da er von Reijn treu ergeben war und Maxim aus diesem Grund vor ihm tunlichst eine Auseinandersetzung vermeiden würde.

Die Zeit verging nur schleppend, und ihre Nerven wurden immer angespannter, bis sie es kaum mehr aushielt. Ungeduldig wartete sie auf irgendein Anzeichen von oben, das Maxims Kommen ankündigte, und fuhr beim kleinsten Geräusch zusammen. Schließlich ließ sie sich auf einem Stuhl am entfernten Ende des Tisches nieder, wo sie außer Maxims Reichweite war, und übte insgeheim ein halbes Dutzend mögliche Antworten auf die Anschuldigungen ein, die sie erwartete, nur um sie alle der Reihe nach wieder zu verwerfen, da er ihre Beschwichtigungsversuche mit einer barschen Zurechtweisung zunichte machen würde.

»Guten Morgen«, hörte man von der Treppe her Maxims Stimme, und als Elise aufblickte, sah sie in sein warmherziges Lächeln. Es berührte sie höchst eigenartig, daß seinem Blick jede Kälte mangelte.

»Guten Morgen, Mylord«, gab sie zurück, wobei sie seinen Titel mit einer Betonung aussprach, die daraus eher eine Beleidigung machte. Über den Rand ihres Trinkgefäßes hinweg beobachtete sie ihn aufmerksam, als er die Halle durchschritt. Neben ihrem Stuhl blieb er stehen. Die gefalteten Hände im Schoß, so saß sie da, aber dennoch sprungbereit für den Fall, daß er auf sie losgehen sollte.

»Ihr seht ausgeruht aus, Elise. Habt Ihr gut geschlafen?«

»Sehr gut, Mylord«, murmelte sie. Beiläufig streckte er die

Hand aus und strich über eine Strähne. Ihr Herz schlug schneller, als sie seine Hand auf ihrer Schulter spürte. Sie kam sich wie festgenagelt vor. Mühsam brachte sie die Frage hervor, die ihr auf den Lippen brannte. »Und Ihr, Mylord? Habt Ihr gut geschlafen?«

Scheinbar nachdenklich verschränkte Maxim die Arme vor der Brust und hob den Blick zum Deckengebälk, ehe er wieder Elise anschaute. »Nun, gut genug, vermutlich, in Anbetracht…«

Elise wappnete sich für seine nächsten Worte. Es hätte sie keineswegs erstaunt, wenn er sie ihr jetzt ins Ohr gebrüllt hätte.

»Meine Gedanken ließen mir keine Ruhe«, fuhr Maxim geschmeidig fort. »Da ließ ich mich auf einem Stuhl beim Kamin nieder. Leider überwältigte mich der Schlaf, und ich mußte die Nacht sitzend verbringen.«

Seine unmittelbare Nähe verhinderte, daß Elise Erleichterung verspürte. »Bestand ein Grund für Eure Unruhe?« fragte sie.

Maxim beugte sich vor, um den Duft ihres Haars einzuatmen, und mit breiter werdendem Lächeln sagte er: »Ich dachte an Euch, holde Elise. Das hatte ich doch versprochen.«

Ihr Blick traf den seinen. Welches Spiel spielte er? »An mich, Sir?« fragte sie erstaunt.

Maxim ließ schmunzelnd die seidige Haarsträhne los und begab sich ans entgegengesetzte Ende des Tisches, wo er vom Koch einen Krug Glühwein in Empfang nahm.

»Ich mache mir Gedanken darüber, was ich wohl werde verkaufen müssen, um die Kleider zu bezahlen, die Ihr so großzügig bestellt habt«, sagte er, nachdem er sich gesetzt und den Krug an die Lippen geführt hatte.

»Ach.« Ein Wörtchen nur, ganz leise und mit enttäuschtem Unterton ausgesprochen. Aber hatte sie denn ernsthaft geglaubt, er würde ihr zu verstehen geben, daß er jetzt mehr für sie empfand? »Mylord, macht Euch deswegen keine Sorgen.« Langsam gewann sie ihre Fassung wieder. »Ich brauche Euer Geld für meine Einkäufe nicht.«

»Wie kommt das?« fragte er überrascht.

»Ganz einfach. Ich besitze selbst genug Geld, um den Rest bezahlen zu können.«

»Ihr behauptet, Ihr hättet genug eigenes Geld, aber wie habt Ihr ein solches Vermögen bei der Entführung mitnehmen können?«

Obwohl Elise den Blick senkte und sich etwas zur Seite drehte, um ihr Profil besser zur Geltung zu bringen, sah es aus, als reckte sie die Nase, um ihn ihre Geringschätzung spüren zu lassen. »Ein Freund half mir«, entgegnete sie weiblichem Instinkt.

Von Reijn! Maxims Gedanken bissen sich an diesem Köder fest. Nur er konnte es sein! War es ein reines Geschenk? Oder eine Gegenleistung für…? Maxim wehrte sich gegen diese Vorstellung und kämpfte schwer mit sich. »Ihr scheint ja an Nikolaus großen Gefallen gefunden zu haben«, entgegnete er und konnte seinen schwelenden Zorn nur mühsam verhehlen. »Dennoch drängt sich einem die Frage auf, ob Ihr Euch mit einem Leben als Frau eines Hansekapitäns zufriedengeben würdet.«

»Ich wüßte nicht, was Euch das angeht, Mylord. Sicher seid Ihr zu tief in Eure Gefühle für Arabella verstrickt, als daß es Euch kümmern könnte, ob ich mit meiner Gattenwahl zufrieden bin oder nicht. Die Tatsache, daß Ihr mich aus meiner Heimat entführt habt, macht Euch noch lange nicht zu meinem Vormund.«

»Nun, eine gewisse Verpflichtung empfinde ich schon.«

»Eure Verpflichtung erschöpft sich darin, mich möglichst bald wieder nach Hause zu bringen und während meiner Zeit als Eure Gefangene für meine Ernährung und andere Bedürfnisse zu sorgen. Mein Privatleben geht Euch gar nichts an.« Damit erhob sich Elise, knickste andeutungsweise und ging hinaus, während er vor dem Kamin sitzen blieb und finster in die Flammen starrte.

13

Der eisige Wind heulte um die Steinmauern von Hohenstein und drang durch jeden Spalt und Ritz. Elise schauderte, als die kalte Zugluft die Wärme vertrieb, die von den Feuern in den Kaminen ausging. Trotz des wollenen Umhangs, den sie um die Schultern gelegt hatte, fröstelte sie. Von oben hörte sie Maxims Stimme, die im Kommandoton einen Befehl in den Hof brüllte. Gleich darauf polterten Fitch und Spence unter einem gewaltigen Windstoß durchs Hauptportal herein. Beide hatten sich für den kurzen Weg von den Stallungen in dicke Umhänge gehüllt und sahen nun unter der Schneeschicht aus wie zottige Ungetüme aus dem hohen Norden.

Vor dem Kamin hielten sie inne, um ihre Umhänge abzuwerfen, dann griff Fitch von neuem zur Säge und hob eine Armladung Bretter hoch, während Spence sich an einer Kiste mit Nägeln, Scharnieren und anderem Zubehör zu schaffen machte. Im Vorübergehen grüßte Fitch Elise mit einem hastigen »Guten Morgen, Mistreß« und eilte weiter. Mit ihren Werkzeugen und dem Holz schleppten sich die beiden die Treppe hinauf. Oben erwartete sie Seine Lordschaft, breitbeinig, die Arme in die Hüften gestützt; er sah zur Decke hoch, wo der Sturm die provisorischen Reparaturen zunichte gemacht hatte. Wortlos und ohne den Versuch einer Entschuldigung machten sie sich eilig an die Ausbesserung des Daches, wobei ihnen diesmal Hilfe und Anweisung ihres Burgherren zuteil wurden.

Während die Männer sich oben abmühten, machte sich Elise ans Saubermachen – mit dem Hintergedanken, dies als Vorwand zu benutzen, um in Maxims Schlafzimmer zu gelangen. Sie betätigte sich zunächst in den unteren Räumlichkeiten, fegte, wischte Staub, polierte die Möbel und machte Treppen und Boden sauber. Die Mittagsstunde kam und verging, und als sie es kaum noch erwarten konnte, daß die Männer endlich eine Pause einlegten und die oberen Räume verließen, ging Dietrich mit einem vollen Tablett an ihr vorüber und machte ihren Plan, Maxims Schlafzimmer in seiner Abwesenheit zu betreten, zunichte.

Viel später, als sie Stoffetzen um die Fenster stopfte, um die Zugluft aus ihrer Schlafkammer zu vertreiben, gab sie die Hoffnung auf, die oberen Räume heute noch leer vorzufinden, denn die Arbeiten dauerten den ganzen Nachmittag an. Allmählich wurde es ihr zur Gewißheit, daß sie eine weitere Nacht in Angst und Schrecken vor Maxims Zorn zubringen mußte, wenn es ihr nicht glückte, die stacheligen Disteln aus seinem Bett zu holen.

Nachdem sie die Fenster gründlich abgedichtet hatte, spürte sie immer noch Zugluft durch den Raum streichen. Sie entdeckte, daß die kalte Luft von der Tür herkam, die früher vom großen Wandteppich verdeckt worden war. Ihre Versuche, diese Tür zu öffnen, hatten sich als vergeblich erwiesen, und als sie jetzt erneut an der Tür rüttelte, zeigte sich, daß diese von der anderen Seite fest verriegelt war.

In ihrem Bemühen, den Haupttrakt der Burg wohnlicher zu gestalten, hatte sie auch den Gobelin einer sorgfältigen Reinigung unterzogen. Das schwere Material würde die Tür sicher abdichten, sagte sie sich.

Elise schleppte den eingerollten Gobelin zu der Wand, an der er aufgehängt werden sollte. Sie stieg auf einen Stuhl. Die Hüfte gegen die Wand gestützt, schaffte sie es nach mehreren Versuchen, ein Ende der Haltestange in eine der Halterungen zu schieben. Keuchend und schwitzend hielt sie inne. Dann arbeitete sie sich an der Stange entlang, bis sie das andere Ende fassen konnte, doch sie kam an den über ihr befindlichen zweiten Haken nicht heran.

Sie wischte sich gerade die schweißfeuchte Stirn mit dem Ärmel ab, als sie hinter sich ein gedämpftes Lachen hörte. Trotz ihrer vor Erschöpfung zitternden Arme schaffte sie es, sich so weit umzudrehen, daß sie einen Blick über die Schulter werfen konnte. Maxim, das Hemd lässig bis zur Mitte offen, lehnte im Türrahmen. Ungeniert glitt sein Blick von den so offen zur Schau gestellten Fesseln hinauf zur Rundung ihrer Hüften, die sich unter dem Stoff abzeichneten, weiter zu ihrer schlanken Mitte, bis er schließlich ihrem anklagenden Blick begegnete.

»Die Tür war nur angelehnt«, erklärte er mit gespielter Unschuld. »Ich hörte… die… hm… Kampfgeräusche und befürchtete schon, Euch sei etwas zugestoßen.«

»Irrtum! Also, steht nicht herum, und gafft mich nicht an! Helft mir lieber!« Sie fürchtete jeden Moment, unter der Last zusammenzubrechen.

Sofort war Maxim zur Stelle und stieg hinter ihr auf den Stuhl, um ihr die Haltestange aus der zitternden Hand zu nehmen. Die Stange mit einer Hand haltend, drehte er den Wandhaken mit der anderen in die richtige Stellung. Elise versuchte ihm zu helfen und hob eine Falte des Gobelins an, um das Gewicht zu erleichtern. Dabei kam sie ihm so nahe, daß ihre Körper sich berührten.

Maxim beugte sich vor und trieb mit der Handwurzel den gelockerten Stift des Hakens tiefer in die Wand. Elise wurde ganz heiß, als sie das volle Gewicht seines Körpers hinter sich spürte. Wonneschauer durchbebten sie, fremdartig und zugleich sonderbar erregend. Plötzlich hielt er in seinen Bewegungen inne, und als sie sich umblickte, entdeckte sie, daß seine Augen über ihre Schulter abwärts geglitten waren und ihm einen großzügigen Anblick ihrer Brüste gestatteten. Elise ließ sofort die Arme sinken, stieß ihm wütend mit dem Ellbogen in die Rippen und sprang vom Stuhl.

»Ein geiler Lüstling seid Ihr!« schimpfte sie mit hochroten Wangen. »Bei jeder Bewegung muß man auf der Hut sein! Man kann Euch nicht über den Weg trauen!«

Der Wandhaken hielt, als Maxim die Stange darauf senkte, dann wandte er sich ihr mit einem flüchtigen Lächeln zu und stieg vom Stuhl. Vor sie hintretend, sagte er: »Teure Elise, das ist keine Sache des Vertrauens. Von Annäherungsversuchen kann keine Rede sein, aber was Ihr mir an Einblicken bietet, nehme ich gerne wahr wie alle Männer, wenn sich die Gelegenheit bietet, ein so hübsches und wohlgestaltetes Mädchen zu bewundern.«

»Ihr seid hinter mir her wie ein Hirsch in der Brunft!« stieß Elise hervor. »Was Ihr braucht, ist eine Ehefrau, an der Ihr Eure Lust stillen könnt.«

Um Maxims Mund zuckte es belustigt. »Schlagt Ihr mir eine Ehe vor, holde Maid?«

»Gewiß nicht!« In ihren blauen Augen blitzte es vor Empörung.

Maxim quittierte ihre Antwort mit schallendem Gelächter. »Ihr braucht nur etwas zu sagen, und Eure Wünsche werden erfüllt.«

»Ich sagte kein Wort, daß Ihr mich heiraten sollt!«

»Wenn Euch der Sinn danach steht, dann könnte auch ich mich zu einer Ehe entschließen, da ich durch die Entführung immerhin Euren Ruf kompromittiert habe.«

»Sir, Ihr wäret der allerletzte, dem ich meine Hand zur Ehe reichen würde! Ihr seid... Ihr seid abscheulich!«

Er fuhr beiläufig mit dem Finger den Türrahmen ab. »Aber ich wüßte, wie ich die Frau behandle, mit der ich verheiratet bin.«

»Wie denn?« höhnte Elise. »Indem Ihr sie in Eure Gemächer schleppt und sie nicht mehr hinauslaßt? Sie würde ebenso gefangen sein, wie ich es jetzt bin oder wie Arabella es gewiß sein würde!«

»Ich gäbe einen überaus aufmerksamen Ehemann ab«, versicherte er zutraulich. »Und Ihr, holde Elise, müßtet in den langen Winternächten nicht einsam sein.«

»Wollt Ihr damit andeuten, daß ich in einer Ehe mit Nikolaus einsam wäre?«

»Nikolaus wäre ein guter Ehemann... wenn er zu Hause ist...«

»Und Ihr könntet versprechen, immer an meiner Seite zu bleiben?«

»Ein Versprechen wäre anmaßend, doch wenn mich nicht die Pflicht ruft, wäre ich immer und gern an Eurer Seite.«

Elise wandte den Blick ab. Das Leuchten in seinen Augen und die Wärme seiner Worte verwirrten sie. Wie konnte sie glauben, er würde einen liebevollen Ehemann abgeben, wenn sie doch beide wußten, daß er Arabella liebte? Nun ja, ein Mann brauchte eine Frau nicht zu lieben, um sein Vergnügen mit ihr zu haben. Ja, genau das war es, was er von ihr wollte, und nicht mehr.

Als sie sich umdrehte, um ihm die gebührende Antwort zu geben, stellte sie verwundert fest, daß er fort war. Maxim war lautlos verschwunden, und Stille umgab sie. Was war seine Absicht? Wollte er sich nur über sie lustig machen? Sie warf einen anklagenden Blick zur Tür hin. Zweifellos würde es ihm diebisches Vergnügen bereiten, um sie zu werben, um sie dann, sollte sie seiner Werbung nachgeben, wegzuwerfen, wenn er sie satt hatte. Nein, sie würde in diesem Stück nicht die Rolle der Dummen spielen. Das Spiel war um vieles schöner, wenn es zwei Dumme dabei gab.

Dennoch konnte sie nicht leugnen, daß sie beunruhigt war. Noch immer glaubte sie die Wärme seines Körpers zu spüren. Wie hatte Arabella die aufregende Gegenwart dieses Mannes so rasch vergessen und nach seinem vermeintlichen Tod·der tölpelhaften Werbung Reland Huxfords nachgeben können? Was für eine Frau war Arabella, daß sie den Verlust dieses Mannes nicht mindestens ein Jahrzehnt betrauert hatte?

Elise hielt sich für den Rest des Tages zurückgezogen in ihrem Gemach auf. Auch zum Abendessen ließ sie sich nicht blicken, da sie so verwirrt war, daß sie der sanften Überredungskunst Maxims nachzugeben fürchtete.

Eine schwache Ausrede, von Spence überbracht, bewirkte, daß der Burgherr gleich darauf höchstpersönlich an ihre Tür pochte. »Spence meldet, daß Ihr Euch nicht wohl fühlt«, ließ sich Maxim vernehmen. »Braucht Ihr einen Arzt?«

»Gott behüte! Lieber sterbe ich, als daß ich mich von einem Quacksalber befingern lasse, der kein Wort von dem versteht, was ich sage.«

Maxim lächelte befriedigt. Zumindest war sie noch so weit bei Kräften, daß sie ihre Scharfzüngigkeit nicht eingebüßt hatte. »Ich werde Dietrich mit einer Kleinigkeit heraufschicken. Soll ich ihn zuerst auf die Suche nach Schierlingswurzeln schicken, damit wir sie für Euch zubereiten können, Mylady?«

»Jawohl, dies und mehr!« tobte Elise völlig außer sich. »Befühlt Eure Ohren, Mylord! Sind sie schon länger geworden? Befühlt Eure Nase! Ist sie lang und haarig? Wachsen an Händen und Füßen Hufe, wächst Euch ein Eselsschweif? Eine Hexe, fürwahr! Wäre ich eine Hexe, hättet Ihr längst den Verstand eines Esels! Macht, daß Ihr davonkommt, Ihr Monstrum!«

»Jetzt weiß ich sicher, holde Elise, daß Ihr Euch wieder guter Laune und Gesundheit erfreut«, sagte er sanft und ging.

»Ich, eine Hexe!« schimpfte sie weiter vor sich hin, als sie sich in ihre Decken wickelte. »Es geschieht ihm ganz recht, wenn er sich heute nacht auf die Disteln legt!«

Sie verbrachte eine unruhige Nacht. Der Sturm toste um die Burg, und ihre Gedanken kreisten unablässig um Maxim – um seine Berührungen und um seine Wut, die sicher nicht mehr lange auf sich warten ließ.

Der Morgen kam, und wieder lauschte Elise lange und angestrengt nach Schritten auf der Treppe, ehe sie vorsichtig die Tür öffnete und sich hinauswagte. Ihre Überraschung war groß, als sie auf den Gang hinaustrat und Maxim an der Wand unweit der Stiege lehnte, ganz so, als hätte er sie erwartet.

Sofort verlangsamte sie ihre Schritte und beäugte ihn voller Mißtrauen. Jeden Moment gewärtig, für ihre Missetat zur Rechenschaft gezogen zu werden, berührte es sie um so merkwürdiger, als er ihr lächelnd entgegensah.

»Was für ein Jammer.« Er seufzte und schüttelte mitfühlend den Kopf. »Daß Ihr erkrankt seid, meine ich.«

Elise wich seinem Blick aus. »Mir geht es wieder besser.«

»Seid Ihr sicher?« Er trat auf sie zu, schob den Zeigefinger unter ihr Kinn und hob ihr Gesicht, um ihre Gesichtsfarbe zu begutachten. »Hoffentlich hat der Sturm nicht Euren Schlaf gestört.«

»Ja, ein wenig schon«, antwortete sie zurückhaltend. »Und Ihr... habt Ihr gut geschlafen, Sir?«

»Leider nein. Nachdem die Reparatur an meinem Dach beendet war, legte Fitch soviel Holz auf mein Feuer, daß es mir zu heiß wurde. Ich nahm meine Decke und schlief in der Halle. Ich möchte wetten, der Bursche hat den ganzen Wald verfeuert.«

Elise atmete auf. Wieder blieb ihr eine Gnadenfrist. Vielleicht ergab sich im Laufe des Tages doch noch eine Gelegenheit, die Disteln zu entfernen, ehe er sie entdeckte. »Sicher wollte Fitch nur gefällig sein«, meinte sie wenig überzeugend. »Hin und wieder neigt er zur Übertreibung.«

»Ja, wie wahr. Der Mann meint es gut, aber ich muß mich vorsehen und künftig meine Tür versperren, damit er nicht noch einmal irgendwelchen Unfug treibt.«

Elises Hoffnung zerstob jäh, doch sie faßte sich rasch und sagte: »Ich wollte eigentlich bei Euch oben saubermachen. Nach den Reparaturen ist das sicher dringend nötig.«

»Fitch hat gestern noch alles aufgeräumt, also könnt Ihr Euch die Mühe sparen.«

»Von Mühe kann nicht die Rede sein.«

»Dennoch kann ich es nicht zulassen. Ihr wart krank, und ich möchte nicht, daß Ihr einen Rückfall bekommt.«

Es war aussichtslos. Im Moment mußte sie sich geschlagen geben.

In den nächsten Tagen freilich wuchs ihr Argwohn immer mehr, da kein Mensch tatsächlich so viele glaubwürdige Vorwände haben konnte, das Bett zu meiden, wie Maxim Seymour. Viel wahrscheinlicher war es, daß er sich mit seiner Vergeltung Zeit ließ, bis sich eine günstige Gelegenheit bot.

Der Sturm toste ohne Unterlaß um die kalten Steinmauern, heftige Böen fegten den Schnee in hohen Bögen von den Mauerkronen. Im Hof wurden schmale Pfade nur dort freigeschaufelt, wo es unbedingt nötig war.

Am vierten Tag begab sie sich in Vorahnung einer neuerlichen Ausflucht Maxims hinunter in die Halle. Sie hörte sich seine neuerliche Erklärung mit süß-mitfühlendem Lächeln an und antwortete dann: »Wie schade, daß Ihr diese Woche so wenig von Eurem Bett Gebrauch machen konntet. So wie Ihr den Strohsack meidet, möchte man meinen, Ihr habt eine Abneigung gegen das Bett entwickelt.«

»Gewiß, in letzter Zeit habe ich im Bett wenig Ruhe gefunden«, gab er ihr gedankenvoll recht.

»Ja, ja, das Eingesperrtsein kostet Nerven«, erwiderte sie. »Und dann dieses Wetter… sicher wird der Kapitän heute nicht wie beabsichtigt kommen.« Aus ihren Worten war kaum Enttäuschung herauszuhören.

»Im Gegenteil, Nikolaus wird kommen«, widersprach Maxim entschieden. Er ging zur Eingangstür und riß sie auf, um das Wetter zu begutachten. Die bleigrauen Wolken hingen tief, doch der Wind hatte sich abgeschwächt. Maxim schloß die Tür und kehrte zum Kamin zurück, um seine Hände ans Feuer zu halten. »Ihr könnt sicher sein, daß Nikolaus schon unterwegs ist.«

»Wieso seid Ihr so überzeugt von seiner Ankunft?« Elise war mehr als skeptisch, da die Wege verschneit waren und der Nordwind Kälte mit sich gebracht hatte. »Sicher wird er sich bei diesem Wetter nicht hinauswagen. Überdies könnte der Sturm jeden Moment wieder aufleben.«

Maxim trat an den Tisch und stellte den Fuß auf die Bank. Einen Ellbogen stützte er auf das abgewinkelte Knie und legte sein Kinn in die Hand. In seinen Augen funkelte es spitzbübisch. »Jede

Wette, daß Nikolaus eintrifft, ehe es Mittag wird. Ich wette um eine Nacht in meinem Bett...«

Elise gebot ihm mit erhobener Hand Einhalt. Sie hatte verstanden. »Ich beuge mich Eurem Urteil«, unterbrach sie ihn. »Und jetzt ist höchste Eile geboten, weil ich mich noch zurechtmachen muß.« Sie drehte sich geschmeidig auf dem Absatz herum und rief: »Fitch! Spence! Ich möchte schleunigst baden. Schafft heißes Wasser hinauf... und kaltes zum Aufheizen. Schnell!« Dann eilte sie nach oben.

Eilfertig schöpften die beiden aus dem über dem Herd hängenden Kessel Wasser, um es in das Gemach der Dame hinaufzuschleppen. Als Spence mit einem Joch über den Schultern und zwei Eimern kalten Wassers durch die Halle keuchte, umspielte ein boshaftes Lächeln die Lippen Maxims, und er wies Fitch an, noch einen Eimer voll vom Brunnen zu holen, eine Anordnung, die diesen in Erstaunen versetzte, da er wußte, daß sein Herr an diesem Morgen bereits sein Bad genommen hatte.

Nachdem sämtliche Vorbereitungen getroffen waren, wurde der Riegel im Gemach der Dame vorgeschoben. Die Diener registrierten erstaunt, daß Maxim den letzten vollgefüllten Eimer hochhob und damit verstohlen die Treppe hinaufschlich.

»Dieser gerissene Kerl«, murmelte Elise mißmutig vor sich hin, während sie tiefer in die Kupferwanne rutschte. »Er hält mich zum Narren, um mich dann im günstigsten Augenblick um so gemeiner hereinzulegen.«

Sie beugte sich vor und genoß das warme Wasser um ihren Körper. Sie rückte den Haarknoten zurecht und fing an, Nacken und Schultern mit einer duftenden Seife, die sie in Hamburg erstanden hatte, einzuseifen. Dann legte sie sich wieder zurück und ließ mit geschlossenen Augen Duft und Wärme auf sich einwirken.

Es war eine herrliche Erquickung, doch da...

Ein eiskalter Tropfen fiel auf ihre Brust, so daß sie überrascht nach Luft schnappte. Sie riß die Augen auf und sah vor sich den Boden eines Holzeimers, an dessen Rand ein neuer Tropfen hing. Erschrocken schnellte sie hoch, ohne Rücksicht darauf, daß hinter dem Eimer Maxims lächelndes Gesicht zum Vorschein kam.

Ihr war sofort klar, was er vorhatte. Sie schrie auf und hielt sich in Erwartung des eisigen Schwalls die Arme abwehrend über den Kopf. Sie wartete... und wartete...

Als sie zaghaft wieder die Augen öffnete, sah sie, daß er den Eimer gesenkt hatte und auf die Wasserfläche starrte. Das seifige Wasser war so durchsichtig, daß er alles sehen konnte, was er zu sehen wünschte.

Sie verschränkte die Arme und bedachte ihn mit einem Blick höchster Empörung. »Nun, was ist?« fuhr sie ihn an. »Seid Ihr gekommen, um zu gaffen oder um Euch zu rächen?«

Seine Zähne blitzten in einem spöttischen Lächeln auf. »Holde Elise, leider verblüht auch die süßeste Blume der Rache und nimmt einen bitteren Beigeschmack an. Eine so überwältigende Schönheit darf nicht leichtfertig mißbraucht werden und verdient Schonung... Die Gelegenheit ist für mich Belohnung genug. Ich habe die Disteln entfernt und verbrannt.«

»Ooooh!« Sein spottgeladenes Mitgefühl war schlimmer als ein eisiger Wasserschwall. Ihre Hand tastete nach der Seife. »Ein gaffender Lüstling seid Ihr! Wie könnt Ihr es wagen, mich beim Baden zu stören!«

Maxim lachte über ihren Ausbruch und konterte mit Humor: »Das Bad einer Lady ist so heilig wie das Bett eines Mannes. Mir scheint, die Strafe ist des Vergehens würdig.«

Mit einem Wutschrei umklammerte sie die Seife und hob den Arm. Immer noch lachend, winkte Maxim ihr zum Abschied zu, ehe er mit einem Satz an der Tür war, den Stuhl beiseite stieß und den Riegel zurückschob. Er duckte sich gerade noch rechtzeitig, um ihrem Wurf auszuweichen, doch als er sich umblickte, erhaschte er einen Blick auf die erzürnte Elise und eine verlockend entblößte Brust.

»Sollte das Bad zu heiß sein, meine Schöne, dann bedient Euch des Eimers«, scherzte er und warf ihr eine Kußhand zu. Dann war er draußen.

Elise ließ sich so heftig ins Wasser zurücksinken, daß es über den Wannenrand zu schwappen drohte. Zähneknirschend machte sie ihrem Groll Luft und bedachte Maxim mit wenig schmeichelhaften Worten. Allmählich beruhigte sie sich so weit, daß sie aufstehen und sich abtrocknen konnte. Dabei fiel ihr ein, daß Maxim den Riegel *von innen* geöffnet hatte, bevor er sich empfahl.

Sie sah zum Gobelin und der dahinter verborgenen Tür hin. Dieser hinterlistige Schuft! Sie hätte besser aufpassen müssen!

14

Die Sonne lieferte in der Dämmerung ein prächtiges Schauspiel, eine willkommene Abwechslung nach dem Nebel, der die auf einer Anhöhe gelegene Burg eingehüllt hatte. Nikolaus war eingetroffen, wie Maxim es vorausgesagt hatte. Er hatte sich mit einer Reitereskorte den Weg durch die verschneiten Wege gebahnt und Geschenke mitgebracht – Handarbeitszubehör wie Nadel, Faden und einen Stickrahmen. Maxim wurde mit einem Faß Altbier überrascht. Während seines mehrtägigen Besuches war Elise sehr zugänglich und aufmerksam. Sie hatte an seinen Lippen gehangen, jedes seiner Worte mit Ungeduld erwartend, während sie hinter Nikolaus' Rücken Maxim, der sie unverändert fasziniert beobachtete, sehr kühl begegnete. Immer wenn Maxim in der Nähe war, spürte sie seinen Blick. Sah sie dann zu ihm hin, so fand sie ihre Intuition bestätigt. Sein Blick war einmal fragend, dann wiederum verwundert oder nur nachdenklich oder eindringlich. Wie immer seine Stimmung sein mochte, man konnte ihn nur schwer unbeachtet lassen. Gegen ihren Vorsatz, unnahbar zu bleiben, verstieß sie nur allzu häufig. Falls er bezweckt hatte, sie zu verwirren, so war ihm dieses Vorhaben durchaus gelungen. Nikolaus hatte sich am Eingang von ihr mit dem Versprechen getrennt, er wolle sich bis zum nächsten Besuch um eine Möglichkeit bemühen, sie nach Lübeck zu bringen.

Später am Abend bat Elise Spence, im Kamin ihres Schlafgemachs Holz nachzulegen. In Maxims Gegenwart wies sie ihn zusätzlich an, an der versteckten Tür einen Riegel anzubringen. Dies dämpfte ein wenig ihre Wut… Dann zog sie sich mit ihren Geschenken in ihr Schlafzimmer zurück und überließ Maxim sich selbst. Die Zeiten lagen lange zurück, als er allein verbrachte Abende genossen hatte. Jetzt fand er seine Einsamkeit bedrükkend, da ihm an Elises Gesellschaft viel lag, ungeachtet der stürmischen Wortgefechte, die sie einander immer wieder lieferten.

Der Koch hatte nach dem Abendessen aufgeräumt und saubergemacht und war zu Bett gegangen, während Fitch und Spence, die merkten, daß zwischen ihrem Herrn und der Dame nicht alles zum besten stand, kein Wort zu sagen wagten, als sie ihren abendlichen Pflichten nachkamen. Als Fitch die Räume des Marquis für die Nacht zurechtmachte, durchquerte Spence mit einem Arm voller Brennholz, das für Elise bestimmt war, die Halle.

Kurz entschlossen stand Maxim auf und folgte Spence hinauf zu Elises Tür. Dort blieb er, mit der Schulter an den Türrahmen gelehnt, stehen, während der Diener das Holz auf dem Boden neben der erhöhten Feuerstelle stapelte. Zwei Kerzen brannten auf dem Tisch neben Elise. Aus dieser Entfernung konnte Maxim ihr Erröten nicht wahrnehmen, das ihre Wangen erglühen ließ, als sie den Blick auf sich spürte. Er wußte nur, daß ihn nach ihrer Nähe verlangte. Elise spannte ein Stück Leinen auf ihren Stickrahmen.

»Wollt Ihr den Abend allein verbringen, oder dürfte ich mich zu Euch setzen?« fragte er höflich.

Sie rümpfte die Nase, um ihre Verdrossenheit zu zeigen, und sah ihn kühl an. »Es steht Euch frei, zu tun, wie Euch beliebt, Mylord. Ich kann Euch nicht vorschreiben, wo Ihr Euch in Eurem eigenen Haus aufhaltet.«

Spence beeilte sich hinauszukommen.

Mit der Andeutung eines Lächelns zog Maxim einen hochlehnigen Stuhl ans Feuer und ließ sich darauf nieder. »Wie ich sehe, habt Ihr mir nicht verziehen.«

»Ich wußte nicht, daß Ihr Vergebung wollt«, antwortete Elise gereizt. »Ich hatte vielmehr den Eindruck, Ihr hieltet Euer Vorgehen für gerechtfertigt.«

Elise konzentrierte sich wieder auf die Auswahl farbiger Fäden, die sie lose am oberen Rand des Stickrahmens befestigte. Wie sie so dasaß und sich ihrer Handarbeit widmete, bot sie ein Urbild häuslichen Friedens, das Maxim ungemein anziehend fand. Er genoß ihre Gesellschaft mehr als die jeder anderen Frau, und das trotz der Kluft zwischen ihnen. Die Erinnerung an Arabella war zu einem Schatten verblaßt. Er wußte jetzt schon, daß er sie völlig vergessen würde, sollte Elise sich ihm je öffnen.

Maxim unternahm mehrere Versuche, ein Gespräch anzufangen. Elise aber schwieg hartnäckig, bis er es schließlich aufgab. Es war nicht zu übersehen, daß sie nicht in Stimmung war und die Beleidigte spielen würde, solange es ihr beliebte.

Von ihrer Mißstimmung angeödet, lehnte Maxim den Kopf zurück und streckte die Beine so aus, daß die Fersen auf dem erhöhten Kaminrand zu liegen kamen. Sein Schwert, das er in den Abendstunden immer bei sich trug, legte er quer über die Beine. Dann verschränkte er die Arme und schloß die Augen, während er sich jenen Augenblick in Erinnerung rief, als er vor Elises Wanne gestanden und sie in ihrer Nacktheit gesehen hatte. Auch wenn sie jetzt nicht mit ihm sprechen wollte, hatte er nicht die Absicht, sich in seine Räumlichkeiten zurückzuziehen oder in die Halle zurückzukehren. Es bereitete ihm mehr Vergnügen, sie mißmutig und beleidigt zu sehen, als sie überhaupt nicht zu sehen.

Elise sortierte weiter die Fäden, während sie Maxim verstohlen beobachtete. Hier war nun der Mann, der seine Komplizen ausgeschickt hatte, um sie zu entführen, der für alles Ungemach, das sie erlitten hatte, verantwortlich war, der Mann, der sie in ein fremdes Land gebracht hatte, dessen Sprache sie nicht verstand, der in ihr Schlafgemach eingedrungen war und sie in beschämender Weise beim Baden gestört hatte. Und doch rief seine Gegenwart Verwirrung und sonderbare Erregung in ihr wach.

Langsam wurde sie gewahr, daß Maxims Atem tiefer und regelmäßiger wurde. Nicht zu fassen! Einfach einzuschlafen in ihrer Gesellschaft. Sie war gekränkt und erbost zugleich. Sie trat ans Feuer, um ein paar Scheite auf die glühenden Kohlen zu legen. Während sie sich wärmte, konnte sie nicht umhin, ihn genauer zu betrachten. Ihr Blick glitt über die Stulpenstiefel, in denen lange, schlanke Beine steckten. Kurzgepolsterte Oberschenkelhosen mit bunt unterlegten Zierschlitzen umschlossen knapp die schmalen Hüften. Keine Frage, er kleidete sich mit viel Geschmack, anders als viele eitle Kavaliere, die reich bestickte Kleidung bevorzugten und mit auffallenden Hosenlätzen prunkten, die den Anschein erweckten, als brüstete sich der Träger mit seiner Männlichkeit... Nein, an Maxim Seymour war kein Makel zu entdecken. Gesicht und Wuchs, gleichermaßen wohlgebildet, machten ihn zu einem Mann, von dem jedes junge Mädchen träumte.

Elise unterbrach ihre Gedanken, als sie merkte, wohin sie abschweiften. Nein, diesem Mann wollte sie es ein für allemal heimzahlen. Einem boshaften Impuls folgend, hob sie einen Fuß und versetzte seinen auf dem Kamin aufliegenden Füßen einen Tritt. Seine Füße trafen auf dem Boden auf, metallisches Klirren ertönte, als sein Degen zu Boden fiel. Sofort war er hellwach; ein rascher Blick hatte ihn im Nu überzeugt, daß er sich keiner Bedrohung als jener durch das Mädchen gegenübersah. Sich aufrichtend stieß er den Degen mit dem Fuß beiseite, als er vor sie hintrat. Plötzlich standen sie sich Auge in Auge gegenüber.

»Ihr wollt mich sprechen?« Seine Stimme war tonlos.

»Gehört mir jetzt Eure volle Aufmerksamkeit, Mylord?« fragte sie sanft, um ihn nicht weiter zu reizen.

»Die vollste, die ich einer Dame je widmen würde«, versicherte Maxim. Sein Blick nagelte sie fest, bis sie errötete. »Ich bin etlichen Frauen begegnet, die ich am liebsten übers Knie gelegt hätte, um ihnen bessere Manieren beizubringen. Dennoch habe ich nie die Hand gegen sie erhoben, wenngleich mitunter die Versuchung übergroß war.«

»Mylord, Ihr zieht die Grenzen des Anstands recht willkürlich«, brachte Elise vor. »Ihr mißachtet meine Intimsphäre und dringt in meine Gemächer ein, als wäre es als Herr dieser Burg Euer gutes Recht.«

Maxim sah, wie der Puls an ihrem Hals pochte, ehe sein Blick abwärts glitt und über ihren schwellenden Brüsten haftenblieb. »Habt Ihr nicht dasselbe getan und mich angegriffen, während ich schlief?« kam es über seine Lippen.

Elise trat dicht an ihn heran, so daß er ihren Atem spüren konnte. »Ihr wollt mich eigentlich verprügeln wie irgendein boshaftes Gör, nicht wahr?« Sie faßte nach den Bändern seines Hemdes und strich, als gälte es, ihre weibliche Raffinesse an ihm zu erproben, über seine Brust. Jetzt wollte sie wissen, ob er wie Nikolaus für sanfte Berührungen empfänglich war. »Habe ich Euch wirklich mißhandelt?«

Wachsam sah Maxim sie an, neugierig, was sie im Schilde führte. »Ja, es war eine Mißhandlung.«

»Ist Euer Schmerz unerträglich, Mylord? Möchtet Ihr mich nicht versohlen, bis Euer Zorn verraucht ist?« fragte sie herausfordernd.

Das war nicht die listige Füchsin, die er kennengelernt hatte, und er spürte die Gefahr, als sich das Mädchen an ihn lehnte. Er mußte gegen das Verlangen ankämpfen, sie an sich zu reißen und ihre Fragen unter heißen Küssen zu ersticken, als er den verlockenden Druck ihrer Brüste spürte. Heiser flüsterte er: »Elise, ich wollte Euch nie weh tun.«

»Was sagt Ihr da?« Wie von der Tarantel gestochen, fuhr sie auf und rief mit funkelnden Augen: »Wollt Ihr Euer Verhalten, durch das mir so viel Leid widerfuhr, zartfühlend und maßvoll nennen?« Ihre kleine Faust traf ihn mitten auf der Brust. Er taumelte einen Schritt rückwärts, überrascht von ihrer jähen Verwandlung. »Habt Ihr mich nicht aus dem Haus meines Onkels entführen lassen? Habt Ihr nicht veranlaßt, daß ich durch den verrufensten Bezirk von London gezerrt wurde? Daß ich in eine vermoderte Kiste gepackt und übers Meer in ein fremdes Land verfrachtet wurde, wo ich unter Fremden gefangengehalten werde?« Wie besessen trommelte sie mit geballten Fäusten gegen seine Brust. »Habt Ihr mich nicht zur Sklavin gemacht?«

Maxim wich immer weiter zurück, bis er gegen das Bett stieß und schwer darauf niedersank. Aber seine Widersacherin war unerbittlich.

»Was glaubt Ihr, wer ich bin? Ich bin keine Kriegsbraut, und mir gefällt diese Ruine nicht, in der Ihr Euch heimisch zu fühlen scheint! Zimperlich bin ich nicht, aber ich hasse die Kälte, die durch alle Spalten und Ritzen dringt. Jedes Aufstehen in der Frühe ist eine Tortur!«

Langsam löste sich die zierliche, schattenhafte Gestalt jetzt von ihm und ging ans Feuer, wo sie lange in die vergehenden Flammen starrte. Schließlich drehte sie sich wieder zu ihm um, und Maxim war erstaunt, Tränen in ihren Augen zu sehen.

»Ich erbitte ja nicht das angenehme Leben, das Ihr der teuren Arabella geboten hättet«, sagte sie ein wenig verlegen, »ich fordere nicht mehr, als daß Ihr mich nach Hause schickt, ehe der Frühling kommt. Ich wünsche mir nur, daß wir versuchen, in Frieden miteinander zu leben, solange wir hier gemeinsam eingekerkert sind. Ich habe die Zwistigkeiten satt. Natürlich weiß ich, daß Ihr lieber die reizende Arabella hier hättet. Diesen Fehler kann keiner von uns gutmachen.« Elise ging zur Tür. »Ich bitte Euch, geht jetzt, Mylord«, sagte sie leise. »Schlaft wohl.«

Maxim stand auf, während ihm tausend Gedanken durch den Kopf schossen, hob seinen Degen auf und steckte ihn in die Scheide. An der Tür blieb er neben dem Mädchen stehen. Es fehlten ihm die Worte; doch wenn er in diesem Moment gesagt hätte, daß er nichts mehr für Arabella empfand, hätte es wie ein plumper Schachzug gewirkt. Nur widerwillig ließ er Elise allein und ging.

Aufseufzend lehnte Elise die Stirn an die Tür. Die Einsamkeit des Raumes legte sich wie eine Last auf sie. Das Gefühl von Erschöpfung und Verlassenheit war überwältigend. Jedesmal, wenn sie mit Maxim alleine war, endete es damit, daß sie sich wie eine rachsüchtige Furie benahm. Nicht einmal eine Stunde hielt sie es mit ihm aus, ohne einen Streit anzufangen, ganz so, als machte er sie wütend auf sich selbst.

Trübes graues Licht kündigte den heraufdämmernden Morgen an, als Elise erwachte. Irgendwo in der Nähe war eine Tür geöffnet und wieder geschlossen worden. Sie steckte die Nase unter ihrer Decke hervor und sah den bleigrauen Himmel. Der Gedanke an noch mehr Schnee machte ihr angst, denn die Burg war zu einer weißen Festung geworden, die nur für Mutige und Hartnäckige zugänglich war. Sie zog ihre Wäsche zu sich ins Bett und zog sich unter der Decke an. Dann stand sie auf. Mit einem Umschlagtuch um den Schultern lief sie an den Kamin, um Feuer zu machen.

Kurz darauf verließ sie mit hochgestecktem Haar die Gemächer und ging hinunter. Ihr Auftreten, das überlegen und gelassen wirkte, verriet nichts von ihren gemischten Gefühlen. Was mußte er nur von ihr denken? Arabella wäre zu einer Gewalttätigkeit nie imstande gewesen.

Spence hockte auf dem erhöhten Kamin und beobachtete den Koch, der eben frische Brötchen aus dem Ofen holte. Als Elise sich näherte, sprang er auf, um ihr einen Stuhl beim Tisch zurechtzurücken. Da Spence nur selten ohne Fitch zu sehen war, fragte sie: »Na, wieso läßt sich Fitch heute nicht blicken? Ist er krank?«

»Keine Angst, Mistreß, er ist mit Seiner Lordschaft schon vor Sonnenaufgang nach Hamburg aufgebrochen.«

Spence schnappte sich hinter dem Rücken des Kochs ein Brötchen vom Blech und verdrückte sich rechtzeitig, einem Hieb mit dem Kochlöffel ausweichend, den Dietrich schwang.

»Nach Hamburg?« Elise konnte ihre Enttäuschung nicht verhehlen. Hatte Maxim ihre Streiche satt? War er für immer gegangen? »Wann sind die beiden zurückzuerwarten?«

»Das weiß ich nicht. Seine Lordschaft hat nicht gesagt, wann er zurückkommt.«

»Hm, so wichtig ist es auch wieder nicht«, meinte Elise. »Bleibt mir mehr Zeit für mich.«

Spence, der sich an dem Brötchen gütlich tat, fiel ihre Bedrücktheit gar nicht auf. »Ja, sicher dachte Seine Lordschaft dasselbe, als er fortritt.«

Elise rang sich ein Lächeln ab. »Er kann von Glück reden, wenn er nicht in ein Unwetter gerät. Der graue Himmel läßt Schlimmes befürchten.«

Tatsächlich senkte sich nachmittags dichter Nebel über das Land und hüllte die fernen Hügel ein. Elise, die aus dem Fenster sah, hatte das Gefühl, in ein fernes Universum geraten zu sein, und fürchtete, ihre englische Heimat nie wiederzusehen. Sie schüttelte diese trüben Gedanken ab und schickte sich an, Maxims Räume sauberzumachen. Trotz ihrer emsigen Geschäftigkeit wurde sie das Gefühl der Einsamkeit nicht los. Sie hatte sich an Maxims Gesellschaft gewöhnt und vermißte ihn, wenn er nicht da war.

Am Spätnachmittag erspähte sie vom Fenster aus einen dunklen Schatten, der sich im Nebel bewegte und allmählich zur geisterhaften Gestalt von Reiter und Pferd wurde. Dahinter wurde ein zweiter Schatten sichtbar, schließlich tauchte ein größeres Gebilde auf, das sich als Ochsenkarren entpuppte, und noch ein weiteres Gefährt folgte. Als sich das Gefolge näherte, erkannte Elise den Mann an der Spitze.

Maxim ist wieder da! Der Gedanke erfüllte sie mit geradezu überwältigender Freude.

Mit hochgerafften Röcken lief Elise hinaus, schoß wie der Blitz die Treppe hinunter und hob den schweren Riegel des Hauptportals hoch. Als sie ins Freie trat, ritten Maxim und Fitch auf dem Hof ein. Hinter ihnen kam ein mit Fässern, Geflügelsteigen und zwei kleinen Geschützen beladener Karren. Neben dem Kutscher saß eine beleibte Frau in einen Kapuzenmantel gehüllt. Der andere Karren war mit Brettern, zwei großen Kisten, Stoffballen, eingerollten und gegen das Wetter eingehüllten Federbetten beladen. Neben dem zweiten Kutscher saß eine schlanke, adrett gekleidete ältere Frau, mit einem Koffer auf dem Schoß. Den Abschluß des Zuges bildete eine kleine Viehherde: eine Kuh und ein paar Schafe unter der Obhut eines Jungen mit einem großen Stock und einem zottigen Hund.

Maxim stieg ab und warf Fitch die Zügel zu, ehe er sich umwandte und auf die Eingangsstufen zuschritt. Die Handschuhe abstreifend, blieb er vor Elise stehen. »Wie die Dame wünschte«, sagte er und deutete auf die Neuankömmlinge. »Maurer und Zimmerleute für die Reparaturen, eine Frau, die im Haus hilft, eine andere, die sich aufs Nähen versteht, Vieh, das unsere Verpflegung ergänzt, und ein Hirtenjunge.«

Elise war beeindruckt. »Aber wie kommt es, daß Ihr Euch dies alles leisten könnt?«

»Nikolaus lieh mir Geld auf meinen Besitz in England«, gab er zurück. »Manche würden ihn dumm schelten, doch er baut offensichtlich darauf, daß die Königin mich wieder gnädig aufnehmen wird.«

»Und was ist mit Edward und seinen Lügen?« fragte sie halblaut.

Er strich ihr eine vorwitzige Haarsträhne aus dem Gesicht.

»Nun, in letzter Zeit verschwendete ich kaum einen Gedanken an ihn. Vielleicht vergeht die Glut meines Hasses in der angenehmen Nähe seiner Nichte.«

Sie verspürte eine Aufwallung von Wärme. »Mylord, Ihr habt Euch selbst übertroffen und Euch höchst großzügig gezeigt«, brachte sie, von plötzlicher Befangenheit übermannt, hervor.

Die zwei Frauen mit ihrem Gepäck wurden von Fitch zum Eingang geleitet. Elise trat ins Innere und hielt die Tür auf. Die ältere der beiden Frauen lächelte ihr freundlich zu, während die Beleibte ein Gebaren an den Tag legte, wie es eine Frau von Stand nie getan hätte. Einige Schritte hinter Elise hielt sie inne und begutachtete geringschätzig ihre Umgebung.

Fitch, der sich mit mehreren Gepäckstücken durch den Eingang quälte, stolperte und ließ alles fallen.

»Sieh doch, was du anstellst, du Tölpel!« schalt ihn die Frau. Sie sprach Englisch mit der Andeutung eines deutschen Akzents. Als sie mit einer herrischen Handbewegung Elise aufforderte, Fitch zu helfen, kam Maxim hinzu.

»Steh nicht herum, Mädchen! Hilf dem Kerl, und führe mich mit der Schneiderin auf unsere Zimmer!« herrschte die Frau Elise an.

»Nicht, Mistreß!« rief der verwirrte Fitch kopfschüttelnd. »Macht Euch nicht die Mühe.«

»Mistreß?« Der Blick der Frau prüfte Elise kritisch von Kopf bis Fuß, so daß diese verlegen errötete. In dieser Situation war sie sich der eigenen ärmlichen Erscheinung besonders schmerzlich bewußt.

Maxim übernahm es, die beiden miteinander bekannt zu machen. »Frau Hanz, das ist Eure neue Herrin... Mistreß Radborne.«

»Ach...« Die Frau hielt inne, mit einem verächtlichen Blick Elises armselige Aufmachung umfassend. »Das ist nicht Eure Gemahlin?« Ihre Miene ließ kaum Zweifel über die Schlußfolgerungen zu, die sie zog.

»Frau Hanz, Ihr wurdet als Haushälterin eingestellt. Eure Pflicht wird es sein, Mistreß Radbornes Anordnungen zu befolgen. Falls Euch dies nicht paßt, steht es Euch frei, morgen die Burg zu verlassen«, wies er sie verärgert zurecht.

Die Haushälterin erstarrte, und es verging eine Weile, ehe sie zur Antwort gab: »Entschuldigt, mein Herr, ich wollte niemanden beleidigen.«

»Hütet Euch auch in Zukunft davor«, erwiderte Maxim und wies mit einem knappen Nicken Fitch an: »Zeig den Damen ihre Räume.«

In dem Schweigen, das nach dem Abgang der Neuankömmlinge eintrat, sah Maxim Elise an, die wie versteinert dastand. »In so kurzer Zeit ist es nicht einfach, gutes Personal zu finden«, murmelte er entschuldigend. »Falls Ihr mit Frau Hanz nicht zufrieden seid, wird sie entlassen.«

Elise spürte, daß sie gleich ihre Fassung verlieren würde. »Entschuldigt mich bitte.« Damit drückte sie ihre Hand an die bebenden Lippen und lief zur Treppe. Benommen und verwirrt starrte Maxim ihr nach. Der Schmerz, den er in ihrem Gesicht gelesen hatte, war ihm nicht verständlich, und aus irgendeinem Grund hatte er das Gefühl, als betrachtete sie ihn als den eigentlichen Schuldigen.

Er setzte ihr nach, holte sie auf der dritten Stufe ein und drehte sie sachte zu sich herum. In ihren Augen glänzten Tränen, scheu wich sie seinem Blick aus. »Ihr seid mehr als nur verärgert«, flüsterte er. »Was ist denn nur los?«

»Ihr... Ihr bringt Schande über mich«, brachte sie schluchzend hervor.

»Was?«

Elise zuckte unter seinem Ausruf zusammen und blickte ihn anklagend an. »Wißt Ihr nicht, was sie von mir denkt?«

Maxim gab unumwunden seine Schuld zu. »Ich weiß wohl, daß ich Euren guten Namen kompromittiert habe, doch liegt es nicht in meiner Macht, etwas daran zu ändern – wenn man von einer Ehe absieht. Frau Hanz können wir so rasch wegschicken, wie wir sie geholt haben. Ihr braucht nur zu befehlen.«

»Sie sah mich an... als wäre ich eine Person, die Verachtung verdient.« Elise sah an ihrem ausgefransten Gewand hinunter. »Und mit Recht... ich sehe aus wie eine... eine Dienstmagd.« Sie schniefte und wischte sich mit dem Handrücken über die Wange. »Wie kann ich dem Hausgesinde gegenübertreten, das Ihr mitgebracht habt, oder Nikolaus nach Lübeck begleiten, wenn ich so aussehe?«

Maxim runzelte unwillig die Stirn. Das also war es! Nikolaus! Sie wollte für ihn schön sein. »Ihr habt doch von ihm Geld für die Kleidung bekommen.«

Elise hob flehend die Hände. »Ich hatte eigenes Geld unter den Röcken versteckt. Das gab ich Nikolaus und bat ihn, es für mich anzulegen. Etwas anderes habe ich nie von ihm genommen. Auch von Eurem Geld nahm ich nichts. Das Geld, das ich von Euch bekam, wurde ebenfalls hoch verzinst angelegt. Nikolaus wird es Euch bestätigen.«

Maxim verschränkte die Hände im Rücken und sah mit verschlossener Miene auf sie hinunter. »Frauen«, murmelte er. »Nie werde ich sie verstehen. Sie bereiten mir Schwierigkeiten, und noch mehr verwirren sie mich. Ihr hättet mir alles erklären können, und doch habt Ihr mich in der Meinung gelassen, Ihr hättet von uns beiden Geld genommen.«

»Ich möchte hinauf, ehe Frau Hanz herunterkommt«, jammerte Elise. »Ich möchte nicht, daß sie uns so beisammen sieht.«

»Ja, beeilt Euch, Elise. Madame Reinhardt hat mir die Kleider für Euch mitgegeben. Sie sind fertig. Ihr müßt sie nur noch anprobieren!«

Maxim hörte ihr Aufatmen. Im nächsten Moment stellte Elise sich auf die Zehenspitzen, schlang die Arme um seinen Hals und drückte ihm einen überraschten Kuß auf die Wange.

»Danke, Maxim, danke«, flüsterte sie ihm ins Ohr, und noch ehe er ihre schmale Taille umfassen konnte, hatte sie sich losgemacht und flog die Stufen hinauf.

»Madame Reinhardt hat die Näherin mitgeschickt, damit sie an die Sachen letzte Hand anlegen kann«, rief er ihr nach und hörte gleich darauf das Zuschlagen ihrer Tür und den Riegel, der vorgeschoben wurde.

Maxim ging langsam zurück an den Kamin. Er streckte die

Hände den Flammen entgegen, doch Elises Kuß wärmte ihn mehr als das Feuer, und der Gedanke, die Burg zu seinem vorübergehenden Zuhause zu machen, erschien ihm immer verlockender. Bis zu seiner und Elises Rückkehr in die Heimat stellte dieses baufällige Gemäuer für sie einen Hort der Sicherheit dar.

Elise erwachte ganz plötzlich in kaltem Schweiß gebadet. Die letzten, bruchstückhaften Überreste eines Alptraumes, in dem sie ihren Vater an einem dunklen Ort eingekerkert gesehen hatte, standen ihr noch vor Augen. Hände und Füße des alten Mannes waren mit langen Ketten gefesselt, und bei jedem Schritt, den er mit bloßen, knochigen Füßen auf dem kalten Steinboden tat, hörte man ihr Klirren. Seine Kerkerzelle war auf einer Seite mit Eisenstäben vergittert. Ein Augenpaar, so groß, daß es unwirklich wirkte, und so durchscheinend wie ein dünner Schleier, überlagerte dieses Bild. Diese Augen, die sie voller Kummer und Sehnsucht anstarrten, hatten sie aus den Tiefen ihres Schlafes gerissen.

Elise schlüpfte nackt in einen langen Morgenmantel aus Samt und zog Pantoffeln an, ohne diesen Annehmlichkeiten, die ihr jetzt zur Verfügung standen, Beachtung zu schenken. Sie spielten keine Rolle, wenn ihr Vater womöglich Schreckliches erlitt.

Das Feuer war heruntergebrannt; sie legte einige Holzscheite auf die Glut, zog einen Stuhl heran und setzte sich, wobei sie die Füße auf den Kaminrand legte.

Sie dachte an Maxim, und allmählich verflogen die Schrecknisse des Traumes. Maxim hatte sich, was Manieren und Charme betraf, selbst übertroffen und war als Anbeter geradezu unwiderstehlich. Er hatte ihr geschmeichelt, sie verwöhnt, geneckt und entzückt, kurz: ihr das Gefühl wundervoller Lebendigkeit verliehen. Zum erstenmal im Leben wurde sie von einem reifen Mann umworben, der wußte, was er wollte, und der seiner selbst und seiner Wirkung sicher war. Strich er ihr nur leicht über den Arm oder die Wange, so löste er in ihr Wonnegefühle aus, und ihr wurde schwindlig vor Entzücken.

Der Advent war gekommen und vergangen, von Gesinde wie Herrschaft gleichermaßen festlich begangen. Sogar Frau Hanz hatte über die lustigen Geschichten gelacht, die vor dem flackernden Kaminfeuer zum besten gegeben wurden. Unter vier Augen hatte Maxim Elise ein edelsteinbesetztes Kästchen geschenkt und ihr leise gesagt, sie solle es für die Herzen, die sie gewonnen hatte, behalten. Elise entsann sich nur zu gut ihrer zärtlichen Gefühle, als er ihr einen Kuß auf die Hand drückte.

Eine Zeitlang waren sie von verschiedenen Aufgaben in Anspruch genommen worden. Elise mußte die Haushälterin in ihre Pflichten einweisen, während er den Zimmerleuten zeigte, welche Reparaturen nötig waren. Die Näherin war dabei, Vorhänge für die Fenster der Schlafräume und für die Betten zu nähen. Auf den Steinböden lagen jetzt Teppiche und auf den Sesseln Wolldecken, in die man sich hüllen konnte.

Mit den neuen Samtvorhängen wirkte Elises Schlafgemach überraschend behaglich, ein Eindruck, den die Bettvorhänge verstärkten, so daß es fast ein Vergnügen war, sich unter die neuen Daunendecken zu kuscheln und in Schlaf zu sinken. Nach gründlicher Reinigung stand nun auch die große Kupferwanne blitzblank und wie neu in der Ecke.

Die Verbesserungen außerhalb des Wohntraktes sorgten ebenfalls dafür, daß sie sich zunehmend geborgen fühlte. Elise mußte nun die herannahende Nacht nicht mehr fürchten. Die kleinen Geschütze, die Maxim mitgebracht hatte und die auf den Ringmauern aufgestellt worden waren, und das durch neue Gliederketten wieder beweglich gemachte Fallgitter, das bei Einbruch der Dunkelheit vor dem geschlossenen Tor heruntergelassen werden konnte, verliehen ihr ein Gefühl der Sicherheit.

Dennoch hatte Elise das Gefühl, die vergangenen Wochen hätten an ihr gezehrt. Die unzähligen Stunden mit Maxim innerhalb der engen Begrenzung von Hohenstein ließen ihren Widerstand gegen ihn zusehends erlahmen. Seine sanfte und warmherzige Art rief plötzlich Sehnsüchte in ihr wach, die ihr bislang fremd gewesen waren. Nie im Leben hatte sie auch nur das geringste Verlangen gehabt, die Gesellschaft eines Mannes zu suchen, wie sie es jetzt bei Maxim spürte. Sie genoß das Zusammensein mit ihm, genoß es, daß ihr seine Aufmerksamkeiten galten. Seine Berührungen, die nur beiläufig und zufällig schienen, drängten sie, es ihm gleichzutun, ohne daß sie den Mut dazu aufgebracht hätte. Seine muskulöse Erscheinung war ihr seit jenem Morgen, als sie ihn nackt gesehen hatte, nur zu deutlich im Gedächtnis geblieben. Sie hatte alles an ihm gesehen, und leidenschaftlich wünschte sie sich seinen Anblick wieder.

Elise wandte sich vom Kamin ab und ging unruhig im Raum hin und her, denn Maxim hatte ihr zu verstehen gegeben, daß auch er sie leidenschaftlich begehrte. Sie aber hatte ihn zurückgewiesen, ihre Begierden unterdrückt, und trotzdem fand sie keine Ruhe vor ihm.

Ihr Blick wurde magnetisch vom Wandbehang angezogen. Sie glaubte zu wissen, wohin der Geheimgang führte. Neugierde begann sich bei ihr zu regen, als sie die Wand anstarrte. Es gab keinen besseren Zeitpunkt, dieses Geheimnis zu erkunden, als jetzt, wenn Maxim schlief.

Nachdem sie eine Kerze angezündet hatte, schlüpfte sie unter den Gobelin. Vorsichtig schob sie den Riegel zurück, den Spence angebracht hatte, und öffnete die in der Täfelung eingelassene Tür.

Die Kerze hochhaltend, betrat Elise den Gang und schlich sich hinter der Kaminwand zur steilen, schmalen Treppe, um dann behutsam Stufe für Stufe hinaufzusteigen. Auf einem kleinen Treppenabsatz entdeckte sie rechts eine Tür mit einem Riegel. Sie drehte daran, die Tür schwang geräuschlos auf, und als sie die Schwelle überschritt, hörte sie auch schon die langsamen, stetigen Atemzüge des Schlafenden. Das Feuer war heruntergebrannt.

Auf Zehenspitzen schlich Elise ans Himmelbett. Maxim, der auf der linken Seite lag, wandte ihr den Rücken zu, der von einer häßlichen roten Narbe entstellt wurde.

Elise hielt den Atem an, als er sich unruhig im Schlaf bewegte und auf den Rücken rollte. Sie ließ ihren Blick über die behaarte Brust wandern, die schmale Mitte, den flachen Bauch. Erregt beugte sie sich vor.

Ganz plötzlich umschlossen Finger ihren Arm, und Elise schnappte nach Luft, als sie aufs Bett gezogen wurde. Maxim rollte sich zur Seite, wobei er einen Arm fest um ihre Mitte schlang. Wie betäubt starrte Elise mit großen Augen in sein verdunkeltes Gesicht, während der Feuerschein die muskulöse Rundung seiner Schultern hervorhob, seine ganze Gestalt bis hinunter zur Hüfte, die ihr Morgenmantel bedeckte.

»Was? Kein Eimer mit kaltem Wasser?« Seine Stimme war tief und spottgeladen. »Nun, was ist, Mädchen? Hast du nichts mitgebracht, um mich aufs Bett zu nageln?«

»Loslassen!« keuchte Elise, die sich mit der Hand auf seiner nackten Brust abstützte, um sich seinem Griff zu entziehen.

»Noch nicht«, flüsterte Maxim und legte ihr den linken Arm unter den Kopf. Darauf richtete er sich auf, bis sein Schatten sie bedeckte, und senkte den Kopf auf sie nieder. Maxim ließ sich Zeit, als er ihren Mund mit leichten Küssen bedeckte und ihre Leidenschaft weckte. Ihr Widerstreben schwand unter seiner betörenden Sanftheit. Allmählich öffneten sich seine Lippen und tranken von ihrem Mund, bis ihr schwindlig wurde und sie seiner Forderung nachgab. Seine Glut wuchs. Elise stöhnte verhalten auf, als seine Lippen über ihren schlanken Hals wanderten. Unter seinen tastenden Händen glitt ihr Morgenmantel von den nackten Brüsten, und sie hielt den Atem an, als sie seinen Mund ihre Brust liebkosen spürte.

Ein Scheit fiel knisternd in sich zusammen und ließ Funken aufsprühen, ein Geräusch, das Elise wieder zur Vernunft brachte. Sie riß die Augen auf und stieß mit einem Ruck Maxim von sich, um über ihn hinweg aus dem Bett zu klettern, ohne darauf zu achten, daß sie sich ihm völlig unbedeckt darbot, als ihr Morgenmantel auseinanderglitt. Eilig lief sie hinaus und warf die Tür hinter sich zu. Mit der brennenden Kerze in der Hand rannte sie die Treppe hinunter, so schnell, daß die Flamme fast erlosch. Sie drängte sich durch die niedrige Tür, verriegelte sie und schob den Gobelin beiseite. Nachdem sie die Kerze abgestellt hatte, kniete sie vor dem Kamin nieder, zitternd und bebend.

Ihr stockte der Atem, als sie ein leises Scharren an der Geheimtür hörte und sich im selben Moment eine gedämpfte Stimme vernehmen ließ. »Elise! Mach auf!«

Elise schlüpfte wieder unter den Wandbehang und drückte die Stirn an die Tür. »Bitte, Maxim, geh weg.«

»Ich begehre dich.« Obwohl er flüsterte, klang es in ihren Ohren wie ein Aufschrei. »Ich brauche dich.«

Der Schweiß stand ihr auf der Stirn. Bebend hielt sie die Hände an den Mund. »Geh jetzt, Maxim. Laß mich in Ruhe. Vergiß, daß ich je kam.«

Sein kurzes, verzweifeltes Auflachen verriet, wie es um ihn stand. »Soll ich vergessen, daß mein Herz schneller schlägt? Daß meine Hand nicht aufhört zu zittern? Daß mein Verlangen sich nicht unterdrücken läßt? Soll ich mir eine andere Frau suchen, um meine Sehnsucht zu stillen?«

»Nein!« Die Antwort kam Elise über die Lippen, ehe sie sie unterdrücken konnte. Sie fing an zu schluchzen. In ihrem Herzen schwangen seine Worte nach, und dennoch konnte sie dem Drängen der Begierde nicht nachgeben, nicht, solange zwischen ihnen noch so viel unausgesprochen geblieben war.

15

Nikolaus von Reijn war in gewohnter Hochstimmung angekommen und hatte Elise mit Komplimenten überschüttet, während er mit ausgebreiteten Armen auf sie zuging. »Na, was haben wir denn da? Ein holdes Mädchen, das in unseren Breiten noch schöner geworden ist? Was hat diese Wandlung bewirkt? Etwa das neue Kleid, das sie trägt?« Er musterte sie aufmerksam mit seinen hellen blauen Augen. »Nein, da steckt mehr dahinter. Der Frost läßt ihre Augen glänzen und rötet ihre Wangen.« Mit schalkhaftem Lächeln beugte er sich zu ihr. »Ehrlich gesagt, mein Fräulein, wüßte ich es nicht besser, ich würde meinen, Ihr seid hier glücklich.«

»Und wüßte ich es nicht besser, Kapitän von Reijn, ich würde meinen, Ihr verfügt über die gewandte Zunge eines Iren«, konterte Elise mit betörendem Lächeln. »Gewiß, die Kälte rötet die Wangen, und Eure Gesellschaft erfreut mein Herz. Willkommen auf Hohenstein.«

»Ihr seid so liebenswürdig wie schön, mein Fräulein.«

Maxim mußte dem Freund stillschweigend recht geben, denn Elise schien mit jedem Tag schöner zu werden. An diesem Abend sah sie in dem schwarzgoldenen Matelassékleid, das sie zu Ehren des Gastes gewählt hatte, hinreißend aus. Eine steife Halskrause aus Goldspitze zierte das Kleid, zu dem sie eine mit Perlen durchflochtene und mit winzigen Edelsteinen besetzte Goldkette, ein Geschenk des Hansekapitäns, trug. Das Haar hatte sie in einer Hochfrisur zusammengefaßt, die ihr geradezu königliches Aussehen verlieh. Sogar Frau Hanz zeigte sich von ihrer Erscheinung beeindruckt.

Maxim fand sich unfreiwillig zur Zurückhaltung verdammt, während sein Nebenbuhler Elise heftig umwarb. Den Unbeteiligten zu mimen und jegliche Eifersucht zu unterdrücken, während Nikolaus ihre Gesellschaft ungeniert in Anspruch nahm, fiel Maxim sehr schwer.

»Dietrich hat den ganzen Tag mit der Zubereitung eines Festmahles für Euch zugebracht, Nikolaus.« Elise deutete auf den Tisch. »Alles ist bereit.«

Nikolaus steckte die Daumen in den bestickten Gürtel und sagte mit breitem Lächeln: »Hier kann jemand meine Gedanken lesen.«

»Nicht nötig. Wir kennen Eure Vorliebe für gutes Essen«, erklärte Elise lachend.

Bei Tisch herrschte eine gelockerte Stimmung, und anschließend zog sich Nikolaus in einen hohen Stuhl etwas abseits zurück, während Maxim in Tischnähe blieb und beobachtete, wie anmutig Elise ihnen Glühwein servierte.

»In Eurem neuen Kleid seid Ihr wunderschön«, sagte Nikolaus bewundernd. »Ich weiß gar nicht, ob ich Euch noch länger hier bei Maxim lassen kann. Einer solchen Verlockung zu widerstehen muß jeden Mann schwer ankommen.«

Elise sah Maxim bedeutungsvoll an und konnte sich eine Spitze nicht versagen. »Ich bezweifle, ob Seine Lordschaft meine Anwesenheit zur Kenntnis nimmt. Seine Erinnerungen an Arabella sind zu verlockend.«

Nikolaus trank seinen Krug leer und erhob sich, um sich nachzuschenken. »Maxim lebt noch nicht so lange in unserem kalten Land. Die Winternächte machen einen Mann empfänglicher für weibliche Wesen in seiner Nähe. Es… hm… es ist eine Sache des Überlebens… obwohl natürlich Seine Lordschaft schon genug Überlebenswillen gezeigt hat.«

»Ist uns diese Eigenschaft nicht allen zu eigen?« fragte Elise mit undurchsichtigem Lächeln.

»Doch, ja, das ist sie«, gab ihr Nikolaus recht. »Die wahre Natur des Menschen zeigt sich aber erst in der Gefahr. Manche nehmen Reißaus und fliehen, andere halten an und stellen sich. Ich war stets eine Kampfnatur und habe manches Handgemenge hinter mir, gleichzeitig liebe ich das Leben und die Frauen. Aber Gott allein weiß, was ich angesichts des sicheren Todes tun würde.« Er zeigte auf Maxim. »Bei meinem Freund liegt die Sache anders. Er sah sich dem Feind gegenüber und hat ihn besiegt.«

Ein spöttisches Lächeln umspielte Maxims Lippen. »Ich bin auch schon um mein Leben gelaufen. Man könnte auch sagen, meine Bewacher hätten meinem Leben fast ein Ende gesetzt, ehe ich ihrer Fürsorge entkommen konnte.«

Nikolaus lehnte sich zurück und faltete die Hände über dem Bauch. »Mein Freund, du stellst dein Licht unter den Scheffel und machst dich lustig über deine Flucht. Aber nur sehr wenige konnten aus Elizabeths Kerkern fliehen und können sich nun dergleichen Scherze erlauben.«

»Und du machst viel Lärm um nichts«, meinte Maxim beiläufig. »Zudem bin ich meinen guten Ruf los, den ich mir im Dienste der Königin erwarb. Ich bin meines Hauses, meiner Ehre und meines Vermögens beraubt worden.«

»Des Hauses und des Vermögens vielleicht.« Nikolaus betrachtete seinen Gastgeber mit nachdenklichem Lächeln. »Aber nicht der Ehre.«

»Ich fürchte, da wird dir meine Schutzbefohlene heftig widersprechen«, bemerkte Maxim trocken mit einem Blick zu Elise hin. »Sie ist der Meinung, unter Dieben und anderen Schurken gibt es keine Ehre.«

»Mylord, für mich steht fest, daß Piraten, Verräter und Entführer zum gemeinsten Abschaum gehören.« Elise näherte sich langsam dem Tisch. »Andererseits weiß ich nicht, wie weit ein Mann aus Liebe gehen würde, da es mir an Erfahrung fehlt. Immerhin besteht die Möglichkeit, daß ich mit der Zeit erfahre und daß ich meine Meinung ändere. Wie Ihr bereits bewiesen habt, würdet Ihr viel tun, um Arabella an Eurer Seite zu haben.« Unschuldig zu ihm aufblickend, fragte sie: »Eure Hingabe an Arabella war doch der Grund für die geplante Entführung, oder?«

Maxim spürte, was hinter ihren Worten stand, gleichzeitig spürte er seinen Puls hämmern, da ihn ihre Nähe lockte. In den vergangenen Tagen war ihm klargeworden, daß es ihrerseits nur eines Blickes, einer Berührung oder eines Lächelns bedurfte, um seine Begierde stärker zu reizen als jede andere Frau, während sie selbst sich ihrer Wirkung nicht bewußt zu sein schien.

»Nun, hat es Euch die Rede verschlagen? Seit Ihr etwa gekränkt?« hakte Elise nach.

Maxim lächelte, und seine Augen glühten, doch kam kein Wort über seine Lippen.

»Ach, heute seid Ihr aber sonderbarer Stimmung.«

»Sonderbar, daß ausgerechnet Ihr das sagen müßt.«

Elise lachte leise auf und warf kokett den Kopf zurück. »Ich weiß wirklich nicht, was Ihr meint«, sagte sie mit gespielter Harmlosigkeit. Sie hielt ihm das Tablett mit pikanten Häppchen hin, das Dietrich bereitgestellt hatte. »Wollt Ihr ein Häppchen?«

Maxim hielt ihren Blick fest. »Aber gewiß, Madame. Danach lechze ich schon die ganze Zeit«, sagte er, ohne nach einer der Köstlichkeiten zu greifen.

»Welches soll es sein?« fragte sie leise.

»Was Ihr wollt. Es ist bestimmt das süßeste«, murmelte er, und seine Stimme, die wie eine Liebkosung war, jagte ihr die Röte in die Wangen.

Elise wählte ein winziges Fruchttörtchen aus und hielt es ihm hin. Maxim beugte sich leicht vor und machte den Mund auf. Ihr Herz schlug schneller, als sie es ihm zwischen die Zähne schob und seine Zunge an ihren Fingern spürte.

»Ach, ich vergesse ja ganz unseren Gast!« machte sich Elise verlegen los. Sie hielt Nikolaus das Tablett hin und schaffte es, ihn unbefangen anzusehen. »Was wäre nach Eurem Geschmack, Kapitän? Ein Stück Konfekt?«

Nikolaus wählte sorgsam ein Häppchen aus und ließ es genüßlich auf der Zunge zergehen. Dann sah er seinen Gastgeber lächelnd an und hob den Krug: »Magst du den Verlust Arabellas be-
trauern, mein Freund, ich bin froh, daß deine Pläne fehlgeschlagen
sind. Andernfalls hätte ich Elise nie kennengelernt. Und was deine
Narretei betrifft, mein Freund, so möge sie dir mit der Zeit soviel
Vergnügen bringen wie mir.«

Maxim erwiderte den Trinkspruch, indem er seinen Krug hob
und Nikolaus zutrank. »Möge uns die Vorsehung wohlgesinnt
sein.«

Nikolaus leerte seinen Krug in einem Zug. »Die Vorsehung hat
es in jüngster Zeit sehr gut mit mir gemeint.« Er zog aus seiner Tasche einen kleinen grünen Zweig, hob ihn hoch und drehte ihn am
Stamm. »Seht her, meine Freunde, was ich einem Engländer in
Hamburg abgekauft habe.«

»Was ist das?« fragte Elise verwundert.

»Ein Mistelzweig.«

Nachdem er sich der Neugierde seiner Zuhörer versichert hatte,
machte Nikolaus sich daran, umständlich ein Band um den Stamm
des Zweiges zu wickeln. Er stieg auf eine Bank, befestigte das
bunte Band an einem Holzbalken und ließ den Zweig frei im
Raum hängen. Er sprang wieder herunter und sah seine erwartungsvollen Gastgeber an. »Die Druiden schrieben der Mistel
große Heilkraft zu, gegen Vergiftungen beispielsweise. Außerdem
kann dieser Zweig auf den, der daruntersteht, eine sehr angenehme Wirkung ausüben. Die reizvolle Sitte des Kusses unter dem
Mistelzweig ließ den Glauben entstehen, daß ein solcher Kuß unweigerlich zur Ehe führen müßte. Elise, würdet Ihr daran glauben,
wenn ich Euch küsse?« Ohne ihre Antwort abzuwarten, nahm
Nikolaus Elise in die Arme und drückte ihr einen leidenschaftli-
chen Kuß auf die Lippen, ohne Maxims zu achten, der sich nur mit
Mühe zurückhielt. Nachdem er Elise losgelassen hatte, begegnete

Nikolaus ihrem verdutzten Blick mit einem Lächeln. »Mein Fräulein, für mich und hoffentlich für Euch ein freudiges Erlebnis. Na, was ist, würdet Ihr Euch jetzt als mit mir verlobt ansehen?«

Elise, die bis zu den Haarwurzeln errötet war, erklärte barsch: »Keinesfalls! Ich bin sehr wohl imstande, eine Entscheidung selbst zu treffen, ohne mich übertölpeln zu lassen.«

Nikolaus verbeugte sich schwungvoll vor ihr. »Nun, für mich wird es ein unvergeßliches Ereignis bleiben. Doch es ist schon spät, und wenn wir morgen vor Tagesanbruch nach Lübeck aufbrechen wollen, sollten wir uns zur Ruhe begeben. Ich wünsche eine gute Nacht.«

Er verabschiedete sich, durchschritt die Halle und lief die Treppe hinauf. Kopfschüttelnd blickte Elise ihm nach, bis sie bemerkte, daß Maxim zu ihr getreten war. Sie hielt den Atem an, als seine Finger ihren Arm entlangglitten und ihren Ellenbogen sanft und unnachgiebig umfaßten. Ihr Herz schlug schneller, und als sie sich zu Maxim umdrehte, sah er sie sonderbar lächelnd an.

»Traditionen sollte man hochhalten, oder?« sagte er leise mit einem Blick zum Mistelzweig. Dann beugte er sich über sie und senkte seinen Mund in einer sanften Liebkosung auf den ihren, der sie willig nachgab. Ihre Gedanken wirbelten im Kreise und riefen alle Sehnsüchte wach, die sie an seinem Bett empfunden hatte.

Als er den Mund von ihr löste, seufzte Elise wie nach einem schönen Traum. Sie schlug die Augen auf und starrte in das schmale, hübsche Gesicht, das so knapp über dem ihren war. Es füllte ihren Gesichtskreis ganz aus, kam weder näher, noch zog es sich zurück, bis sie sich auf die Zehen stellte und ihre Arme um seinen Hals schlang. Der Kuß, den sie ihm gab, kam überraschend und machte ihn schwindlig. Er umschloß ihre Mitte mit beiden Armen und kostete voll ihre Wärme und Leidenschaft aus. Dabei spürte er, wie ihre Brüste sich an ihn preßten, als seine Finger über ihren Rücken glitten.

Da ertönte neben dem Kamin ein lautes »Hmmm!«, und Elise riß sich verlegen von Maxim los. Sie hatte ganz vergessen, daß jemand von der Dienerschaft sie beobachten könnte.

Maxim drehte sich um. Frau Hanz spürte die Kälte seines

Blicks, während Dietrich seine Mißbilligung über die dreiste Haushälterin nicht verhehlte.

Elise, die sich einigermaßen gefaßt hatte, fixierte die Frau. »Frau Hanz, Euer Betragen stellt für mich eine Enttäuschung dar... ich ließ Euch wissen, was Ihr alles während unserer Abwesenheit zu erledigen habt. Solltet Ihr den Anweisungen nicht nachkommen, müßt Ihr Euch anderswo nach Arbeit umsehen.«

Falls die Frau erwartete, der Marquis würde zu ihren Gunsten eingreifen, so erlebte sie eine herbe Enttäuschung. Maxim sagte dazu kein Wort, was sie als stillschweigendes Einverständnis ansah. »Wie Ihr wünscht«, sagte sie gekränkt.

»Dann verstehen wir uns«, erwiderte Elise anmutig. »Nur eine Sache bedarf noch der Klarstellung.«

Frau Hanz sah sie versteinert an. »Und das wäre?«

»Eure Manieren«, sagte Elise unumwunden.»Ihr habt abscheuliche Manieren.«

»Ich war immer bemüht, mich meiner Stellung entsprechend zu betragen. Es tut mir leid, wenn Ihr Anstoß genommen habt«, antwortete Frau Hanz mühsam beherrscht.

»Ich rate Euch, während unserer Abwesenheit Euer Benehmen zu überdenken. Wenn es Euch an Einsicht fehlen sollte, dann müssen wir Euch fortschicken«, sagte Elise unbeirrt.

»Wir?« Frau Hanz sah fragend zu Maxim. »Mylord, geschieht dies mit Eurem Einverständnis?«

»Natürlich«, bestätigte er.

»Nun gut!« Es klang wie das Kläffen eines Hundes. »Da mir keine andere Wahl bleibt, muß ich mich fügen.«

»Sieht so aus, Frau Hanz«, meinte Maxim trocken.

Die Haushälterin nickte. »Wenn das alles ist, werde ich jetzt wieder an meine Arbeit gehen... und mich nützlich machen.«

Frau Hanz ging wieder an ihre Arbeit, und gleich darauf ließ sie ihren Zorn an dem Koch aus, indem sie ihm im schärfsten Ton Anweisungen gab, die in Zurechtweisungen übergingen. Dietrich aber war nicht der Mann, der unsachliche Kritik vertrug. Der folgende Streit war von lautstarken Handgreiflichkeiten begleitet.

»Was habe ich da angestellt?« klagte Elise.

Maxim lachte. »Keine Angst, Dietrich weiß sich zu wehren.«
»Das hoffe ich.« Sie seufzte. »Am besten, ich ziehe mich jetzt
zurück. Sonst lasse ich mich hinreißen und schicke diese Person
morgen in aller Herrgottsfrühe nach Hamburg zurück.«

»Denkt nicht mehr an sie«, riet Maxim. »Während unserer Abwesenheit kann sie sich die Sache überlegen. Wenn sie sich bis dahin nicht gebessert hat, muß sie gehen.«

»Dann also, gute Nacht.« Elise sah lächelnd zu ihm auf.

Er erwies ihr mit einer formvollendeten Verbeugung die Ehre.
»Möge Euch der Abend sanft in den Schlaf wiegen, schöne Maid.«

Wenig später fiel Elise mit verträumtem Lächeln ins Bett und
schwelgte in Gedanken an Maxim. Ihre Träume waren erfüllt von
Phantasiebildern, und immer wieder spürte sie sich von kraftvollen Armen umfangen. Ihr Herz schlug höher, wenn sie an das
ekstatische Glück dachte, das ihrer harrte. Die Liebe hatte sich in
ihr Leben gestohlen und hatte sie verwandelt, so daß sie niemals
wieder dieselbe sein würde.

16

Lockere Flockenwirbel schwebten hernieder, blieben auf den ausladenden Ästen der hohen Nadelbäume liegen und überzogen
Hügel und Täler mit einer weißen Decke. An einem plätschern-
den, halb zugefrorenen Bach hob eine Ricke ihre feuchte Nase und
prüfte die Luft. Die langen Lauscher zuckten, als ein schwaches
Geklingel aus der Ferne die Stille des frühen Morgens durchbrach.
Die Glöckchen klangen silberhell durch den Wald und kündeten
das Nahen von Fremden an. Ein lauter Ausruf und gedämpftes
Hufgetrappel – und die Ricke setzte im Zickzackkurs zwischen
den Bäumen davon. Kurz darauf kam ein Vierergespann mit einem Gefährt. Drei weitere Pferde waren an das hintere Ende des
Prunkschlittens gebunden. Die blauen und rot gefütterten Kapu-
zenmäntel der aus sechs Mann bestehenden Eskorte brachten
Farbe in die winterlichen Töne des Waldes. Ihre auffallende Aufmachung war typisch für Nikolaus von Reijns Geschmack.

Nikolaus machte sich an diesem Tag ein Vergnügen daraus, Elise gehörig zu beeindrucken. Er hatte das luxuriöse Gefährt eigens bauen lassen, damit die Reisenden die Fahrt in pompösem Stil zurücklegen konnten. Eine Kutsche, die vom Earl von Arundel einige Jahre zuvor nach England gebracht wurde, hatte ihm als ungefähres Vorbild gedient. Den Sommer über konnte das Fahrzeug mit großen Rädern ausgestattet werden, während die mit Eisen beschlagenen Schlittenkufen ein leichtes Gleiten über den Schnee und Eis gestatteten.

Das Innere hätte nicht prunkvoller sein können. Mit reichem Schnitzwerk versehene Läden konnten entweder, um die gute Luft der wärmeren Jahreszeit einzulassen, weit geöffnet oder aber gegen die eisigen Windstöße geschlossen werden, die den Schlitten im Winter umtosten. Gegen Zugluft waren die Innenwände mit samtbespannten, auf Stangen aufgezogenen neuen Verkleidungen abgedichtet. Auf den gepolsterten Sitzen lagen eine Vielzahl kleiner Kissen und dazu Felldecken, die eine warme, gemütliche Fahrt gewährleisteten. Auf dem Boden zwischen den Sitzen waren Wärmepfannen in Gestellen eingelassen, so daß die Insassen sich gemeinsam daran wärmen konnten.

Stets auf gutes Essen und auf sämtliche Erfordernisse gepflegter Tafelfreuden bedacht, hatte Nikolaus einen kleinen Klapptisch anfertigen lassen, der bei Bedarf zwischen den Sitzen aufgestellt werden konnte. Eine Auswahl an Weinflaschen, dazu etliche vollgepackte Proviantkörbe, sorgten zusätzlich für das leibliche Wohlergehen der Reisenden.

Von Anbeginn der Reise an hatte Nikolaus die Rolle des Gastgebers übernommen und die Sitzordnung so gewählt, daß Elise neben ihm zu sitzen kam, während Maxim gegenüber Platz nehmen mußte. Der Kapitän genoß seine Besitzansprüche Elise gegenüber und vertrieb ihr die Zeit mit einer Lektion über die Entwicklung der Hanse seit ihren Anfängen, als eine Gruppe deutscher Kaufleute sich zum Schutz gegen gesetzlose Freibeuter zusammengetan hatte. Sie erfuhr von dem drei Jahrhunderte währenden Aufschwung der Hanse und von der Herrschaft der geradezu königlich auftretenden Handelsherren in fremden Häfen und auf hoher See. Die Schwächung und Schließung ihrer Stützpunkte an der Themse, in Nowgorod und auf dänischem Territorium erfüllten Nikolaus mit so großer Besorgnis, daß er die Zukunft der Hanse insgesamt in Frage gestellt sah. »Zuweilen frage ich mich, ob uns nicht schon der Hauch des Untergangs entgegenweht und wir nur zu stolz sind, um ihn wahrzunehmen.«

Elise versuchte ihn aufzumuntern. »Sagt mir, gehört es zu den Gepflogenheiten der Hanse, Gefangene festzuhalten und für sie Lösegeld zu fordern?«

Nikolaus lehnte sich zurück. »Da und dort haben wir tatsächlich Geiseln genommen, wenn sie der Hanse Schaden zugefügt hatten. Denkt Ihr an etwas Bestimmtes?«

»Ja, natürlich«, gab sie bereitwillig zu. »Mein Vater war mehrfach in den Stilliards, ehe er entführt wurde. Deshalb gibt es Gerüchte, daß ihn die Hanse gefangennahm. Nun frage ich mich, ob etwas Wahres daran sein könnte.«

»Wir handeln mit Waren, mein Fräulein, und nicht mit Menschen«, antwortete Nikolaus.

Elise wollte sich nicht so leicht abwimmeln lassen und bohrte weiter. »Gerüchte wollen weiter wissen, daß mein Vater einen Teil seines Vermögens gegen Hansegold tauschte. Wäre eine Truhe voller Gold nicht für manchen Hanseherren von Interesse?«

»Natürlich gibt es überall Habgierige, die auf Reichtümer aus sind. Da ich aber selbst von der Sache nichts weiß, kann ich Euch leider nicht helfen, so gern ich es täte. Gelänge es mir, Euch den Vater wiederzugeben, ich würde zweifellos Eure ewige Liebe gewinnen.«

»Wer könnte es denn wissen?« fragte Elise weiter, ohne auf seinen Versuch einzugehen, das Gespräch auf ein anderes Thema zu bringen. »Wen könnte ich fragen?«

Der Kapitän deutete auf Maxim. »Vielleicht kann mein Freund Euch in dieser Sache helfen. Er hat überall seine Späher.«

Maxim blickte auf und bedachte sein Gegenüber mit einem skeptischen Blick. »Nikolaus, mir fehlt der Sinn für deinen Humor. Welche Späher meinst du?«

»Na, Spence und Fitch natürlich«, antwortete Nikolaus gut gelaunt. »Zwei gerissene Burschen. Du hast sie ausgeschickt, damit sie Arabella bringen, und sie kamen mit diesem Juwel an Weiblichkeit zurück. Wenn sie auch in Zukunft so großes Geschick an den Tag legen, dann kannst du sie getrost auf die Suche nach Elises Vater schicken... wer weiß, wen sie mitbringen.«

»Denen traue ich niemals wieder. Inzwischen habe ich den Eindruck, die beiden sind ans andere Ende der Welt gereist, um einen besonders talentierten Quälgeist ausfindig zu machen.« Maxim wies auf die strahlende Elise. »Kein gewöhnliches Mädchen, sondern eines, das jeden Einsatz wert ist. Ehrlich gesagt, wäre nicht einmal Arabella imstande gewesen, so anregende Zerstreuung in Szene zu setzen.«

Ohne zu überlegen, entfuhr es Elise: »Arabella ist viel zu zaghaft für einen Mann wie...«

Maxim entging ihr Zögern nicht. »Für einen Mann wie mich? Wolltet Ihr das sagen?«

»Ich wollte damit nur sagen, daß Ihr so... daß Ihr mitunter recht kühn seid«, sagte sie verlegen.

Maxim hatte der Fahrt nach Lübeck mit einigen Vorbehalten entgegengesehen, da er wußte, daß Nikolaus' Werbung von ihm große Beherrschung fordern würde, doch Elises zutraulicher werdendes Benehmen ließ ihn Hoffnung für eine angenehme Fahrt schöpfen. »Und Ihr glaubt nun, ein kühneres Mädchen würde besser zu mir passen?«

»Wer bin ich, daß ich das sagen könnte?« fragte sie, als wäre sie überaus erstaunt. »Ich kenne Euch erst seit ein paar Monaten, gewiß nicht lange genug, um ein richtiges Urteil abzugeben.«

»Trotzdem...« Er sprach das Wort mit besonderem Nachdruck aus. »Ihr habt Euch eine Meinung gebildet, und ich bin sehr daran interessiert, Eure Ansicht zu hören. Ihr glaubt also, Arabella und ich würden nicht zueinanderpassen. Ihr habt jedoch nicht gesagt, wer die bessere Wahl für mich wäre.« Er sah sie eindringlich an. »Wäre ein Mädchen mit Eurem Temperament passender?«

Elise machte den Mund auf und brachte kein Wort heraus. Wie hätte sie ihre Gefühle leugnen können?

»Nein, nein«, rief Nikolaus aus und rettete sie damit. Ihm war die Wendung des Gesprächs nicht ganz geheuer. Seit Jahren schon hatte er erlebt, wie Frauen verschiedener Herkunft Maxim umschwärmten. Es hätte ihn nicht gewundert, wenn auch Elise sich empfänglich gezeigt hätte. »Maxim, du bist zielstrebig und willensstark. Ein stilles, sanftes Mädchen würde dir eher entsprechen, da es sich dir fügt. Arabella wäre aus diesem Grund für dich die beste Wahl.«

»Und wie steht es mit Euch, Kapitän?« fragte Elise ein wenig verärgert über seine Bemerkung. Wie konnte er behaupten, Arabella, ein schwankendes und unentschlossenes Wesen, dem es an jeglichem tieferen Gefühl zu mangeln schien, würde besser zu Maxim Seymour passen als sie? O nein, dachte Elise, Maxim brauchte eine Frau mit Temperament und Feuer und keine verängstigte Kirchenmaus. Nachdenklich sah sie Nikolaus an. »Und was für ein Mädchen wäre gut für Euch? Eines mit sanftem Wesen und melancholischen Augen?«

»Die Antwort ist doch klar, mein Liebchen«, erwiderte Nikolaus und faßte nach ihrer Hand.

Elise bereute jetzt, daß sie Nikolaus je ermutigt hatte. Waren ihr seine Aufmerksamkeiten anfangs willkommen gewesen, um Maxim zu reizen, so wollte sie von ihm jetzt nur mehr Freundschaft und sonst gar nichts. Und doch zögerte sie, dies klarzustellen, denn er schien fester entschlossen denn je, um sie zu freien.

Maxim drückte sich tief in die Ecke, den Blick unverwandt aus dem Fenster gerichtet. Trotz seiner äußeren Gelassenheit tobte in seinem Inneren ein heftiger Aufruhr. Seit Jahren schon war Nikolaus sein Freund, doch ihre immer offensichtlichere Rivalität stellte eine Bedrohung für ihre langjährige Beziehung dar. Er wünschte sich von Elise ein klares Wort dem Kapitän gegenüber und ebenso, seine Eifersucht abschütteln zu können.

Zu Mittag legten die Reisenden eine Rast ein. Die Pferde brauchten eine Ruhepause, und sie selbst bedurften der Labung aus den wohlgefüllten Proviantkörben. An einer geschützten Stelle wurde ein Feuer gemacht, und nach einem kurzen Spaziergang ließen sich Kutscher und Eskorte am Feuer nieder, um ihren

Hunger zu stillen, während der Kapitän und seine Gäste sich in die Abgeschiedenheit des Schlittens zurückzogen.

Nach dem Essen entschuldigte Nikolaus sich und ging in den Wald, um wieder einen klaren Kopf zu bekommen, da er dem Wein reichlich zugesprochen hatte. In seiner Abwesenheit beobachtete Maxim Elise ungeniert, bis sie es unter seinem Blick nicht mehr aushielt. »Was ist denn, Mylord? Sind mir plötzlich Warzen gesprossen?«

»Da wäre etwas, das mir in letzter Zeit viel zu schaffen macht«, sagte er offen. »Und ich möchte es aussprechen.«

»Sprecht, Mylord. Habe ich etwas getan, das Euch beleidigte?« fragte sie neugierig.

Maxim, der sich seine Worte genau überlegt hatte, sprach heftiger, als es ursprünglich seine Absicht war. »Die einzige Beleidigung stellt Euer Zögern dar, Nikolaus zu eröffnen, daß Ihr ihn nicht liebt.«

Elise starrte ihn verblüfft an. »Mylord, Ihr sprecht sehr dreist von einer Sache, die für Euch in der Vergangenheit eher Grund zur Belustigung bot. Wie kommt es, daß Ihr meine Gefühle kennt, ehe ich sie ausspreche?«

»Wie ich schon sagte, bin ich ein Mann, der zur Ehe entschlossen...«

»Mit jeder Frau?« fragte sie aufreizend.

Ohne ihre Stichelei zu beachten, fuhr er fort: »Ich würde merken, wenn ich wie ein Narr handle.«

»Fällt es jetzt mir zu, Euch zu versichern, daß Ihr keiner seid?«

»Ja, holde Elise, indem *du* mir sagst, daß ich mir nicht nur eingebildet habe, was deine Küsse mir verrieten. Du spielst mit mir, und ich nähere mich immer mehr dem Moment, da es mit meiner Zurückhaltung vorbei ist und ich dich in mein Bett entführe. Wenn du dies nicht willst, weder als meine Ehefrau noch als Geliebte, dann sag es mir frei, und ich werde dich, was Nikolaus betrifft, nicht weiter behelligen. Hab Erbarmen, und führ mich nicht an der Nase herum wie ihn.«

»Und was ist mit Arabella?« rief Elise erregt. »Empfindet Ihr für sie keine Zuneigung mehr?«

Maxim beugte sich vor und stützte die Ellbogen auf die Knie. »Sie ist zu einer vagen Erinnerung verblaßt. Ich kann mich an ihr Gesicht nicht mehr erinnern. Ich sehe immer nur deines vor mir, Elise.«

Elise wurde warm ums Herz vor Glück, ja, sie hätte sich von einem wahren Taumel des Glücks mitreißen lassen – aber von Liebe hatte er nicht gesprochen, nur von Begehren, und das war ihr nicht genug. Sie wollte sein Herz, seinen Verstand und seine Leidenschaft für sich allein. Nie würde sie sich damit begnügen, seine Liebe mit einer anderen zu teilen. »Es kann sich nur um eine flüchtige Leidenschaft handeln«, forderte sie ihn heraus.

»Ich bin kein wankelmütiger Jüngling«, sagte er bestimmt. »Da kenne ich mich zu gut.«

»Aber kennt Ihr auch Euer Herz? Ihr wart so sicher, Arabella zu lieben, und jetzt sagt Ihr, daß Ihr sie vergessen habt. Könnt Ihr mir schwören, daß ich Euch in all den Jahren, die noch kommen, teuer sein werde?«

»Elise, du weißt nicht, wie es um meine Gefühle für Arabella bestellt war.«

»Was sagt Ihr da? Ihr wart nicht verliebt in Arabella?«

Er zögerte, ehe er antwortete. »Ich grolle jedem, der mir nimmt, was mir gehört. Wenn ich jetzt daran zurückdenke, dann scheint mir, daß das Verlangen nach Vergeltung und Rache an Edward an erster Stelle stand.«

»So habt Ihr früher nicht gesprochen. Ich war sicher, Eure Liebe zu Arabella sei der Grund für die Entführung«, sagte Elise überrascht.

Maxim fluchte insgeheim. Er begehrte Elise und war enttäuscht, weil sie ihm nicht glauben wollte. Daher versuchte er es jetzt anders. »Elise, ich biete dir meinen Schutz und meinen Namen. Wäre es nicht vernünftig, daß wir eine Ehe schlössen? Schließlich trage ich die Schuld an deiner Entführung und habe deinen Namen und deinen Ruf entehrt.«

»Ihr habt mich gehaßt, wißt Ihr noch?«

»Niemals!«

»Ich war dessen ganz sicher«, beharrte Elise.

Maxim war entrüstet: »Um eine uns beiden entgegenkommende Verbindung einzugehen, mußt du mir doch nicht das Herz aus der Brust reißen, um es genau untersuchen zu können! Stehen wir nicht beide allein auf der Welt? Ich habe keine Familie, und du hast niemanden, dem du trauen kannst. Was deinem Vater zustieß, weiß kein Mensch. Willst du meinen Antrag nicht annehmen, und sei es nur, damit wir einander beistehen?«

Elise kämpfte gegen die Logik seiner Worte an. Von einer Ehe erwartete sie sehr viel mehr als nur eine passende und vernünftige Verbindung. »Maxim, seid Ihr sicher, daß Ihr das wollt?« fragte sie verhalten. »Vielleicht begegnet Ihr einer anderen, die Ihr dann mehr begehrt als mich.«

»Ich bin nie einer begegnet« – er hielt inne und starrte sie unverwandt an – »die einen so erbittern kann wie du!«

Elise, die erwartet hatte, er würde sie seiner Leidenschaft versichern, setzte einige Male zum Sprechen an, da ihr die Worte fehlten. Schließlich lehnte sie sich zurück und sagte: »Wenn Ihr mich als so ärgerlich empfindet, warum wollt Ihr dann die Ehe mit mir eingehen?«

»Weil ich noch nie eine Frau so begehrte wie dich«, sagte er und lächelte gequält.

Ein wenig besänftigt zögerte Elise ihre Antwort hinaus: »Euer Antrag kommt sehr überraschend.« Sie sagte es überlegt und mit Bedacht, nicht weil sie unsicher war, sondern aus Vorsicht. Er war so attraktiv und männlich, daß die Gunst schöner Frauen ihm sicher war, und sei es für ein flüchtiges Abenteuer. Elise hätte zu gern seinen Antrag angenommen, wäre da nicht die Gefahr gewesen, er könnte im Laufe der Zeit eine andere finden und seine Heirat bereuen. »Ehe ich Euch antworten kann, muß ich erforschen, was mein Herz dazu sagt.«

»Wie du willst, Elise, aber bitte… ich bitte dich… bedenke es bald. Es schmerzt mich, wenn ich abseits stehen und mit ansehen muß, wie ein anderer um dich wirbt«, sagte er müde.

»Ich werde es mir überlegen«, murmelte sie leise.

Sie griff nach ihren alten Stiefeln, weil sie das Bedürfnis nach frischer Luft verspürte, wo sie klar denken konnte. »Entschuldigt mich jetzt, ich möchte ein wenig spazierengehen. Ich komme gleich wieder...«

Maxim kniete vor ihr hin, nahm ihr den Stiefel ab und schob ihn über ihren Fuß. »Ich bezweifle, ob dieses Schuhwerk ausreicht, um deine Füße warm zu halten. Wenn du unbedingt hinausmußt, dann laß dir helfen«, bat er.

»Wenn Ihr wollt«, sagte sie lächelnd.

Maxim zog ihr den anderen Schuh aus, stellte ihren Fuß auf seinen Schenkel und zog ihr den Stiefel an. Seine Hilfsbereitschaft war ihr bereits in den vergangenen Wochen aufgefallen, und die vielen kleinen Dienste, die sie einander erwiesen hatten, hatten eine wohltuende Gemeinschaft entstehen lassen. Vielleicht war sie töricht, alles auf einmal zu verlangen?

Maxim erhob sich und faßte nach ihrer Hand. Indem er sie von ihrem Sitz hochzog, hielt er sie fest, den Blick unverwandt auf ihre Augen gerichtet.

»Und jetzt sag mir nicht, du würdest nicht dasselbe empfinden wie ich, wenn ich dich in den Armen halte.«

Sein Ton genügte, um ihren Puls zum Rasen zu bringen. Sie konnte ihn hören, sehen und riechen. Es fehlte nur noch, daß sie ihn kostete.

»Sag ja nicht, du würdest nicht erbeben, wenn ich dich berühre«, flüsterte er heiser, »und versuch ja nicht, mir weiszumachen, du möchtest nicht, daß ich dich liebe.«

Atemlos starrte Elise ihn an. Sie wußte, eigentlich müßte sie ihm jetzt widersprechen. Doch ihr Tadel fiel verhalten aus. »Maxim, so solltest du nicht mit mir sprechen.«

Sein Blick schien sie zu versengen, als er die Antwort auf seine Sehnsucht in ihren Augen las. »Warum? Hast du Angst, die Wahrheit zu hören? Madame, Ihr braucht Liebe.« Er bäumte sich auf. »Verdammt, es ist eine Qual, dich hier und jetzt so heftig zu begehren.«

Seine Nähe raubte ihr den Atem, ihr Herz raste, als sie mit dem Rest an Würde, den sie noch aufzubringen imstande war, flüsterte: »Ich wäre Euch jetzt sehr verbunden, wenn Ihr mir durch den Schnee helfen könntet, Mylord.«

Aufseufzend fügte Maxim sich und stieg aus. Vor dem Schlitten hielt er einen Moment inne, damit die kühle Luft seinen Kopf klärte. Die Eskorte umdrängte das Lagerfeuer und wärmte sich die Hände, doch als er Elise einholte und schwungvoll hochhob, spürte er die Blicke der Männer auf sich. Nikolaus hatte aus seinen Besitzansprüchen auf das Mädchen kein Hehl gemacht. Es würde daher nicht lange dauern, bis er von der Szene erfuhr.

Elise mit den Armen tragend, stapfte er durch den Schnee, bis sie eine ruhige, von Nadelbäumen umstandene Lichtung erreichten. Wo die Bäume Schutz boten, bedeckte nur eine dünne Schneedecke den Boden. Es war ein Ort, der friedlich und wie verzaubert wirkte durch den Schnee, der weißglitzernd auf den Bäumen lag und bei jedem Schritt knirschte.

Plötzlich lachte er auf, getrieben von dem Verlangen, die Stimmung etwas aufzulockern, und wirbelte sie im Kreis, so heftig, daß Elise die Luft wegblieb. »Aufhören, bitte, mir wird schwindlig. Außerdem möchte ich jetzt einen Augenblick ungestört sein.«

Lächelnd deutete Maxim mit einer Kopfbewegung auf ein nahes Dickicht. »Ist jener abgeschiedene Ort für Eure Bedürfnisse geeignet?«

»Ihr seid reichlich unverschämt«, sagte Elise vorwurfsvoll.

»Meine Holde, ich habe außer mir selbst nichts zu bieten«, flüsterte er und drückte ihr einen Kuß auf die Stirn. »Mag ich auch mit Fehlern behaftet sein...«

Elises Herz tat einen Sprung, als sie die Aufrichtigkeit in seinem Blick las. Sie starrten einander lange an, bis sie das Gefühl bekamen, die Welt stünde still. Da hallte vom Feuer her ein Ruf durch den Wald und störte ihre Verzauberung.

»Maxim? Elise? Wo seid ihr?«

Maxim ließ Elise zu Boden gleiten und ließ sie widerstrebend los, denn schon waren Nikolaus' Schritte zu hören. In der Nähe knisterten und splitterten Zweige.

Maxim umfaßte Elises Schultern und drehte sie mit dem Gesicht zum Dickicht. »Madame, hier... Wir sind entdeckt worden.«

Er sah ihr nach und spürte, wie der Rausch seiner Sinne langsam nachließ. Dann drehte er sich zu Nikolaus um.

»Ach, da seid ihr!« rief der Kapitän, atemlos vom raschen Lauf durch den tiefen Schnee. Seine Hast ließ erkennen, daß man ihm die näheren Umstände des kleinen Ausflugs geschildert hatte.

»Wo ist Elise? Ich dachte, ihr wärt beisammen«, stieß er hervor und blickte sich um.

Maxim deutete auf die Spuren, die zu den Bäumen führten. »Sie kommt gleich wieder.«

Nikolaus betrachtete die kleinen Fußabdrücke. Maxim, der Ausflüchte haßte, erklärte schulterzuckend: »Ich konnte nicht gut zulassen, daß das Mädchen allein durch den Schnee stapft. Sie wollte ihr Kleid nicht ruinieren, da bot ich ihr Hilfe an.«

Nikolaus, den die Kühnheit des Freundes verstimmte, zog den Pelzkragen seines Umhanges enger um den Hals. »Diesen Dienst hätte ich ihr auch erweisen können.«

»Du bist selbst rasch im Wald verschwunden«, erinnerte Maxim ihn. »Die Dame war in Bedrängnis.«

Der Kapitän hatte sich noch immer nicht beruhigt. »Du brauchst nicht auf sie zu warten. Ich bringe Elise selbst zum Schlitten zurück.«

»Wie du willst«, erwiderte Maxim gelassen.

Mißmutig sah Nikolaus ihm nach. Die Ungewißheit, wie Elise zu ihm stand, ließ ihn daran zweifeln, ob es klug gewesen war, Maxim als Begleitung mitzunehmen. Er war nicht so naiv, die Anziehungskraft Maxims und seine Vorliebe für Frauen zu unterschätzen. Aber solange die beiden ständig stritten, hatte er sich in Sicherheit gewiegt.

Elise war enttäuscht, als sie aus dem Dickicht kam und der Hansekapitän sie anstelle Maxims erwartete. Das plötzliche Schuldgefühl, das sie in seiner Gegenwart empfand, bedrückte sie sehr. Sie wußte, daß sie Nikolaus davon abbringen mußte, weiter um ihre Gunst zu werben, hatte jedoch Hemmungen, ihre Gefühle für Maxim einzugestehen. Da sie aber Nikolaus' Freundschaft schätzte, wollte sie die Zurückweisung möglichst zartfühlend und taktvoll gestalten. Sie fand jedoch nicht die richtigen Worte, und da ihr nichts Besseres einfiel, sagte sie: »Es sieht aus, als hätte der Schneefall nachgelassen.«

Nikolaus sah hinauf in den verhangenen Himmel und meinte: »Ich glaube, es wird noch eine Weile schneien.« Dann wandte er sich ihr zu. »Ich bin gekommen, um Euch zum Schlitten zu tragen, mein Fräulein.«

»Ach, nicht nötig«, beeilte Elise sich zu versichern. Sie zögerte, einen solchen Dienst von ihm in Anspruch zu nehmen, besonders da sie eine Gelegenheit suchte, seine Zuneigung zu bremsen. »Ich bin gut zu Fuß.«

»Es täte mir leid, wenn Euer Gewand durch den Schnee in Mitleidenschaft gezogen würde«, wandte er ein und trat einen Schritt näher.

Ein Schnauben durchdrang die Waldesruhe. Elise spähte angestrengt zwischen den Bäumen hindurch und erkannte Maxim, der seinen schwarzen Hengst hinter sich am Zügel führte. Erleichtert atmete sie auf.

»Die Männer sind zum Aufbruch bereit«, berichtete Maxim, als Nikolaus ihn fragend ansah. »Sie wollen wissen, ob sie vorausreiten und die Straße sichern oder den Schlitten begleiten sollen. Sie warten auf deine Anweisungen. Wir könnten ein Stück des Weges neben dem Schlitten reiten«, bemerkte Maxim mit einem Blick über die Schulter, als er Elise in den Sattel hob.

Das Roß tat einige tänzelnde Schritte, so daß Nikolaus ausweichen mußte. Er zügelte seinen wachsenden Ärger und schwieg, auch als er mit ansehen mußte, wie Elise, umfangen von Maxims Armen, davonritt.

»Ich hätte es nicht ertragen, wenn ein anderer dich in den Arm genommen hätte«, flüsterte Maxim ihr zu.

Elise legte die Hand auf seinen Arm. Sie war nahe daran, ihm anzuvertrauen, mit welcher Erleichterung sie sein Kommen aufgenommen hatte. »Nikolaus ist mir ein guter Freund geworden. Ich möchte nicht, daß er gekränkt wird.«

»Elise, wenn du ihn liebst, dann sag es mir, und ich werde mich zurückziehen. Du schuldest mir kein Wort der Erklärung. Wenn aber das zutrifft, was ich zu spüren glaube, und zwischen uns etwas im Wachsen ist, dann ist eine freundliche Aussprache zu diesem Zeitpunkt besser als eine verspätete Entschuldigung.«

Die Trave und die von Hansebürgern einige Jahrhunderte zuvor angelegten Befestigungen machten Lübeck zu einer Hafenstadt, die nur schwer einnehmbar war. Vor den Stadtmauern hielten die dicken Zwillingstürme des Holstentores Wache, dessen Kanonen jede Annäherung eines Gegners verhinderten. Unter einem Himmel, der im Sonnenuntergang glühte, schimmerte die Stadt wie ein juwelenbesetztes Geschmeide. Steile Dächer und hohe Kirchtürme reflektierten die letzten Sonnenstrahlen und warfen Farbtupfer in die Dämmerung.

»Lübeck, unser aller Haupt!« rief Nikolaus, als sich die kleine Schar hoch zu Roß den Stadttoren näherte. »Die Königin unter den Hansestädten!« Er lächelte Elise zu, die neben ihm auf ihrem neuen Pferd ritt. »Ist sie nicht eine wahre Perle?«

»Ja, das ist sie«, erwiderte Elise voller Bewunderung.

Kaum lag das Holstentor hinter ihnen, ritt Nikolaus ihnen durch ein Gewirr von Straßen und Gäßchen voraus, bis er schließlich vor einem stattlichen Fachwerkhaus anhielt. An einem der Fenster des Untergeschosses drückte ein junger Mann sein Gesicht an die Scheibe und spähte hinaus. Als er die Ankommenden sah, strahlte er übers ganze Gesicht und verschwand sofort. Gleich darauf vernahm man freudige Rufe, und die Tür flog auf. Zwei Frauen und der junge Mann kamen winkend aus dem Haus gelaufen.

Nikolaus, der aus dem Sattel glitt, rief mit ausgebreiteten Armen einen lauten Gruß. Die beiden Frauen, die aufgeregt wie Kinder auf ihn zustürzten, stießen Schreie des Entzückens aus und warfen sich ihm in die Arme, während der junge Mann dem Kapitän kräftig auf die Schulter klopfte. Momentan schien Nikolaus in einem Durcheinander von Armen und Händen gefangen.

»Nikolaus' Familie scheint so lebensfroh zu sein wie er«, bemerkte Maxim lachend, als er Elise aus dem Sattel hob. War sein Benehmen auch formvollendet, so las sie in seinen Augen so viele wunderbare Dinge, die sie noch nicht kannte. Flüchtig schoß ihr der Gedanke durch den Kopf, daß es einen Weg gab, ihre Sehnsüchte zu stillen: Sie konnte sich ihm hingeben...

Elise schalt sich insgeheim, selbst verwundert, wohin ihre Gedanken wanderten. Wenn sie daran dachte, daß Arabella diesem Mann einen Lümmel vorgezogen hatte, dann mußte ihre Kusine wohl aus Stein sein.

»Arabella war dumm«, hauchte sie unwillkürlich.

»Wie bitte? Was läßt dich an Arabella denken?« fragte Maxim erstaunt.

Elise stieß einen leisen, bebenden Seufzer aus. »Ich bezweifle, ob du dafür Verständnis haben wirst. Nur eine Frau kann verstehen, was ich mir eben dachte.«

»Du gebrauchst Ausflüchte.«

»Das ist Frauenart.« Sie warf ihm einen Seitenblick zu. »Es ist unsere einzige Waffe.«

»Vermutlich werde ich nie begreifen, was in deinem reizenden Köpfchen vorgeht.« Seine Augen liebkosten ihr Gesicht und trieben ihr die Röte in die Wangen. »Vielleicht teilst du meine Gefühle nicht ganz«, flüsterte er ihr zu. »Aber ich könnte dich manches lehren...«

Elises Kopf fuhr jäh hoch. Maxim hatte ihre geheimsten Wünsche ausgesprochen, so daß sie plötzlich fürchtete, er könne Gedanken lesen. Sie atmete auf, als eine junge blonde Frau von etwa zwanzig Jahren sich aus der Gruppe um Nikolaus löste und mit strahlendem Lächeln auf Maxim zukam.

»Ihr müßt Lord Seymour sein«, begrüßte sie ihn in fließendem Englisch. »Nikolaus hat mir so viel von Euch erzählt, daß ich kaum erwarten konnte, Euch kennenzulernen. Ich bin Katarina Hamilton, seine Kusine... das heißt, eigentlich waren unsere Mütter nur entfernte Kusinen, so daß wir nur um ein paar Ecken verwandt sind.«

Maxim verbeugte sich schwungvoll. »Das Vergnügen ist auf meiner Seite, Fräulein Hamilton.«

»Und das muß Elise sein«, sagte Katarina, der ihre Schönheit nicht entgangen war. Sie konnte nur zu gut verstehen, warum Nikolaus dem Mädchen verfallen war. »Nikolaus schrieb uns, er würde Euch mitbringen. Hattet Ihr eine angenehme Reise?«

»Sehr angenehm, danke«, erwiderte Elise liebenswürdig. »Ich freue mich sehr, daß ich hier jemanden antreffe, mit dem ich mich unterhalten kann. Ich hatte schon befürchtet, ich würde kein Wort verstehen.«

»Es ist gewiß nicht einfach, in ein fremdes Land zu kommen, dessen Sprache man nicht spricht, aber Ihr scheint Euch gut zurechtgefunden zu haben. Lord Seymour und Nikolaus waren Euch gewiß gute Beschützer.«

»Eine Zeitlang hatte ich das Gefühl, zu sehr unter Beobachtung zu stehen«, scherzte Elise mit einem Blick zu Maxim hin. »Aber wie kommt es, daß Ihr so gut Englisch sprecht?«

»Mein Vater war Engländer, der es vorzog hierzubleiben, als er meine Mutter heiratete«, erklärte Katarina. »Mein Bruder Justin und ich waren kaum den Kinderschuhen entwachsen, als unsere Mutter starb. Als kurz darauf auch unser Vater das Zeitliche segnete, nahm uns Nikolaus' Mutter zu sich und kümmerte sich um uns wie um zwei eigene Kinder.« Sie zog die schmalen Schultern hoch. »Seit Nikolaus fortging, ist es hier ziemlich öde geworden. Ich muß gestehen, daß ich Euch beneide.«

»Mich?« fragte Elise verblüfft. »Wie kommt das?«

»Nun, von so vielen gutaussehenden Männern umgeben zu sein ist der Traum eines jeden jungen Mädchens. Ich würde Lübeck auf der Stelle verlassen, hätte ich eine solche Eskorte, aber wie Ihr seht, bin ich schon eine alte Jungfer.«

»Katarina! Was wird Lord Seymour von dir denken?« Die rundliche, weißhaarige Frau, die Nikolaus herzlich begrüßt hatte, kam nun an seinem Arm auf sie zu. Den Blick auf Maxim gerichtet, rief sie: »Ihr dürft nicht alles glauben, was Katarina sagt, mein Herr. Sie weiß oft nicht, was sie daherredet.«

»Wenn ich mich recht erinnere, war Katarina nie auf den Mund gefallen«, warf Nikolaus scherzend ein.

»Nikolaus!« Die alte Dame zupfte ihn am Ärmel und schalt ihn: »Du solltest dich schämen, weil du sie herausforderst. Seit sie in unser Haus kam, hast du ihr weiß Gott was für Ideen in den Kopf gesetzt. Wärest du nicht mein Sohn, ich würde dir die Türe weisen.«

Justin schloß sich den Neckereien an. »Ja, gäbe es nicht Vetter Nikolaus, Katarina und ich wären bei Tante Therese die reinsten Heiligen…«

Nikolaus legte den Arm um die Schultern seiner Mutter und drückte sie liebevoll an sich. »Ach, was für eine Freude, dich wiederzusehen!« Er drückte ihr einen Kuß auf den weißen Scheitel. »Aber ich vergesse ja unsere Gäste.« Er deutete auf Elise, die das Geplänkel der Familie schmunzelnd hörte. »Mutter, das sind zwei sehr gute Freunde, Mistreß Elise Radborne und Lord Maxim Seymour.«

»Wie nett, daß Ihr uns besucht«, erklärte Nikolaus' Mutter und ergriff liebevoll Elises Hand. »Herzlich willkommen… mein Fräulein… mein Herr.« Mit einer einladenden Bewegung bat sie: »Tretet ein, und wärmt Euch am Feuer, bitte.« Sie hob ihre Röcke ein wenig an und ging ihnen ins Haus voraus. In der Diele wies sie ein Hausmädchen an, den Gästen behilflich zu sein. Dann klatschte sie in die Hände und gab zwei anderen Mädchen Anweisung, in der angrenzenden großen Stube ein Mahl anzurichten.

»Sicher sind unsere Reisenden sehr hungrig«, sagte sie teilnahmsvoll. »Wir können sogleich zu Tisch, wenn es gewünscht wird.«

Maxim blickte um sich, ehe er den Kapitän fragte: »Könnte ich mich irgendwo waschen und zurechtmachen? Nach einem Reisetag fühle ich mich alles andere als frisch.«

»Ja, ich zeige dir deine Zimmer.« Nikolaus wies mit einer Handbewegung zur Treppe hin. »Unsere Leute werden dein Gepäck hinaufschaffen, während du bei Tisch bist.«

»Vielleicht möchte Fräulein Elise sich ebenfalls erfrischen«, bot die Hausfrau an.

»Ja, das wäre mir recht«, erwiderte Elise dankbar.

»Nikolaus zeigt Euch das Gästezimmer.« Nikolaus' Mutter wandte sich an ihren Sohn und fragte taktvoll: »Du bist doch einverstanden, wenn ich Fräulein Elise das Gästezimmer gebe?«

Der Kapitän ließ sich nichts anmerken, als er nickte. Einen Einwand zu äußern, weil Elise und Maxim ganz allein dasselbe Stockwerk bewohnten, hätte einen Mangel an Vertrauen verraten, den zu äußern sein Stolz nicht zuließ.

Gemeinsam stiegen die drei hinauf in das oberste Stockwerk, wobei Nikolaus vorausging. Oben angekommen führte er sie einen breiten Korridor entlang. Am Ende öffnete der Kapitän eine schwere Tür und lud Elise mit einer Handbewegung ein, die warme und helle Kammer zu betreten.

»Ich komme gleich wieder, mein Fräulein«, sagte er höflich.

Elise nickte und trat ein, während Nikolaus Maxim zu einer Zimmerflucht führte, die mit erlesenem Mobiliar eingerichtet war. Die Wände des kleinen Vorraums säumten Regale, auf denen unzählige ledergebundene Bände standen. Ein großer Schreibtisch und ein Stuhl spanischer Herkunft standen vor einem kunstvoll gearbeiteten Schrank.

»Diese Räume bewohnte seinerzeit mein Vater«, erklärte Nikolaus. »Justin übernahm sie, weil sonst keiner von uns gern Treppen steigt. Er zieht sich oft hierher zurück und vertieft sich in die Bücher und Karten meines Vaters. Nun, vielleicht wird aus ihm eines Tages ein großer Gelehrter. Für die Zeit deines Aufenthalts stehen dir die Räume zur Verfügung. Justin schläft indessen in einem Kämmerchen neben der Küche.«

»Ach, soviel Raum brauche ich gar nicht«, wandte Maxim ein. Ihm war der Blickwechsel zwischen Nikolaus und seiner Mutter nicht entgangen. Die Vorstellung, Elise so nahe zu sein, behagte ihm zwar, gleichzeitig aber wußte er um die Versuchungen, die diese Nähe mit sich brachte. Diese wollte er lieber meiden, als die Gastfreundschaft des Hauses zu mißbrauchen. »Eine kleine Kammer würde mir ebenfalls genügen.«

Nikolaus schüttelte den Kopf. »Nein, mein Freund. Meine Mutter wäre zutiefst beleidigt, wenn ich einen Gast in dieser Kammer einquartiere. Für Justin aber ist es nicht ungewohnt, daß er hin und wieder dort untergebracht wird.«

Maxim mußte sich damit abfinden. Er trat ans Fenster, zog die Gardine beiseite und spähte hinaus in die immer undurchdringlicher werdende Dunkelheit. »Nikolaus, ich muß meinen Aufenthalt in Lübeck nutzen, um etwas zu erledigen«, sagte er über die Schulter hinweg. »Würde es deine Familie stören, wenn ich nach Belieben komme und gehe?«

Nikolaus runzelte die Stirn, etwas verwundert, was ein Fremder in Lübeck wohl zu erledigen habe. »Maxim, du kannst dich hier frei bewegen, aber sei auf der Hut. In Lübeck verirrt man sich leicht. Am besten, du nimmst dir einen Führer.«

Maxim nahm den Rat lachend an. »Ich werde auf der Hut sein.«

»Falls ich dich irgendwohin begleiten kann...« Der Kapitän ließ den Satz unvollendet.

»Sicher hast du dringend eigene Sachen zu erledigen. Meine dagegen sind nicht so wichtig. Eigentlich möchte ich nur die Stadt etwas besser kennenlernen.«

Diese Antwort befriedigte Nikolaus zwar nicht ganz, doch sah er eine willkommene Gelegenheit, Maxims Abwesenheit bei Elise zum eigenen Vorteil zu nützen. »Mach dich zum Essen fertig«, drängte er. »Ich bin schon halb verhungert.«

»Ich will mich nur waschen und komme gleich hinunter.«

Nikolaus ging zur Tür, wo er stehenblieb und einen Blick zurückwarf. »Du wirst doch nicht so dumm sein und Karl Hillert aufsuchen?« platzte er heraus.

»Nun, ganz ausgeschlossen ist es nicht. Der Mann reizt meine Neugierde«, entgegnete Maxim nachdenklich.

Nikolaus erschrak sichtlich. Er hatte sich ganz umgedreht und sah seinen Freund an. »Maxim, Hillert ist sehr gefährlich. Weitaus wohlhabendere und einflußreichere Männer als ich fürchten ihn. Bitte, laß dich nicht mit ihm ein. Nur wenn man ihm aus dem Weg geht, ist man seines Lebens sicher.«

»Ich habe nicht die Absicht, getötet zu werden«, tat Maxim die Besorgnis des Freundes mit einem beiläufigen Lachen ab. »Glaube mir, es gibt zu viele wunderbare Dinge, für die ich leben muß.«

»Du lebst zu gefährlich«, murmelte Nikolaus. »Man kann Arabella nicht verdenken, daß sie sich vor der Hochzeit mit einem anderen deines Todes nicht vergewisserte, denn in deinem Fall ist es nur zu wahrscheinlich, daß eine Todesnachricht der Wahrheit entspricht.« Damit ging der Kapitän hinaus und schloß die Tür.

In Gedanken noch bei den Worten seines Freundes, ging Maxim zu einem niedrigen Waschtisch, auf dem Krug und Waschschüssel standen, und wusch sich die Hände. Als von draußen weder Stimmen noch Schritte zu hören waren, nahm er eine Kerze und ging ans Fenster. Wieder schob er die Gardinen beiseite und bewegte die Kerze vor den nachtdunklen Scheiben von links nach rechts. Diese Bewegung wiederholte er mehrmals, dann blies er das Flämmchen aus. Im Schatten der Nacht verharrte er und wartete, bis aus einiger Entfernung auf ähnliche Weise Antwort kam.

Kaum war Maxim wieder im Erdgeschoß angelangt, trat die Frau des Hauses vor und bestimmte die Tischordnung im Eßzimmer. »Katarina, du begleitest Nikolaus an seinen Tisch und bist seine Tischdame, während ich mich meinen Gästen widmen werde. Es würde mich interessieren, was Fräulein Elise und Herr Seymour auf ihren Reisen erlebt haben.«

Mit Katarina am Arm ging Nikolaus auf Elise zu. »Wenn es auf der Welt einen besseren Koch gibt als Dietrich, dann im Haus meiner Mutter.« Er hob die Hand wie zu einem Gelöbnis. »Ihr ahnt nicht, was Euch erwartet.«

»Erwartet mich ähnliches wie unter dem Mistelzweig?« fragte sie und lachte herzlich. »Kapitän, vor Euch bin ich lieber auf der Hut. Ich weiß nicht, ob man Euch noch trauen kann.«

»Ich gebe Euch einen guten Rat. Nikolaus ist nicht zu trauen«, verriet seine Mutter ihr halblaut. »Katarina wird mir sicher recht geben. Nikolaus ist ein schlimmer Junge.«

»Ich flehe Euch an, mein Fräulein, hört nicht auf diese Frauen«, bat Nikolaus. »Ihr seht ja, wie sie mir zusetzen. Am liebsten würden sie mich am Spieß braten.«

»Das hört sich interessant an und ist gewiß ein angenehmer Zeitvertreib«, zog Elise ihn auf. »Vielleicht versuche ich es auch einmal.«

Nikolaus stöhnte in gespieltem Schmerz auf. »Wie konnte ich Euch nur in dieses Irrenhaus bringen!«

»Kapitän, nun ist mir manches klar«, meinte Elise mit ihrem reizendsten Lächeln. »Für mich seid Ihr nun nicht mehr der mächtige Hansekapitän, der lange Zeit Heimat und Familie entbehren muß, denn ich sehe jetzt, daß Ihr Eure Lieben stets im Herzen tragt, sei es hier oder in der Ferne.«

Seine Mutter strahlte. »Ja, so ist es. Nikolaus ist in Gedanken immer bei uns, wo er auch sein mag.«

18

Mit dem Nahen der Mitternacht stieg der Mond am gestirnten schwarzen Himmel empor. Die kalte Nachtluft trieb von der Ostsee her schneeträchtige Wolken in die Lübecker Bucht, so daß die Stadt allmählich in ein salziges Laken gehüllt wurde. Maxim Seymour hielt vor der Haustür der von Reijns inne. Er sah angestrengt zu den Einmündungen der Seitenstraßen hin, die vom Haus aus zu überblicken waren. Mit tief ins Gesicht gezogener Kapuze setzte er sich zielstrebig in Bewegung. Nach einigen Häuserblocks drückte er sich plötzlich in das nächste Gäßchen und verharrte dort eine Weile. Als er sicher war, daß ihm niemand folgte, setzte er den Weg rasch fort. Kurze Zeit später ragte auf der gegenüberliegenden Straßenseite unmittelbar am Wasser die »Löwentatze«, drei Stockwerke hoch bis zum spitzen Giebel, auf. Ein verwittertes Schild an einer Eisenstange wies es als das gesuchte Wirtshaus aus: Die roten Lettern wölbten sich in einem verschnörkelten Schriftzug über dem Tatzenabdruck eines Löwen.

Vor der Tür hielt der einstige Marquis inne, lauschte kurz, konnte aber keine Geräusche wahrnehmen. Er trat entschlossen ein und verdrückte sich in die Dunkelheit der Diele. Nur ein paar spärliche Kerzen erhellten die leere Schankstube. Ein spindeldürrer Bursche fegte die rohen Bodenbretter. Der Junge war in seine Arbeit vertieft und gab nicht zu erkennen, ob er das Eintreten des Fremden bemerkt hatte.

Maxim streckte die Hand nach dem Seil der kleinen Schiffsglocke aus, die an einem Pfosten neben dem Eingang hing, aber der Junge ließ sich bei seiner Arbeit nicht stören. Aus den Tiefen des Wirtshauses näherten sich Schritte, und ein hochgewachsener Mann mit hängenden Schultern erschien in der Tür im Hintergrund des Schankraumes. Den Blick auf den Eingang gerichtet, kam er auf Maxim zu.

»Bitte, tretet näher«, lud der Wirt Maxim ein. »Bei uns lassen sich leider nur selten Gäste blicken.«

»Eigentlich bin ich kein Gast«, antwortete Maxim, und sofort wurde der Blick des Wirts argwöhnisch. Maxim angelte eine Münze aus der Tasche seines Umhangs und legte den Goldsovereign auf die Platte eines Tisches.

»Sprecht Ihr Deutsch?« fragte der Wirt mißtrauisch, ohne daß er Anstalten gemacht hätte, nach der Münze zu greifen.

»Man sagte mir, Ihr könnt Englisch«, entgegnete Maxim.

»Wie ist Euer Name?« fragte der Mann nach einer Pause.

»Seymour... Maxim Seymour.«

Der Wirt ging die wenigen Schritte bis zum Tisch, griff nach der Münze und begutachtete sie eingehend, bis er sah, daß die eine Seite das Bild der Königin trug und die andere ihn als den Fremden identifizierte, der ihm angekündigt worden war. Da verzog er die Lippen zu einem Lächeln und warf Maxim die Münze im hohen Bogen zu, die dieser geschickt auffing und wieder einsteckte.

»Nun, Mylord, schätze, Ihr seid's«, sagte der Wirt. »Ich bin Tobie.« Sein Englisch war dialektgefärbt und verriet seine einfache, ländliche Herkunft.

Mit einem Blick zu dem fegenden Jungen hin fragte Maxim: »Was ist mit ihm?«

»Ach, denn könnt Ihr vergessen. Der Junge ist taub und einfältig.«

»Und was ist mit den Männern, die ich hier treffen soll?«

»Master Kenneth und sein Bruder, die sind vor einer Woche aus Hamburg gekommen. Sie sagten, daß bald ein Gentleman aufkreuzen würde. Als ich Euer Lichtsignal sah, holte ich die beiden. Sie erwarten Euch oben.«

»Und die anderen Gäste?«

»Wir haben nur wenige. Und keiner ist darunter, den es schert, was hier vorgeht. Sie sind alle meine Freunde, mehr oder weniger.«

Maxim streifte den Wirt mit einem nachdenklichen Blick. »Ihr sprecht gut Deutsch«, sagte er. »Wie kommt es, daß Ihr diese Sprache gut sprecht und Englisch so erbärmlich?«

Tobie hakte die Finger in den Strick, den er als Gürtel umgebunden hatte, und wippte leicht auf den Fußspitzen. »Hm, ich glaub’, es ist besser, alle Welt denkt, ich wär’ ein ganz gewöhnlicher Tölpel.«

»Wenn Ihr wollt, dann versteckt Euch hinter einer einfältigen Sprache, doch wenn es hart auf hart kommt, dann wird man uns in einer Reihe aufstellen, damit der Scharfrichter sein Werk tun kann.«

Tobie rieb sich grinsend die Kehle, als könnte er die scharfe Klinge fühlen. »Mylord, nicht sehr tröstlich, was Ihr da sagt.«

»Tröstlich ist die Wahrheit nur selten.«

Maxim stahl sich lautlos ins Haus der von Reijns zurück und schlich unbemerkt durch die Gänge und über die Treppe. An der Tür zu seiner Zimmerflucht blieb er stehen, weil er das Gefühl hatte, etwas habe sich verändert. Langsam ließ er den Blick durch den Vorraum wandern, bis er sich an die Dunkelheit gewöhnt hatte. Das Feuer im Kamin war heruntergebrannt. Nur ein hochlehniges Sofa am Kamin zeichnete seine Umrisse vor der Glut ab. Er konnte nichts Verdächtiges entdecken, und doch hatte er das Gefühl, nicht allein zu sein.

Er schloß die Tür, zog den Umhang aus und legte ihn über den Arm, während er ins Schlafzimmer ging. Wie im Vorraum war von dem lodernden Feuer nur noch Glut übriggeblieben.

Maxim warf den Umhang über einen Stuhl und entzündete eine Kerze auf dem Nachttisch. Müde ließ er sich auf den Bettrand sinken und begann sich seiner Kleider zu entledigen. Als er wieder aufstand, hatte er nur mehr die taillenlangen Beinlinge an, die er zuweilen anstelle gefütterter Kniehosen trug. Er fröstelte, als ein Luftzug seinen nackten Rücken traf. Er trat an den Kamin, stocherte in der Glut und legte frisches Reisig nach, dann größere Scheite, bis das Feuer wieder munter prasselte.

Nachdenklich starrte Maxim in die auflodernden Flammen, immer noch bei den Plänen, die sie zu dritt bis in die frühen Morgenstunden geschmiedet hatten. In Lübeck würde er nur wenig Zeit haben, um Elise zu werben, ein Umstand, der ihn wenig froh stimmte, da seine Abwesenheit Nikolaus einen großen Vorteil verschaffte.

Ein langgezogener Seufzer unterbrach seine Gedankengänge, er fuhr herum – und da lag, unter eine Felldecke gekuschelt, auf dem Sofa seine Angebetete. Ihr Gesicht war über der dunklen Decke kaum sichtbar, ihr brünettes Haar lag in einer Lockenflut ausgebreitet um ihren Kopf und wurde durch den Feuerschein zu einem flammenden Rot vertieft. Ihr Hausmantel war am Hals auseinandergeglitten und gestattete einen fesselnden Blick auf ihre vollen Brüste. Plötzlich schlug sie die Augen auf. Ruhig schaute sie ihn an, als wären ihre Gedanken ungetrübt vom Schlaf.

»Ich wollte mit dir reden... deshalb wartete ich...« Ihr Blick glitt von seiner nackten Brust zu den knappen Beinlingen, die ganz eng anlagen. Er unternahm keinen Versuch, seine Erregung zu verhüllen. Errötend raffte sie den Morgenmantel zusammen: »Ich muß wohl eingeschlafen sein.«

»Warum bist du gekommen?« fragte er gespannt.

»Nikolaus sagte, du könntest mithelfen, meinen Vater zu finden«, antwortete sie leise.

»Tja, weißt du...« Maxim schenkte sich Wein ein und überlegte, ob er sie ermutigen sollte. »Eben jetzt sprach ich mit einem Mann... er kann sich natürlich geirrt haben... aber er glaubt, jemanden gesehen zu haben, der dein Vater sein könnte.«

Elise sprang auf. »Wo?«

»Elise, ich weiß nicht, ob man der Sache viel Bedeutung beimessen sollte«, versuchte er sie zu beschwichtigen. »Der Mann war gar nicht sicher, ob es sich um deinen Vater handelte.«

Rasch ging sie auf ihn zu, und Maxim drehte sich zu ihr um, als sie eine Hand auf seinen Unterarm legte. »Immerhin wäre es möglich...«

»Ich werde mit Sicherheit noch weitere Erkundigungen einziehen...«

»Wurde er hier in Lübeck gesehen?« bohrte sie weiter.

Maxim nippte an seinem Glas. »Der Mann, mit dem ich sprach,

sagte, er sei eines Morgens im Hafen gewesen, als ein Engländer von Hanseleuten von Bord eines Schiffes geschafft wurde... in Ketten.«

»Dann könnte Nikolaus uns behilflich sein...«

»Niemals!« Maxim sagte es mit Nachdruck und starrte sie an, als müßte er ihr verdeutlichen, wie wichtig es war, Nikolaus aus der Sache herauszuhalten. »Elise, du darfst ihn nicht mit hineinziehen.«

»Hineinziehen?« wiederholte sie verwirrt und fragte: »Heißt das, daß man ihm nicht trauen darf?«

Maxim schüttelte den Kopf. Er war ratlos, wie er ihr die Sache erklären sollte. Keinesfalls wollte er den Kapitän zum Schurken stempeln. So etwas auch nur anzudeuten mußte wie eine beabsichtigte Verleumdung wirken, um so mehr, als Nikolaus auf Elises Entscheidung wartete.

Maxim stellte das Weinglas ab und nahm ihre Hände in die seinen, bemüht, ihr seine Bedenken verständlich zu machen. »Elise, Nikolaus ist mein Freund. Aber er gehört der Hanse an wie vor ihm sein Vater. Mag er es auch abstreiten, die Gesetze der Hanse prägen sein Leben. Würde man ihn vor die Wahl stellen, ich weiß nicht, für welche Seite er sich entscheiden würde. Deshalb halte ich es für besser, es nicht darauf ankommen zu lassen. Vertrauen wir ihm jetzt, dann könnten wir es später bereuen. Erfährt er aber von uns nichts, dann gerät er auch nicht in Versuchung, uns zu verraten.«

»Wie soll ich dann erfahren, ob es wirklich mein Vater war, der hier gesehen wurde?«

»Laß mir Zeit, Elise, und ich verspreche dir, daß ich herausfinde, was ich kann.«

Ein sanftes Lächeln umspielte ihre Lippen, als sie nachdenklich sagte: »Sonderbar, daß ich so fern der Heimat meine Lieben finden mußte.«

Er sah sie forschend an und fragte dann zögernd: »Darf ich diese Feststellung als Ermutigung ansehen?«

»Glaubt, was Ihr wollt, Mylord« flüsterte sie voller Wärme.

»Du stößt das Tor zu meinen Phantasien weit auf, und mich

plagt meine Lust schon genug. Sag, hast du für mich eine Antwort bereit?« drängte er sie.

»Um nicht in Versuchung zu geraten, Mylord«, erwiderte sie mit staunenswerter Offenheit, »halte ich die Ehe für das geringste vieler Übel.«

Mit einem jäh aufleuchtenden Lächeln schlang Maxim einen Arm um ihre Mitte und zog sie an sich. Seine Kühnheit kannte keine Grenzen, als er mit seiner Hand ihren Rücken hinabglitt und ihre Hüften eng an sich drückte. Elise hielt den Atem an. Seine kaum verhüllte Leidenschaft war ihr nur zu bewußt, als er ihr Kinn anhob und ihr mit glühendem Blick zuflüsterte: »Ich werde bereitwillig jedes Verlangen stillen, das dich plagt, meine Liebe.«

Elise schob ihn entschlossen von sich. »Denk daran, wo wir uns befinden«, bat sie. »Es wäre nicht recht, wenn ich mich dir hingebe und Nikolaus im Haus seiner Mutter beleidige.«

»Elise, die Leidenschaft droht mich zu überwältigen«, flüsterte er rauh.

»Versprich mir, daß du dich zurückhältst.« Ihr Seufzer kam bebend über ihre Lippen.

Maxim strich ihr durchs Haar und umfaßte ihr Gesicht mit beiden Händen, als er ihr tief in die Augen sah. Und dann nahm er ihren Mund mit einer Leidenschaft in Besitz, die ihr den Atem raubte. Nie hatte sie solches Feuer, solche Glut in einem Kuß erlebt. Sein offener Mund glitt über sie hinweg, nahm begierig, was sie ihm bot, und sie bot ihm alles. Seine Arme schlangen sich eng um sie und drückten sie fest an seinen erregten, halbnackten Körper. Ein versengendes Feuer brannte in den Tiefen ihres Körpers und weckte immer neue Sehnsüchte. Es drängte sie, sich noch enger an ihn zu schmiegen. Ihre Brüste lechzten nach Berührung, und ihre Spitzen erwärmten sich unter dem Druck seines muskulösen Körpers. Ihr Mieder glitt auseinander, aber sie dachte nicht daran, jetzt innezuhalten...

Maxim war es, der sich durch sein Wort gebunden fühlte und sich aufstöhnend von ihr löste. »Allmächtiger, was haben wir getan?« keuchte er. Er mußte sich beherrschen und durfte sie mit seiner Leidenschaft nicht mitreißen. Widerstrebend trat er zurück.

»Ich kann es nicht mehr ertragen, wenn ich dich nicht lieben darf. Bitte geh, ehe mich meine guten Vorsätze im Stich lassen...«

Lautlos wandte Elise sich um und ging, von seinem Blick verfolgt und über alle Maßen verwirrt. Als sich die Tür hinter ihr schloß, drehte er sich um und starrte erschöpft ins Feuer. Jetzt wußte er, was er am nächsten Morgen tun würde.

19

Seit seiner Ankunft in Lübeck hatte Nikolaus gegen ein sonderbares Gefühl drohenden Unheils anzukämpfen. Er spürte, daß die Hanse etwas im Schilde führte, besser gesagt, Hillert und seine kleine Schar von Getreuen. Da Hillerts Macht bis in die höchsten Ränge der Liga reichte, war es nicht ausgeschlossen, daß er den ganzen Bund auf seine Seite brachte, und wer hätte es gewagt, sich seiner Macht zu widersetzen?

Ein Bote hatte Nikolaus Hillerts Einladung zu einem Treffen überbracht, das dem Kapitän große Sorgen bereitete, da er ahnte, daß die Sache irgendwie mit Seymour zusammenhing. Es war kein Geheimnis, daß Hillert ein erklärter Gegner der englischen Königin war und alles getan hätte, um ihre Entmachtung oder ihren Tod herbeizuführen. Hillerts Interesse an Maxim ließ darauf schließen, daß er hoffte, den Engländer für seine Sache zu gewinnen. Widersetzte Maxim sich, so konnte man sich seiner mit Leichtigkeit erledigen und auf diese Weise Elizabeths Wohlwollen gewinnen. Kam es aber zu einer Verständigung mit Maxim, dann würde dieser als Sündenbock für jedwede Untat herhalten müssen. So oder so, Maxims Leben war in Gefahr. Da Maxim selbst dieser Gefahr gegenüber blind zu sein schien, wie sollte er sich da als Freund verhalten?

Die dunkelglasierten Backsteintürmchen des Rathauses reckten sich dem Morgenhimmel entgegen, als Nikolaus die Rundportale durchschritt. Rasch lief er die Treppe hinauf, die ihn zu den Räumen führte, in denen Hillert sich gelegentlich aufhielt. Er übergab Kopfbedeckung und Umhang einem mittelgroßen Mann mit Namen Gustav, der in der Hanse als rechte Hand Hillerts galt, was immer dies bedeuten mochte. Dann betrat Nikolaus den Raum, in dem Hillert ihn erwartete.

»Guten Morgen, Kapitän«, hieß Hillert seinen Besucher leutselig willkommen und ging ihm entgegen. Der große und beleibte Mann bewegte sich mit dem wiegenden Gang des Seemanns. Sein glattes, strähniges Haar war eine Spur heller als das braune Leder seiner Stiefel. Graue Augen blickten unter dichten, buschigen Brauen hervor, die Tränensäcke entstellten ihn ebenso wie sein schlaffes Doppelkinn, das bei jeder Bewegung schwabbelte. Nikolaus hatte einmal mit eigenen Augen gesehen, wie er mit zwei Seeleuten verfuhr, die sich seiner Autorität widersetzten. Hillert hatte jeden Kopf mit einer Hand gepackt und ihre Schädel gegeneinandergeschlagen.

»Guten Morgen, Herr Hillert«, erwiderte Nikolaus den Gruß.

Ein Lächeln enthüllte Hillerts verfärbte und schiefe, weit auseinanderstehende Zähne. »Gut, daß Ihr so zeitig kommt.«

»Eure Aufforderung erschien mir dringlich.«

»Ja, es gibt eine Sache, die ich mit Euch besprechen möchte.« Hillert watschelte zum Kamin und hob einen dampfenden Kessel. »Tee, Kapitän?«

»Ja, gern.« Mit einem dankbaren Nicken nahm der Kapitän die Erfrischung an, schlürfte das mit Gewürzen versetzte Getränk und fand den Schuß Met sehr nach seinem Geschmack.

Hillert ließ sich wieder auf seinem Stuhl nieder und faltete die Hände über seinem Bauch, während er den Kapitän einer gründlichen Musterung unterzog. Er kannte Nikolaus schon geraume Zeit. Obwohl er keinen Grund hatte, ihm zu mißtrauen, ließ die höchst unbefangene Haltung des jüngeren Mannes vermuten, daß er zu jenen wenigen gehörte, die sich von Hillerts Ruf nicht beeindrucken ließen. »Was wißt Ihr vom Marquis von Bradbury?«

»Im Moment gibt es niemanden dieses Namens.« Nikolaus nahm einen Schluck Tee und behielt ihn einen Moment im Mund, um ihn voll auszukosten. »Der Titel wurde seinem Träger genommen. Bislang gibt es niemanden, der seine Stelle einnimmt. Die britische Krone ist bekannt für ihr Zögern in diesen Dingen.«

»Nikolaus, Ihr spielt mit Worten, denn Ihr wißt, daß ich von Maxim Seymour spreche. Ich habe gehört, daß er Euer Freund ist.«

»Ach, der.« Nikolaus füllte den Krug nach. »Ja, er ist seit Jahren mein Freund. Ich war zu Besuch auf seinen Ländereien, und er fuhr mehrfach auf meinem Schiff. Wir haben manchen Krug miteinander geleert.«

»Wart nicht Ihr es, der ihn nach Deutschland brachte?«

»Ja, er entkam auf meinem Schiff. Man könnte sagen, er entzog sich dem Gewahrsam des Scharfrichters Ihrer Majestät.«

»Ich hörte, daß man ihn des Hochverrats anklagte«, fuhr Hillert unbeirrt fort.

»Ja.« Nikolaus blies in den Tee, um ihn abzukühlen. »Er wurde der Verschwörung zugunsten der schottischen Maria angeklagt sowie des Totschlags an einem Spitzel der Königin.«

»Es heißt, er sei einer Eskorte königlicher Wachen entwischt, die ihn zum Tower bringen sollte.« Hillerts Ton verriet, daß er dies unglaubwürdig fand.

»Ja«, erwiderte Nikolaus mit einem Lächeln.

»Er muß demnach sehr kampferprobt sein.«

Der Kapitän nickte bedächtig. »Das ist er. Er ist jedoch keiner, der sich wegen Nichtigkeiten duelliert. Sein Wissen und seine Fertigkeit erwarb er im Krieg, und seine Klinge beendet einen Kampf auf schnellstmögliche Weise. Er war sogar Kapitän eines eigenen Schiffes.« Nikolaus trank einen Schluck, ehe er fortfuhr: »Wäre er der See mehr verbunden, er würde sich mit Drake höchstpersönlich messen können.«

»Ach was, ein Geck reinsten Wassers!« schnaubte Hillert verächtlich. Sein Kinn wackelte, die grauen Augen richteten sich nachdenklich in die Ferne, während er das Gesagte bedachte. Was er da gehört hatte, war nur eine Bestätigung dessen, was er bereits wußte. Seine nächste Frage stieß zum Kern der Sache vor: »Und welche Bindung hat Seymour an Elizabeth?«

Nun war es an Nikolaus, sich jedes Wort zu überlegen. Nach einem weiteren genußvollen Schluck setzte er den Krug ab und verschränkte die Arme. »Tja, in diesem Punkt bin ich mir nicht so sicher«, setzte er behutsam an und sah dann Hillert mitten ins Gesicht. »Aber ich will Euch sagen, was ich weiß. Maxim Seymour ist ein Mann, der seine Verpflichtungen ernst nimmt. Für einen Freund stünde er mit seinem Leben ein, unbedacht handeln würde er aber niemals. Maxim ist einer, der seine Chancen genau abwägt. Als Gegner würde ich ihn achten. Als Freund schätze ich ihn über alles. Dennoch… er wurde zutiefst gedemütigt… in Besitz, Stand, Ehre, Würde beleidigt… Ihn dürstet nach Rache, und er braucht Geld. Deshalb erwog er bereits, seine Dienste Wilhelm dem Weisen und den Hessen anzubieten. Als Offizier hätte er Anspruch auf staatliche Bezüge. Und er wäre jeden Betrag wert.«

Ein berechnender Ausdruck trat in Hillerts Augen. »Ihr seid also der Meinung, er würde sich als Söldner verdingen?«

»Es entspricht seinen Absichten. Er ist noch nicht ganz mittellos, da er über Einkünfte aus Investitionen verfügt, auf die England keinen Zugriff hat, doch diese Mittel schwinden rasch dahin. Ich glaube aber, daß er in Wahrheit eine Rückkehr nach England plant. Sollte Elizabeth stürzen, würde er ganz sicher in die Heimat zurückkehren.«

Maxim nahm drei Stufen auf einmal und lief, im obersten Stockwerk angekommen, rasch zu Elises Tür, wo er sich den Hut vom Kopf riß und die Handschuhe abstreifte, ehe er klopfte. »Einen Augenblick«, ließ sich ihre Stimme vernehmen. Dann wurde die Tür geöffnet. Vor ihm stand Elise in einem blauen Gewand und mühte sich mit ihrer Manschette ab. In Maxims Blick lag unverhohlene Bewunderung, als er sie ansah, und das Lächeln war Zeichen seiner uneingeschränkten Zustimmung. Elise errötete tief.

»Schöne Maid, Eure Schönheit ist wie die Sonne, die dieses eisstarrende Land in Wärme und Helligkeit taucht«, sprach er galant, legte einen Arm über die Brust und vollführte eine höfische Verbeugung.

Das Kleid, das nur ganz dezenten Zierat aufwies, ließ sie königlich erscheinen. Die üppigen Keulenärmel waren mit Reihen dunkelblauer Samtbänder und schmalen Seidenrüschen geziert, die in allen Blautönen, von Dunkel bis Silberhell, schimmerten. An den

Gelenken wurden die Ärmel durch dichte Biesen zusammengefaßt und liefen in spitzenbesetzten, steifen Manschetten aus. Das mit Rüschen abgesetzte Mieder schmiegte sich eng an ihre schmale Taille, üppige Röcke in changierendem Blau wölbten sich über einem Reifrock. Die breite, gefaltete Halskrause war mit kostbarer Spitze besetzt und stand im Nacken hoch, ein vollendeter Rahmen für ihr liebliches Gesicht. Unter einer modischen federgeschmückten Toque, die keck auf ihrem Kopf saß, trug sie eine elegante Hochfrisur.

»Endlich!« rief Elise mit triumphierendem Lächeln aus, als sie das widerspenstige Häkchen geschlossen hatte. Sie vollführte eine kleine Pirouette, um ihm das neue Kleid vorzuführen, um sich sodann auf die Zehenspitzen zu stellen und mit einem flüchtigen Kuß seine Wange zu streifen. »Ach, Maxim, heute morgen fühle ich mich so wundervoll lebendig.«

»Ja, meine Liebe«, stimmte er ihr zu und zog sie an sich. »In meinen Armen sollst du aufleben.«

Sie lachte fröhlich und lehnte sich, plötzlich ernst werdend, in seinen Armen zurück. »Madame von Reijn richtete mir aus, daß du mit mir einen Ausflug vorhast. Leider hast du nichts über das Ziel verlauten lassen. Hast du Nachricht von meinem Vater? Treffen wir jemanden, der mir von ihm berichten kann?«

Maxim lachte auf. »Es scheint dir unmöglich, daß ich einfach mit dir allein sein möchte! Zwar müssen wir die Ringe noch tauschen, meine Geliebte, so bist du doch nun meine Anverlobte. Ich will mit dir beisammensein und wissen, daß du mein bist.«

Sie blieb ihm eine Antwort schuldig, doch ihr entzückter Blick sprach Bände.

»Ich habe eine Verabredung mit Sheffield Thomas getroffen«, fuhr er lächelnd fort, »einem Engländer, der zur gleichen Zeit hier war, als man deinen Vater entführte. Wenn du mit ihm gesprochen hast, kannst du dir selbst ein Urteil bilden, ob es dein Vater war, den er gesehen hat. Ich werde ihn heute abend hier ins Haus bringen, aber jetzt wollen wir ausgehen. Ich möchte den ganzen Nachmittag mit dir verbringen.«

»Aber wohin gehen wir?« wollte sie wissen.

»Das werdet Ihr noch früh genug merken, holde Maid.« Er gab ihr einen Kuß und genoß, wie sie ihn erwiderte. »Wenn wir noch länger bleiben«, murmelte er, »dann versperre ich die Tür und vergnüge mich mit dir.«

Elise legte liebevoll den Handrücken auf seine Wange. »Mylord, Ihr werdet mich sehr willig finden. Ich freue mich auf den Tag unseres Ehegelübdes.«

»Ja, das wird ein schöner Tag«, flüsterte er. »Wir werden die Stunden der Zweisamkeit genießen.« Mit einem Lächeln schob er sie von sich. »Hol deinen Mantel, meine Liebe, und brechen wir auf, ehe ich meine Drohung wahrmache.«

Mit seiner Hilfe schlüpfte Elise in den Umhang und nahm Maxims Arm, als sie den Raum verließen und die Treppe hinuntergingen. Sie war stolz, an seiner Seite zu gehen. Wirkte er schon in seiner Alltagskleidung sehr elegant, so sah er heute hinreißend aus, denn er hatte sich richtig herausgeputzt: Er trug ein graublaues Samtwams, eine weite Pumphose derselben Farbe, dazu einen Kurzmantel in Burgunderrot, dessen hoher, steifer Kragen mit Goldfäden durchwirkt war. Dieser kurze Umhang war pelzgefüttert und konnte es mit jedem Kleidungsstück dieser Art, das Nikolaus besaß, aufnehmen.

Therese sagte ihnen an der Tür Lebewohl. Ihr freundliches Lächeln wurde von leiser Besorgnis überschattet. »Gebt acht, daß Ihr Euch nicht in den Straßen verlauft.«

Von einer Ahnung erfüllt, daß ihre Ängste anderem galten, als ihre Worte ihn glauben machen wollten, nahm Maxim die betagten Hände in die seinen und sah lächelnd in die hellblauen, von spärlichen Wimpern gesäumten Augen. »Keine Angst, Frau von Reijn, auch ich sorge mich um Nikolaus.«

Sie nickte, als verstünde sie die wahre Bedeutung seiner Worte. Die Hände in stiller Resignation vor sich gefaltet, blickte sie ihnen nach.

Die gesattelten Pferde waren bereit. Maxim hob Elise in den Sattel ihres Pferdes und steckte dann ihren Umhang fest. Nachdem er sich in Eddys Sattel geschwungen hatte, ritten sie auf dem Kopfsteinpflaster der Straße davon.

Der Tag war kalt, ein eisiger Wind fegte durch die Straßen der Stadt und rötete Elises Wangen. Nach einiger Zeit hielten sie vor einer kleinen, unauffälligen Kirche an, und Maxim schwang sich vom Pferd. Er bat Elise zu warten, lief in die Kirche und kam wenig später wieder heraus. Er blieb neben dem Pferd stehen und nahm seine Kopfbedeckung ab.

»Elise…« Er sprach wie ein Junge vor der erste Liebe, als fiele es ihm schwer auszusprechen, was er auf dem Herzen hatte.

»Was ist denn, Maxim?«

»Gestern… da fragte ich dich… und zu meiner unendlichen Freude hast du ja gesagt.« Er drehte unsicher den Hut in den Händen. »Elise, dort drinnen wartet ein Geistlicher, der gewillt ist, uns jetzt zu trauen… wenn du zustimmst.«

Sein Gebaren versetzte sie in Erstaunen. Maxim, der so stark und männlich war, der immer selbstsicher wirkte… nie hätte sie geglaubt, er könne jetzt noch vor ihr so unsicher werden. Vielleicht bedeutete die Heirat für ihn doch viel mehr, als sie geglaubt hatte.

Ihr aufblühendes Lächeln zerstreute alle seine Zweifel. Elise streckte die Arme aus und legte die Hände auf seine Schultern, damit er sie aus dem Sattel hebe. Maxim umfaßte sie und hielt sie fest, als müßte er das Licht der Liebe in ihren Augen auskosten. Dann wurden beide von Freude überwältigt. Er stellte sie auf die Beine und faßte nach ihrer Hand. Lachend liefen sie in die Kirche, hielten kurz inne und gaben sich einen Kuß. In der Sakristei wurden sie von einem Priester erwartet, der sie freundlich begrüßte, ehe er sie in eine schlichte Kapelle führte.

Elise vergaß alles um sich herum. Als sie sich ewige Treue schworen, lag ihre Hand blaß und schmal in der seinen, wo sie als Zeichen stets liegen sollte, wie sie sich stillschweigend gelobte.

Der Priester erklärte sie zu Mann und Frau und legte ihnen ein Pergament vor, das sie unterschreiben mußten. Elise stand neben Maxim, als dieser mit dem Federkiel seinen Namen quer über die Seite schrieb. Vielleicht war es die langsam keimende Erkenntnis, daß er nun ihr Mann war, die diesen Augenblick so wunderbar und dennoch so merkwürdig machte. Wenn sie an die Umstände dachte, die dies alles bewirkt hatten, konnte sie kaum glauben, daß sie nun vereint waren. Und dies, obwohl sie einst geglaubt hatte, ihn zu hassen.

»Sollte ich jemals nach England zurückkehren«, flüsterte Elise an seiner Schulter, »dann werde ich bei der Königin um eine Audienz ersuchen. Wenn sie dich aller Verbrechen, die dir zur Last gelegt wurden, schuldig sprach, so war es ein Fehlurteil.«

Ihr glühendes Gesicht verriet Maxim, wieviel Vertrauen sie ihm und der gemeinsamen Zukunft entgegenbrachte. Vielleicht war es selbstsüchtig, sie zur Frau zu nehmen, da soviel Ungewisses vor ihnen lag, doch er wollte sie nicht verlieren. Nikolaus' Werbung um Elise hatte Maxim erst klargemacht, wie sehr er sie selbst begehrte. »Ich könnte mir vorstellen, Elizabeth würde dir bei dieser Gelegenheit sagen, du seist gegenüber den Fehlern deines Gemahls blind«, wandte er ein.

»Ich glaube, ich würde sie eines Besseren belehren. Vergiß nicht, daß mein Vater sich im Dienste der Königin immerhin einen gewissen Ruf erwarb. Wäre es da nicht recht und billig, wenn sie der Tochter eines ihrer getreuesten Untertanen ihr Ohr leiht?«

Maxim legte einen Arm um ihre Schulter. »Das sollte sie in der Tat, meine Liebe. Ich glaube, du bist die Richtige, um ihr dies zu sagen.«

Er trat beiseite, um ihr vor dem hohen Schreibpult Platz zu machen, damit auch sie die Heiratsurkunde unterschreiben konnte. Die Buchstaben flossen anmutig aus der Federspitze und endeten in einem kühnen Schwung. Ihre Blicke trafen sich, so daß sie es kaum wahrnahm, als der Priester Sand über die Tinte streute und das Pergament nahm. Sie waren in einer anderen, eigenen Welt verloren, als Maxim seine Lippen auf die ihren drückte und den Ehebund mit einem Kuß besiegelte.

Im Freien zerrte ein heftiger Wind an ihren Mänteln und raubte ihnen fast den Atem. Maxim hob seine junge Frau in den Sattel und zog den Umhang um sie herum zurecht.

»In der Nähe ist ein Gasthaus. Dort können wir essen«, sagte er lächelnd, »und dann ein paar Augenblicke der Zweisamkeit verbringen.«

Elise errötete zutiefst, und ihr Herz schlug schneller. Die Gelegenheit, mit ihm in Lübeck allein zu sein, war ihr so entrückt erschienen; aber eigentlich hätte sie wissen müssen, daß Maxim es möglich machen würde. Er war der Mann dafür.

Kurz darauf betraten sie eine kleine Wirtschaft, wo Maxim nach einem Zimmer fragte. Der Wirt zeigte sich beeindruckt von diesen kostbar gekleideten Gästen und bat sie um einen Moment Geduld, um geeignete Räumlichkeiten zurechtmachen zu können, während ein Schankmädchen sich beeilte, ein Mahl auf den Tisch zu bringen. Der Tisch war umgeben von rohen Bänken mit hohen, festen Rückenlehnen, die sie vor neugierigen Blicken der anderen Gäste schützten.

»Auf unsere Ehe«, flüsterte er, als er sein Glas hob.

Mit aufleuchtendem Lächeln hob Elise ebenfalls ihr Glas. »Möge sie stets durch Liebe gesegnet sein...«

»Und durch viele Kinder«, setzte er hinzu.

Sie tranken einander zu und schlossen den Trinkspruch mit einem langen Kuß. »Ich kann es kaum erwarten, dich richtig zu meiner Frau zu machen«, seufzte er sehnsüchtig.

»Nur noch ein paar Augenblicke...«, hauchte sie errötend.

»Wenn jeder Augenblick wie ein Jahr scheint, dann fällt das Warten schwer, Mylady.«

»Mylady?« fragte Elise erstaunt.

»Ja.« Maxim drückte ihre Hand. »Lady Elise Seymour, und sollte ich jemals meinen Titel wiedererlangen, dann wirst du die reizende Marquise von Bradbury sein. Bis dahin aber«, er führte ihre Hand an die Lippen, »meine Liebe.«

Sie errötete noch heftiger. »Letzteren Titel stelle ich über alle anderen... ›deine Liebe‹... Als ich damals aus England entführt wurde, hätte ich mir nie träumen lassen, daß ich einst diesen Tag segnen würde.«

Maxims Blick ruhte liebevoll auf ihr. »Und als du einen Eimer kaltes Wasser über mich gegossen hast, da hätte ich mir nie träumen lassen, daß ich dankbar dafür sein würde, daß man dich mit Arabella verwechselt hat.«

»Wenn man bedenkt, daß ich dich einst haßte!«

»Und was spricht dein Herz jetzt?«

»Ich habe mich in dich verliebt, so heftig, daß es mir das Herz bricht, solltest du mich je verstoßen.«

Er führte ihre Hand an seine Lippen. »Keine Angst, das wird nie geschehen.«

Da wurde die Tür aufgerissen, ein Windstoß fuhr herein, und schwere Schritte näherten sich.

»Ach! Hier bist du!« Nikolaus' Stimme dröhnte durch den Raum, und Elise verschluckte sich beinahe an ihrem Wein. Entsetzt drückte sie ihr Taschentuch an die Lippen und starrte ihren Mann an, der sich leise fluchend zurücklehnte.

»Wie konnte er uns finden?« raunte sie.

»Keine Ahnung«, stieß Maxim zähneknirschend hervor.

Nikolaus entledigte sich seines Mantels und hängte ihn an einen Haken; dann kam er gut gelaunt auf sie zu. »Als ich hier vorüberging, sträubte der große Eddy sich und wollte nicht in den Stall geführt werden, und ich dachte mir: ›Aha, mein Freund labt sich in der Schenke. Ich will mich zu ihm setzen und ihm Gesellschaft leisten!‹« sagte er lachend.

Elise hätte sich am liebsten unter dem Tisch verkrochen. Es kostete sie viel Überwindung, dem Blick der blitzenden blauen Augen zu begegnen.

»Ach, so allein bist du gar nicht«, bemerkte Nikolaus ungehalten.

»Möchtest du dich zu uns setzen?« forderte Maxim ihn ruhig auf.

Mißmutig ließ sich der Kapitän auf der Bank gegenüber nieder und sah Maxim zornig an.

Dies war nicht der geeignete Zeitpunkt, um Nikolaus die Heirat einzugestehen, sagte sich Maxim im stillen, doch blieb ihm nichts anderes übrig. Er legte sich die Worte zurecht und hätte sie auch ausgesprochen, wäre da nicht Elise gewesen, die ihn mit einem warnenden Kopfschütteln abhielt. Erst jetzt drehte er sich um und bemerkte die Männer, die sie als Eskorte nach Lübeck begleitet hatten und die sich jetzt um einen Tisch in der Nähe scharten. Es war mindestens ein halbes Dutzend, alle Landsleute des Kapitäns, so daß Maxim nicht den leisesten Zweifel hegte, auf welcher Seite ihre Sympathien waren. Auch angesichts dieser Überzahl hielt Maxim sich für keinen Feigling, doch mußte er an seine junge Braut denken.

Die Männer verfolgten mit Interesse, wie der Kapitän die Arme auf den Tisch stützte und seinen Freund anfunkelte. »Würdest du mir wohl erklären, warum du mit Elise hier bist?«

»Ja, ist das nicht klar?« Maxim deutete auf die Speisen. »Wir sind eingekehrt, um die Freuden dieses köstlichen Mahls zu genießen.«

»Und welche Freuden noch? Bettfreuden vielleicht?« schnaubte Nikolaus.

Maxim lehnte sich an die steife Rückenlehne, und seine Augen blitzten. »Mein Freund, du tust der Dame unrecht, und ich kann solche Beleidigungen nicht dulden. Ich war es, der Elise heute ausführte, und daher bin ich es, der sie verteidigen muß. Unsere Absichten waren ehrenhaft. Ich muß dich ermahnen, an Elises Ruf zu denken und mit deinen Anschuldigungen so lange zu warten, bis ich sie nach Hause gebracht habe und den Streit mit dir unter vier Augen austragen kann.«

»Ich bringe sie selbst nach Hause«, stieß Nikolaus hervor. »Und du … mein Freund« – die letzten Worte klangen abschätzig – »halte deine Verabredung mit Hillert ein. Möge Gott sich deiner tollkühnen Seele erbarmen.«

»Hillert?« Maxim sah den Kapitän erstaunt an.

»Er läßt dir ausrichten, du sollst zu ihm kommen«, gab Nikolaus kühl zur Antwort. »Wenn *er* dich nicht tötet« – er ließ Elises erschrockenes Atemholen unbeachtet –, »dann werde *ich* es vielleicht tun.« Er wies auf seine Eskorte. »Die dort drüben brauche ich dazu nicht.«

»Würdest du eine Zeit für unsere Aussprache festsetzen?« fragte Maxim beinahe herzlich. »Ich möchte sie nicht verpassen.«

»Falls du die Begegnung mit Hillert überlebst, dann können wir uns morgen treffen …«

»Warum so spät? Warum können wir die Sache nicht schon heute abend aus der Welt schaffen?«

»Ich habe heute ein Treffen im Kontor«, gab Nikolaus zurück. »Andernfalls würde ich dir den Gefallen tun.«

»Und wann soll ich zu Hillert?«

»Um vier.«

Maxim fuhr sich nachdenklich übers Kinn. »Ich wollte mich aber mit einem Mann treffen, der vielleicht etwas über Elises Vater weiß.« Er begegnete kurz ihrem besorgten Blick, ehe er sich wieder dem Kapitän zuwandte. »Gibt es eine Möglichkeit, das Treffen mit Hillert zu verschieben?«

»Hillert wartet nicht. Entweder du hältst die Zeit ein, oder die Gelegenheit ist vertan.«

Maxim entfuhr ein resignierter Seufzer. »Und wo soll das Treffen stattfinden?«

»In Hillerts Lagerhaus an den Docks.« Nikolaus schob ihm hastig ein Stück Pergament zu, auf das er eine Skizze gezeichnet hatte. »Hier – das ist der Treffpunkt.«

Maxim studierte die Skizze kurz und griff nach seinen Handschuhen. »Mir bleibt eben noch Zeit, die Dame nach Hause zu bringen, ehe ich wieder fort muß.«

Wütend hieb Nikolaus die Faust auf den Tisch. »Du bringst sie nicht nach Hause!«

Während Elise mit jedem Wort des zornbebenden Kapitäns noch mehr erbleichte, lächelte Maxim ungerührt und stand auf. »Mein Freund, um mich davon abzuhalten, mußt du deine Leute auf mich hetzen. Ich brachte die Dame hierher, und ich bringe sie zurück.« Er bedeutete Elise aufzustehen und legte ihr den Umhang um die Schultern. Sie warf Nikolaus einen verängstigten Blick zu und war sehr erleichtert, als dieser von einer weiteren Szene absah und sich auf einen Schwall halblauter Verwünschungen beschränkte.

Maxim zog Elise mit sich an die Tür. Dem Wirt, der sich jeglicher Einmischung enthalten hatte, drückte er ein paar Münzen in die Hand, ehe er mit Elise das Haus verließ.

»Wir müssen uns beeilen«, murmelte er, den Arm um Elises Schultern gelegt, als sie zum Pferdestall hasteten. »Ich muß zu Hillert.«

»Maxim, du begibst dich in Gefahr.« Sie suchte seinen Blick, als er stehenblieb und ihre Hände umfaßte. »Es könnte dich das Leben kosten! Mußt du hingehen?«

»Ich habe keine andere Wahl, glaube mir. Ich habe mir unsere Hochzeitsnacht auch anders vorgestellt. Aber das Schicksal will es nicht. Deshalb kann ich dich nur bitten, Geduld zu haben und mir zu glauben, daß ich mir das Glück, dich ganz zu meiner Frau zu machen, nicht lange entgehen lassen werde.« Er beugte sich über ihren Mund und küßte sie ungeniert vor möglichen Zeugen. Dann führte er sie in den Stall.

Maxim zog ihren Sattelgurt fester und hob Elise auf den Rücken des Pferdes, und als sie nach den Zügeln griff, faßte er nach ihrer behandschuhten Hand und drückte die Lippen mit dem heimlichen Stoßgebet darauf, es möge ihm vergönnt sein, sein Versprechen zu halten.

20

Maxim hielt am Fuß der Treppe inne. Er lehnte sich an die Wand und atmete tief durch. Der Mann, dem er nun gegenübertreten würde, war der mächtigste innerhalb der Hanse, zumindest bis zur nächsten Versammlung des hohen Rates im Frühjahr. Die Ratsmitglieder waren untereinander zerstritten und kamen gegen Hillert nicht an. Hillert legte Gesetze und Vereinbarungen der Hanse nach Belieben aus und war dem hohen Rat nur zum Teil Rechenschaft schuldig.

Mit der Linken den Schwertgriff festhaltend, damit es nicht ausschwang, lief Maxim die Treppe hinauf und nahm zwei Stufen auf einmal. Er hatte sich umgezogen und unauffälligere Sachen gewählt, nachdem er Elise zum Haus der von Reijns gebracht hatte. Dabei hatte er nicht vergessen, sich mit seinem Schwert zu gürten, da er auf das Schlimmste gefaßt war. Falls es ihm bestimmt war, in dieser Nacht den Tod zu finden, dann war er zumindest entschlossen, bis zum bitteren Ende zu kämpfen.

Auf dem obersten Absatz angekommen, öffnete Maxim die einzige dort befindliche Tür, und ein muskulöser Mann, der Seekarten in einen Schrank einordnete, drehte sich halb um. Als er Maxim sah, schloß er den Schrank und streifte beim Näherkommen Staub von den Händen.

»Was wünscht Ihr?« Seine Stimme war sanft, aber die breiten Schultern und muskulösen Arme ließen geballte Kraft ahnen.

»Maxim Seymour, zu Euren Diensten. Herr Hillert erwartet mich.« Maxim griff in sein Wams und zeigte dem Mann die untere Seite des Siegels, das er sorgfältig prüfte. Als er wieder aufblickte, ließen seine Augen einen Anflug von Respekt erkennen.

»Ich bin Gustav… Herrn Hillerts persönlicher Schreiber.« Die kleine Pause war fast unmerklich. Dennoch genügte sie, um anzudeuten, daß es eine Reihe von Tätigkeiten gab, unter denen er wählen konnte.

»Ich melde Herrn Hillert, daß Ihr gekommen seid.« Gustav ging an eine Tür hinter einem Schreibtisch, öffnete sie nur halb, so daß der Besucher keinen Einblick in den angrenzenden Raum hatte, und verschwand.

Nach einer Weile kam er zurück. »Herr Hillert wünscht, daß Ihr hier drinnen wartet.«

Maxim trat in den angrenzenden Raum, und als Gustav ihm Platz anbot, legte er seinen Umhang über die Lehne und ließ sich auf dem kissenbelegten Sitz nieder, das Schwert neben sich; Gustav zog sich zurück und schloß die Tür.

Mit zurückgelegtem Kopf und halbgeschlossenen Augen schätzte Maxim den Luxus ab, der ihn hier umgab. Der Raum, in dem er sich befand, war das genaue Gegenteil des vorherigen. Wohin das Auge fiel, sah man Erinnerungen an Fahrten in aller Herren Länder. Jedes Möbelstück, jede Draperie, jeder Teppich und jedes Kissen war von erlesenster Qualität und kündete von der Bedeutung und vom Reichtum, den Hillert erlangt hatte. In einem kunstvoll verzierten Marmorkamin prasselte das Feuer. Hinter einem großen, pompösen Schreibtisch aus schimmerndem Edelholz stand ein wuchtiger, mit Leder bezogener Stuhl. Es war ein Raum, der das Gepränge eines königlichen Gemachs ausstrahlte.

Nach geraumer Zeit ging eine Tür nahezu lautlos auf, und Hillert watschelte auf seinen Besucher zu. »Ach, Lord Seymour, wie schön, daß Ihr gekommen seid«, begrüßte er ihn.

Als der beleibte Mann vor ihm stehenblieb, erhob Maxim sich wohlerzogen. »Herr Hillert, wie schön, daß Ihr mich zu Euch gebeten habt.«

»Ich wollte wissen, ob Ihr Euch meiner noch erinnert«, sagte Hillert.

»Wie könnte es anders sein? Ihr seid der Herrscher über die Hanse!« Maxim verzog leicht seine Lippen, was Hillert als Lächeln deutete.

»Lord Seymour, Ihr schmeichelt mir, doch kann ich mich wohl kaum Herrscher nennen. Ich bin nur ein Diener der Liga«, seufzte er.

»Immerhin ein Diener, der sich viel Achtung erwerben konnte«, tat Maxim seiner Eitelkeit Genüge.

»Das ist richtig. Unter den Mitgliedern des Rates bin ich der, der am erfolgreichsten tätig ist.«

»Daran wagt niemand zu zweifeln«, erklärte Maxim, wohl wissend, daß seine Antwort eine Gratwanderung zwischen Wahrheit und Beleidigung darstellte.

Hillert glückste befriedigt und bot Maxim einen Platz an. Kaum hatte Maxim in einem Stuhl mit geschnitzten Armlehnen Platz genommen, schob Hillert seinen massigen Körper durch den Raum zu einem zwischen zwei Fenstern eingebauten Schrank hin, der als eine Art Kühlfach diente und ein Faß samt Steingutkrügen enthielt, die durch die Außenluft kalt gehalten wurden.

Der König der Hanse, für den Hillert sich hielt, kam mit einem eisbeschlagenen Krug auf Maxim zu. »Herr Seymour, wollt Ihr mir bei einem kühlen Getränk Gesellschaft leisten?«

»Sehr gern, Herr Hillert, vielen Dank.«

Maxim nahm das Gefäß und trank einen tiefen Zug von dem Gebräu, das ganz nach seinem Geschmack war.

»Kapitän von Reijn war heute bei mir«, eröffnete ihm Hillert und wuchtete sich wieder in einen massiven Stuhl. Nach einem Schluck, zu dem er den Mund wie ein Fisch aufklappte, fuhr er fort: »Er sagte mir, daß Ihr Euch verdingen wollt... als Söldner.«

253

Maxim nickte bedächtig. »Ja, das habe ich in Erwägung gezogen.«

Hillert sah ihn lange an, als versuchte er abzuschätzen, wieviel Intelligenz sich hinter der Stirn verbarg. »Habt Ihr schon endgültige Pläne?«

Maxim warf seinem Gegenüber einen fragenden Blick zu. »Und wenn ich sie hätte?«

Hillert lachte. »Lord Seymour, ich frage aus einem bestimmten Grund, denn für mich wäre es von größtem Interesse zu erfahren, welchem Land Ihr Eure Dienste anbieten wollt.«

»Das ist doch klar«, gab Maxim lakonisch zurück. »Jenem Land, das mir die größte Summe bietet.«

»Nikolaus berichtete mir von Eurer Geldknappheit.«

Maxim verzog geringschätzig den Mund. »Noch bin ich kein Bettler, deshalb kann ich mir Zeit lassen.«

Hillert spürte, daß er den Stolz des Mannes verletzt hatte. Vielleicht war Seymour der Armut näher, als er zugeben wollte. »Und wenn jemand sich Eurer Dienste versichern wollte und Euch viel Geld böte, was dann? Würdet Ihr ihm Gehör schenken?«

»Ich wäre ein Dummkopf, wenn ich es nicht täte.« Maxim hielt dem Blick der wäßrigen grauen Augen stand.

»Spielt es eine Rolle, welches Land Euch bezahlt... oder gegen welches Ihr kämpfen müßt?«

Maxim machte kein Hehl aus seiner Verachtung. »Falls Nikolaus Euch nicht schon alles Wissenswerte über mich gesagt hat, dann will ich Euch aufklären. Ich bin ein Mann ohne Land, und alles, was ich an Diensten leistete, war vergeudet. Jetzt diene ich meinem eigenen Vergnügen.«

Hillerts Augen verengten sich zu Schlitzen, als versuchte er, den Charakter des Besuchers zu ergründen. »Was ist mit Elizabeth? Habt Ihr nicht der Königin den Treueeid geschworen?«

»Ihre Hand hat mich meines Titels, meiner Ländereien, meines Besitzes beraubt.« Maxims unterkühlte Worte wirkten wie Peitschenhiebe. »Was meint Ihr, welche Treue ich ihr noch schulde?«

»Ich würde mich an Eurer Stelle ungebunden fühlen.«

»Ihr sagt es.«

Hillert fuhr nachdenklich mit dem Finger den Rand des Kruges entlang. Die Antwort des Marquis klang spontan und offen, und wenn man seine mißliche finanzielle Lage bedachte, dann war es nur zu verständlich, daß er die englische Königin haßte. »Nun frage ich Euch ganz offen: Was würdet Ihr davon halten, in ein von Königin Mary regiertes England zurückzukehren?«

»Wenn ich Titel und Vermögen zurückbekäme...«

»Habt Ihr je daran gedacht, Königin Mary zur Flucht zu verhelfen?« fragte Hillert vorsichtig und beugte sich vor.

Maxim lachte zweifelnd auf. »Durch welches Wunder wäre dies zu bewerkstelligen? Was könnte ein einzelner wie ich ausrichten?«

»Seid versichert, daß Ihr nicht allein wärt. Wir haben in England Leute, die Euch helfen würden. Es gibt aber auch viele, die es für den einfacheren Weg hielten, Elizabeth erst aus dem Weg zu schaffen, ehe man Mary befreit.«

»Was schlagt *Ihr* vor?« fragte Maxim schroff. »Soll man Mary zur Flucht verhelfen oder die Königin töten?«

Hillert wich Maxims Blick aus. Er überdachte seine letzte Frage, dann stemmte er sich entschlossen hoch und ging an einen hohen verglasten Schrank, der mit Büchern aller Größe und jeden Formats eine ganze Wand einnahm. In seinem Blick, den er über die Schulter Maxim zuwarf, paarten sich Habgier und Lust.

»Kommt. Ich möchte Euch etwas zeigen.« Er drückte eine unsichtbare Sperre und stemmte sich gegen den Schrank, der sich lautlos zu bewegen begann. Dahinter kam eine Tür zum Vorschein. Maxim folgte seinem Gastgeber, bis sie eine hohe, schmale, von einem primitiven Holzgeländer geschützte Galerie erreichten. Laternen hingen von Balken und brachten Licht in das Lagerhaus von geradezu höhlenartigen Ausmaßen. Endlose Reihen von Steigen, Kisten, Ballen und Fässern waren hier gelagert. Das metallische Schimmern von Äxten und Lanzen zeigte an, daß eine bewaffnete Wachmannschaft ihren Rundgang machte.

Hillert ließ Maxim Zeit, die Dimensionen des Baues auf sich einwirken zu lassen. Als der Engländer sich ihm schließlich fragend zuwandte, grinste der Hanseherr vor habgieriger Freude.

»Mit dem, was Ihr hier seht, könnte man einige Könige, besser gesagt, mehrere Königreiche bestechen. Was bereits geschehen ist.« Sein Finger zeigte erklärend herum. »Dort lagern Gewürze, Tee und Seide aus China... und dort Tapisserien, Teppiche und Datteln von Emiren, Beis und Sultanen, die jenseits des Schwarzen Meeres herrschen... und dort drüben die neuesten Lieferungen an Pelzen, Ambra und Honig von den Ostländern und aus den Ostseehäfen.«

Er wandte sich Maxim zu und entblößte seine häßlichen Zähne in einem Grinsen. »Meine Schiffe schaffen Ladung aus allen Teilen der Erde herbei, und ich schicke begehrte und dringend benötigte Waren überallhin... für stattlichen Profit, versteht sich.« Seine Miene verdunkelte sich. »Zumindest tue ich es, solange mir dieser Schurke Drake nicht das Geschäft verdirbt... Das ist der Gedanke, der der Hanse zugrunde liegt – sie ist ein Bund ehrenhafter Kaufleute, die ehrlichen Profit suchen, wo es möglich ist.«

Maxim folgte dem Mann zurück in sein Arbeitszimmer, wobei er sich fragte, mit wieviel Untaten und Toten der Reichtum dieses Mannes erkauft worden war.

»Und jetzt spielt Elizabeth die Unschuldige«, fuhr Hillert wütend fort, »und hetzt Drake und seine Piraten auf uns, nachdem wir mühsam unsere Handelsbeziehungen ausgebaut haben.« Er warf sich in den schweren Sessel. Seine Augen glühten. »Inzwischen hat Elizabeth sogar schon Häscher auf mich angesetzt.«

»Wenn Ihr Elizabeths Heimtücke fürchtet, warum laßt Ihr dann einen bewaffneten Engländer in Eure Nähe? Könnt Ihr mit Sicherheit wissen, was ich vorhabe? Könnte ich nicht von der Königin gesandt sein?« fragte Maxim skeptisch.

Hillert stützte die Ellbogen auf die Armlehnen und legte die fleischigen Finger schräg gegeneinander. »Lord Seymour, die Tatsache, daß Ihr auf Elizabeths Befehl fast auf dem Schafott gelandet wärt, stellt eine gewisse Sicherheit dar. Dennoch bin ich ein vorsichtiger Mann.« Er wies mit der Hand auf die Wand hinter seinem Besucher. »Würdet Ihr Euch mal umdrehen?«

Ein großes, prunkvoll gerahmtes Gemälde war leicht verschoben, so daß man in der Wand dahinter eine Öffnung sehen konnte.

»Seit Eurem Eintreten hält Gustav eine Armbrust mit einem Pfeil direkt auf Euren Rücken gerichtet. Hättet Ihr zur Waffe gegriffen, dann hätten Euch Eure Freunde niemals wiedergesehen.« Hillert nickte nachdenklich.

»Herr Hillert, Eure Vorsichtsmaßnahmen sind bemerkenswert«, setzte Maxim wieder an. »Ihr habt indessen meine Frage nicht beantwortet. Mord oder Flucht?«

»Was immer sich anbietet.« In den grauen Augen schimmerte es sonderbar. »Obwohl ich eigentlich für ersteres plädiere. Auch wenn Mary die Flucht gelänge, könnte sie erst Königin werden, wenn Elizabeth beseitigt ist. Elizabeths Tod ist für Euch gewiß von Nutzen.«

»Ja, und sobald ich den Fuß in eine der königlichen Résidenzen setze, würde man mich fassen und in den Tower schaffen, wo mich dann meine Hinrichtung erwartet«, wandte Maxim ein. »Verzeiht, aber ich behalte lieber meinen Kopf.«

»Und wenn Euch jemand hilft, ungesehen ins Schloß zu gelangen?«

»Wenn Ihr einen solchen Handlanger habt, wozu braucht Ihr dann mich? Euer Handlanger könnte die Königin töten und unentdeckt entkommen.«

Hillert lehnte sich mißmutig zurück. »Das ist ja die Schwierigkeit. Eine Hofdame würde sich kaum mit einem Schwert bewaffnen.«

»Nein, aber sie könnte Gift anwenden.« Maxim beugte sich vor und blickte eindringlich in die wäßrigen grauen Augen, als er weiterfragte: »Falls Ihr wirklich jemanden in unmittelbarer Umgebung der Königin habt, dann ist die Tat so gut wie vollbracht. Dann braucht Ihr mich nicht.«

»Ich wünschte, es wäre so einfach.« Hillert schüttelte den Kopf. »Die Hofdame selbst ist der Königin treu ergeben und kommt für die Tat nicht in Frage. Solltet Ihr Euch Zugang ins Schloß verschaffen, dann dürfte sie gar nicht ahnen, was Ihr vorhabt.«

»Aus welchem Grund sollte sie mir dann Zutritt zu den königlichen Gemächern gewähren?« Maxim wurde aus den Worten des Mannes nicht ganz schlau.

Hillert zog seine massigen Schultern hoch. »Sie ist in den mittleren Jahren und hat noch nicht alle Hoffnung auf Liebe begraben...«

»Und?«

»Die Dame hat einen Liebhaber...«

Maxim ließ sich mit einem wissenden Lächeln zurücksinken. »Und es versteht sich, daß die Dame ihrem Liebhaber eine solche Untat nicht zutraut. Sagt mir, warum Ihr dann nicht den Liebhaber bezahlt, damit er die Königin tötet?«

Hillert lachte verächtlich auf. »Der Bursche hat für uns einen gewissen Wert, aber es fehlt ihm an Kühnheit. Hinterrücks würde er gewiß einen Mord begehen, niemals aber eine Tat, bei der er sich Gefahren aussetzt.«

»Und notgedrungen müßt Ihr ihn halten, damit Ihr den Zugang zur Königin nicht verliert«, nickte Maxim verstehend. »Wahrscheinlich hätschelt Ihr ihn sogar nach allen Regeln der Kunst.«

»Das stimmt, und es hat mich ein Vermögen gekostet«, stöhnte Hillert. »Dieser mißratene Hurensohn drohte mir, er würde mit der Dame bei Hof brechen. Mir blieb nichts anderes übrig, als auf seine Forderungen einzugehen. Aber wenn ich könnte«, zischte er, »würde ich ihm selbst den Hals umdrehen.«

»Sagt mir eines«, fragte Maxim leichthin, »liegen schon fertige Attentatspläne vor? Oder handelt es sich nur um einen Traum, der sich nie erfüllen wird?«

In Hillerts Augen blitzte es, da er den Anflug von Spott aus der Frage heraushörte. »Keine Angst, ich habe meine Pläne, und sie werden auch in die Tat umgesetzt. Wenn nicht von Euch, dann von anderen.«

»Und wieviel bietet Ihr mir?«

»Nun, Eure Ländereien, Euer Vermögen, Euer gesamtes Eigentum natürlich. Ist das nicht ausreichende Belohnung genug?«

Maxim trank sein Bier aus und erhob sich. Nach seinem Umhang fassend, blickte er auf Hillert hinunter. »Eine ausreichende Belohnung, wenn Ihr sie mir garantieren könnt.«

»Tötet die Tudor-Königin, und befreit Mary Stuart aus ihrem Kerker, dann soll alles wieder Euch gehören!«

»Bis zu meiner Rückkehr nach England werde ich eine kleine Überbrückung brauchen«, erklärte Maxim unverblümt. »Man könnte es auch einen kleinen Vertrauensbeweis Eurerseits nennen.«

Hillert watschelte hinaus und kam mit einem eisenbeschlagenen Kästchen zurück. Er entnahm dem Kästchen eine kleine Börse, die er Maxim zuwarf. Dann drückte er sein Siegel in Wachs und überreichte es Maxim ebenfalls. »Das wird Euch bei Bedarf als Erkennungszeichen dienen, obwohl es in England nur wenige gibt, die noch nicht vom Marquis von Bradbury gehört haben.«

»Wird Euer Mann mit mir Verbindung aufnehmen, oder muß ich ihn aufsuchen?«

»Kurz nach Eurer Ankunft werdet Ihr von ihm hören.«

Maxim ging zur Tür, wo er kurz innehielt. »Sollte Nikolaus Fragen stellen, dann wäre mir lieber, unsere Angelegenheit bliebe unerwähnt. Er glaubt nämlich, alles von mir zu wissen. Ich ziehe es vor, ihn über gewisse Dinge im unklaren zu lassen.«

»Er wird nichts erfahren.«

Nach einem knappen Nicken ging Maxim hinaus. Er atmete auf, erleichtert, der Gesellschaft Karl Hillerts und seines Gustav entronnen zu sein.

21

Die Sonne ging im Westen an einem stumpfgrauen Abendhimmel unter, vor dem sich die Umrisse der hohen Türme und Spitzgiebel abzeichneten. Windstöße aus dem Norden führten so bittere Kälte heran, daß der Rest an Wärme, die der Tag gebracht hatte, rasch verflog. Schneefall setzte ein.

Elise trat von dem Fenster in ihrer Kammer zurück. Sofort fror der Kreis auf der Scheibe, den sie blank gewischt hatte, wieder zu. Das Dachgebälk ächzte unter dem anschwellenden Wind.

Elise seufzte bekümmert und begann, in ihrer engen Kammer auf und ab zu gehen. Die Bemerkungen, die Nikolaus über Hillert gemacht hatte, ängstigten sie. Hillert war zweifellos ein Mann, in dessen Macht es stand, mit Maxim auf beliebige Weise zu verfahren. Wenn er nur endlich käme! Aber auch dann war noch die Sache mit Nikolaus zu bereinigen. Sie war entschlossen, ihm die Wahrheit selbst zu sagen, bislang aber hatte sie keine Möglichkeit gehabt, denn Nikolaus hatte es vermieden, nach Hause zu kommen.

Plötzlich klirrte es auf dem Dach, und kurz darauf kam ein splitterndes Geräusch von der Straße unten. Ein neuer Windstoß erschütterte das Haus. Erschrocken flüchtete Elise nach unten, wo sie Nikolaus' Mutter und Katarina über eine Stickerei gebeugt antraf. Justin kam kurz nach ihr in die Stube.

»Der Wind muß einen Ziegel vom Dach gerissen haben«, sagte er. Er drückte das Gesicht an eine Scheibe und spähte angestrengt durch die blankgeriebene Stelle hinaus, als ein undeutlicher Schatten sich dem Haus näherte. Der Mann kämpfte gegen den Sturm, während er rutschend und balancierend auf die Haustür zuhielt.

»Da kommt jemand«, rief Justin aufgeregt. »Ein Fremder.«

Wieder seufzte Elise auf und warf einen Blick zur Tischuhr hin. Es war kurz vor acht. Maxim hätte längst zurück sein müssen.

»Öffne die Tür, Justin, ehe der Ärmste erfriert«, wies Therese ihn an.

Justin lief in den Vorraum an die Tür und riß sie just in dem Moment auf, als der Fremde anklopfen wollte. Erschrocken starrte er den Jungen an, die Faust erhoben; dann schob er die schneebedeckte Kapuze zurück und räusperte sich verlegen.

»Mein Name ist Sheffield Thomas«, stieß er bibbernd vor Kälte hervor. »Ich bin gekommen, um Mistreß Elise Radborne in einer bestimmten Angelegenheit zu sprechen. Lord Seymour ließ mich wissen, er habe bei Hillert etwas Wichtiges zu erledigen. Anschließend wollte er sich mit mir in meiner Herberge treffen. Da er nicht erschien, dachte ich, daß er vielleicht hier ist.«

»Lord Seymour ist nicht da, aber Mistreß Radborne. Wollt Ihr nicht eintreten und Euch am Feuer aufwärmen, während ich sie hole?« Der Mann, dem Justin den Mantel abnahm, trat ein und ließ sich in einen kleinen Empfangsraum führen, in dem ein Feuer brannte. Kurze Zeit später führte Justin Elise herein.

»Darf ich Euch mit Mistreß Radborne bekannt machen?« sagte Justin.

Der nicht mehr junge, glatzköpfige Mann machte eine steife Verbeugung. »Es ist mir ein Vernügen.«

»Ihr habt für mich eine Nachricht?« fragte Elise leise. Ihre Stimme rief in ihm die Erinnerung an England wach. »Ja, Lord Seymour bat mich, Euch von einem Vorfall zu berichten, den ich vor Monaten beobachtet habe. Wie ich hörte, ist Lord Seymour nicht da.«

»Er wurde aufgehalten«, murmelte Elise und versuchte ihre Angst zu unterdrücken. Dieser Fremde brachte ihr vielleicht Nachricht von ihrem Vater, oder er konnte ihr sagen, wo sich ihr Vater aufhielt.

Justin schloß die Tür und forderte den Mann auf, sich zu setzen. »Mistreß Radborne hat mich eben gebeten, ich solle als Zeuge zugegen sein. Ist Euch das recht?«

»Aber gewiß.« Sheffield lehnte es ab, den angebotenen Stuhl zu benutzen, und ging näher ans Feuer, um seine Hände zu wärmen. »Ich bin Engländer und Kaufmann. Vor einiger Zeit lief ich mit meinem Schiff Bremen an und reiste dann weiter nach Nürnberg und zur Messe nach Leipzig, weil ich ausländische Waren kaufen wollte. Hillert lud mich nach Lübeck ein. Ich sollte mir vor der Rückkehr nach England seine kostbaren Lagerbestände ansehen. So kam ich vor etwas mehr als vier Monaten nach Lübeck, um mit ihm Handelsbeziehungen zu knüpfen. Ich führte reiche Ladung mit und besaß Schätze, um die Könige mit mir gefeilscht hätten. Ich war überzeugt, Hillert und ich würden gut ins Geschäft kommen, aber leider brannte mein Schiff ab. Es war in der Nacht, nachdem ich ein paar Warenmuster mitgenommen hatte, die ich Hillert zeigen wollte.« Die Erinnerung stimmte ihn merklich traurig. »Ich verlor den Kapitän und ein ganzes Dutzend Seeleute, die das Schiff bewachen sollten; am nächsten Morgen ragten nur mehr die versengten Reste eines Mastes aus dem Wasser. Der Hafenmeister mußte das Schiff herausziehen und mit Enterhaken auseinanderreißen.« Verbittert fuhr er fort: »Aber das waren nicht die Reste *meines* Schiffs. Und nicht ein einziges Stück meiner kostbaren

Ladung war unter den verkohlten Bruchstücken auszumachen. Es war, als hätten die Schurken mein Schiff entführt und einen leeren, alten Kahn verbrannt.«

Gedankenverloren starrte Sheffield ins Feuer. »Am nächsten Morgen«, sagte er nach einer Pause, »wurde der Rest der Besatzung in einer Schenke stockbetrunken entdeckt. Keiner hatte von den Ereignissen der Nacht etwas mitbekommen, obwohl sich diese Burschen sonst kaum unter den Tisch trinken ließen. Und als ich den Bürgermeister von Lübeck zur Rede stellte, brachte er nur ein paar flüchtige Entschuldigungen hervor. Er behauptete, er würde sich der Sache annehmen, bis jetzt aber habe ich weder von meinem Schiff noch von der Besatzung etwas zu sehen bekommen.« Sheffields Geschichte fesselte die Zuhörer ungemein. »Inzwischen habe ich die deutsche Sprache einigermaßen gelernt und da und dort erfahren, daß englische Seeleute in Ketten auf Hillerts Schiffe geschafft wurden.« Sein Blick schien in die Ferne zu schweifen. »Aber wenn ich versuchte, weitere Fragen zu stellen, dann wich man mir aus.«

»Master Thomas, es tut mir leid, daß Ihr einen so großen Verlust erlitten habt«, sagte Elise. »Aber was hat dies mit meinem Vater zu tun?«

»Tja... also... vor einigen Monaten, da kam ich auf die Idee, Hillerts Schiffe zu beobachten, beim Einlaufen oder beim Beladen... weil ich hoffte, zufällig ein Stück meiner verschwundenen Waren zu entdecken. Dabei wurde ich Zeuge einer sonderbaren Szene, und ich dachte zuerst, einer von meinen eigenen Leuten sei darin verwickelt. Hillerts großes Schiff ›Grauer Falke‹ war eben aus London eingelaufen«, berichtete er weiter. »Aus sicherer Entfernung beobachtete ich, daß ein Mann, den man in schwere Ketten gelegt hatte, vom Schiff gebracht wurde.«

»Und dieser Mann war Engländer?« fragte Elise.

»Das war er.«

»Woher wollt Ihr das wissen?« fragte nun Justin.

»Später kehrte ich in einer Schenke ein und erkannte einen der Bewacher. Dem zahlte ich ein paar Bierchen und fragte ihn dann über den Mann aus. ›Ich hörte, daß ihr eine Meuterei hattet‹, sagte ich zu ihm, worauf der Kerl mich fast mit den Blicken durchbohrte. ›Die ganze Stadt schwirrt von Gerüchten‹, sagte ich weiter. ›Und ich hörte, daß ihr einen der Meuterer mitgebracht habt, damit er gehängt wird…‹, schwindelte ich. ›Da habt Ihr was Falsches gehört‹, zischte der andere. ›Auf Hanseschiffen gibt es keine Meuterei, niemals. Wir schafften nur einen englischen Tölpel an Land, den Hillert beim Spionieren in den Stilliards ertappt hat.‹ ›Ihr werdet noch Drake und seine Leute auf den Hals kriegen, wenn ihr Engländer aus ihrem Land entführt‹, sagte ich. ›Ach was‹, höhnte der Mann. ›Die merken ja doch nie, daß er weg ist.‹ Mehr wollte der Mann nicht sagen und verdrückte sich.«

Elise war auf die Kante ihres Stuhls vorgerutscht. »Was ist Euch an dem Gefesselten aufgefallen? War er groß? Schlank? Dunkelhaarig? Hatte er ebenmäßige Züge?« Dies alles konnte Sheffield bejahen, und Elise begann Hoffnung zu schöpfen. »Sagt mir, habt Ihr zufällig gesehen, ob der Mann einen auffallenden Ring mit einem Onyx trug?«

Sheffield überlegte und schüttelte den Kopf. »Das kann ich nicht sagen. Er hielt die gefesselten Hände vor sich, und soweit ich mich erinnere, trug er gar keinen Ring.«

Elise wurde wieder unsicher. Der Ring wäre ein sicheres Erkennungsmerkmal gewesen.

»Gewiß hat man ihm den Ring abgenommen«, brachte Justin vor.

»Natürlich, so ist es«, stimmte Sheffield zu.

»Falls mein Vater wirklich dort ist… und noch lebt« – Elise sprach die Worte ganz langsam aus, als müßte sie gegen die übermächtigen Zweifel ankämpfen –, »dann ist sein wahrscheinlicher Aufenthaltsort ein Verlies der Hanse.«

»Nikolaus könnte ihn vielleicht finden«, meinte Justin.

In ihre blauen Augen trat ein wachsamer Zug. Maxim hatte sie davor gewarnt, Nikolaus in die Affäre hineinzuziehen, und sie mußte sehr vorsichtig sein, damit Justin nichts in dieser Richtung unternahm.

»Könnt Ihr mir sonst noch etwas sagen, Master Thomas?«

»Nein.« Sheffield schüttelte den Kopf. »Ich wünschte, ich

könnte Euch mehr Grund zur Hoffnung geben, denn was ich Euch sagen konnte, ist herzlich wenig.«

Elise faßte in eine Falte des Kleides und holte einen Sovereign hervor. »Da, nehmt«, forderte sie Sheffield auf. »Für die Zeit und Mühe, die es Euch kostete. Und weil Ihr Euch an diesem eisigen Abend aus dem Haus gewagt habt.«

»Nein, nein, Mistreß. Ihr wollt mich beschämen«, wehrte Sheffield heftig ab, »es wäre nicht recht, wenn ich Geld nähme. Was ich Euch geben konnte, war nur ein schwacher Hoffnungsschimmer. Dafür durfte ich mich an Eurem Feuer wärmen und eine Stimme aus der Heimat hören. Ich wünsche Euch einen guten Abend, Euch, Mistreß, und Euch, Sir. Nun muß ich mich auf den Weg machen.«

Justin brachte den Mann an die Haustür, und als er wiederkam, blieb er an den Rahmen der Zimmertür gelehnt stehen. Elise starrte ins Feuer. Er sah ihr an, daß sie gegen eine Flut von Hilflosigkeit und Zweifeln ankämpfte.

»Elise, was überlegt Ihr?« fragte er leise.

Elise blickte zu ihm auf und sah zum erstenmal hinter der Fassade des Knabengesichts den besorgten jungen Mann. »Es gibt Augenblicke, lieber Justin, da muß eine Frau ihre Gedanken und Überlegungen für sich behalten«, lächelte sie schwach.

Justin sah, wie sie sich abwandte. Ihre Unrast schien gebannt, als sie die Hände im Schoß faltete. Beide hingen ihren Gedanken nach.

Hillert hatte durch die Hanse zweifellos die Würdenträger der Stadt Lübeck in der Hand. Also war es zwecklos, sich durch die Behörden der Stadt Gerechtigkeit verschaffen zu wollen. Justin wußte das schon seit langem. Um so stärker wuchs in ihm Tag für Tag das Verlangen, Hillert die Klinge ans Herz zu setzen, denn die Hoffnung, Hillerts Kopf in der Schlinge oder auf dem Richtblock zu sehen, hatte er längst aufgegeben.

Elise schreckte aus ihren Gedanken hoch und betrachtete Justin verstohlen. Wie er so vor dem Kamin stand, die Hände im Rücken verschränkt, konnte sie keine Ähnlichkeit mit dem stets gut gelaunten und zu Scherzen aufgelegten jungen Mann entdecken, als den sie ihn kennengelernt hatte. Sie konnte sich des Verdachts nicht erwehren, daß Justins Auftreten als unbeschwerter Jüngling eine Verstellung war; dadurch hatte er sicher seine Vorgesetzten getäuscht, so daß ihm ungehindert überall Zutritt gewährt wurde. Er wußte erstaunlich viel über die Hanse, zumindest was Lübeck und Hillert betraf, ganz gewiß mehr, als ein flüchtiges Interesse vermuten ließ.

»Was meint Ihr, aus welchem Grund Maxim sich mit Hillert trifft? Ob er ihm Fragen nach Eurem Vater stellt?« fragte Justin plötzlich.

Elise begegnete seinem Blick mit einem Achselzucken, entschlossen, das unbedarfte junge Mädchen zu spielen. »Vielleicht, aber ich kann beim besten Willen nicht sicher sagen, daß sein Besuch diesem Zweck dient. Er nannte mir keinen Grund, und ich sah keine Notwendigkeit, ihn zu fragen.«

Justin sah, daß sie den Tränen nahe war. »Verzeiht, Elise, es war nicht böse gemeint«, sagte er mitfühlend. Und wie in Gedanken fuhr er fort: »Hillert schenkt nur denjenigen seine Zeit und Gunst, die ihm nützen können. Aber was hätte er von Maxim zu erwarten?«

»Sehr wenig, könnte ich mir denken«, erwiderte sie vorsichtig. »Maxim hat Grundbesitz und Vermögen verloren. Er ist so gut wie mittellos und, soweit ich weiß, sämtlicher Verpflichtungen ledig, bis auf die eine – nämlich seine Ehre wiederherzustellen.«

»Und doch hat Hillert ihn zu sich kommen lassen. Nur um seine Fragen über Euren Vater zu beantworten? Nein, da muß mehr dahinterstecken.«

»Vielleicht könnt Ihr mich darüber aufklären, Justin«, erwiderte Elise gereizt. »Ihr scheint Hillert selbst sehr gut zu kennen. Was glaubt Ihr, weshalb er Maxim zu sich kommen ließ?«

Justin ließ sich auf einem Stuhl ihr gegenüber nieder. Er prüfte ihr ernstes Gesicht, aus dem höchste Wachsamkeit sprach, ehe er antwortete. »In letzter Zeit häuften sich Hillerts Tobsuchtsanfälle, weil Drake ihm seine Schiffe raubt. Elizabeth stattete Drake mit Kaperbriefen aus und duldet somit Piraterie auf hoher See. Und plötzlich bittet Hillert einen Engländer zu sich… Natürlich

265

handelt es sich um einen seiner Rechte beraubten Lord... doch immerhin um einen Mann, der bei Hof Zutritt hatte. Nun frage ich Euch, Elise, was Ihr von einer Zusammenkunft der beiden haltet.«

Elise reckte beleidigt das Kinn, da ihr die Zielrichtung seiner Schlußfolgerungen nicht behagte. »Wie kommt es, daß Ihr Hillert so gut kennt? Solche Schlüsse könnt Ihr nur ziehen, wenn Ihr mit diesem Mann auf vertrautem Fuß steht.«

Justin, der ihren Unmut heraushörte, lächelte nachsichtig. Vom ersten Moment ihrer Begegnung an hatte ihre Schönheit ihn beeindruckt, doch zugleich hatte er gespürt, daß zwischen Elise und dem Marquis eine gewisse Beziehung bestand. War dieser Mann, wegen Hochverrats verurteilt, vielleicht in eine Sache verwickelt, die weitaus schlimmer war, als sie beide es sich vorstellen konnten? »Ich kenne Hillert, weil ich ihn schon seit Jahren aufmerksam beobachte. Gewisse Umstände deuten darauf hin, daß zwischen ihm und dem Tod meines Vaters ein Zusammenhang besteht. Ich bin überzeugt, daß entweder Hillert selbst oder sein Handlanger, dieser Gustav, den Mord an meinem Vater begangen hat.«

Nach dieser Enthüllung tat sich Elise keinen Zwang mehr an. »Dann werdet Ihr meine Sorgen verstehen.«

»Nur zu gut, fürchte ich.« Justin hielt den Blick zu Boden gerichtet. Der Tod seines Vaters machte ihm nach all den Jahren immer noch zu schaffen. »Hillert hat für lebendige Engländer wenig Verwendung. Was immer Maxims Absicht sein mag, er begibt sich auf gefährliches Terrain.«

»Ihr meint, er könnte schon tot sein?« rang Elise verzweifelt die Hände.

»Meinen Vater fand man ertränkt in einem Weinfaß«, eröffnete Justin ihr finster.

»Hört auf!« rief Elise aufspringend und sah ihn aus tränenumflorten Augen an. »Es ist Euch ein Vergnügen, mich zu ängstigen! Das halte ich nicht mehr aus!«

»Beruhigt Euch, Elise«, besänftigte Justin sie. Er trat an ihre Seite und hätte ihr zu gern den Arm um die Schulter gelegt. »Vergebt mir. Ich wollte Euch nicht weh tun.«

»Was soll ich nur tun«, schluchzte sie. »Nikolaus sagte, heute finde eine Hanseversammlung statt. Gewiß wird auch Hillert anwesend sein. Das Gespräch mit Maxim müßte längst beendet sein.«

Justin trat ans Feuer. Daß dieser Maxim dem Mädchen den Kopf verdreht hatte, war offensichtlich. Aber auf welcher Seite stand er? Von Nikolaus' begeisterten Schilderungen abgesehen, wußte Justin von dem Mann so gut wie nichts. Das unerschütterliche Vertrauen Elises in Maxim weckte so etwas wie Eifersucht in ihm. Daneben plagte ihn ein anderer Verdacht…

Justin verbeugte sich knapp und fragte: »Würdet Ihr mich jetzt entschuldigen? Ich muß kurz fort.«

»Aber wohin?« fragte sie ängstlich. An einem kalten Winterabend wie diesem wagte sich niemand hinaus, wenn es nicht eine dringende Angelegenheit erforderte.

Justin hielt inne und überlegte, was er antworten sollte. Daß er sich Einlaß ins Kontor der Hanse verschaffen wollte, um hinter Maxims wahre Absichten zu kommen, konnte er ihr nicht sagen. »Es gibt Dinge, meine teure Elise, die ein Mann lieber für sich behält«, sagte er und lächelte dünn.

Elise horchte seinen Schritten nach, als er sich in seine Kammer begab. Dann drehte sie sich um und blickte in die Flammen. Ein Schatten glitt über ihre Stirn, denn sie wurde den Verdacht nicht los, daß sein plötzlicher Aufbruch für Maxim nichts Gutes verhieß. Sein Mißtrauen gegenüber Maxim hatte sie deutlich gespürt.

Elise lief aus der Stube und stürmte mit hochgerafften Röcken die Treppe hinauf. Sie hatte einen Entschluß gefaßt und würde sich durch nichts davon abbringen lassen. Sie mußte Justin folgen, um herauszufinden, was er vorhatte. In Justins Schlafkammer, die Maxim derzeit bewohnte, hatte sie eine Truhe mit abgelegten Kleidungsstücken gesehen, von denen sie einige für ihr Vorhaben zu verwenden gedachte.

Eilig zog Elise sich aus und versteckte ihre eigenen Sachen in der Truhe. Sie drückte ihre Brüste mit einem Tuch, das sie fest um sich wickelte, ganz flach. Hastig schlüpfte sie in ein loses Hemd, über das sie einen wollenen Kittel zog. Zwei Lagen dicker Strümpfe und ein Paar loser Kniehosen halfen die weiblichen Rundungen ihrer Hüften zu verbergen und boten zugleich Schutz gegen die Kälte. Ihr Haar stopfte sie unter eine knapp anliegende Lederkappe, deren Bänder sie unter dem Kinn zusammenknotete. Ihre alten, abgetragenen Lederstiefel waren für ihre Absichten genau das richtige.

Im angrenzenden Raum wurde eine Tür geöffnet. Wie erstarrt lauschte Elise, als sie das Knarren der Dielenbretter unter den vorsichtigen Schritten des Eindringlings hörte. Maxim konnte es nicht sein. Er hatte keinen Grund, heimlich in seine Kammer zu schleichen.

Leise schlich sie an die Verbindungstür und öffnete sie einen Spaltbreit. Ihr stockte der Atem, als sie einen alten Mann erblickte, dem ein paar graue steife Strähnen unter der flachen Kopfbedeckung hervorstanden. Erst als er sich umdrehte und eine Kerze auf den Tisch stellte, erkannte sie im Gegenlicht Justins Profil. Ein dunkelroter Fleck, aus dem graue Haarbüschel wucherten, zog sich auf der linken Gesichtshälfte von der Schläfe bis zum Kinn. Bartstoppeln verdunkelten Kinn und Oberlippe. Sein Mund schien ständig zu einer verächtlichen Grimasse verzerrt. Als er sich bewegte, wirkte er steif und zog das linke Bein nach.

Justin holte ein Holzkästchen aus dem Schrank, stellte es auf den Schreibtisch und klappte den Deckel auf. Er entnahm dem Kästchen die verknoteten Enden einer dünnen Schnur, an der ein Bronzesiegel hing, und steckte es ein. Dann schwang er einen Mantel um die Schultern und verließ den Raum.

Elise nahm sich einen kürzeren Umhang aus Justins Truhe und beeilte sich, ihm zu folgen. Vor der Haustür hielt sie kurz inne. Der Wind hatte sich gelegt, Justin war nirgends zu sehen. Allein seine Fußabdrücke waren im frisch gefallenen Schnee zu erkennen.

Elise hatte sich auf der Suche nach ihrem Vater so oft in verrufene Gegenden gewagt, daß sie inzwischen gelernt hatte, sich geschickt durch die Straßen einer dunklen Stadt fortzubewegen. Sie huschte dahin wie ein Gespenst, ständig die Fährte des Verfolgten vor Augen. Jäger und Gejagter. Immer weiter, und immer mit äußerster Vorsicht. Elise hatte keine Ahnung, wo sie sich befanden und wohin sie gingen. Als sie aus einer dunklen Gasse hervortrat, bemerkte sie, daß die Spuren endeten. Hastig verfolgte sie ihre eigenen Spuren zurück und stieß dabei auf mehrere schmale Pfade, die von ihrem Weg abzweigten. Aber auf keinem waren Spuren zu sehen. Es war, als hätte Justin sich in Luft aufgelöst.

Das Herz schlug ihr bis zum Halse, als drei Gestalten die Gasse betraten und ihr den Rückweg abschnitten. Vorsichtig tastete sie sich rückwärts, auf der verzweifelten Suche nach einem Versteck. Plötzlich legte sich eine Hand über ihren Mund und zerrte sie in völlige Finsternis.

»Keinen Laut! Wir sind in Gefahr!« zischte ihr eine vertraute Stimme ins Ohr.

Als sie Justin erkannte, ließ ihr Zittern nach. Die drei Gestalten kamen näher, während Elise und Justin in atemloser Stille warteten. Der vorderste blieb mitten auf der Gasse stehen, eine imponierende, furchteinflößende, fremdartige Erscheinung. Der Mann schien kurz zu lauschen, ehe er weiterging. Sie hörte das Knirschen seiner Schritte im Schnee, als er an ihrem Versteck vorüberkam. Am Ende der Gasse blieb er abermals stehen und wartete auf seine Gefährten. Dann traten die drei hinaus auf eine breitere Straße.

Justin stieß einen Seufzer der Erleichterung aus. »Ostländer aus Nowgorod«, erklärte er Elise im Flüsterton. »Es heißt, daß jüngst eine ganze Horde gekommen sein soll. Ich selbst habe nur ab und zu einige im Kontor gesehen. Es sind wilde Menschen, die meist unter sich bleiben und vor denen sogar Hillert Respekt hat. Die hier sollen Bojaren sein, aus Nowgorod vertrieben, als Zar Iwan vor einigen Jahren die Stadt verwüstete. Seit dem Tod des Zaren im Vorjahr sind sie bestrebt, ihre Macht in Nowgorod zurückzuerobern. In den Ostseehäfen, die nur darauf lauern, mit ihnen die Handelsbeziehungen wiederaufzunehmen, werden sie äußerst wohlwollend aufgenommen.«

»Und wohin gehen sie?« flüsterte Elise.

»Zur Versammlung im Kontor... um sich dort umzusehen und zuzuhören.«

»Und Ihr... Ihr wollt auch dorthin?« fragte Elise halblaut.

»Ja, das ist meine Absicht, doch kann ich Euch hier nicht allein lassen. Die Zeit, Euch zurückzubegleiten, habe ich aber auch nicht. Was soll ich mit Euch anfangen?«

»Könnte ich nicht mitkommen... oder Euch folgen wie zuvor?«

Justin runzelte die Stirn und dachte eine Weile nach. »Mir scheint, mir bleibt nichts anderes übrig, als Euch mitzunehmen.« Er faßte nach ihrem Arm. »Also kommt.«

Zu zweit liefen sie ans Ende der Gasse, wo sie wieder geduckt innehielten, um zu beobachten, wie die drei Ostländer einem massiven Bau mit schmuckloser Vorderfront und einer breiten, zu einem großen Portal führenden Treppe zustrebten. Vor dem Eingang hielt ein hochgewachsener Posten Wache, der vor den Ostländern großen Respekt zeigte und Haltung annahm. Er bedeutete dem Anführer und seinen Begleitern einzutreten, ohne dem Siegel, das ihm gezeigt wurde, mehr als nur flüchtige Beachtung zu schenken.

»Wenn ich mein Siegel vorweise, dann werde ich immer sehr gründlich kontrolliert«, sagte Justin verärgert und warf Elise einen Seitenblick zu. »Sollte Euch jemand nach Eurem Namen fragen, dann sagt einfach, Ihr seid Du Volstads Lehrling. Aber zieht die Kapuze ins Gesicht, und senkt den Blick, falls Euch jemand ansieht. Als Junge seid Ihr nicht sehr überzeugend.«

Justin wollte unbedingt vermeiden, daß der Posten am Eingang das Mädchengesicht deutlich zu sehen bekam; deshalb gab er, als er sein Siegel vorzeigte, Elise zornig fluchend einen Fußtritt, so daß sie zur großen Belustigung des Wachpostens fast kopfüber durch den Eingang katapultiert wurde. Er nickte beifällig und machte ein paar abfällige Bemerkungen über die Qualität der neuen Lehrlingsgeneration. Die Kontrolle des Siegels blieb auf einen flüchtigen Blick beschränkt.

Elise rieb sich ihre Kehrseite und bedachte Justin mit einem finsteren Blick, als er sich den Weg in die überfüllte, von Fackeln erhellte Halle bahnte. Der Geruch von Rauch, Gebratenem, Schweiß und Bier stieg ihr in die Nase. Nachdem sie ihren Mantel neben den Justins gehängt hatte, folgte sie ihm mit hochgezogenen

Schultern, den Blick meist auf den Boden gerichtet. An dichtbesetzten Schragentischen wurde geschmaust und getrunken, während andere Hanseaten sich abseits der Tische zu Gruppen zusammengefunden hatten und sich lautstark unterhielten.

Auf einem Podium saß eine Gruppe kräftiger Männer an einem langen Tisch. Obgleich Elise Karl Hillert noch nie im Leben zu Gesicht bekommen hatte, erkannte sie ihn auf den ersten Blick. Er thronte in der Mitte. Seinen Rang, seine Macht und seine Autorität trug er mit lässiger Arroganz zur Schau. Um seinen Hals hing eine massive Goldkette, an der sein Amtssiegel, das Schild der Hanse, hing. Unweit von Hillert stand ein Mann mit ungewöhnlich breiten Schultern und muskulösen Armen, der sich von dem geselligen Treiben fernhielt und den Saal beobachtete. Seine Aufgabe war es offenbar, für Ruhe und Ordnung zu sorgen. Das Schwert an seiner Seite und der Krummdolch in seinem Gürtel bestätigten Elises Vermutung.

Zimbelklänge, schallendes Gelächter und Gesänge aus rauhen Männerkehlen vermischten sich zu tollhausähnlichem Getöse, aus dem Elise Männerstimmen heraushörte, die laut zählten. Als sie sich auf die Zehenspitzen stellte, sah sie einen Jüngling, der zwischen zwei Reihen brüllender Männer, die mit kurzen, vielschwänzigen Geißeln auf ihn einschlugen, dahintaumelte und sich ans Ende der Gasse schleppte.

Befremdet sah Elise weg. Sie ahnte, daß es sich um eines der Rituale handelte, die junge Anwärter vor der Aufnahme in die Hanse als Prüfung über sich ergehen lassen mußten.

Um nicht entdeckt zu werden, versteckte sie sich hinter den breitschultrigen Körpern, die eine schier undurchdringliche Wand um sie herum bildeten, und versuchte zwischen den Umstehenden hindurchzusehen. Dabei erspähte sie Nikolaus, der mit einer Gruppe Hanseaten in ein ernstes Gespräch verwickelt schien. Gleich darauf wurde ihr der Ausblick wieder versperrt, und sie mußte sich umdrehen und in die andere Richtung sehen.

Trotz des Halbdunkels und der verqualmten Luft konnte sie den hochgewachsenen Ostländer mit seinen Gefährten auf der entgegengesetzten Seite ausmachen. Seinen Mantel hatte er abgelegt. Er trug einen Kittel, der von einem bernsteinfarbenen Gürtel in der Mitte zusammengehalten wurde. Sein Degen hing griffbereit an seiner Seite.

Wie ein Fürst stand er da, aufrecht und mit straffen Schultern. Elise starrte ihn wie gebannt an. Die herabhängenden Schnurrbartenden, die andeutungsweise schräggeschnittenen Augen und die dunkle Haut verliehen ihm ein fast mongolisches Aussehen. Aber nur fast. Sie konnte es sich nicht erklären, doch selbst im Halbdunkel der Halle wurde sie das Gefühl nicht los, daß sie ihm bereits begegnet war.

Ein Ellbogen traf Elise im Rücken, so daß sie gegen den Rücken des vor ihr Stehenden prallte, der ins Schwanken geriet, sich wieder fing und wütend umdrehte, um ihr eine schallende Ohrfeige zu versetzen. Elise glaubte Sterne zu sehen und schwankte momentan wie betäubt.

»Gib acht, du Dummkopf!« hörte sie eine laute Stimme rufen.

Die Worte hallten ihr noch in den Ohren, da packte sie eine derbe Hand am Arm. Sie versuchte sich loszureißen, vergeblich; der Mann schob sie einfach durch den Raum, bis er eine freie Stelle erreichte. Vor ihr verschwamm alles, als sie in einem großen Kreis durch die Luft gewirbelt wurde. Brüllend vor Lachen schwang der Mann eine Geißel, während er Elise mit einer Hand am Kragen festhielt und sie kräftig beutelte. Plötzlich wurden ihr Kittel und das Hemd darunter am Rücken aufgerissen, und im nächsten Augenblick erscholl ein lauter, eindeutig weiblicher Schreckensschrei. Schlagartig trat Stille ein, und alles starrte verwundert zu ihr hin. Elise versuchte krampfhaft, die rutschenden Kleidungsstücke oben zu halten, doch ihre glatten weißen Schultern schienen das spärlich vorhandene Licht geradezu magnetisch auf sich zu ziehen. Plötzlich starrte Elise in die blaßblauen Augen Nikolaus von Reijns, die sich vor Staunen weiteten, als er langsam die Situation erfaßte. Das von der knappen Lederkappe eingerahmte Gesicht war ihm nur allzu vertraut, doch was machte sie hier und in dieser Aufmachung? Wie versteinert stand Nikolaus da und kämpfte mit sich. Was sollte er tun?

Wieder faßte der stämmige Mann nach ihrem Arm und drehte

Elise um. Mit der freien Hand riß er ihr die Lederkappe vom Kopf und löste damit ihre brünette Haarflut, die ihr nun ungehindert auf die Schultern fiel. Er schnappte nach Luft, ehe es mit ohrenbetäubender Lautstärke aus ihm hervorbrach: »Was haben wir da? Ein junges Mädchen?«

Hillert schnellte mit einem Satz hoch und stützte sich auf seinen baumstammartigen Armen über den Tisch vor. »Ein Mädchen?« Er lief puterrot an, als sein Blick das schlanke Mädchen erfaßte. Mit ausgestrecktem Zeigefinger brüllte er: »Ergreift sie!«

Erbost über ihr freches Eindringen, gingen die Männer auf sie los, und Elise sah mit Entsetzen voraus, daß sie nicht davor zurückschrecken würden, sie zu töten. Sie biß die Zähne zusammen und stellte sich der Meute entgegen, entschlossen, sich nicht kampflos zu ergeben. Dem Mann, der sie festhielt, versetzte sie einen Fußtritt in den Leib und kam frei, als er vor Schmerz vornüber zusammenklappte. Dann holte sie aus und hieb einem anderen Mann in die Kehle, duckte sich und versuchte, den von allen Seiten zugreifenden Händen zu entgehen. Stück für Stück wurden ihr Hemd und Kittel vom Leib gerissen, bis nur mehr ein paar Fetzen über der Bandage hingen, mit der sie ihre Brust flachgebunden hatte. Justin wollte ihr von der anderen Seite her zu Hilfe kommen – vergeblich, angesichts des dichten Getümmels. Es fehlte nicht viel, und Elise wäre in Tränen ausgebrochen, als sich Finger in ihre nackte Schulter gruben und ein aufgedunsenes, fleckiges Gesicht sich so nahe an sie herandrängte, daß es ihr Blickfeld ausfüllte. Doch wie von Zauberhand blitzte plötzlich eine Klinge auf, und auf der Wange des Mannes erschien ein blutroter Strich. Wieder blitzte die Klinge und bohrte sich bedrohlich in die Kehle des schreienden Mannes, dessen Blick angstvoll die Länge des Stahls und dann einen dunkelumhüllten Arm entlangglitt, bis er auf das Antlitz des hochgewachsenen Ostländers traf. Der Aufschrei blieb Elise im Halse stecken, als sie die grünen, blitzenden Augen erkannte, die ihren Bedränger zu durchbohren schienen. Es war Maxim! »Wenn du deine Freunde heute nicht zu deinem Begräbnis einladen willst, solltest du die Dame so schnell wie möglich loslassen, mein Freund!« herrschte er ihn an.

Erschrocken gab er Elise frei. Sofort nahm sie Deckung hinter Maxim, dessen zwei Begleiter sich schützend um sie scharten und in Kampfstellung gingen.

Wie eine Woge drängten die Hanseherren heran. Metall klirrte auf Metall, und die Ostländer stachen und hieben und hielten die Masse der Vordrängenden in Schach.

Nikolaus, der dem Getümmel zunächst tatenlos zugesehen hatte, verwünschte sich, weil er gezögert hatte, Elise zu retten. Jetzt wollte er verhindern, daß Elise in die Hände der Hanseleute oder der Ostländer fiel. Er bahnte sich einen Weg durch die Masse der Leiber, stieß jeden beiseite, der ihm im Weg war. Die Leute fielen unter seinem zupackenden Griff um wie die Kegel. Einem letzten nahm er die Waffe ab und hob den Degen, um den großen Ostländer anzufallen. Verdutzt hielt er inne, als er in die flammenden grünen Augen blickte.

»Maxim!«

»Nun, Nikolaus, auch du willst meinen Tod?« keuchte Maxim atemlos.

»Ach, verdammt!« grollte Nikolaus enttäuscht. Ihm dämmerte, daß er im Spiel der Herzen gegen einen würdigeren Gegner verloren hatte. »Schaff sie hinaus!« brüllte er und schwang sein Schwert.

Maxim begegnete dem vorgetäuschten Stoß mit der eigenen Klinge und schlug Nikolaus die Waffe aus der Hand. Als diese klirrend zu Boden fiel, trat eine mächtige Gestalt vor. Alle wichen hastig zurück, als Gustav die Hacken zusammenschlug und sein gerades, zweischneidiges Rapier hob.

»So treffen wir uns wieder, Herr Seymour«, grüßte er von oben herab. Es war ihm nicht entgangen, daß Nikolaus Maxim erkannt hatte. »Gewiß wird es Herrn Hillert interessieren, wer unter dieser Verkleidung steckt. Er soll es von mir erfahren.« Mit selbstsicherem Grinsen schwang er die lange Klinge vor Maxim. »Ihr wart ein Narr, Euch des Mädchens wegen zu erkennen zu geben. Das bedeutet für Euch den sicheren Tod.«

Wieder klang Stahl auf Stahl, und Elise unterdrückte einen Schreckensschrei, als Maxim unter dem kraftvollen Angriff einen

Schritt zurückwich. Die Hanseherren stießen einander schadenfroh an, während sie zurücktraten und einen Kreis bildeten, damit Gustav mehr Platz hatte und den Zweikampf bestimmen konnte. Neben seinen vielen anderen Talenten hatte er schon oft genug sein Geschick als Fechter bewiesen, so daß niemand daran zweifelte, daß er diesen dreisten Ostländer gebührend in die Schranken weisen würde.

Elise schlotterte vor Angst, als sie sah, daß Gustav dank seiner Stoß- und Hiebkraft Maxim allmählich in Bedrängnis brachte. Seine Klinge blockierte, parierte, griff an, aber es genügte nicht, um Gustavs heftiger Attacke zu widerstehen. Immer weiter drängte er Maxim zurück. Der Kreis der auf ein erregendes Spektakel erpichten Zuschauer war ständig in Bewegung, da man immer wieder ausweichen und Platz machen mußte.

Elise sah, wie Nikolaus Justins Arm ergriff und auf den Eingang deutete. Justin nahm ihre und die Mäntel der Ostländer vom Haken und begann sich durch das Gedränge zur Tür voranzukämpfen. Nikolaus hob den Kopf, fixierte die zwei Ostländer, die links und rechts von Elise standen, und machte eine Bewegung zur Tür hin. Elise verstand. Sie wollten mit ihr entfliehen.

»Nein«, stöhnte sie auf, als der eine ihren Arm packte. »Ich kann nicht ohne Maxim gehen.«

»Bitte«, hörte sie es direkt neben ihrem Ohr flüstern. »Wir müssen jetzt hinaus... Eurem Mann zuliebe.«

Elise brach in Schluchzen aus und setzte sich zur Wehr, als man sie fortzerren wollte. »Nein, ich kann ihn nicht verlassen!«

»Rasch, Elise! Mach, daß du fortkommst!« rief Maxim ihr über die Schulter zu.

Widerwillig fügte sich Elise.

Gustav, der immer mehr an Boden gewann, grinste selbstzufrieden. »Euer Liebchen mag gehen, Herr Seymour, aber sie entkommt mir nicht. Und Ihr auch nicht. Ihr seid am Ende.«

»Mag sein, Gustav. Aber vielleicht irrt Ihr Euch!« Ein Blick nach hinten zeigte ihm, daß Elise und ihre Begleiter die Tür fast erreicht hatten; da ging Maxim plötzlich mit einer Meisterschaft, die er bislang hatte vermissen lassen, zum Angriff über. Jetzt begnügte er sich nicht mehr mit Abwehr und Parade. Überraschung blitzte in Gustavs Augen auf, als dieser sich wiederholt zum Ausweichen gezwungen sah. Der erwachende Argwohn, daß sein Gegner mit ihm bislang nur gespielt hatte, beschleunigte seinen Puls. Seine Bewegungen wurden immer schneller. Ein Augenblick mangelnder Konzentration – und er spürte einen Schnitt auf der Wange.

»Gustav, eine Bagatelle. Keine Angst«, reizte ihn Maxim.

Elise, die an der Tür innehielt, sah verwundert die Wendung, die der Zweikampf genommen hatte. Nun war es Maxim, der mit seinem Gegner Katz und Maus spielte. Fast sah es aus, als wäre sein Rückzug von vorhin nur eine Finte gewesen, um ihnen zu ermöglichen, sicher an den Eingang zu gelangen. Sie selbst hatte dies im Gegensatz zu Nikolaus und den anderen nicht sofort erfaßt.

»Ich muß Euch bitten mitzukommen«, hörte sie eine Stimme an ihrer Seite, gleichzeitig wurde sie am Arm gefaßt. »Lord Seymour würde nicht wollen, daß Ihr dies mit anseht.«

Nicht allein die Kälte ließ Elise frösteln, als sie ins Freie trat. Sie ahnte, daß Gustav den Zweikampf nicht überleben würde. Justin wartete bereits am unteren Ende der Treppe, nachdem er den dösenden Posten außer Gefecht gesetzt hatte. Hastig warf er ihr den Mantel über.

Im Inneren der Halle tobte der Kampf weiter. Schweiß glänzte auf Gustavs Stirn, als Maxims Waffe vor ihm in flirrender Bewegung verschwamm, seine Verteidigung immer häufiger durchbrach und ihm schmerzhafte Schnitte und Stiche zufügte. Schon war seine Kleidung blutdurchtränkt, und seine Kräfte erlahmten. Als sein Gegner sich zu einem Angriff vorbeugte, erspähte er eine Lücke in der Deckung, hob den Arm und schwang den Degen mit aller Kraft. Doch seine Waffe wurde abgeblockt, und er sah ein Lächeln über Maxims Lippen huschen, ehe dessen Klinge an der seinen entlangglitt und die Spitze auf seine Brust zuschnellte. Er spürte einen heftigen Schmerz zwischen den Rippen, als sie tief eindrang.

Maxim trat zurück. Seine Klinge war bis zur Hälfte in Blut getaucht. Gustav taumelte einen Schritt zurück, den Blick voller

Entsetzen auf seine Brust gerichtet, auf der ein roter Fleck immer größer wurde. Sein Atem schien ihm in der gewölbten Brust stekkenzubleiben. Gurgelnd holte er Luft, die Klinge entglitt seinen Fingern, und er brach zusammen.

Maxim nützte den Augenblick des Entsetzens, als die Menge den Toten anstarrte. Im Nu war er an der Tür, schlug sie hinter sich zu und verriegelte sie, obwohl er wußte, daß sie dem Ansturm der Menschenmassen nicht lange standhalten würde. Immerhin verschaffte er sich und den Freunden damit einen kleinen Vorsprung.

Der wartende Justin winkte Maxim, sich zu beeilen, dieser aber bedurfte dieser Aufforderung nicht, denn er lief bereits, drei Stufen auf einmal nehmend, die Treppe hinunter. Bei den Freunden angekommen, fing er den Lammfellmantel auf, den Justin ihm zuwarf. Im Vorbeilaufen faßte er nach Elises Hand, und sie tauchten unter im Dunkel der Nacht.

Ein lautes Krachen hinter ihnen verriet, daß das große Portal des Kontors aufgebrochen worden war. Laute Rufe erklangen durch die Nacht, als die Hanseaten die Stufen hinunterliefen und sich in verschiedene Richtungen verteilten.

»Hier entlang!« rief Justin mit gedämpfter Stimme und deutete in die Richtung eines engen Gäßchens. »Hier hängen wir sie leichter ab.«

Die Dunkelheit vertiefte sich, als der von Fackeln erhellte Bereich um den Kontor hinter ihnen zurückblieb. Nur das Knirschen des gefrorenen Schneematsches war gelegentlich zu hören, als die fünf Gestalten durch die gewundenen Straßen Lübecks wie durch ein endloses Labyrinth hasteten, dessen Ende nur Justin bekannt war. Elise versuchte tapfer mit den Männern mitzuhalten, schließlich aber sackte sie in einer dunklen Gasse an einer Mauer zusammen, völlig erschöpft und außer Atem. Auch Justin blieb, nach Atem ringend, stehen. Maxim lief ein paar Schritte weiter, um zu prüfen, wo die Gasse endete. Dann kam er zurück.

»Nun, Sir Kenneth, was sagt Ihr?« keuchte er, den Blick durch die Dunkelheit auf einen der Männer gerichtet. »Habt Ihr eine Ahnung, wo wir sind?«

»Ja, Mylord«, antwortete Kenneth. »Und ich habe eine Ahnung, was Ihr jetzt denkt, und ich gebe Euch recht. Es ist am besten, wenn wir uns trennen.«

»Dann nehmt Sherbourne, und lauft los. Ich brauche Justin, damit er mir hier weiterhilft. Wir sehen uns auf der Burg wieder.«

Sir Kenneth trat vor und drückte Maxim die Hand. »Sollte einer von uns die Burg nicht erreichen, dann solltet Ihr wissen, daß es mir eine Ehre war, an Eurer Seite zu kämpfen. Gute Nacht.« Er salutierte kurz und wandte sich an Elise. »Es war mir ein Vergnügen, Mylady. Ich wünsche Euch und Lord Seymour ein langes Leben.«

»Danke... für alles«, sagte Elise leise. Seufzend sah sie den zwei Davoneilenden nach, von einer schrecklichen Ahnung erfaßt, daß sie durch ihre Unbesonnenheit alle in Gefahr gebracht hatte.

Justin war von Kenneths letzten Worten beunruhigt und sah das Paar im Halbdunkel fragend an. Doch Maxim ließ ihm keine Zeit, Fragen zu stellen. Er nahm Elises Arm und geleitete sie ein Stück weiter die Gasse entlang. Justin starrte ihnen nach.

»Warum bist du gekommen?« raunte Maxim Elise zu. »Warum hast du dich verkleidet ins Kontor geschlichen? Wußtest du nicht um die Gefahr? Hillert haßt Frauen, besonders Engländerinnen.«

»Ich machte mir deinetwegen Sorgen und wollte mich vergewissern, daß dir keine Gefahr droht«, sagte sie beschämt.

Da drang seine Stimme wie ein sanfter Flügelschlag an ihr Ohr. »Meine Geliebte, ich schwöre dir, daß ich dein Antlitz stets vor mir sehe; meine einzige Sehnsucht war, zu dir zurückzukehren und diese Nacht in deinen Armen als dein Gatte zu verbringen.« Er ließ den Mantel von den Schultern gleiten und gab ihn ihr. »Halte ihn, damit ich dir mein Hemd geben kann.«

Elise strich bewundernd über den Lammfellmantel. »Fast hätte ich dich darin nicht erkannt.«

»Fast hätte ich dich auch nicht erkannt«, lachte Maxim leise.

Maxim stellte sich vor Elise, als sie, vor Kälte zitternd, das Hemd rasch über den Kopf zog, ehe sie wieder die Wärme des Mantels suchte. Dann winkte Maxim Justin zu sich heran.

»Wir müssen gehen«, drängte er. »Hillert wird nicht ruhen, ehe er uns nicht gefaßt hat.«

»Aber wohin?« fragte Elise verzweifelt. »Zum Haus der von Reijns können wir nicht mehr, weil wir Nikolaus' ganze Familie gefährden würden. Wird Hillert nicht alle Herbergen und Kneipen nach Fremden absuchen lassen?«

Da leuchteten Justins Augen auf. »Ich wüßte ein sicheres Versteck. Kommt, ich bringe Euch hin. Dort wird Euch niemand vermuten.«

Maxim war im Zweifel, ob er dem Jungen trauen sollte, doch kam er der Aufforderung nach.

Der Nebel verdichtete sich zusehends, als sie das Hafenviertel erreichten. In der nächtlichen Stille ächzten die unzähligen hohen Masten und die vom Eis umschlossenen Schiffsrümpfe. Vorsichtig schlichen die drei an den Pier, wobei sie ständig um sich blickten. Justin lief ihnen auf dem eisglatten Kai voran. Im Schutze der Dunkelheit kauerte er sich unter dem größten Schiff, das im Hafen lag, nieder und deutete mit breitem Grinsen auf den Namen. Es war Hillerts »Grauer Falke«.

22

Es war wie eine von der Wirklichkeit streng geschiedene Welt, unter der Zeit und den Elementen erstarrt, eine Welt, in der eisumhüllte Rahen und Mastbäume keine Ähnlichkeit mehr mit irdischen Gebilden aufwiesen, sondern gespenstisch wirkten, gleich sonderbaren Skulpturen, wo über gefrierende Gischt der Nordwind hinweggefegt war. Eine dünne Schneeschicht bedeckte das Deck des Viermasters, und darunter lag eine tückische Eisschicht. Hohe, unter den Planken fest verankerte Maste stießen in den Nachthimmel und verloren sich mit ihren Spitzen in Schneegestöber und Finsternis. Lange, bärtige Eiszapfen hingen von Rahen, Spieren und Pardunen. Strich eine Brise über die Eiskristalle, dann entstand ein klirrendes Geräusch wie von eisigen Klauen eines über Deck schleichenden winterlichen Untiers. In diese unheimlichen Töne mischten sich ferne, ganz leise mahlende Geräusche vom Fluß her, wo offenes Wasser auf Eis traf.

Maxim schlich vorsichtig über das Deck, gefolgt von Elise, dahinter Justin. Der glatte Untergrund erforderte Wachsamkeit, da jeder Sturz die Gefahr einer Verletzung bedeutete. Eine leichte Brise strich übers Deck und würde sämtliche Spuren, die sie hinterließen, tilgen. Unter Deck nahm Maxim Elise an der Hand und geleitete sie durch die Dunkelheit. Die im Inneren herrschende Kälte machte es sehr unwahrscheinlich, daß man eine Wache an Bord zurückgelassen hatte.

So tasteten sie sich durch die Dunkelheit, bis sie abrupt stehenblieben, als Maxim mit dem Kopf gegen eine Laterne stieß. Er fluchte halblaut vor sich hin, hob die Laterne vom Deckenbalken und entzündete die Kerze. Das Flämmchen flackerte in der Zugluft, bis die Tür geschlossen wurde. Dann wuchs die Flamme empor und erhellte mit ihrem spärlichen Licht die Umgebung.

Maxim ging Elise nun mit erhobener Laterne voraus. An einer Tür zur Linken blieb er stehen, schob sie vorsichtig auf und betrat eine kleine Kombüse, von der aus man in die Kapitänskajüte gelangte. Sämtliche Küchenutensilien hingen an einer Stange über einem Tisch. Eine große, offene Herdstelle, aus drei Wänden und einem ziegelbedeckten Boden bestehend, lag am entgegengesetzten Ende des winzigen Raumes. Über verkohlten Holzresten hing ein Kessel. Oberhalb des Herdes konnte der Rauch durch ein Eisengitter abziehen, dessen Luke jetzt verschlossen war. In die Innenwand des Herdes war eine Eisentür eingelassen. An der dahinterliegenden Wand befand sich ebenfalls eine Tür.

Sie wandten sich der Hauptkabine zu, und Maxim öffnete die leicht quietschende Tür. Auch ohne Laterne fiel genug Licht von draußen herein, so daß man sehen konnte, daß sich niemand in dem kostbar ausgestatteten Raum befand. Damit kein Licht nach draußen dringen konnte, beeilten sich die zwei Männer, die schweren Samtdraperien zuzuziehen.

Fröstelnd blickte Elise um sich. Der Luxus der Kabine versprach kaum Behaglichkeit, da die Kälte tief ins Schiffsinnere eingedrungen war.

»Sieht aus, als hätte Hillert keine Angst vor Dieben«, bemerkte Justin lakonisch.

»Stimmt«, sagte darauf Maxim. »Und sollte es jemand wagen, dann würden die Bürger von Lübeck schnell der ›Gerechtigkeit‹ zum Siege verhelfen.«

»›Hängt den Schuft‹, würden sie rufen«, stieß Justin verächtlich hervor. »Wie gern würde ich diesen Ausruf hören und dabei Hillert am Mastbaum baumeln sehen.«

»Eines Tages wird er unter dem Beil des Henkers enden«, erwiderte Maxim gedankenverloren, den Blick auf die Koje gerichtet. Die weichen Felle versprachen behagliche Wärme, trotz der großen Kälte, doch die Gegenwart des jungen Mannes schloß jede Hoffnung auf Intimitäten aus.

»Allmählich wird mir klar, daß Ihr nicht in Hillerts Diensten steht«, bemerkte Justin. »Seid Ihr ein Spion?« fragte er neugierig.

»Spion für wen?« höhnte Maxim. »Ich bitte Euch! Schmückt meine Taten nicht über Gebühr aus. Ich bin heimatlos und geächtet.«

Weiteren Fragen wich Maxim aus. Er nahm die Kabine genauer in Augenschein: Die Wände waren holzgetäfelt. Nur neben der Tür schützte ein armlanges Stück Blech den Boden unter einem Türchen, das in eine Ziegelwand eingelassen war. Er hob die Verriegelung, öffnete das Türchen und stellte fest, daß es wie vermutet in das Innere des Kombüsenherdes führte.

»Sehr schlau, dieser Hillert, sich eine kleine Kombüse ganz in der Nähe einrichten zu lassen. So brauchen wir nicht zu frieren.«

»Meint Ihr, wir sollten Feuer machen?« fragte Justin.

»Wir müssen ohnehin vor Tagesanbruch fort, und ich bezweifle, ob sich in der Nacht jemand am Kai herumtreibt«, erwiderte Maxim. »Ich sehe nicht ein, warum wir länger frieren sollen.«

»Ich werde Euch eine Zeitlang allein lassen müssen«, erklärte nun Justin. »Wenn Hillert erfährt, daß Ihr der Ostländer seid, der Gustav tötete, dann wird er die ganze Stadt durchkämmen. Ich möchte zurück zu Tante Therese, damit ich Eure Truhen packen kann und Ihr noch vor Tagesanbruch Lübeck verlassen könnt. Wenn Ihr mir sagt, wo ich Eure zwei Freunde finde, werde ich veranlassen, daß sie mit dem Schlitten am Stadtrand auf Euch warten, bis ich Eure Pferde holen und Euch durch die Stadt führen kann.«

Maxim baute sich vor dem jungen Mann auf. »Kann man Euch denn trauen?«

Stolz richtete Justin sich auf. »Ich habe jetzt lange genug für die Hanseaten den Possenreißer und harmlosen jungen Spund gespielt«, stieß er mit bebenden Lippen hervor. »Niemand ahnt, daß ich schon seit einigen Jahren in verschiedenen Verkleidungen den Herren der Stadt üble Streiche gespielt habe. Ich kann nicht zulassen, daß meine Ehre in Zweifel gezogen wird.«

»Beruhigt Euch«, beschwichtigte Maxim ihn. »Zorn vermag aus einem Mann einen Narren zu machen.«

»Habe ich Euch heute so schlecht gedient, daß Ihr an mir zweifeln müßt?«

»Ihr habt uns allen gut gedient«, gab Maxim zu. »Aber über Verantwortung müßt Ihr noch viel lernen.«

»Ach? Und warum?«

»Zum Beispiel« – Maxim zeigte sich ein wenig verärgert – »weil Ihr Elise in die Versammlung eingeschleust habt, obwohl Euch die Gefahr bewußt sein mußte…«

»Maxim, hör zu«, bat Elise, »es war meine Schuld, denn ich folgte ihm heimlich, und hätte er mich nicht in seine Obhut genommen, ich wäre auf eigene Faust eingedrungen.«

»Meine Liebe, du wärest ohne Hansesiegel, das Justin zweifellos besitzt, nicht an der Wache vorbeigekommen…«

»Ach, da fällt mir ein«, unterbrach Justin ihn, »wie seid Ihr eigentlich hineingekommen?«

Der Marquis begegnete Justin mit unbewegtem Gesicht. Er sah zwar keinen Grund, ihn ins Vertrauen zu ziehen, andererseits konnte es jetzt keinen Schaden mehr anrichten, wenn er die Neugierde des jungen Mannes befriedigte. »Wenn Ihr es unbedingt wissen müßt – nun, ich sagte dem Posten, wir wären Kaufherren aus Nowgorod und Hillert hätte uns persönlich eingeladen. Ich half mit einem Dokument mit Hillerts Siegel nach.«

»Ach, deshalb diese Kleidung… Aber woher habt Ihr die Sachen bekommen?«

»In den Jahren, die ich auf Reisen verbrachte, habe ich Freunde gewonnen«, erwiderte Maxim. »Da diese eine gewisse Abneigung gegen Hillert haben, halfen sie mir gerne aus.«

»Natürlich bleibt es Euch überlassen, ob Ihr mir traut«, fing Justin wieder an. »Ihr könnt aber auch warten, bis Hillerts Leute Euch aufstöbern. Wenn Ihr zum Haus der von Reijns zurückkehrt, gefährdet Ihr alle Bewohner. Vertraut mir, so wie ich Euch vertraue. Ich habe nicht die Absicht, dem Mann einen Gefallen zu tun, der meinen Vater auf dem Gewissen hat.«

Elise legte die Hand auf Maxims Arm. »Ich glaube, man kann ihm trauen. Er will uns nichts Böses.«

Justin lächelte dankbar. »Elise, Ihr seid sehr gutherzig.«

Maxim sah den jungen Mann nachdenklich an. »Nun gut, ich will mich dem Urteil der Dame anschließen. Sollte es sich als falsch erweisen, dann werdet Ihr es büßen. Denkt daran.«

Justin nickte. »Ich muß gestehen, daß ich noch vor wenigen Stunden keine hohe Meinung von Euch hatte.« Ein flüchtiges Lächeln erhellte seine Miene. »Ich hoffe nur, auf Eurer Burg ist Platz für einen zusätzlichen Gast. Ihr braucht jeden Mann, den Ihr bekommen könnt, wenn Hillert bei Euch auftaucht. Ich möchte diesen Augenblick nicht versäumen.«

Maxim trat an den Schreibtisch und kritzelte mit einem Federkiel etwas auf ein Stück Pergament. Als er es dem anderen reichte, fragte er: »Kennt Ihr die ›Löwentatze‹?« Justin nickte. »Dort warten meine Leute auf Nachricht.« Maxim holte eine kleine Münze aus der Tasche und gab sie dem jungen Mann. »Gebt ihnen die Nachricht, und zeigt ihnen die Münze mit dem Kopf der Königin. Dann wird man Euch vertrauen.«

Justin steckte die Münze ein. »Ich werde Euch nicht enttäuschen.«

»Sehr gut.« Maxims Ton verriet seine Besorgnis, denn er mußte wie Kenneth und Sherbourne größte Vorsicht walten lassen. Bis die Häfen im Frühjahr wieder eisfrei waren, blieben sie praktisch auf sich allein gestellt. Sollte Hillert Erfolg haben, dann würden alle in Mitleidenschaft gezogen werden, die jetzt unter Maxims Obhut standen.

Justin ging zur Tür und lächelte spitzbübisch. »Ehe ich mich verabschiede, will ich in der Kombüse für Euch Feuer machen. Mein Hochzeitsgeschenk für Lord und Lady Seymour.«

Elise hätte nicht verblüffter sein können. »Woher wißt Ihr...?«

Justin legte den Kopf schräg und tat, als überlegte er angestrengt. »Hm, ich glaube, es war eine Bemerkung von Sir Kenneth, die mich stutzen ließ, und dann, als wir hierherkamen, konnte ich mir den Rest zusammenreimen. Darf man erfahren, wann die Trauung stattfand?«

»Erst heute morgen«, sagte Elise leise und schmiegte sich an Maxim.

»Nikolaus weiß offenbar noch nichts?« fragte Justin gespannt. Elise nickte. »Von mir wird er es nicht erfahren«, versicherte er. Er wollte hinausgehen, wandte sich jedoch noch einmal um. »Ihr solltet alles daransetzen, bald hier wegzukommen, spätestens wenn die Häfen wieder eisfrei sind. Vielleicht sollte ich mit Nikolaus über eine eventuelle Schiffspassage sprechen. Sicher wird er mich ausfragen, wenn ich heimkomme.« Er seufzte und sah Maxim an. »Ich weiß zwar nicht, was Ihr mit Hillert zu schaffen hattet, aber Ihr könnt sicher sein, daß er es sehr übelnimmt, wenn ihn jemand an der Nase herumführt, besonders wenn dieser Jemand ein Spion ist.« Er lächelte, als Maxims Miene sich verfinsterte. »Mögt Ihr es auch ableugnen, Mylord, aber ich finde keine andere Erklärung. Ihr könnt getrost sein, daß ich den Mund halte. Aber ich muß Euch davor warnen, daß auch Hillert seine Späher hat. Und die lauern überall.«

»Ich werde auf der Hut sein. Habt nochmals Dank für Eure Hilfe.«

Justin hob seine Hand zum Abschied und ging. Maxim verschloß die Tür und setzte einen mit kleinen Eisstücken gefüllten Kessel in den Kamin. Er machte das Lager zurecht, während man hörte, wie sich Justins Schritte entfernten. Maxim nahm seinen Hängeschnurrbart ab und wischte sich die Farbe aus dem Gesicht. Mit Hilfe von hochprozentigem Alkohol befreite er seine Lippen von der klebrigen Substanz, die den Schnurrbart festgehalten hatte. Wenig später brannte im Herd ein Feuer und ließ die Wärme auch in die Hauptkabine strömen. Stille war eingekehrt, doch das fiel dem jungen Paar kaum auf, das sich in den Armen lag. Eilig entledigten sich die beiden ihrer Obergewänder.

Elise kicherte, als sie den Geschmack von Alkohol auf den Lippen ihres Mannes spürte. Dann stellte sie sich auf die Zehenspitzen und zog ihn auf: »Vielleicht solltest du die schwarze Farbe aus deinem Haar entfernen und die Bräune aus dem Gesicht, sonst glaube ich hinterher noch, ich liebte einen fremden Mann.«

»Nachher«, flüsterte er. Er faßte unter ihr Hemd und löste das breite Stück Stoff, mit dem sie ihre Brüste flachgebunden hatte. Willig gab Elise sich in seine Arme.

Sein Mund suchte ihre Lippen in verzehrender Leidenschaft, und es schien eine Ewigkeit zu vergehen, ehe er sie aufseufzend freigab. »Es fällt mir schwer, nicht einfach hemmungslos über dich zu kommen, denn ich bin so ausgehungert nach dir.«

»Ich bin keine Rose und nicht annähernd so zart. Und ich bin sehr neugierig. Kommt dir nicht der Gedanke, daß ich das Kommende ebenso herbeisehne wie du? Ich möchte dich beglücken, aber ich weiß nicht, wie. Gehört es sich, daß eine Frau ihren Mann beglückt?«

»Ja.«

»Dann lehre mich, wie ich dich lieben soll. Lehre mich, was einem Mann Freude macht. Laß mich deine Geliebte sein, die alle Erinnerungen an andere auslöscht.« Mit neckischem Lächeln zog sie an den Verschlüssen seines juwelenbesetzten Gürtels. Als sie ihm den Gürtel gelöst hatte, ließ sie die Hände langsam über Maxims breite Brust gleiten und liebkoste ihn. Von seinem Seufzen ermutigt, ließ sie die Hände unter die Rippen und weiter abwärts wandern, während sie sich an ihn preßte.

Erregt streifte Maxim ihr das Hemd von den Schultern. Seine Lippen glitten über ihren Hals, ihre vollen Brüste schimmerten verführerisch im Schein des Feuers, und Maxim konnte sich an ihrer vollendeten Schönheit nicht satt fühlen. Die weichen Rundungen mit den Händen umfassend, neigte er sich über sie und liebkoste sie mit dem Mund. Elise ließ den Kopf zurücksinken, als sie in den Tiefen ihres Körpers vor Wonne erbebte, die jede Faser ihres

Seins zu versengen drohte. Nicht in ihren wildesten Träumen hatte sie sich vorgestellt, wie berauschend die Liebkosung eines Geliebten sein könnte. Als Maxim anfing, sie ganz auszuziehen, kam sie ihm zu Hilfe, bis sie nackt vor ihm stand. Nun war sie es, die ihn entkleidete und ihre Brüste verführerisch an seine Brust schmiegte, während seine Hände weiter ihren Körper erkundeten.

Maxim zog sie zum Bett und ließ sich darauf nieder, um seine Stiefel auszuziehen. Dann löste er den Gürtel ganz und ließ seine Hose zu Boden gleiten. Erstaunt und für einen Augenblick erschrocken blickte sie zu ihm auf.

»Hast du Angst?« fragte Maxim.

Elise betrachtete ihn einen Augenblick interessiert und sagte dann mit der Andeutung eines herausfordernden Lächelns: »Nein, ich bin nur neugierig.«

Vom ersten Augenblick an hatte Maxim an Elise diese bezaubernde Mischung aus Unschuld und Sinnlichkeit fasziniert. Und nie war sie ihm verlockender erschienen als in diesem Augenblick.

Maxim zog sie an sich, und Elise schlang die Arme um seinen Nacken. Er ließ sich auf den Rand der Koje nieder und setzte Elise auf seinen Schoß. Die Gefühle, die seine Küsse und Liebkosungen weckten, ließen Elises Atem schneller gehen. Sie wurde von einer sonderbaren Erregung erfaßt, so daß sie den Schmerz des Eindringens kaum bemerkte. Sie spürte vielmehr ein drängendes Verlangen, einen unstillbaren Hunger.

Maxim lehnte sich zurück in die Kissen, die Hände auf ihren Hüften. Ein geflüstertes Wort, und sie kam seiner Aufforderung nach und begann sich zu bewegen. Ihr Erstaunen wich wachsender Erregung, als er ihren Stößen kraftvoll begegnete. Die aufkeimende Wonne in ihren Lenden wurde stärker und beflügelte sie mit der Verheißung noch größerer Lust. Er streckte die Hände nach ihren Brüsten aus, und ihr langes Haar floß über seine Schenkel, als sie sich zurückbeugte und wehrlos der Liebe hingab. In der Stille der Kabine hörte sie seine rauhen, stoßweisen Atemzüge, während seine Hände sie überall zu berühren schienen. Dann versank die Welt, als ein überwältigendes Lustgefühl sie überflutete, in Myriaden von Funken ihren Körper durchschoß und sie in Ekstase versetzte. Sie war Weib, er war Mann. Sie war Lady, er war Lord. Sie war Elise, er war Maxim. Für immer vereint, durch die Glut ihrer Körper und Herzen.

Ein langer Seufzer kam ihr über die Lippen, als sie auf der Brust ihres Mannes zusammensank. Einen seligen Augenblick, der wie eine Ewigkeit schien, hielt er sie fest an sich gedrückt, küßte ihre Stirn, streichelte ihr Haar und flüsterte ihr zärtliche Worte ins Ohr. Maxim faßte nach einem Zipfel der Felldecke und zog diese über Elise. Dann drehte er sie um, daß er auf ihr zu liegen kam. Ein Lächeln spielte um seine Mundwinkel, als er ihr in die Augen sah.

»Ist Eure Neugierde befriedigt, Madame?«

Elise, die spürte, daß seine Erregung erneut wuchs, bewegte sich unter ihm und hauchte verträumt, indem sie die Arme um ihn schlang: »Habt Ihr mich noch mehr zu lehren, Mylord?«

»Du hast nicht zu sehr gelitten?« flüsterte er ihr ins Ohr.

Elise lächelte verlockend. »Mylord, ich bin Euch auf Gedeih und Verderb ausgeliefert.«

Es folgte noch ein gemeinsamer Sternenflug, und es verging eine Ewigkeit, ehe Maxim widerstrebend aufstand.

Nachdem er aus dem kleinen Kessel Wasser in ein Waschbecken gegossen hatte, wusch er sich die Farbe aus Gesicht und Haar. Als er sich wieder dem Bett näherte, fragte Elise: »Hast du mir ein wenig Wasser übriggelassen?«

Maxim lächelte. »Das versteht sich von selbst. Deinen Anblick im Bade möchte ich mir nicht entgehen lassen.«

Elise setzte sich, die Decke über die Brust gezogen, auf. »Ich kann mich nicht in deiner Gegenwart waschen. Das wäre unschicklich«, sagte sie scheu.

»Wie? Ich habe dich schon zuvor im Bad erlebt«, scherzte er. »Willst du mich um das Recht des Ehemannes bringen, seine Frau im Bad bewundern zu dürfen?«

»Nein, aber... ich würde mich über ein gemeinsames Bad freuen, nachdem ich... nachdem mir alles vertrauter ist.«

Maxim lachte auf und beugte sich vor, um ihr einen Kuß auf die warmen Lippen zu drücken. »Das Feuer muß geschürt werden, meine Liebe. Ich bin zurück, sobald du fertig bist.«

Er zog Hemd und Hose an und verließ die Kabine. Elise verlor keine Zeit, ihr Bad zu nehmen. Danach kleidete sie sich notdürftig an und durchsuchte eilig die Schreibtischfächer nach einem Kamm. Da stutzte sie plötzlich, als sie in einer Lade hinten einen Lederbeutel mit den Initialen RR entdeckte. Es waren dieselben Lettern wie jene auf der Börse ihres Vaters. Sie griff danach und wog den Beutel in der Hand. Nach Münzen fühlte er sich nicht an, aber...

Neugierig schüttelte Elise den Inhalt auf ihre Handfläche: Es war ein großer, auffallender Ring, dessen Onyxstein kunstvoll mit Gold eingefaßt war. Mit zitternden Händen hielt sie den Ring ans Licht der Laterne. Nein, ein Irrtum war ausgeschlossen. Es war der Ring ihres Vaters!

Es pochte leise an der Tür. Elise fuhr herum und sah sich Maxim gegenüber. »Sieh doch!« rief sie aufgeregt. »Der Ring meines Vaters! Es muß doch mein Vater gewesen sein, den Sheffield sah. Aber warum? Warum sollte Hillert meinen Vater entführen?« Sie schüttelte verwirrt den Kopf. »Nur wegen des Goldes, das mein Vater versteckt hat? Gewiß besitzt Hillert selbst genug davon.«

»Dieser Mann kennt das Wort ›genug‹ nicht, meine Süße. Seine Habgier ist grenzenlos.«

»Das ist der beste Beweis dafür, daß mein Vater hier irgendwo festgehalten wird.«

Maxim schüttelte den Kopf und zog Elise zur Koje hin. »Nein, meine Liebe, ich glaube, man hat ihn wieder zurück nach England geschafft.«

»Du meinst, man hat ihn freigelassen?« Sie faltete die Hände und richtete den Blick wie im Gebet nach oben. »Oh, wenn es so wäre!«

»Ich fürchte, so ist es nicht.«

Maxim sah gerührt, wie ihre Hoffnung in Enttäuschung umschlug. Mit tränenblinden Augen starrte sie ihn an. Da nahm er sie auf den Schoß wie ein kleines Kind und wiegte die Schluchzende.

»Wenn du mir jetzt sagst, er ist tot... bei Gott, Maxim, ich glaube es nicht. Ich werde es nicht glauben, ehe ich nicht mit eigenen Augen seinen Leichnam gesehen habe.«

»Ehrlich, Elise, ich glaube wirklich, daß er noch lebt. Aber ich glaube nicht, daß er freigelassen wurde. Sollte er den Fehler begehen und seinen Entführern das Versteck des Schatzes verraten, dann könnte dies sein Ende bedeuten. Sein Schweigen ist sein einziger Schutz.«

»Er wird es niemals verraten«, sagte Elise und kämpfte mit ihren Tränen. »Er wird nie zusammenbrechen. Auch nicht, wenn man ihn foltert und quält. Er ist stark und klug.«

»Dann wollen wir hoffen, daß wir rechtzeitig England erreichen, um ihn befreien zu können.«

Verwundert blickte Elise auf. »Du willst zurück nach England?«

»Ja, weil es zu gefährlich ist, über den Frühlingsbeginn hinaus hierzubleiben. Justin hat völlig recht. Hillert wird bald erfahren, wer Gustav getötet hat, wenn er es nicht schon weiß. Und er wird mich mit seiner ganzen Meute verfolgen.«

»Vielleicht ist es gar nicht ratsam, jetzt nach Hohenstein zurückzukehren?«

»Hohenstein ist im Augenblick unsere einzige Zuflucht. Aber sei beruhigt, ich habe Vorkehrungen für die Verteidigung der Burg getroffen. Wir werden es Hillert nicht leichtmachen, und so Gott will, werden wir siegen.«

Elise legte den Kopf auf seine Schulter. »Maxim, ich vertraue dir mein Leben an. Nie hätte ich gedacht, ich würde mich jemals freuen, zurück nach Hohenstein zu kommen.«

Maxim drückte einen Kuß auf ihre Lippen, als er, Elise eng umschlungen, aufstand. Er schlug die oberste Decke zurück und legte Elise hin. Gleich darauf hatte er sich entkleidet und war zu ihr unter die Decke geschlüpft. Sich in den Armen liegend, kümmerte es sie nicht, was sich in der Welt jenseits des Schiffes zutrug.

Elise erwachte, noch trunken vom Schlaf, und behagliche Wärme in Maxims Armen hüllte sie ein; sie hatte das Gefühl, daß die Welt in Ordnung sei. Zufrieden seufzte sie, schmiegte sich noch enger an ihren schlafenden Ehemann und schlief bald wieder ein, bis sie spürte, daß er ganz sachte ihre Brüste streichelte. Seine Lippen berührten ihren Nacken und ihre Schultern. Elise drehte sich um. Kein Wort fiel zwischen beiden, denn ihr Blicke verschmolzen und verrieten die geheimsten Gedanken. Maxim stützte sich auf einen Ellbogen und senkte seine Lippen auf ihren erwartungsvollen Mund, und ihre Sinne erwachten jäh, als seine Liebkosungen kühner wurden.

Da durchdrang von fern ein Geräusch wie ein Trommelschlag die Stille. Maxim fuhr auf, seine Wachsamkeit war schlagartig wiederhergestellt. Wieder ertönte das hohle Geräusch, ähnlich einem langsamen, schweren Schritt auf dem eisigen Deck. Maxim schlug die Decke zurück, fuhr in seine Kleider, faßte nach seinem Degen und schlich zur Tür.

»Freund oder Feind?« rief er laut.

»Ich bin es«, hörten sie Nikolaus' Stimme. »Justin wartet mit den Pferden. Ich bin gekommen, um Euch zu holen.«

Maxim schob den Riegel zurück und öffnete. Er hielt den Degen gesenkt und trat kampfbereit zurück, als der Kapitän hereinstolzierte. Sofort verhärtete sich Nikolaus' Miene, als er Elise auf der Koje sitzen sah, die Decke an die nackten Brüste gedrückt. Das Haar fiel ihr wirr auf die Schultern. Mit einem Blick stellte er fest, daß keine zweite Schlafstelle vorhanden war.

»Du Bastard!« stieß Nikolaus mit einem haßerfüllten Blick zu Maxim hervor. Ohne ihm die Gelegenheit zu einer Erklärung zu geben, holte er mit geballter Faust aus und erwischte Maxim am Kinn, so daß dieser durch die ganze Kabine taumelte. Elise schrie auf, als die leblose Gestalt auf dem Boden neben der Koje zu Boden sank. Sofort richtete Maxim sich auf den Ellbogen auf und schüttelte benommen den Kopf.

»Steh auf«, grollte Nikolaus und ging auf Maxim zu. »Ich möchte dir geben, was dir gebührt.«

Da sprang Elise, ohne Rücksicht auf ihre Nacktheit, auf und stieß Nikolaus mit einem Wutschrei die Faust in den Leib. Erstaunt über die Kraft, die hinter ihrem Hieb stand, wich er zurück. Während Maxim noch, an die Wand gelehnt, seinen Kiefer betastete, baute sie sich, die Decke jetzt eng an sich gezogen, vor Nikolaus auf.

»Wie könnt Ihr es wagen, einfach so hereinzutrampeln! Ihr mischt Euch in Dinge ein, die Euch nichts angehen, Nikolaus. Eigentlich wollte ich Euch die Sache schonend beibringen, Euer lümmelhaftes Benehmen aber machte dies unmöglich. Gestern wurde ich mit Maxim getraut.« Ohne seine Überraschung zu beachten, fuhr sie fort: »Wir wollten Euch nicht weh tun, ebensowenig war es unsere Absicht, uns ineinander zu verlieben... aber es... es ist einfach passiert. Und glaubt ja nicht, Maxim hätte meine Situation ausgenutzt. Ich weiß genau, was ich will. Ich bin glücklich, Maxim zum Mann zu haben, und werde mich bemühen, ihm eine gute Frau zu sein... wie ich mich bemüht hätte, Euch eine gute Frau zu sein, wenn wir beide vor den Traualtar getreten wären.« Sie hielt inne, um ihre Gedanken zu sammeln, und sagte dann ruhiger: »Ich schulde Euch eine Entschuldigung, weil ich Euch nicht früher sagte, daß meine Gefühle sich einem anderen zuneigten. Maxim bat mich schon vor einiger Zeit, es Euch zu sagen, aber mir war es unangenehm, Euch kränken zu müssen. Jetzt sehe ich ein, daß es falsch war, denn ich habe Euch jetzt noch mehr Schmerz zugefügt, und das tut mir leid. Nikolaus, ich bedauere es aus tiefstem Herzen.«

»Ich hätte mir denken können, daß es so kommt«, seufzte der Kapitän enttäuscht. »Ihr wart ja ständig beisammen.« Mit einer matten Geste deutete er zur Tür. »Justin hat für euch beide Kleidung gebracht. Ich hole die Sachen, anschließend müssen wir aufbrechen. Ich begleite euch bis zur Stadtgrenze und sage euch dann Lebewohl. Ehe ich nach Hamburg fahre, muß ich mich um Katarina und meine Mutter kümmern. Justin hat mich davon überzeugt, daß ihr schleunigst außer Landes geschafft werden müßt. Ich werde dafür sorgen, daß wir auslaufen, sobald das Eis bricht. Wenn ich bereit bin, schicke ich Nachricht.«

»Wollt Ihr uns wirklich bei der Flucht helfen?« fragte Elise mit gemischten Gefühlen. Als er nickte, sah sie ihn eindringlich an. »Und Eure Verpflichtung der Hanse gegenüber?«

»Vielleicht muß sich in den Herzen der Hanseaten manches ändern«, sagte er nachdenklich. »Vor langer Zeit schloß sich der Bund zusammen, um seine Mitglieder vor Piraten und anderem

Gesindel zu schützen. Und jetzt schützt er einen Piraten in seiner Mitte. Ich weiß noch nicht, was ich tun werde. Vielleicht habe ich aus Sorge um mein eigenes Wohlergehen vor Hillerts Untaten die Augen zugedrückt. Es war einfacher, sich in nichts einzumischen.«

Mit schmerzhaft verzerrtem Gesicht raffte Maxim sich auf, und Elise machte sich daran, sein Gesicht mit einem kalten feuchten Tuch zu behandeln. Maxim zuckte zusammen, als sie eine besonders empfindliche Stelle berührte. Über ihren Kopf hinweg sah er seinen Freund vorwurfsvoll an. »Es fehlte nicht viel, und du hättest mir den Kiefer gebrochen.«

»Das war meine Absicht«, grinste Nikolaus. »Jetzt sind wir quitt.«

In der Gewißheit, daß alles zwischen ihnen wieder im Lot war, ging der Kapitän hinaus. Kurz darauf kam er mit einem großen Bündel zurück, das er Maxim zuwarf. »Ich warte draußen«, sagte er und ging wieder.

Maxim und Elise zogen sich nun in aller Eile an, wobei sie ihn immer wieder um Hilfe bitten mußte. Maxim, der viel früher fertig war als seine junge Frau, zog seufzend das Samtkleid über die ausgestreckten Arme, strich es über ihren Unterröcken glatt und hakte es im Rücken zu. Ein wohliger Schauer überlief sie, als sie seine warme Hand an ihrer Schulter spürte, die sich weiter in ihr Hemd schob und eine Brust umfaßte.

»Ich kann es kaum erwarten, Hohenstein zu erreichen. Diese empfindliche Gegend erfordert gründlichere Erkundung.«

Elise legte eine Hand über die seine. »Immer werde ich mich nach deiner Berührung sehnen. Auch ich kann es kaum erwarten, daß wir wieder allein sind.«

»Nikolaus wartet, und wir haben lange genug gezögert«, flüsterte er. »Vergiß den Ring deines Vaters nicht. Je eher wir aufbrechen, desto eher sind wir zu Hause, so Gott will.«

Maxim geleitete Elise an den Kai, wo Nikolaus und Justin mit den Pferden warteten. Er hob sie auf den Rücken der Stute und lief dann unter dem Vorwand, er habe etwas an Bord vergessen, zurück; die beiden Männer sollten mit Elise schon losreiten. Besorgt blickte Elise sich nach Maxim um, während Justin die Stute am Zügel die Straße entlangführte.

Eilig lief Maxim in die Kombüse und zog mit einem langen Feuerhaken ein brennendes Scheit auf den Holzboden. Dann holte er noch ein Stück Holz aus dem Herd und warf es in die Luke, die sich über Tauen, Seilen und zerbrochenen Spieren auf dem darunterliegenden Deck öffnete. Zufrieden lächelnd zog er sich zurück. Wenn es etwas gab, das Hillert nach Hohenstein lockte, dann war es der Brand seines Schiffes. Mit Sicherheit. Und die Suche nach dem Brandstifter. Entwickelte sich alles wie geplant, dann würde die Königin von England guten Grund haben, sich bei Maxim zu revanchieren.

23

Bleigraue Wolken lasteten tief über Burg Hohenstein; heftige, schneetreibende Winde fegten über die einsamen Pfade. Mühsam kämpften sich die Pferde durch die Schneewehen, hinter sich den Schlitten, in den Elise sich tief zurückgelehnt hatte. Sie näherten sich dem Burggraben. Trotz des nahezu undurchdringlichen Schneeflockenschleiers konnte sie den undeutlichen Schatten des Fallgitters ausmachen, das hochgezogen wurde. Dem gedämpften Hufgeklapper auf den Holzbohlen der Brücke folgten die Anweisungen Maxims, als er Eddy zügelte. Fitch und Spence sollten das Gespann halten, und während Sherbourne und Justin absaßen, half Kenneth den Bediensteten, das Gespann und die anderen Pferde in den Stall zu bringen.

Elise stieß die Schlittentür auf und sah sich Maxim gegenüber. Schneeflocken hingen in seinem zwei Tage alten Bart. Unter der tiefen Kapuze seines Umhangs waren Brauen und Wimpern mit Reif überzogen. Er biß die Zähne gegen die Kälte zusammen, sein Gesicht war bleich und eingefallen, und als er sie heraushob, brachte er kein Wort heraus. Elise, die Maxims Verlangen nach Wärme spürte, legte einen Arm um seine Mitte und versuchte ihn zu stützen, während sie dem Haupttrakt zustrebten.

Ihnen auf den Fersen folgten Sherbourne und Justin. Elise dachte bei sich, daß sie die Burg buchstäblich im letzten Moment erreicht hatten.

Maxim öffnete das Portal, dessen Klinke ihm augenblicklich aus den froststarren Fingern gerissen wurde, als der Wind die Tür erfaßte und gegen die Innenwand krachen ließ. Eine weiße Wolke wirbelte ins Innere. Das Portal wurde geschlossen, und Elise wandte sich zu Maxim, der wortlos und ermattet an der Wand lehnte. Vorsichtig streifte sie ihm die steifgefrorenen Handschuhe herunter und versuchte, durch sanftes Reiben seine Hände zu beleben.

Frau Hanz hatte den Ankömmlingen finster zugesehen, als sie ihre schneenassen Kleidungsstücke von sich warfen. Ihren Unwillen über die entstehende Unordnung laut zu äußern, wagte sie freilich nicht, eingedenk dessen, was ihr Elise vor ihrem Weggang eingeschärft hatte.

Elise wandte sich nun an die Haushälterin. »Dietrich versteht nicht genug Englisch, deswegen sollt Ihr ihm sagen, daß er uns etwas zum Essen nach oben schicken soll. Diese Männer haben die ganze Strecke von Lübeck bis hierher hinter sich. Sie sind erschöpft und halb erfroren. Sagt ihm auch, daß er reichlich Wasser warm machen soll, damit sie baden können. Seine Lordschaft kann in meinem Schlafgemach baden. Die anderen sollen die alten Räumlichkeiten beziehen.«

»Sehr wohl, gnädiges Fräulein.« Frau Hanz wollte sich entfernen, wurde aber von Elises letzter Anweisung zurückgehalten: »Und wenn Spence und Fitch kommen, sagt ihnen, sie sollen das Gepäck Seiner Lordschaft in meine Räume schaffen. Unsere Gäste müssen sich die oberen Kammern teilen. Sorgt dafür, daß frische Strohsäcke und Bettgestelle aus den Gesindequartieren herangeschafft werden.«

Die dunklen Brauen der Frau zuckten in die Höhe. »Wo soll Seine Lordschaft schlafen?«

»Natürlich bei mir«, antwortete Elise und wandte sich, ohne die Frau weiter zu beachten, ihrem Gemahl zu.

Also doch! schoß es Frau Hanz durch den Kopf. Hatte sie es

nicht die ganze Zeit über gewußt! Die englische Dirne hatte den Lord umgarnt, um ihn tüchtig auszunehmen. Sie verdiente nicht die geringste Achtung. Wäre nicht der Marquis zugegen gewesen, sie hätte der kleinen Schlampe offen ihre Verachtung gezeigt.

Daß sie ihren Argwohn bestätigt sah, gab Frau Hanz Auftrieb. Das Mädchen hatte in einem großen Haus nichts zu suchen, schon gar nicht als Herrin von Bediensteten, die in ihr eine gewöhnliche Schlampe sahen. Und daß sie dies in ihr sehen würden, dafür würde sie schon sorgen.

Elise entging der Wirbel in der Küche, da sie ihre ganze Aufmerksamkeit Maxim widmete. Frau Hanz erteilte dem Koch in barschem Ton Befehle, als wäre sie die rechtmäßige Herrscherin der Burg und entschlossen, ihm Respekt beizubringen.

»Komm hinauf, Maxim«, drängte Elise. »Du kannst dich am Feuer wärmen, während Badewasser und Essen gebracht werden.«

Wieder fegte ein Windstoß in die Halle, als Fitch die Tür öffnete und dicht gefolgt von Sir Kenneth hereindrängte.

»Fitch, würdest du die Herren in die Gemächer Seiner Lordschaft führen?« bat ihn Elise. »Sieh zu, daß oben genug Brennholz vorrätig ist. Vor dem Zubettgehen müssen sich alle aufwärmen, baden und essen.«

Zuvorkommend wandte Fitch sich an die Gäste: »Folgt mir, ich bringe Euch nach oben.«

Fitch wollte leichtfüßig die Stufen nehmen, die Männer konnten ihm aber nur steif folgen. Langsam schleppte sich auch Maxim die Treppe hoch, nach besten Kräften von Elise unterstützt. In den oberen Gemächern angekommen, ließ er sich vor Kälte zitternd und vorsichtig in einen Stuhl am Kamin sinken. Sofort legte ihm Elise ein Fell um die Schultern. Als sie vor ihm niederkniete und ihm die Stiefel auszog, verzog er schmerzhaft das Gesicht.

Elise zog ihrem Mann die vom Schnee durchfeuchteten Sachen aus und massierte ihn sanft, wobei sie ihn immer wieder schüchtern auf seine Brust, auf Arme oder Hände küßte. Langsam kehrte Leben in ihn zurück, und er erwiderte ihre Küsse. Nachdem sie das Fell sorgsam um ihn herum festgesteckt hatte, goß sie Bier in einen Krug und ging dann an den Kamin, um das Getränk mit einem Brenneisen zu erwärmen.

»Jetzt mußt du dich schon besser fühlen«, sagte Elise lächelnd.

»Ich zweifelte schon, ob wir die letzten Meilen schaffen würden«, gestand er und fröstelte wieder.

»Hillert wird es nicht leichtfallen, dir zu folgen.«

»Richtig. Wenn das Unwetter anhält, kann er erst im Frühjahr durchkommen.«

»Aber ich fürchte mich jetzt schon davor.«

»Ich werde gewappnet sein, meine Liebe, denn ich habe nicht die Absicht, dich vor Ablauf von zwanzig Jahren oder mehr zur Witwe zu machen.«

Elise rang sich ein Lächeln ab, als sie aufstand und ihm den Becher reichte. Maxim fuhr sich mit der Hand über sein Stoppelkinn. Er war so matt, daß er kaum den Arm heben konnte, doch störte es ihn, daß er sich so ungepflegt präsentierte. »Eine junge Braut sollte ihren Mann nicht in diesem Zustand sehen. Ich muß einen ziemlich mitgenommenen Eindruck machen.«

»Ich liebe dich«, flüsterte sie vor ihm niederkniend. »Und wie du aussiehst, kümmert mich nicht. Mich kümmert nur, wie du dich fühlst. Dich zu verlieren könnte ich nicht ertragen.«

Maxims Bewegungen waren langsam und vorsichtig, als hätte sich ein seltener Vogel auf seinem Arm niedergelassen. Die Frau, die er geheiratet hatte, war wahrhaftig einzigartig. Sie konnte zart und schüchtern sein, wild und zügellos, ernst und sachlich, glücklich und voller Hoffnung. In der kurzen gemeinsamen Zeit war ihm klargeworden, was er an ihr hatte.

Wortlos löste er ihren Nackenknoten und strich über die Haarflut, die ihr über die Schultern fiel. Fasziniert sah er zu, wie sie die hellschimmernden Strähnen um ihre Finger wickelte, und es war, als würde ihm allmählich etwas klar: Ja, er liebte und schätzte sie mehr als sein eigenes Leben.

Ein leises Pochen ertönte, und der kurze Zauber war gebrochen. Elise rückte von Maxim ab, als Fitch eintrat. Mit der Schulter die Tür aufstoßend, schleppte er zwei Eimer dampfend heißes Wasser herein. Er warf dem Paar einen kurzen Blick zu, als Elise sich anschickte, Seine Lordschaft zu rasieren. Die Miene des Dieners blieb ausdruckslos, doch nachdem er seine Eimer in den kupfernen Zuber geleert hatte, blieb er vor dem Stuhl Seiner Lordschaft stehen.

»Mylord, Ihr hört es sicher gern, daß Spence und ich, nun, daß wir uns gut betragen haben. Früher hat's ja öfter mal Streit gegeben. Das heißt natürlich nicht, daß wir mit der fetten alten Krähe, mit dieser Hanz, nicht hin und wieder mal ein Hühnchen zu rupfen haben, aber das ist nicht der Rede wert. Und wie steht es mit Euch, Sir, und mit der Mistreß? Ehrlich gesagt, wir erwarteten Euch so früh gar nicht zurück, und Spence und ich, wir dachten schon, Ihr seid in die Klemme geraten.«

»Klemme wäre eine Untertreibung«, bemerkte Maxim, während Elise die Klinge an seiner Lippe vorbeiführte. »Aber was die Mistreß und mich anlangt, so haben wir vor ein paar Tagen in Lübeck geheiratet.«

Fitch strahlte vor Freude. »Das nenne ich eine gute Nachricht, Mylord.« Er ließ den Blick durch den Raum wandern. Es war seit langem das Beste, was seinem Herrn widerfahren war. Auch wenn Lord Seymour Titel und Besitz verloren hatte, so war die Dame den Preis wert. »Hab' mir nie den Kopf zerbrochen, ob Ihr und die Lady heiraten würdet, aber Ihr habt wirklich eine gute Wahl getroffen.«

Elise lächelte ihm über die Schulter zu. »Danke, Fitch.«

»Mylady, mir ist es ein Vergnügen, Euch zu Diensten zu sein«, grinste er gut gelaunt. Nach einer tiefen Verbeugung wandte er sich zur Tür. »Ich werd's Spence gleich weitersagen, wenn ich Euch noch ein paar Eimer Wasser hole.«

Die Tür fiel hinter ihm ins Schloß, und in der nun eintretenden Stille konnte sie ihn den Gang entlanglaufen hören.

»Sieht aus, als würde er unsere Verbindung billigen«, bemerkte Maxim und zog seine Frau an sich, um ihre weichen Lippen zu küssen.

Elise verlor sich in der Bewunderung, die sie in seinen Augen las. »Vermutlich freut er sich riesig, daß wir uns nun nicht mehr bekämpfen.«

Ein paar zusätzliche Eimer wurden noch heraufgeschafft, und als Fitch hinauslief, um die letzten zu holen, erhob sich Maxim und folgte Elise zu der Kupferwanne, in die sie nun kaltes Wasser goß und mit dem heißen vermischte. Maxim ließ die Felldecke fallen und stieg ins heiße Bad. Er fühlte sich schon viel entspannter, als Fitch wieder hereinpolterte und sich mit zwei weiteren vollen Eimern der Wanne näherte. Elise goß nun kaltes Wasser nach, während Fitch heißes hinzufügte. Dann faßte sie nach einem Krug und goß Wasser über Maxims muskulösen Rücken.

Ein lautes Räuspern von der Tür her ließ Elise aufblicken. Im Eingang stand die Haushälterin mit einem vollen Tablett. Frau Hanz konnte nur mit Mühe ihre Verachtung verhehlen, als Elise sie an den Kamin bat.

»Laßt das Essen hier stehen, damit es warm bleibt. Seine Lordschaft und ich werden nach dem Bad essen.«

»Fräulein, ich wußte nicht, daß Ihr zusammen mit dem Lord speisen wolltet.« Die Frau blieb wie angewurzelt in der Tür stehen und machte keine Anstalten einzutreten. Die Vorstellung, daß eine Frau in Gegenwart anderer ihren Geliebten beim Baden bediente, stellte für sie eine Zumutung dar. Und die Andeutung, daß es einer einfachen Frau nicht zukomme, mit Höhergestellten zu speisen, konnte sie sich nicht verkneifen. »Ich dachte, Ihr würdet unten in der Küche essen.«

»Irrtum, Frau Hanz«, erklärte Elise schnippisch, der ihre Anmaßung mißfiel.

»Dann wünscht Ihr, daß ich noch ein Tablett bringe?«

»Natürlich!« Elise wurde ungeduldig. »Und zwar rasch. Ach, und sagt Dietrich, er möge noch mehr Wasser aufwärmen. Nach dem Essen möchte ich auch baden.«

Maxim, der die Notwendigkeit nicht einsah, die Wanne ein zweites Mal zu füllen, meinte arglos: »Meine Liebe, du brauchst nicht zu warten. Wir können uns die Wanne teilen.«

Frau Hanz blieb vor Empörung die Luft weg: Sie trat ein paar Schritte vor, um das Tablett auf den Tisch zu knallen, und machte sofort wieder kehrt, angewidert von der Sittenlosigkeit, deren Zeugin sie soeben geworden war. Leise vor sich hinmurmelnd, schritt sie so gewichtig den Gang entlang, daß Mauern und Boden unter ihren Schritten zu erbeben schienen.

Als Lady Elise ihren Gemahl mit einem strafenden Blick bedachte, wäre Fitch vor unterdrücktem Lachen fast geplatzt, doch hielt er sich wacker zurück.

»Ich gehe jetzt«, verkündete er laut, als er ein Stirnrunzeln seines Herrn bemerkte; es konnte nämlich vorkommen, daß allein ein Blick des Marquis genügte, um einem Beine zu machen. Schleunigst verließ er den Raum und schloß die Tür hinter sich.

»Nun, Mylady…« Maxim stützte die Arme auf den Wannenrand und lehnte sich zurück, den Blick auf die anmutige Gestalt seiner Frau gerichtet. »Wir haben alle Zeit der Welt und brauchen die lange, kalte Nacht vor uns nicht zu fürchten. Komm und ziere das Bad deines Gatten mit deiner Anwesenheit, damit mein Blut bei deinem Anblick in Wallung gerät.«

Mit verführerischem Lächeln hob Elise die Arme und faßte ihr Haar wieder zu einem Knoten zusammen. Nur einen Moment brauchte sie, um die Tür zu verriegeln und das Tablett ans Feuer zu stellen, wobei sie bemerkte, daß soviel gebracht worden war, daß es für beide reichte. Sie ließ sich am Bettrand nieder, um die Schuhe abzustreifen, dann hob sie die Röcke und gestattete ihm einen freizügigen Blick auf ihre schlanken Beine, während sie die Strümpfe herunterrollte. Als sie zu ihm in die Wanne stieg, glitt sein verzehrender Blick bewundernd über ihre Nacktheit. Dann ließ sie sich nieder und kam willig in seine Arme. Das feuchte, glatte Gefühl ihrer aneinandergepreßten Körper auskostend, küßte er sie mit dem verschwenderischen Geschick eines Mannes, der sich viel Zeit läßt.

Ein Klopfen an der Tür störte sie auf. Maxim hob widerwillig den Kopf. »Wer ist da?«

»Mein Herr, ich bringe noch ein Tablett mit Speisen«, ließ sich Frau Hanz vernehmen. »Soll ich es hineinbringen?«

»Ihr könnt wieder gehen«, befahl Maxim. »Wir sind beschäftigt.«

»Aber Fräulein Radborne sagte…«

»Sie heißt jetzt Frau Seymour«, berichtigte Maxim scharf.

Frau Hanz faßte sich an die Kehle. Seine Lordschaft hatte doch gewiß zuviel Verstand, um nicht dieses unwürdige Geschöpf zur Frau zu nehmen. »Mein Herr... soll das heißen, daß Mistreß Radborne jetzt Frau Seymour ist?«

»Dummes Weibsstück, muß ich noch deutlicher werden?« donnerte er. »Sie ist jetzt Lady Seymour! Und jetzt geht, und laßt uns in Ruhe. Ich möchte nicht gestört werden, bis ich Euch wieder rufe. Verschwindet!«

»Wie Ihr wünscht, Mylord«, erwiderte Frau Hanz geknickt und mit bebender Stimme. Wahrlich ein trauriger Tag, an dem ein Hochgeborener sich herabließ, seinen Namen einem gewöhnlichen Gassenmädchen zu geben.

»Lady Seymour«, wiederholte Elise verträumt. Sie schlang die Arme um den Hals ihres Mannes und fuhr ihm mit einem Finger durch das braune Haar. »Das hört sich gut an.«

»Sehr wohl, Mylady«, hauchte er, während er mit offenem Mund ihren weißen Hals liebkoste. »Keine andere hätte diesem Namen soviel Ehre gemacht.«

Verwundert sah sie ihn an. »Nicht einmal Arabella?«

»Du bist es, die ich liebe, und keine andere«, versicherte er und wurde mit einem strahlenden Blick belohnt.

Gnadenlos hüllte der unablässig tobende Sturm das Land in eine weiße Wolke. In der Wärme und Geborgenheit der Räumlichkeiten, die nun als Gemächer der Herrschaft dienten, kümmerte sich das junge Paar wenig um das Tosen des Sturmes und gab sich dem Glück des Augenblicks hin. Sie lagen im Bett und genossen müßig die Morgenruhe. Eine Ewigkeit schien vergangen zu sein, seit sie ihre Nähe gekostet hatten. Ihre Stimmen klangen sanft und gedämpft, die Worte kamen langsamer, während sie ein Kissen teilten und von tausend verschiedenen Dingen sprachen: von ihren Hoffnungen, Träumen, Sehnsüchten, von ihrer Vergangenheit, Gegenwart und Zukunft. Unter der Decke ruhte Maxim, den Arm unter dem Kopf, während Elise auf dem Rücken lag und ihre Beine an seine harten männlichen Schenkel lehnte. Sie hielten sich an den Händen, und während Maxim ihre schlanken Finger liebkoste und küßte, beobachtete sie ihn liebevoll. Das war der Anfang ihrer Ehe, ein festes Fundament, auf das man aufbauen und das man mit den Freuden des Lebens bereichern konnte, damit es allen Stürmen und Prüfungen trotzte, die sie sicher heimsuchen würden. Es war das sanfte Verschmelzen zweier Leben in eines.

Es ging auf Mittag zu, als Maxim schließlich seine Frau hinunter in die Halle begleitete und sich unter den düsteren Blicken von Frau Hanz zu den Gästen gesellte.

»Willkommen auf meiner bescheidenen Burg«, begrüßte er sie herzlich und lachte, als sie bei seinen scherzhaft gemeinten Worten johlten.

»Meiner Treu! Dieser Prunk könnte es mit jedem Palast der Königin von England aufnehmen«, grölte Sir Kenneth.

Elise trat an den Tisch, auf dem ein einladendes Mahl bereitstand. Um die Aufmerksamkeit der Männer auf sich zu lenken, klopfte sie mit dem Messer an einen Zinnbecher und rief gut gelaunt: »Hört, Ihr Herren, seid gut zu diesem alten Gemäuer. Eines Tages werdet auch Ihr an Jahren vorgerückt sein, und man wird Euch deswegen verlachen. Denkt nicht an das Schlagen der Läden, das Kreischen der Scharniere, an den Verfall, sondern tafelt mit uns, und gebt Euch den Gaumenfreuden hin. Wir wollen heute fröhlich sein, denn wir haben nicht umsonst den Bart eines Karl Hillert versengt... Doch dieser Sturm bringt uns soviel Schnee, daß wir vor seiner Verfolgung sicher sind. Faßt Euch ein Herz, Ihr Herren. Für den Rest des Winters können wir unsere Geselligkeit und die von unserem Dietrich zubereiteten Köstlichkeiten genießen.« Mit einer anmutigen Geste wies sie auf den breit lächelnden Koch, ehe sie stolz fortfuhr: »Sein Talent würde den Neid von Englands Königin auf den Plan rufen.«

»Hört, hört!« Sir Kenneth nahm einen tiefen Schluck Wein und wischte sich über seinen dichten Schnurrbart. »Wir sind knapp bis vor die Himmelstür gelangt, um den schönsten Engel zu sehen, den unsere Augen je erblickten.« Er hob seinen Pokal. »Auf die schöne Lady Seymour, die es als zartes Mägdelein wagte, den Hanseherren tüchtig in die Nase zu kneifen.«

Die Männer tranken auf ihr Wohl, anschließend brachte Elise

einen Trinkspruch aus. »Auf die Männer, denen sie ihre Rettung verdankt. Sie mögen lange leben und bereit sein, ein weiteres Dutzend Drachen in die Flucht zu schlagen.«

Frau Hanz, die die gutgelaunte Gruppe verstohlen im Auge behielt, hütete sich, ihre Verachtung zu zeigen. Zu gegebener Zeit würde sie dafür sorgen, daß diese armseligen schwachen Engländer die Rache Karl Hillerts zu spüren bekamen.

24

Sechs Tage lang tobte der Sturm, dann dämmerte der siebente Tag hell und bitterkalt herauf. Hätte ein Adler sich in die kalten Lüfte gewagt, er hätte nur sehr schwer die Lage von Burg Hohenstein ausmachen können, wären da nicht die dunklen Rauchwolken gewesen, die aus schneeigen Gipfeln aufzusteigen schienen. Einige Meilen weiter im Norden herrschte in der Hansestadt Lübeck mehrere Tage lang Verwirrung, da es auf der Suche nach den gemeinen Übeltätern, die gemordet und Unruhe gestiftet hatten, die Stadt bis in die abgelegensten Winkel zu durchforsten galt. Als Hillert erfuhr, sein Schiff sei an seinem Winterliegeplatz in Brand geraten, raste er zum Hafen und heulte vor Wut. Mit eigenen Augen mußte er mit ansehen, wie der brennende Schiffsrumpf erbebte und sich vom vereisten Ankerplatz losriß. Mit einem Blick tödlicher Entschlossenheit verfolgte er den Untergang seines einstmals stolzen Schiffes, bis zuletzt nur mehr die qualmenden Mastspitzen aus dem rußgeschwärzten Wasser ragten. Die Gewölbe der Kontore hallten in den nächsten Tagen wider von Karl Hillerts Tobsuchtsanfällen. Sein ausgeprägter Gerechtigkeitssinn sorgte dafür, daß alle seinen Zorn zu spüren bekamen, ob Edelmann oder Kaufherr: Wer ihn aufsuchen mußte, tat es widerstrebend und machte sich schleunigst wieder davon, um Hillerts böser Zunge oder seinem Faustschlag zu entgehen.

Auf der eingeschneiten Burg Hohenstein flogen die Tage leichtfüßig dahin. Die heftigen Stürme draußen taten der Behaglichkeit und Zufriedenheit der Bewohner keinen Abbruch. Der köstliche Duft von Dietrichs Kochkunst durchdrang den Haupttrakt, während Geräusche munteren Treibens und Gelächter die Burg mit Leben erfüllten. Obschon alle wußten, daß ein entscheidender Kampf bevorstand, war es eine Zeit unbeschwerter Harmonie und Geselligkeit.

Niemand bezweifelte, daß Hillert bald anrücken würde. Verteidigungstaktiken wurden ausgedacht, Armbrüste geölt, Schwerter und Dolche geschliffen. Solange die kalte Witterung anhielt, kämpften die Männer miteinander in der Halle, die von stählernem Klirren und lauten Ausrufen widerhallte, während die Kämpfenden mit großer Geschicklichkeit dem Kriegsspiel frönten. Elises Anwesenheit ermutigte die Männer zu allerlei Possen, wobei besonders die jüngeren darauf bedacht waren, Elises Lob zu erringen. Maxim fand nichts dabei, daß Justin und Sherbourne sich vor ihr einen hitzigen Zweikampf lieferten, da er sich Elises Liebe gewiß sein konnte.

In den ruhigeren Abendstunden zogen sich die Männer meist in einen Winkel der Halle zurück und arbeiteten ihre Verteidigungsstrategie aus, wobei sie darauf achteten, daß sie von Frau Hanz nicht belauscht wurden. Elise zog sich gewöhnlich in ihr Schlafgemach zurück und erwartete dort ihren Gemahl. Zuweilen drang ihr Summen durch die Räume, während sie ihre Nähkünste an einem Wandbehang erprobte oder die Kleider der Männer ausbesserte.

Als die peitschenden Winde und die starken Schneefälle endlich nachließen, schaufelten die Männer Wege durch die hohen Schneewehen und verschafften sich Zugang zum Burgwall, zu den Stallungen und den Ruinen der Wirtschaftsgebäude und Lagerschuppen. Sie durchsuchten das alte Gerümpel nach Rohmaterial, das sie zur Herstellung neuer Waffen brauchten. Sie rissen alte Holzteile aus den Bauten und häuften sie an geschützten, trockenen Stellen aufeinander. Kleine Eisenstücke wurden in Fässern gesammelt und neben Behältern mit Schwarzpulver gelagert. Aus versiegelten Krügen, die sie im Keller des Vorratshauses fanden, wurde Talg in große Eisenkessel gegeben, die in der Mitte des Hofes standen. Diese Kessel hingen an Eisenrahmen. Darunter entfachte man riesige Feuer, bis das Fett geschmolzen war. Nach der Abkühlung wurden die Kessel zugedeckt, um sie vor Feuchtigkeit zu schützen und am nächsten Tag den Vorgang zu wiederholen. Spence, der sich im Stall als Schmied betätigte, fertigte Lanzenspitzen, Pfeile und schwere Bolzen für Armbrüste an.

In all ihren mädchenhaften Träumen von Liebe hätte Elise sich nie vorzustellen gewagt, daß es auf einer abgelegenen Burg mitten im Winter einen sicheren Hort geradezu überirdischen Glücks geben könnte. Manchen Abend saß sie, in Maxims Arme geschmiegt, vor dem prasselnden Kaminfeuer. In dicke Felle gewickelt, plauderten sie stundenlang, bis das Feuer heruntergebrannt war; im Bett verbrachten sie Nächte, die die Phantasien eines unschuldigen Mädchens weit hinter sich ließen...

Zweimal zwei Wochen vergingen, und die Burg blieb von äußeren Einflüssen unbehelligt. In der eisigen, weißen Welt jenseits der Tore herrschte Stille, als hielten das Land und die Leute aus Angst vor dem zu erwartenden Sturm den Atem an. Zuweilen bewegte ein Windstoß die Äste der Bäume und schüttelte Schnee ab, der im Sonnenlicht glitzernd herunterstäubte. Vögel flatterten in den Wipfeln. Ein Eichhörnchen saß in der Gabelung zweier Äste, während darunter ein einsamer Hirsch der dunklen Spur des Rinnsals zustrebte, das das erste Auftauen des Flusses ankündigte.

Die allmählich höher steigende Sonne wärmte die Tage, und die Winterkälte nahm merklich ab. Maxim hatte kräftig Holz nachgelegt, ehe das heiße Badewasser heraufgebracht worden war und sie ein gemeinsames Bad genommen hatten. Und nun war er gegangen, angeblich um seinem Pferd Bewegung zu verschaffen. Elise schauderte. Sie wußte nur zu gut, daß von nun an das Gebiet sorgsam überwacht werden mußte.

Ein langgezogener, nachdenklicher Seufzer entrang sich ihr, als sie sich in der Wanne zurücksinken ließ und an die Ereignisse der vergangenen Monate dachte. Seit sie England verlassen hatte, hatte sich so viel verändert! Nun schwelgte sie in der Übermacht einer Liebe, die ihr Herz zum Überfließen brachte. Maxim zeigte sich als liebevoller, verständnisvoller und zärtlicher Ehemann, der darüber hinaus über Leidenschaft und Sinnlichkeit verfügte, die ihrer eigenen heißblütigen Natur entgegenkamen. Ein einziger Blick brachte ihr Blut in Wallung, und allein der Anblick seiner männlichen Erscheinung genügte, um ihr Verlangen zu wecken. Seine liebevolle Anleitung war ebenso erregend wie jene Augenblicke, wenn sein Begehren sie in einen Wirbel heftiger Leidenschaft mitriß.

Unvermittelt wurden Elises Augen groß, und sie richtete sich ruckartig in der Wanne auf. Fieberhaft begann sie an den Fingern die Tage abzuzählen... war es möglich? Wieder zählte sie, diesmal langsamer. War es wirklich möglich? Törichte Zweifel einer armen Irdischen! Doch wo Liebe im Übermaß war, da war auch Freude an allem... auch an diesem keimenden Leben!

Ein Lächeln huschte über ihr Antlitz, als sie sich ins Gedächtnis rief, wann ihre Liebe dieses kleine Wunder ins Leben gerufen haben könnte. Nun, der genaue Augenblick war nicht mehr festzustellen, doch das war auch nicht nötig. Jede einzelne Erinnerung war es wert, bewahrt zu werden.

Eine weitere Woche verging in idyllischer Ruhe, und als die Tage länger wurden, wagten sich die Männer öfter ins Freie. Sie ritten hinaus auf Patrouille oder auf die Jagd. Spence und Fitch standen abwechselnd am Tor Wache.

Als Elise einmal frühmorgens die Küche betrat, stellte sie fest, daß die Männer bereits gefrühstückt hatten und sich schon draußen im Hof tummelten. Sie trank ihren Tee am Küchenherd, als das Eingangsportal aufgerissen wurde und eilige Schritte sie aufschreckten.

»Entschuldigt, Mylady... ich... hm...« Stotternd suchte Sir Kenneth nach einer glaubwürdigen Entschuldigung für seine Hast. »Ich wollte Euch nicht stören. Ich hole nur Schild und Schwert.«

Bei dem Gedanken an Hillert verdunkelte sich Elises Miene. »Was ist denn? Ist...« Sie brachte den Namen nicht über die Lippen. »Kommt jemand?«

»Keine Angst«, versuchte Sir Kenneth sie zu beruhigen. »Es ist nichts Wichtiges. Einer der kleinen Gäule ist verschwunden, und Frau Hanz ist nirgends aufzutreiben. Sieht aus, als hätte sie sich davongemacht. Seine Lordschaft läßt die Pferde satteln. Wir wollen nur den Spuren folgen... nun, ja, wir wollen auch sehen, wie es um den Zustand des Weges bestellt ist.«

»Bedeutet das Verschwinden der Frau, daß uns Schlimmes bevorsteht?« fragte Elise argwöhnisch.

Sir Kenneth räusperte sich. »Wir dürfen in unserer Wachsamkeit nicht nachlassen«, wich er aus.

»Ja, natürlich. Und vor Frau Hanz heißt es besonders auf der Hut zu sein. Ich fürchte, sie war nie auf unserer Seite.«

»Genau dies sind auch die Überlegungen Seiner Lordschaft«, gestand Kenneth. »Er hat erwartet, daß sie verschwindet, und gab ihr auch Gelegenheit dazu.«

Schweigend nahm Elise diese Nachricht zur Kenntnis. Ihrem Mann entging nur selten etwas. Vor ihrem Ausflug nach Lübeck hatte er die Frau nicht weiter beachtet... erst nach der Rückkehr war sein Argwohn erwacht. Kam Frau Hanz in die Nähe, wenn er sich mit seinen Leuten beriet, dann wechselte er rasch das Thema oder schwieg, bis sie sich entfernt hatte. Rief er die Leute zu einer Beratung in seinem Schlafgemach zusammen, dann wurde Fitch oder Spence vor der Tür postiert, damit man vor der Lauschenden sicher war.

»Macht Euch keine Sorgen wegen diesem Hillert«, sagte nun Sir Kenneth, als könnte er ihre Gedanken lesen. »Denkt an meine Worte, Mylady, um Euren Gemahl zu bezwingen, bedarf es eines anderen.«

Seine Worte zauberten ein Lächeln auf Elises Lippen. »Das freut mich zu hören, Sir Kenneth. Vielen Dank.«

»Es ist mir ein Vernügen.«

Er ließ sie allein und rannte, zwei Stufen auf einmal nehmend, hinauf, kam kurz darauf wieder und lief hinaus in den Hof. Hufgetrappel auf der Zugbrücke und das Klirren beim Senken des Falltores zeigten an, daß sie aufgebrochen waren.

Allein in der stillen Halle, spürte Elise, wie die Anspannung von ihr wich. Daß sie die finsteren Blicke und den Mißmut von Frau

Hanz nicht mehr erdulden mußte, war eher eine Erleichterung. Im Lauf des Tages wurde ihre Stimmung immer besser, so daß sie sich schließlich unternehmungslustig in einen warmen Mantel hüllte und festes Schuhwerk anzog. Mit Sherbourne kam es am Tor zu einem kleinen Wortwechsel, doch als sie versprach, sich nicht allzuweit zu entfernen, gab er nach und ließ sie hinaus.

Elise ging entlang der Mauer in östlicher Richtung, einem schmalen Pfad folgend, den die Sonne in den Schnee geschmolzen hatte. Eine leichte Brise vom Süden her ließ den Frühling ahnen, so daß Elise ihre Kapuze zurückschob und stehenblieb, um die sanfte Wärme auf ihrem Gesicht zu spüren. Eine Weile stand sie nur da und genoß die belebenden Strahlen. Als sie weitergehen wollte, fiel ihr Blick auf einen Farbfleck am Fuße der Mauer. In einer Mauerritze sprossen grüne Blättchen, geschützt und doch von der Sonne gewärmt. Und inmitten der grünen Blätter... Elise kniete nieder, um besser sehen zu können. Wahrhaftig! Ein winziges weißes Blümchen! Elise streifte ihren Handschuh ab, streckte die Hand aus und pflückte das Blümchen vorsichtig.

Einst, vor langen Jahren, hatte sie Wiesenblumen gepflückt und einen bunten Kranz gewunden, der das dunkle Haar ihres Vaters schmücken sollte. Elise schwelgte in Erinnerungen, und ein schmales, von hohen Klippen begrenztes Strandstück tauchte vor ihrem Auge auf. In den Klippen waren Höhlen, und die Wellen leckten ohne Unterlaß am Strand. Elise glaubte wieder jenes Freiheitsgefühl zu spüren, das sie damals als barfüßiges Kind am Strand erlebt hatte, als sie mit ihrem Vater um die Wette gelaufen war. Und auch die nebeligen Moore mit bewaldeten Hügelrücken kamen ihr wieder in den Sinn, ein großes Haus, Trümmer einer Ruine, auf denen sie gesessen und den Wolken nachgeblickt hatten. Er hatte diesen Ort geliebt und sie oft beschworen, dorthin zurückzukehren, um übers Moor zu wandern und die Höhlen zu erkunden, wie als Kind die feuchte Luft auf der Haut zu spüren und auf den Steinen zu sitzen. Er hatte ihr sogar das Versprechen abgenommen, nach seinem Tod zurückzukehren, das Porträt ihrer Mutter, das jahrelang im Haus gehangen hatte, an sich zu nehmen und all das zu tun, das sie gemeinsam getan hatten.

Elise hob den Kopf, als hörte sie eine Stimme aus der Vergangenheit, die in ihrem Bewußtsein widerzuhallen schien. Geh zurück, geh zurück, mahnte die Stimme.

Da ertönte ein Ruf vom Turm her. Sie wandte den Kopf, als von ferne schon die Antwort kam. Die Augen mit der Hand gegen die Helligkeit des Schnees abschirmend, ließ Elise den Blick die Straße entlangwandern, bis sie zwei Reiter erspähte. Ihr Herz schlug schneller, als sie Maxim erkannte. Sie hob die Röcke und lief den holprigen Pfad an der Mauer entlang zurück. Das dumpfe Getrappel der Pferdehufe auf der Brücke erfüllte Elise mit freudiger Erregung. Und als die Männer auf dem Hof einritten, beschleunigte sie ihren Schritt und lief über die Brücke.

Maxim zügelte Eddy, als er ihre Schritte hinter sich vernahm. Da er Sherbourne ausdrücklich aufgetragen hatte, vor Hillert auf der Hut zu sein, war er nicht wenig verwundert, als er Elise über die Brücke laufen sah. Sein erster Impuls war, Sherbourne zu tadeln, weil er sie allein umherstreifen ließ, doch als seine junge Frau näher kam, verschlug es Maxim beim Anblick ihrer strahlenden Schönheit die Sprache. Atemlos, mit geröteten Wangen und offen auf den Rücken fallendem Haar bot sie einen Anblick, der sich ihm für immer ins Gedächtnis grub.

Maxim saß ab, er nahm den Helm vom Kopf und ließ ihn zu Boden fallen, als sie in seine Arme flog. Er fing sie auf und wirbelte mit ihr im Kreis, bis sie entzückt auflachte. Dann hielt er inne und suchte ihre Lippen, ohne der Umstehenden zu achten.

Sir Kenneth hob sein Visier und wischte sich mit dem Rücken seiner behandschuhten Hand über den Mund, während er das Paar beobachtete. Trotz des Verlustes von Titel und Gütern war der Marquis vom Glück begünstigt, dachte er nicht ohne einen Anflug von Neid.

Maxim ließ seine Frau los, und ihre Arme glitten langsam von seinem Nacken. Langsam öffnete sie die Faust und zeigte ihm das weiße Blümchen. Als sie ihm in die Augen sah, ahnte er in ihrem Blick ihre heimliche Furcht.

»Der Lenz ist da«, flüsterte sie verträumt. »Kann das Ungeheuer noch weit sein?«

Maxim streifte den Lederhandschuh ab und strich ihr zärtlich mit dem Daumen um den Mund. »Meine Liebe, in Lübeck befanden wir uns in Hillerts Revier, und doch war der Tag unser. Das hier ist unsere Domäne.«

25

Der Südwestwind, der durch die nördlichen Landstriche blies, brachte die Verheißung des Frühlings nach Hohenstein. Zwei Tage tobten heftige Gewitter. Noch während der Nacht hörte man von ferne das Grollen der Donner. Immer wieder zerrissen Blitze die aufgewühlten Wolken und erhellten die Umgebung. Elise, die am Kamin ihr Haar bürstete, fuhr erschrocken auf, als ein Blitz die dunklen Schatten ihres Schlafgemachs mit geisterhaftem Weiß erfüllte. Unruhig lief sie hin und her und fragte sich, ob die Straße wieder unpassierbar sein würde. Fitch und Spence hatten die Kisten mit ihren Habseligkeiten nach Hamburg geschafft, wo Nikolaus sein Schiff zum Auslaufen klarmachte, doch nach ihrer Rückkehr hatte der Himmel seine Schleusen geöffnet und ganze Sturzbäche über das Land fließen lassen. Wieder waren die Bewohner der Burg Gefangene der Elemente. Einziger Trost war die Tatsache, daß die Regenfälle, die sie selbst am Verlassen der Burg hinderten, auch für Hillert die Straße unpassierbar machten.

Das Warten stellte für alle eine harte Nervenprobe dar. Maxim wurde immer gereizter, während die Tage unter Regengeprassel und Sturmgeheul vergingen. Ihre Hoffnung, rechtzeitig zu entkommen, schwand dahin.

Schließlich brach die Sonne durch die Wolken und versetzte die Männer in hektische Betriebsamkeit. An die Straße dachten sie gar nicht mehr, als sie Mauerwerk und Burg für den zu erwartenden Angriff rüsteten. Das getrocknete Holz, das sie die ganze Zeit über gesammelt hatten, wurde nun rund um die äußere Mauer aufgehäuft. Frische Späne wurden unter den Kesseln mit ausgelassenem Fett verstreut. Vorräte an Pfeilen, Bolzen, Steinen, Kanonenkugeln sowie Fässer mit Schwarzpulver und Behälter mit kleinen zerbrochenen, spitzen Eisenstückchen wurden zur Mauer geschafft. Die kürzlich instand gesetzten äußeren Tore wurden geschlossen. Man schob einen dicken Eisenriegel vor und ließ das Fallgitter auf der Hofseite herunter.

Elise befand sich in ihrem Gemach, als plötzlich eine laute Explosion die Scheiben erklirren ließ. Das Herz schlug ihr bis zum Hals, während sie ans Fenster lief und die Läden aufstieß. Schon hatte sie erwartet, Hillert und seine Reiter die Straße entlangsprengen zu sehen, statt dessen sah sie eine kleine Schlamm- und Geröllfontäne aufspritzen, die auf den Hügelrücken niederprasselte. Sie entdeckte Maxim auf der Mauer, über das hintere Verschlußstück einer Kanone gebeugt. Das Rohr entlangspähend, wies er Justin und die zwei Ritter an, das Geschütz in Stellung zu bringen. Langsam bewegten sie die Kanonen und richteten sie aus. Dann wurde sie erneut geladen und gezündet. Die Kanone krachte wieder ohrenbetäubend, und erneut schoß eine Schmutzfontäne empor, diesmal mitten auf der schmalen Straße.

Die Männer jubelten und machten sich zufrieden abermals ans Nachladen. Maxim bückte sich, um wieder die Position zu überprüfen. So ging es, bis die Straße alle zwanzig Schritte mit breiten, schmutzigen Streifen markiert war, die sich bis zum Ende der Brücke hinzogen. Anschließend brachten die Männer auch das zweite Geschütz auf der anderen Mauer in Stellung. Ihnen lag jetzt mehr daran, die Burg zu befestigen und zu verteidigen, als ihren Aufbruch vorzubereiten.

Ungeduldig wartete Elise am Abend auf Maxim. Die Vorstellung, daß ihre kleine Streitmacht sich behaupten und dem Angriff Hillerts standhalten sollte, hatte sie den ganzen Tag gequält und ließ ihr Herz erbeben. Endlich kam Maxim und nahm sie in die Arme. Nach einem langen Kuß nahm er ihre Hände und trat zu ihrer Verwunderung zurück. Er sah in ihre Augen, als wollte er sich jede Einzelheit ihrer Schönheit einprägen.

»Ich möchte eine sehr wichtige Sache mit dir besprechen, meine Liebe.« Er klang niedergeschlagen.

Elise starrte ihren Mann überrascht an. Sie spürte, daß es um etwas Bedeutsames ging. »Sprich, Maxim, was bedrückt dich?«

Verlegen rieb er sein Kinn und suchte nach den passenden Worten. »Bitte, glaube mir, wenn ich dir sage, daß ich dich auf Nikolaus' Schiff und anschließend nach England bringen lassen wollte...«

»Mich bringen *lassen*?« Elise stürzte sich förmlich auf diese Worte. »Du täuschst dich, wenn du geglaubt hast, du könntest mich von dir fortschicken. Wie kann ich dich verlassen, wenn du mein ein und alles bist?«

Maxim sah, daß ihr Tränen in die Augen schossen, und umfaßte mit einer Hand ihre Wange. »Deine Tränen zerreißen mir das Herz. Aber noch viel mehr bekümmert mich das Eingeständnis, daß der günstige Moment für eine Flucht vertan ist. Gehen wir jetzt, dann fängt uns Hillert auf offener Straße ab, und wir wären ihm hilflos ausgeliefert. Er muß zu uns kommen und zu unseren Bedingungen kämpfen.«

»Aber wie können wir ihnen standhalten? Nikolaus hat uns wissen lassen, daß Hillert Lübeck mit über achtzig Söldnern verlassen hat. Was sollen wir tun?«

»Unsere Aussichten stünden sehr schlecht, wenn es dieser Truppe gelänge, in unseren Burghof einzudringen, aber wenn meine Pläne sich als richtig erweisen, wird Hillerts Streitmacht noch vor dem Erreichen der Burgmauer vernichtet. Aber es ist nicht mehr möglich, dich in Sicherheit zu bringen. Du mußt mit uns hinter diesen Mauern ausharren, und deshalb bitte ich dich um Vergebung.«

Verwundert starrte Elise ihn an. Langsam dämmerte ihr, daß er sich ihretwegen ängstigte und sich schämte, daß die Entwicklung der Lage ein Entkommen für sie unmöglich machte. »Das also bekümmert dich? Daß ich bleiben muß?«

»Ich habe geglaubt, daß ich deine Sicherheit gewährleisten könnte«, flüsterte Maxim, »es schmerzt mich, daß ich versagt habe.«

»Versagt? Und was ist mit den Regenfällen? Den Stürmen? Bist du der Allmächtige selbst, daß du ihnen Einhalt gebieten könntest? Nein, du hast nicht mehr tun können.« Sie schlang die Arme um ihn und drückte den Kopf an seine Brust, so daß sie seinen beruhigenden Herzschlag spürte. »Maxim, weißt du denn nicht, daß ich dich liebe? Auch in Todesgefahr möchte ich dich nicht verlassen.«

Maxim faßte unter ihr Kinn und hob ihr Gesicht. »Liebe war mir fremd, ehe du in mein Leben getreten bist«, hauchte er an ihrem Mund. »Nun aber ist mein ganzes Sein von den Freuden der Liebe erhellt, und ich sehe voller Bangen, was du aus mir gemacht hast. Ihr seid mein Leben, Madame.«

Sein Kuß war sanft und liebevoll. Wärme durchströmte ihre Körper und Herzen, und Hillert war vergessen, als das Samtgewand zu Boden glitt.

Die Sonne stieg purpurn über Wolkenfetzen auf. Mitten in der Stille des frühen Morgens erscholl der Warnruf, der die Bewohner der Burg auf die Beine brachte.

»Hillert kommt!«

Elise unterdrückte einen Aufschrei, als Maxim vom Eßtisch aufsprang und hinausstürzte. Hastig lief sie hinauf in ihre Gemächer, wo sie ein Fenster aufstieß, um die Vorgänge von oben zu beobachten. Mitten auf der Straße, wo diese den Hügelrücken überquerte, hatte Hillert auf einem gewaltigen Roß angehalten. Beidseits hatten seine Söldner sich in Doppelreihen zum Angriff formiert.

Fitch und Spence eilten zu den Kesseln mit Fett, um darunter Feuer zu entfachen, während Maxim über den Hof rannte und die Mauer erklomm, um an eines der Geschütze zu gelangen. Sir Kenneth hatte bereits beim zweiten Geschütz Aufstellung genommen, ihm stand Sherbourne zur Seite, während Justin Maxim an die Hand ging.

Eine weiße Fahne schwenkend, kam Hillert mit zwei Begleitern bis auf Hörweite herangeritten.

»Lord Seymour!« brüllte er. »Gebt diese Torheit auf! Wir sind in der Überzahl und werden die Burg stürmen! Ich habe achtzig Mann hinter mir! Und was könnt Ihr vorweisen? Ein armseliges Häuflein, das Weibsstück mitgezählt. Ergebt Euch, und ich lasse die anderen unbehelligt abziehen.«

»Dieser Halunke würde uns in Stücke hacken, sobald sich die Tore öffnen«, höhnte Justin.

»Wir haben Euch in Lübeck Paroli geboten«, forderte Maxim ihn heraus. »Und wie viele hattet Ihr damals um Euch geschart? Ich glaube eher, es sind auch heute zu wenige.«

Auf Hillerts fleischigen Backen zeigten sich hektische rote Flecken. Im stillen gelobte er sich, Lord Seymours Antlitz zu zerschmettern. Er gab seinem Pferd die Sporen und jagte zurück zu seiner Truppe, wo er in der Mitte Aufstellung nahm und mit erhobenem Arm den Befehl zum Angriff gab. Mit festem Griff hielt er sein nervös tänzelndes Pferd, während er das Vorrücken der zwei Angriffslinien gegen Hohenstein beobachtete.

Sir Kenneth wartete, bis die anrückende Reihe in Schußweite war, dann hielt er den brennenden Docht an die Zündungsöffnung. Der Funke sprühte, löste einen lauten Knall aus, und ein prasselnder Regen von Eisenstücken wurde durch die Luft geschleudert. Erdreich und Schlamm spritzten auf, inmitten um sich schlagender Körper. Der Ritter schüttelte triumphierend die Faust, als er vier oder fünf Mann zählte, die die Ladung außer Gefecht gesetzt hatte. Nur einer der Getroffenen stand wieder auf und schleppte sich zur Anhöhe zurück, die Hand auf die Seite gedrückt, aus der ein spitzes Eisenstück ragte. Sherbourne half Kenneth beim Nachladen, während Maxim sein Geschütz abfeuerte. Er trat beiseite, als die Kanone krachte und das Geschützrohr zurückschnellte. Justin sprang vor, um nachzuladen, ehe der Rauch sich verzog, und als die Sicht wieder klar war, sah Maxim, daß eine breite Lücke in die Linie der Angreifer gerissen worden war. Ein im Schlamm liegender Mann tat noch ein paar Zuckungen und rührte sich nicht mehr. Der gesamte Angriff war ins Stocken geraten, denn Hillerts Söldner hatten verwirrt und erschrocken angehalten. Sie waren auf Speere und Lanzen gefaßt gewesen und nicht auf mit Eisenschrott geladene Kanonen. Nun donnerte wieder das zweite Geschütz und ließ erneut eine Fontäne aus Schlamm, Gestein und leblosen Leibern aufsprühen. Ein unmittelbar darauf folgender Treffer vergrößerte die Lücken in der nur noch halbherzig heranrückenden Schlachtreihe. Als das Ausmaß der Verheerungen sichtbar wurde, erhob sich lautes Geschrei. Die Linie brach auseinander. Vor Angst heulend und wehklagend, machten die Angreifer kehrt.

Hillert sprengte mitten durch die Schar der Fliehenden und schlug wild mit einer Peitsche auf sie ein, um ihren Gehorsam zu erzwingen. Sir Kenneth zündete erneut eine Kanone, um sie vollends in die Flucht zu schlagen. Entsetzt schrien die Männer auf und stoben auseinander.

Ein eiserner Querschläger traf Hillerts Roß an der Schulter. Das vom ohrenbetäubenden Geschützlärm verwirrte Schlachtroß bockte und richtete sich auf der Hinterhand auf. Hillert flog aus dem Sattel und landete in einiger Entfernung in einer Pfütze. Die Männer auf der Burgmauer quittierten seinen Sturz mit lautem Gelächter. Hillert rappelte sich wieder hoch, vor Wut schäumend, so daß die eigenen Leute ihn ebenso zu fürchten hatten wie die Männer auf der Mauer. So wie er seine Muskete schwenkte, konnte niemand daran zweifeln, daß er jeden Flüchtenden auf der Stelle niederstrecken würde.

Die Verteidiger von Hohenstein hatten nun eine kleine Atempause, da Hillert seine Leute beschimpfte. Dieser Maxim Seymour besaß all die Vorzüge, die Nikolaus an ihm gerühmt hatte, und vermutlich noch viel mehr. Nur ein Narr würde ihn ein zweites Mal unterschätzen.

Bogenschützen formierten sich auf der Anhöhe und ließen Pfeile auf den Burghof regnen. Eilig wurden Schilde zum Schutze der Geschützmannschaften herangeschleppt, während Hillerts Truppe zu einem neuen Angriff antrat, diesmal mit einer anderen Strategie. Sie gingen einzeln und große Abstände voneinander haltend vor und führten primitive Leitern mit sich, um die Mauer zu erstürmen. Dicht an die Mauer gedrückt, schossen Justin und Sherbourne nun ihrerseits Pfeile auf die Angreifer ab, doch wenn einer der Söldner getroffen zu Boden sank, trat sogleich ein anderer an seine Stelle.

Wieder donnerten die Geschütze, doch jetzt traf ein Schuß nur noch einen oder zwei aus der erbittert anstürmenden Horde. Als die Angreifer sich der Mauer näherten, verließ Hillert mit einigen seiner Leute den Schutz der Anhöhe und folgte ihnen. Die heranrückende Truppe kam so nahe, daß der Schußbereich der Geschütze über sie hinausging. Da verließen Maxims Leute die Kanonen und nahmen auf der Mauerkrone Aufstellung. Fitch, Spence, Dietrich und der junge Stallknecht standen schon mit Kesseln voll siedendheißem Fett bereit, um den Angreifern Einhalt zu gebieten. Als Hillerts Söldner ihre Leitern an die Mauer lehnten und zum Aufstieg ansetzten, ergoß sich ein Schwall heißen Fettes über sie. Schmerzensschreie zerrissen die Luft, verbrühte Leiber stürzten von den Leitersprossen und landeten am Boden, wo im nächsten Augenblick ein Feuerwall entlang der Steinmauer aufflammte, als brennende Fackeln auf die mit Fett durchtränkten Holzsstöße geworfen wurden. Wieder hörte man Schreie: Die Kleider der Söldner hatten Feuer gefangen. In panischer Angst wollten sie die Flucht ergreifen, entfachten dabei die Flammen noch mehr und wurden von ihnen verzehrt.

Hillerts irrsinnige Wut vermochte die Flüchtenden nicht mehr einzuschüchtern, denn ihre Qualen waren so groß, daß ein Schuß aus seiner Muskete für sie eine Erlösung bedeutet hätte. Er sah das Zusammenbrechen seiner Streitmacht und begriff, daß eine Massenflucht bevorstand, falls es ihm nicht gelang, seine Leute zu beschwichtigen.

Er gab Befehl, sich jenseits der Anhöhe neu zu formieren, und nutzte die Pause, um den Männern Mut zu machen und ihnen noch größere Belohnung in Aussicht zu stellen. Er selbst war über die Höhe der Verluste bestürzt. Mit über achtzig Mann war er gekommen, jetzt hatte er noch knapp zwanzig kampffähige Leute. Er verwünschte sich, daß er auf Frau Hanz gehört hatte, die die Ausrüstung der Burgverteidiger voller Spott abgetan hatte. Offenbar war sie von jemandem, der weitaus gerissener war als sie, an der Nase herumgeführt worden. Und er selbst war so dumm gewesen und hatte sich auf ihr Urteil verlassen.

Elise nutzte die Ruhepause, um sich zu vergewissern, daß keiner aus ihrer kleinen Streitmacht ernsthaft verwundet worden war. Nur Sherbourne hatte ein Pfeil an der Wange gestreift. Während sie die Wunde reinigte und einen heilenden Umschlag auflegte, neckte sie ihn damit, daß diese schneidige Narbe gewiß Neugierde und Bewunderung der englischen Weiblichkeit wekken würde. Dietrich brachte den Kämpfenden eine Stärkung, dazu Tee, Milch und Wasser gegen den Durst. Gelassen erwarteten sie den nächsten Angriff.

Erst am frühen Nachmittag waren die Flammen erloschen. Schwarze Rußspuren zogen sich entlang der ganzen Mauer bis hinauf zur Mauerkrone. Die verkohlten Leichen einiger Söldner, welche den Flammen nicht hatten entkommen können, warnten jeden, die Mauer noch einmal zu erklimmen.

Doch wieder schwärmte die Truppe aus, diesmal in so großen Abständen, daß Sir Kenneth und Maxim einen Einsatz der Geschütze für nutzlos hielten. Kenneth, Sherbourne, Maxim und Justin griffen zu Armbrüsten, konnten diese aber bald nicht mehr einsetzen, als die Feinde ganz knapp vor der Mauer standen und in geschützten Winkeln die Leitern anlegten. Bald kletterten die ersten Angreifer über die Brustwehr und wurden von Lanzenstößen empfangen. Maxim stach nach allen Seiten ein, mußte aber rasch einsehen, daß seine Leute in einem Kampf Mann gegen Mann der Überzahl erliegen würden. Er befahl seinen Gefährten, im Burginneren Zuflucht zu suchen, und sicherte mit singender Klinge den Rückzug. Maxim sah noch, wie einige Mann das Torgitter aufzogen. Hillert würde also bald im Hofinneren sein, und dann war es nur eine Sache von Minuten, bis ein Rammbock die Vordertür eindrücken würde.

»Hillerts Leute werden gleich in der Halle sein«, kündigte Maxim seinen Gefährten an. »Wir ziehen uns ins oberste Stockwerk zurück. Faßt Mut, Freunde, unsere Möglichkeiten sind noch nicht erschöpft.« Er bedeutete Sir Kenneth, seine Worte für den Stallburschen und den Koch zu übersetzen, während er sich Elise zuwandte, die am Fuße der Treppe wartete.

»Meine Liebe, Hillert ahnt nichts von meinem Plan. Wir werden ihn besiegen, keine Angst.«

Elise strich ihm mit unsicherer Hand über die Wange. »In deiner Nähe habe ich keine Angst.«

»Der Zeitpunkt ist nahe, um Hillert zu geben, was ihm gebührt«, erwiderte Maxim. »Nimm den Stallburschen mit nach oben, und warte, bis wir kommen. Es wird nicht lange dauern.«

Elise nahm ihren ganzen Mut zusammen und folgte seiner Anweisung. Die Männer nahmen ihre Stellungen ein und erwarteten die Erstürmung der Halle. Dietrich bewachte, mit einer schweren Eisenpfanne bewaffnet, die Treppe, während Justin eine Axt nahm und sich neben Maxim postierte. Sherbourne, Kenneth, Fitch und Spence bezogen in unmittelbarer Nähe des Eingangs mit gespannten Armbrüsten Posten.

Von draußen war Hillerts barsche Stimme zu hören. Er gab einigen Berittenen Befehl, einen Rammbock heranzuschaffen. Gleich darauf begann das Werk der Zerstörung. Unter der Wucht des vierten Stoßes splitterte der Riegel, beim nächsten Stoß brach er, und die Tür schwang weit auf. Pfeile empfingen die ersten Eindringlinge und warfen den Ansturm zurück. Die nächste Reihe der Angreifer ließ sich nicht aufhalten, sie übersprang die gefallenen Gefährten. Maxim, der sich vier Angreifern gegenübersah, wich vom Eingang zurück. Den kühnsten Angreifer zwang er mit einem Tritt zwischen die Beine in die Knie und durchbohrte ihn mit dem Schwert. Gleich darauf wehrte er die Klinge des nächsten ab und behauptete sich gegen die zwei anderen, bis der eine, von Kenneths Pfeil getroffen, gurgelnd zu Boden sank.

Doch schon drängten neue Angreifer durch die Tür herein. Maxim und seine Getreuen wurden immer weiter zur Treppe abgedrängt. Hillert hielt sich im Hintergrund und brüllte seinen Leuten Befehle zu. Als einer seiner Söldner einen Axthieb abbekam und schreiend davonlief, beendete Hillert kaltblütig seine Flucht, indem er mit einer schweren, stacheligen Keule auf ihn einhieb. Mit einer Kette in seiner Linken streckte er ihn endgültig nieder. Damit war klar, daß er keinen Rückzug dulden würde.

Dies schien Justins Kampflust anzustacheln. Mit einem Wutschrei stürzte er auf Hillert zu, der seinem Angriff breitbeinig standhielt. Er hatte sich vor dem Eindringen in die Burg gut ausgerüstet. Die Axt prallte an seiner Brust ab. Mit seinem dick wattierten Arm schob Hillert den Jüngling beiseite, die wulstigen Lippen zu einem verächtlichen Lächeln verzogen. Die stachelige Kugel,

Morgenstern genannt, schwang auf die Stelle zu, wo eben noch der junge Mann gestanden hatte. Justin war geschickt ausgewichen und wirbelte vor dem nächsten Ausschwingen des mörderischen Morgensterns davon. Kaum war die Gefahr vorüber, hatte er schon seine Waffe gezogen und hieb auf Hillert ein. Das wattierte Lederwams wurde aufgeschlitzt, doch Justins Axt stieß auf darunterliegende Stahlrippen.

Mochte Justin noch so schlagen, seine Waffe wurde von Hillert abgewehrt. Als Justin auf eine ungedeckte Stelle hieb, schlug Hillert mit der Kette zu, die sich um den Axtgriff knapp hinter der Schneide wickelte. Mit einem heftigen Ruck entriß er dem Jüngling die Axt und brachte ihn aus dem Gleichgewicht. Als Justin ins Taumeln geriet, blitzte es in Hillerts Augen triumphierend auf. Mit aller Kraft schwang er den Morgenstern und streifte Justins Schulter mit solcher Wucht, daß dieser rücklings gegen die Wand geschleudert wurde. Er schrie auf, doch als Hillert sein Werk vollenden wollte, mußte er dem Körper eines Mannes ausweichen, der Maxims Klinge zum Opfer gefallen war.

»Elender Feigling!« reizte Maxim Hillert, um ihn von seinem Opfer abzulenken. »Wann wagst du dich endlich vor und kämpfst wie ein Mann? Du verbirgst dich hinter deinen Leuten und forderst von anderen jenen Mut, an dem es dir fehlt.«

Diese Schmähworte ließen ihn Justin kurz vergessen, so daß der junge Mann unbeachtet zur Treppe entwischen konnte. Hillert ging nun auf Maxim los. Maxim wich mit einem Rückwärtssprung dem wirbelnden Morgenstern aus; doch hatte er es nicht nur mit Hillert zu tun, sondern mit fünf weiteren Gegnern. Ununterbrochen stieß seine Klinge zu oder gab ihm Deckung, während er zur Treppe zurückwich. Erleichtert bemerkte er, daß Sir Kenneth und Sherbourne jetzt an seiner Seite fochten. Kenneth packte plötzlich einen hohen Kerzenleuchter, holte weit aus, wirbelte damit um die eigene Achse und traf Hillert mit voller Wucht. Der Dickwanst riß einige seiner Leute mit sich, als er rücklings strauchelte. Während sie in wildem Getümmel auf dem Boden um sich schlugen, konnten Maxim und seine Kampfgefährten über die Treppe in die oberen Stockwerke entkommen.

Oben liefen die Männer den Gang entlang und verbarrikadierten sich in dem Raum, in dem sich bereits die anderen befanden. Maxim drückte sein Ohr an die Tür, bis er Schritte die Treppe heraufdonnern hörte. Er bedeutete seinen Gefährten, Ruhe zu bewahren, ehe er zur Geheimtür lief. Als er sie öffnete, staunten seine Männer nicht schlecht. Eine Kerze wurde entzündete, worauf Maxim Kenneth stumm anwies, Elise als erste die Treppe hinunterzugeleiten. Die Hanseleute polterten bereits an die Tür und hieben mit einer Axt auf das Holz ein, dennoch nahm Maxim sich Zeit, Fenster und Läden aufzustoßen, um seine Gegner zu verwirren. Dann erst folgte er den anderen. Nachdem er die Geheimtür hinter sich geschlossen und verriegelt hatte, lief er die Treppe hinunter, wo Kenneth mit Elise und den anderen wartete. Lautlos öffnete er die in die Täfelung eingelassene Tür, und sie traten ein.

Während die kleine Gruppe sich kurz besprach, wurde die Tür geschlossen und verriegelt. Alle waren mit dem Leben davongekommen, bis jetzt wenigstens.

Von oben hörte man Lärm und dann dröhnende Schritte. Hillerts zornige Rufe zeigten an, daß die Tür bisher standgehalten hatte.

»Die Tür müßte sie noch ein paar Minuten aufhalten«, bemerkte Maxim.

Seine Miene wurde sehr ernst, als er zu Elise trat und nach ihren Händen faßte. »Für Erklärungen ist jetzt keine Zeit, Liebes, aber wenn wir den Burghof erreichen, mußt du mit Spence und Fitch rasch flüchten. Dietrich und der Stallbursche werden euch begleiten, während wir hier Hillert und seine Söldner aufhalten. Eddy wird euch beide tragen. Nikolaus versprach, die Pferde mit nach England zu nehmen.«

»Maxim, was sagst du da? Ich verlasse dich nicht! Ich bringe es nicht fertig, niemals!«

Maxim drückte ihr sanft die Finger auf den Mund. Seine Tränen versuchte er mit einem Zwinkern zu verbergen, dann beugte er sich über sie und küßte sie zum Abschied.

»Elise, versteh bitte, daß ich nicht mitkommen kann. Du mußt mit Nikolaus segeln. Ich komme mit einem anderen Schiff nach.«

»Maxim, ich kann dich nicht verlassen!« stieß sie schluchzend hervor. »Verlange das nicht von mir.«

»Du mußt, meine Liebe«, flüsterte er, den Mund an ihrem Haar. »Wenn wir hier siegen, müssen wir uns immer noch zum Fluß durchschlagen, und bei einem Angriff auf freiem Feld haben wir keinerlei Deckung. Bitte, geh jetzt, damit mir die Sorge um deine Sicherheit abgenommen ist.«

Als Elise schließlich widerstrebend einwilligte, wandte Maxim sich an Sir Kenneth, der an der Tür stand. Auf sein Kopfnicken hin hob der Ritter den Riegel. Nachdem er vorsichtig hinausgespäht hatte, verließen sie den Raum. Der aus dem obersten Stockwerk dringende Lärm übertönte alles, so daß sie unbemerkt den Burghof erreichten. Dort stürzten Kenneth und Sherbourne zur Mauer und drehten die Geschütze so, daß die Rohrmündungen auf den Eingang wiesen. Die Bediensteten liefen zu den Stallungen und führten eilig die gesattelten Pferde heraus. Dietrich stieg in Eddys Sattel, der Stallbursche saß hinter ihm auf. Spence brachte Elises Pferd, und Maxim schickte sich an, seine Frau in den Sattel zu heben.

»Versprich mir, daß du wohlbehalten nachkommen wirst«, flehte Elise ihn unter Tränen an.

Maxim hielt sie fest an sich gedrückt. »Denkt immer daran, Madame«, flüsterte er, »daß ich die feste Absicht habe, nach England zurückzukommen.« Ihre Hände zwischen den seinen wie im Gebet haltend, sah er sie an. »Wenn alles nach Plan verläuft, dann werde ich Hillert mitbringen.«

Ein Ausruf an den obersten Fenstern zeigte an, daß die Angreifer es geschafft hatten, in die Räume einzudringen. Hillert und einige seiner Leute beugten sich aus den Fenstern. Ein Gewirr von Fragen und Antworten verriet, daß die Männer die Außenwand nach Spuren absuchten und rätselten, wie die kleine Gruppe aus so großer Höhe nach unten gelangt sein mochte. Zähneknirschend lief Hillert seinen hinausstürmenden Leuten nach, über die zersplitterte Tür hinweg und die Treppe hinunter.

Maxim hob Elise in den Sattel, versetzte dem Pferd einen Klaps, und Elise sprengte im Galopp vom Hof. Er lief zur Mauer und sah der kleinen Kavalkade nach. Dann erst nahm er neben dem Geschütz Aufstellung. Sich dem Kummer hinzugeben war nicht der richtige Zeitpunkt, denn gleich darauf drängte der Rest von Hillerts Horde aus dem Hausportal ins Freie und wurde aus zwei Richtungen unter Beschuß genommen. Dennoch mußte noch geraume Zeit vergehen, ehe Hillert die weiße Fahne schwenkte.

26

Trotz der schweren, aus Kupfer, Silber, Trockenfisch und Hamburger Bier bestehenden Ladung durchschnitt der kühne Bug die turbulente graue See mit Leichtigkeit und kam gut voran. Am Himmel fegten vom heftigen Nordwind getriebene dunkle Wolken dahin. Hin und wieder prasselten Regentropfen aufs Deck und wurden von der über die Reling sprühenden Gischt verschluckt. Langsam blieb die holländische Küste achtern zurück, und die Gewässer wurden tiefer, als das Schiff Kurs auf die offene Nordsee nahm. Das Kreischen der Möwen verstummte.

Elise fröstelte, als ein kalter Windstoß ihren schweren wollenen Umhang erfaßte und ihr Haar zerraufte. Sie hatte sich einfach, warm und praktisch gekleidet und die besseren Kleider samt dem pelzgefütterten Mantel erst gar nicht ausgepackt. England lag irgendwo jenseits dieses undurchdringlichen grauen Dunstes, in dem See und Himmel verschmolzen, doch die rechte Freude über die Heimkehr wollte sich nicht einstellen. Sie wußte nicht, ob Maxim noch am Leben war, und jedesmal wenn die Erinnerung an den rasenden Hillert sie quälte, dann sah sie unweigerlich ihren Geliebten zu Füßen dieses Ungeheuers liegen.

Auf der Suche nach einem sicheren Plätzchen erstieg Elise das Achterdeck, wo Nikolaus und der Steuermann das Kompaßgehäuse wachsam im Auge behielten. Ausnahmsweise bemerkte Nikolaus sie kaum, da er gerade den Kurs kontrollierte. Mit gedämpfter Stimme gab er dem Steuermann Anweisungen.

An Nikolaus' Manieren war nichts auszusetzen, dachte Elise, als sie steuerbords blickte. Es war nicht zu verkennen, daß seine

Leute ihn ebenso respektierten wie sie. Obschon er sich seit dem Auslaufen aus dem Hamburger Hafen zeitweilig sehr wortkarg gab, hatte er sich ihr gegenüber doch freundlich und zuvorkommend benommen. Die Bekanntschaft mit diesem Mann hatte ihr Reichtum beschert, da er ihr angelegtes Geld mehr als verdreifacht hatte. Der wahre Gewinn aber war die Begegnung mit einem Menschen von großzügiger Wesensart, der zu leben verstand.

Nikolaus war ihr entgegengekommen und hatte ihr wieder seine Kabine zur Verfügung gestellt. Wann immer sich Gelegenheit bot, sich an Dietrichs köstlichen Leckerbissen gütlich zu tun, tauschten sie höfliche Artigkeiten aus, machten Konversation und vermieden jede Erwähnung dessen, was hätte sein können. Nikolaus hatte nicht die Absicht, aufdringlich zu sein; da er sie jedoch so hoch über andere Frauen gestellt hatte, wünschte er sich einen Burgfrieden oder wenigstens eine Verständigung, damit für die Zukunft eine dauerhafte Freundschaft entstünde.

»Segel an Steuerbord achtern!« tönte es vom Ausguck aus luftiger Höhe, und als Elise aufblickte, sah sie den Mann in seinem Krähennest auf halber Höhe des Vormastes. Er wies auf einen Punkt hinter ihnen, wo am Horizont noch immer die Küste als schmaler Strich sichtbar war. Davor hob sich undeutlich ein heller Fleck ab, und Elise wußte sofort, was dieser Fleck bedeutete. Es waren die Segel eines anderen Schiffes.

Nikolaus entriß dem Rudergänger das Fernglas. Lange spähte er durch den verlängerten Zylinder, und als er ihn absetzte, zeigten sich auf seiner Stirn tiefe Furchen. Er gab nun laut und hastig Befehle, die der Steuermann mit einem Nicken zur Kenntnis nahm. Dann trat der Kapitän wieder an die Reling, um abermals durchs Fernglas zu blicken.

»Ein Engländer«, sagte er zu Elise über die Schulter. »Er kommt aus den Niederlanden.«

»Eines von Drakes Schiffen?« Fast fürchtete Elise sich, diese Frage zu stellen, da sie wußte, was eine Konfrontation mit Drake für Nikolaus bedeutete. Seinen eigenen Worten zufolge war er längst nicht so reich wie Hillert, so daß der Verlust von Schiff und Ladung für ihn einen empfindlichen Verlust dargestellt hätte.

»Dieser Teufel, der sich nie fassen läßt!« grollte Nikolaus. »Wer weiß, wo er im Moment steckt! Seit Elizabeth ihn wieder ausgeschickt hat, hat er Spanien ausgeplündert! Wie ein besessener Dämon jagt er über die Meere, von den baskischen Häfen im letzten Sommer zu den Kapverdischen Inseln und der Karibik in diesem Jahr. Santiago! Hispaniola! Cartagena! Alle haben unter den Breitseiten seiner Geschütze kapituliert. Er wird Philipp völlig ausplündern. Und alle jene, die mit Spanien Handel treiben! Es wäre eine bittere Ironie des Schicksals, ausgerechnet ihm zum Opfer zu fallen!«

»Gewiß würde er Euch freie Fahrt gewähren, wenn er sieht, daß Ihr einen Untertan der britische Krone an Bord habt.«

»Drake ist zu gierig! Der hält sich nicht mit Fragen auf.«

Nikolaus ließ sie stehen und gab nun Befehl, mehr Segel zu setzen. Er wollte seinem Schiff jedes bißchen Geschwindigkeit abringen. Wieder ertönte ein Ruf vom Mastkorb her, beide drehten sie sich um und sahen nun ein Schiff steuerbord voraus. Da sich die allgemeine Aufmerksamkeit auf das andere Schiff konzentriert hatte, war dieses schon nahe herangekommen. Während sie hinüberstarrten, stiegen Rauchwolken aus dem Bug und wurden vom Wind zerrissen. Eine Wasserfontäne sprühte auf, gottlob in einiger Entfernung, doch die Aufforderung war eindeutig. Beidrehen! Nikolaus blieb nichts anderes übrig, als Segel einzuholen und beizudrehen, da er über keine Geschütze verfügte, mit denen er sich gegen die zwei Gegner hätte behaupten können.

Wenig später lagen die englischen Galleonen mit ihren imponierenden hohen Mastbäumen neben der kleinen Kogge. Der größere der beiden Engländer ging längsseits, Enterhaken wurden über die Reling geworfen, um den Abstand zu verringern. Der Hansekapitän wartete mit angespannter Miene, bis eine Abordnung an Bord kam.

Der Kommandant des britischen Schiffes, ein hochgewachsener, gutaussehender Mann, der sich als Andrew Sinclair vorstellte, begrüßte Nikolaus fast freundlich, ohne seine finstere Miene zu beachten. »Verzeiht, daß ich Euch aufhalte, Captain«, sagte Sinclair, »aber da ich eben aus den Niederlanden komme, möchte ich wissen, ob Euer Schiff eines derjenigen ist, das die spanischen Truppen Parmas mit Nachschub versorgt. Falls dies zutrifft, dann bleibt mir leider keine andere Wahl, als Euer Schiff als Prise zu nehmen. Lord Leicester würde Euer Verhalten nicht billigen und könnte es mir verübeln, wenn ich Euch nicht wirksam diszipliniere.«

Nikolaus war für diese Art von Humor nicht in Stimmung. »Euch ist gewiß nicht entgangen, daß mein Schiff voll beladen ist. Obwohl Euer Verdacht unbegründet ist, wollt Ihr Euch die Ladung unter einem nichtigen Vorwand aneignen. Erlaubt mir, daß ich Euch die Ladung zeige, um Euren Argwohn zu entkräften.«

Er sprach ein paar Worte zu seinem Maat, und dieser winkte grinsend einem anderen Seemann, ihm zu folgen. Elise spürte den prüfenden Blick des englischen Kapitäns auf sich, und er reagierte mit einem Lächeln, als sie indigniert wegsah.

Nikolaus' Augen verengten sich, als er das Interesse des Engländers an Elise bemerkte. Hatte er auch Maxim nachgeben müssen, so würde er dennoch nie dulden, daß dieser seefahrende Lüstling Elise nach Belieben beäugte.

Andrew Sinclair räusperte sich und sah nach oben zur roten Flagge mit den drei weißen Türmen. »Ihr kommt aus Hamburg, Captain?«

Nikolaus zeigte sich überrascht, weil der Mann die Hanseflaggen kannte. »Ihr seid ein guter Beobachter.«

»Nun, wir hatten schon des öfteren mit Hanseschiffen zu tun«, belehrte Sinclair ihn nachsichtig. »Mit der Zeit habe ich gelernt, ihre Flaggen zu unterscheiden. Von besonderem Interesse sind für mich die einfachen rot-weißen Flaggen von Lübeck. Sie liefen spanische Häfen an und liefen wieder aus – einfach so. Wenn Ihr nicht aus den Niederlanden kommt und Euer Ziel nicht Spanien ist, wohin geht Eure Fahrt dann?«

»Nach England«, sagte Nikolaus steif. »Und noch weiter!«

Trotz des Bemühens, seine Aufmerksamkeit auf ein anderes Objekt zu konzentrieren, ließ Sinclair den Blick wieder zurück zu Elise wandern. Ihre Schönheit nahm ihn völlig gefangen, so daß er nicht von Bord gehen wollte, ohne mit ihr bekannt zu werden oder zumindest zu erfahren, wo man sie wiedersehen konnte. »Und was ist mit der Dame? Ist sie Eure Angetraute?«

»Sie ist Untertan der britischen Krone auf der Rückkehr in die Heimat.« Nikolaus ließ Sinclair nicht aus den Augen und fragte sich im stillen, zu welcher Bosheit ihn seine offenkundige Neigung verleiten würde. »Ich habe die Ehre, sie dorthin zu bringen.«

»Ach?« Andrew Sinclair nahm diese Mitteilung begierig auf. »Ich würde mich freuen, wenn die Lady mir vorgestellt würde.«

Nikolaus wog die Folgen ab, die sich daraus ergeben konnten, wenn er Elises Verbindung mit Maxim verriet. Da in England ständig Gerüchte über angeblich verhinderte Anschläge gegen die Königin kursierten, hatten vermeintliche Verräter keine Gnade zu erwarten, und wenn man dazu noch in Betracht zog, daß Elise die Aufmerksamkeit dieses Kerls geweckt hatte, war es durchaus möglich, daß Sinclair jeden Vorwand benutzen würde, um sie in seine Gewalt zu bringen. Obschon er bezweifelte, daß der Name ihres Vaters so bekannt war wie der ihres Gemahls, sprach Nikolaus ihn mit Nachdruck aus. »Das ist Elise Radborne, die Tochter Sir Ramsey Radbornes.«

Sinclair horchte auf. »Ist sie jene Elise Radborne, die vom Marquis von Bradbury aus dem Hause ihres Onkels entführt wurde?«

Nikolaus' Miene verfinsterte sich. Er verschränkte die Hände im Rücken und war nicht gewillt, die Neugierde des Mannes zu befriedigen. Daß die Kunde von Elises Entführung soviel Staub aufwirbelte, hatte er nicht geahnt.

Der Maat und der Matrose schleppten ein schweres Faß an Deck. Als es geöffnet wurde, trat der englische Kapitän näher heran. Elise, die ein wenig abseits stand, spürte, daß die zwei etwas im Schilde führten. Sie sah, daß der Maat grinste und Nikolaus zublinzelte, und gleich darauf wußte sie, warum, denn der Maat fuhr mit einer Hand ins Faß und holte ein Stück Trockenfisch hervor, das er dem Engländer unter die Nase hielt. Dieser wich angeekelt zurück, was bei den Hanseleuten lautes Gelächter hervorrief.

»Wir haben auch Fässer mit Hamburger Bier geladen, falls Ihr einen tüchtigen Zug wollt«, bot Nikolaus lächelnd an. Er deutete auf die zwei Pferde, die in notdürftigen Boxen auf engstem Raum untergebracht waren. »Wie Ihr seht, haben wir sogar zwei Gäule an Bord.«

»Captain, Euer Bier und den Fisch mögt Ihr getrost behalten«, antwortete Sinclair, der großzügig darüber hinwegging, daß man sich einen Spaß mit ihm erlaubt hatte. »Ich möchte nicht versäumen, mich für Eure Gastfreundschaft zu bedanken, doch bedaure ich sehr, Euch mitteilen zu müssen, daß Ihr unter Arrest steht...«

»Was!?« Nikolaus schnellte vor. »Ihr habt keine rechtliche Handhabe, mein Schiff zu kapern«, schrie er wütend. »Auch wenn Ihr eine Order Eurer Königin habt, kümmert es mich nicht. Wir sind nicht in England. Falls Ihr ein Piratenstück vorhabt, dann sagt es gleich!«

»Ihr habt kostbare Fracht an Bord«, lächelte Andrew befriedigt, »eine Engländerin, die von einem Verräter entführt wurde. Wie sie in Eure Hände fiel, entzieht sich meiner Kenntnis, doch kam mir zu Ohren, daß ihr Onkel bei der Königin vorstellig wurde und bat, sie möge mit den Entführern hart ins Gericht gehen. Obwohl Elizabeth trotz des empörten Drängens der Familie dieser Dame noch zu keinem Entschluß gelangt ist, wäre es grobe Pflichtverletzung meinerseits, wenn ich mir die Gelegenheit zur Rettung von Mistreß Radborne entgehen ließe. Daher muß ich auf Eurer Festnahme bestehen. Meine Leute werden Euer Schiff übernehmen, und Ihr und Eure Leute werdet an Bord meines Schiffes in Ketten gelegt, bis wir die englische Küste erreichen.«

»Das verstößt gegen sämtliche Gesetze der Seefahrt...!« bäumte sich Nikolaus auf. »Ich bringe die Lady in ihre Heimat! Von Entführung kann keine Rede sein!«

»Eure Behauptungen entbehren jeder Grundlage!« rief Elise erbittert, weil Sinclair ihre Anwesenheit nur als Vorwand benutzte, um Nikolaus festnehmen zu können. »Ich bat den Kapitän, er möge mich mitnehmen. Soll er jetzt bestraft werden, weil er mir einen Gefallen tat?«

»Wenn es so ist, Madame, werde ich mich glücklich schätzen, Euch auf mein Schiff zu bringen. Dann mag Captain von Reijn seiner Wege ziehen.«

»Verdammt!« brüllte Nikolaus wutentbrannt. »Das lasse ich

nicht zu! Lieber lasse ich mich in Ketten legen, als daß ich sie mit Halunken wie Euch ziehen lasse!«

»Nikolaus, bitte«, versuchte Elise ihn zu mäßigen. »Es ist doch ganz einfach…«

»Elise, Ihr seid mir anvertraut, und ich lasse nicht zu, daß man Euch fortschafft.« Er zog sie ein Stück beiseite und raunte ihr zu: »Einmal habe ich Euch im Stich gelassen, ein zweites Mal wird es nicht geschehen.«

»Nikolaus, macht Euch meinetwegen keine Sorgen. Ich kann auf mich allein aufpassen…«

Er schüttelte den Kopf. »Wenn Captain Sinclair Euch Gewalt antut, dann seid Ihr wehrlos. Wer kann nach so kurzer Zeit beurteilen, ob er ein Gentleman ist oder nicht?«

»Spence und Fitch könnten mitkommen…«

Der Hansekapitän deutete verächtlich auf die beiden, die sich, grün im Gesicht, neben Eddys Box niedergelassen hatten. Ihre Augen blickten unter schweren Lidern jämmerlich hervor. Keiner der beiden sah aus, als könnte er mit sich selbst fertig werden, geschweige denn mit dem Engländer. »Elise, die Verantwortung für Eure Sicherheit wurde mir übertragen, daher kann ich Euch einem anderen nicht anvertrauen. Und was die beiden dort drüben betrifft, so haben die sich schon über die Reling gebeugt, kaum daß wir den Anker gelichtet hatten.«

Nikolaus' Miene verhärtete sich, als er auf den Engländer zutrat. »Captain Sinclair, da England ohnehin mein Ziel ist, habe ich nichts dagegen einzuwenden, wenn Ihr mich dorthin eskortiert, doch wenn Ihr mich oder meine Mannschaft vor der Ankunft festnehmen wollt… oder wenn Ihr Lady Elise auf Euer Schiff mitnehmt, dann weise ich Euer Ansinnen mit allen Mitteln zurück, die mir zur Verfügung stehen.« Sinclair machte den Mund auf und wollte widersprechen, aber Nikolaus gebot ihm mit einer Handbewegung Einhalt. »Bedenkt, daß Ihr mich im Falle eines Fluchtversuches mit Euren Schiffen leicht einholt und über die Möglichkeit verfügt, mich aufzuhalten. Mich nach England zu eskortieren ist viel einfacher, als ein zerschossenes Schiff wieder seeklar zu machen.«

»Euer Standpunkt hat etwas für sich«, gestand Sinclair, der die Unbeugsamkeit des Hansekapitäns erkannte. Eine Konfrontation konnte zu einem blutigen Konflikt führen, für den man von ihm Rechenschaft fordern würde, erst recht, wenn die Engländerin gegen ihn aussagte. Andererseits wollte er auch nicht als Tölpel dastehen. »Ich verlasse mich auf Euer Wort. Ich werde Euch luvseits mit schußbereiter Breitseite begleiten, bis wir in die Themse einlaufen. Dann gewähre ich Euch Vorfahrt und folge Euch.«

Zurücktretend bedachte er Nikolaus mit einem ernsten Nicken und verbeugte sich tief vor Elise. »Bis zum nächsten Wiedersehen, Mistreß Radborne.«

Die Arme auf die Hüften gestützt und breitbeinig dastehend, beobachtete Nikolaus, wie die Engländer von Bord gingen. Er wartete, bis die Enterhaken eingezogen und zum anderen Schiff hinübergeworfen wurden, dann schritt er übers Deck und gab seiner Mannschaft Befehle. Was ihn in England erwartete, wußte er, doch war dies alles nun eine Sache seines Stolzes. Er würde diesem dreisten Engländer zeigen, daß man mit Nikolaus von Reijn so nicht umspringen konnte.

27

In London herrschte große Unruhe. Wenn schon nicht vor, so ganz gewiß nach der Gefangennahme des Hansekapitäns und seiner Besatzung, die man nach Newgate in den Kerker schaffte. Und wenn auch nicht in der ganzen Stadt, so ganz gewiß in jenem kleinen Bereich des Hafens, wo Elise Andrew Sinclair zurechtwies und ihrer Empörung über die zu ihrem angeblichen Schutz begangene Ungerechtigkeit lautstark Luft machte. »Ihr seid nicht mein Beschützer! Ihr seid ein Verleumder ehrenhafter Männer! Ich werde nicht ruhen, bis Kapitän von Reijn und seine Leute wieder auf freiem Fuß sind und Ihr Euch entschuldigt habt, das könnt Ihr mir glauben! Und wenn ich bis zur Königin gehen muß, um dieses Unrecht aus der Welt zu schaffen!«

In ungezügeltem Zorn entriß sie ihm ihren Arm, als Sinclair sie zu einem wartenden Boot geleiten wollte. »Von Euch will ich nichts außer der Freilassung von Reijns! Laßt mich in Ruhe!«

Mangels beschwichtigender Argumente blieb Sinclair nichts anderes übrig, als sie der Obhut des Bootsführers zu übergeben und peinlich berührt zu warten, bis Spence einen Seemann gefunden hatte, der Eddy und die Stute nach Bradbury bringen würde, während Fitch das Gepäck der Dame ins Boot schaffte. Die zwei Diener ließen sich hinter der aufgebrachten Elise nieder und wagten den so Gescholtenen kaum anzusehen, während sie ihren Gedanken nachhingen und überlegten, wie weit jemand wohl gehen mochte, um einen Unschuldigen in den Kerker zu bringen. Nur gut, daß Lord Seymour die Überfahrt nicht mit ihnen gemacht hatte, denn für sie stand fest, daß man ihn auf der Stelle in Ketten gelegt und ohne Verzug in den Tower gebracht hätte.

Es verging einige Zeit, bis die Segelbarke an den Uferstufen festmachte, die zum Anwesen Sir Ramsey Radbornes führten. Das Gepäck wurde ausgeladen und der Fährmann bezahlt. Dann trug man die Kisten zur Tür. Captain Sinclair hatte Elise eröffnet, daß ihr Onkel mit seiner gesamten Familie gegenwärtig das Haus bewohnte. Sie nahm diese Nachricht gelassen auf; sie war fest entschlossen, die Sache ihres Mannes rasch vor die Königin zu bringen, damit Maxims Ehre wiederhergestellt würde und er seinen Besitz wieder zugesprochen bekäme.

Beklommen näherte Elise sich dem Haus, aus dem sie einst in wilder Panik geflüchtet war. Wäre eine Audienz bei Elizabeth nicht so dringend erforderlich gewesen, sie wäre nach Bradbury Hall weitergereist, ohne sich erst im Stadthaus aufzuhalten. Fitch und Spence bedeuteten einen gewissen Schutz für sie, und sie wollte Cassandra keine Gelegenheit geben, sie wieder gewaltsam festzuhalten.

Die geräumige Halle war hell erleuchtet. Leises Gemurmel drang aus dem großen Gemach im Erdgeschoß, und einen Augenblick lang glaubte Elise, einige Worte ihres Onkels herauszuhören, doch war alles zu leise und zu undeutlich.

»Meiner Seel! Die junge Herrin ist da!« Der Ausruf kam von einer älteren Hausmagd, die am oberen Treppenabsatz innehielt.

Die Dienerschaft kam von überall herbeigelaufen und versammelte sich staunend in der Halle. Scheu blickten sie Elise an. Niemand wagte, sich ihr zu nähern. Elise, der diese Zurückhaltung zu denken gab, ging langsam durch die Halle. Das Gespräch im großen Gemach war verstummt, und jetzt fühlte sie sich von allen Seiten aufmerksam beobachtet. Schließlich war es die kleine, alte Haushälterin Clara, die gebückt auf sie zuhumpelte und sie begrüßte.

Elise erwiderte ihre herzliche Begrüßung. Sie wußte nur zu gut, daß diese schmächtige Person oft Leib und Leben aufs Spiel gesetzt hatte, um ihr gegen Cassandra und ihre Söhne zu helfen. »Sind mir Hörner und ein Schweif gewachsen?« fragte Elise erstaunt. »Was ist denn mit euch allen?«

»Ach, es ist Eure Tante Cassandra«, flüsterte Clara. »Sie wohnt jetzt hier mit Eurem Onkel... als seine Gemahlin.«

Bestürzt wich Elise zurück und starrte in das verhunzelte Gesicht der Alten. Edward Stamford konnte nicht so töricht gewesen sein, sich mit Cassandra zu vermählen. »Clara, sag, daß das nicht wahr ist.«

»Doch, es ist die Wahrheit«, versicherte ihr die Haushälterin. »Die beiden haben sich nach Eurer Entführung vermählt. Euer Onkel wurde bei der Königin vorstellig, um den Marquis von Bradbury der Entführung anzuklagen und auf seine Gefangennahme zu drängen. In dieser Zeit besuchte Cassandra Euren Onkel, und nachdem sie ein Auge auf seine Reichtümer geworfen hatte, dauerte es nicht lange, und die Hochzeit fand statt.«

Elise kannte die verschiedenen Gesichter Cassandras nur zu gut. Sicher war es Cassandra nicht schwergefallen, den alten Mann mit ihrem Charme zu bezaubern. Dank ihrer Schönheit war sie sehr wohl imstande, auch Jüngere zu betören. Ein einsamer Witwer war da gewiß der letzte, der ihr allzuviel Widerstand entgegensetzte.

Elise erstarrte, als sie hinter sich ein spöttisches Lachen vernahm. Sie drehte sich um und sah sich der schlanken, wohlgeformten Gestalt ihrer Tante gegenüber, die sich im Eingang zum großen Gemach abzeichnete. Im Schatten hinter ihr bemerkte Elise die höhnischen Gesichter ihrer Söhne, darunter die zornigen dunklen Augen von Forsworth Radborne.

»Sieh an, wenn das nicht unsere kleine Elise ist«, sagte Cassandra mit sarkastischem Lächeln. »Bist du zurückgekommen, um uns mit einem Besuch zu beehren?«

Beim Anblick ihrer alten Widersacher stockte Elise der Atem, und sie hatte das Gefühl, jemand würde ihr die Kehle zudrücken. Die furchtbaren Erinnerungen an das vergangene Jahr überfielen sie, und sie erschauderte bei dem Gedanken, daß sich alles wiederholen könnte.

Cassandra, die ihre Macht über das Mädchen ebenso spürte wie das Gesinde, genoß die Situation. Es lag auf der Hand, daß das Mädchen völlig schutzlos war, denn an der Hörigkeit des Hausgesindes hatte sich nichts geändert. Jetzt war es nur noch eine Frage der Zeit, bis sie an das Versteck des Schatzes und Ramsey Radbornes Besitztümer herankam.

Elise sammelte sich und faßte den Entschluß, diese prächtig gekleidete, habgierige Frau baldmöglichst aus ihrem Haus zu vertreiben. Sich zu Fitch und Spence, die das Geschehen noch nicht ganz erfaßt hatten, umwendend, winkte sie die beiden zu sich, damit sie an ihrer Seite blieben, und schickte Clara in die Küche. Für alle drei sollte ein Imbiß zubereitet werden. Unter Cassandras amüsierten Blicken befahl Elise zwei kräftigen Dienern, die Kisten in ihre Gemächer zu schaffen.

»Dort wohnt aber Mr. Forsworth«, platzte ein junges Hausmädchen heraus, als ob dadurch die Anordnung hinfällig würde.

Elise bedachte die junge Schöne mit einem fragenden Blick und spürte gleich, daß das junge Ding guten Grund hatte, Forsworths Schlafgemach zu kennen. So wie sie ihren Vetter einschätzte, hatte er es verstanden, sich das Mädchen gefügig zu machen. »Dann zieh sein Bett ab, und packe seine Sachen zusammen«, wies sie das Mädchen an.

»Aber… aber… wohin soll ich sie bringen?« stammelte die Kleine mit einem hilfesuchenden Blick zu Forsworth hin. Da sie erst seit kurzem im Haus war, wußte sie noch nicht, welche Autorität Elise hier zukam.

»Zunächst muß das Zeug aus meinen Räumen«, sagte Elise kurz angebunden, »nachher können wir uns den Kopf zerbrechen, wohin damit.«

Cassandra lachte höhnisch auf. »Wer bist du denn, daß du verfügst, wohin mein Sohn zieht?«

Elise hielt ihrem herausfordernden Blick stand und antwortete ganz ruhig: »Cassandra, du magst meine Ansprüche leugnen, aber ich bin noch immer die einzige Herrin dieses Hauses. Daher wird meinen Anweisungen Folge geleistet. Ich brauche deine Erlaubnis nicht.« Dann wandte sie sich zu dem Mädchen und sagte barsch: »Lauf und tu, was ich dir aufgetragen habe. Sofort!«

Das Mädchen knickste andeutungsweise und lief davon, worauf auch die übrige Dienerschaft sich zerstreute. Sie sahen eine Auseinandersetzung zwischen der Herrin und ihrer Tante heraufziehen und wollten sich vorher aus dem Staub machen.

Kühl wandte Elise sich Cassandra in Erwartung eines Wortwechsels zu, doch diese machte eben Edward Platz, der durch die Tür schlurfte. Elise war schockiert. Sie konnte es kaum fassen, daß der ausgemergelte Alte mit dem struppigen Haar, der nun auf sie zukam, der beleibte, vor Gesundheit strotzende Mann sein sollte, den sie ihr Leben lang gekannt hatte. Die Veränderung, die er in ihrer Abwesenheit durchgemacht hatte, war geradezu gespenstisch.

»Onkel Eward?« Sie faßte nach seiner knochigen Hand und drückte sie. Wortlos starrte sie in sein Gesicht. Verschwunden die kräftigen Backen und straffen Züge der letzten Jahre. Seine glanzlosen Augen lagen in tiefen Höhlen, umschattet von bläulichen Ringen in scharfem Kontrast zur teigig-weißen Haut.

»Elise, mein Mädchen…« Sein mühsamer Versuch zu lächeln offenbarte seine Gebrechlichkeit. »Ich bin so froh, dich wiederzusehen. Arabella brauchte deine Gesellschaft. Sie ist jetzt Witwe…«

Diese Eröffnung versetzte Elise einen neuen Schlag. Von Mitleid erfüllt, umarmte sie ihren Onkel, der gerührt ein Schluchzen unterdrückte. Auch die kleinsten Zeichen von Zuneigung waren für ihn eine Seltenheit geworden, was ihn besonders demütigte.

»Onkel Eward, es tut mir ja so leid«, flüsterte Elise fassungslos. »Das wußte ich nicht. Arme Arabella... sie muß untröstlich sein.«

Edward, um Fassung ringend, berichtete nun, was vorgefallen war. »Vor etwa einem Monat fand man Reland nach einem Ausritt tot im Fluß. Sicher hat sein Pferd gescheut und ihn abgeworfen. Er muß mit dem Kopf hart aufgeschlagen sein, weil er ertrank, ehe er zu sich kam.«

»Wo ist Arabella? Ich würde sie gern sprechen«, sagte Elise und ließ den Blick durch die Halle schweifen.

»Sie ist auf Besuch bei einer Freundin«, antwortete Cassandra vom Eingang her. »Sie wird sicher später kommen – sie klatscht zu gern mit ihrer Freundin.«

Edwards Miene verzerrte sich, als ihn ein Krampf überfiel. Er hielt sich den Bauch, Schweiß trat ihm auf die Stirn. Elise nahm seinen Arm, um ihn zu einem Sessel zu führen, aber er lehnte kopfschüttelnd ihre Hilfe ab, und gleich darauf war der Schmerz vorbei. Mühsam richtete er sich auf. »Ich gehe jetzt hinauf ins Bett. In letzter Zeit fühle ich mich gar nicht gut und bin sehr müde.«

»Onkel... ich muß dich etwas fragen...« Elise sah Edward in die glasigen Augen und hatte beinahe Angst, diese Frage zu stellen, da in ihr ein furchtbarer Verdacht aufstieg... »Woran leidest du? Als ich dich zuletzt sah, warst du gesund und wohlauf. Was sagen die Ärzte?«

»Ach die!« winkte Edward müde ab. »Die kratzen sich bloß die Köpfe. Dieser bohrende Schmerz... er fing wenige Wochen nach deiner Entführung an. Meine liebe Cassandra pflegt mich, seitdem es mir so elend geht. Die Ärzte gaben mir ein widerliches Gesöff, und meine liebe Frau versichert mir, daß es hilft... aber ich werde immer schwächer...« Damit schlurfte er davon.

»Armes Kind, für dich muß es eine böse Überraschung sein, daß es mit Edward so bergab gegangen ist«, bemerkte Cassandra und ging auf Elise zu. Als sie ihr die Wange tätscheln wollte, wich ihre Nichte angewidert zurück, was Cassandra lächelnd überging, um mit übertriebener Besorgtheit fortzufahren: »Wir alle sind seinetwegen in großer Sorge.« Sie warf einen Blick über die Schulter, um sich der Zustimmung ihrer Söhne zu versichern. »Wir haben unser Bestes getan, um ihm zu helfen.«

»Ja, unser Bestes«, bestätigte Forsworth und grinste. »Niemand kann uns einen Vorwurf machen.«

Cassandra zog gleichmütig die Schultern hoch. »Er wird das Jahr nicht überleben.«

»Sicher hast du für den Fall seines Ablebens bereits Vorkehrungen getroffen«, gab Elise giftig zurück.

Wieder umspielte ein selbstzufriedenes Lächeln ihre Lippen. »Natürlich. Am Tag unserer Hochzeit unterschrieb Edward einen Ehevertrag. Er verpflichtete sich, alle meine Schulden zu zahlen und mir im Falle seines Todes sein gesamtes Vermögen zu vermachen. Sollte er von uns gehen, der Ärmste, dann werde ich eine reiche Frau sein.« Cassandra warf den Kopf zurück und musterte ihre Nichte. »Mir scheint, liebe Elise, du hast dich verändert. Ich muß sogar zugeben, daß du schöner geworden bist. Oder vielleicht nur reifer.«

»Hoffentlich bin ich jetzt eher imstande, dich zu durchschauen, Cassandra«, gab Elise schlagfertig zurück.

Als hätte sie diese Bemerkung überhört, fuhr Cassandra fort: »Über diesen ruchlosen Schurken Seymour waren so wilde Gerüchte im Umlauf, daß die Hoffnung, er möge dir nichts angetan haben, wahrscheinlich vergeblich ist. Im Gegenteil, ich glaube fast, daß er deine Gefangenschaft ausgenützt hat.« Als Cassandra Elises Erröten bemerkte, schlug sie weiter in diese Kerbe. »Ein so betont männlicher Mann wie er und ein junges Mädchen... Einfach unvorstellbar, daß nichts passiert sein soll.«

Elise hatte sich rasch gefaßt. »Ich wußte nicht, daß du dich in denselben Kreisen bewegst wie Lord Seymour und zu wissen meinst, wie er wirklich ist. Soviel ich weiß, war er in der Wahl seiner Gefährten und Freunde immer heikel und hat sich nie mit Dieben und Mördern abgegeben.«

»Hört! Hört! Der Mann hätte schon längst wegen seiner Verbrechen hängen sollen«, erwiderte Cassandra unbeirrt. »Ich bin sicher, daß die Königin eine Belohnung auf seinen Kopf aussetzen wird. Sei ganz beruhigt, meine Liebe, er wird hängen.«

»Unter Lord Seymours Schutz wurde mir jedenfalls größte Fürsorge zuteil«, konterte Elise. »Im Gegensatz dazu denke ich höchst ungern an eine Zeit in diesem Haus zurück, als ich guten Grund hatte, um mein Leben zu fürchten.«

»Elise, da hättest du eben dein Gesinde wirklich strenger behandeln sollen«, sagte Cassandra. »Ihr fortgesetztes Ungeschick könnte jeden zu Tod erschrecken.«

Elise hatte längst gelernt, daß es zwecklos war, sich mit dieser Frau anzulegen. Cassandra besaß das Talent, jedes Wort zu ihren Gunsten zu wenden. Sie mußte anders vorgehen. Plötzlich wandte sie sich abrupt an ihre Diener und sagte laut: »Bewaffnet euch mit allem, was dazu taugt, und bewacht mich, solange diese Frau und ihre Söhne in meinem Haus sind.«

»Du sprichst von *deinem* Haus?« flötete Cassandra. »Meine liebe Elise, muß ich dich eigens daran erinnern, daß du als weibliche Nachkommin den Besitz deines Vaters nicht ohne ausdrückliches Dekret der Königin erben kannst? Und ein solches Dokument, das dir ein Recht über seinen Besitz einräumt, gibt es nicht. Daher sind meine Söhne die einzigen rechtmäßigen Erben von Besitz und Vermögen der Radbornes. Was du hier siehst, steht ihnen zu. Meine Liebe, so wie ich die Lage einschätze, bist du eine Bettlerin... ohne Dach über dem Kopf, ohne Besitz, auf den du Anspruch erheben könntest.«

Elises Lippen verzogen sich zur Andeutung eines Lächelns, als sie in den Beutel griff, den sie an ihrem Gürtel trug. Sie holte den Ring ihres Vaters hervor und hielt ihn Cassandra hin. »Erkennst du das?« Sie wartete, bis die Frau zögernd nickte, und eröffnete dann ein Spiel, von dem sie sicher war, daß es enthüllen würde, was ihre Tante von der Entführung ihres Vaters wußte. »Dann weißt du, daß mein Vater niemals ohne diesen Ring gesehen wurde?« Cassandra nickte, und Elise fuhr fort: »Diesen Ring kannst du als Beweis dafür ansehen, daß ich weiß, wo sich mein Vater befindet. Mein Vater ist am Leben!« Über das schöne, wenn auch nicht mehr ganz junge Gesicht ihrer Tante huschte ein Ausdruck der Verwirrung. Elise sah dies als Zeichen, daß Cassandra zumindest an seiner Entführung unschuldig war. »Und du kannst ganz sicher sein, daß er es nicht dulden wird, wenn du oder deine Söhne sich sein Eigentum aneignen wollen. Daher schlage ich vor, du suchst dir eine andere Bleibe... so rasch wie möglich.«

»Das ist nur eine List!« erklärte Forsworth und trat mit finsterem Blick vor. »Sie lügt! Andernfalls wäre Onkel Ramsey gemeinsam mit ihr hier!«

Elise forderte ihn mit überlegenem Lächeln heraus. »Forsworth, du warst immer schon schwer von Begriff. Warum wartest du nicht, bis mein Vater kommt? Sicher wird er dir die Prügel verpassen, die du verdienst.«

In seinen dunklen Augen blitzte es zornig auf. »Du verlogene Schlampe! Du verschwindest einfach irgendwo ins Ausland und gibst dich dem wollüstigen Vergnügen eines Hochverräters hin. Immer schon wolltest du einen Mann mit Titel. Jetzt hast du dich selbst übertroffen. Man bedenke: ein Verräter an der Krone! Kein geringerer als ein Marquis! Mittlerweile trägst du vermutlich schon seinen Bankert aus.«

Elises Schlag traf ihn unvorbereitet, und Forsworth sah momentan nur Nebel vor den Augen. Benommen schüttelte er den Kopf, doch bevor er gegen das Mädchen ausholen konnte, sah er sich unvermittelt Spence gegenüber, der seine massige Gestalt zwischen die beiden gedrängt hatte.

»Ihr werdet sie nicht anrühren.« Spence sagte es ganz ruhig. »Sonst werdet Ihr es bereuen.«

»Du wagst es, mir zu drohen!« brüllte Forsworth los, aufgebracht, daß ein einfacher Diener sich einzumischen wagte. »Aus dem Weg!«

Spence schüttelte den Kopf. »Mein Herr sagte, ich solle die Lady beschützen, und wenn es mich mein Leben kostet. Ihr werdet ihr nichts tun, solange ich da bin.« Spence stieß ihm mit dem Finger gegen die Brust, so daß er rücklings ins Taumeln geriet.

»Du...!« zischte Forsworth und sagte drohend zu Elise: »Du wirst schon noch kriegen, was dir gebührt.«

»Ach, wie tapfer du bist, wenn du es mit Frauen zu tun hast!« spottete Elise, Cassandras übertrieben süßen Ton nachahmend. »Hör gut zu... ich werde mir von dir nichts mehr gefallen lassen.

Das ist mein Vaterhaus, und ich möchte, daß ihr alle verschwindet! Unverzüglich!«

Wieder wollte Forsworth mit geballter Faust auf Elise losgehen, doch Spence hielt ihn am Handgelenk fest. Nicht genug, daß ihm der eine Diener Paroli geboten hatte, jetzt machte sich, einen Schritt hinter dem Großen, auch der andere bemerkbar.

»Wenn meine Herrin sagt, Ihr sollt Euch trollen, dann solltet Ihr das beherzigen«, forderte nun Spence den hitzigen Forsworth auf. Als sich seine Brüder auf ihn stürzen wollten, griff er schnell nach der Pistole, die Fitch ihm zusteckte. Diesem war es vor dem Verlassen des Schiffes gelungen, sich unbemerkt zwei Pistolen anzueignen, für den Fall, daß es Schwierigkeiten geben sollte. Und diese waren früher eingetreten als erwartet. Spence richtete die Pistole auf die drei Brüder. »Wer einen Schritt tut, den durchlöchere ich«, warnte er. »Wen ich treffe, ist mir einerlei.«

Cassandra wollte auf die beiden zugehen, doch Spence hatte sie ebenso im Auge wie ihre Söhne. »Mylady, bleibt, wo Ihr seid. Ich möchte die Teppiche meiner Herrin nicht mit Blut beflecken.«

»Das ist die Höhe!« stieß Cassandra wütend hervor, sich an Elise wendend. »Ich bin deine Tante, und du läßt zu, daß mich dieser Tölpel bedroht?«

Ein leeres Lächeln umspielte Elises reizvollen Mund. »Ich kann mich an eine Zeit erinnern, da gabst du deinen Söhnen den Befehl, mich zu schikanieren. Ich ermächtige diese Männer zu tun, was sie tun müssen, um mich vor dir und deinen Söhnen zu schützen. Ich weiß nicht, wie du meinen Onkel herumgekriegt hast, damit er dich zur Frau nahm, doch ist offensichtlich seine Gesundheit in ernster Gefahr... und ich muß das Schlimmste befürchten. Ich erinnere mich: Vor langer Zeit, als ich noch ein Kind war, da brabbelte eine Frau aus der Dienerschaft, hochbetagt und angeblich wirr im Kopf, ununterbrochen, sie habe beobachtet, wie du erst meine Mutter und dann deinen Mann vergiftet hast.« Elise bemerkte sehr wohl, wie ihre Tante zusammenzuckte. »Und jetzt scheint Edward an deiner Pflege zugrunde zu gehen. Ich werde dafür sorgen, daß du für deine Untaten vor Gericht gestellt wirst.«

Cassandra richtete sich mit angeschlagenem Stolz auf. »Ich

bleibe keine Sekunde länger in diesem Haus und lasse mir diese schäbigen Beschuldigungen nicht gefallen!«

»Ja, sieh zu, daß du dich sputest«, spottete Elise. »Laufe um dein Leben, denn ich werde dich mit Bluthunden hetzen! Geh! Verlasse auf der Stelle mein Haus!«

Wie benommen tat Cassandra ein paar Schritte und gab dann ihren Söhnen mit einem matten Kopfnicken zu verstehen, sie sollten ihr folgen. Aller Hochmut war von ihr abgefallen. Sie hatte es plötzlich eilig, dieser rachedurstigen Furie zu entkommen, die zu einer gefährlichen Gegnerin geworden war.

Lautstark und unter viel Aufhebens warfen Cassandra und ihre Söhne ihre Habseligkeiten in Truhen und schleppten mit, was sie befördern konnten. Stille senkte sich über das Haus, und erst jetzt wagten sich die Bediensteten hervor, um ihre Herrin gebührend willkommen zu heißen. Erleichtert machten sie sich daran, Elises Räume herzurichten und ihre Sachen auszupacken.

Körperlich und seelisch erschöpft, hatte Elise nicht mehr die Kraft, in die Halle zu gehen und etwas zu sich zu nehmen. Sie ging sofort hinauf in ihre Gemächer, wo sie sich ermattet aufs Bett fallen ließ. Als Clara ihr etwas zu essen brachte und ihr beim Auskleiden half, brachte sie nur noch ein paar gemurmelte Worte über die Lippen, ehe sie mit einem tiefen Seufzer im Bett die ersehnte Ruhe fand. Träume von Maxim stellten sich ein und wiegten sie in den Schlaf.

Viel später, schon während der frühen Morgenstunden, wachte Elise plötzlich auf. Irgendein Geräusch hatte sie geweckt. Elise schlüpfte in ihren Morgenrock und ging leise den Gang entlang zu den Gemächern, die Arabella bewohnte. Ein leises Klopfen blieb unbeantwortet, und Elise trat ein. Das Mondlicht fiel durch die Spitzengardinen ein und erhellte einen Boden, der mit Kleidungsstücken übersät war. Nahe der Tür lag ein nobles Satinkleid, daneben Unterröcke und ein Reifrock. Neben dem Bett sah sie einen weißen Barchent und Seidenstrümpfe. Die Bettdecke war zurückgeschlagen, das Bett zerwühlt. Jedes der beiden Kissen hatte einen Kopfabdruck, und Elise ahnte, daß derjenige, der hier geschlafen hatte, nicht allein gewesen war.

Nachdenklich schlich Elise zurück in ihr Zimmer, wo sie wieder zu Bett gehen wollte, als ein leises Gewieher sie innehalten ließ. Im Hof unten sah sie im Mondlicht Arabella in einem durchsichtigen Hauskleid neben einem Pferd, in dessen Sattel ein Mann saß. Er war in einen Umhang gehüllt, dessen Kapuze seine Züge verbarg. Er beugte sich zu Arabella hinab, und das Paar tauschte einen langen Kuß. Als der Mann sich wieder aufrichtete, glitt der Saum seines Umhangs nach unten. Irgendwie erinnerte er sie an Forsworth. Der Mann strich noch einmal liebkosend über Arabellas Wange, ehe er seinem Pferd die Sporen gab und davonsprengte.

Vorsichtig drückte Elise sich in die Dunkelheit, als Arabella sich umwandte und auf die Treppe zuging. Regungslos verharrte sie, als ihre Kusine die Stufen heraufkam. Erst als die Tür sich hinter Arabella geschlossen hatte, atmete Elise erleichtert auf.

Elise war fassungslos vor Staunen, als Arabella am nächsten Morgen zum Frühstück herunterkam und die trauernde Witwe spielte. Zugegeben, Arabella sah so aus, denn ihre Augen waren rot gerändert und von dunklen Ringen umgeben, die Wangen bleich und eingefallen. Nach der nächtlichen Szene im Hof konnte Elise sich indessen nur wundern, warum Arabella sich die Mühe machte, diese Rolle zu spielen. Noch erstaunter war sie, als Arabella ihr um den Hals fiel, sich an ihrer Schulter ausweinte und den Verlust Relands beklagte.

»Habe ich nicht immer gesagt, daß ein Fluch auf mir liegt?« stieß sie schluchzend hervor. »Ich sage dir, ich bin vom Unheil verfolgt.«

Nachdenklich strich Elise ihr über den Rücken, ratlos, wie sie auf all das reagieren sollte. »Reland unternahm einen Ausritt, wie ich hörte«, murmelte sie. »War er allein?«

Arabella führte ein Taschentuch an ihre Nase. »Wir ritten zusammen, doch er galoppierte davon wie gewohnt, und ich mußte allein nach Hause reiten.«

»Wo ist es passiert?«

»In der Nähe von Bradbury.«

»Vor einem Monat?«

Arabella nickte, die Hand auf die Brust gedrückt, und der Kummer drohte sie wieder zu überwältigen. Dabei wurde Elises Aufmerksamkeit auf ein Halsband gelenkt, das Arabella trug – ein Irrtum war ausgeschlossen! Als ihre Kusine ihren Blick bemerkte, nahm sie schniefend das juwelenbesetzte Geschmeide ab. »Es hat mich so sehr an dich erinnert, Elise, ich mußte es tragen.« Sie legte es unter Tränen und Schluchzen ihrer jüngeren Kusine um den Hals. »Als ich am Abend meiner Hochzeit das Brautgemach betrat, fand ich die Kette zerrissen und die Perlen über den Boden verstreut vor. Ich war zu Tode erschrocken, als ich entdeckte, daß man dich entführt hatte; deswegen ließ ich die Kette wieder fassen und habe sie seither zur Erinnerung an dich getragen.«

»Ich danke dir für deine Mühe.«

Wieder brach Arabella in Tränen aus, und ihr Schluchzen nahm kein Ende, so daß Elise fast verzweifelte und gar nicht zum Frühstücken kam.

Schließlich wischte sich Arabella die Tränen ab. »Schrecklich muß es für dich gewesen sein. Einfach so mit Gewalt entführt zu werden. Alle Welt fragt sich nun, was passiert ist.«

»Ach, eigentlich war es wunderbar... und sehr romantisch«, versicherte Elise ihr mit einem boshaften kleinen Lächeln.

Arabella empfand einen Anflug von Eifersucht, als sie Elises entrückten Blick sah. »Ich habe mich die ganze Zeit gefragt, wen Maxims Leute eigentlich entführen sollten... und da du aus meinen Räumen entführt wurdest, bin ich zu dem Schluß gekommen, daß sie uns verwechselten. Ist das richtig?«

Elise nickte. »Seine Diener irrten sich.«

»Natürlich, ich dachte es mir. Maxim war so verliebt in mich, daß er zurückkam und mich holen wollte. Seine Enttäuschung muß sehr groß gewesen sein, als er entdeckte, daß anstatt seiner geliebten Braut ein anderes Mädchen entführt worden war.« Arabella seufzte, als könnte sie seinen Schmerz nachempfinden. »Wie ich ihn kenne, muß er außer sich gewesen sein vor Zorn.«

Nicht imstande, diese Bemerkungen zu widerlegen, wandte Elise ihr Gesicht ab, um einen Schmerz zu verbergen, über den sie nicht sprechen konnte. Arabellas Worte hatten sie an einer empfindlichen Stelle getroffen.

»Sicher plant Maxim seine Rückkehr, um den Irrtum wiedergutzumachen.« Arabellas graue Augen erfaßten das feine Profil Elises, die den Blick gesenkt hielt. »Sagte er, wann er kommen will?«

»Maxim wurde als Verräter gebrandmarkt«, rief Elise ihrer Kusine in Erinnerung. »Kommt er zurück, droht ihm seine Exekution, falls ihn die Königin nicht begnadigt.«

»Und wenn dies geschieht, dann werde ich seinen Antrag annehmen«, murmelte Arabella mit einem Lächeln, aus dem die Vorfreude allzu deutlich sprach.

Elise war nahe daran, ihr alles zu sagen, doch sie hielt sich, plötzlich unsicher, zurück. Ihr verletzter Stolz ließ es nicht zu, Rechte auf Maxim geltend zu machen, ohne die Sicherheit zu haben, daß es in seinem Sinne war. Kehrte er zurück und sah er Arabella wieder, dann erwachte womöglich seine Liebe zu ihr von neuem, und er bereute das Ehegelübde, das er ihr in Lübeck gegeben hatte.

»Falls Maxim noch lebt, plant er, nach England zu kommen«, sagte Elise ganz leise.

Arabella drückte die Hand an den Hals. »Ist er denn in Gefahr?«

»Wann war er nicht in Gefahr?« entgegnete Elise.

»Sag mir, daß er in Sicherheit ist!« flüsterte Arabella. »Er muß in Sicherheit sein.«

Elise rang sich ein trauriges Lächeln ab. »Arabella, ich kann dir gar nichts versichern, am allerwenigsten, daß er in Sicherheit ist.«

28

Stellte der Palast von Whitehall mit seinen annähernd tausend Räumen ein höchst eindrucksvolles Bauwerk dar, so präsentierten sich die ausgedehnten Gartenanlagen, Blumen- und Obstgärten, Tennisplätze und Turnierbahnen, unter der Regierung des verstorbenen Königs angelegt, im vielfarbigen Schmuck der Frühjahrsblüte nicht weniger prächtig. Elise gönnte sich einen Augenblick, um den Blütenduft zu genießen, als sie die Stufen hinaufstieg, doch es war kein Tag, der längeres Verweilen zuließ. Die Audienz bei der Königin stand unmittelbar bevor. Trotz des äußeren Anscheins der Gelassenheit, den sie zur Schau trug, tobte in ihrem Inneren ein gewaltiger Aufruhr. Ungezählte Male hatte sie sich ihre Worte zurechtgelegt, aus Angst, in Gegenwart der Herrscherin vor Aufregung zu stammeln.

Auch ihre Kleidung hatte sie dem Anlaß entsprechend gewählt, denn es war bekannt, daß Elizabeth Frauen verabscheute, die sich prächtiger kleideten als sie. Daher hatte sich Elise für ein schlichtes schwarzes Samtkleid mit weißer Spitzenhalskrause entschieden. Ihr einziger Schmuck war die Perlenkette mit der rubingefaßten Schließe. Ihr sorgfältig frisiertes Haar krönte ein Häubchen, das modisch war, ohne frivol zu wirken.

Nahezu eine Woche war vergangen, seitdem sie um eine Audienz ersucht hatte, eine Zeit, die sie in ständiger Angst verbrachte, weil sie keine Ahnung hatte, wo Maxim sich aufhielt; von Nikolaus dagegen wußte sie leider nur zu gut, daß er immer noch festgehalten wurde.

Im Palast wurde sie zuerst durch endlose Korridore geführt, durch hohe Bogendurchgänge und schließlich in ein Vorzimmer, in dem sie warten sollte, bis sie in die Privatgemächer der Königin vorgelassen wurde. Lord Burghley, Elizabeths Staatssekretär, kam, um sich nach ihrem Anliegen zu erkundigen, und Elise, die ein leises Beben in ihrer Stimme kaum unterdrücken konnte, brachte ihren Fall vor. Dann ließ der Mann sie allein, und wenig später kam eine Hofdame, um sie zu holen. Elise mußte ihre ganze Kraft zusammennehmen, als sie vor die Monarchin geführt wurde. In einem tiefen Knicks versinkend, sah sie, daß die Höflinge mit einem Wink entlassen wurden, alle mit Ausnahme der greisen Blanche Parry, einer Getreuen, die der Königin schon gedient hatte, als diese noch in der Wiege lag.

»Kommt, erhebt Euch, damit ich Euer Angesicht sehen kann«, forderte Elizabeth sie auf.

Anmutig richtete Elise sich auf und ließ die eingehende Musterung der grauschwarzen Augen über sich ergehen, während sie selbst die Königin begutachtete. Elizabeth thronte in königlicher Haltung auf einem großen, reichgeschnitzten Stuhl in Fensternähe. Ihre in Diamantspitzen zulaufenden Perlenohrgehänge und die kostbaren Juwelen in ihrer flammendroten Perücke blitzten im Licht. Die grelle Farbe der falschen Haare bildete einen scharfen Gegensatz zur auffallend weißen Haut. Ihre hohe Stirn wirkte kühn, die Brauen waren säuberlich ausgezupft, die lange, geschwungene Nase wies kleine Einkerbungen am Rücken auf.

»Ihr seid Sir Ramsey Radbornes Tochter«, sagte nun Elizabeth mit einem gütigen Lächeln, das Elise etwas von ihrer Befangenheit nahm.

»Ich bin Elise Madselin Radborne, Euer Majestät, das einzige Kind Sir Ramseys.«

»Sicher seid Ihr nicht wenig verwundert, daß ich Euch hier in meinen Privatgemächern empfange…« Elizabeth ließ eine kurze Pause eintreten, die eine höfliche Bejahung gestattete, um dann fortzufahren: »Ihr seid unter meinen Höflingen und Ratgebern zu einem Gegenstand großer Neugierde geworden. Ständig klatscht mein Hofstaat über dieses und jenes, und bei Gelegenheit gestatte ich mir das Vergnügen, meine Umgebung in Unkenntnis zu lassen, während ich mich mit den Tatsachen um so eingehender vertraut mache. Gerüchten zufolge seid Ihr von Maxim Seymour, Marquis von Bradbury, geraubt und nach Hamburg gebracht worden, wo er Euch als Geisel gefangenhielt.« Ihre langen, schlanken und mit zahlreichen Ringen geschmückten Finger trommelten mißbilligend auf den geschnitzten Armlehnen. »Dieser Schurke. Mit dem größten Vergnügen werde ich mir anhören, was er dazu zu sagen hat.«

Elise ließ ihre Heirat lieber unerwähnt, da die Königin bekanntlich mit aller Schärfe gegen Edelleute vorging, die ohne ihre ausdrückliche Bewilligung eine Ehe eingegangen waren. Hatte Elizabeth nicht Lady Katherine Grey Seymour in den Tower geschickt, weil diese sich ohne königliche Zustimmung vermählt hatte, und hatte die junge Mutter nicht ihr Leben lassen müssen, weil die Königin nicht bereit war, Gnade walten zu lassen? War Maxim auch zum Tode verurteilt, so hoffte Elise noch immer auf Gnade, auf einen Funken des Mitleids, der die Königin veranlassen würde, ihren Befehl zurückzunehmen. Diese Hoffnung aufs Spiel zu setzen, indem sie ihr die Heirat gestand, wäre töricht gewesen. Und sollte Maxim entdecken, daß er Arabella mehr liebte als sie, dann war eine heimliche Annullierung der Ehe leichter zu erreichen, wenn die Königin keine Kenntnis davon hatte.

»Majestät, in Wahrheit war meine Entführung ein Irrtum, den Lord Seymours Diener begingen.«

Elizabeth schlug auf die Armlehne und ließ ein verächtliches Lachen vernehmen. »Das soll ich glauben? Ihr müßt dem Mann verfallen sein, wenn Ihr seine Verbrechen so töricht zu entschuldigen sucht.«

»Lord Seymour ist ein stattlicher Mann, einer, der vielen Frauen gefällt«, gestand Elise, und die Königin nickte zustimmend. Zumindest ihre Aufrichtigkeit wußte sie zu schätzen. »Mein Onkel Edward Stamford kann alles bestätigen. Er befand sich in der Halle, als Lord Seymour kam und ihn anklagte, daß er ihn durch eine Lüge um seine Besitzungen gebracht habe.«

»Ich habe die Proteste des Marquis vernommen«, sprach die Königin, von Elises Einwand ungerührt. »Bislang liegen mir keine Beweise seiner Unschuld vor, dagegen wurde ich durch Edward Stamford wiederholt an Seymours Schandtaten erinnert.«

»Edward hat durch seine Anschuldigungen viel gewonnen. In diesem Augenblick kann ich nicht sagen, ob Lord Seymour tot oder noch am Leben ist. Daher weiß ich auch nicht, ob er Euch Beweise seiner Unschuld vorlegen kann. Ich jedenfalls bin von seiner Unschuld überzeugt.«

Die Königin seufzte. »Wenn er tot ist, dann wird dies für immer im dunkeln bleiben, und sein Name wird aus meinem Gedächtnis gestrichen.«

»Majestät, ich hoffe, daß er am Leben ist«, ließ Elise sich fast unhörbar vernehmen.

Die beinahe unsichtbaren königlichen Brauen hoben sich erstaunt in dem bleichen Antlitz, und einen Moment lang präsentierte ihr Elizabeth, den Blick auf eine goldverzierte Manschette gerichtet, ihr edles Profil. »Wie ich hörte, seid Ihr auch gekommen, um die Freilassung des Hansekapitäns zu erbitten, dessen Schiff beschlagnahmt wurde. Ist das richtig?«

»Ja, Majestät«, gab Elise leise zur Antwort, der Mißbilligung der Monarchin gewiß.

»Wie kommt es, daß Ihr für den Hansekapitän um Gnade bittet, wenn doch Euer Vater angeblich von Hanseleuten entführt wurde?«

»Kapitän von Reijn hat sich um seine englischen Freunde verdient gemacht und ist keines Verbrechens schuldig. Karl Hillert war es, der meinen Vater entführte.«

»Seid Ihr verliebt in diesen von Reijn?«

Elise faltete die Hände und murmelte mit gesenktem Kopf: »Nein, Majestät, er ist nur ein Freund.«

»Es heißt, daß von Reijn auch ein Freund Lord Seymours sein soll... Ist das wahr?«

Elise zögerte nur kurz unter dem durchdringenden Blick der Königin. Sie hatte das Gefühl, Elizabeth könne Gedanken lesen, und sie wagte nicht, sie durch Lügen herauszufordern.

»Majestät, Ihr wißt gut Bescheid«, erwiderte sie.

»Mädchen, komm mir nicht mit Schmeicheleien!« sagte Elizabeth ungehalten und jagte damit Elise einen gehörigen Schrecken ein. »Es war immer mein Bestreben, über alles Bescheid zu wissen.«

Eingeschüchtert schwieg Elise eine Weile, bis der Zorn der Königin sich wieder gelegt hatte. Dann musterte Elizabeth sie erneut.

»Was tragt Ihr da um den Hals?« fragte die Königin und deutete auf Elises Perlenkette.

Elise hoffte, daß die Perlen nicht ihren Unwillen erregt hatten, und erklärte: »Diese Kette hatte meine Mutter bei sich, als sie von den Stamfords als kleines Kind gefunden wurde.«

Elizabeth winkte Elise heran, und als das Mädchen der Aufforderung nachkam, streckte die Köngin die Hand aus und hob das juwelenbesetzte Emaillemedaillon an, um es aus der Nähe zu betrachten. Dann wandte sie sich zur Seite und rief Blanche Parry herein. Erst als sie vor der Königin stand, merkte Elise, daß die alte Dame fast blind war.

345

»Ist die verwitwete Counteß von Rutherford zur Zeit bei Hofe?« fragte Elizabeth sie.

»Nein, Majestät«, erwiderte die alte Frau leise.

Elizabeth faltete die Hände im Schoß. »Dann weise Lord Burghley an, er solle Anne benachrichtigen. Sicher interessiert es sie sehr, daß sie eine Urenkelin hat, die im Haus Sir Ramseys lebt.«

»Die Counteß von Rutherford?« Elises Gedanken überstürzten sich, als die Königin nickte. »Aber wie ist das möglich?«

»Annes Tochter und Enkelin – letztere unzweifelhaft Eure Mutter – wurden entführt, und man verlangte Lösegeld für sie. Anne Rutherford zahlte die verlangte Summe, und kurz darauf hatte sie ihre Tochter wieder… leider ohne ihr Kind. Die beiden waren getrennt worden, und die Frau, die das kleine Mädchen hätte hüten sollen, starb, ohne sagen zu können, wohin sie es gebracht hatte. Sie konnte nur noch sagen, daß das Kind aufgrund des Halsbandes, das die Mutter bei der Entführung trug, identifiziert werden könnte. Einige Jahre darauf starb die Mutter des Kindes an den Pocken und überließ es der Counteß von Rutherford, nach ihrem Enkelkind zu suchen. Das alles liegt nun schon viele Jahre zurück. Ich glaube, daß Ihr die Tochter des verschwundenen Mädchens seid.« Elizabeth deutete auf das Halsband. »Das Emaillemedaillon wurde nach einem Porträt der Counteß gemalt, das in ihrem Haus hängt. Ich habe es selbst gesehen und kann bestätigen, daß die Miniatur direkt nach dem Original kopiert wurde. Ich werde dafür sorgen, daß die Counteß von Rutherford Euch so bald als möglich besucht. Sie ist so alt wie meine Blanche, besitzt aber ein gutes und standhaftes Herz. Sicher wird sie kaum erwarten können, Euch kennenzulernen. Da sie jetzt ohne jeden Anhang ist, seid Ihr für sie gewiß eine große Freude.«

»Ich werde mich freuen, meine Urgroßmutter kennenzulernen.« Ein erhebendes Gefühl hatte Elise erfaßt, weil sie nun vielleicht eine andere, liebevollere und besorgtere Angehörige kennenlernen würde als ihre bisherige Verwandtschaft.

Auf ein behutsames Pochen hin öffnete Blanche Parry die Tür und ließ einen hochgewachsenen, bärtigen, dunkelhaarigen Mann ein, der eilig vor die Königin hintrat und ihr mit einer Verbeugung die Ehre erwies, um ihr gleich etwas ins Ohr zu flüstern, während Elise taktvoll beiseite trat. Kaum hatte er sich wieder aufgerichtet, winkte Elizabeth das Mädchen zu sich heran und sagte zu dem Mann: »Sir Francis Walsingham, gewiß freut es Euch, Sir Ramsey Radbornes Tochter kennenzulernen. Elise ist gekommen, um die Freilassung des Hansekapitäns zu erbitten, der festgenommen wurde.«

Sir Francis wandte sich mit besorgter Miene Elise zu. »Ich kannte Euren Vater persönlich...«

»Bitte, Sir Francis, ich glaube, daß er noch am Leben ist... zumindest gebe ich die Hoffnung nicht auf. Ich ertrage es nicht, wenn Ihr von ihm in der Vergangenheit sprecht.«

»Vergebt mir, mein Kind.« Er ging auf sie zu und faßte nach ihren Händen. »Seine lange Abwesenheit ließ mich an der Milde seiner Kerkermeister zweifeln. Haltet mich nicht für härter, als ich bin.«

»Sir Francis ist mein Erster Minister«, erklärte die Königin. »Er deckt gegen mein Leben gerichtete Verschwörungen auf... und seine Entdeckungen verwundern mich stets aufs neue. Euer Vater war einem Komplott in den Kontoren der Stilliards auf der Spur, bevor er entführt wurde.«

Elise war überrascht. »Und ich war der Meinung, er wollte dort seinen Besitz verkaufen.«

»Das war nur ein Vorwand, damit er die Kontore aufsuchen konnte«, erklärte Walsingham. »Auch ich habe von dem Schatz gehört, aber ich bezweifle ernsthaft, daß es ihn überhaupt gibt.« Sir Francis verschränkte die Hände im Rücken, ging an ein Fenster und schaute nachdenklich hinaus. »Jetzt erfuhr ich, daß es tatsächlich eine gegen die Königin gerichtete Verschwörung gab, die von den Stilliards ausging.« Er drehte sich zu Elise um und sagte unumwunden: »Deshalb muß ich Euch bitten, Euch nicht mehr für die Freilassung dieses Hansekapitäns zu verwenden. Ich bin der Meinung, daß dieser Mann Eurer Fürsprache nicht wert ist.«

»Wenn es unter einigen Hansemitgliedern Verschwörer gab, so heißt das nicht, daß alle Kaufleute und Kapitäne beteiligt sind.« Elise versuchte an den Gerechtigkeitssinn Walsinghams zu appellieren. »Kapitän von Reijn half uns bei der Flucht aus Lübeck, als Karl Hillert und die Hanse uns nach dem Leben trachteten. Er war den Engländern ein guter Freund. Würde ich zulassen, daß man ihn hinrichtet oder in Newgate dahinsiechen läßt, ohne daß ich mich für ihn einsetze, dann verlöre ich jegliche Achtung vor mir selbst. Daß ich an Bord seines Schiffes war, ist der einzige Grund, warum Captain Sinclair ihn festnahm und sein Schiff beschlagnahmte. Vergebt mir, Sir Francis, ich kann nicht umhin, für ihn einzutreten, denn ich bin überzeugt, daß Kapitän von Reijn zu Unrecht festgehalten wird.«

»Vielleicht kann der Mann, der im Vorzimmer wartet, den Fall aufklären. Ich bin sicher, meine Liebe, Ihr kennt ihn gut und seid erleichtert zu sehen, daß er am Leben ist.« Walsingham wandte sich an Elizabeth. »Majestät, der Gentleman bittet um Erlaubnis, vor Euch treten zu dürfen. Ich war der Meinung, Ihr würdet ihn unter vier Augen eher empfangen... und über sein Schicksal entscheiden...«

»Soso! Der Schurke wagt es zurückzukommen, seinen Nacken unter meine Klinge zu beugen und mein Urteil zu erwarten... oder erwartet er am Ende von mir Pardon?« Sie machte eine gebieterische Handbewegung. »Laßt den Kerl eintreten, damit ich ihn um Gnade flehen höre!«

Sir Francis verbeugte sich schwungvoll und ging an die Tür, öffnete sie und kündigte beiseite tretend an: »Der Marquis von Bradbury, Euer Majestät!«

Elises Herz drohte zu zerspringen. Außer sich vor Freude und gleichzeitig in banger Erwartung tat sie ein paar stockende Schritte auf die Tür zu; als sie aber rasch näher kommende Schritte hörte, hielt sie inne, damit die Königin nicht Anstoß an ihrer Begrüßung nähme. Tatsächlich war die Angst der einzige Grund, der sie daran hinderte, sich ihrem Gemahl beim Eintreten in die Arme zu werfen. Er trug eine schwarze Pluderhose, Strümpfe, niedrige Schuhe und ein Samtwams. Seine dunkle Kleidung wurde durch weiße Manschetten und eine weiße Halskrause aufgelockert. Seine Schultern waren in ein schwarzes Cape gehüllt, das an Kragen und Saum mit Silberfäden bestickt war. Seine Haut schimmerte goldbraun und verlieh seinen Augen noch mehr Lebendigkeit. Gleich nach dem Eintreten fiel Maxims Blick auf Elise, so daß er erstaunt innehielt. Obwohl kein Wort über seine Lippen kam, fühlte sie sich sofort von der Wärme seines Blickes umfangen.

Maxim, der seine Fassung gleich wiedergewann, wandte sich an die Königin. »Euer Majestät!« Klar klang seine Stimme durch den Raum, als er eine Verbeugung vollführte.

Die Monarchin, die nervös mit den Fingern auf der Armlehne trommelte, zog ihre dünnen Brauen zusammen. Nur einem Blinden wäre der Blickwechsel des Paares entgangen. Obgleich Elizabeths die tiefe und wahre Bedeutung nicht erfassen konnte, blieb der Vorfall in ihrem Gedächtnis haften. Eine Erklärung wollte sie zu einem späteren Zeitpunkt suchen. Im Moment hatte sie mit diesem Mann andere, viel wichtigere Dinge zu besprechen. »Seht an, mögt Ihr auch ein Schurke sein, so seid Ihr doch zurückgekehrt wie versprochen!«

»Sehr wohl, Majestät, und mit guter Nachricht. Ich konnte den Anstifter der Verschwörung gegen Euch von Lübeck weglocken. Karl Hillert befindet sich im Kerker von Newgate und erwartet Euren Urteilsspruch.«

»Hat er den Mord an meinem Spitzel gestanden?« fragte Elizabeth erwartungsvoll.

»Nein, Euer Majestät, auch ist er nicht derjenige, der ihn beging«, wehrte Maxim ab. »Der Mörder ist ein Engländer, dessen Name mir unbekannt ist. Liebhaber einer Eurer Hofdamen.«

»Was zum Teufel redet Ihr da?« rief die Königin aus. »Nun, wir werden uns anhören, was meine Damen dazu zu sagen haben. Ich kann ein so ruchloses Verhalten unter meinem Gefolge nicht dulden.«

»Wir finden den Mann«, versprach Walsingham. »Und wir werden ihn in Ketten legen.«

»Leider ist es derselbe, der Sir Ramsey gefangenhält«, eröffnete Maxim ihnen.

»Dann müssen wir mit größerer Vorsicht vorgehen.« Elizabeth stützte ihr Kinn auf zwei schlanke Finger, den Blick direkt auf Maxim gerichtet. »Was schlagt Ihr vor?«

»Wenn Ihr Eure Damen zur Rede stellt, Majestät, so könnte der Mann gewarnt werden, obschon ich glaube, daß die Dame keine Ahnung hat, daß sie nur Mittel zum Zweck ist.«

»Wenn dem so ist«, betonte die Königin, »dann wird die Dame nur zu gern beitragen, die heikle Situation zu klären.«

»Ich habe einen anderen Vorschlag, Euer Majestät. Laßt ein Gerücht verbreiten, das den Mann in eine Falle lockt«, erwiderte Maxim. »Aber es muß vorsichtig geschehen, denn es soll so aussehen, als würde der Schurke die Mitteilung rein zufällig erhalten, weil ein Gespräch belauscht wurde.«

»Und welches Gerücht soll verbreitet werden?«

»Ich habe den Verdacht, daß der Entführer Sir Ramsey nur wegen des Schatzes festhält, den dieser angeblich versteckt haben soll. Wenn ihm nun zu Ohren kommt, daß ich das Versteck des Goldes kenne, wird er mich aufsuchen und mir vorschlagen, Sir Ramsey gegen Lösegeld freizulassen.«

»Der Mann wird bedacht sein, seine Identität zu verbergen«, warf Sir Francis ein.

»Meine Aufgabe wird es sein, sie zu entdecken«, gab Maxim zurück.

»Werdet Ihr Euch damit nicht selbst in Gefahr begeben?« fragte Elizabeth ihn.

»Ich werde mein Bestes tun, mit heiler Haut davonzukommen, Majestät«, gelobte Maxim lächelnd.

»Sicher gäbe es für Euch keine größere Genugtuung, als des Mannes habhaft zu werden, der Euch ins Unglück gestürzt hat«, sagte Elizabeth nachdenklich und nickte dann zustimmend. »Führt Euren Plan aus. Ich werde dafür sorgen, daß die Geschichte unter meinen Damen verbreitet wird.«

»Und was sollen wir mit von Reijn machen?« fragte Sir Francis die Königin.

»Kapitän von Reijn?« Maxims Aufmerksamkeit war sofort geweckt. »Was ist passiert?«

»Von Reijn und seine Besatzung wurden in Newgate eingekerkert«, berichtete ihm Sir Francis. »Captain Sinclair sagte, der Mann wollte Parmas Truppen in den Niederlanden Nachschub liefern und sei irgendwie in die Entführung von Mistreß Radborne verwickelt.«

»Ich bin der einzige, der dafür verantwortlich ist«, erklärte Maxim unumwunden.

»Sehr sonderbar«, erwiderte die Königin. »Mistreß Radborne behauptet, Eure Leute hätten sie irrtümlich mitgenommen.«

Maxim, der Walsinghams stumme Warnung unbeachtet ließ, berichtete nun ohne Scheu, was sich zugetragen hatte. »So war es in der Tat, Euer Majestät, doch meine Absicht war es, meine frühere Verlobte zu entführen, ehe Reland Huxford die Ehe mit ihr vollziehen konnte. Wie Ihr wißt, war ich mit Edward Stamfords Tochter verlobt, bevor Edward mich des Mordes beschuldigte.« Maxim fürchtete, daß er jetzt wahrscheinlich wieder Elizabeths Zorn heraufbeschwören würde, aber Nikolaus war seit vielen Jahren sein Freund, und seine Sicherheit war vorrangig. »Ich schickte meine Leute aus, damit sie Arabella entführten, doch an ihrer Stelle wurde Elise Radborne entführt.« Er musterte Elizabeth, um die Tiefe ihres Mißvergnügens auszuloten, ehe er fortfuhr: »Einige Tage darauf bat ich Sir Francis, meinen Fall für eine Audienz vorzusehen, damit ich Euch meine Treue erklären und eine Chance bekommen könnte, Euch zu beweisen, daß ich nicht der Verräter war, für den man mich hielt.«

Elizabeth schnellte aus ihrem Sessel hoch und schritt mit blitzenden Augen auf ihn zu. »Ihr seid gekommen, Eure Unschuld zu beteuern, während Ihr die ganze Zeit über des Verbrechens der Entführung schuldig wart?«

»Ich glaubte, in Arabella verliebt zu sein«, entgegnete Maxim, sich der königlichen Launenhaftigkeit bewußt, »aber da ich an den mir zur Last gelegten Verbrechen unschuldig bin, hoffte ich auf den Tag, an dem mir wieder Eure Gnade und Huld zuteil würde.« Er hielt nachdenklich inne. »Seither hatte ich Zeit, meine Handlungen zu überdenken, und kam zu der Einsicht, daß mein Verhalten sich allein gegen Edward richtete, weil dieser die Lügen über mich verbreitet hatte.«

»Und das bedeutet?« fragte Elizabeth ungehalten und ließ sich wieder in ihren Sessel fallen.

»Das bedeutet, daß ich in einem Irrtum befangen war, als ich glaubte, in Arabella verliebt zu sein.«

»Wie töricht von Euch! Ihr seid meiner Gnade nicht würdig!« herrschte Elizabeth ihn an. Mit einer Handbewegung auf Elise deutend, fuhr sie fort: »Ihr habt dieses Kind entführen lassen, und nun ist ihr Name befleckt…«

»Vergebt, Majestät«, warf Elise ein. »Hätte Lord Seymour mich nicht entführt, ich wäre heute vielleicht nicht mehr am Leben.«

Elizabeths Augen verhärteten sich, als sie die junge Frau ansah. Die Königin duldete nicht, daß man sie mit Ausflüchten bei der Zurechtweisung dieses Mannes unterbrach. »Erklärt Euch.«

»Ich habe Angehörige, die sich den Schatz meines Vaters aneignen wollen«, erklärte Elise. »Ich konnte ihnen entkommen, nachdem ich endlosen Verhören und Schikanen ausgesetzt war. Hätten mich Lord Seymours Leute nicht entführt, so hätte meine Tante Cassandra mich sicher wieder in ihre Gewalt gebracht, um das Versteck meines Vaters zu erpressen.«

»Eine Missetat entschuldigt keine zweite«, gab Elizabeth zurück. »Lord Seymour unternahm keinen Versuch, Euch wieder nach Hause zu bringen oder Eure Ehre wiederherzustellen.«

»Im Gegenteil, Euer Majestät, genau dies hat er getan«, erwiderte Elise mit unsicherer Stimme, wohl wissend, daß sie das Wohlwollen der Königin auf eine harte Probe stellte. »Er bot mir mit seinem Namen Ehre und Schutz und setzte wiederholt sein Leben für mich aufs Spiel. Ich jedenfalls schätze mich glücklich, daß mich seine Diener verwechselten, und sehe in meiner Entführung eine göttliche Fügung.«

»Pah! Törichtes Frauenzimmer, Ihr seid verliebt in diesen Spitzbuben und werdet zu seiner Verteidigung alles mögliche vorbringen«, tat Elizabeth ihre Worte ab. Gleich darauf wandte sie ihre Aufmerksamkeit wieder Maxim zu, als dieser das Mädchen mit einem zärtlichen Blick bedachte. Die Arme auf die Sessellehnen stützend, fragte Elizabeth mit Nachdruck: »Bradbury, was bedeutet Euch das Mädchen?«

Verwirrt sah Maxim die Monarchin an und bestätigte, was Elise angedeutet hatte. »Majestät, sie ist meine Gemahlin.«

352

»Ihr habt Euch ohne meine Erlaubnis vermählt?« bohrte die Monarchin weiter. »Was empfindet Ihr für sie?«

»Ich liebe sie«, gestand er verhalten.

Walsingham schickte einen flehenden Blick zum Himmel und hörte im Geiste schon die Totenglocken für Maxim läuten.

»Liebe!« sagte Elizabeth verächtlich. »Was wißt Ihr schon von Liebe? Jetzt betet Ihr die eine an und im nächsten Augenblick schon die andere. Unvermählt wart Ihr mir lieber.«

Walsingham verbarg nur mit Mühe ein Lächeln. Es war allgemein bekannt, daß Elizabeth sich lange Zeit die Aufmerksamkeiten mancher Kavaliere ihres Hofstaates sehr gern hatte gefallen lassen. Auch in vorgerückten Jahren hatte sie sich ein Auge für gutaussehende Männer wie Seymour bewahrt und sah es nicht gern, wenn einer sich Ehefesseln anlegen ließ.

»Daß ich mein Leben in Eurem Dienst wiederholt aufs Spiel gesetzt habe, Euer Majestät, ist doch wohl ausreichender Beweis für die Liebe und Hochachtung, die ich Euch entgegenbringe«, sagte Maxim beherzt, als er sah, daß die Königin den Blick grübelnd gesenkt hielt. »Und wenn ich unter Einsatz meines Lebens dafür sorgte, daß Elise vor denen sicher ist, die ihr übel wollen, beweist es nicht meine Hingabe an sie?«

»Ihr habt mir treu gedient«, räumte Elizabeth ein. »Und die Vorstellung, daß Ihr zum Verräter geworden sein solltet, war für mich sehr schmerzlich.« Sie seufzte und gab sich geschlagen. »Ich mache meinen Erlaß rückgängig, Bradbury. Daher sollt Ihr Titel und Besitz wiederbekommen. Geht jetzt mit meinem Segen.«

Elise stieß einen Freudenschrei aus und wäre Maxim am liebsten gleich um den Hals gefallen, doch als sie ihn zögern sah, wußte sie, daß noch nicht alles ausgestanden war. Der Wagemut ihres Gatten ließ ihr Herz zittern, denn er blieb abwartend stehen, als die Königin sich ermattet in ihrem hohen Sessel zurücklehnte. Sie schloß die Augen und strich sich über die Schläfen.

»Nun? Was wollt Ihr noch? Habe ich Euch nicht genug gewährt?« fragte sie, da Maxim keine Anstalten machte zu gehen.

»Euer Majestät, was wird aus Kapitän von Reijn?« sagte er leise.

In ihren Augen blitzte es kurz auf, dann besänftigte sie sich und lachte plötzlich. »Wenn das bekannt wird, dann ist es um meinen Ruf, stets weise Entscheidungen zu treffen, geschehen. Eure Hartnäckigkeit soll belohnt werden, Bradbury. Ich begnadige Euren Freund und gebe ihm Schiff und Ladung zurück. Und jetzt entfernt Euch. Ich bin müde.«

29

Atemlos flehte Elise ihn, von heftigen Lachanfällen unterbrochen, an, vorsichtiger zu sein, als Maxim sie im Laufschritt über die weitläufigen gepflegten Rasenflächen von Whitehall zog. Am Fluß angekommen, wurden sie von Fitch und Spence empfangen, die vor Freude und Erleichterung über seine Rückkehr nicht an sich halten konnten. Kaum hatte Maxim sich ihrer Begrüßung entzogen, nahm er Elise am Arm und lief eilig die Stufen zum Wasser und zu der großen Barke, die sie erwartete, hinunter. Mit Elise in den Armen ließ er sich auf einem mit Kissen belegten Sitz am Bug nieder.

Gleich darauf hatten der Fährmann und sein Gehilfe abgelegt und brachten ihr Boot hinaus in die Flußmitte, wo das breite Dreiecksegel gesetzt wurde. Bald glitt die Barke flußaufwärts.

Maxim gab nun seinem Verlangen nach, das seit dem Betreten der königlichen Gemächer auf eine harte Geduldsprobe gestellt worden war. Daß sie dabei nicht allein waren, störte ihn nicht. Er wollte endlich seine Frau in die Arme nehmen und sie nach Herzenslust küssen. Nur mühsam wahrte er die Grenzen des Anstands, als er Elise auf seinen Schoß zog, so daß dem Gehilfen des Fährmanns fast die Augen aus dem Kopf fielen.

Elise wurde schwindlig unter seinem Kuß und seufzte: »Deine Begrüßung hat mein Herz zutiefst erschüttert, aber wie habe ich mich nach solchen Erschütterungen gesehnt.«

Sein Mund trank von dem ihren. »Ich bin von neuem zum Leben erwacht«, hauchte er. »Bist du nicht bei mir, dann bin ich gefühllos und wie gelähmt. Ich glaubte schon, mein Herz hätte aufgehört zu schlagen.«

»Könntest du meines jetzt fühlen, mein Geliebter, dann wüßtest du, wie rasend es schlägt.« Elise bekam seine Hand zu fassen, die nach ihrem Herzen tastete, und lächelte in seine glänzenden Augen. »Später, mein Geliebter«, flüsterte sie, »wenn wir allein sind.«

Maxims Blick schien sie zu verschlingen, als er sich langsam in die Kissen zurücklehnte, ohne Elise loszulassen. Mit spitzbübischem Lächeln nahm er ihr den Hut ab und legte ihn beiseite. »Edward kann Bradbury verlassen oder dort bleiben, wie es Euch beliebt, Madame. Ich möchte nur meine alten Räumlichkeiten wieder bewohnen.«

»Maxim, Edward liegt im Sterben. Er ist hier in London im Haus meines Vaters, um in der Nähe seiner Ärzte zu sein. Seine Tage sind gezählt, fürchte ich.«

Maxim runzelte die Stirn. »Als ich ihn zum letzten Mal sah, schien er wohlauf. Was ist passiert?«

»Ich schwöre dir, die Ehe mit Cassandra bedeutet für jeden Mann das Grab.« Behutsam erklärte ihm Elise die Vorgeschichte. »Vor langer Zeit ging unter dem Gesinde in meinem Vaterhaus das Gerücht um, Cassandra hätte meine Mutter und sodann ihren Mann Bardolf Radborne vergiftet. Als Kind begriff ich das nicht, und später tat ich es als Geschwätz ab. Jetzt bin ich überzeugt, daß die Gerüchte keine Erfindung waren. Außerdem glaube ich, daß Cassandra schon vor der Ehe mit Edward plante, ihn zu vergiften. Deswegen ließ sie ihn einen Ehevertrag unterschreiben, in dem festgelegt ist, daß sie nach seinem Tod seinen gesamten Besitz erbt. Da Edward selbst nicht richtig lesen kann, ließ er sich aus Vorsicht stets von Arabella vorlesen, was in den Dokumenten stand, die er zu unterschreiben hatte. Ich möchte bezweifeln, ob seine Tochter von diesem Schriftstück Kenntnis hat. Es ist unwahrscheinlich, daß Cassandra Edward diese Zugeständnisse abgelistet hat, während er im Vollbesitz seiner geistigen Kräfte war. Er muß betrunken gewesen sein, andernfalls hätte er das Dokument von Arabella durchlesen lassen.«

»Der Erlaß der Königin, der mir meinen gesamten Besitz zurückgibt, macht jeden Versuch Cassandras, sich meine Güter anzueignen, zunichte.«

»Cassandra kennt die Bedeutung gesetzlicher Dokumente nur zu gut«, bemerkte Elise bedrückt. »Mein Vater hat mir keine Garantien hinterlassen, zumindest keine, von denen man weiß, und seit seinem Verschwinden hat Cassandra ohne Unterlaß versucht, seinen Besitz an sich zu bringen, indem sie behauptet, er sei schon tot. Sollte man seinen Leichnam finden, dann steht zu befürchten, daß sie ihr Ziel erreicht. Sie hatte schon immer eine gute Nase, wie man zu Reichtum kommt.«

»Ich will veranlassen, daß sie auf Befehl der Königin steckbrieflich gesucht wird.«

»Sie soll außer Landes gegangen sein. Aber ich bin nicht erleichtert, daß sie verschwunden ist, denn eines Tages wird sie wieder auftauchen, um uns Schaden zuzufügen.«

»Wenn die Radbornes es noch einmal versuchen sollten, dann wird man sie zur Verantwortung ziehen. Für den Fall, daß mir etwas zustößt, meine Geliebte, sollst du wissen, daß ich Walsingham bereits ein Schriftstück übergab, in dem ich dich zu meiner Erbin bestimmt habe.«

»An deinem Besitz liegt mir nichts«, beteuerte sie. »Ich möchte nur dich… und unser Kind.«

»Unser Kind?« Maxim rückte ein wenig ab, um ihr ins Gesicht schauen zu können. »Was redest du da?«

Elise begegnete seinem Blick mit leuchtenden Augen. »Ich trage dein Kind.«

Maxim, der so überwältigt war, daß es ihm für einen Augenblick die Rede verschlug, zog sie wieder an sich und breitete einen leichten Überwurf gegen die Kühle über sie. »Ich werde alles daransetzen, deinen Wunsch zu erfüllen, denn auch mein Herz sehnt sich danach, nur für dich und unser Kind zu leben. Aber vorher müssen wir deinen Vater finden.«

Schweigen senkte sich über sie, während das Boot ruhig auf dem Fluß dahinglitt. Am nächtlichen Himmel funkelten die Sterne, die Mondsichel stieg über den Dächern der Stadt am Firmament hoch. Elise lag geborgen in den Armen ihres Gemahls und empfand ein Glücksgefühl, das sie seit ihrer Trennung nicht gekannt hatte.

Später schlenderten sie Hand in Hand vom Flußufer zum Haus

von Elises Vater, in dem sich rasch die Kunde verbreitete, daß die Herrin mit ihrem Gemahl, dem berühmten Lord Seymour, heimgekehrt sei. Entsprechend groß war die Neugierde, als das Paar die Halle durchschritt. Junge Hausmädchen gerieten in helle Aufregung bei der Aussicht, daß ein so kühner und stattlicher Kavalier im Haus absteigen würde, doch ihre Freude machte bald großer Enttäuschung Platz, als sich herumsprach, daß Seine Lordschaft seine junge Gemahlin schon am nächsten Morgen auf seinen Landsitz zu bringen gedachte.

Während Maxim an Elises Seite die Treppe hinaufging, wappnete er sich für den Augenblick seiner Begegnung mit Edward, doch als er Edwards Schlafgemach betrat und die gebrechliche Gestalt seines einstigen Widersachers sah, empfand er nur noch Mitleid.

»Seymour?« flüsterte Edward mühsam. Der Kranke versuchte, sich trotz seiner Schwäche aufzurichten, sank aber gleich wieder entkräftet zurück und war erstaunt, als Maxim ihn aufrichtete und ihm Kissen hinter den Rücken stopfte.

»Ich betete darum, daß Ihr kommen würdet...«, flüsterte der Kranke.

Maxim warf Elise einen fragenden Blick zu, sie aber schüttelte den Kopf, da sie selbst keine Ahnung hatte, was er meinte.

»Edward, warum habt Ihr um meine Rückkehr gebetet?« fragte Maxim den Alten.

»Ich muß dringend mein Gewissen erleichtern«, röchelte Edward heiser. »Ich gab Euch die Schuld, um selbst nicht belastet zu werden. Ich bin für den Tod des Spitzels verantwortlich.«

»Edward, wißt Ihr auch, was Ihr da sagt?« Das Geständnis am Krankenbett kam für Maxim völlig unerwartet. »Wie habt Ihr ihn getötet?«

»Hört zu!« keuchte der Todkranke. »Getötet habe ich ihn nicht, doch trage ich die Schuld an seinem Tod.«

»Erklärt dies genauer«, drängte Maxim. »Ich muß wissen, was in jener Nacht geschah.«

Glanzlose Augen blickten unter schlaffen Lidern hervor, und Edward brauchte eine Weile, um Kraft zu sammeln. Seine Stimme klang fast weinerlich. »Ich wollte Ramsey folgen... um festzustellen, was er im Sinn hatte. Ich hatte gehört, er habe seinen Schatz versteckt... doch die Vorstellung, die verrufenen Stilliards aufzusuchen, ekelte mich an. Deshalb wartete ich immer am Fluß, bis er zu seinem Boot zurückkehrte... meist mit einer Truhe.«

Ein langer, panikerfüllter Augenblick verging, als Edward Luft zu holen versuchte und es aussah, als würde er seinen letzten Atemzug tun. Maxim richtete ihn auf, um ihm das Atmen zu erleichtern, und hielt ein Glas Wasser an seine bleichen Lippen. Nach einem Schluck nickte Edward dankbar und ließ sich matt zurücksinken. »Der Spitzel der Königin sah mich mehrmals warten, und später, als er nach Bradbury kam, um mit Euch zu sprechen, erkannte er mich als denjenigen, den er am Fluß gesehen hatte. Er stellte mich zur Rede und beschuldigte mich, an dem Komplott zur Ermordung der Königin beteiligt zu sein. Gott weiß, daß es nicht wahr ist, aber der Dummkopf wollte nicht hören. Er packte mich am Arm, ganz fest, und schüttelte mich.«

Edwards Augen schienen aus ihren abgezehrten Höhlen herauszutreten, als wollte er um Verständnis flehen. »Ich stieß ihn von mir, er stolperte und fiel. Dabei schlug er mit dem Kopf gegen den Kamin und blieb blutend liegen. Und dann hörte ich Euch, Seymour, den Korridor entlangkommen und versteckte mich draußen auf der Loggia.«

»Der Mann lebte noch, als ich neben ihm kniete«, erklärte Maxim. »Warum sagt Ihr, daß Ihr für seinen Tod verantwortlich seid?«

»Hätten wir nicht miteinander gerungen und wäre ich nicht geflohen, als Ihr mich auf der Loggia gehört habt, dann wäre er später nicht erstochen worden.«

»Falls Ihr Absolution für einen Mord sucht, Edward, dann seid getrost, Ihr seid unschuldig«, beruhigte Maxim ihn. »Ihr habt mich verleumdet, um Euch reinzuwaschen, doch was Ihr Böses wolltet, hat sich zum Guten gewendet. Eine viel weisere Hand als Eure oder meine hat die Ereignisse gelenkt, und ich werde stets dankbar sein, daß alles sich so gefügt hat.«

»Was werdet Ihr tun?« ächzte Edward.

»Die Königin hat mir Titel und Ländereien zurückgegeben. Morgen kehre ich nach Bradbury zurück.«

»Sieht aus, als würde ich nicht mehr lange genug leben, um mich darüber zu freuen«, stieß Edward mühsam hervor. Plötzlich verzerrte er das Gesicht und wälzte sich unter Qualen hin und her. »Wo ist meine holde Cassandra? Warum habe ich sie schon seit Tagen nicht mehr gesehen?«

»Onkel Edward, weißt du nicht, was sie dir angetan hat?« Elise legte sacht eine Hand auf seinen Arm.

»Doch, ich weiß es sehr wohl!« Ihrem Onkel, der sich weiter vor Schmerzen wand, brach Schweiß aus den Poren. »Sie drückte meinen Kopf an ihren weichen Busen, wenn ich die Krämpfe bekam. Sie linderte meine Schmerzen und brachte mir ein gutes Stärkungsmittel. Ja, diesen Trunk!« Er wies mit seinem dürren Arm auf eine kleine dunkelgrüne Phiole auf dem Nachtkästchen. »Reich mir das Mittel, Mädchen.«

Elise hob das winzige Gläschen ans Licht und betrachtete die gelbliche Flüssigkeit. Dann entkorkte sie das Gefäß und roch daran, worauf sie angewidert die Nase rümpfte. Maxim trat zu ihr, nahm ihr die Phiole ab und prüfte die Flüssigkeit mit Finger und Zunge. Dann bückte er sich und betrachtete Edwards bleiches Antlitz genauer, die bläuliche Färbung um die Augen, die Hände und Fingerspitzen, die ebenso verfärbt waren. »Edward, ich bezweifle, daß Ihr wißt, was diese Phiole enthält. Die Kristalle, die dieses Gebräu so bitter schmecken lassen, sind im Eisenerz enthalten. Es soll Frauen geben, die das Zeug trinken, damit ihre Haut hell und weiß wird, doch kann es tödlich wirken.«

»Meine liebe Cassandra würde niemals... Sie hat geschworen, es ist derselbe Trunk, den sie ihrem ersten Mann...« Edward stockte, als ihm das Schicksal ihres ersten Mannes einfiel, sein Mund blieb vor Entsetzen offen stehen. Unbeabsichtigt hatte er selbst die Fäden verknüpft. »Aber warum?«

Elise strich liebevoll über den Arm ihres Onkels. »Kannst du dich entsinnen, ob du am Hochzeitstag einen Ehevertrag unterschrieben hast?«

Edwards buschige Brauen zogen sich verwirrt zusammen. »Ich

kann mich ganz undeutlich erinnern, daß ich meinen Namen unter die Heiratsurkunde gesetzt habe, aber einen Vertrag gab es nicht.«

»Cassandra behauptet, sie besitze ein solches Dokument«, eröffnete ihm Elise. »Dann mußt du es unwissentlich unterschrieben haben.«

»Was könnte darin stehen?« fragte er und dachte an seine Trunkenheit am Hochzeitstag, aus der er erst am nächsten Morgen erwacht war.

»Cassandra wird darin als deine alleinige Erbin aufgeführt«, antwortete Elise ohne Umschweife.

»Verdammt! Das ist sie nicht!« Er packte Elises Arm und versuchte aufzustehen. »In meiner Familie dulde ich solche Betrügereien nicht!«

Maxim drückte ihn zurück in die Kissen. »Edward, schont Euch, Arabella zuliebe. Ihr müßt ein neues Testament aufsetzen und sie als Universalerbin einsetzen.«

»Schickt mir einen Notar«, jammerte Edward. »Rasch.« Dann runzelte er die Stirn. »Wenn ich es recht bedenke, habe ich meiner Tochter gar nichts mehr zu vererben, nachdem Ihr Euren Besitz zurückbekommen habt.« Seine Brauen zuckten unmerklich. »Nun, um Arabella brauche ich mich nicht zu sorgen. Sie besitzt eigenes Vermögen. Reland hinterließ ihr seinen gesamten Besitz.«

Maxim und Elise zogen sich in ihre Gemächer zurück, und nachdem die Tür sorgsam versperrt worden war, zog er Elise an sich und küßte sie mit der ganzen Glut seiner angestauten Leidenschaft. Er löste ihr Haar und streifte ihr Gewand und ihre Unterröcke ab. Während er sich eilig entkleidete, ließ er den Blick begehrlich über ihren Körper gleiten. Er genoß die Rundung ihrer Brüste über dem Hemd und ihre wohlgeformten Hüften.

»Blase sie nicht aus«, bat er, als sie die Kerze löschen wollte. »Ich möchte meine Erinnerung auffrischen.«

»Hast du denn so viel vergessen?« neckte Elise ihn mit verführerischem Blick, während sie einen Spitzenträger ihres Hemdes von ihrer seidigen Schulter streifte.

Ein flüchtiges Lächeln umspielte seinen Mund. »Dein Bild ist in

360

mein Gedächtnis eingemeißelt. Keine Angst, ich werde es nie vergessen.«

Als er sich seiner Hose entledigte, war sie es, die ihn mit bewundernden Blicken musterte. Er trat auf sie zu, sah sie lange und verzehrend an, ehe er den zweiten Träger von ihrer Schulter schob. Er bückte sich und berührte mit seinen Lippen ihre weiche Haut. Sie seufzte wollüstig, als seine Küsse allmählich zu ihrer Brust wanderten. Das Hemd fiel zu Boden, und sie hielt den Atem an, als sein Mund immer tiefer glitt. Schließlich empfing sie ihn mit der Leidenschaft einer liebenden Frau.

So ging die Nacht dahin, und als der Morgen graute, steckte Elise den Kopf unter ein Kissen und weigerte sich, auf das sachte Pochen an der Tür zu reagieren.

»Mistreß, seid Ihr wach? Ihr und der Herr wolltet zeitig geweckt werden. Ich bringe das Frühstück.«

Elise seufzte widerwillig unter dem Kissen. Mit einem leisen Auflachen zog Maxim das Federbett über sie. Rasch warf er sich einen Morgenmantel über, ging an die Tür, um das Tablett vom Mädchen in Empfang zu nehmen, und schob die Tür mit der Schulter zu.

»Komm, mein Liebling«, lockte er, nachdem er das Tablett aufs Bett zwischen sich und Elise gestellt hatte. »Ich möchte rasch nach Hause. Schlafen kannst du während der Flußfahrt.«

Er streckte den Arm aus und fuhr über die Decke, wo sich ihre Rundungen abzeichneten. Die Erinnerung an die vorangegangenen Stunden entlockte ihm ein Lächeln, und seine Gedanken erwärmten sich an den Bildern. Neigten viele Frauen dazu, ihren ehelichen Pflichten mit unverhohlenem Desinteresse nachzukommen, so wetteiferte Elise mit ihm, die Wonnen der Liebe zu erkunden. Sie genoß die gemeinsame Intimität und ließ einen Hang zur Wollust erkennen, der sein Begehren und seinen Genuß steigerte. Keine Geliebte hätte sein Herz so erobern können. Maxim war seiner jungen Frau gänzlich verfallen.

»Komm, Geliebte, nach einer Nacht wie dieser muß man sich stärken«, drängte er sie gut gelaunt. »Es gibt marinierten Lachs, Käse, Sahne und Kuchen.« Er langte zu ihr hinüber und hob einen

Zipfel des Kissens, um darunterzulugen. Ein Auge blickte ihn durch die wirren Haarsträhnen an. Maxim lachte laut auf.

»Es ist schändlich, Sir«, murmelte sie, »doch nachdem ich Euch die ganze Nacht über voller Leidenschaft folgte, habe ich nicht mehr die Kraft, um zu essen, mich anzuziehen und aufzubrechen. Ich bitte Euch, seid nicht so grausam, und gönnt mir noch ein biß-chen Schlaf, bis sich meine Lebensgeister wieder regen. Trage ich nicht Euer Kind? Verdiene ich nicht ein wenig Rücksicht?«

Maxim liebkoste ihre Rundungen unter der Decke. »Eure Argumente haben mich überzeugt. Daher wird es mir ein Vergnügen sein, Madame, Euch schlafen zu lassen, bis ich angekleidet bin. Habt Ihr etwas dagegen, wenn ich ein Bad nehme?«

»Sehr wohl, Mylord«, murmelte sie und zog sich wieder unter die Decke zurück.

Maxim stellte das Tablett beiseite, weil er warten wollte, bis er mit ihr zusammen frühstücken konnte. Nachdem er die Draperie um das Bett zugezogen hatte, damit seine junge Frau ungestört blieb, wies er die Dienerschaft an, Badewasser zu bringen.

Elise löste sich allmählich aus ihrer schläfrigen Benommenheit, raffte sich auf und näherte sich der Wanne, die langen, lockigen Haare aus dem Gesicht streichend. Die Schönheit ihrer nackten, in rosiges Morgenlicht getauchten Gestalt zog Maxims ungeteilte Aufmerksamkeit auf sich, und als sie neben ihm stehenblieb, um ihm einen sanften Kuß auf die Lippen zu drücken, zog er sie mit seinem nassen Arm an sich und hielt sie fest.

Da flog plötzlich die Tür auf, und eine aufgeregte Arabella stürzte wortreich herein. »Elise, eben hörte ich die Neuigkeit! Meine teure Freundin ritt heute schon über Stock und Stein, um sie mich wissen zu lassen. Maxim ist zurück…«

Die Worte blieben ihr im Hals stecken, als ihr Blick das Paar erfaßte. Sie war von der sich ihr darbietenden Szene völlig schok-kiert. Elise war zu erschrocken, um sich zu rühren, während Maxim mit bedauerndem Lächeln Arabellas entsetztem Blick begegnete.

»Ich hätte darauf achten sollen, die Tür zu versperren.«

»Was geht hier vor?« rief Arabella aus.

»Nun, ich nehme ein Bad, und meine Frau wollte eben zu mir in die Wanne steigen«, antwortete Maxim gelassen.

»Deine *Frau*?« Fast schrie Arabella ihm die Worte entgegen. »Aber du hast mich geliebt! Bist du vergangenes Jahr nicht gekommen, um mich entführen zu lassen?«

»Ja«, gab Maxim zu. »Meine Leute nahmen aber irrtümlich Elise mit.«

Befangen versuchte Arabella ihren Morgenmantel über der Brust enger zu raffen, denn Elises Nacktheit ließ sie die eigene Magerkeit, die in den letzten Monaten noch ausgeprägter geworden war, schmerzlich gewahr werden. An der blühenden Schönheit Elises war kein Makel zu finden, daher sah Arabella es mit Erleichterung, als diese sich jetzt hastig in einen Bademantel hüllte.

Dennoch war sie nicht gewillt, sich damit abzufinden, daß Maxims Liebe zu ihr Opfer eines dummen Irrtums geworden sein sollte. »Mir ist klar, was passierte, doch war ich sicher, du hättest deine Liebe zu mir bewahrt und wärst treu geblieben, anstatt dir diese... diese...«

»Arabella, hüte deine Zunge«, unterbrach sie Maxim. »Die Schuld liegt allein bei mir. Ich werde nicht dulden, daß du Elise beleidigst. Sie war an allem völlig unschuldig.«

»Unschuldig?« höhnte Arabella und trat wutentbrannt näher. »Mir scheint, die unschuldige kleine Schlampe ist dir sehr willig in dein Bett gefolgt!« Ihr Blick fiel auf seine breiten Schultern und glitt hinunter ins Wasser. Neben der vierschrötigen Derbheit ihres verstorbenen Gemahls war Maxim Seymour schön wie ein goldhäutiger Gott.

»Arabella, was immer du sehen magst, gehört schon Elise«, spottete Maxim, dem ihr bewundernder Blick nicht entging.

Diese Bemerkung brachte Arabella erst recht in Rage. »Sie ist eine Diebin! Sie hat meinen Platz eingenommen! Dazu hatte sie kein Recht!«

»Und welches Recht hast du, hier zu stehen und uns anzuklagen?« herrschte Maxim sie an. Er schnappte sich ein Handtuch, stemmte sich aus dem Wasser hoch und schlang das Tuch um seine Hüften.

Arabella starrte ihn verwirrt an. »Aber ich war deine Verlobte!«

»Wie rasch Ihr doch vergeßt, Counteß!« Ihren Titel spie er mit Verachtung aus. »Jetzt bist du Reland Huxfords Witwe. Durch die Ehe mit ihm hast du jedwede Verlobung zunichte gemacht. Einen Tag vielleicht hast du um mich getrauert, und nach einer Woche warst du einem anderen versprochen.«

»Dein angeblicher Tod war nur eine von vielen Heimsuchungen«, klagte Arabella. »Ich bin vom Unglück verfolgt. Alle meine Freier verlor ich durch tragische Ereignisse, und jetzt liegt mein Vater im Sterben.«

Maxim betrachtete sie nachdenklich, als sähe er sie plötzlich in einem neuen Licht. Immer wieder betonte sie die vielen Tragödien in ihrem Leben, neigte sie zu dramatischen Gefühlsausbrüchen, wenn ihre Umgebung Mitgefühl bekundete... dies alles hatte ihn immer schon abgestoßen. Wie oft hatte sie ihren Willen bei ihrem Vater durchgesetzt, indem sie Unwohlsein oder Depressionen vorschützte, von denen sie sich dann erstaunlich rasch wieder erholte...

»Arabella, ich werde den Verdacht nicht los, daß du diese Tragödien in Wahrheit genießt«, sagte er schließlich, »oder zumindest die Aufmerksamkeit, die du ihnen verdankst. Nie sah ich dich glücklicher als dann, wenn man dich aus Mitleid verwöhnte. Du leidest an einem sonderbaren Geltungsbedürfnis, doch ich bin nicht mehr gewillt, dieses Bedürfnis zu stillen.«

Als er Elise in die Arme nahm, bedachte er die erschütterte Arabella mit einem teilnahmslosen Blick. »Was immer uns verband, ist so tot wie deine Freier. Elise ist die einzige Frau, der ich Treue bis zum Tod gelobte, ein Schwur, den zu halten mir nicht schwerfallen wird. Sie wird die Mutter meiner Kinder sein, und ich werde sie jeden Tag meines Lebens in Ehren halten.«

Wie in Trance verließ Arabella den Raum und überließ es Maxim, die Tür hinter ihr zu schließen. Zu seiner Verwunderung merkte er, daß sie ihm auch jetzt noch leid tat. Arabellas Sehnsüchte galten Zielen, denen kein Mann gerecht werden konnte.

Der Frühling hatte das Land rings um Bradbury Hall mit einer Überfülle von Blumen geschmückt. Sie blühten in allen Gärten und säumten alle Wege. Elise befand sich nun schon sechs Tage in Bradbury und hatte sich immer noch nicht an der Schönheit satt gesehen. Obwohl das Haus nun auch Nikolaus, Justin und die Ritter Sherbourne und Kenneth beherbergte, fand sie allmorgendlich eine Stunde Zeit, um sich ein wenig im Garten zu betätigen. Zu diesem Zweck zog sie stets Röcke, Blusen und geschnürte Mieder an, die der schlichten bäuerlichen Kleidung nachempfunden waren. Breitkrempige Hüte, mit Bändern geschmückt, schützten sie vor der Sonne und zogen bewundernde Blicke auf sie.

Maxim war deutlich anzumerken, wie die Spannungen von ihm wichen und einer unbeschwerten, fröhlichen Stimmung Platz machten. Er genoß die Gesellschaft seiner Gefährten, die liebevolle Aufmerksamkeit seiner Frau und freute sich, wieder in der Heimat zu sein. Sehr häufig unternahm er mit Elise Spaziergänge im Garten, aber auch die übrige Zeit waren sie fast unzertrennlich. Rief ihn die Pflicht von ihrer Seite, beeilte er sich, rasch wieder nach Hause zu kommen. Nie zuvor hatte er diese verzehrende Liebe gefühlt, eine Leidenschaft, ihr seine Liebe zu zeigen.

Es war ein Mittwochmorgen, als ein von einem Vierergespann gezogener Wagen, eskortiert von zwei Reitern, die Auffahrt entlangrollte. Elise war eben dabei, einen Blumenstrauß für das Haus zu pflücken, als das elegante Gefährt vor dem Herrenhaus anhielt. Ein Lakai sprang vom Kutschbock, öffnete den Wagenschlag und half einer alten Dame beim Aussteigen. Sie war weißhaarig, zierlich von Gestalt und stützte sich auf einen Stock. Eine steife, spitzengesäumte Halskrause zierte das dunkelgrüne Gewand, die kecke federgeschmückte Toque saß auf einer anmutigen Frisur. Ihre großen blauen Augen blickten aufmerksam und wach, und als Elise näher kam, sah die Dame ihr neugierig entgegen.

»Ich bin Anne Hall, Counteß von Rutherford, und Ihr seid…?«

»Ich bin Elise Seymour, Marquise von Bradbury«, sagte Elise und machte einen Knicks.

Die blauen Augen zwinkerten ihr zu. »Angeblich besitzt Ihr ein Halsband, das mir bekannt sein soll. Darf ich es sehen?«

»Natürlich, Counteß«, erwiderte Elise und deutete auf das Portal des Hauses. »Wollt Ihr nicht mit ins Haus kommen?«

»Sehr gern, meine Liebe.«

Elise lief voraus und hielt ihrer Besucherin, die ihr auf den Stock gestützt folgte, die Tür auf. Die alte Dame blieb stehen, lächelte und tat einen Blick in das anmutige Gesicht Elises.

»Meine Liebe, Ihr habt eine angenehme Ausstrahlung. Gewiß ist Euer Gemahl sehr glücklich.«

»Das hoffe ich, Mylady«, gab sie mit einem scheuen Lächeln zurück und errötete sanft.

Die alte Dame tätschelte ihre Hand. »Ich brauche nicht zu fragen, ob Ihr glücklich seid. Man sieht es Euch an.«

»Ja, Mylady.«

»Sag doch Anne zu mir, meine Liebe.« Die Frau deutete mit dem Stock auf die Tür. »Wollen wir hineingehen?«

»Ja, natürlich.« Elise geleitete die Counteß ins Haus, wo sie einen Diener anwies, Tee und Erfrischungen zu bringen, ehe sie hinauf in ihr Gemach lief, um das Halsband zu holen. Dabei beeilte sie sich so, daß sie völlig außer Atem war, als sie wieder unten ankam. Als sie der Counteß das Halsband über den Handrücken legte, stockte dieser buchstäblich der Atem. Mit zitternden Fingern entnahm sie ihrem Täschchen eine goldgefaßte Lupe und begutachtete das juwelengefaßte Miniaturbildchen aus Emaille. Gleich darauf drückte sie das Geschmeide mit beiden Händen an die Brust und richtete den Blick freudestrahlend himmelwärts.

»Endlich!« brachte sie unter Tränen hervor. »Man hat deine Mutter als kleines Kind mit diesem Halsband gefunden?« fragte sie.

»So wurde es mir erzählt«, antwortete Elise. »Sie lag in einem Korb vor der Kapelle auf dem Anwesen der Stamfords.«

»Das Halsband gehörte meiner Tochter«, stammelte Anne bewegt. »Du gleichst meiner Tochter sehr, und ich glaube, daß du die Tochter meines Enkelkindes bist, das uns vor Jahren geraubt wurde.«

Elise strahlte übers ganze Gesicht. »Mein Vater bewahrte ein Porträt meiner Mutter in einem kleinen Landhaus unweit von hier auf«, erzählte sie aufgeregt. »Ich schickte bereits jemanden dorthin, um es zu holen. Er müßte jeden Moment eintreffen. Als mir dein Besuch angekündigt wurde, dachte ich, du würdest gern wissen wollen, wie deine Enkeltochter Deirdre aussah.«

»Ach, so nannte man deine Mutter? Wir tauften sie Catherine.«

»Möchtest du nicht bei uns bleiben?« fragte Elise hoffnungsvoll.

»Ja, ich würde gern eine Weile bleiben«, nahm Anne die Einladung an. »Ich möchte dich gern näher kennenlernen, und das braucht seine Zeit. Es gibt so vieles zu besprechen.«

Schritte nahten, und Elise stand auf. »Mein Mann kommt. Du mußt ihn kennenlernen.«

Anne wies lächelnd auf Maxims Porträt, das an der Wand neben dem Kamin hing. »Keine Frau, die je bei Hofe war, ließe sich die Gelegenheit entgehen, einen gutaussehenden Mann wie Lord Seymour kennenzulernen. Ich bin noch nicht zu alt, um die Kavaliere zu bewundern, die Elizabeth in ihrem Hofstaat um sich schart. Alle Welt weiß, daß sie einen guten Blick für stattliche Männer hat.«

Maxims Lachen erscholl von der Tür her. »Counteß Anne, so begegnen wir einander wieder!«

»Ach, da kommt der Spitzbube, der meine Urenkelin entführt und geheiratet hat«, tadelte sie ihn schmunzelnd. »Was habt Ihr zu Eurer Verteidigung vorzubringen?«

»Ich sage nur, daß mir das Glück sehr hold war. Jetzt weiß ich auch, wem Elise ihre Schönheit zu verdanken hat«, antwortete Maxim.

»Und was unternehmt Ihr, um diese Familientradition fortzusetzen?« fragte Anne mit einem Seitenblick.

Maxim lachte, den Kopf zurückgelegt, worauf Anne Elise prüfend ansah. Ihr verlegenes Erröten verriet Anne, daß ihre Wünsche schon im Begriff waren, sich zu erfüllen...

»Nun, ich habe unbestreitbar eine Vorliebe für Mädchen«, eröffnete die alte Dame dem jungen Paar.

»Einen oder zwei Jungen brauchen wir, damit sie die Mädchen vor den Strolchen schützen, die sie verfolgen werden«, frotzelte Maxim.

Anne stimmte ihm zu. »Ja, einen oder zwei mindestens.«

Elise ließ sich von Maxim umarmen und sah lächelnd zu ihm auf. »Wollen wir diese ehrgeizigen Pläne ausführen, dann mußt du viel zu Hause sein.«

»Genau das ist meine Absicht«, versicherte er.

Am nächsten Tag traf Spence mit Deirdres Bildnis ein und brachte es auf Elises Wunsch hinauf in den Vorraum ihrer Suite, denn Elise wollte es über den Kamin hängen. Als Spence sich an die Arbeit machte, kam Maxim staubbedeckt von einem Ritt über seine Ländereien nach Hause. Er wischte sich mit dem Arm über die Stirn und fixierte Spence mit einem so vielsagenden Blick, daß dieser vor dem Kamin stolperte.

»Hast du hier zu tun?« fragte er in einem Ton, der keine Ausflüchte zuließ.

Elise wies den plötzlich unbeholfen wirkenden Spence mit einer Handbewegung hinaus. »Sag den Dienern, sie mögen das Badewasser für Seine Lordschaft heraufschaffen. Lord Seymour wird mir helfen, das Bild aufzuhängen.«

»Sehr wohl, Mistreß.« Damit war Spence draußen.

»Du Unmensch«, schalt Elise ihn gut gelaunt. »Ich glaube, du genießt es richtig, mit deinem unheilvollen Blick alle das Fürchten zu lehren.«

»Nun, es ist eine Möglichkeit, die Leute loszuwerden, wenn ich anderes im Sinn habe.«

»Zum Beispiel?«

»Das weißt du sehr gut.« Sein glühender Blick erregte sie. »Hast du Einwände, mein Liebes?«

»Keineswegs, Mylord«, sagte Elise und küßte ihn. Dann machte sie ihn auf das verhüllte Bild aufmerksam. »Könntest du einen Augenblick mit deinem Bad warten? Ich möchte das Bild meiner Mutter aufhängen, ehe ich Anne einlade, es anzusehen.«

»Erst möchte ich mich ein wenig säubern«, erwiderte er.

Als sie zustimmend lächelte und sich entfernte, streifte Maxim Lederkoller und Hemd ab und warf die Kleidungsstücke von sich, ehe er ins Schlafgemach ging. Dort goß er Wasser in ein Becken und wusch sich Gesicht, Nacken und Arme. Als er hinter sich nach einem Handtuch griff, spürte er, wie Elise neben ihn trat. Er drehte sich zu ihr um, und sie schickte sich an, ihm Gesicht und Schultern zu trocknen. Ihre Lippen folgten dem Handtuch und bedeckten seine Haut mit warmen, zärtlichen Küssen. Sein Blick suchte ihre Augen und entdeckte darin die Glut der Leidenschaft. Einer anderen Einladung bedurfte er nicht. Er zog Elise an sich und küßte sie leidenschaftlich auf den Mund. Die steifen Rippen ihres Mieders widersetzten sich seinen suchenden Händen; spitzbübisch grinsend hob er die Fülle ihrer Röcke an und umfaßte ihre bloßen Rundungen, um Elise hochzuheben und rittlings auf sich zu setzen.

»Gleich kommt dein Badewasser«, flüsterte Elise atemlos.

»Ja, ich weiß«, seufzte Maxim und sah sie mit einem einladenden Lächeln an. »Wollt Ihr das Bad mit mir teilen, Mylady?«

»Das wäre eine Möglichkeit, Mylord«, meinte sie verheißungsvoll.

Elises Lippen teilten sich unter seinem Kuß, und es dauerte eine Weile, bis sie sich voneinander losmachten und in den Vorraum zurückgingen. Während Maxim die Stelle über dem Kamin vorbereitete, entfernte Elise vorsichtig die Hülle. Ihre Augen weiteten sich erstaunt, als sie ein Bündel zusammengerollter Pergamente sah, die an der Bildrückseite befestigt waren.

»Was mag das sein?« murmelte sie, auf eine Polsterbank sinkend, und streifte das Band ab, das die Pergamentbögen zusammenhielt.

Maxim trat hinter sie und blätterte, über ihre Schulter gebeugt, die Pergamentbögen durch. Neugierig nahm er ihr die Dokumente ab, um sie sorgfältiger zu studieren, wobei ihm sofort auffiel, daß jeder Bogen sich auf einen speziellen Besitzteil der Radbornes bezog. »Elise, hast du eine Ahnung, was das ist?«

»Ich habe diese Schriftstücke noch nie in meinem Leben gesehen. Was soll das sein?«

Er ließ die Blätter auf ihren Schoß fallen, ehe er sich neben sie auf die Bank setzte. »Nun, meine Liebste, diese Dokumente berechtigen dich, den gesamten Besitz deines Vaters zu erben.«

»Cassandra und ihre Söhne haben auf der Suche nach dem Testament alles auf den Kopf gestellt«, entgegnete Elise fassungslos.

»Haben sie auch das Haus durchsucht, wo das Bild deiner Mutter war?«

»Von diesem kleinen Landhaus wissen sie gar nichts. Mein Vater wollte es so.«

»Deshalb hat er die Schriftstücke dort versteckt. Vermutlich hielt er dieses Versteck für das sicherste.«

»Aber warum gab er mir keinen Hinweis?«

»Bist du sicher, daß er dir keinen gab?«

Elise blickte ihn nachdenklich an. Ihr war eingefallen, daß ihr Vater sie gedrängt hatte, nach seinem Tod das Haus aufzusuchen und das Bild zu holen. »Vielleicht gab er mir einen Wink, ohne daß ich es merkte. Bist du sicher, daß es wichtige Dokumente sind?«

»Ja, ganz sicher. Ob dein Vater noch am Leben ist, weiß ich nicht, aber diese Dokumente machen dich zweifellos zur Alleinerbin. Sie sind von der Königin persönlich unterzeichnet und geben Ramsey Radbornes Gesuch statt, dich als Erbin einzusetzen, für den Fall, daß ihm in Ausführung seiner Pflichten etwas zustößt. Sicher hatte Walsingham dabei seine Hand im Spiel, da dein Vater direkt für ihn tätig war.«

»Es ist also wahr«, stellte Elise benommen fest, erstaunt über die Art und Weise, wie ihr Vater die Dokumente gesichert hatte. Er war vor Cassandra mehr auf der Hut gewesen, als sie geahnt hatte.

»Hier, sieh an«, sagte Maxim und deutete mit dem Finger auf eines der Pergamentblätter. »Hier steht, daß dein Vater zur Zeit seines Verschwindens noch im Besitz aller seiner Güter war: ein Haus in Bath, ein Palais in London, dazu die Ländereien, auf denen er das Haus baute, in dem er das Bild verbarg.«

»Aber was verkaufte dann mein Vater in den Stilliards? Es hieß, er habe Truhen voller Gold hingeschafft. Das behauptete auch Edward.«

»Ich wäre da nicht so sicher, meine Liebe. Walsingham wußte, was dein Vater vorhatte. Und jetzt ist klar, daß dein Vater dich versorgt wissen wollte. Er hat dies durchgesetzt, indem er das Einverständnis der Königin einholte.« Er legte seine Hand auf ihren Bauch. »Ich würde für meine Tochter nicht weniger tun.«

Elise drückte ihre Wange an seinen Arm. »Maxim, mein Leben ist dreifach gesegnet«, sagte sie nachdenklich. »Der erste Segen war mein Vater, jetzt ist Anne gekommen, am teuersten aber ist mir mein Mann. Wenn die Zukunft noch mehr solcher Freuden für mich bereithält, will ich gern jedem Tag entgegensehen, der noch kommen mag.«

Am Freitag darauf erreichte Maxim die königliche Aufforderung, bei Hofe zu erscheinen. Eine der Hofdamen war am Fuße einer langen Treppe tot aufgefunden worden. Unfallzeugen gab es keine, dafür aber Druckstellen an der Kehle. Weinende Zofen hatten preisgegeben, daß ihre Herrin, die dreiundvierzig Jahre alt war, sich in den vergangenen Monaten wiederholt heimlich mit einem Liebhaber getroffen hatte.

Außerdem wurde Maxim berichtet, daß im Kerker zu Newgate Hillert einem Anschlag zum Opfer gefallen war. Man hatte ihn in den frühen Morgenstunden mit durchschnittener Kehle aufgefunden. Niemand wußte, wer der Täter war, da alle Häftlinge zusammen in einer Zelle saßen und ihre Unschuld beteuerten. Darunter waren einige, die über Geld verfügten und die Wachen bestechen konnten. Es wurde gemunkelt, daß ein reicher Anwalt, dessen Namen niemand zu nennen wußte, einen Dieb im Kerker besucht hatte, um ihm von der Erbschaft eines reichen Onkels Mitteilung zu machen. Es hieß, die hinterlassene Summe sei kurz nach Hillerts Ermordung ausbezahlt worden.

Elise blieb in Bradbury zurück, da sie glaubte, Maxim werde in Kürze wieder daheim sein. Anne war ihr in seiner Abwesenheit ein echter Trost, zwischen den beiden Frauen war über familiäre Bindungen hinaus eine herzliche Freundschaft entstanden.

Nikolaus, Kenneth und die zwei anderen Gästen brachen drei Tage nach Maxim auf. Sie verließen Bradbury Hall mit verschiedenen Zielen. Nikolaus und Justin kehrten zum Schiff zurück, um das Verladen der neuen Fracht zu überwachen, während Kenneth und Sherbourne ihren Heimatorten in der Nähe von London zustrebten. Vor dem Abschied versprachen sie Elise, jederzeit zur Stelle zu sein, falls sie gebraucht würden. Ein wenig traurig winkte sie ihnen nach, da sie wußte, daß sie Nikolaus und Justin nun für längere Zeit nicht wiedersehen würde.

In deren Abwesenheit verbrachte Elise mit Anne viel Zeit im Garten. Die beiden lachten und schwatzten, tauschten ihre innersten Gedanken aus oder plauderten müßig vom Wetter und von anderen Belanglosigkeiten.

Es war am frühen Nachmittag des vierten Tages nach Maxims Abschied, als Elise eine Gartenschere in einen Korb tat und mit Anne hinunter in den Garten ging, um vertrocknete Zweige und verblühte Blumen abzuschneiden. Nach einer Stunde machte sie eine Pause, legte Hut und Handschuhe ab und setzte sich mit der alten Dame zum Tee an einen Gartentisch. Ihre angeregte Unterhaltung wurde plötzlich von einem leisen Winseln gestört.

»Merkwürdig, das hört sich an wie ein Hund«, bemerkte Anne, ihre schmale Hand ans Ohr haltend. »Was hat ein Hund hier zu suchen?«

»Ich weiß es nicht. Es hörte sich an, als käme es von dem Irrgarten unten am Weiher.« Elise stand auf und legte die Serviette beiseite. »Ich gehe und sehe nach.«

»Nimm deine Schere mit«, riet Anne ihr. »Das arme kleine Ding hat sich vielleicht im Dickicht verfangen.«

Mit der Gartenschere in der Schürzentasche schlüpfte Elise durch die zu bizarren Formen zurechtgestutzte Hecke, die den Garten begrenzte. Das ängstliche Winseln führte sie über eine große Rasenfläche, und als sie sich der Stelle näherte, an der die dichten Sträucher in Form eines Irrgartens gepflanzt worden waren, schien der Hund schon in unmittelbarer Nähe.

Elise beschritt nun einen langen, schmalen, beidseits von hohen Hecken gesäumten Weg, und am Ende dieses Laubganges saß kläffend und winselnd ein Hündchen. Kaum hatte das Tier sie bemerkt, sprang es auf und wollte auf sie zulaufen, wurde aber ruckartig von einer Leine, die an seinem Halsband befestigt war, zurückgehalten. Elise bückte sich, um das Tier zu befreien. Dabei bemerkte sie, daß die Leine absichtlich an einem dicken grünen Zweig in Bodennähe festgemacht worden war. Verwundert runzelte sie die Stirn, weil sie sich beim besten Willen nicht vorstellen konnte, aus welchem Grund jemand hier einen Hund festgebunden hatte.

»Du hast Tiere ja immer schon gemocht«, hörte Elise plötzlich hinter sich eine Stimme sagen.

Entsetzt fuhr sie herum und richtete sich auf... »Forsworth!«

»Sieh an, ist das nicht Kusine Elise?« höhnte er. »Und so weit weg vom Haus! Ich hätte gedacht, dein Mann würde um sein Anwesen eine hohe Steinmauer errichten, um dich zu schützen.«

Elise vergeudete keine kostbare Zeit mit Worten, denn ihr war sofort klar, in welcher Gefahr sie schwebte. Sie wandte sich zur Flucht, stolperte aber über den Hund, der an ihr hochsprang.

Forsworth war gleich bei ihr, packte ihren Arm und drehte sie zu sich herum. Wütend bleckte er die Zähne, als er ihr mit dem Handrücken heftig auf die Wange schlug. »Du Biest, du entkommst mir nicht mehr!« Elise war von dem Schlag wie benommen, ehe sie wieder klar denken konnte. Voll Abscheu sah sie zu ihm auf, während sie mit zitternder Hand über ihre blutige Lippe fuhr. Ein zufälliges Treffen war dies nicht. Forsworth hatte sie mit Absicht vom Haus fortgelockt. Nach dem Zustand seiner staubbedeckten Kleider und Stiefel zu schließen, hatte er einen weiten Ritt hinter sich.

»Was willst du von mir, Forsworth?« fragte sie kalt.

Sein Mund verzog sich zu einem selbstgefälligen Lächeln. »Aber Elise, wie kannst du so rasch vergessen?« fragte er in gespieltem Erstaunen. »Ich will von dir nur wissen, wo der Schatz verborgen ist.«

»Wie oft muß ich es dir noch sagen?« sagte sie zähneknirschend. »Ich weiß nicht, wo der Schatz ist. Mein Vater hat mir das Versteck nie verraten. Vielleicht gibt es diesen Schatz gar nicht.«

»Also wieder das alte Spiel. Du und ich. Wortwechsel und Kämpfe«, seufzte er unwillig. »Aber diesmal wird es für dich nicht so leicht werden. Ich bin nicht mehr so nachsichtig wie früher.«

»Nachsichtig? Daß ich nicht lache! Du Schlange! Wenn du aus deinem schleimigen Nest kriechst, muß man auf der Hut sein!«

»Schlange?« kläffte er. »Na, dir werde ich es zeigen!« Seine langen Finger schlossen sich um ihren Oberarm, und er fing an, wie ein Rasender auf sie einzuschlagen. Das Hündchen verzog sich ängstlich im Gebüsch. Elise kämpfte, um unter den brutalen Schlägen nicht das Bewußtsein zu verlieren. Sie schmeckte Blut und biß die Zähne gegen die Schläge zusammen, aber lang würde sie nicht mehr standhalten. Verzweifelt umklammerte sie die Gartenschere in ihrer Schürzentasche und stieß sie in den Arm, der sie umfaßt hielt. Mit einem gellenden Aufschrei taumelte Forsworth rücklings. Er hielt seinen Arm fest, den Blick entsetzt auf die Schere gerichtet, die aus seinem Hemd ragte. Ein sich langsam vergrößernder roter Fleck verfärbte das Leinen. Schließlich faßte er die Schere und zog sie mit einem erneuten Schmerzensschrei heraus.

Elise wußte, daß nur Schnelligkeit sie retten konnte, und war auch schon, ihre Röcke hochraffend, auf der Flucht, hinter sich die schweren Schritte ihres Widersachers. Wäre er nicht durch seine Verletzung behindert gewesen, er hätte sie sofort eingeholt. Sie flitzte um eine Ecke und prallte plötzlich gegen eine große, kräftige Gestalt, die ihr den Weg versperrte. In panischer Angst schrie sie auf und schlug blindlings auf den Mann ein, der sie festhielt, während sie Forsworths Keuchen näher kommen hörte.

»Elise?«

Auch diesmal erkannte sie die Stimme, und als sie mit einem Ruck aufblickte, sah sie Quentins Gesicht knapp über sich.

»Was geht hier vor?« fragte er, den Blick auf ihre blutende Wange gerichtet.

»Laß sie los!« befahl Forsworth barsch und packte ihren Arm. »Sie gehört mir!«

Quentin schlug seinem Bruder auf den Unterarm und stellte sich schützend vor Elise. Als Forsworth nach ihr greifen wollte, stieß ihn Quentin weg. »Zurück!« brüllte er. »Du wirst sie nicht mehr anfassen!«

»Ich werde sie zermalmen!« heulte sein jüngerer Bruder. »Von dieser Furie mußte ich mir schon genug gefallen lassen!« Damit reckte er den Arm vor, um seine Wunde zu zeigen, und bespritzte Quentins Samtwams mit Blut. »Sieh, was sie mir angetan hat!«

Quentin verzog beim Anblick des Blutes, das sein Wams befleckte, angewidert den Mund und wischte es ab. »Wenn ich mir Elises Gesicht ansehe, weiß ich, daß du es verdient hast«, sagte er kühl. »Man kann es ihr nicht verübeln, daß sie sich verteidigt. Du benimmst dich wie ein Vieh.«

Forsworth holte mit der Faust aus, doch Quentin ließ mit einer flinken Handbewegung einen Dolch aufblitzen und richtete die Spitze gegen Forsworths Lederkoller.

»Forsworth, denk an dein Leben«, warnte er ihn. »Wenn hier und jetzt noch mehr von deinem Blut vergossen wird, dann ist es deine Schuld.«

»Überläßt du sie mir?«

»Elise steht jetzt unter meinem Schutz, und wenn du sie mit Gewalt an dich reißen willst, dann schlitze ich dir den Leib auf, das schwör' ich dir.«

»Du Verräter!« stieß Forsworth hervor und wich unter wüsten Beschimpfungen zurück. »Laß dir gesagt sein, ich komme zurück und hole sie mir, Bruderherz!«

»Wie du willst. Ich kann es verschmerzen. Im übrigen war ich immer der Meinung, wir wären nur Halbbrüder«, spottete Quentin.

»Was soll das heißen?« brauste Forsworth auf.

»Es heißt, daß ich dich für einen Bankert halte, Forsworth, für einen Bastard, der mit Bardolf Radborne nicht eines Blutes ist«, bemerkte Quentin. »Ich hatte immer schon das Gefühl, daß du deinen langsamen Verstand irgendeinem Einfaltspinsel zu verdanken hast. Daß *mein* Vater ein kluger Kopf war, wissen wir beide.«

»Warum hat er sich dann vergiften lassen, wenn er so klug war?« höhnte Forsworth.

»Was meinst du damit?« Drohend ging Quentin auf ihn zu.

Forsworth grinste bösartig und deutete auf Elise. »Frag sie doch.«

Quentin drehte langsam den Kopf, bis er seine Kusine über die Schulter hinweg ansehen konnte. »Was redet er da?«

Elise rang verzweifelt die Hände, da sie wußte, daß Quentin von seinem Vater eine sehr hohe Meinung hatte.

»Los, sprich!«

Sein herrischer Ton ließ sie zusammenfahren. »Vor langer Zeit wurde in meinem Vaterhaus gemunkelt, daß Cassandra meine Mutter und deinen Vater vergiftete«, kam es zögernd über ihre Lippen.

»Diese Bestie! Ich bringe sie um!«

Forsworth lachte wie von Sinnen, bis Quentin ihn vorne am Lederwams so heftig packte, daß er fast umkippte. Quentin schüttelte seinen Bruder, daß ihm die Zähne aufeinanderschlugen.

»Du Bastard, wenn du nicht aufhörst zu grinsen, dann schleife ich dich mit dem Gesicht nach unten den ganzen Weg entlang. Und jetzt verschwinde!«

Verächtlich schnaubend zog sich Forsworth zurück, bestieg sein Pferd und sprengte, ohne sie eines weiteren Blickes zu würdigen, davon.

Elise atmete auf. Als Quentin sich ihr zuwandte, verriet sein schmerzlicher Blick, wie tief er verletzt war. »Die Sache mit Cassandra und Onkel Bardolf bedaure ich sehr«, versuchte sie ihn zu trösten.

»Ich hätte es mir denken können«, seufzte er schon etwas gefaßter. »Zuweilen wünschte ich, sie wäre nicht meine Mutter.«

Elise legte sanft die Hand auf seinen Arm. »Ich danke dir, daß du zur Stelle warst«, murmelte sie, von echter Dankbarkeit erfüllt.

Quentin verbeugte sich vor ihr. »Madame, es war mir ein Vergnügen.«

»Aber wie kommt es, daß du hier bist?« wollte sie wissen. »Wie hast du mich gefunden?«

»Im Haus erfuhr ich, daß du im Garten bist. Und als ich mich auf die Suche machte, hörte ich das Hundegebell.« Quentins Lächeln verschwand. »Ich kam, um dir zu sagen, daß ich dahintergekommen bin, wo dein Vater gefangengehalten wird«, erklärte er ernst.

»Wo?« kam es tonlos von ihren Lippen.

»Der Weg läßt sich nur schwer erklären, du mußt mit mir kommen.«

»Maxim ist nicht da, und ich habe ihm hoch und heilig versprochen, das Haus nur in Begleitung zu verlassen«, wandte Elise ein.

»Gerüchten zufolge planen die Entführer, Ramsey fortzuschaffen, vielleicht sogar wieder außer Landes zu bringen. Die Zeit läuft gegen uns. Er könnte jetzt schon unterwegs zu einem wartenden Schiff sein. Wenn du dich damit aufhältst, dir eine Eskorte zu sichern, könnte es zu spät sein. Ich habe Lord Seymour nach London eine Nachricht geschickt und ihn von allem unterrichtet.«

»Aber woher soll Maxim wissen, wo ich bin, wenn ich jetzt mit dir gehe?«

»Er kennt die Gegend so genau, daß er den vereinbarten Ort finden wird. Den Rest des Weges kann ich ihn führen.«

»Aber was nützt meinem Vater mein Kommen? Wie könnte ich ihm helfen?«

»Du könntest seinen Entführern sagen, daß der Schatz schon unterwegs ist, daß dein Gemahl ihn bringen wird, um deinen Vater loszukaufen.«

Elise verspürte ein sonderbares Kribbeln im Nacken. Von weitem vernahm sie Annes Stimme, die sie rief. Argwöhnisch fragte sie: »Warum sollte Maxim den Schatz herbeischaffen?«

»Angeblich soll er wissen, wo sich der Schatz befindet. Es erscheint mir nur recht und billig, daß er Ramsey damit loskauft.«

Elise wurde von heftigen Zweifeln befallen. Wie kam es, daß Quentin dies alles wußte? Woher hatte er die Kenntnisse über Maxim und den Schatz, wenn nicht von einer der Hofdamen?

»Anne ruft mich. Ich muß zu ihr.« Mit Bedacht entfernte sie sich ganz langsam, Schritt für Schritt, von Quentin. »Außerdem muß ich mich umziehen und mein Pferd satteln lassen. Wir treffen uns vor dem Haus.«

Quentin folgte ihr auf dem Fuße. »Elise, ich nahm mir die Freiheit, deine Stute bereits satteln zu lassen. Sie steht drüben bei meinem Pferd. Du mußt augenblicklich mitkommen.«

»Nein, Quentin, erst muß ich mich umziehen«, beharrte sie und zwang sich, das Beben in ihrer Stimme zu unterdrücken. »Anne wird sich meinetwegen Sorgen machen.«

Da spürte sie seine feste Hand auf ihrer Schulter. Das Herz schlug ihr bis zum Halse. »Elise, ich muß darauf bestehen, daß du auf der Stelle mitkommst.«

Da fing sie zu laufen an, ganz plötzlich, so daß Quentin im ersten Moment verdutzt stehenblieb. Als er erfaßte, daß sie ihm entwischen wollte, fluchte er halblaut vor sich hin und setzte Elise nach. Er hatte sie rasch erreicht. Ihr den Mund zuhaltend, flüsterte er ihr ins Ohr: »Elise, ob du dich nun wehrst oder nicht, du kommst mit mir. Du muß deinen Vater zur Vernunft bringen. Er zeigt sich halsstarriger, als für ihn zuträglich ist.«

Ihre Antwort wurde von seiner Hand erstickt. Wieder setzte sie sich mit aller Kraft gegen ihn zur Wehr. Ihr war jetzt klar, daß Quentin der verhaßte Entführer war. Sie hatte ihm echte Zuneigung entgegengebracht und konnte sich jetzt nicht genug wundern, wie gründlich sie sich hatte täuschen lassen.

31

War die schöne Elise für Maxim anfangs ein Stachel im Fleisch, so präsentierte sie sich Quentin jetzt als spitzer Pfahl. Es kostete ihn sehr viel Kraft, sie in seine Gewalt zu bringen, ohne daß man auf Bradbury Hall etwas von den Vorgängen merkte. Fluchend riß er seine Hand von ihrem Mund los und begutachtete die halbkreisförmige Bißspur im Fleisch. Im nächsten Moment holte sie Luft und schrie laut. Im Geiste sah er schon rachedurstige Retter vom Haus ausschwärmen und ihn stellen. Sein Versuch, den Schrei zu ersticken, wurde von Elises sich hin und her wendendem Kopf und ihren zubeißenden Zähnen verhindert. Schließlich stopfte er ihr ein Taschentuch in den Mund. Die lange Schürze, die Elise umgebunden hatte, wickelte er um ihre Arme und Hände, bis sie sich nicht mehr rühren konnte. Mit einem kleinen Messer schnitt er ein Schürzenband ab und sicherte damit den Knebel.

Doch Elises Widerstand war immer noch nicht gebrochen, als Quentin sie hochhob und mühsam durch das Gebüsch schleppte. Sie stieß und trat um sich, verzweifelt bemüht, ihm zu entkommen.

»Verdammt, Elise, so halte doch still!« brüllte er sie an, als sie ihm wieder fast entglitt.

Ein ersticktes Lallen war ihre Antwort, begleitet von wilden Kopfbewegungen. Da wußte er, daß er sich jedes Wort sparen konnte. Seine Begleiter, die er in einiger Entfernung zurückgelassen hatte, wollten ihren Augen nicht trauen, als er fluchend mit seiner Last aus dem Gebüsch getaumelt kam. Gleich darauf mußte er feststellen, daß es nicht geringere Schwierigkeiten bereitete, sie in den Sattel zu heben, denn kaum hatte er sich abgewendet und nach einem Seil gegriffen, mit dem er sie festbinden wollte, da rutschte sie herunter, schlüpfte unter dem Pferdehals hindurch und lief davon, so schnell es ihre Fesseln zuließen – sehr zur Erheiterung seiner Spießgesellen. Nach einer kurzen Jagd bekam er sie wieder zu fassen, wobei sie ihm ihren Ellbogen mit voller Wucht in den Kiefer stieß. Ganz betäubt vor Schmerzen, geriet er rücklings ins Taumeln, ehe er sich so weit gefaßt hatte, daß er sie in den Sattel heben konnte. Dann schlang er das Seil um ihre Röcke, damit sie die Beine nicht bewegen konnte. Zur Sicherheit führte er das Seil noch um ihre Hüfte und um den Sattelknauf. Als er zufällig ihrem haßerfüllten Blick begegnete, wußte er, daß sie bittere Rache an ihm üben würde, sollte sich je die Gelegenheit dazu bieten.

Es wurde ein langer Ritt, der sie in tiefe Dunkelheit führte, nachdem die Sonne untergegangen war und die Abendröte der Nacht wich. Elise merkte, daß sie stetig westwärts ritten. In einem Wald wurde das Nachtlager aufgeschlagen, aber noch vor Morgengrauen ging es weiter. Der zweite Tag neigte sich dem Ende zu, als sie einen langgezogenen Hügelrücken erreichten, der in ein flaches, mit Geröll übersätes Tal hinunterführte. Auf der gegenüberliegenden Seite stieg das Gelände wieder an, bis zu einem Waldstück, über dem die verfallenen Mauern einer verlassenen Burg aufragten. Beim ersten Blick auf die Ruine erwachten in Elise Erinnerungen an Hohenstein, bei näherem Hinsehen zeigte sich aber, daß kaum mehr als die kläglichen Reste einiger Außenmauern übriggeblieben waren. Nur ein einziger Turm auf der entgegengesetzten Seite erhob seine verwitterten Zinnen über bröckelndem Mauerwerk, als trotzte er kühn den Elementen.

Schon senkte sich die Dämmerung über das Land, als zwei Posten in der Nähe des Tors aus der Deckung liefen und sich ihnen mit schußbereiten Armbrüsten in den Weg stellten. Quentin schob seine Kapuze zurück, um sich zu erkennen zu geben, und ritt, die Hand nachlässig auf dem Schenkel, vorüber, offensichtlich zufrieden mit der Wachsamkeit seiner Leute. Einen Augenblick schien es Elise, die ihn nicht aus den Augen ließ, als hätte sie ihn in ähnlicher Haltung schon irgendwo gesehen. Sie wandte den Blick nun der Handvoll Männer zu, die sich um ein Feuer scharten. Quentin rief ihnen einen Befehl zu, worauf sie eilig die Flammen erstickten und die Glut austraten, bis alle Spuren des Feuers getilgt waren.

Quentin stieg ab, warf die Zügel einem seiner Leute zu und band Elise vom Sattel los. Kaum stellte er sie hin, da gaben ihre Knie nach. Er wollte sie wieder hochheben, sie aber stieß trotz des Knebels einen abwehrenden Laut hervor, stemmte sich mit einiger Mühe selbst hoch und schaffte es, an eine Stufe gelehnt, auf den Beinen zu bleiben.

Quentin, der nun ein nachsichtiges Lächeln sehen ließ, befreite sie vom Knebel. »Und jetzt benimm dich«, sagte er, ihren wütenden Blick nicht beachtend. »Ich will dir ja nichts tun, ich brauche dich nur so lange, bis dein Mann den Schatz bringt.«

»Wo ist mein Vater?« kam es rauh aus ihrem trockenen Mund.

»In der Nähe«, versicherte er ihr. »Keine Angst, er ist... einigermaßen wohlauf.«

Elise ließ sich von seinem Lächeln nicht täuschen. »Ich weiß nicht, was dich zu dieser Untat verleitet hat, Quentin. Wenn ich bedenke, daß du einmal mein Lieblingsvetter warst... mir scheint, ich bin keine gute Menschenkennerin.«

»Elise, du weißt, wie teuer du mir immer warst.« Auf ihren zweifelnden Blick hin fuhr er fort: »Wäre ich nicht gewesen, Hillert hätte deinen Vater auf der Stelle beseitigt, weil er uns in den Stilliards nachspionierte. Als ich vorschlug, es könne sich vielleicht lohnen, ihm wegen seines verborgenen Schatzes das Leben zu schenken, brachte man ihn auf einem von Hillerts Schiffen nach Lübeck. Hätte ich nicht gedroht, das gegen die Königin gerichtete Komplott zu verraten, er wäre vielleicht noch immer außer Landes... oder tot. Hillert hat nicht viel Geduld, und Ramsey hätte seine Foltern nicht lange ertragen.«

»Wenn du wirklich das Leben meines Vaters gerettet hast, dann bin ich dir zu Dank verpflichtet«, erwiderte Elise steif. »Doch wirst du seine Gefangenschaft und meine Entführung büßen.«

»Ich kenne den Ruf deines Gemahls«, sagte Quentin anerkennend, »und ich bin entsprechend auf der Hut. Ich werde ihn nicht wissen lassen, wo ich mich aufhalte und wer ich bin.«

»Er wird es herausfinden«, sagte Elise überzeugt.

»Dann wird das Spiel für beide gefährlich. Er besitzt, was ich möchte, und ich« – er lächelte bedauernd – »besitze, was er möchte. Ein Tausch erscheint da als die beste Lösung. Andernfalls müßten Unschuldige leiden, und das schlägt mir auf den Magen.«

»So? Und was geschah mit deiner Geliebten bei Hofe? Und mit Hillert?« höhnte Elise.

»Ist mein Leben gefährdet, dann bin ich gezwungen, zu bestimmten Maßnahmen zu greifen, die meine Sicherheit gewährleisten«, seufzte Quentin tief, »auch wenn sie gegen meine Natur verstoßen. Dennoch... was ich anderen antat, das würde ich dir nur ungern antun.«

»Aber wenn es sein müßte, dann würdest du mich töten«, bohrte sie weiter.

»Ach, laß das«, sagte er scherzend mit einem leichten Zug am Seil. »Jetzt habe ich schon genug Fragen beantwortet.«

»Quentin, diesmal kommst du nicht davon. Wenn du meinem Vater ein Haar krümmst, dann wird man dich hetzen, bis...«

Quentin zog so heftig am Seil, daß sie auf dem glatten Steinboden, über den er sie zum Turm zog, stolperte. »Also wirklich, Elise, deine Drohungen kannst du dir sparen. Sie öden mich an.«

Unmittelbar nach Betreten des Turmes blieb er stehen und hob eine Fackel aus der eisernen Halterung. Mit der Flamme deutete er auf eine Stelle, wo eine steinerne Wendeltreppe in die darunterliegenden Verließe führte.

»Folge mir, und achte auf deine Schritte«, ermahnte er sie. »Du könntest fallen und dich verletzen.«

Langsam ging er voraus und leuchtete ihr. Die feuchten, moosigen Stufen waren so tückisch, daß es ihr mit gefesselten Armen schwerfiel, das Gleichgewicht zu halten. Sie drangen in die höhlenartigen, von Fackeln erhellten Tiefen des Turmes vor, überschritten ein in den Boden eingelassenes Gitter und passierten einige Wachen, die sich um einen Tisch mit schmutzigem Geschirr und Speiseresten scharten.

Einer der Männer schob beim Anblick Quentins das Zeug beiseite und rief: »Dieser Fraß ist ungenießbar. Was würde ich dafür geben, wenn ich was Anständiges zwischen die Zähne bekäme! Wir brauchen endlich jemanden, der kocht.« Er versetzte seinem Nachbarn einen Stoß mit dem Ellbogen und grinste Elise unverhohlen lüstern nach. »Vielleicht kann die Lady für uns kochen.«

»Das bezweifle ich«, gab Quentin ungehalten zurück und brachte den Mann mit einem kalten Blick zum Schweigen. »Wenn ihr die Lady nicht anständig behandelt, dann werdet ihr mir dafür büßen.«

»Ist das Eure neue Liebe?« feixte ein anderer.

Quentin ließ das Seil fallen und wies Elise an: »Warte hier.« Da es hier ohnehin keine Fluchtmöglichkeit gab, fügte Elise sich seiner Anordnung und sah, sich halb umdrehend, wie Quentin aus einem Holzhaufen in der Ecke sorgfältig einen Knüppel aussuchte. Mit dem Holz gegen die leere Handfläche schlagend, trat er vor den Mann mit dem losen Mundwerk. Es war ein hochgewachsener Mann von kräftiger Statur. Eben hob er einen Humpen Bier an die Lippen. Der Krug wurde ihm aus der Hand geschleudert, als der Knüppel auf seinen Arm niedersauste. Der Mann schrie auf.

»Nächstes Mal achte auf deine Manieren«, warnte Quentin ihn fast sanft, als er sich über sein schmerzverzerrtes Gesicht beugte. »Wenn nicht, dann hast du keinen Arm mehr, den du zum Mund führen kannst. Ist das klar?«

Der Verletzte nickte bestätigend, als Quentin sich entfernte. Elise begriff sofort, was ihr Vetter seinen Spießgesellen damit zu verstehen geben wollte. Auch in seiner Abwesenheit sollte keiner es wagen, sich ihr in unziemlicher Weise zu nähern. Dafür wenigstens schuldete sie ihm Dank.

Im Vorübergehen steckte Quentin die Fackel in eine leere Halterung und winkte ihr, ihm zu folgen. »Hier entlang.«

Widerstrebend folgte Elise ihm über eine breite Treppe hinunter, bis sie vor den Eisenstäben einer dunklen Zelle stehenblieben. Quentin öffnete mit einem schweren Schlüssel das massive Schloß und ließ die Tür aufschwingen.

»Euer Gemach, Mylady.«

Da sie nicht wußte, was sie in dem dunklen Nichts erwartete, betrat Elise die Zelle mit größter Vorsicht. Unschlüssig drehte sie sich zu Quentin um, und er löste ihre Handfesseln, ehe er die Tür schloß. Mit einer Kopfbewegung deutete er auf eine Ecke der Zelle, die völlig im Dunkeln lag. Elise, die flüchtig hinsah, konnte nur das Fußende einer Liegestatt erkennen.

»Dein Vater müßte bald aufwachen. Er hat nur ganz wenig von dem Schlaftrunk bekommen.«

Mit einem erstickten Aufschrei flog Elise an das schmale Lager und tastete nach der langgestreckten, dürren Gestalt, die sie in der Finsternis nicht erkennen konnte.

»Quentin, bitte, eine Kerze!« bat sie schluchzend.

»Wie Ihr wünscht.« Er nahm die Fackel und steckte sie auf einen Ständer.

Mit äußerster Behutsamkeit ließ Elise sich auf den Rand der Liegestatt sinken und starrte das bärtige Gesicht des Schlafenden an. Trotz des dichten Bartes war kein Zweifel möglich. Als sie die eingefallenen Züge und ausgezehrten Hände sah, ließ sie ihren Tränen freien Lauf. Sein Atem war kaum spürbar, und als sie voller Angst sachte seinen Arm bewegte, rührte er sich nicht.

Quentin rief einem seiner Leute zu, er solle einen Krug Wasser und einen Lappen bringen. Ein kleiner Mann kam der Aufforderung eilig nach und durfte die Zelle kurz betreten.

»So, das wär's, Mylady«, sagte er und stellte den Krug auf einen primitiven Tisch neben dem Bett. »Damit Ihr ihm den Schlaf aus dem Gesicht waschen könnt.«

Sofort benetzte Elise das Tuch mit Wasser und fing an, das bärtige Gesicht zu waschen. Langsam kam ihr Vater zu sich. Erst drehte er den Kopf von einer Seite zur anderen und blickte suchend um sich, als tauche sein Bewußtsein aus dunklen Tiefen auf. Sein Blick fand Elise, und seine trockenen Lippen bewegten sich. Besorgt beugte sie sich über ihn, als er wieder etwas zu sagen versuchte.

»Elise?«

»O Papa!«

Mit tränenumflortem Blick seufzte er: »Meine Elise…«

32

Im Empfangsraum von Sir Francis Walsingham, Erster Minister der Königin und Großmeister des Hosenbandordens, befanden sich so viele Persönlichkeiten von Rang und Bedeutung, daß der Raum, obschon durchaus geräumig, beängstigend eng wirkte. Neben Rittern in silbernen Brustpanzern, Herzögen in pelzbesetzten Mänteln und Earls in kunstvoll bestickten Wämsen wirkte Maxim, dessen Kleidung sich durch dezenten Geschmack auszeichnete, vergleichsweise bescheiden, ebenso Sir Francis, der in schlichtem Schwarz erschienen war. Der Minister hatte seine Mittagsruhe hinter sich und begab sich nun in sein Vorzimmer, um vor Beginn der Nachmittagsgeschäfte ein paar zwanglose Gespräche zu führen. Er ging sofort auf Maxim zu, dessen Erfahrung, Stellung und Klugheit er wohl zu schätzen wußte. Gespannt, wie es um die Ermittlungen bestellt war, bat Sir Francis ihn, ihm gründlich über alles Bericht zu erstatten.

»Wir konnten uns eine Beschreibung des Anwalts verschaffen, der nach Newgate kam«, begann Maxim seinen Bericht. »Und wir machten eine der Hofdamen ausfindig, die tatsächlich die Ermordete einige Wochen vor ihrem Tod mit ihrem Liebhaber sah. Die Beschreibung, die sie uns lieferte, deckt sich fast vollständig mit jener, die wir von den Gefängniswachen erhielten. Groß. Dunkelhaarig. Dunkle Augen. Gutaussehend. Es muß ein und derselbe Mann sein. Vielleicht glückt es uns, sogar den Namen herauszubekommen. Die Hofdame führte uns zu einem Pagen, der der Ermordeten einige Botschaften von einem Mann überbrachte. Zufällig handelt es sich um einen Pagen mit ausgezeichnetem Namensgedächtnis, dem alle Namen bei Hof geläufig sind sowie auch die Namen jener, die mit dem Hofstaat in Verbindung stehen. Wir müssen jetzt nur noch feststellen, ob es sich um denselben Mann handelt.«

»Warum wurde Hillert ermordet?« fragte Sir Francis.

»Der Verräter hätte sowohl durch seine Geliebte, die Hofdame, als auch durch Hillert entlarvt werden können. Da Hillert im Kerker auf seine Hinrichtung wartete, mußte der Mann befürchten, Hillert würde seinen Namen preisgeben und seine Rolle bei der Verschwörung nennen, bevor er das Zeitliche segnete.«

Sir Francis verschränkte die Hände im Rücken und reckte nachdenklich das bärtige Kinn, während er den Blick durch den Raum wandern ließ. Neben Maxim standen fünfzig Spitzel in England sowie an ausländischen Höfen in seinen Diensten. Daneben gab es noch andere, deren Tätigkeit allein ihm bekannt war. Einer dieser Spitzel war Gilbert Gifford, der das Komplott Babingtons und seiner Komplizen aufgedeckt hatte. Sie hatten Marys Befreiung und Elizabeths Ermordung geplant. Ja, seine Spitzel leisteten sehr gute Arbeit, und der Marquis von Bradbury war einer seiner besten Leute.

Sir Francis seufzte bekümmert. »Ich wünschte, die Königin wüßte unsere Bemühungen um ihre Sicherheit mehr zu schätzen. Meine Börse wird von Tag zu Tag leichter, so daß ich mich ständig genötigt sehe, Cecil Burghley um Fürsprache bei der Königin zu bitten, damit ich diese Aufgaben, die allein der Sicherheit der Monarchin dienen, finanzieren kann.«

»Lord Burghley kennt die Königin besser als jeder andere«, versuchte Maxim Sir Francis aufzumuntern. »Er versteht es am besten, sie zur Finanzierung dieser Aufgaben zu bewegen.«

»In der Zwischenzeit stehe ich tief in Eurer Schuld. Mir ist bewußt, daß es Euch einen stattlichen Betrag gekostet haben muß, Hillert ausfindig zu machen und ihn herzuschaffen.«

»Vergeßt es. Ich freue mich, daß meine Ehre wiederhergestellt wurde.«

»Und ich dachte schon, ich hätte einen guten Mann verloren, als Euch Edward Stamford vor der Königin anklagte. Statt dessen eröffnete sich für Euch eine Möglichkeit, Hillert aufzuspüren und hierherzubringen. Ich kann nur staunen, wie sich zuletzt alles zum Guten gewendet hat.«

»Ich bin sehr erleichtert, daß ich meine Loyalität unter Beweis stellen konnte, damit künftig meine Kinder nicht die Ungnade der Königin zu spüren bekommen.« Um Maxims Mundwinkel zuckte es. »Elise erwartet noch für dieses Jahr unser erstes Kind.«

»Wahrhaftig, das nenne ich eine gute Nachricht!« rief Sir Francis. »Wollen wir auf den Bestand Eures Glückes trinken?«

»Euer Lordschaft... Lord Seymour?« Ein junger Hofbeamter unterbrach diskret das Gespräch und räusperte sich, als Maxim sich zu ihm umwandte. Ein derb gekleideter, bärtiger Mann folgte dem jungen Beamten auf dem Fuße.

»Was ist?« fragte Maxim, den das devote Zögern des jungen Mannes amüsierte.

»Entschuldigt, Ihr Herren, aber dieser Mann behauptet, er habe eine wichtige Nachricht für Euch.«

»Ich heiße William Hanks«, mischte sich der Bärtige ohne Umschweife ein. Er griff in seinen ausgefransten Kittel und holte ein zusammengefaltetes, mit rotem Wachs versiegeltes Pergament hervor. Die Augen zusammenkneifend, schlug er mit der Rolle gegen die andere Handfläche. »Ich mußte schwören, die Botschaft Euch persönlich zu übergeben, Ihr würdet mir dafür einen Goldsovereign aus Eurer Börse geben, sagte man mir.«

Maxim holte eine Münze aus seiner Börse und warf sie vor dem Bärtigen in die Höhe. »Da ist die Münze, doch ich hoffe sehr, daß der Brief sie wert ist.«

Der struppige und verfilzt aussehende Bote fing die herabfallende Münze auf und übergab Maxim mit einem triumphierenden Lächeln das Pergament.

»Wer hat dir das gegeben?« fragte Maxim, verdutzt, als er seinen vollen Titel auf den Brief gekritzelt sah.

»Ich kenne den Menschen nicht«, erklärte der Kurier. »Er trug einen Kapuzenmantel, und es war ganz düster, als er an meine Tür klopfte. Ich komme von ziemlich weit her, und der Mann gab mir nur das Geld für den Fährmann. Wäre mir keine Belohnung versprochen worden, ich hätte den Weg nicht gemacht.« Er tippte auf das Pergament. »Er sagte, es sei wichtig und Ihr solltet es sofort lesen.«

Maxim brach das Siegel mit dem Daumennagel auf und hob den Brief ans Licht. Während er den Inhalt überflog, spiegelte seine Miene Schmerz und Entsetzen wider, so daß Sir Francis es mit der Angst zu tun bekam. Maxims Züge verzerrten sich vor Haß, während er den Brief zusammenknüllte.

»Ist etwas passiert?«

Maxim unterdrückte den Zorn, der ihn drängte, die Verfolgung aufzunehmen, und stieß zähneknirschend hervor: »Elise wurde als Geisel entführt.« Er reichte Walsingham das Pergament. »Ihr Entführer verlangt Lösegeld.«

»Na, war es den Sovereign wert?« fragte der Kurier erwartungsvoll.

»Behalte ihn und verschwinde!« fuhr Sir Francis ihn an und blickte dem Davoneilenden finster nach. Dann wies er den jungen Höfling an: »Sagt Captain Reed, er soll den Mann beobachten lassen.«

Als Walsingham sich wieder Maxim zuwenden wollte, sah er diesen eben durch die Tür davoneilen. Nachdenklich starrte er vor sich hin, ehe er mit einem Fingerschnalzen den Blick des Majors vom Vierten Berittenen Dragonerregiment auf sich lenkte und sich mit diesem in seine Privatgemächer zurückzog.

Die Königin hielt eben eine Sitzung mit ein paar Lords aus den nördlichen Landesteilen ab, als ihr eine Botschaft Walsinghams überbracht wurde. Ein Schatten huschte über ihre Stirn, als sie die Nachricht las, und nach Beendigung der Sitzung zog sie sich so rasch zurück, wie es der Anstand zuließ, um die Zeilen noch einmal zu lesen. Anschließend schrieb sie eilig eine Nachricht für Lord Burghley und rief den Colonel der Dritten Königlichen Füsiliere zu sich.

Kapitän von Reijn arbeitete in seinem Kontor in den Stilliards einen Stapel Frachtpapiere durch, als Justin die Treppe heraufstürmte und, ohne anzuklopfen, in den Raum stürzte. Er warf die Nachricht auf den Schreibtisch und rief, ohne dem Kapitän die Möglichkeit zum Lesen zu geben: »Eine Botschaft von Maxim! Elise wurde entführt!«

Nikolaus nahm sich gerade soviel Zeit, um das Papier wegzulegen, das er in Augenschein genommen hatte, und sprang auf. Er stieß einen Fluch aus, und gleich darauf verfielen beide in hektische Betriebsamkeit, die auch Dietrichs Neugierde weckte. Als sie nach einer Stunde aufbrachen, durfte er sie auf sein Drängen hin begleiten.

Sir Kenneth befand sich auf seinem Anwesen im Norden Londons, wo er sich um eine Vielzahl vernachlässigter Angelegenheiten kümmern mußte, als Maxims Kurier eintraf. Er erbrach das Briefsiegel, las die Botschaft und schickte sogleich den Kurier weiter zu Sherbourne. Danach lief er, drei Stufen auf einmal nehmend, die Treppe hinauf in seine Waffenkammer und suchte die nötige Ausrüstung zusammen.

Edward Stamford war der einzige im Hause Radborne, der sich in seinem Dämmerschlaf nicht stören ließ, als Maxim kam, um sich für den Ritt auszurüsten, und es sich nicht mehr verheimlichen ließ, daß Elise abermals entführt worden war. In der allgemeinen Aufregung schenkte kein Mensch Arabella Beachtung, die leise die Treppe hinunterlief und das Haus verließ. Sie hatte es sehr eilig, zum Anwesen ihres verunglückten Gemahls zu kommen, und trat, nachdem sie Anweisung gegeben hatte, ein Boot bereitzumachen, die Fahrt an, die sie erst nach Bradbury Hall und dann weiter führen sollte.

Die zweimal verehelichte und einmal verwitwete Cassandra gab sich unterdessen ihrem seit kurzem bevorzugten Zeitvertreib hin, ihre Söhne zu beschimpfen, wenn sie im Hause waren. Da Cassandra überzeugt war, Elise oder Arabella habe bei Hof auf Ausstellung eines Haftbefehls gedrängt, verließ sie aus Angst, erkannt und festgenommen zu werden, ihr gegenwärtiges Domizil nur selten. Diese Einschränkung bewirkte, daß sie ihren Unmut an denjenigen ausließ, die keinen plausiblen Vorwand fanden, ihr aus dem Weg zu gehen.

Die Gescholtenen atmeten daher erleichtert auf, als unerwartet ein Bote gemeldet wurde, ein ärmlicher Mann von einfältiger Natur, der mit quälender Langsamkeit die Worte wiederholte, die der des Lebens und Schreibens nahezu unkundige Forsworth ihm eingetrichtert hatte. Kaum hatte er sich dieser Aufgabe entledigt, wurde er auch schon von Cassandra unwirsch entlassen, die ihm knauserig, wie es ihrer Art entsprach, den Botenlohn vorenthielt. Sie lief eine Weile aufgeregt im Raum hin und her, ehe sie sich mit erhobenem Zeigefinger an ihre zwei gerade zu Hause weilenden Söhne wandte: »Man höre und staune! Dieser nichtsnutzige, elende Quentin ist offenbar entschlossen, uns den Schatz vor der Nase wegzuschnappen. Forsworth sagt, er sei Quentin und seiner kleinen Schar gekaufter Halsabschneider gefolgt… sie haben Mistreß Hochwohlgeboren nach Kensington Keep gebracht…«

»Zu dieser Ruine?« höhnte der eine ihrer Söhne. »Die bietet kaum Schutz vor Regen.«

»Dort halten sie sich im Moment auf«, erwiderte Cassandra.

»Warum sollte Elise mit jemandem wie Quentin gehen?« fragte der andere. »Was hat er, das wir nicht haben?«

Cassandra senkte die Lider, so daß sich ihre grauen Augen zu schmalen Schlitzen verengten. Sie warf ihrem Sohn einen vernichtenden Blick zu. »Du Idiot! Sie ist nicht aus freien Stücken mitgegangen! Er hat sie entführt! Er hat sie gewaltsam entführt, und seine Räuberbande half ihm dabei!«

»Huii! Da muß Elise aber in Rage geraten sein«, meinte der jüngere der beiden schadenfroh.

»Warum entführt Quentin Elise, wo er uns doch Vorwürfe gemacht hat, als wir sie selbst entführten?« grübelte der ältere. »Er sagte damals, Elise wisse wahrscheinlich gar nichts von dem Schatz. Was glaubt er jetzt durch die Entführung zu gewinnen?«

Cassandra dachte angestrengt nach, bis ihr plötzlich ein Licht aufging. »Er muß Ramsey die ganze Zeit über in seiner Gewalt gehabt haben! Er hat ihn entführt! So muß es sein! Aber mit Hilfe meines guten Forsworth werden wir ihm jetzt eine Lehre erteilen.«

»Was sollen wir tun?«

»Holt ein paar Musketen, und macht euch bereit für den Ritt«, befahl sie.

»Und woher sollen wir Pferde nehmen?« fragte der jüngere.

»Wenn nötig, stehlt sie, aber verschafft sie euch!« herrschte die Frau sie an und schickte sie mit einer gebieterischen Geste hinaus.

Der erste Beweis für Elises Entführung war das Hündchen, das auf Annes besorgte Rufe hin zum Haus gelaufen kam. Sein Gekläff und Gewinsel hatten schließlich das Hausgesinde bewogen, sich auf die Suche zu machen, bei der schließlich eine blutige Gartenschere gefunden wurde. Anne, die die Schere Elises wiedererkannte, war daraufhin ohnmächtig zusammengebrochen.

Ohne eine Sekunde zu verlieren, nahmen Fitch und Spence sofort hoch zu Roß die Verfolgung auf, wobei sie sich zunächst an den Hufspuren der Entführer orientieren konnten. Die Spuren führten nordwärts zur Straße und konnten von den beiden, die sich mit Pfeilen, Bogen und Musketen bewaffnet hatten, ein gutes Stück weiter verfolgt werden.

Maxim traf kurz vor Mitternacht auf Bradbury Hall ein und hielt sich nur so lange im Haus auf, bis er sich bewaffnet und Eddy gesattelt hatte. Dann nahm auch er die Verfolgung auf.

Nebel und Dunst wallten, von der kühlen Nachtluft bewegt, in den flachen Senken oder hingen reglos in den Waldstücken, doch Maxim ritt ohne Rast dahin wie ein rächender Geist. In seinem Gürtel steckten zwei Musketen, an seinem Sattel waren zur Verstärkung zwei weitere Musketen befestigt. Sein langes, zweischneidiges Rapier hing an seiner Seite, und unter dem Wams hatte er einen Dolch verborgen.

Kurz nach Sonnenaufgang machte er Halt an einer Quelle und ließ sein Pferd trinken. Da erspähte er drei Reiter auf dem Hügelkamm und griff sofort nach der Waffe. Es dauerte nur einen Moment, ehe er Nikolaus von Reijn erkannte und auch seine zwei Begleiter.

»He, Maxim!« rief der Kapitän, sein Pferd zügelnd. »Wohin geht die Reise?«

»Nach Westen!« rief Maxim und schwang sich wieder in den Sattel.

Der Kapitän gab seinem Pferd die Sporen. »Los!«

Kurz nach Mittag hielten sie auf einem Hügelrücken an, um das vor ihnen liegende Gelände zu erkunden. In einiger Entfernung erspähten sie zwei Reiter, die sie gleich als Fitch und Spence erkannten. Mit einem lauten Ruf brachte Maxim sie zum Stehen. Sie wendeten die Pferde und warteten, bis die Vierergruppe sie eingeholt hatte. Jetzt waren sie zu sechst.

Vor Einbruch der Dunkelheit erreichte Maxims kleine Schar den Rand eines Waldes, der in einer Senke lag. Sie lagerten und warteten auf den Mondaufgang. Eine Stunde war vergangen, als Fitch, dem die erste Wache zugefallen war, die Schläfer mit einer halblauten Warnung weckte: »Es kommt jemand. Zwei Reiter, glaube ich.«

Maxim warf rasch einen Blick zum Nachthimmel. Ein lebhafter Nordwestwind hatte eingesetzt und strich durch die Wipfel der hohen Eichen. Er führte tiefhängende Wolken mit sich. Maxim gürtete sich mit seinem Degen und befahl seiner Truppe, sich am Wegrand zu postieren.

Es dauerte nicht lange, und zwei dunkle Schatten tauchten auf. Einige grollende Worte durchdrangen die Stille der Nacht und lockten Maxim aus seinem Versteck. Er trat hinaus auf den Weg und stellte sich den zwei herannahenden Reitern mit ausgebreiteten Armen in den Weg.

»Sir Kenneth!«

Das von Natur aus störrische Pferd des Ritters bäumte sich beim Anblick der plötzlich auftauchenden Gestalt auf und warf den erschöpften Reiter fast aus dem Sattel. Laut fluchend bemühte Kenneth sich, das verängstigte Tier zu beruhigen.

Sherbourne ritt näher an ihn heran und versetzte ihm lachend einen Schlag auf den Rücken. »Ein weiterer Grund, den Hengst kastrieren zu lassen, mein Freund. Eines schönen Tages wird er dir sonst das Gehirn aus dem Kopf beuteln.«

Sherbourne saß ab und ging mit ausgreifenden, raschen Schritten auf Maxim zu. »Wir kamen, so rasch es ging«, erklärte er, Maxims Arm umfassend. »Weiß man, wo sie festgehalten wird? Hast du schon einen Plan?«

»Weder noch«, seufzte Maxim.

Es fing zu regnen an, und die Männer mußten Schutz unter einem Felsvorsprung suchen. Kenneth entfachte ein kleines Feuer, über dem Dietrich ein kleines, aber schmackhaftes Mahl zubereitete. Die Männer drängten sich in ihrem beengten Unterschlupf zusammen, um zu beratschlagen und zu schmausen.

33

Der sorgfältig gewählte Treppunkt lag in einem breiten, übersichtlichen Tal, durch das sich ein Bach schlängelte. Eine schmale, steinerne Brücke gewährte Zugang zum anderen Ufer, unterhalb der baumbestandenen Hügelflanken aber gab es bis zum Ufer weder Busch noch Strauch, die Deckung geboten hätten. Eine unbemerkte Annäherung an die Brücke war von beiden Seiten her ausgeschlossen, zudem kam das Überschreiten der Brücke einer Mutprobe gleich, da an einigen Stellen die Bohlen morsch und die steinernen Stützpfeiler baufällig waren.

Die Sonne stand hoch, und Maxim verharrte wartend auf dem Hügelrücken im Schutz des Baumschattens. Seine Gefährten hielten sich in einem Dickicht versteckt, von wo sie, selbst unsichtbar, den Verlauf dieser vereinbarten Zusammenkunft gut beobachten konnten. Maxim umfaßte mit seinem Blick das Tal in seiner gesamten Länge, während er nach den Entführern Ausschau hielt. Endlich kamen auf einer gegenüberliegenden Kuppe elf Reiter in Sicht. Sie bewegten sich ein Stück den Hügelrücken entlang, bis ein Reiter mit wehendem Mantel, die Kapuze tief ins Gesicht gezogen, sich aus der Gruppe löste und ins Tal hinunterritt. Daraufhin gab auch Maxim Eddy die Sporen und sprengte hinunter zur Brücke. Sein Widersacher näherte sich der anderen Seite des Übergangs und hielt ruckartig an, als er Maxims ansichtig wurde.

»Nun denn, treffen wir endlich aufeinander, Lord Seymour!« rief Quentin in einem Ton, der fast freundlich zu nennen war.

Maxim nickte steif. »Ich bin auf Euer Geheiß hin gekommen.« Er blickte zum Hügelkamm und den dort wartenden Reitern hoch. »Wo ist sie?«

»In Sicherheit... im Augenblick jedenfalls.« Quentin zog die Kapuze tiefer, um nicht erkannt zu werden, während er selbst deutlich die kalten grünen Augen des anderen sehen konnte. Daß er mit diesem Mann kein leichtes Spiel haben würde, wußte er. »Habt Ihr den Schatz gebracht?«

»Es dauert zwei Tage, bis er eintrifft. Ihr werdet ihn auch nicht erhalten, ehe ich nicht meine Frau zurückbekommen habe... unversehrt. Wie habt Ihr den Austausch zur beiderseitigen Zufriedenheit geplant?«

Quentin hob den Blick, um die bewaldete Kuppe hinter Seymour abzuschätzen. Er konnte keine Anzeichen erkennen, die auf die Anwesenheit von Gefolgsleuten gedeutet hätten. Dennoch war es ratsam, bei einem Mann, dem der Ruf der Tollkühnheit anhaftete, Vorsicht walten zu lassen. »Ich werde Euch den Vater ausliefern«, erklärte er, den Blick auf den Marquis gerichtet. »Ich lasse ihn an diese Brücke gekettet, gefesselt und geknebelt zurück. Ihr könnt ihn fragen, ob seine Tochter noch am Leben ist und ob er weiß, wo sie sich befindet. Beide Fragen wird er mit einem Nikken beantworten. Ihr öffnet daraufhin die Schatztruhe und laßt ihren Inhalt sehen; dann schließt Ihr sie wieder und sichert sie mit einem Seil. Meine Leute richten ihre Musketen auf Euch, während Ihr das Seil über die Brücke herüberwerft. Unternehmt Ihr einen Versuch, die Brücke zu überschreiten oder Sir Ramsey zu befreien, ehe ich den Schatz selbst sehen konnte und ehe meine Leute und ich in sicherer Entfernung sind, dann ist beider Leben verwirkt. Eure Frau befindet sich keine zwei Stunden Ritt von hier. Bis Ihr bei ihr ankommt, bin ich schon weit fort.«

Maxim tat den Vorschlag verächtlich ab. »Woher soll ich wissen, daß Ihr nicht meine Frau und dann ihren Vater töten werdet, damit Eure Identität unentdeckt bleibt?«

»Ich gehe nach Spanien und bezweifle, daß mir dorthin jemand folgen wird.« Quentin stützte sich mit gekreuzten Armen auf seinen Sattelknauf. »Unser nächstes Treffen findet übermorgen zur gleichen Stunde statt. Wagt nicht, ohne den Schatz zu kommen.«

»Ehe ich Euch den Schatz zeige, muß ich meine Frau sehen. Machen wir es umgekehrt: Ihr bringt Elise hierher, und sobald ich die Gewähr habe, daß sie wohlauf ist, werde ich Euch den Schatz übergeben und dann Ramsey holen.«

Quentin lachte höhnisch. »Mylord, ginge ich auf diesen Vorschlag ein, dann könntet Ihr versuchen, Eure Frau zu retten und den Schatz zurückzuholen. Denn ich brauche eine gewisse Zeit, damit mein Entkommen gesichert ist. Überlasse ich Euch aber nur Ramsey, kann ich sicher sein, daß Ihr unverzüglich zu Elise eilt. Euch bleibt also keine andere Wahl.«

Maxims Blick versuchte das Gesicht unter der Kapuze zu erfassen. »Der Name meiner Frau kommt Euch mit einer Zwanglosigkeit über die Lippen, die auf längere Vertrautheit schließen läßt.«

»Was macht es schon aus, wie ich ihren Namen ausspreche? Sie kommt erst frei, wenn ich den Schatz in Händen habe.«

»Quentin... oder irre ich mich?« fragte Maxim.

»Woher wißt Ihr das?« fragte dieser überrascht.

»Eure Vorsichtsmaßnahmen war nicht lückenlos. Zudem gab es Neugierige, die es darauf anlegten, Euch zu entlarven.«

Quentin schob die Kapuze zurück, da es keinen Sinn hatte, das Gesicht länger zu verbergen. »An Eurer Stelle, Mylord, würde ich bis zum Abschluß dieser Sache mit allen Äußerungen sehr vorsichtig sein... falls Euch wirklich etwas an der Dame liegt.«

»Und ich würde an Eurer Stelle bis zum Abschluß dieser Sache für das Wohl der Dame größte Sorge tragen. Über die Gründe möchte ich mich nicht weiter verbreiten. Nur soviel sei gesagt: Um Rache zu üben, wäre ich nicht abgeneigt, Euch bis nach Spanien zu folgen.«

Damit wendete Maxim sein Pferd und sprengte hangaufwärts. Er durchritt den Wald und zügelte den Hengst vor dem Versteck seiner Gefolgsleute. Unwillkürlich drängte sich ihm das Bild der leblos daliegenden Elise auf. Mit zitternder Hand fuhr er sich über die Stirn, um diesen Alptraum zu vertreiben, aber sein Herz bebte.

Sherbourne trat vor und fragte, die Hand auf Maxims Knie gelegt: »Geht es Elise gut?«

Maxim seufzte bekümmert. »Ihr Entführer behauptet, es gehe ihr gut... im Augenblick. Er erwartet jedoch einen Schatz von mir und wird sich nicht mit dem begnügen, was ich in so kurzer Zeit auftreiben kann. Soweit mir bekannt ist, existiert dieser Schatz gar nicht. Ich konnte Zeit gewinnen, einen Tag oder zwei, das ist alles. Wir müssen herausbekommen, wo sie festgehalten wird – und zwar vor dem nächsten Treffen.«

Quentins Leute ritten eine Stunde lang gemeinsam, ehe sich ihre Wege trennten – jeder ritt nun alleine weiter. Die meisten machten Umwege und warteten den Tagesanbruch ab, ehe sie zur Ruine zurückkehrten. Quentin ritt in südlicher Richtung weiter und entdeckte bald eine Baumgruppe, in der er sich verbergen konnte. Er saß ab, band sein Pferd an und suchte sich ein weiches Mooslager, auf dem er einige Stunden schlief. Als er sicher sein konnte, daß niemand ihm folgte, ritt er weiter.

Er ritt so schnell, daß er bald in die Nähe von Kensington Keep gelangte. Nachdem er das Gelände aufmerksam umkreist hatte, ohne eine Spur von Fremden entdecken zu können, ritt er hügelauf zur Ruine. Die langen Stunden im Sattel forderten ihren Tribut, so daß er sich, als er den Schutz des Waldes verließ und den Kamm entlangritt, dehnte und streckte. Je mehr er sich der Ruine näherte, desto deutlicher vernahm er eine keifende Frauenstimme. Er trieb sein Pferd an und traf im Galopp auf dem Burghof ein. Quentin staunte nicht schlecht, als er im Kreis der Männer seine Mutter und seine drei Brüder erblickte.

»Da ist er ja! Quentin, mein lieber Sohn! Wo warst du nur? Erkläre diesen Tölpeln, daß ich deine Mutter bin und diese drei deine Brüder.«

»Halbbrüder, wenn schon!« gab Quentin brummend von sich, als er aus dem Sattel sprang.

»Was sagtest du?« Cassandras Stimme klang unnatürlich schrill im kahlen Hof. »Sprich lauter, Quentin! Hunderte Male habe ich dir gesagt...«

»Was zum Teufel willst du hier?« tobte er los. Nur mit Mühe konnte er sich zügeln. »Wie hast du mich gefunden?«

»Forsworth ließ mir ausrichten, du hättest ihm Elise vor der Nase weggeschnappt«, erklärte Cassandra. »Da wußte ich natürlich, daß du den Beistand der eigenen Familie brauchst...« Sie ließ den Satz unvollendet, als sie sah, daß sich Quentins Miene unheilvoll verfinsterte.

»Und natürlich wolltest du dir einen Anteil an dem Schatz sichern!« äffte er ihren wehleidigen Ton nach.

Cassandra spielte nun die Gebrochene. »Quentin, wir wollten ja nur...«

»Verschwindet!« brüllte er sie an. »Geht mir aus den Augen, damit ich nicht zum Mörder am eigenen Fleisch und Blut werde!«

»Quentin! Es wird dunkel, und die Nächte sind kalt. Dort draußen könnten Wölfe lauern... wir haben nichts zu essen...«

»Mutter, hast du nicht verstanden? Verschwinde!« raste er außer sich vor Wut und wies ihr mit ausgestrecktem Arm den Ausgang.

Nicht mehr fähig, sich seinem Befehl zu widersetzen, bestieg seine Familie die ermatteten Gäule und ritt, einer hinter dem anderen, vom Hof.

Quentin blickte ihnen eine Weile nach und hatte es plötzlich eilig, hinunter ins Verlies zu kommen, als ihm ein breitschultriger Mann in den Weg trat.

»Da wäre noch eine, Sir«, sagte der Mann zögernd und in entschuldigendem Ton. »Sie sagte, sie würde Euch kennen.«

»Noch eine?« Quentin wollte seinen Ohren nicht trauen.

»Ja, Sir.« Der Mann faßte sich ein Herz. »Eine feine Lady, würde ich sagen. Sie kam kurz vor den anderen.«

Quentin verfluchte im stillen die Tölpelhaftigkeit seiner Spießgesellen und jammerte: »Welch ein Los! Da treffe ich in meinem Versteck ein, von dem niemand etwas wissen soll, und werde von... von Verwandten belagert! Von irgendwelchen Frauenzim-

mern! Mein Gegner braucht nur dem ausgetretensten Pfad nach-
zugehen, um mich zu finden! Wie ist das möglich?«

»Keine Ahnung, Sir«, antwortete der Posten und verdrehte die
Augen.

Quentin stapfte durch den Schlamm auf die Tür des Turmes zu,
hinter der er auf einen zweiten Posten stieß, der, auf einen langen,
dicken Kampfstock gestützt, mit lüsternem Blick auf eine kau-
ernde Gestalt starrte. Um ihren Kopf trug sie ein Tuch, das unterm
Kinn geknotet war. Quentin trat näher und bückte sich, um ihr
Gesicht sehen zu können. »Arabella?« entfuhr es ihm entgeistert.

Ihre Erleichterung war unbeschreiblich. Sie sprang auf und
schlang die Arme um seinen Nacken. »Ach, Quentin, ich dachte
schon, du würdest nie kommen!«

»Was?... Wie um alles in der Welt?... Was machst du hier?«

»Ach, Quentin, mein Geliebter.« Sie klammerte sich verzweifelt an ihn. »Ich mußte kommen und mit dir reden.« Sie rückte ein
Stück ab und sah ihm in die Augen. »Zu Hause warst du nicht an-
zutreffen... da fiel mir ein, daß du vor langer Zeit einmal diesen
Ort erwähnt hast. Es sei ein gutes Versteck, falls wir uns vor meinem Vater verbergen müßten. Ich hörte von Elises Entführung,
und ich weiß, wie lieb du sie hast.« Mit tränenreicher Stimme
senkte sie den Blick. »Ich dachte, du wärst mit ihr auf und davon.«

»Meine liebe Arabella«, schmeichelte Quentin, der ihr den Arm
um die Schultern legte, während er sie behutsam zur Treppe
führte. »Du mußt mir vertrauen. Ich werde dich niemals verlassen.
Sind wir jetzt nicht schon seit Jahren zusammen? Seit Relands Tod
wollte ich dich bitten, meine Frau zu werden.«

Arabella sah hoffnungsvoll zu ihm auf. »Wirklich?«

»Natürlich.« Er drückte sie beruhigend an sich, als sie die spärlich erhellte Treppe hinunterstiegen. »Weißt du noch, wie ich dich
verteidigt habe, als Reland uns zusammen im Stall ertappte? Damals sagte ich dir, ich würde stets dein Beschützer sein.«

»Eine schreckliche Erinnerung. Ich sehe ihn noch immer vor
mir! Wie er mich anstarrte, als ich vor ihm im Stroh lag. Er raste
vor Zorn und hätte mich getötet, wenn du nicht dazwischengetre-
ten wärst und ihm mit deiner Pistole über den Schädel geschlagen

hättest. Als er zusammenbrach und ich das Blut an seinem Kopf sah, wollte ich dir nicht glauben, als du sagtest, daß er tot sei.« Ein Seufzer entrang sich ihrer Brust. »Schrecklich war es! Aber du hattest recht. Sollten die anderen nur glauben, er sei vom Pferd gestürzt. Wir hatten ja nicht die Absicht, ihn zu töten. Und alles wäre gar nicht passiert, wenn er uns nicht überrascht hätte.«

Ihr Vertrauen zu Quentin war grenzenlos. Er führte sie zur Zellentür, wo einige Fackeln und zwei Talgkerzen den Raum erhellten. Elise erhob sich von ihrem Lager, das sie mit ihrem Vater teilte, und kam an die Stäbe, doch Quentin scheuchte sie zurück, als er den Schlüssel ins Schloß steckte.

»Meine Liebe, sieh doch selbst«, sagte Quentin zu Arabella. »Elise ist als Gefangene hier. Ich habe keineswegs die Absicht, mit ihr durchzubrennen.« Er faßte Arabella am Arm und drängte sie durch die Zellentür. »Warum stattest du ihr keinen Besuch ab und fragst sie selbst? Sie kann dir bestätigen, daß es mir allein um den Schatz ihres Vaters geht, den ich brauche, damit ich dann mit dir fliehen kann.«

Quentin schloß die Tür leise hinter der vertrauensseligen Arabella und ließ das Schloß zuschnappen. Zufällig fiel sein Blick auf einen Napf, der auf dem Tisch stand. Der fettige Mischmasch war offenbar unberührt geblieben.

»Der Fraß verdient die Bezeichnung ›Essen‹ nicht«, bemerkte Elise ironisch. »Die Verpflegung läßt hier sehr zu wünschen übrig.«

»Ich werde dafür sorgen, daß du etwas Anständiges bekommst.« Er ging auf die Treppe zu.

»Quentin?« Arabellas wehleidige Stimme hallte in der Zelle wider. »Komm zu mir, schnell. Mir gefällt es hier gar nicht.«

»Bald, meine Liebe. Wenn ich alles erledigt habe.«

»Quentin?«

Er überhörte ihren Ruf und stieg die Stufen hoch.

Arabella wandte sich Elise zu und erwartete ihre Vorwürfe. Statt dessen aber lag Mitleid in den blauen Augen, ein Gefühl, das sie jahrelang nur für sich beansprucht hatte. Ihr Gewissen regte sich zum ersten Mal, und sie ließ sich ermattet auf das Lager fallen. Es war Zeit, daß sie sich der Wahrheit stellte und begriff, wo sie sich befand.

Mit dem Fortschreiten der Nacht wuchs Maxims Verzweiflung immer mehr. Es war ihm nicht gelungen, eine Spur zu finden, obwohl er stundenlang umhergeritten war. Nachdem sein tapferes, ausdauerndes Pferd in der Finsternis zweimal gestolpert war, mußte Maxim sich den Fehlschlag eingestehen. Er band das erschöpfte Tier fest und wartete, bis die anderen nachgekommen waren.

Die Männer teilten sich ihre kalten Rationen. Dann breiteten sie ihre Mäntel aufs Moos und ließen sich, Maxim ausgenommen, zur Nachtruhe nieder. Seine Sorgen ließen ihn nicht schlafen, und er machte sich auf, das Gelände zu erkunden. An einen Baum gelehnt, spähte er hinaus auf eine kleine Lichtung, auf der ein Reh mit seinem Kitz im Mondschein graste. Langsam ließ er seine Augen wandern, doch wohin sein Blick auch fallen mochte, er sah immer nur Elise vor sich. Die Zeit wurde knapp. Wenn er nur nicht so dumm gewesen wäre, zu behaupten, er kenne das Versteck des Schatzes! Hätte er diese Geschichte nicht in Umlauf gebracht, Elise wäre vielleicht nicht entführt worden.

Da schreckte das Reh auf und ließ die Lauscher spielen. Ein Geräusch, wie wenn ein Zweig über Leder kratzt. Langsam ging Maxim hinter dem Baum in Deckung, die Hand am Degengriff.

»Maxim, ich bin es«, flüsterte Sir Kenneth.

»Hmmm.« Maxim seufzte und hing von neuem seinen Gedanken nach. Die Lichtung lag verlassen da. Es herrschte Stille, und die zwei Männer ließen die Gerüche und Geräusche der kühlen Nacht auf sich wirken.

Maxim hob prüfend die Nase. »Irgendwo brennt es.«

Auch der Ritter sog prüfend die Luft ein. »Richtig.«

Maxim löste sich vom Baum. »Weit kann es nicht sein. Weckt die anderen. Wir wollen uns zu Fuß auf die Suche machen.«

Cassandra und ihre Söhne hatten sich von der Ruine nur so weit zurückgezogen, wie es ihre müden Glieder noch erlaubten und bis sie sich einigermaßen in Sicherheit wähnten. Cassandra saß nun zusammengekauert und den Mantel eng um sich gezogen auf einem verrottenden Baumstamm und sah mürrisch ihren Söhnen zu, die ein Feuer entfachten.

»Wenn wir nur etwas Proviant hätten. Ich sterbe vor Hunger«, nörgelte sie.

»Du hast von Proviant nichts gesagt«, grollte ihr jüngster. »Es hieß nur, wir sollten Musketen und Pferde mitnehmen.«

»Muß ich denn an alles denken? Ach…« Sie wurde von einem Hustenkrampf geschüttelt und versuchte den vom feuchten Holz aufsteigenden Qualm durch hektische Handbewegungen zu vertreiben.

»Quentin geht es nicht viel besser«, sagte der andere gedehnt. »Ich konnte einen Blick auf das Zeug werfen, mit dem sie sich vollstopfen. Lieber verhungere ich, als daß ich den Fraß anrühre.«

»Ich möchte sterben! Hier, auf der Stelle!« jammerte Cassandra theatralisch. »Wenn schon nicht durch eure Dummheit, so durch ein hungriges, wildes Tier!«

Die drei Söhne erstarrten und sahen sich ängstlich um, als erwarteten sie, von wilden Tieren belauert zu werden. Sie scharten sich enger ums Feuer. In unmittelbarer Nähe zwitscherte ein Nachtvogel, im nächsten Moment war der Schrei einer Eule zu hören, und unwillkürlich griff Forsworth nach seiner Waffe.

Allmählich wurde es still um das Lagerfeuer. Alle lagen schon im Halbschlaf, als von ferne wieder ein Vogelruf erklang. Forsworth riß die Augen auf und lauschte angespannt. Der Ruf wiederholte sich, diesmal noch unheimlicher. Entsetzt sprang Cassandra auf, und als sie unversehens an den Rand des Feuers trat und ihr ein Stück Glut in den Schuh geriet, hüpfte sie vor Schmerzen im Kreis. Ein Rascheln in den Baumwipfeln brachte den jüngsten mit einem markerschütternden Schrei auf die Beine.

»Wölfe!«

Es folgte ein wildes Durcheinander, als die Familie sich in größter Hast auf die Pferde schwang. Ohne auf den richtigen Sitz von Sattel und Zaumzeug zu achten, sprengten die vier auf ihren erschrockenen Rössern, die sich von ihrer Panik hatten anstecken lassen, aus dem Wald. Willkommen oder nicht, sie waren gewillt, Schutz in der Ruine zu suchen, denn auch der mißgelaunteste Quentin war den Klauen eines Wolfes vorzuziehen.

In der Stille, die diesem überraschten Aufbruch folgte, schlug sich Sir Kenneth vergnügt auf die Schenkel. »Noch nie habe ich jemanden so Hals über Kopf das Weite suchen sehen! Die Gäule werden nach einer halben Stunde vor Erschöpfung zusammenbrechen. Ehrlich, wenn Sherbournes Wolfsgeheul noch echter geklungen hätte, dann wären die vor Angst glatt übergeschnappt!«

Maxim grinste breit und ließ die Schar seiner Getreuen aus der Deckung kommen. Sie holten ihre Pferde und folgten nun in gemächlicherem Tempo den vier Flüchtenden.

Etwas später, nachdem sie beobachtet hatten, wie sich die vier der Ruine näherten, ritten Fitch und Spence den Weg zurück, den sie gekommen waren. Sir Kenneth hatte schon zuvor eine Abteilung Füsiliere gesichtet. Da nun ihr Angriffsziel vor ihnen lag, mußte jemand zurück und die Abteilung heranführen.

Justin, Sherbourne und Dietrich ritten in entgegengesetzter Richtung davon, um vor Tagesanbruch in der nächsten Ortschaft Proviant und alles Nötige für den Angriff auf Kensington Keep zu besorgen. Maxim, Sir Kenneth und Nikolaus griffen zu ihren Waffen und machten sich für den Kampf mit Quentin bereit.

34

Metallisches Klirren durchzog das Tal und näherte sich mit dem Fortschreiten der zweiten Tageshälfte jener Erhebung, auf der Kensington Keep aufragte. Neugierde trieb die Insassen des Turmes auf die Mauerreste, wo sie das umliegende Land in Augenschein nahmen und drei Reiter erblickten, die auf die Ruine zuhielten. Quentin ertrug die Spannung nicht länger. Um seine Laune war es ohnehin nicht gut bestellt, da er durch die Rückkehr seiner Familie um den besten Schlaf gebracht worden war. Diesmal hatten sie sich nicht mehr fortschicken lassen. Leise Verwünschungen hervorstoßend, schwang er sich aufs Roß und ritt der Gruppe der drei entgegen. Bald konnte er feststellen, daß die Geräusche vom letzten der Reiter herkamen, dessen kräftiges Pferd Küchengerät und Werkzeuge aller Art trug. Der Reiter, der die kleine Gruppe anführte, war alt und verrunzelt, sein Haar struppig und sein Rücken gebeugt. Beim Näherkommen sah Quentin, daß der Alte an einem nervösen Zucken litt, das sein rechtes Auge ständig blinzeln ließ. Der zweite Reiter war kräftig und jung, der breite Verband, der über seinen Augen lag, machte es jedoch erforderlich, daß sein Pferd von dem Greis geführt wurde.

»Einen schönen guten Tag!« rief der Alte Quentin entgegen.

»Was führt euch hierher?« fragte Quentin unwirsch. Daß diese Jammergestalten etwas mit Maxim zu tun hatten, war zwar nicht anzunehmen, dennoch war Wachsamkeit angebracht. Wer konnte wissen, ob es nicht Diebe waren, die mit sich gehen ließen, was ihnen zwischen die Finger kam?

Der Alte hob die Schultern. »Wir sind nur auf der Durchreise. Das ist doch erlaubt, oder?«

»Ihr reitet vorüber? Ihr wollt hier nicht anhalten?« Quentin blieb mißtrauisch.

»Wüßte nicht, warum«, gab der Alte zurück.

»Wer seid ihr? Woher kommt ihr?«

»Nun, das ist mein Enkelsohn.« Der Alte deutete auf den direkt hinter ihm Reitenden. »Der Ärmste wurde bei einem Händel mit einem verdammten Iren geblendet.« Der Greis hob den Kopf und heftete seinen Blick auf den dritten: »Und das ist mein Neffe Deat.« Er tippte mit dem Finger an den Kopf. »Nicht ganz richtig hier. Sprechen kann er nicht, dafür aber kann er kochen.«

»Er kann kochen?« Mittlerweile war auch Quentin klargeworden, daß es um ihre Verpflegung schlecht bestellt war. »Sucht er etwa Arbeit?«

»Nun ja, könnte schon sein... das heißt, falls Ihr soviel Geduld habt, bis ich meinem Neffen beigebracht habe, was Ihr wollt. Er richtet sich bei der Arbeit nach meinen Handzeichen.«

»Einverstanden«, sagte Quentin kurz entschlossen, um sodann argwöhnisch hinzuzufügen: »Aber wenn du gelogen hast und er gar nicht kochen kann, dann bekommt ihr alle einen Tritt, ehe es dunkelt. Meine Leute sind nicht zum Scherzen aufgelegt!«

»Ihr stellt die Lebensmittel, und der gute Deat kocht«, gab der Alte zuversichtlich zurück.

»Und wie heißt du?« fragte nun Quentin.

»Die meisten nennen mich Sherb. Und mein Enkelsohn heißt Justin.«

Quentin deutete mit einer Kopfbewegung auf den Turm. »Dort wird euch einer meiner Leute die Küche zeigen. Viel ist es nicht, was wir haben, aber es muß reichen.«

»Ach was, Deat braucht nicht viel. Ihr werdet schon sehen.«

Quentin sah ihnen nach und erkundete dann das Gelände rund um die Ruine, um sich zu vergewissern, daß das Trio nicht zu einer größeren Gruppe von Herumtreibern gehörte, die irgendwo im Wald lauerten. Als er nichts Verdächtiges entdecken konnte, ritt er zurück und war angenehm überrascht, als er die köstlichen Düfte roch, die bereits das alte Gemäuer durchzogen. Das Wasser lief ihm im Mund zusammen, als er den Turm betrat und die zwei beim Kochen und Tischdecken antraf. Der Blinde hockte vor dem Feuer, wärmte sich und trank aus einem Krug.

»Wollt Ihr etwas Grog, Euer Lordschaft?« fragte Sherb. »Wir brachten ihn mit.«

Quentin, der einen Humpen in Empfang nahm, genoß das herrliche Aroma einen Augenblick lang, ehe er einen Schluck probierte. Dankend nickte er dem Koch zu, als dieser ihm einen Pfannkuchen reichte, der über dem Feuer in heißem Fett herausgebacken worden war. Er staunte nicht schlecht, als er merkte, wie gut er schmeckte; zugleich wurde er gewahr, wie ausgehungert er gewesen war.

»Köstlich«, schwärmte Quentin. Es war das erste Mal seit Tagen, daß etwas seine Zustimmung fand.

Der Alte kicherte. »Ich dachte, wir sollten eine Kostprobe liefern, ehe wir den Lohn für Deat aushandeln.«

»Nenne einen Betrag, und wenn er nicht unverschämt ist, dann werde ich ihn bezahlen«, versprach Quentin. Einen guten Koch mußte man bei Laune halten... zumindest für die kurze Zeit, die er noch hierzubleiben gedachte... »Ihr drei könnt hier unten in der Küche schlafen«, wies er sie an. Sein Blick fiel auf eine längliche Kiste, die die Neuankömmlinge neben den Herd gestellt hatten. »Was ist da drinnen?«

»Ach... ja, das sind Deats Messer«, antwortete Sherb mit rauher Stimme. Er ging hin, hob den Deckel und ließ die oberste Lage sehen. Auf einem flachen Tablett lagen, exakt in verschiedene Fächer eingepaßt, eine Reihe von langen Messern mit breiten Klingen. »Deat braucht sie fürs Fleisch.«

Quentin, der sich die Finger genüßlich ableckte, sah keinen Grund, die Bestecktruhe näher zu untersuchen. Ein Koch brauchte Messer, ganz klar. »Unten befinden sich ein paar Gäste, die es sehr zu schätzen wüßten, wenn sie etwas Anständiges zu essen bekämen. Ich werde dich hinunterbegleiten, wenn das Essen fertig ist.« Um unbequemen Fragen zuvorzukommen, erklärte er beiläufig: »Es handelt sich um Gefangene der Krone, die hier festgehalten werden, bis die Beauftragten der Königin sie holen. Niemand betrit oder verläßt die Zelle, falls nicht ich die Tür aufschließe.«

»Was geht's mich an, wen Ihr einsperrt?« meinte Sherb gleichmütig. »Ich bin nur da, weil ich meinen guten Neffen für Euch als Koch in die Arbeit einweisen möchte.«

»Gut, dann verstehen wir uns.«

»Quentin!« Der Klageruf kam aus einer kleinen, oberhalb gelegenen Kammer, die Quentin eigentlich für sich selbst vorgesehen hatte. »Wo bist du, mein Sohn? Ich bin hungrig!«

Der Gerufene sandte einen flehenden Blick zum Himmel und wies dann Sherb barsch an: »Sag deinem Neffen, er möge soviel kochen, daß diesen Jammerlappen das Maul gestopft wird! Sie sind oben in meiner Kammer. Der Himmel stehe dir bei, wenn du dich nicht sputest.«

Als Sherb bald darauf mit einem Tablett eintraf, griffen Cassandra und ihre Söhne so begierig zu, daß der Anblick dieser gierigen Sippschaft ihn an Wölfe erinnerte, die sich über ihre Beute hermachen.

Die Gefangenen im Verlies verhielten sich gelassener. Elise

hatte neben ihrem Vater auf der Liegestatt geschlafen, als sie von Schritten geweckt wurde. Sie blinzelte, als der Schlüssel im Schloß kreischte und die Tür aufschwang, um einem grauhaarigen Mann Einlaß zu gewähren, der hereingehumpelt kam. Als er seine Last auf dem primitiven Tisch neben der Liegestatt abstellte, warf er Elise einen Seitenblick zu, während er einen verschütteten Tropfen vom Tablett wischte. Sein zuckendes Auge öffnete und schloß sich zu einem beabsichtigten Zwinkern, das Elise veranlaßte, ihn genauer anzusehen. Nach einem Augenblick der Verwirrung und Unsicherheit erkannte sie den Mann trotz seiner Verkleidung. Er ging wieder hinaus und stieg die Treppe hinauf. Elise war klar, was sein Kommen bedeutete. Maxim wußte, wo sie sich befanden, und hatte bereits damit begonnen, seine Getreuen ins feindliche Lager einzuschleusen.

Arabella lief an die eisernen Stäbe, als die Tür wieder geschlossen wurde, und rief: »Quentin... wieder schließt du die Tür ab! Mein Wohlergehen scheint dir nicht am Herzen zu liegen! Ganz im Gegenteil, du stellst dich meinen Bitten gegenüber einfach taub und hältst mich wie eine Gefangene.«

»Ich schütze dich nur vor meinen Leuten«, versuchte Quentin sein Vorgehen zu rechtfertigen. »Man kann nie wissen, was sie tun, sobald ich ihnen den Rücken kehre.«

»Pah!« rief seine Geliebte höhnisch. »Du sperrst mich hier einfach ein. Langsam dämmert mir, was ich dir wirklich bedeute.«

»Klagen, nichts als Klagen! Seit ich hier bin, höre ich ständig dein Gejammer«, schimpfte er und deutete auf das Tablett. »Sieh doch! Ich habe dir Essen bringen lassen. So koste doch davon! Vielleicht bessert sich dann deine Laune.«

»Das bezweifle ich«, sagte Arabella eisig. »Wenn ich bedenke, wie lange ich mich von dir beherrschen ließ. Vater hatte recht! Du warst nur hinter meinem Vermögen her und...«

»Hinter deinem Vermögen?« Quentin lachte verächtlich auf. »Ich habe mich um dein Vermögen mehr verdient gemacht als du selbst.«

»Was soll das heißen? Mein Vater hat alle Verbindungen selbst arrangiert.«

»Dieser Einfaltspinsel! Der hätte sich auch mit einem Bruchteil deines jetzigen Besitzes begnügt. Ich wußte jedoch, daß deine Schönheit dir einen Earl, wenn nicht gar einen Herzog einbringen konnte. Ich habe für dich mit dem Earl von Chadwick eine viel günstigere Verbindung arrangiert. Du solltest mir dankbar sein.«

»Was? Das begreife ich nicht«, erwiderte Arabella verwirrt.

Quentin stützte die Arme in die Hüften und sah spöttisch auf sie herab. »Meine Teuerste, glaubst du wirklich, dein Leben stünde unter einem Fluch? Nein, meine Schöne, deine Freier fielen einer stärkeren Hand zum Opfer ... Natürlich stach mir auch Seymours Vermögen ins Auge, doch der Spitzel der Königin erkannte mich als Verschwörer, so daß ich nicht umhin konnte, ihn zu töten und später Maxim den Mord in die Schuhe zu schieben.«

»Du hast den Spitzel der Königin ermordet?« warf Elise erstaunt ein. Sie drehte sich um, als sie die Hand ihres Vaters auf der ihren spürte.

»Quentin war es, der der Hanse hinterbrachte, daß ich sie bespitzelte«, flüsterte Ramsey Radborne heiser. »Das erfuhr ich von Hillert selbst. Er fand es sehr erheiternd, daß ein Engländer fähig ist, seinen eigenen Onkel der Folter und dem Hungertod preiszugeben.«

Elise wandte langsam den Kopf und sah ihren Vetter haßerfüllt an. »Quentin, bilde dir ja nicht ein, daß du besser wärst als Forsworth. Du wälzt dich in demselben Schlamm wie er.«

Ihre Verachtung schien ihn nur zu belustigen, und er wandte sich wieder Arabella zu, die ihm erneut zusetzte: »Du hast mich benutzt! Die ganze Zeit über hast du mich nur benutzt!«

»Arabella, ich hätte dich geheiratet«, sagte er verdrossen und bedachte sie mit einem trägen Blick. »Ich sagte dir doch, ich würde dich heiraten. Ich hatte tatsächlich die feste Absicht, nachdem Huxfords Vermögen an dich gefallen war – und nach einer angemessenen Trauerzeit, versteht sich.«

»Und wie rasch hättest du mich getötet, um das Vermögen an dich zu reißen?« fragte sie höhnisch.

Er schürzte nachdenklich die Lippen. »Du mußt wissen, daß du als Frau gut zu mir gepaßt hättest. Ich genoß unsere amourösen

Spiele immer wieder. Also hätte ich mir sicher eine Weile Zeit gelassen.«

»Wenn ich bedenke, daß ich dir half, meinen Gemahl zu ermorden!« schrie Arabella selbstquälerisch.

Elise blickte ruckartig auf. »Arabella, du hast ihm geholfen, Reland zu ermorden?«

»Nicht so ganz«, fuhr Quentin dazwischen, und seine Stimme jagte Elise einen Schauer über den Rücken. »Reland war noch am Leben, als ich ihn aus den Stallungen fortschaffte. Tatsächlich war er nur bewußtlos. Deswegen habe ich ihn im Fluß ertränkt, ohne daß er sich zur Wehr setzen konnte.«

»Du bist ein Scheusal!« rief Arabella angewidert.

»Genug jetzt! Ich habe eure Anschuldigungen satt!« Damit entfernte er sich, und sie hörten das hohle Klappern seiner Absätze auf dem Steinboden, das als Echo von den Wänden zurückgeworfen wurde.

»Ich war eine Törin«, stöhnte Arabella. »All die Jahre glaubte ich, er liebe mich wie ich ihn.«

Elise fehlten tröstende Worte für ihre Kusine, da sie in Gedanken schon bei Maxim war, wenn er zu ihrer Rettung käme.

35

Der Spätnachmittag wurde von einem schwachen, dunstigen Regen, der mehr Nebel als Tropfen brachte, verdunkelt. Maxim hatte eine dichtbewachsene Senke an einer Seite des Hügels ausfindig gemacht, die für eine Annäherung an die Ruine von der Südseite her gute Deckung bot. Sie waren zu dritt und führten Seile, Degen, Pistolen und Dolche mit sich. Maxim ging voran, hinter ihm kamen Nikolaus und Sir Kenneth. Bis zum Fuß des Burghügels waren sie vor Entdeckung sicher, so daß sie unterhalb der Ruine innehalten und die verfallenen Gemäuer in Augenschein nehmen konnten. Wachposten waren nirgends in Sicht, was vermuten ließ, daß Quentins Leute sich in den Schutz des Turmes zurückgezogen hatten und nur zwei Wachen am Tor standen.

Die drei spähten durch den Regen hinauf und suchten Anhöhe und Turmmauer nach einer Öffnung, einer Nische, einem Vorsprung ab, nach irgend etwas, das ihr Vordringen erleichtern würde. Knapp unterhalb des Mauerwerks entdeckten sie rostige Fließspuren am Felsgestein.

Nikolaus, der sich mit Speigatts und Abflüssen auskannte, wies auf die Stelle hin. »Vermutlich kommt der Abfluß aus dem untersten Geschoß.« Er hob fragend den Blick zu Maxim. »Aus dem Verlies vielleicht?«

»Das wollen wir uns näher ansehen.« Maxim warf Kenneth einen Blick zu, und dieser nickte zustimmend.

»Also los!«

Es verging keine halbe Stunde, und die drei hockten unmittelbar unter einer großen, von einem rostigen Gitter bedeckten Öffnung, von deren unterem Rand ein dünnes ockerfarbiges Rinnsal tropfte. Nikolaus streckte eine Hand aus und schlang das Seil um das rostige Metallgitter. Dann umfaßte er den Rand mit seinen Riesenhänden und stemmte sich mit aller Kraft dagegen. Das Gitter bewegte sich, wenn auch nur wenig. Sir Kenneth und Maxim drückten aus ihren jeweiligen Positionen ebenfalls mit Leibeskräften. Allmählich schafften sie es, das Hindernis aus der Verankerung zu lösen, und Nikolaus ließ es am Seil hinuntergleiten, bis es weiter unten fest auflag. Dann ließ Nikolaus das eine Ende los und zog das Seil wieder hoch, um es an seiner Schulter festzumachen.

Maxim war bereits in den engen Abflußkanal eingedrungen und mahnte Kenneth zur Vorsicht, als der Ritter seine massige Gestalt in die Öffnung pferchte. Durch zwei gitterbedeckte Öffnungen über ihnen drang schwaches Licht. Die eine Öffnung war nur wenige Meter entfernt, die zweite mindestens zehn Meter. Von der nächstgelegenen aus konnte man Stäbe und die Kante einer Eisentür sehen, und als Maxim zu der weiter entfernten Öffnung kroch, sah er die Stiefel eines auf einem Stuhl sitzenden Postens und hörte sein rasselndes Schnarchen. Vorsichtig kroch er zu der ersten Öffnung zurück.

Eine Überprüfung zeigte, daß das Gitter auf einer Steinfassung nur auflag. Als sie sich dagegen stemmten, gab das rostige Gitter mit einem leisen Knirschen nach, das sie vor Schreck erstarren ließ. Aber das Schnarchen hielt an. Sie hoben das Gitter an und schoben es beiseite. Vorsichtig tauchte Maxims Kopf aus der Öffnung. Nichts rührte sich. Der Wachposten, der an die Wand gelehnt dasaß, schnarchte weiter. Maxim versuchte angestrengt, das Dunkel zu durchdringen, und konnte schließlich drei schlafende Gestalten ausmachen.

Lautlos stiegen die Männer aus dem Abflußkanal. Während Maxim sich daranmachte, das schwere Zellenschloß zu untersuchen, bezog Kenneth an der Treppe Posten, und Nikolaus huschte zum schlafenden Wachposten hin. Er stellte sich über die ausgestreckten Beine des Mannes, ehe er dem Burschen mit dem Pistolengriff einen Hieb über den Schädel versetzte. Mit der Linken verhinderte er, daß der Mann zu Boden sank. Er setzte ihn in schlafender Position hin, umschlang die Beine mit einer Seilschlinge, zog das Seil unter der Bank hindurch und wickelte es dann um die Hände des Bewußtlosen.

Maxim holte aus seiner Tasche eine Bleikugel, die er über den Zellenboden rollen ließ. Sie rollte bis zu der Liegestatt hin, über deren Rand eine brünette Haarflut fiel. Elise fuhr ruckartig auf. Sie war mit einem Schlag hellwach, als sie die geliebte und vertraute Gestalt jenseits der Gitterstäbe stehen sah. Gerade noch verhinderte Maxim ihren Freudenschrei, indem er ihr mit einem Finger auf dem Mund und einem Kopfschütteln Schweigen gebot. Elise weckte nun den Mann neben sich. Langsam hob er den bärtigen Kopf, und nun legte sie ihrem Vater den Finger auf den Mund, um seine Fragen zu ersticken. Wortlos deutete sie auf Maxim. Ramsey Radbornes Blick flog nun zu dem stattlichen Mann, und ein Lächeln, das erste seit Monaten, erhellte seine Miene.

Maxim klopfte leicht auf das Schloß: Wo ist der Schlüssel? Elise formte lautlos den Namen »Quentin« mit den Lippen. Sie machte eine Bewegung, als ließe sie den Schlüssel in ein Wams gleiten, dann kam sie ganz nah an die Stäbe heran und faßte durch die Stäbe hindurch nach der Hand ihres Mannes. Sie strebten einander zu, und nicht einmal die Gitterstäbe konnten verhindern, daß ihre Lippen sich kurz fanden. Als sie voneinander ließen, wischte Maxim ihr mit dem Daumen lächelnd einen Schmutzfleck von der Wange. Er deutete mit dem Kopf auf die dritte Gestalt, die allein auf der zweiten Bettstatt lag, und Elise hauchte den Namen »Arabella«.

Nikolaus schritt die Reihe der Gitterstäbe ab und beklopfte vorsichtig, um keinen Lärm zu machen, jeden einzelnen mit einem Knüppel, den er gefunden hatte. Dabei entdeckte er einige, die einen dumpfen Ton von sich gaben. Mit einer Kopfbewegung winkte er Kenneth heran. Gemeinsam faßten sie die unteren Stangenenden und zogen mit angewinkelten Knien daran. Eine Stange gab knirschend etwas nach, hielt aber stand, während die verrostete Verankerung der zweiten brach und die Stange sich zwei Handbreit heben ließ.

Das Geräusch schwerer Stiefel und ein langgezogenes Gähnen von der Treppe her kündigten die Wachablösung an. Als der Kopf des Mannes ins Blickfeld kam, erstarrte er, und seine schlaftrunkenen Augen wurden groß, weil er sich überraschend drei Mann gegenübersah. Er faßte nach seiner Muskete, doch noch ehe er sie in Anschlag bringen konnte, hob Nikolaus seine Keule und hieb ihm die Waffe aus der Hand. Der Posten stieß einen Warnschrei aus und sprang, nachdem er zu seinem Degen gegriffen hatte, von der Treppe herunter auf den Boden, wo ihm Kenneth mit blanker Klinge entgegentrat. Von oben hörte man Laufschritte, seine Spießgesellen waren alarmiert.

Maxim trat von den Gitterstäben zurück und brachte seine Muskete in Anschlag. Den ersten Mann, der in Sicht kam, traf eine Kugel in die Brust, und er sank langsam zu Boden. Dann knallten zwei Pistolenschüsse, und der nächste Posten fiel über seinen toten Gefährten. Maxim steckte die leeren Pistolen ein und schwang seinen Degen, als etwa zehn Mann die Treppe heruntergepoltert kamen. Elise unterdrückte einen Aufschrei, als Maxim von vier Angreifern bedrängt wurde, während Nikolaus und Kenneth ebenso vielen Gegnern, mit ihren Klingen um sich hauend und stechend, standhielten.

Plötzlich hörte man von oben vielstimmiges Geschrei, und gleich darauf liefen Sturzbäche von heißem Fett über die Stufen.

Ein paar Wachen rutschten die glitschige Treppe hinunter, krampfhaft bemüht, die mit heißem Fett vollgesogenen Kleider von ihren Körpern abzuschütteln.

Im Stockwerk darüber öffnete Sherb die längliche Kiste und hob das oberste Fach heraus, während Justin seine Augenbinde herunterriß und zu einer Axt griff. Der Ritter schnappte sich Meißel und Degen. Dietrich packte ein Metzgermesser. Mit seinem ausladenden Bauch stieß er einen stämmigen Posten beiseite und holte aus. Der andere sah die Klinge, wich rücklings aus, und die Klinge verfehlte ihn nur um Haaresbreite; doch gleich darauf traf ihn ein großer Schlegel an der Schläfe und warf ihn zu Boden.

Als der Lärm des Überfalls zu Quentin drang, befand er sich bei seiner Familie; er hatte auf ihrem endgültigen Abzug bei Tagesanbruch bestehen wollen, nun aber rief er aufgebracht seinen Brüdern zu: »Wir werden jetzt sehen, wie gut ihr mich verteidigt! Ohne mich kommt ihr nämlich nicht an den Schatz heran!«

Sofort sprang Cassandra auf, drückte ihren Söhnen Waffen in die Hände und spornte sie an: »Los, in den Kampf gegen das Gesindel, das es wagt, euren Bruder anzugreifen!«

Quentin vernahm es mit Genugtuung, als er hinauslief. Vielleicht war es dieses eine Mal von Vorteil, eine Familie zu haben.

Im Verlies war Maxim von den Gegnern in den hintersten Winkel zurückgedrängt worden. Aber noch immer schien er die Situation zu beherrschen. Einer der Angreifer sank in die Knie, ein anderer mußte seiner unablässig sirrenden Klinge ausweichen. Er schrie auf, als der Degen ihm wie ein Feuerstrahl in die Rippen fuhr, und ließ seine Waffe klirrend zu Boden fallen.

»Halt!«

Der Ruf ließ Maxim aufblicken, und sein Herz drohte stehenzubleiben. Quentin hatte eine Muskete vom Boden aufgehoben und hielt sie nun durch die Stäbe hindurch auf Elises Kopf gerichtet. Hinter ihm drängten sich seine Brüder herein. Maxim senkte seine Klinge. Von oben hörte man scharrende Schritte und Kampfgeräusche, dazu Klirren und das stumpfe Schlagen einer Axt.

»Zurück!« Quentins Finger zitterte am Abzug. »Ich warne

Euch! Elise ist nur die erste. Meine Leute sind Euch dreifach überlegen!«

In diesem Augenblick der Erstarrung hörte man draußen eine Kugel pfeifen, und aus der Ferne folgte dumpfes Musketenfeuer.

»Das müßte die Abteilung Füsiliere sein«, sagte Maxim, als ihn die Brüder Radborne fragend ansahen.

Keiner rührte sich. Quentin und seinen Spießgesellen brach der Angstschweiß aus. Ramsey nutzte den Augenblick des lähmenden Entsetzens. Er und Elise hatten seine Kette aus der Verankerung im Boden losreißen können, sie aber zum Schein wieder sorgsam hineingesteckt. Jetzt zog Ramsey die Kette heraus und schwang sie, zur Schlinge geformt, um die hereinragende Mündung von Quentins Waffe, wobei er Elise aus dem Weg stieß. Niemand hatte ihm eine solche Kraftanstrengung zugetraut, und deshalb war die Verwunderung um so größer, als die Muskete durch die Stäbe schnellte, zu Boden fiel und ins Dunkel glitt.

Quentin wich erschrocken zurück. Fassungslos blickte er zu Maxim, während er sich die schmerzende Hand rieb. Maxim hob seinen Degen in einer ritterlichen Geste und wartete. Forsworth stieß seinen Bruder an und wollte ihm seinen Degen anbieten. Keiner bemerkte, daß sich die Wachen unauffällig zur Treppe zurückgezogen.

»Ich bin kein Fechter!« winselte Quentin. »Ihr würdet mich töten wie ein hilfloses Kind.«

»Ihr habt den Spitzel in meinem Haus nicht geschont«, erinnerte ihn Maxim. »Ihr habt auch Eure Geliebte bei Hof nicht geschont. Man kann sagen, daß Ihr gegen Frauen und Hilflose sehr wohl Mut bewiesen habt.«

»Geliebte?« Arabella schüttelte entsetzt den Kopf und sank gleich wieder auf das Lager zurück, von dem sie bei Beginn des Getümmels aufgefahren war. »Sind denn seinen Lastern keine Grenzen gesetzt?«

Maxim gab seinen Degen an Nikolaus weiter, zog die Pistole aus seinem Gürtel und reichte sie zusammen mit dem Munitionsbeutel Ramsey. Mit ausgebreiteten Händen spottete er: »Ist ein Unbewaffneter eher nach Eurem Geschmack? Oder muß ich mich gefesselt hinlegen, damit Ihr mich abstechen könnt? Zu welcher Sorte von Feiglingen gehört Ihr, Quentin?«

Quentin kniff die Augen zusammen. In einer plötzlichen Aufwallung von Kühnheit ergriff er Forsworths Degen. Seine Hast jedoch machte ihn so ungelenk, daß ihm die Klinge entglitt und zu Boden klirrte. Er lief, um sie aufzuheben, und traf sich Brust an Brust mit Maxim über der Waffe. Erbarmungslos zwang Maxim seinen Gegner hoch, ehe dieser nach dem Degen greifen konnte. In hilflosem Zorn holte Quentin mit der Faust aus. Sein Siegelring hinterließ eine tiefe Wunde auf Maxims Wange.

Maxim verspürte tiefe Genugtuung, daß er nun persönlich Rache üben konnte. Ein Schlag seiner Linken trieb Quentin zurück, ein zweiter Faustschlag auf die vollen Lippen ließ ihn noch weiter taumeln, so daß Quentin benommen den Kopf schüttelte. Doch im nächsten Moment ging er wie ein gereizter Bulle zum Angriff über und bekam Maxim zu fassen, während er das Knie anhob, um es ihm in den Schritt zu stoßen. Maxim schüttelte ihn ab, Quentin fiel über den an den Stuhl gefesselten Posten und schlug gegen die Stäbe. Er rieb sich die Schulter und funkelte seinen Gegner haßerfüllt an, machte aber keine Anstalten, wieder aufzustehen.

»Und ich dachte, ich wäre Euch ein für allemal losgeworden«, keuchte er.

Maxim lächelte dünn. »Ich kam zurück, um zu holen, was einst mein war, und jetzt bin ich erneut gekommen, um zu fordern, was wahrhaftig mein ist.«

»Ihr hattet den Schatz nie in Händen«, dämmerte es Quentin. Er wischte sich mit dem Handrücken über die blutenden Lippen, den Blick unverwandt auf den Marquis gerichtet. »Ihr hattet nie die Absicht, ihn herbeizuschaffen und als Lösegeld zu bezahlen.«

»Es gibt keinen Schatz, Quentin«, erklärte Ramsey aus der Zelle heraus. »Zumindest keinen, den du verwenden könntest. Was ich für meine Tochter in Sicherheit brachte, waren nur Dokumente, die ihr Erbrecht garantierten.«

»Und die Truhen, die du aus den Stilliards geholt hast? Was hast du in den Stilliards erworben, das du in Truhen fortschaffen mußtest?« fragte Quentin ungläubig.

Ramsey schüttelte den zerzausten Kopf. »Es waren nur ein paar leere Truhen, die ich für meine Tochter kaufte. Das war alles.«

»Alles?« Quentin raffte sich auf und brüllte den alten Mann verzweifelt an: »Warum hast du mir das nicht eher gesagt? Warum hast du mich in dem Glauben gelassen, es gebe einen Schatz?«

»Hätte ich dir die Wahrheit gesagt, wäre ich nicht mehr am Leben«, sagte Ramsey unumwunden. »Da du einmal den Fehler begangen hattest, mich zu entführen, wußte ich, daß du mich nie freilassen würdest.«

»Die ganze Zeit über…« Quentin war sprachlos.

»Jetzt möchte ich den Schlüssel«, unterbrach Maxim ihn und winkte mit dem Finger. »Gebt ihn mir.«

Quentin griff mit hämischem Grinsen in sein Wams und holte den Schlüssel hervor, schwenkte ihn vor Maxim und holte aus, um ihn in den Abfluß zu werfen. Elise stockte der Atem, doch Maxim schnellte vor und fing ihn auf. Im nächsten Augenblick stieß Elise einen Warnschrei aus, und Maxim rollte beiseite, als Quentins Degen, kaum einen Zoll von seinem Kopf entfernt, auftraf. Maxim schleuderte den Schlüssel in die Zelle und nahm sein eigenes Rapier von Nikolaus entgegen.

»Laßt uns dies wenigstens mit dem Anschein von Ehre austragen«, funkelte Maxim seinen Gegner an. »Kommt, wir wollen sehen, wer besser ficht. Vielleicht könnt Ihr mich schlagen.«

Quentin senkte den Kopf und starrte auf die Waffe in seiner Hand. Ganz plötzlich sprang er über den gefesselten Posten und lief die glitschigen Stufen hinauf, wild auf Nikolaus einschlagend, der vorgesprungen war, um seine Flucht zu verhindern. Maxim setzte dem flüchtenden Quentin sofort nach, nachdem er sich vergewissert hatte, daß Nikolaus unversehrt geblieben war. Kenneth half inzwischen den Gefangenen, sich zu befreien, und eilte dann den beiden anderen hinterher.

Quentin stürmte durch den mit den Leichen seiner Leute übersäten Raum und durch die Tür hinaus auf den Hof. Er hielt wie erstarrt inne, als er sah, daß auf dem Hügelkamm eine Doppelreihe berittener Dragoner Aufstellung genommen hatte, dazu eine Reihe Füsiliere. Damit war jeder Fluchtversuch zum Scheitern verurteilt. Quentin blickte wutentbrannt um sich und sah den überraschend verjüngten Sherb, den plötzlich sehenden Justin und den stämmigen Koch langsam auf sich zukommen. Maxim stürzte aus dem Eingang, gefolgt von Nikolaus, Kenneth und drei Gefangenen. Quentin wich rücklings entlang einer verfallenen Mauerkrone über dem Felsabsturz zurück, während Maxim Schritt für Schritt näher kam. Er hielt seinen Degen einsatzbereit, ohne ihn drohend zu schwingen.

»Quentin, Eure Sache ist verloren. Heute ist nicht Euer Tag. Ergebt Euch!«

»Und der Tag soll doch mein werden!« rief Quentin mit schriller Stimme und schwang seine Waffe. Maxim wich aus, aber im nächsten Augenblick griff Quentin in sein Wams und zog eine Pistole hervor. »Seid verdammt, Seymour!« stieß er hervor. »Ihr habt mich zum letzten Mal gejagt!«

Quentin richtete den Lauf der Pistole auf seinen Gegner, und Maxim zuckte zusammen, als er einen lauten Knall hörte. Überrascht stellte er fest, daß er keinen Schmerz spürte. Quentin starrte verwirrt auf seine Waffe herunter. Auf seiner Stirn war plötzlich ein kleines schwarzes Loch zu sehen. Wie eine an Fäden gezogene Marionette vollführte er eine langsame Drehung, während der Stein, auf dem er stand, sich lockerte und in der Bewegung mitging. Seine leeren Augen richteten sich nach oben, als er niedersank, dann zuckte sein Arm krampfhaft, und die Bleikugel aus seiner Pistole fuhr heulend in die Wolken. Der Stein gab knirschend nach, und Quentin verschwand in der Tiefe.

Die vom Wind gegen den Turm gepeitschten Regentropfen prasselten in der Stille, als gälte es, die Erinnerung an den Tod Quentins auszulöschen. Maxim steckte seinen Degen in die Scheide, und als er sich umwandte, stand Arabella wie versteinert hinter ihm. Die Tränen auf ihren Wangen wurden eins mit den Regentropfen.

»Maxim, es tut mir so leid. Alles tut mir leid«, brach es aus ihr heraus, und sie schluchzte herzzerreißend.

Elise trat zu ihr, um ihr die Pistole abzunehmen, und reichte sie Maxim. Sie führte ihre Kusine zurück in den Turm. Kenneth trat an die Burgmauer und gab den Truppen ein Zeichen, sie sollten rasch heranrücken. Cassandra, ihre Söhne und die Spießgesellen Quentins, die noch am Leben waren, wurden festgenommen.

Maxim traute seinen Augen nicht, als er die Kutsche von Counteß Anne heranrollen sah, gefolgt von einem Karren, auf dem ein Dutzend Männer aus Bradbury saßen, bewaffnet mit Langmessern, alten Schwertern, Stangen und einigen Sensen. Anne entstieg dem Wagen, und als Maxim wortlos auf den Turm deutete, lief sie eilig an ihm vorüber, um sich davon zu überzeugen, daß ihre Urenkelin unversehrt geblieben war.

»Daß man uns eine ganze Armee zu Hilfe schicken würde, war kaum zu erwarten«, sagte Maxim zu Sir Kenneth.

»Ich wage zu behaupten, daß wir dies der Wirkung zu verdanken haben, die Lady Elise auf Menschen ihrer Umgebung ausübt«, erwiderte der Ritter mit breitem Lächeln.

Maxim erwiderte das Lächeln und hob sein Gesicht dem Regen entgegen, damit er ihn von allem Zorn reinige, der ihn heimgesucht hatte. Nachdem er seinen Degen abgenommen und ihn Kenneth übergeben hatte, ging er zum Turm, wobei er im Vorübergehen Nikolaus freundschaftlich auf die Schulter schlug. Nach seinem Eintreten blieb er an der Tür stehen und beobachtete Elise, die mit ihrem wiedergefundenen Vater und Anne Umarmungen und Küsse tauschte. Er las in ihren Augen jene Liebe, die er sich immer ersehnt hatte. Sie lief auf ihn zu und nahm seine Hand, um ihn ihrem Vater zuzuführen.

»Papa, ich möchte, daß du meinen Gemahl kennenlernst.«

Ramsey erhob sich, und die zwei Männer umarmten einander. Tränen standen in den Augen des alten Mannes, als er seinem Schwiegersohn zulächelte. »Gott erhörte meine Gebete und schickte meiner Tochter einen Beschützer, einen würdigeren, als ich je zu hoffen wagte.«

Elise schlang ihren Arm um Maxim und sah lächelnd zu ihm auf. »Nie fand ein Mädchen einen würdigeren Beschützer. Wieder hast du mich gerettet, und der Sieg war dein. Und wieder stehe ich voller Hochachtung vor dir. Maxim Seymour, du bist die wahre und einzige Liebe meines Lebens.«